CORCOVADO

Jean-Paul Delfino est né en 1964 et vit à Aix-en-Provence. Journaliste, il est l'auteur, entre autres, de la série policière « Vieux Switch » – *L'Île aux femmes, Tu touches pas à Marseille, De l'eau dans le grisou, Embrouilles au Vélodrome* – et de la trilogie romanesque *Corcovado* (2005), *Dans l'ombre du Condor* (2006) et *Samba triste* (2007), hymne d'amour au Brésil sensuel et émouvant.

Jean-Paul Delfino

CORCOVADO

ROMAN

Pour CLtal,

J'espère que cette histoire
saura vous é—nduir...

A bee ~s ~itées !

Éditions Métailié

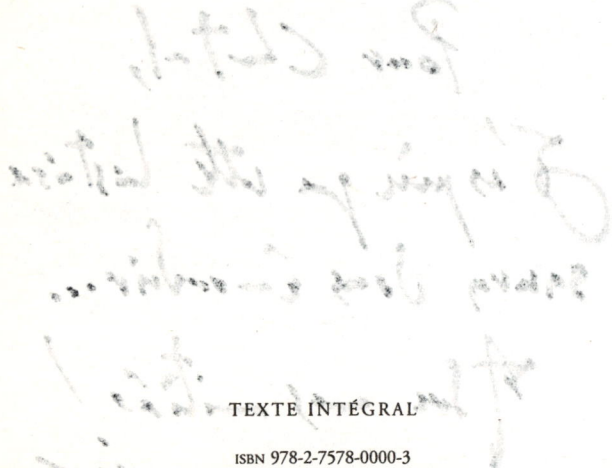

TEXTE INTÉGRAL

ISBN 978-2-7578-0000-3
(ISBN 2-86424-536-1, 1re publication)

© Éditions Métailié, avril 2005

À Agnès et Pixote

Iles
Iles
Iles où l'on ne prendra jamais terre
Iles où l'on ne descendra jamais
Iles couvertes de végétations
Iles tapies comme des jaguars
Iles muettes
Iles immobiles
Iles inoubliables et sans nom
Je lance mes chaussures par-dessus
bord car je voudrais bien aller
jusqu'à vous

Au cœur du monde
Blaise CENDRARS

PROLOGUE

PROLOGUE

1

Toutes les quatre secondes exactement, une goutte de pluie finissait de suinter du plafond et s'écrasait au pied du lit. Malgré l'étroitesse de la ruelle Jeanne d'Arc, des paquets d'orage venaient battre la fenêtre. De véritables gifles d'eau douce qui crépitaient sur la vitre dans un tempo anarchique, selon les caprices des bourrasques. Mais à l'intérieur, dans ce meublé livide du quartier de la Fosse, la chute d'eau se produisait implacablement, toutes les quatre secondes. Sans retard. Sans précipitation inutile. Un chronomètre qui tuait le temps avec méthode.

Dans une nouvelle claque de pluie, plus violente que les autres, Jean Dimare ouvrit les yeux. Un jour blafard pénétrait avec nausée la chambrette et tapissait de gris les murs spongieux, gorgés d'humidité, cloqués de lèpre. Au plafond, des auréoles noirâtres figuraient des lunes mortes, des étoiles avortées. Ses vêtements, une veste de grosse toile bleue, un pantalon en velours côtelé et une chemise élimée au col, traînaient leurs ombres au pied du lit, entassés sur une chaise.

Il inspira profondément. L'air visqueux sentait tout à la fois le tabac gris, les remugles du caniveau tout proche, l'absinthe, l'amertume de l'iode, et le rance des plâtres et des poutres en train de pourrir par plaques entières. L'odeur âcre du sexe pratiqué avec violence, à la sauvage, flottait encore.

Jean Dimare tira sur sa poitrine la mince couverture de laine. Pendant que les gouttes continuaient à dépecer le temps, il songea à sa nuit. Une sale nuit de décembre, glaciale, qui avait même réussi à forcer tous les mendiants, clochards, vagabonds, galeux et pouilleux à déserter le quartier réservé de la Fosse et à aller tambouriner aux portes des hospices. Sans ce froid piquant, inhabituel en ce mois de décembre 1920, cette crasse des bas-fonds de Marseille n'aurait jamais quitté les abords du Vieux-Port. Ils étaient depuis toujours le ciment de la Fosse. Ils grouillaient dans cette plaie ouverte, mélange de maquereaux à la petite semaine, de putains en fin de course, de trafiquants en tout genre, d'arnaqueurs et de pandores qui ne connaissaient d'autre loi que celle de la rue. Le visage noirci par le soleil des quais, ils traquaient le pigeon, celui dont la bourse était pleine et qui ne demandait qu'à se faire plumer. Tout était bon pour les cueillir sur les débarcadères et les diriger dans cet écheveau de ruelles où des rades de misère fourmillaient de mangeuses d'hommes. Turques, Italiennes, Africaines, Espagnoles, Portugaises, Arabes, Chinoises égarées, Indiennes, filles perdues de tous les pays du monde, accoucheuses d'anges, méchantes comme la gale, truqueuses, voleuses, acariâtres, buveuses sans soif, sacs à foutre et à désespoir, broyées par la vie, laminées jusque dans leurs chairs, elles tapinaient avec un mélange de rage et de défaitisme, les pieds solidement ancrés dans la fange de la Fosse. Elles avaient oublié leur passé. L'avenir n'existait pas.

La plainte aiguë d'un gabian réussit à se frayer un espace dans l'orage qui crevait sur Marseille.

Jean Dimare se tourna sur le côté. Sous la lumière avare, il devina les formes rondes de Jacotte. C'était du moins le prénom qu'elle lui avait donné, juste après l'accident. Les cheveux crépus et emmêlés débordant en une balle de chanvre noir sur la couverture, elle dormait encore, un sourire aux lèvres. Il l'avait rencontrée la veille, vers dix-huit heures. Dans la grande salle éclairée au gaz du café Le Brûleur de Loups, elle était venue lui taper une cigarette alors qu'il avalait un rhum. Vêtue d'une robe de couleur rouge vif, un châle jaune sur les épaules, le visage maquillé à faire peur, Jacotte avait attendu qu'il lui roule une pincée de tabac. En guise de remerciement muet, elle s'était penchée en avant et lui avait laissé toucher du regard sa poitrine opulente et ferme, naturellement bronzée, qui semblait vivre de sa vie propre dans l'échancrure du corsage. Il l'avait alors invitée à prendre place à sa table.

Comme elle s'installait, le garçon, un grand escogriffe aux cheveux soigneusement plaqués en arrière à la Rudolf Valentino, la saisit au bras avec fermeté :

– Barre-toi. Et va tapiner à la Fosse, dans le quartier des roulures…

Visiblement aguerri à ce genre de pratiques, le bistroquet avait parlé fermement, mais d'une voix blanche, de façon à ce que la rare clientèle de cet établissement du quartier du Vieux-Port n'entendît rien. Le garçon avait de larges mains en battoirs et tordait le bras de la femme avec un plaisir évident. Les yeux de Jacotte s'emplirent instantanément de larmes. Jean Dimare se redressa. Le menton haut, l'œil étincelant, il grinça sur le même ton :

– Présentez tout de suite des excuses à cette jeune femme…

– Qui t'es, toi ? Un sale Rital ou un pourri d'Espagnol ?

– Je suis français.

– Avec ton accent de métèque ? Allez, cassez-vous tous les deux, et sans faire d'embrouilles. Sinon, j'appelle les cognes.

Jean abandonna quelques sous sur le marbre de la table. Il enfila son béret, se dirigea vers la sortie. Tout aurait dû s'achever ainsi. Sans heurt. Mais le garçon, plus par cruauté que par bêtise, coinça soudain Jacotte dans le renfoncement d'un box et se mit à peloter ses fesses et ses seins, un gloussement gras dans la gorge. La putain de la Fosse poussa un cri strident. Au même instant, un violent coup de tonnerre éclata sur la ville. Les murs vibrèrent. Les flammes des lampes, dans les suspensions, firent trembler les ombres. Le garçon continua à palper à pleines mains les hanches et les seins de Jacotte, les yeux fixés sur Jean Dimare. Celui-ci sentit son sang d'Italien mêlé de Portugais bouillonner dans ses veines. En trois enjambées, il fut sur le serveur et lui asséna un violent coup de tête au niveau du thorax. L'homme partit en arrière dans une grimace de douleur. Les quelques clients entendirent alors la colonne vertébrale du garçon craquer net contre l'arête du comptoir. Un éclair d'acier qui frappe l'une des flèches d'un grand voilier sur le Vieux-Port. Et le corps qui s'affale, livide, brisé. La tête qui vient frapper le sol de tomettes rouge sang.

Un nouveau roulement de tonnerre, lugubre, recouvre le tintement de la clochette en cuivre de la porte d'entrée. Et les quelques clients qui se mettent à hurler à l'assassin, au meurtrier.

Mais Jean et Jacotte ne sont déjà plus là. Ils courent à perdre haleine, main dans la main, sur les larges trottoirs de la Canebière. La nuit finit de s'affaler sur Marseille. Dans les premières gouttes de pluie glacée qui cinglent leurs visages, ils remontent l'avenue, tranchant les rues perpendiculaires, évitant de justesse les voitures, les tramways, les carrioles, bousculant des passants et des chiens. Le souffle court, ils bifurquent brusquement sur leur gauche, dans un entrelacs de ruelles aveugles, et retournent vers le Vieux-Port par des chemins détournés, courant toujours plus vite, sans jamais se lâcher la main, et finissent enfin par plonger dans les artères noires de la Fosse où l'eau de pluie jaillit en cataractes, emportant sur son passage les souillures et les immondices du quartier réservé.

Quand les premiers sergents de ville arrivent au Brûleur de Loups, à l'instant précis où l'honorable docteur Grassin constate le décès, Jean chevauche déjà le corps doré de Jacotte, dans son meublé fétide, et se mêle à elle dans le glissement frénétique de leurs deux peaux trempées de sueur et de pluie. Elle sent l'écorce de citron. De ces petits citrons verts qui poussent sur les flancs des collines surplombant Menton. Il jouit en elle en même temps qu'un terrible grondement de tonnerre semble vouloir ouvrir la ville en deux.

Les gouttes continuaient à se succéder, au même rythme lancinant. Au plafond, l'eau formait une petite flaque luisante qui grossissait et finissait par accoucher d'une larme. Immanquablement, celle-ci se détachait et explosait avec un bruit sourd sur les carreaux disjoints du sol.

Du haut de ses vingt-trois ans, Jean Dimare ne se sentait

pas l'âme d'un meurtrier. D'un assassin. Ces deux mots tournaient pourtant dans sa tête comme, les dimanches aux beaux jours, le grand Carrousel dans les jardins du palais Longchamp. Ni assassin, ni meurtrier. Tout cela n'était que des mots. C'était juste la faute à pas de chance.

Jacotte émit alors dans son sommeil un petit sifflement de bien-être. Il alluma un mégot de gris. À quoi pouvait-elle bien rêver, à cet instant précis ? Tout ce qu'il savait d'elle, c'était son corps. Un ensemble généreux, qui se mouvait avec langueur sous les doigts. Jean se retourna et l'observa avec attention. Il y avait certainement longtemps qu'elle n'était plus une fille, mais une femme qui faisait de la retape un pis-aller, en attendant des jours meilleurs. Elles disaient toutes cela. Bientôt, elle finirait pourtant par lâcher l'amarre à ses rêves. Elle sécherait sur pied, se viderait de sa force. Claquerait sans l'ombre d'un doute dans l'un des estaminets graisseux de la Fosse, ou au coin d'une rue jonchée de déjections. Toutes les putains du quartier réservé crevaient jeunes. Toujours trop jeunes. De désespoir. De trop d'alcool. De syphilis. De trop d'amour donné.

Jacotte finirait ainsi. Puis, direction la fosse, la fosse commune, cette fois. Un drap. Et de la terre. Auparavant, elle aurait fait l'amour avec l'humanité entière, puisque toute l'humanité se retrouvait à Marseille.

Il n'était pas encore minuit quand, sans bruit, Jean Dimare se leva et s'habilla avec ses vêtements trempés. Avant de partir, il déposa deux fois le prix d'une passe sur la chaise. À la Fosse, tout se payait. Toujours. Et Noël approchait.

Le lendemain, la même pluie persistante continuait à dégoutter sur Marseille. Comme Jean l'avait prévu, la mort du serveur n'avait pas fait plus de trois lignes dans la rubrique des faits divers du *Petit Marseillais*. Ici, sous le regard bienveillant de Notre-Dame-de-la-Garde, on mourrait souvent de mort violente. Les rixes étaient légion, les coups de sang faciles. Pour un oui ou un non, on s'étripait avec une lame, une dague, un cran d'arrêt, un katana chinois, voire un tesson de bouteille. On se lardait pour une femme, une pièce refusée sur la place des Tapeurs, une noce impayée, une promesse non tenue, un bout de rousse ou de haschich barboté, un regard de travers. Un morceau de pain ou un kil de rouge.

À six heures quinze, en descendant du tramway qui, tous les jours, l'emmenait de la Belle de Mai à la place de la Joliette, Jean Dimare avait l'esprit clair. Il pensait beaucoup plus au long corps ambré et fuselé de Jacotte qu'au cadavre, sans doute déjà enterré, du serveur. Après tout, il l'avait bien cherché, s'était-il dit une bonne fois pour toutes en quittant la Fosse, après sa nuit d'amour. Puis, il avait payé pour tous. Tous les autres. Ceux qui ne crachaient que du mépris aux visages des milliers d'hommes et de femmes qui avaient quitté leur pays pour mendier, à Marseille, une nouvelle patrie.

L'un des contremaîtres toucha Jean Dimare à l'épaule, du bout de sa canne. Tous les jours, ou presque, Jean trouvait de l'embauche comme docker. De taille moyenne, trapu, solide, ne rechignant jamais à la besogne, il avait rapidement su séduire par son mutisme naturel et son respect de l'ordre établi. Respect du patronat, à qui il devait les vingt francs quotidiens, nécessaires à sa survie. Respect aussi des syndicats, sans qui il n'y avait pas d'embauche possible, et qui tenaient leurs bureaux sur le terre-plein de la Joliette, face à la toute-puissante Compagnie des Docks. Pour tous, Jean Dimare était un parfait aconier. Il buvait peu, ne jouait pas. Se battait rarement. Il avait gravi rapidement l'infernale échelle sociale des dockers et des hommes de peine. Après avoir pataugé dans l'huile de poissons et crevé ses poumons dans les immenses tas de houille venus de France, de Roumanie, de Pologne ou encore de Hongrie, il avait successivement été affecté au déchargement des sacs de chaux, de plâtre, de salpêtre, de blé. Et, enfin, à celui des caisses et des ballots, place que l'on réservait aux aristocrates des docks de Marseille.

Ce matin-là, un gros cargo tout pétaradant de suie et de vapeur, en provenance de Saïgon, entrait à l'accostage sur le môle D. Cette longue baleine d'acier noir, chargée jusqu'à la gueule, allait ouvrir ses entrailles à une armée d'aconiers qui, par la force des bras et des reins, des grues et des palans, grignoteraient sans fin son ventre chaud, jusqu'à ne plus laisser, sur les eaux sales du port, qu'une carcasse de tôle vide qu'il faudrait bourrer à nouveau de marchandises hétéroclites avant de la lâcher sur toutes les mers du globe.

Dans le froid et la pluie, Jean Dimare s'attela à la tâche. Vers la fin de la matinée, La Foudre, un bon papa bien tranquille que la Compagnie acceptait encore de faire travailler malgré ses cinquante-cinq ans passés, vint le rejoindre. Les contremaîtres avaient une absolue confiance en lui, tout comme les syndicats. Sec et noueux, le visage brûlé par trois coups de foudre qui n'avaient pas réussi à l'abattre, il était toujours au courant de tout, fouinait et furetait sans cesse, régulait la cadence des vols et des menus larcins sur les docks, de façon à maintenir au mieux une instable paix sociale entre les cols blancs de la Compagnie et les aconiers.

Attentif au ballet des palans, il posa à terre son guinchou, le crochet qui sert à attraper les filins soulevant les caisses, et s'approcha de Jean :

– Dis, petit, t'es au courant pour l'histoire du Brûleur de Loups ?

Son accent sicilien râpait les mots comme une machine à carder la laine. Sans cesser de téter son mégot, il observait Jean Dimare par en dessous, son unique sourcil en bataille froncé. Sans attendre la réponse, La Foudre reprit à voix plus basse :

– Si par hasard tu savais qui a fait le coup, dis-lui quelque chose de ma part...

– Quoi ?

– Dis-lui que le serveur, c'était un de la famille Talsimoki.

– Talsimoki ? Vassilis Talsimoki ?

– Exactement. Et dis-toi bien que c'était pas un petit serveur de rien du tout. La famille Talsimoki, elle a lancé une vendetta. Comme chez nous, le sang par le sang...

La Foudre cracha à terre. Avant de récupérer son guinchou et se remettre au travail, il lâcha, plus doucement encore :

– On est pays, petit. *Siamo paese*. Et celui qui a crevé le fils Talsimoki, il devait avoir une bonne raison. Là-dessus, j'ai rien à dire. Mais un jour ou l'autre, il risque de se retrouver avec le sourire berbère. Alors, si tu le vois, dis-lui qu'il vaut mieux qu'il parte. Loin. Quitter Marseille. Et plus jamais revenir. *Mai più.*

Le ventre noué, le corps glacé de sueur, Jean Dimare regarda le vieux s'éloigner d'un pas lourd dans les flaques et la boue. Puis il se retourna, d'instinct. Derrière lui, les dockers s'activaient ferme. Chaque jour, des nouveaux arrivaient, d'autres partaient. Marseille était une ville de passage. Ceux qui parvenaient à faire souche étaient rares. Ils s'accrochaient bec et ongle à cette chance. Ils défendaient leur territoire à la rage. Leur fils serait marseillais. Car un fils, pour tous ces apatrides, c'était l'avenir. Un commencement de racines. Et Jean avait tranché dans celles de la famille grecque des Talsimoki. Il ne connaissait de celle-ci que la réputation sulfureuse du patriarche, Vassilis. Chaque fois qu'un mauvais coup faisait la une des journaux, les piliers de bars reparlaient invariablement de cette tribu, officiellement respectable et respectée.

Dans un nuage de vapeur, certains aconiers le fixèrent avec insistance, le regard vide. Contre une bonne somme, n'importe lequel d'entre eux l'aurait égorgé en toute discrétion dans un coin de hangar. Ils n'étaient plus que des bêtes de somme qui vidaient des norias de navires et de cargos de leurs chairs pour nourrir Marseille, et se nourrir eux. Si La Foudre était au courant, c'était que Jacotte avait dû parler. À cette heure-ci, toute la Fosse devait savoir. Et la famille Talsimoki ne tarderait pas à l'apprendre, elle aussi.

À la pause, Jean Dimare serra furtivement La Foudre dans ses bras et lui raconta tout. Obéissant aux conseils du vieux, il ne termina pas sa journée. Sur ses gardes, la main étreignant fort dans sa poche une lame qui ne le quittait jamais, il abandonna les docks, remonta à pied à la Belle de Mai, récupéra le peu d'argent qu'il avait réussi à économiser, fit son baluchon et attendit la nuit pour rejoindre le port. Il savait que le *Chile*, un long-courrier de la Compagnie des messageries maritimes, appareillait le lendemain. Direction Buenos Aires, via Rio de Janeiro.

En attendant le lever du jour, il prit bien soin de ne jamais rester immobile, attablé à un bar ou assis sous un porche. Le béret enfoncé sur son crâne, il arpenta une dernière fois les rues de Marseille, sa ville, qu'il abandonnait pour sans doute ne plus jamais revenir. La Foudre avait promis d'envoyer le lendemain un câble à ses parents. Eux non plus, dans leur temps, n'avaient pas réussi à faire souche à Marseille. Comme lui, son père s'était échiné à la Joliette, pendant que sa mère avait commencé par faire les dattes avant de trouver à se placer dans un petit restaurant de la rue du Loisir. La guerre était venue. Quitte à crever de faim, ils étaient retournés finir leur vie dans le petit hameau du père, perdu du côté de Florence. Retourner chez les siens n'avait même pas effleuré la cervelle de Jean. Il savait que, là-bas, il n'y avait rien. Ni pain, ni travail. Juste des pierres à manger. Et Jean Dimare s'était juré de réussir.

Quand le soleil se décida enfin à diffuser un jour sale à la face de Marseille, il se trouvait sur la grande corniche surplombant la plage des Catalans. Accoudé à la rambarde, il s'accorda un court instant pour adresser une prière à Notre-Dame-de-la-Garde. Puis il se retourna vers la mer.

Rio de Janeiro était là. Elle l'attendait.

De l'autre côté du monde.

2

Alors que Marseille ébrouait à peine la nuit glaciale qui lui poissait aux flancs, Jean Dimare se rendit au consulat général du Brésil où il dut faire le pied de grue durant une bonne demi-heure avant d'être reçu par un employé bougon et hautain. Lorsqu'il fit son entrée dans le luxueux bureau tout en longueur, le responsable à l'émigration ne releva pas même son visage, tout absorbé qu'il était par la lecture de son journal, le *Diario das Noticias*. Aux murs, dans des cadres de stuc doré, de vieux représentants de la toute jeune république brésilienne arboraient des airs stricts, le regard perdu dans le lointain. Au-dessus du barbon, sur la bannière verte, jaune et bleue, la devise du Brésil claquait fièrement, en toutes lettres : *Ordem e progresso*. Ordre et progrès.

Après plusieurs minutes d'attente respectueuse, Jean Dimare avança de façon gauche jusqu'à la banque de bois vernis. Chacun de ses pas s'incrustait dans l'épaisse moquette rouge et abandonnait au passage des traces de boue. Enfin, il hasarda timidement, mais dans un portugais impeccable :

– Excusez-moi, monsieur. Je viens pour les papiers d'émigration…

Le nabab de l'administration ne broncha pas. Sur la dernière page du journal qui masquait son visage, Jean apprit par une réclame que deux cents danseuses, « parmi les plus belles de ce siècle et de celui à venir », donnaient au Cinéma Palais de Rio de Janeiro un spectacle de *maxixe** époustouflant. Cette annonce le fit sourire. Mais, à cet instant précis, il se moquait de toutes les danseuses du monde et finit par répéter, d'une voix plus ferme :

– Monsieur ? C'est pour les papiers. Je dois partir ce matin. J'embarque sur le *Chile*.

L'homme consentit enfin à baisser son journal et les deux cents danseuses de *maxixe* disparurent dans le même mouvement. Il se racla la gorge, ôta son lorgnon. La cinquantaine bien passée, quelques mèches de cheveux blancs tirées à se rompre vers l'arrière du crâne, le cou débordant de son col dur et immaculé, il toisa le jeune homme d'un air tout à la fois moqueur, faussement paternaliste et méprisant. Bien que Jean se fût exprimé en portugais, le représentant du consulat se fit un point d'honneur à lui répondre en français :

– Tiens donc ! Encore un candidat à l'émigration !

– Oui, monsieur.

– Et je suppose qu'après avoir quitté le Portugal pour la France, vous désirez maintenant rejoindre notre pays pour y tenter fortune ?

– C'est un peu ça, monsieur…

– Mais bien entendu que c'est cela !

Il glissa ses pouces dans les poches de son gilet et battit sur son estomac un rythme imaginaire de ses doigts boudinés :

– J'ai le regret de vous apprendre, mon petit ami, que vous ne partirez pas. Aussi vrai que je m'appelle Ignacio da Vila, vous ne partirez pas. Et en tout cas, certainement pas ce matin !

– Mais pourquoi ? Mon bateau quitte le…

– Il suffit ! J'ai reçu de la République des ordres très stricts et qui ne souffrent aucune exception. Dorénavant, le contrôle des candidats au départ sera draconien. Que voulez-vous : notre République étouffera bientôt sous les immigrés si l'on n'y prend pas garde ! Italiens, Portugais, Français, Espagnols, Allemands… Et même des Japonais

---

* La traduction des mots en italique se trouve en fin d'ouvrage, dans le glossaire. (*NdA*)

débarquent tous les jours, par milliers, à Bahia ou à Rio de Janeiro ! Le Brésil est une nation neuve, monsieur ! Une nation propre !

Il se dressa sur ses ergots, rechaussa ses lorgnons et, sous les yeux effarés de son visiteur, il grinça :

– Alors, dites-moi un peu : comment notre patrie pourrait-elle se développer de façon harmonieuse si, sans arrêt, des flots de métèques et de jean-foutre viennent se mélanger en son sein ?

Comme la veille au soir, les yeux de Jean Dimare se mirent à briller de colère. Il avança d'un pas et, alors qu'il cherchait le meilleur moyen de répliquer, le garant de la pureté ethnique afro-lusitanienne se reprit aussitôt :

– Mais je ne dis pas cela pour vous, c'est évident ! Vous êtes jeune, d'origine portugaise de surcroît. Rien à voir avec les noirs, les Arabes et tous les macaques de l'Afrique qui défilent dans ce bureau. Mais hélas, la République l'a décidé ainsi : chaque demande de visa doit être passée au peigne fin. Et je ne peux rien pour vous avant au moins deux bonnes semaines, à dater de la remise des documents d'informations dûment remplis par vos soins…

Ce disant, il déposa sur le plateau de la banque un formulaire administratif et entreprit de nettoyer ses lorgnons d'un air gonflé d'importance. Jean Dimare saisit les feuillets et rebroussa chemin. Dans son dos, il entendit encore le scribouillard grommeler :

– C'est de la patrie dont il s'agit… Laissons-lui le temps de se construire, pour l'amour de Dieu !

Une heure plus tard, Jean Dimare glissait discrètement cent vingt francs au taulier de l'Hôtel des Émigrants, rue Fauchier. En échange, celui-ci lui rendit avec un bon sourire ses papiers : son passeport portait désormais, avec une encre toute fraîche, le tampon officiel du consulat général du Brésil à Marseille. Dans ce quartier, tout s'achetait, tout se négociait. La contrefaçon y était érigée en une forme d'art moderne.

Durant les quinze jours de la traversée, Jean Dimare se lia peu, ne pensa à rien. Sauf à l'instant du départ. Une demi-heure avant le dernier coup de sirène, la cloche retentit pour avertir les accompagnateurs que le temps était venu de regagner le quai. Ce mugissement métallique lui glaça les os. Titubant, la fièvre au corps, il quitta la cale et se posta à la proue du *Chile*. Malgré les coups sourds des turbines, il entendait encore l'effervescence provoquée par le départ imminent. Les serments d'amour, les conseils de prudence, les derniers sacs de charbon qui se déversent, les ultimes caisses et malles-cabines, les grondements et les injures des débardeurs exténués. Sans parler des petits vendeurs et des camelots en tout genre, pressés de refourguer leurs marchandises avant que le commandant ne se décide à lever l'ancre.

Enfin, le *Chile* s'ébroua. Sous le ciel bas, il quitta le port de la Joliette. Imperceptiblement, il s'éloigna de Marseille. Chaque tour d'hélices tirait un peu plus sur l'attachement que Jean Dimare avait avec sa ville. Les premiers paquets de mer commencèrent à éclater contre l'étrave du paquebot.

Il eut une pensée émue pour La Foudre. Une autre pour Jacotte et son odeur de citron vert.

Trois coups de sirène lugubre. Alors, pour la première fois de sa vie, Jean Dimare se sentit un homme libre.

Après une halte à Lisbonne, aux îles Canaries et une autre à Dakar, le paquebot *Chile*, un rouleur effilé de plus de dix mille tonnes pour une longueur de cent cinquante mètres, mit enfin cap sur l'Atlantique Sud. Pour payer son voyage, soit près de trois cents francs, Jean Dimare avait négocié avec le sous-commissaire de bord, M. d'Archambaud, un Breton qui avait croisé sous toutes les latitudes et qui, aujourd'hui, finissait sa carrière dans un va-et-vient réglé comme une horloge entre Marseille et l'Amérique du Sud. Jean avait lâché le nom de La Foudre. Le sous-commissaire avait aussitôt accepté. Il vérifia ses papiers avec un sourire en coin et le conduisit à l'entrepont où une partie de la cale avant accueillait les émigrants, les mendiants de la mer. Parmi toute une foule d'hommes et de femmes aux visages gris, aux traits tirés, il se trouva une paillasse où il put déposer son baluchon.

La traversée jusqu'à Rio de Janeiro passa comme dans un songe. Dès le deuxième jour de mer en direction de Dakar, la température commença à augmenter insensiblement, grâce à un soleil qui semblait de printemps. Le paquebot filait à vive allure sur une mer d'huile baptisée à l'indigo. De temps à autre, des dauphins ouvraient la route au bâtiment, l'accompagnaient un instant et disparaissaient enfin dans de grands bonds d'écume verte et blanche.

Toute la vie du bord, des premières jusqu'à l'entrepont, s'écoulait au rythme de la cloche sonnant les différents repas. Dans sa cale, Jean Dimare ne connut pas, au cours de ce voyage, les fastes de la salle à manger, du salon de musique ou du fumoir aux cuivres astiqués tous les jours par le personnel de bord en habits et gants blancs. Ces hauts lieux du luxe, présidés par le commandant et le commissaire de bord, étaient réservés à l'élite, la gentry. Ces riches voyageurs étaient, pour la plupart, des hommes d'affaires qui avaient fait fortune dans le café de São Paulo et le caoutchouc amazonien. On trouvait aussi, dans ces premières, des dignitaires de la République, des ingénieurs et des agents supérieurs du chemin de fer français, des officiers d'infanterie et d'artillerie de marine, debout dès l'aube, moustache au vent, rivalisant de politesse et d'attention pour le moindre jupon battant pavillon féminin. Tout ce joli monde rentrait au pays, qui à Bahia, qui à Rio de Janeiro, des souvenirs plein la tête.

Ceux des secondes, en revanche, allaient découvrir un pays grand comme un continent, le cerveau tout bouillonnant d'espoirs et de rêves de réussite. Ces voyageurs issus de la classe moyenne, que le hasard ou la fortune avaient poussés vers les côtes du Brésil, se composaient, pêle-mêle, de mécaniciens de chemin de fer, d'un imprimeur, de trois curés, d'un fabricant de caisses d'emballage et un autre de briquets, tous persuadés qu'ils pourraient monter une affaire dans ce pays où, disait-on, tout était possible. Un photographe, un employé des Ponts et Chaussées, un instituteur

ethnologue, trois Chinois silencieux, un couple de distribu-
teurs de voilures et accessoires ou encore une douzaine de
femmes de tous âges, se disant artistes de théâtre, formaient
le gros de la troupe.

Ces deux mondes et celui de l'entrepont ne se mélangeaient pas. Jamais.

Jean Dimare vécut cette traversée avec une béatitude
tranquille, nouvelle pour lui. Rien ne l'attachait plus désormais à Marseille et cette vendetta grecque avait au moins
eu le mérite de l'arracher à son quotidien d'aconier. Le
Brésil serait ce qu'il serait. Il parlait couramment la langue
portugaise, n'était pas fainéant, savait lire et écrire. Il finirait bien par s'adapter, surtout si ses parents, qu'il avait fait
prévenir par La Foudre, avaient pu joindre quelqu'un de
leur connaissance, à Rio de Janeiro. Sa mère, Andrea da
Cunha de son nom de jeune fille, lui avait toujours parlé
d'un lointain cousin qui avait tenté l'aventure au-delà de
l'Atlantique. Si elle parvenait à retrouver son adresse, alors
que Jean n'était pas encore arrivé, il serait déjà attendu !

Le seul changement dans l'ordinaire fut le soir du
31 décembre. Ce fut une soirée merveilleuse, passée sur la
pointe avant du paquebot, avec un tapis d'étoiles ocre four-
millant au ciel pour tout décor.

Tous les émigrants finirent par s'y retrouver, un à un,
unis pour la mort de cette année 1920, le nez tourné vers
l'avenir. Sur cet espace délimité d'acier, de fonte, de bois
et de cordages, ce fut à croire que toute l'humanité du
monde se ramassait là, à cheval sur les vagues, les yeux
posés sur le velours bruissant de la nuit bleue. On ne se
comprenait pas, mais on se souriait. Des Portugais sortirent
deux guitares et entonnèrent un fado nostalgique, dont les
paroles, sous cette nuit chaude, célébraient l'éternité de
l'amour et de ses souffrances. Dans leur langue, un couple
de Dahoméens, recroquevillés contre le bastingage, chantèrent aussi une mélopée, sur un rythme lent et entêtant.
Seul l'homme battait des mains pour imprimer la cadence
dans l'océan. La femme psalmodiait la mélodie et donnait

le sein à son nouveau-né. Puis la musique passa de bouche en bouche, d'Espagne en Arménie, de Russie en Ukraine, Antilles, Pologne, Australie, Tahiti, Autriche, Madagascar, Casablanca. Perdus dans l'immensité de leurs rêves qui résonnaient sous la voûte lunaire, ils étaient hors du temps. Et c'était sans doute pour cela qu'ils chantaient et qu'ils chantèrent jusqu'à tard dans la nuit, bien après que les cris de joie des premières et des secondes se soient tus, lorsque les oignons et les montres à gousset eurent indiqué minuit.

Jean Dimare passa la nuit à fumer du gris et à boire un rhum ambré des îles que son voisin, un Guadeloupéen gigantesque et taciturne, semblait tirer comme par magie de son havresac.

Quand, enfin, il se coucha sur sa paillasse dans la moiteur de la nuit tropicale, l'alcool l'autorisa à garder en mémoire les étoiles qui pailletaient la mer et l'horizon.

Cette nuit-là, elles furent pour lui seul.

Et il s'y vautra avec une fureur gourmande.

Le lendemain, dans la matinée, une série de hurlements de sirènes firent sursauter l'ensemble des passagers. De la cale aux premières, ce fut une véritable explosion de joie. Chacun abandonna son activité du moment et courut s'agripper de son mieux au bastingage, les yeux écarquillés vers l'ouest, la poitrine soulevée d'une fièvre nouvelle : les côtes du Brésil étaient enfin en vue.

Au bar, une dizaine d'habitués continuèrent, eux, à faire leur train, à boire des cafés arrosés d'armagnac ou de cognac, à lire les dernières nouvelles de la revue du bord qui, grâce aux télégrammes captés par le sans-filiste, donnaient des nouvelles fraîches des terriens. Le cigare ou la pipe d'écume aux lèvres, l'air ouvertement désabusé de ceux qui n'en sont pas à leur première traversée, ils commentaient d'un ton las les ultimes potins mondains. Rien au monde n'aurait pu les faire se départir de leur morgue naturelle, pas plus que de leur mépris aristocratique pour les badauds qui s'agglutinaient contre les rambardes.

Il était dix heures du matin. La dernière heure avant laquelle le soleil prend possession de chaque être et de chaque chose, à Rio de Janeiro. Très vite, il ensevelit le *Chile* dans une poche suffocante tandis que des vagues de chaleur commençaient à danser devant les yeux des voyageurs. Hommes et femmes, dans cette coulée de lave invisible, se mirent à transpirer abondamment. Les étoffes collèrent presque immédiatement aux peaux, les yeux cillèrent pour tenter de résister à la réverbération. La sueur ruissela sur les nuques et les fronts, sans discontinuer, des traînées qui semblaient laver, baptiser les nouveaux venus. Les premiers évanouissements se produisirent dans la demi-heure. Le médecin, largement rompu à ce phénomène, arpenta alors la foule et, suivi de deux garçons de salle, distribua des verres d'eau et des conseils de prudence d'une voix molle.

Jean Dimare sentit lui aussi sa tête tourner. Bientôt, lorsque tous les autres voyageurs battirent en retraite à la recherche d'un peu de fraîcheur, il se retrouva seul à la proue du paquebot.

Le bâtiment progressait maintenant à allure réduite, presque au pas, le drapeau sanitaire jaune hissé à la hampe, mais que l'on aurait pu croire en berne tant l'air manquait. Dans deux heures au maximum, un médecin brésilien, à bord d'un petit navire transbordeur, monterait à bord et vérifierait qu'aucune maladie ne s'était déclarée. Alors, et seulement à ce moment-là, le *Chile* pourrait venir s'arrimer au port carioca.

Les soutiers, dans le ventre grondant du bateau, pouvaient commencer à souffler. Le torse nu, barbouillés de charbon, rôtissant devant les gueules d'acier du foyer de jour comme de nuit, pelletant sans cesse pour que les turbines tournent à plein régime dans un vacarme infernal, crachant de la houille par la bouche, par la peau, par les yeux, piquetés d'escarbilles, soûlés de fumerolles, brûlés à tous les membres au hasard des tempêtes, des coups de vent et des trous de mer, les soutiers avaient nourri la bête jusqu'à s'arracher la peau des mains. À présent, le *Chile* ronronnait de la poupe à la proue et rentrait bien sagement au port.

S'il ignorait tout de cette nation, Jean Dimare n'en connaissait pas moins les légendes qui couraient sur ce pays dans lequel on aurait pu construire, paraît-il, plus de quinze France.

De Rio de Janeiro, il ne vit tout d'abord dans le lointain qu'une carte postale indécise, un panoramique fuyant et distordu, étamé par les coups de masse du soleil. Ce ne fut ainsi qu'une ombre noire, mouvante, qui semblait flotter sur l'eau. Jean se souvint de ce que l'on disait dans les caboulots marseillais. Le Brésil regorge de sauvages, d'Indiens nus sous leur pagne, armés de sagaies et de sarbacanes. Des sauvages, parfaitement ! Et qui n'hésitent pas à vous égorger à la moindre occasion, avant de vous faire rôtir sur l'une de leurs plages. Et de vous dévorer.

Çà et là, des îles de toutes tailles, comme éparpillées à la va-vite par le Créateur pour parachever son œuvre. Le paquebot progresse toujours. Et Jean Dimare se penche à la proue. Chaque tour d'hélices le déracine toujours plus, le rapproche de l'Amérique du Sud. La large barre noire choisit enfin une couleur. Ce sera le vert. Jean redresse la tête : le drapeau jaune est baissé. Le *Chile* continue à glisser moelleusement dans l'eau salée.

De là où il est posté, il ne perd pas une seconde de cette avancée au ralenti. Tous muscles tendus, les yeux grands ouverts malgré les claques de lumière que lui renvoient les vagues, il sent gronder dans tout son corps les turbines du long-cours. La baie est proche. Elle déclenche maintenant une explosion de tous les verts que la nature a pu mettre au monde avant de les jeter en pâture aux rayons du soleil. La conque de la baie s'est dressée, majestueuse. Bien qu'il ne puisse pas encore distinguer la moindre trace d'activités humaines sur la rive, Jean Dimare est pourtant obligé de lever encore la tête, à se tordre le cou, pour embrasser la baie dans son ensemble.

Rio de Janeiro. C'est un hémicycle grandiose, démesuré. Où qu'il pose le regard, la jungle déboule et caracole des pitons rocheux d'un blanc pur pour plonger dans l'océan. Ces caps en accores fouettés de lumière ne contiennent qu'avec peine cet océan de forêt vierge qui bouillonne, grossit, s'émulsionne elle-même, se tend à rompre vers le ciel bleu azur, s'arc-boute sur les crêtes et les mornes, jette ses lianes et ses palmiers vers le néant avant, vaincue par l'appel de la terre, de retomber en cascades grouillantes et de dévaler les pentes de ces cônes piriformes jusqu'aux plages d'or.

Pas encore d'Indiens, donc. Mais, sur l'eau, toute une noria de bateaux. Un caravansérail d'embarcations où les lignes élancées de navires majestueux croisent des barques aux voiles latines teintes en jaune, en bleu turquoise et, toujours, en vert.

Au loin, si proche maintenant qu'il semble pouvoir le caresser de la main, le port de Rio fourmille de grues et de palans, de débardeurs, d'aconiers, de camions et de voitures, de peaux vieil ivoire, blanches, noires, métisses. Le *Chile* lance un dernier coup de sirène satisfait.

Sur une baie, plus à l'ouest, un gratte-ciel ultramoderne et esseulé semble faire la nique à un morne gigantesque, le plus haut d'entre tous. La voix du sous-commissaire de bord d'Archambaud murmure alors, dans le dos de Jean Dimare :

– Tu vois, petit. Cette montagne, ici on l'appelle le Corcovado. Ça veut dire le bossu...

RIO-LA-BLANCHE

3

Le *Chile* achevait ses manœuvres d'amarrage. De son poste, Jean Dimare observait avidement les grouillements qui, sur tous les ports du monde, saluent l'arrivée des bateaux au long cours. À quai, la foule se pressait pour accueillir les voyageurs. Il n'en voyait qu'une multitude d'ombrelles blanches qui fleurissaient sur la masse bouillonnante des hauts-de-forme et des chapeaux melons, des bérets, des casquettes, des canotiers et des panamas, ou encore de simples mouchoirs noués autour des crânes, selon le rang social de chacun. Les notables et les bourgeois transpiraient stoïquement, harnachés dans des redingotes anthracite, des cols empesés montant jusque sous les mentons, les pieds compressés dans des souliers vernis, la chemise blanche tapissée d'une sueur toute républicaine.

Soudain, une fanfare située au pied de la passerelle entama l'hymne du Brésil dans un silence respectueux. Les militaires présents se mirent au garde-à-vous tandis que les patriotes de tous âges posaient la paume de leur main droite sur le cœur. Quand la dernière note tomba, l'ensemble de la foule applaudit à tout rompre et le désordre ambiant reprit ses droits. Jean n'entendit plus alors qu'un murmure floconneux, assourdi par le soleil, transpercé de temps à autre par les hurlements de vendeurs et de camelots tentant de se frayer la meilleure place le long du débarcadère. Les voyageurs qui descendraient les premiers du paquebot seraient ceux des premières, suivis tout aussitôt par le flot des secondes. Il ne fallait pas les rater. Les pièces pleuvraient pour les plus débrouillards et, surtout, pour les crieurs de journaux. La nostalgie du pays, la *saudade*, rendait les nouveaux arrivés particulièrement généreux. Quand ce serait au tour des migrants de prendre pied sur le continent, la foule serait déjà partie. Le quai, désert. Personne ne les attendait. Sauf, au-dessus du couloir d'accès, une pancarte qui pendait au bout de deux chaînes. On pouvait y lire, en portugais, en allemand, en tchèque et même en russe, ces quelques mots : « Tu étais un étranger, mais le Brésil t'accueille comme l'un des siens… »

Jean fut le premier de l'entrepont à passer aux formalités de douane. Dans le lot des déracinés, il était le seul à parler portugais et il pénétra, avec une sourde appréhension, dans le petit réduit prévu à cet effet. Le douanier chargé de contrôler les voyageurs du *Chile* était un homme d'une trentaine d'années, étroit d'épaules, engoncé dans un uniforme flambant neuf, des lorgnons cerclés de fer en équilibre sur un long nez énergique. Il leva sur Jean Dimare un regard inquisiteur. Sa voix de fausset, on n'aurait pu dire si elle était grave ou aiguë tant elle dérapait dans l'échelle tonale à chaque mot, piailla :

– Passeport et feuille de débarquement !

Jean tendit le tout d'une main moite :

– Voilà, monsieur. Tout est en règle, je pense.

À ces mots, le regard du préposé se fit plus torve :

– Vous parlez notre langue ?

– Oui, monsieur.

Pour le douanier, c'était une bonne nouvelle. Dernière recrue de l'administration prestigieuse des douanes brésiliennes, c'était toujours sur lui que reposait la délicate mission de passer ces immigrants à la loupe. Chaque cas, ou presque, posait invariablement problème, et seul le langage des mains et des mimiques parvenait à débrouiller les nœuds administratifs les plus serrés. Cependant, ce Jean Dimare avait voyagé avec la lie du transatlantique. Il ne possédait aucun bagage, hormis son baluchon bien maigre. Et tout indiquait donc qu'il avait quitté son pays de façon précipitée.

Le douanier saisit les documents et les examina avec la plus grande attention. Après deux longues minutes de perplexité, il redressa son visage hâve dans la pénombre de la pièce et interrogea :

– Vous êtes français ?

– Oui, monsieur.

– Et vous parlez portugais ?

– Oui. Ma mère est de Coimbra, monsieur.

– Et votre père ?

– D'un village près de Florence, en Italie.

– C'est cela, c'est cela…

Dans le bruit provoqué par le transbordement des malles et des bagages, le douanier scruta à nouveau les documents. Puis il encra un large tampon officiel au manche noir et, au moment de l'abattre sur le passeport, il interrompit soudain son geste :

– Pourquoi avez-vous quitté Marseille et choisi notre République ?

Jean se sentit blêmir. Une vague glacée figea son estomac. Malgré la chaleur suffocante, il fut pris d'un violent frisson qu'il s'efforça de masquer de son mieux. Sous le long nez en cap, les lèvres fines reprirent d'un ton sec et supérieur :

– Quand je pose une question, je veux une réponse !

– Oui, monsieur.

– Pourquoi as-tu quitté la France ?

Jean bredouilla :

– Pour venir ici, au Brésil. Et pour… pour travailler, monsieur !

– Et tes bagages ? Tu n'as que ça ?

Ce disant, il défit le nœud du havresac et en répandit le contenu sur le bureau. Du bout du porte-plume, il fouilla dans le tas de loques avec une méfiance accrue. Puis il aboya à nouveau :

– Alors ? Tu n'as que ça ? Rien d'autre à déclarer ?

– Non, monsieur…

Le préposé reprit le tampon, l'encra à nouveau avec minutie mais, au lieu de le soulever dans les airs, il le reposa sur le petit tourniquet de fer chromé. Visiblement, cette histoire ne lui paraissait pas nette. Il sortit un grand mouchoir blanc à carreaux de sa poche et sécha la sueur qui perlait à son front. Aucun doute : il devrait en référer à son supérieur. Il devrait aussi remplir de son écriture laborieuse un procès-verbal, ainsi qu'une interminable liasse de formulaires administratifs.

À coup sûr, cela lui prendrait des heures. Mais il n'était pas homme à laisser son pays accueillir un voyageur douteux, peut-être un meurtrier caché, voire un suppôt, un espion de l'Empire portugais dépêché dans le nouveau monde pour affaiblir la république triomphante ! Ragaillardi par cette bonne résolution, il ouvrit le tiroir et, alors qu'il allait en retirer les formulaires idoines, Jean Dimare se pencha vers lui, par-dessus la lampe de verre et de cuivre qui séparait les deux hommes. À voix très basse, il murmura :

– Monsieur, je vous ai menti. J'ai quitté la France pour une raison bien précise. Pour échapper à une menace…

Le fonctionnaire retira ses lorgnons et s'approcha à son tour. Jean reprit avec le même accent de confidence émue :

– Je ne sais pas si vous me comprendrez, monsieur.

– Parle toujours…

– Voilà. Ça vous fera sans doute sourire, mais…

– Mais quoi ?

– À Marseille, je vivais un véritable enfer avec…

– Avec qui, bon sang ?

Jean soupira longuement. Puis il avoua enfin, d'une voix mouillée par l'émotion :

– Avec ma fiancée…

– Quoi ?

– Oui, monsieur. Avec ma fiancée. J'avais cru tout d'abord trouver une gentille môme. Mais, du jour où on s'est fiancés, elle m'a rendu la vie impossible. Une vraie furie, monsieur ! C'est pour ça que j'ai quitté la ville comme un voleur. Pour ça et pour rien d'autre. Mais vous ne pouvez sans doute pas comprendre…

Le fonctionnaire retomba lourdement dans son fauteuil. Les yeux dans le vague, il sentit l'angoisse le prendre à la gorge. Bien sûr, qu'il comprenait ! Qui mieux que lui aurait pu comprendre cette fuite ? Sa propre femme lui avait joué le même tour. Mais elle, elle avait attendu jusqu'au mariage ! Dès le lendemain des noces, elle s'était métamorphosée au point qu'il avait cru à de la sorcellerie et à quelque méchant sort. Nina, sa petite femme aux yeux toujours pudiquement baissés, ne disant jamais non, prévenant ses moindres désirs, acceptant tout, cette nymphe qui l'écoutait des heures durant lire des poèmes sous l'œil bienveillant de sa mère, lui apportant son café et ses liqueurs, l'appuyant dans tous ses discours, le frôlant quelquefois d'une main pudique du temps que son regard ardent lui promettait des folles nuits d'extase…

– Monsieur ?

… cette perfection faite femme avait, dès le lendemain des noces, tourné casaque pour se changer en une harpie insupportable, inhumaine, critiquant tout, gérant tout, criant contre lui du soir au matin et du matin au soir, lui interdisant la loterie du *jogo do bicho*, la *cachaça* réparatrice, et jusqu'au plus petit verre de bière…

– Monsieur ? Ça ne va pas ?

… à tel point que, depuis un an, il dépérissait à vue d'œil, n'avait plus le goût à rien, avait perdu tous ses amis, trimait comme un galérien et en arrivait quelquefois, la nuit, à se réveiller en sursaut, de sombres projets de meurtre grondant dans son crâne.

Il s'ébroua un peu, sécha à nouveau son visage et sa nuque glacés et, d'une main ferme, il tamponna d'un coup sec le passeport. Puis il écrivit sur le visa, d'une écriture tremblante : João Domar.

Avec un sourire complice, il rendit tous ses papiers à celui qu'il considérait désormais comme son alter ego, son frère d'infortune qui, lui, avait eu le courage de la fuite. Pendant que Jean, devenu João, abasourdi, remballait ses affaires, le douanier murmura à son tour :

– Je voulais être poète, monsieur. Poète ou littérateur…

Puis il fit le tour du bureau et lui serra fiévreusement le bras :

– Je vous souhaite bienvenue au Brésil, monsieur. Et méfiez-vous des Brésiliennes. Elles ont l'air de saintes, mais ce sont en réalité des démons…

Quand João Domar franchit la porte, le douanier continuait d'ouvrir de grands yeux de possédé et, l'index sur les lèvres, il ajouta encore :

– Des démons, je vous dis. Méfiance…

Jean Dimare, subitement devenu João Domar, et ayant ainsi changé de nationalité et de nom par le miracle d'un amour contrarié, quitta à pas pressés l'exigu et sombre bureau de vérification des douanes. Lorsqu'il poussa la porte, il reçut en plein visage la gifle aveuglante du soleil à son zénith. C'était fait. Il avait accosté sur la baie de Guanabara. Face à lui, depuis le *Chile*, il voyait s'étendre à perte de vue les hangars et les entrepôts, écrasés de chaleur, à droite et à gauche de l'anse verte, sur des kilomètres. À pas lents, les porteurs s'éloignaient avec les derniers passagers ou, épuisés, s'étaient affalés à l'ombre, sur des tas de cordages lovés ou quelques malles rassemblées en tas. De leur côté, les aconiers et les débardeurs poursuivaient leurs tâches, vidant avec méthode, mais sans empressement excessif, les cales du transatlantique.

En ce dimanche, le port de Rio de Janeiro éclatait de blancheur et vous soufflait à la face des bouffées puissantes chargées d'iode, de charbon brûlé, de fruits pourris, d'excréments de chevaux de trait et de mules qui ahanaient, hagards, dans le plomb du soleil. Derrière les grands bâtiments, on devinait la ville. Dans les brumes de la fournaise, surplombant la cité, les mornes tremblaient, vibraient avec intensité, tendus vers le ciel mais sans cesse rabattus au sol, arrimés par les inextricables entrelacs de lianes et d'arbres.

João jeta son havresac sur son épaule et descendit la passerelle. À chacun de ses pas, les collines s'enfoncèrent derrière les bâtiments du port jusqu'à disparaître tout à fait, masquées par les façades de pur style haussmannien. Parvenu sur le quai, il aurait pu se croire à Marseille, à la Joliette, môle D. Il déposa son baluchon à ses pieds, retira sa veste de toile bleue et, assis sur un trottoir, entreprit de se rouler une cigarette de gris. C'était clair. La Foudre n'avait pas réussi à joindre ses parents. Ou bien, ceux-ci n'étaient pas parvenus à câbler son arrivée à un hypothétique oncle ou cousin. Peu lui importait. Il n'était ni le premier ni le dernier émigrant à prendre terre ici. Il parlait le portugais. Il trouverait des gâches à faire pour assurer son gagne-pain. Ce n'était pas le courage qui lui manquait. À vingt-trois ans, cela faisait déjà une douzaine d'années qu'il travaillait. Il était dans la pleine force de son jeune âge, il connaissait la vie, savait se contenter de peu, pourvu qu'il ait à manger et à fumer.

Soudain, une voix grave lui fit lever la tête :

– Alors, jeune homme ? C'est bien vous, Jean Dimare ?

L'individu qui l'avait apostrophé était vêtu en bourgeois, redingote sombre, pantalon de flanelle blanche, vernis noirs et guêtres couleur crème, chemise trempée de sueur et canotier de paille blonde agrémenté d'un large ruban noir. Comme João ne lui répondait pas, il reprit, dans un français bredouillant :

– Toi ? Jean ? Jean Dimare ? Fils de mon cousine Andrea ?

– Oui, monsieur, répondit João en portugais. Je suis Jean, et ma mère s'appelle bien Andrea…

Immédiatement, le visage de l'homme s'ouvrit d'un sourire franc et plein. Avec un mouchoir, il essuya d'un mouvement brusque son visage orné d'une splendide paire de moustache, ôta ses lunettes à verres épais et fit un pas en avant pendant que João se levait. Les yeux du bourgeois brillaient de bonheur. Alors, il ouvrit ses bras en croix et serra à l'étouffer le jeune homme contre lui, en balbutiant d'une voix mouillée :

– Jean, mon neveu… Jean… À dater de ce jour, tu seras un fils pour moi. Parole de Dom Francisco da Cunha !

À trois reprises, avec la même vigueur, il renouvela l'accolade. Puis il se baissa soudain, ramassa le havresac, perdit puis récupéra son canotier qu'il vissa de guingois sur son crâne, saisit João au bras et l'entraîna avec lui vers la sortie, sans cesser de rire et de répéter :

– Viens avec moi, fils ! Viens avec moi… Viens, fils !

À cet instant, près du *Chile*, un aconier à la peau noire et luisante souleva sa machette d'acier dans les airs. Il l'abattit d'un coup sec et précis sur une noix de coco tout juste cueillie. Le lait translucide jaillit alors en corolle et le blanc éclatant de la chair palpita dans la violence du soleil de Rio de Janeiro.

4

Pour rejoindre le quartier de Santa Teresa où il habitait, l'oncle Dom Francisco héla le premier taxi qui passait à proximité de l'entrée du port, une vieille Peugeot Bébé six chevaux repeinte en bleu. D'un ton ferme et empreint d'une touche de suffisance, il indiqua au chauffeur, un mulâtre à la peau de miel et aux fines moustaches coupées ras :

– Lapa, je vous prie !

– Bien, docteur…

Puis, tout en prenant place à l'arrière de la vieille chignole, il ajouta :

– Mais vous passerez par Gloria.

Le chauffeur ouvrit des yeux étonnés :

– Par la Cidade Nova, c'est plus court, non ?

– Par Gloria, j'ai dit ! Et vous vous arrêterez à l'aqueduc de Lapa, au terminus du tramway.

– C'est vous qui payez, c'est vous qui commandez…

Et il passa une première poussive, dans un grand nuage de fumée et une série d'explosions sourdes. João et l'oncle s'accrochèrent fermement à leur siège tandis que le chauffeur se mettait à siffloter un air de *maxixe* et à tambouriner du bout des doigts sur son volant.

– D'ordinaire, je prends le tramway, murmura tout bas Dom Francisco. C'est rapide et l'on y respire mieux. Puis, les taxis, ce sont tous des voleurs. C'est connu…

– Voulez-vous qu'on…

L'oncle posa une main paternelle sur le genou de João. Avec son grand sourire, il l'interrompit :

– C'est la première fois que tu viens à Rio, mon fils. On

va prendre le bord de mer, jusqu'à Gloria. Il faut que tu voies la plus belle ville du monde...

Malgré les fenêtres ouvertes et un vent léger montant du noroît, la chaleur dans le taxi était à la limite du supportable. De sa voix grave, spartiate dans cette fournaise, l'oncle ne s'interrompit pourtant pas de parler. Après les banalités d'usage visant à demander des nouvelles de sa cousine de Coimbra, qu'il n'avait en fait jamais vue et dont il n'avait appris l'existence que par un câble, quelques jours plus tôt, il se conduisit en parfait gentleman et s'appliqua à vanter sa ville, demandant au chauffeur de ne pas rouler trop vite. À chaque coin de rue, il expliquait, précisait, indiquait, rappelait des faits historiques qui s'étaient déroulés la veille ou quatre cents ans plus tôt. Le Brésil était en pleine construction. Le Brésil restait à bâtir. Le Brésil était glorieux. *Ordre et progrès* ! Et Rio de Janeiro était sa perle la plus précieuse.

Mais l'oncle aurait tout aussi bien pu se taire. João n'entendait d'ailleurs que la musique de ce discours, sans écouter les mots. Car à cette heure sans ombre, nue et crue, la ville lui offrait sans la moindre pudeur le plus beau d'elle-même.

À gauche, la houle de l'océan Atlantique ourlait des plages désertes et couleur de blé mûr. Celles-ci s'étiraient à l'infini, dans une multitude de petites anses dorées. Quelques palmiers aux longs cous, en ondulant, semblaient se pencher en avant pour boire à même l'écume. Au large, des barques de pêcheurs, des têtes d'épingles aux couleurs vives, piquetaient l'immensité de l'océan. Leurs longues voiles, taillées en lames de couteaux, prenaient le vent et faisaient glisser les coques avec élégance sur les crêtes des vagues, maintenues en équilibre par des balanciers de bois.

Abandonnant le morne de São Bento, le taxi sinuait maintenant mollement, en courbes douces, sans à-coup. João inspira profondément et sentit sa tête tourner. La fatigue du voyage pas plus que la fumée âcre du long cigare que l'oncle venait d'allumer n'y étaient pour quoi que ce soit. Ce qui le soûlait, comme un rhum noir et fort descendu d'un trait, il ne le comprit que plus tard. C'était le souffle de la jungle. La forêt respirait. À pleines feuilles. Vivante. Elle expirait une fragrance riche, trop riche, constituée de pourriture et de bourgeons tendres, d'humus grouillant et de fleurs, de cadavres d'animaux en décomposition et de chants d'oiseaux. Mêlée aux embruns, au soleil lourd, aux fumées d'usines et aux gaz d'échappement, cette haleine fétide parfumait chaque chose et vous poussait au vertige.

Quand la voiture approcha de Gloria, les habitations reprirent une place dans le paysage. Ce furent tout d'abord des cabanes de pêcheurs, des casines de fortune près desquelles les *jangadas* effilées reposaient sur le sable, attendant de reprendre eau, le lendemain dès l'aube. Puis ce furent des hôtels particuliers dont João n'avait jamais entendu parler, même au port de la Joliette lorsque les travailleurs de la mer faisaient relâche au retour d'un long-cours dans un bistrot de la Fosse et qu'ils racontaient leurs voyages à voix basse, un voile bleu de nostalgie sur les yeux. Face à l'océan, ces édifices imposants plantaient à même le sable leurs deux ou trois étages d'un blanc immaculé, entourés de jardins d'une luxuriance toute tropicale. Aux façades largement ouvertes sur l'horizon, des fenêtres en ogives, des baies protégées par des balustrades en fer forgé, des moulures d'angelots, des frises d'azulejos, des guirlandes de fleurs finement ouvragées.

– C'est l'héritage des colons, mon petit. Le Brésil, qui est presque un continent à lui tout seul, appartenait au Portugal. Tu imagines ça, fils ? Le Portugal… Mais Dieu soit loué : depuis plus de trente ans, on est en république. Et tout ça, c'est à nous. À nous, les Brésiliens !

Ce disant, l'oncle posa martialement sa main droite sur sa poitrine et redressa son menton. Puis, il poursuivit son monologue dont João n'entendit plus que quelques bribes. Ça parlait de Dom Pedro II, de l'ignominie de Lisbonne, de l'héritage glorieux du passé, du « cri d'Ipiranga » et, toujours, de la République de demain. Ces mots s'échappaient des lèvres perpétuellement humides de Dom Francisco, résonnaient un instant dans le taxi et filaient par les fenêtres se diluer dans l'immensité du paysage.

Dix minutes plus tard, parvenu à l'église de Nossa Senhora da Gloria, le taxi bifurqua sur la droite et s'engagea en épingle à cheveux dans le quartier de Lapa. Instantanément, l'océan se volatilisa. La voiture ralentit, avança presque au pas. À droite et à gauche, les hôtels particuliers et leurs écrins de jungle fraîche avaient maintenant disparu, remplacés par des immeubles trapus dont les rez-de-chaussée s'ouvraient le plus souvent, au fond de cours noires, sur des officines de fortune où une infinité de produits hétéroclites étaient suspendus, à la vente.

Dom Francisco grinça entre ses dents :

– Ici, c'est Lapa, fils. Un quartier dangereux. C'est plein de vermine. Ne t'y promène jamais seul…

– Vous savez, mon oncle, à Marseille il y a aussi des…

– Marseille, c'est Marseille, coupa-t-il sèchement. Mais ici, tu es à Rio, João. N'oublie jamais ça. Ici, c'est une autre logique qui règne. Il se passe des choses qui… Des choses qu'on… qu'on ne contrôle pas toujours.

– Des choses comme quoi ?

Dom Francisco essuya une nouvelle montée de sueur sur son front et répondit d'un ton mystérieux :

– Tu le sauras bien assez tôt, allez… Moi, je suis républicain et laïque. Et baptisé, de surcroît. Je ne peux pas te parler de ça…

João ne releva pas les derniers mots sibyllins de son nouvel oncle et s'absorba tout entier dans la découverte du centre-ville. Autour du taxi, la foule grouillait avec une paradoxale indolence. Rue Teixeira de Freitas, rue du Paraguay, rue Evaristo da Veiga, hommes et femmes faisaient leur train dans la moiteur collante, serrés les uns aux autres dans un flot ininterrompu où toutes les couleurs de peau au monde se mêlaient. Une mosaïque de milliers de visages, tous uniques et tous issus d'un seul et même creuset : le Brésil.

Contrairement à la Fosse, on ne sentait ici aucune tension. Rien ne laissait deviner des coups de sang violents, des hurlements, des tragédies soudaines et meurtrières. Était-ce dû au climat tropical, émollient et moite ? Était-ce la torpeur, l'absence d'océan et de souffle de la forêt ? Toujours est-il que, dans ce quartier de Lapa, chacun semblait serein, étonnamment détendu. Ça se voyait jusque dans les marches souples des piétons. Jusque dans les sourires des femmes. La mort devait bien rôder dans ces ruelles crasseuses qui s'ouvraient à droite et à gauche, étroites, biscornues, jonchées de tas d'ordures. João connaissait déjà trop bien les hommes pour ne pas le supposer. Pourtant, il aspirait à cet instant précis l'air lourd avec une joie d'enfant.

L'oncle maugréa encore, entre ses dents :

– Ne fais pas attention, fils. C'est le quartier des *malandros*, des voyous… Et aussi celui des filles qui font la vie. Fais attention, João. Elles sont plus méchantes que la gale !

Place Floriano, le taxi stoppa enfin sa marche et Dom Francisco régla sans marchander le prix de la course. D'un mouvement théâtral, il désigna un grand aqueduc qui semblait comme suspendu dans les airs :

– João, ici débute ton entrée dans le vrai Rio ! Je te raconterai une autre fois comment et pourquoi on a bâti cet aqueduc. Pour l'instant, suis-moi et ouvre bien grand tes yeux…

Malgré ou grâce à sa corpulence, Dom Francisco se fraya d'autorité un chemin parmi les groupes de badauds qui occupaient le trottoir, franchit la barrière rutilante du terminus du tramway et pointa son doigt vers le morne :

– Il arrive, João. Nous y sommes presque…

Tout en tirant son oignon en argent de sa poche de gilet, il ajouta avec une satisfaction évidente :

– Et en plus, il est à l'heure ! C'est à des petits détails tels que celui-ci que l'on voit qu'une nation se métamorphose… Ordre et progrès, mon fils ! Ordre et progrès !

À une centaine de mètres, João vit soudain émerger de la jungle du morne, qui écrasait de sa masse le terminus, un tramway électrique. Jaune vif, flambant neuf, il avançait de façon fluide et rapide, disparaissant dans le vert sombre de la végétation pour ressurgir au plein soleil et dévaler en lacets pressés et serrés le morne de Santa Teresa. Quelques secondes plus tard, il s'arrêta devant les deux hommes dans un grand fracas d'acier et une gerbe d'étincelles violines. La foule des voyageurs gicla sur le sol de la station et s'éparpilla aussitôt dans le flot des Cariocas qui coulait, ininterrompu, entre les berges de la grande avenue pavée.

– Alors, fils ? Tu viens ? Le *bonde* ne va pas t'attendre, tu sais ? S'il arrive à l'heure, c'est qu'il part à l'heure !

Les alentours de Marseille sont plats et lisses. La végétation a disparu. Le feu des incendies a mangé les pins. Les bateaux se sont nourris des chênes. Sur les collines qui entourent la ville, on ne trouve plus que de la garrigue, des buissons secs, des arbustes épineux et de la pierre blanche. Il ne pleut presque jamais et seuls les ronces, le thym et les argelas servent de nourriture aux lièvres et aux lapins.

À Rio de Janeiro, les pluies et les orages tropicaux gavent la terre noire, riche comme nulle part ailleurs. Ils la gavent jusqu'à la nausée, jusqu'à ce qu'elle rende le trop-plein des averses en cataractes et en cascades lumineuses. Aucun incendie ne parviendra à raser un morne. Jamais. Il sera toujours décoiffé de jungle indisciplinée, galopante. Durant le quart d'heure que prit le trajet, depuis les arcs de Lapa jusqu'à la place Largo das Neves, au centre du quartier de Santa Teresa, João eut bien le temps de s'en apercevoir.

Sur la pente drue, le tramway souffrait de toutes ses roues. Il peinait à fendre l'âme sur les rails d'acier incrustés aux flots immobiles des pavés gris. Dans l'habitacle brimbalant, chacun retenait son souffle. Depuis que l'électricité avait remplacé les mules de trait, le *bonde* réussissait bien plus facilement les descentes que les montées. À nouveau, João sentit sa tête tourner. Le même vertige. La même certitude que la jungle respirait, protectrice et inquiétante, abritant sous ses frondaisons des animaux qu'il ne connaissait pas mais qu'il savait là, tapis dans l'ombre.

Profitant d'un arrêt, il ralluma son mégot de gris. De temps à autre, une habitation, de deux étages tout au plus, émergeait dans l'océan des ramures. Blanches, rose vif, bleu grec, jaune pastel. Encore un héritage des colonies. Lorsque les bourgeois voulaient respirer, au plus chaud de l'été, c'était là qu'ils montaient, à Santa Teresa, pour échanger l'air moite et lourd du centre-ville contre les brises fraîches du morne, pour prendre de l'altitude et échapper ainsi aux moustiques et à leurs piqûres cruelles qui avaient provoqué à Rio, plus souvent qu'à son tour, des épidémies de fièvre jaune d'une importance et d'une ampleur terrifiantes. Il en avait résulté ce quartier à nul autre pareil, parfaitement pavé, équipé en électricité, eau et tout-à-l'égout, où les demeures, sans être somptueuses, respiraient l'opulence. C'était une succession de palaces de poche, équipés de patios ouverts à tous les vents, et qui faisaient de leur mieux pour rappeler à leurs propriétaires les douces soirées de Lisbonne, dans le lointain Portugal.

Soudain, João distingua, à l'occasion d'un brusque virage du *bonde* sur la gauche, un homme installé en surplomb sur la fourche étroite d'un avocatier. Vêtu seulement de pantalons coupés aux genoux, assis en tailleur, parfaitement immobile, il fumait une cigarette fichée entre ses lèvres. Les cheveux noirs et raides tombant aux épaules, la peau de cuivre, les yeux sombres et en amande, il suivit la course du tramway, sans quitter João du regard. Quand cette apparition, au détour d'un nouveau virage, fut à nouveau mangée par la jungle, João toucha Dom Francisco à l'épaule :

– Mon oncle, vous avez vu ?

– Vu quoi ?

– L'homme, dans l'arbre !

Dom Francisco esquissa une grimace gênée. Avec agacement, il râla :

– L'homme ? Quel homme ?

– Il était là, je vous dis ! Dans l'arbre ! Il fumait une cigarette et…

– Tu veux parler de l'Indien ? Oui, je l'ai vu.

– Mais qui est-ce ? Un sauvage ?

– Un sauvage… Il y a beau temps qu'il n'y a plus de sauvages à Rio, Dieu nous en préserve !

En jetant son cigare par la fenêtre, Dom Francisco expliqua :

– Celui que tu as vu, on l'appelle Febronio. Et encore, nous ne sommes même pas sûrs qu'il s'appelle réellement ainsi ! Il ne fait de mal à personne. Il vit dans les arbres et nous sur terre. Chacun dans son monde et tout va pour le mieux ainsi…

– Mais vous avez vu comment il m'a…

– João, ne cherche pas à tout expliquer, à tout comprendre. Ici, je te le rappelle, tu es à Rio. Accepte les choses comme elles sont.

Puis il murmura :

– Mais méfie-toi quand même des Indiens. Ils ne sont pas comme nous…

Dans le crissement des freins, le *bonde* commença à ralentir sa course. La place de Largo das Neves se dessinait au bas de la descente. João croisa alors le regard de sa voisine, une vieille Bahianne vêtue de voiles et de jupons blancs agrémentés de *balangandans* de couleurs vives. Elle baissa les yeux, moins par timidité que par crainte de devoir participer à cette discussion sur l'Indien.

João, à nouveau, sentit à travers la jungle le regard impassible de Febronio lui traverser la poitrine et remplir tout son être…

5

Le lendemain matin, João ouvrit les yeux vers les huit heures et resta de longues minutes immobile, allongé sur le dos, les yeux fixés sur la blancheur chaulée du plafond. La veille, son oncle l'avait présenté à sa famille, en toute hâte, avant de ressortir avec lui, le tirant par le bras, pour faire le tour de ses multiples connaissances. Lui que l'on raillait à mi-voix parce qu'il n'avait pas su faire de fils à sa femme, lui que l'on plaignait car il n'aurait pas de descendance, lui qui se réveillait en sueur, la nuit, angoissé par la disparition de son patronyme, il allait leur montrer. Dom Francisco da Cunha n'avait pas de fils. Mais il avait un neveu. Et un neveu français, encore !

Très brièvement, João avait donc salué Otàlia da Cunha, son épouse. C'était une femme d'environ quarante ans, à la peau de cuivre et d'ébène mêlés, de taille moyenne, qui ne parlait jamais pour ne rien dire. Encore séduisante, elle dissimulait pourtant ses cheveux sous un fichu de coton blanc, ne portait aucun bijou hormis une croix en or sur son chemisier boutonné jusque sous le menton. Sans le regarder, elle tendit une main timide que João serra du bout des doigts, ignorant tout des usages en cours au Brésil. Aurait-il été préférable de l'embrasser, de lui faire un baisemain respectueux ou de simplement s'incliner ? Il ne le sut pas, car Otàlia recula aussitôt pour s'effacer derrière le physique protecteur de son mari.

Avec un grand sourire de fierté, l'oncle fit alors avancer sa fille, Emivalda. Celle-ci avait dix-sept ans. Plus grande que sa mère, de longs cheveux noirs ondulés coulant jusqu'au milieu du dos, des yeux d'un vert d'eau profond étirés sur les tempes, une bouche rouge et charnue s'ouvrant sur des dents ivoirines, elle éclatait de fraîcheur, de malice, de grâce adolescente. João, qui avait navigué tant de jours et tant de nuits dans la crasse et la pénombre de la cale du *Chile*, en fut immédiatement ébloui, émerveillé. Emivalda, que son père éduquait de la plus stricte façon, ne lui autorisant que les joies dominicales de l'église et quelques rares sorties sous une surveillance de chaque seconde, fut, elle aussi, séduite dès le premier regard. Avec João, elle sentit que la vie, la vraie vie, celle qui bouillonnait dans le centre-ville, à ses pieds, et qu'elle ne connaissait encore que par les échos rapportés par les commères du quartier ; elle sentit qu'avec João, c'était un peu de cette énergie, violente et sucrée, qui allait entrer chez elle.

Les deux jeunes gens, le visage empourpré, se saluèrent fébrilement, Emivalda d'une révérence empruntée et João d'un timide mouvement de tête.

Il était quatorze heures. L'oncle Dom Francisco envoya son neveu à sa chambre, l'engagea à y déposer son havresac et à se débarbouiller brièvement, puis à redescendre au plus vite. Tous deux allaient manger un morceau en face, au Bar des Filles. Dida, la vieille servante noire qui avait servi de nourrice à Otàlia, conduisit João au premier étage, d'un pas fatigué. Maigre à faire peur, l'œil gauche crevé ayant viré au bleu lumineux, les articulations tordues par les années, les cheveux blancs de neige et le visage parcheminé, elle gravit avec peine les escaliers, sans cesser de s'éventer avec un torchon. Dès qu'elle eut refermé la porte, João se nettoya à la va-vite à l'aide du broc d'eau et de la cuvette disposés sur une petite commode. Puis, il sortit de son bagage une chemise au blanc douteux, mais encore acceptable, et redescendit en toute hâte.

Seul dans le vestibule, son oncle l'attendait, battant le sol avec son pied et tirant des bouffées nerveuses sur un nouveau cigare. Quand João s'immobilisa devant lui, il le toisa, rectifia une boucle de cheveux qui avait échappé à l'eau et lui posa une seule question :

– Fils, sais-tu lire et écrire ?

– Oui, mon oncle.

Le visage de Dom Francisco da Cunha s'illumina de bonheur :

– Je le savais… Tu seras donc docteur !

Aussitôt, João se récria, surpris :

– Mais je ne connais rien à la médecine !

L'oncle serra le garçon à l'épaule et sourit d'indulgence :

– Ici, à Rio, mais aussi dans l'ensemble de notre pays, un docteur n'est pas un médecin. C'est quelqu'un qui sait lire et écrire et qui, comme moi, occupe un poste à responsabilités dans l'administration…

– Mais, mon oncle, à Marseille, je travaillais sur le port comme aconier !

Dans le silence qui suivit, l'oncle toussota légèrement. Ce détail sonnait faux dans la belle histoire qu'il commençait à tisser autour de son neveu. João, un simple ouvrier ? Un âne sans queue, comme on disait à Rio pour se moquer des portefaix tirant carrioles qui pullulaient dans les tripes du port ? Impensable ! Presque gêné, il murmura alors :

– Cela, fils, il ne faut pas le dire…

– Pourquoi ?

– Parce qu'ici, ce n'est pas concevable. Ce n'est pas une chose qui se fait. Un débardeur qui sait lire et écrire, ce n'est pas moral…

Puis, avant de sortir, il ajouta encore :

– Tu peux dire que tu travaillais sur le port de Marseille. Mais dans les bureaux. Comme ça, ce sera bien. Et, pendant quelque temps, essaie de garder tes mains dans tes poches…

– Qu'est-ce qu'elles ont, mes mains ?

– Ce ne sont pas des mains de docteur. Elles n'ont pas tenu le porte-plume depuis longtemps. Et demain, dès que tu seras réveillé, je te conduirai chez mon tailleur, rue du Sept Septembre. Il te donnera une allure plus convenable…

Jusqu'à la nuit tombée, sans même finalement prendre le temps de se restaurer, Dom Francisco, surexcité, promena son fils providentiel sur toutes les sentes de Santa Teresa, dans l'écheveau inextricable de venelles, travées, ruelles bis-cornues et emberlificotées, cours et arrière-cours qui bordent la place centrale où il habitait. Ils descendirent même la rue Eduardo Santos, au pas de course, pour rendre une visite de courtoisie à Giuseppe avant qu'il ne ferme son épicerie. João se mit à parler avec lui les rudiments d'italien que son père lui avait appris. L'oncle faillit ne jamais s'en remettre. Son fils parlait donc trois langues, et de surcroît était français…

Tour à tour, ils rencontrèrent l'instituteur José Panta, le ferronnier Polycarpo, un peintre nommé Pinheiro de Cata-rina qui commençait à se faire un nom dans les belles gale-ries de la rue Do Ouvidor, Pedro Virgulino, l'employé de la compagnie du *bonde*, le jeune Napoleao Antonio, commis de banque, Zé Ferreira, journaliste à *O Cruzeiro*, ainsi que toute une armée de fonctionnaires et de bureaucrates issus de l'administration tentaculaire du pays et de l'État de Rio de Janeiro. À chaque fois, Dom Francisco da Cunha bom-bait le torse et annonçait, d'une voix forte et fière :

– Mon cher ami, je vous présente João Domar, mon neveu qui arrive aujourd'hui même de France. Le docteur João Domar !

Sous les regards impressionnés et respectueux de ces inconnus, João devait alors répondre à des salves de ques-tions interminables : de quelle ville venait-il, la France aimait-elle toujours autant le Brésil et sa république, quelle était la dernière mode vestimentaire, quels écrivains fai-saient la une des gazettes, quelles cicatrices la France avait-elle gardé de la grande guerre, savait-il que le Brésil s'était rangé aux côtés de l'Hexagone en 1917, jouait-on aussi au football à Marseille ?

L'oncle buvait du petit-lait. De ses doigts moites, il lis-sait ses moustaches, approuvait les propos à larges coups de menton, intervenait quelquefois d'une voix docte pour resituer João dans l'arbre généalogique des Da Cunha. Très vite, il comprit que son nouveau fils avait peu étudié et n'était pas non plus au fait des mouvements artistiques et littéraires français. Aussi, devançait-il parfois habilement les réponses du jeune homme et il déplaçait la discussion sur d'autres sujets souffrant des propos plus évasifs. Quand il jugeait l'instant venu, il interrompait poliment le bavardage :

– Ne nous en veuillez pas, cher ami. Mais João est très fatigué par son voyage. Il est temps pour nous de rentrer, maintenant.

Les mains se serraient. On se promettait de s'inviter sans faute à manger la semaine suivante. Et, quelques pas plus tard, l'interrogatoire recommençait, avec un autre habitant, un autre docteur de Santa Teresa.

João mentit à la perfection. Ce qu'il ne savait pas, il l'imagina avec une facilité et une profusion de détails qui l'étonnèrent lui-même. Ainsi, il raconta la vie luxueuse et dorée que l'on mène dans les premières, à bord du *Chile*. Puis, il broda sur la richesse de Marseille, les nouvelles automobiles, les élégantes du parc Borély et leurs tenues de garçonnes, il cita tous les noms des longs-courriers qui mouillaient à la Joliette et dont il disait avoir la charge exclusive et absolue. De même, il s'inventa une autre existence dans laquelle il possédait une motocyclette, une modeste résidence en bord de mer et, dernier chic, un poste de radio… Mais ce qui le surprit le plus, ce fut qu'il n'éprouva, à chacun de ses mensonges, aucun regret. Mieux encore, il ressentit une sourde jouissance à jouer ce rôle et à tromper son monde.

À dix-neuf heures, sans avoir encore mangé mais en ayant ingurgité force *cafezinhos* complaisamment offerts à chaque halte, les deux hommes atteignirent à nouveau la place Largo das Neves. João crut le calvaire terminé. Mais l'oncle le poussa au dernier moment, à cinq mètres à peine de la maison, dans le Bar des Filles.

Cet établissement plut immédiatement au jeune homme. Il y régnait une bonne odeur de tabac et d'alcool, mêlée aux effluves montant de la cuisine et à l'haleine fiévreuse de la jungle toute proche. Dans cette grande pièce aux plafonds hauts, aux murs blanchis et tapissés à hauteur de table de carrelages aux motifs bleus, une nuée d'hommes occupaient les tables de bois brut, jouant aux cartes et aux dominos, parlant fort, buvant sec, éclatant de rire ou criant pour faire entendre leurs arguments sous les lampes à suspension. À l'opposé du comptoir de bois, bourré lui aussi de buveurs, tout près de la porte-fenêtre donnant sur la place, l'oncle et João trouvèrent une table libre et commandèrent aussitôt à Graça, l'une des trois patronnes de l'établissement, une bouteille de bière et quelques beignets de morue.

Dans le vacarme, Dom Francisco se pencha à l'oreille de son neveu et expliqua, sur un ton complice :

– Ce bar s'appelle le Bar des Filles parce qu'il est tenu par trois lesbiennes. Moi, ça ne me choque pas. Le Brésil, c'est le pays des libertés. Et elle font un *xinxim de galinha* du tonnerre de Dieu ! Le meilleur de tout Rio, mon fils. Alors, le reste…

Il était vrai que les trois maîtresses-femmes offraient toutes les apparences de prêtresses de Lesbos. Grandes, les cheveux coupés court, vêtues de costumes noirs à fines rayures blanches, elles parlaient peu, fumaient de longs cigares filiformes et tenaient leur bar d'une main de fer. Bien des demi-sel grisés par trop d'alcool y avaient perdu l'envie de se moquer des lesbiennes, ainsi que quelques dents.

Après cinq heures de bavardages ininterrompus, João se félicita en son for intérieur que l'oncle prît à cet instant la discussion à son compte :

– Vois-tu, fils, c'est important pour toi de rencontrer tous ces docteurs. Ils vont pouvoir t'aider, tu sais. Tu es venu ici pour construire un pays neuf. Un pays qui sera bientôt l'égal de la Grande-Bretagne, de l'Espagne, de l'Italie ou de la France. Tu ne t'en rends pas bien compte. Mais ici, tout est à faire, tout est à inventer.

Il engloutit d'un trait sa chope de bière, avala goulûment trois beignets frits dans de l'huile de palme et repartit de plus belle :

– Demain, nous irons voir aussi le cousin du préfet Pereira Passos. Lui, c'était un homme de bien, João. Je l'ai connu personnellement. Et son cousin pourra t'aider à trouver une place, à te faire une situation. Francisco Pereira Passos… Il a déjà fait de si belles choses pour Rio !

– Lesquelles, mon oncle ?

– Lesquelles ? Regarde par la fenêtre du fond, et dis-moi ce que tu vois…

João se retourna sur sa chaise. À l'horizon, avec la tombée de la nuit, seules quelques lumières brillaient sur la baie de Botafogo, loin derrière l'épais manteau de jungle noire. Santa Teresa semblait une nacelle argentée flottant au-dessus d'elle.

– Je ne vois rien, mon oncle…

– Eh bien, voilà ! Dans quelques années, ce que tu vois là ne sera plus. Le Plan des améliorations de la ville conçu par Pereira Passos sera achevé. Et Rio de Janeiro sera étincelante, de jour comme de nuit ! Ce sera la plus belle ville du monde…

Les yeux ouverts sur la baie, il poursuivit avec une emphase hallucinée :

– Partout, des lumières… De grandes avenues de cent mètres de large et de cinq kilomètres de long, pour longer la mer et organiser le centre-ville. Fini, le temps des colonies ! Fini les va-nu-pieds, les *malandros*, le carnaval, les danses de nègres et toute cette chienlit qui salit nos rues ! À la place, de la lumière, des éclairages, des illuminations…

À nouveau cul sec, il descendit un demi-litre de bière et étouffa un rot dans la paume de sa main. D'un doigt fébrile, il desserra sa cravate, goba deux autres beignets et prononça, cette fois sur un ton sentencieux :

– João, mon fils, Rio quitte sa condition de chenille et devient papillon. Et crois-moi, cela serait fait depuis longtemps si les ennemis de la nation ne mettaient pas autant de conviction à freiner cette course vers la modernité…

João sentit que cette déclaration, lourde de sens, demandait à être relancée. Ce qu'il fit du bout des lèvres :

– Le Brésil ne semble pas en guerre. De quels ennemis parlez-vous, mon oncle ?

– Mais de ceux de l'intérieur, João ! Les Brésiliens eux-mêmes, si je peux m'exprimer ainsi… Toute une armée de l'ombre. Des obscurantistes, des rétrogrades, des adeptes de soi-disant religions nègres sans aucun fondement, des réfractaires au progrès. Ceux-là ne veulent pas que les choses changent. Ils sont bien dans leur ignorance.

Dom Francisco jeta alors de petits coups d'œil inquiets tout autour d'eux. Dans un coin, des mulâtres et des nègres riaient à gorge déployée, leurs grandes dents blanches lançant des éclairs dans la lumière des lampes tournant à plein. L'oncle soupira tristement, avant d'ajouter :

– Ils sont partout et ils n'arrêtent pas de réclamer des droits, tu imagines ? Des droits ! Tu t'en apercevras bien assez tôt, mon fils…

D'un geste du bras, il appela la serveuse afin de passer commande d'une nouvelle bouteille de bière glacée et d'un plat de fricassée de poule aux crevettes.

Le reste de la soirée se déroula dans la bonne humeur, Dom Francisco ayant par nature l'alcool gai. Dès que Marta, la cuisinière, leur eut apporté elle-même le *xinxim de galinha*, il se détendit tout à fait, un sourire gourmand sur les lèvres. Dans le plat de terre, les morceaux de poule nageaient dans une sauce épaisse, rouge brique. Des brins de coriandre, finement hachés, tatouaient de vert le tableau. L'odeur fit aussitôt saliver les deux hommes, Dom Francisco car il connaissait les délices incomparables de ce plat de roi, João parce qu'il en ignorait tout et que les beignets de morue n'avaient pas réussi à sustenter son solide appétit. Avec élégance, Marta servit de gigantesques parts dans des assiettes tout aussi démesurées et ajouta deux touches d'un blanc vif : une portion de riz nature et une autre de *farofa* au beurre.

Sans autre forme de procès, les deux hommes se jetèrent sur leur nourriture, en ronronnant de plaisir. Dans la bouche de João, ce fut alors une explosion de saveurs extraordinaires. Poule braisée, crevettes fumées, ail, oignon, citron vert, lait de coco, noix de cajou, cacahuètes grillées, gingembre, huile de palme et piments verts, jaunes et rouges : il se sentit transporté dans un univers étonnant, vertigineux, où son palais s'affolait, perdait ses repères, se sentait attiré par un ailleurs, un monde de goûts insoupçonnés où la volaille et les crustacés, l'acidité et la suavité, la force violente du piment et l'incroyable douceur de la *farofa* se mariaient et se contredisaient, se provoquaient et se flattaient, noyaient les papilles du mangeur d'une déferlante de sucs et de jus, parvenant ainsi à créer un bonheur plein, entier, définitif.

Après avoir bu et mangé tout son soûl, João sentit le sommeil le gagner. Des convives rejoignirent leur table et, au hasard des conversations, il comprit que Dom Francisco occupait un poste de gratte-papier au ministère de l'Agriculture, qu'il avait droit, lui aussi, au titre de docteur, qu'il ne détestait pas versifier des poèmes à la gloire du Brésil historique, ainsi qu'une foule d'autres choses que l'alcool n'eut aucun mal à lui faire oublier par la suite. Quand ses yeux menacèrent de se fermer tout à fait, il trouva la force de se remettre sur pied et de saluer sans trop tituber. Il se souvint encore de Graça, assise sur un haut tabouret de bar, qui remontait pour la centième fois un petit gramophone dont la chanson, au rythme inconnu pour lui, se lamentait :

Bahia est une bonne terre
Elle est là-bas et moi ici
C'est ainsi que je pleurais...

Étrangement détachée de tout, les yeux luisants de larmes mal contenues, il la trouva belle.

La dernière chose qui marqua son esprit fut une odeur dans les escaliers de la maison de Dom Francisco. La lune brillait au travers des persiennes et un oiseau de nuit donnait du bec contre un arbre voisin. À cet instant, il entra dans un nuage de parfums, doux et épicés, où prédominaient ceux de la goyave mûre et de la chair chaude. C'était celui d'Emivalda.

João en sourit de bonheur et s'endormit aussitôt, ne gardant que le strict minimum de conscience et d'énergie pour finir de gravir les escaliers et s'écrouler, tout habillé, sur son matelas.

Il était donc huit heures du matin et, toujours sur son lit, João revivait chaque minute de ses premiers instants dans sa nouvelle patrie, avec des frissons de plaisir. Marseille lui semblait si loin, maintenant. Il avait presque oublié son meurtre maladroit, la famille Talsimoki qui devait, à cette heure, lui courir après, pour la vendetta. La Foudre tiendrait sa langue, c'était sûr. Oubliés aussi, le corps de Jacotte, les horaires infernaux du port de la Joliette, sans parler de sa misérable chambre meublée de la Belle de Mai.

Et pourquoi n'aurait-il pas effacé tous ces souvenirs de sa mémoire ? À Marseille, il n'était rien. Rien qu'un manœuvre, un gagne-petit, un dur-au-mal sans autre avenir que de remplacer La Foudre un jour, peut-être. Là-bas, la police le regardait d'un œil méfiant, les femmes des beaux quartiers ne le voyaient même pas. Il ne mangeait de la viande qu'une fois par semaine et les seuls coups de reins qu'il donnait, c'était à des créatures de passage, dans les renfoncements puants des ruelles de la Fosse, les jours de paye.

Mais Rio de Janeiro ! C'était réellement une ville magique. Sans même avoir eu à user ses fonds de culotte sur les bancs des universités, pendant de longues années, voilà qu'on l'honorait déjà du titre de Docteur ! Cette pensée le fit sourire. Cet après-midi même, il porterait costume, chaussures de cuir, cravate, canotier, et il ferait même soigner ses mains, que les câbles des palans et l'eau de mer avaient crevassées. Avec cet oncle providentiel, il trouverait peut-être aussi du travail chez le cousin du fameux Francisco Pereira Passos. L'oncle pouvait bien l'appeler fils, s'il le voulait. La belle affaire ! Il se sentait comme un coq en pâte.

Puis, il y avait Emivalda. Dans son esprit, il la baptisa Princesse de Rio de Janeiro. Il l'avait juste aperçue, la veille. Mais il revoyait en pensée sa silhouette féline, sa bouche qu'il rêvait de lécher et de croquer tout à la fois, sa poitrine ferme sous le chemisier de dentelles blanches, sa peau délicate, son nez légèrement épaté, son regard mutin. La simple évocation de ses reins et de ses fesses, qu'il imaginait rondes, pommelées, musclées, caressées d'un fin duvet d'or et parfumées d'une pointe d'eau de Cologne, suffit à réveiller son désir.

Deux coups contre la porte. La voix éraillée de la vieille Dida se fit entendre :

– Docteur ? Le docteur Dom Francisco vous attend en bas…

– Merci, madame. Dites à mon oncle que je descends tout de suite.

– Oui, docteur. Mais il faut pas m'appeler madame. À moi, on me dit Dida. Dida, et c'est tout…

Avant d'ouvrir les doubles battants des volets de sa chambre, João se débarbouilla à grande eau, plaqua de son mieux ses lourdes boucles noires sur son crâne et se rasa avec son vieux coupe-chou. Quand il se retourna vers le lit, il vit que quelqu'un avait déposé la veille un vase de cristal où s'épanouissait une fleur blanche. En souriant, il s'approcha et inspira profondément les larges pétales. Elles sentaient la goyave et la chair chaude.

Emivalda, sa princesse de Rio de Janeiro.

À cet instant, il se félicita d'avoir assassiné l'un des fils Talsimoki. Et il descendit les escaliers, en sifflant *La Java bleue*.

6

La mort de l'un des fils Talsimoki n'avait pas fait plus de trois lignes dans les journaux. Quand Joseph Quinson, l'un des échotiers du *Petit Marseillais*, avait appelé la morgue, il avait noté machinalement la liste de noms qu'un infirmier abruti de fatigue lui avait égrenés. Et tout était parti au marbre, sans autre forme de procès. Joseph Quinson n'en avait même pas parlé à Hector Fabri, le directeur de la publication. Pourtant, dès le lendemain matin, à l'heure où les journaux, dans les kiosques de la ville, sentent encore bon l'encre fraîche, le téléphone d'Hector Fabri se mit à sonner. Il était six heures trente. Vassilis Talsimoki, le patriarche de la famille en personne, appelait au domicile du directeur de la publication du *Petit Marseillais*. Les cheveux en pétard dans le bonnet de nuit, la moustache hérissée, l'œil gonflé de fatigue et la chemise débraillée sur son ventre rond, Hector Fabri s'était presque mis au garde-à-vous dans son lit. L'appel fut bref : Vassilis Talsimoki l'attendait dans une demi-heure, au bar Le Brûleur de Loups.

À Marseille, Vassilis Talsimoki était l'une des personnalités les plus en vue de la gentry. Officiellement, ses affaires étaient honorables. Une fabrique de savon sur les hauteurs de Saint-Antoine, quelques bars dont celui donnant sur le Vieux-Port, des restaurants, une unité de mise en boîtes de sardines, une petite flotte de chalutiers, sans parler des terrains agricoles de Saint-Marcel et du Merlan ainsi que des nombreux immeubles qu'il avait acquis dans le centre-ville et qu'il gérait avec ses sept fils. De plus, Vassilis s'était acheté une respectabilité en se faisant élire à la municipalité, où il décidait des autorisations de construire sur l'ensemble de la commune. Pour fuir l'haleine pestilentielle de Marseille, il s'était retiré, avec sa femme, dans un hôtel particulier du quartier Mazarin, à Aix-en-Provence, dont il ne sortait que pour sa tournée d'inspection hebdomadaire et, une fois par mois, pour assister au conseil municipal. Dans son dos, se murmuraient des histoires troublantes sur l'origine douteuse de sa fortune. On parlait volontiers d'extorsions de fonds, de rackets, de pressions politiques au plus haut niveau de la ville, d'assassinats en tout genre. Mais le bon Vassilis s'en moquait. Aujourd'hui, toutes ses affaires étaient saines, légales, et assuraient la prospérité du clan Talsimoki pour plusieurs générations.

Fébrilement, Hector Fabri raccrocha le téléphone, sauta dans ses pantalons, boutonna sa chemise avec empressement, noua de son mieux sa cravate autour de son triple menton et, tout en hurlant après la bonne pour qu'elle réchauffe le café de la veille, il fila dans la salle de bains pour coiffer cheveux et moustaches et les lisser à grand renfort de brillantine fixante. Après l'excitation provoquée par cet appel laconique – mais peut-être que le vieux Vassilis avait des révélations croustillantes à lui faire ? –, une inquiétude sourde lui barra le front. En avalant, debout, son bol de café brûlant, il se demanda si cet appel n'était pas plutôt annonciateur de graves ennuis à venir.

Hector Fabri dévala les escaliers quatre à quatre, se laissa engloutir par la rue du Loisir jusque devant la porte monumentale de l'église des Réformés et, tout en allumant une cigarette malgré le crachin persistant, il descendit la Canebière le plus rapidement que ses grosses jambes le lui permirent. Sur la ville, des nuages gris et soufrés plombaient le ciel. À presque sept heures du matin, il ne croisa que le petit peuple de Marseille, des cols bleus qui couraient à l'embauche sur le Vieux-Port et à la Joliette, des filles aux yeux battus qui rentraient au bercail, les premiers clochards et tapeurs, le béret sur le coin de l'oreille, les livreurs de limonade avec leurs camionnettes fumantes, des charrettes à bras surchargées de fruits, de légumes, de fromages et de poissons, des rempailleurs de chaises et des étameurs de casseroles qui attendaient le chaland en installant leurs maigres échoppes. Trois gosses aux crânes rasés poursuivaient en riant et hurlant, à coups de lance-pierres, un vieux rat qui pissait le sang par l'arrière du crâne. Dans ce paysage de désolation, la seule éclaircie vint d'une fenêtre largement ouverte et d'où pendaient des draps et des couvertures. Sans doute une femme de ménage qui aérait l'appartement d'un bourgeois de retour à Marseille. Elle apparut un instant entre les ventaux et se mit à chanter, d'une voix très pure, dans une langue qu'Hector Fabri ne reconnut pas. Sans doute un patois, calabrais peut-être. Ou sicilien. Mais déjà les notes ruisselantes de soleil s'évanouissaient dans son dos. En soufflant, il tira la montre de son gousset. Le Brûleur de Loups et sa façade de bois verni donnant sur le Vieux-Port étaient en vue. Il était à l'heure.

Assis à une table au fond de la salle, Vassilis Talsimoki, accompagné de trois de ses fils, de grands gaillards nippés comme des milords, avec chaussures bicolores et épingles à cravates piquées d'un diamant, vit accourir vers lui le corpulent directeur de la publication du *Petit Marseillais*. Celui-ci, trempé comme une soupe par la pluie et la sueur, s'inclina devant le patriarche avant de lui tendre une main que Vassilis refusa.

Dans son costume bleu pétrole, le vieil homme impressionnait par la dureté de son regard et ses traits secs. Les mains soigneusement manucurées posées sur le pommeau d'or de sa canne, il indiqua d'un mouvement autoritaire du menton une chaise vide. Hector Fabri s'y assit aussitôt. Sans peine, car il avait couvert leurs démêlés avec la justice, il reconnut aux côtés du patriarche, Michel, François et Henri Talsimoki. Trois prénoms français, pour que le clan s'enracine le plus rapidement possible dans la bourgeoisie marseillaise. Face à lui, les quatre hommes possédaient ce même regard froid, méprisant, déterminé.

Vassilis parla peu :

– Monsieur Fabri, hier soir, mon plus jeune fils, Ferdinand, a été assassiné ici, au Brûleur de Loups.

– Monsieur Talsimoki, je l'ignorais et je...

63

– Taisez-vous. Il y a eu, dans votre édition de ce matin, trois lignes sur ce meurtre, à la rubrique des faits divers.

En s'épongeant le front, Hector Fabri répliqua avec empressement :

– Monsieur Talsimoki, rassurez-vous : je vous donne ma parole d'honneur que, dans notre édition de demain, nous ferons passer cette information en première page, et que nous…

La canne à pommeau d'or claqua brusquement sur le carrelage. Le patriarche crucifia son interlocuteur du regard et grinça :

– Imbécile…

– Mais…

– Tant que je ne vous en aurai pas donné l'ordre, je ne veux aucune ligne sur la mort de mon fils dans votre journal. Je l'avais fait embaucher comme simple garçon, dans mon propre bar, pour lui apprendre le métier. Personne, ici, ne savait qu'il était mon fils. Et, jusqu'à nouvel ordre, personne ne doit le savoir.

À cet instant, la porte d'entrée laissa souffler un vent glacial dans le Brûleur de Loups. Le commissaire Lambourde, flanqué de deux sergents de ville, venait d'entrer. Trapu, l'œil mauvais de ceux qui n'ont pas eu leur content de sommeil, les cheveux noirs coupés court, protégé de la pluie par un pardessus crème en poils de chameau, il s'avança seul jusqu'à la table. Chacun se fendit d'un hochement de tête poli et Vassilis Talsimoki reprit :

– Commissaire, je disais à monsieur Fabri que le silence sur cette affaire doit être absolu. L'assassin n'a sans doute pas encore quitté la ville. Si vous le permettez, mes trois fils ici présents vont partir à la recherche du meurtrier. Nous vous tiendrons au courant des événements en temps voulu.

Un nouveau claquement de canne et le patriarche se leva. Encadré par ses fils, il marcha jusqu'au comptoir. Puis il tira son mouchoir, le mouilla de salive, s'accroupit sur le sol et essuya une perle de sang séché qui avait giclé au bas de la banque. Vassilis Talsimoki porta furtivement le mouchoir à ses lèvres, se redressa et enfouit le tissu dans sa poche.

Le courant d'air nappa une nouvelle fois la salle de sa glace. Et les quatre hommes disparurent sur le quai des Belges.

Après avoir reconduit le vieux Vassilis à son hôtel particulier de la rue Cardinale, les trois fils Talsimoki étaient revenus sur Marseille, direction l'Évêché. Une heure de discussion avec le commissaire Lambourde avait suffi pour obtenir une description fidèle du coupable. Les quelques clients présents la veille au soir, lors de l'altercation au Brûleur de Loups, avaient été précieux. Tous les témoignages concordaient, tant pour le déroulement de l'algarade que pour la description de l'assassin. Un homme jeune, de taille moyenne, vraisemblablement d'origine italienne ou espagnole, vêtu d'une veste bleue de toile grossière et de pantalons de velours côtelé. Il était accompagné par une créature, une putain avait même glapi une vieille dame avec horreur et dégoût. Une fille de la Fosse, sans le moindre doute, compte tenu de sa tenue bariolée et de son maquillage outrancier. Il leur arrivait quelquefois de quitter le quartier réservé pour aller chercher fortune dans des lieux plus respectables, où la concurrence était moins rude.

À dire vrai, il n'y avait pas eu de meurtre. Une rixe qui avait mal tourné, tout au plus. Mais le commissaire Lambourde avait dû collaborer de son mieux avec les trois fils du clan Talsimoki. Celui-ci était puissant, bien trop puissant pour qu'il tente de se mettre en travers de son chemin. Le commissaire avait une femme, trois enfants et une carrière prometteuse à poursuivre. En donnant toutes ses informations à Michel, François et Henri Talsimoki, il savait qu'il signait l'arrêt de mort du jeune homme recherché. Le sang par le sang. Et le dossier serait clos. Sans plaisir et sans scrupule, il avait donc balancé ses informations d'une voix froide et les avait envoyés en direction du port de la Joliette et du quartier de la Fosse. L'homme devait travailler comme col bleu, aconier peut-être. Elle, ce n'était pas la peine de leur faire un dessin.

Les trois fils Talsimoki, tous trois cigarette aux lèvres et pierre précieuse à l'auriculaire, ne remercièrent pas le commissaire Lambourde, pas plus qu'ils ne lui serrèrent la main. Dans un silence tendu, ils sortirent du bureau.

Le premier, Michel, avait dépassé la trentaine. Grand, filiforme, une fine moustache noire sous un nez en bec de flamant rose, les joues olivâtres, il était vêtu, quelles que soient les circonstances, avec une élégance calculée dans les moindres détails. Officiellement, il dirigeait la flotte de chalutiers et l'unité de mise en boîtes de sardines de la famille. Pour parvenir à se faire respecter de ses ouvriers, il n'y était pas allé de main morte. Quelques jours après sa nomination, il venait alors d'avoir vingt-trois ans, un mouvement de grogne avait paralysé ses affaires. Un piquet de grève était sur le point de s'installer. Alors, il avait quitté son bureau de président et était allé défier les deux cent cinquante ouvriers et marins rassemblés sur le Vieux-Port qui réclamaient une augmentation. Très vite, il repéra le meneur, un capitaine turc qui avait bourlingué sur toutes les mers du monde et qui aboyait bien plus qu'il ne parlait. Sans dire le moindre mot, Michel Talsimoki le cueillit d'un puissant crochet du droit, puis il le contourna, l'étrangla par derrière jusqu'à ce que le capitaine ne puisse plus respirer et tombe à terre. Toujours sans parler, il saisit son coupe-chou et l'ouvrit dans le soleil. Après avoir sorti la langue noire de chique de son employé, il la trancha d'un coup vif et la jeta sur le sol, où elle se tortilla pendant plusieurs secondes avant de se recroqueviller, inerte, au milieu d'une flaque de sang.

Aujourd'hui, le capitaine turc était devenu son meilleur lieutenant et, depuis cet épisode, il n'y avait plus eu la moindre revendication. On travaillait et l'on se taisait, comme le capitaine. Ou bien, on partait. La langue noire et froide, immobile sur les pavés du Vieux-Port, garantissait la paix sociale.

François et Henri, pour leur part, débutaient dans la vie. Le premier avait vingt-deux ans et son cadet, un an de moins. Ils s'étaient déjà fait remarquer des services de police par leurs frasques répétées. Petit racket, dettes de jeu impayées, bagarres et autres excentricités sans conséquences graves

66

leur avaient appris le sens de l'honneur et de la solidarité, mais aussi une parfaite maîtrise du rasoir, du pistolet et de la savate. Pas de quoi fouetter un chat, avait expliqué le vieux Vassilis qui recevait chez lui, très régulièrement, le préfet et sa cour. Hélas, François avait dépassé les bornes, lors de l'été dernier. Un coup de folie l'avait submergé et poussé à pénétrer, seul, le quartier de la Fosse. Comme dans un état second, il était monté avec une femme d'un certain âge qui avait exhibé sous son nez ses deux mamelles blanches et molles, veinées de bleu. Quand elle s'était déshabillée devant lui, il s'était mis à la rouer de coups. Il l'avait frappée avec les poings, les pieds, la tête, les coudes et les genoux. Puis il la mordit aussi jusqu'au sang, lui cassa les deux bras, lui lacéra les mamelles à coups de rasoir et, pour achever son œuvre, il écrasa sa cigarette dans son œil.

À l'époque, l'affaire fit grand bruit et Vassilis Talsimoki eut toutes les peines du monde à calmer les esprits. La femme, qui s'appelait Blanche, resta dans le coma pendant trois jours et, contre une forte somme d'argent, elle accepta de ne pas déposer plainte. Le patriarche la fit alors transporter, à ses frais, dans son Ardèche natale qu'elle n'aurait jamais dû quitter.

Il était dix heures passées lorsque les trois frères garèrent leur voiture sur le port de la Joliette. Le même crachin poisseux continuait à figer la ville dans son manteau de crasse. D'un pas pressé, tâchant d'éviter les flaques d'eau croupie et les mares de boue, ils franchirent la porte d'entrée de la Compagnie des Docks. À l'annonce de leur patronyme, ils furent reçus immédiatement par le sous-directeur, un nommé Roland Géraud, dans le grand salon d'honneur de la société. La pègre et les mauvais garçons fascinent souvent les bourgeois, toujours désireux de s'encanailler. Roland Géraud faisait partie de cette engeance, et c'est avec un luxe de bonnes manières qu'il les reçut en personne, admiratif et craintif tout à la fois, se réjouissant par avance de la façon avec laquelle il raconterait, toute sa vie durant, le moment privilégié qu'il avait passé avec trois des fils Talsimoki. Après les cigares et les ballons d'armagnac, il leur promit son aide, avec la même jubilation qu'un chevalier se faisant adouber par un roi. Dès que ses invités furent sortis, il fit chercher un employé que l'on nommait La Foudre, sur les quais tout proches. Un quart d'heure plus tard, l'aconier était devant lui, puant l'eau de mer croupie, son éternel mégot de gris éteint entre les lèvres, les yeux au sol et le béret torturé entre ses doigts noueux. Le sous-directeur lui lut alors à haute voix la description de l'assassin que les frères Talsimoki lui avaient laissée en partant. La Foudre connaissait chaque ouvrier qui travaillait pour la Compagnie des Docks. Pourtant, lorsque Roland Géraud eut achevé sa lecture, il répondit, embarrassé, qu'il n'avait jamais vu un aconier qui ressemblait à celui qu'il recherchait. Le sous-directeur poussa alors La Foudre dans ses derniers retranchements, parlant pendant plus d'une heure, menaçant, flattant, faisant miroiter des primes, l'injuriant, lui promettant la mise à pied, lui jurant qu'il ne toucherait jamais sa retraite, lui laissant entrevoir la possibilité d'un avancement, le suppliant presque. Rien n'y fit. La Foudre se contenta de balbutier qu'il était désolé, qu'il n'y était pour rien, qu'il n'allait pas mentir pour faire plaisir, qu'il avait une famille à nourrir, bref, que ce n'était pas de sa faute si tous les aconiers se ressemblaient et si la majorité d'entre eux ne faisaient que passer. À bout d'arguments, Roland Géraud, en nage, lui parla des trois frères Talsimoki. Et de la prime de mille francs qui était promise à celui qui leur fournirait des renseignements sur cet homme. Là encore, La Foudre ne cracha pas le morceau. Il joua à l'idiot, avec une maestria de grand comédien.

Lorsqu'il quitta enfin l'imposant bâtiment, il courut jusqu'au môle D pour avertir Jean Dimare que la famille Talsimoki venait de lancer une vendetta sur sa tête…

Hormis François, aucun des fils de la famille Talsimoki n'avait jamais traîné du côté de la Fosse. Et pourquoi l'auraient-ils fait ? En un sens, leur clan possédait Marseille et il n'y avait pas un cercle d'influence qu'ils ne pouvaient pénétrer et dans lequel ils n'aient quelque intérêt, économique ou politique. Ils mangeaient aux meilleures tables, menaient des vies de nabab, pouvaient coucher avec toutes les filles des claques et des cercles mondains, et disposer de bien des femmes de notables en manque de frisson derrière le vernis de leur respectabilité.

Pourtant, après avoir quitté la Compagnie des Docks, les trois frères se dirigèrent droit vers le quartier réservé, dans l'espoir de retrouver la fille qui accompagnait le meurtrier, la veille au soir. Dans leurs costumes d'alpaga et de prince de Galles, avec leurs fines chaussures à deux couleurs, leurs feutres, leurs guêtres immaculées et leurs gilets alourdis par des chaînes de montre en or massif, les trois fils Talsimoki furent rapidement repérés. Ici, l'œil était plus habitué à voir des matelots et des soutiers, des miséreux qui peinaient pour se payer une chopine, une pincée de tabac et, les jours fastes, quelques frissons avec les filles des ruelles. Pour ceux qui venaient de toucher leur solde et qui avaient passé quatre mois sur les océans, ils pouvaient s'offrir une chambre pouilleuse pour un quart d'heure, dans l'un des immeubles noirs au pied desquels les tapineuses faisaient de la retape. Ce n'était pas le Pérou, mais c'était tout de même le mieux qu'ils pouvaient espérer dans ce quartier. Pour les autres, l'ordinaire se résumait aux filles des trous. Sous les fenêtres des rez-de-chaussée, les murs avaient été détruits à intervalles réguliers. Ils formaient des grottes d'un mètre sur deux qu'un simple rideau suffisait à dissimuler à la vue. Là, seules les plus vieilles et les plus laides, sans oublier celles qui se mouraient de syphilis et d'alcool, pouvaient travailler. Elles étaient considérées comme la lie, le rebut le plus infect de la prostitution. Quand elles parvenaient à éperonner un pauvre diable, elles le tiraient derrière le rideau et, debout, les pieds dans la boue, elles se faisaient monter à la hussarde, sans cesser de parler, de plaisanter ou de se disputer avec leurs voisines. Lorsque l'homme était venu, elles le poussaient dehors avec de grands rires mêlés d'insultes, rabattaient leurs jupes et ouvraient à nouveau le rideau. Le prix de la passe était à leur image, dérisoire. Mais certaines bonnes gagneuses pouvaient digérer jusqu'à cent ou cent vingt clients dans la journée. Quand naissait le petit matin, elles pissaient et chiaient du sperme à gros bouillons, réglaient le maquereau et le propriétaire du trou, et filaient boire le solde dans le troquet le plus proche.

Voilà ce qu'était le quotidien de la Fosse. Un abcès purulent, à deux pas du Vieux-Port, où des torrents de foutre giclaient dans des ruelles crasseuses, où la misère côtoyait le désespoir et la détresse, où tous les membres de cette cour des miracles pratiquaient la prostitution, l'arnaque, la mendicité, le vol, le viol et le meurtre comme les choses les plus naturelles du monde, sans se soucier de la police qui ne foutait jamais les pieds chez eux, sans cesser de hurler, de rire, de geindre, de chialer, de cracher, d'insulter, de vomir et de mettre bas, comme des animaux. La Fosse bouffait les femmes qui s'y aventuraient et en faisait des putains à la vie courte. Elle bouffait les hommes qu'elle tapissait de sa lèpre. Elle mâchait les uns et les autres, de toutes ses dents gâtées, les suçait, les aspirait, en tirait tout ce qu'elle pouvait avant de les recracher, avec mépris, vidés de leurs espoirs et de leurs rêves. Celles qui entraient à la Fosse par nécessité, pour nourrir l'enfant de l'amour, ne la quittaient souvent que sous la toile de jute d'un linceul improvisé.

Dès les premiers mètres, un gamin en loque, l'air mauvais, tenta de taper une pièce à l'aîné des Talsimoki. Il ne reçut qu'une gifle retentissante qui le décolla de la fange et l'envoya contre le mur. Un peu plus loin, ce fut l'une des gagneuses des trous qui, après avoir insulté les trois hommes qu'elle trouvait trop insensibles à ses appâts, se retrouva le nez et la bouche fracturés, baignant dans sa merde et son sang. En quelques instants, toute la Fosse sut que les Talsimoki avaient pénétré le quartier réservé. Les petits mendiants disparurent, les tapineuses tirèrent leurs rideaux. Ne restèrent plus alors que quelques ivrognes avachis contre les murs et le lot habituel des marins se déplaçant par groupes de trois ou quatre, chacun supportant l'autre dans les hoquets de l'alcool trop vite avalé.

Devant un estaminet, un jeune maquereau, dont une cicatrice partait du lobe de l'oreille gauche pour rejoindre la commissure des lèvres, s'improvisa médiateur. Faisant montre de la plus grande politesse dont il était capable, il porta son index à sa casquette et s'adressa aux trois hommes, en tremblant :

– Bien le bonjour, messieurs Talsimoki. Est-ce qu'il se pourrait que je vous aide à trouver ce que vous cherchez, dans cette saloperie de quartier ?

Pour toute réponse, François tira son surin de sa poche mais, au moment où il allait rectifier la petite frappe, Michel le retint d'un geste autoritaire. Ils avaient beau être du clan Talsimoki, ils n'étaient pas sur leur territoire. Dans ces coupe-gorge où l'on ne voyait pas à dix mètres, ils risquaient de prendre des coups de feu sans même pouvoir riposter. À cet instant, il savait bien que, derrière les persiennes et les volets, dans un silence inhabituel, ils étaient observés par des dizaines d'yeux. Michel interrogea donc le petit maquereau d'une voix glaciale :

– On cherche une fille…

– Les filles ? C'est pas ce qui manque ici ! s'esclaffa le gamin.

Les visages des trois hommes se durcirent et le souteneur se figea subitement dans son rire. Ici, on ne donnait jamais personne, pas plus aux condés qu'aux mafieux. Chacun faisait son train, sans s'occuper de ses voisins. Mais si la famille Talsimoki s'intéressait d'aussi près à une fille du quartier, ça chamboulait toutes les règles. Et, surtout, ça nuisait au commerce. Le maquereau n'hésita pas un instant. D'un ton chafouin, il demanda :

– Et comment qu'elle est, cette fille ? Si vous m'aidez, je pourrai peut-être vous la trouver…

La main droite dans sa poche de pardessus bien serrée sur la crosse de son pistolet, Michel égrena :

– La vingtaine, robe rouge, châle jaune, cheveux noirs et frisés…

– Celle qu'était au Brûleur de Loups hier soir ?

– Oui.

Le souteneur émit un petit sifflement entre ses dents et se contenta de répondre :

– Pute vierge, quelle histoire… Depuis ce matin, elle casse les couilles à tout le monde, avec son Roméo qui l'a sauvée de je sais plus trop quoi ! Suivez-moi, je vais vous conduire. À cette heure-ci, et avec tout ce qu'elle a picolé depuis ce matin, elle doit déjà être bandée comme une bourrique !

Le petit maquereau tint parole. Sans cesser de raconter le peu qu'il savait sur Jacotte, il les guida jusqu'à un immeuble bancal qui menaçait, avec de lugubres craquements dans ses pierres et ses poutres, de s'écrouler à chaque coup de mistral. La ruelle ne portait pas de nom et finissait dans un cul-de-sac.

– C'est au dernier, porte gauche. Vous pouvez pas vous tromper.

Henri sortit un billet que le guide de circonstance enfouit prestement dans la poche intérieure de sa veste. Pendant que les fils Talsimoki disparaissaient dans la pénombre des escaliers, il cria encore :

– Moi, je reste là ! Je vous attends pour vous ramener jusqu'au Vieux-Port ! Le quartier est pas sûr par ici !

Un instant plus tard, la porte d'entrée de la chambre de Jacotte vola en éclats. Affalée sur son pucier, la tête pendant hors du lit, elle dormait et ronflait, gavée d'absinthe dont l'odeur forte et sucrée donnait la nausée. Du plafond, une fuite laissait tomber des gouttes dans un rythme lent, comme pour mieux scander le silence miséreux du meublé. Michel trouva un broc, mais il était vide. Il se rabattit alors sur le pot de chambre dont il balança le contenu glacé sur le visage de la dormeuse. Jacotte manqua de suffoquer. Quand elle se rendit compte qu'elle était couverte de ses propres déjections et que trois hommes l'observaient, elle se mit à hurler. Le cri ne dura pas. Il s'éteignit dans le coup de pied qu'Henri lui décocha au visage. Alors, elle se mit à hoqueter et à cracher des débris de dents entre ses lèvres tuméfiées.

– Qui était avec toi, hier soir, au Brûleur de Loups ?

En posant la question, Henri avait levé le poing de façon menaçante. Jacotte, les yeux battus de sang, se protégea instinctivement derrière ses bras et gémit d'une voix faible :

– Je sais pas, je le connaissais pas…

Sur un signe de Michel, Henri lâcha son coup qui frappa

sur la tempe de la jeune femme. Puis il arracha ses vêtements en la jetant au sol. Dans le sang et la salive, sa poitrine gonflée apparut, une tâche plus claire dans la pénombre de la pièce. François sentit son sexe se durcir contre son aine et il caressa en pensée le manche d'acier de son rasoir qu'il serrait dans la poche de sa veste.

À quatre pattes, Jacotte tenta de se relever tandis qu'Henri reposait la question :

– C'était qui ? Réponds ou je te crève…

– Mais je sais pas… Il m'a juste offert une cigarette. Je le connaissais pas, je vous dis. Il était jamais monté avec moi. Quand l'autre a clamsé, il m'a suivie ici…

Les mots dégoulinaient maintenant, misérables et suppliants, dans un bain de larmes, de peur et de sang :

– Il m'a juste défendue. Comme un amoureux, il m'a défendue. C'est la faute à pas de chance si l'autre est crevé. C'est juste pas de chance. Je le connaissais pas, je vous jure…

– Il faisait quoi comme travail ?

Jacotte renifla bruyamment et tenta de se couvrir avec la couverture de laine grise tombée au sol. En pleurant, elle répondit :

– Aconier… C'était un aconier de la Joliette. Il m'a dit qu'il s'appelait Jean et qu'il travaillait pour la Compagnie des Docks. Oui, c'est ça qu'il m'a dit. Mais je vous jure que j'en sais pas plus…

Quand Michel et Henri quittèrent les premiers la petite chambre humide, le visage de François Talsimoki s'éclaira d'un sourire de démence. Dans ce genre d'affaire, le clan connaissait la règle : il ne fallait jamais laisser de traces. François ouvrit donc son rasoir dans un claquement lugubre et marcha à pas lents vers Jacotte. Elle n'eut pas le temps de hurler une dernière fois.

7

Cela faisait deux mois maintenant que João avait pris pied au Brésil, lorsqu'il découvrit en ce mois de mars cette saison que les Cariocas nomment, avec une pointe de fierté dans la voix, les eaux de mars. Après les brûlures du plein été, durant lequel les brumes plombagines du soleil colorent de gris jusqu'aux palmiers royaux du Jardin botanique, alors que l'on peine à se mouvoir dans la fournaise collante et que l'on se croit écrasé de chaleur pour l'éternité, Rio de Janeiro entre soudain dans le vacarme brutal et ininterrompu des eaux de mars. Dès la première goutte de pluie tombée, nuit et jour, pendant quatre semaines, de véritables déluges déchirent les nuages et s'abattent avec férocité sur la ville, comme pour la laver de toute son indolence. L'eau chaude des orages d'été cède alors le pas à ces cataractes qui frappent aveuglément, cinglant les visages, s'insinuant et suintant dans toutes les demeures, palaces ou taudis de torchis, transformant la vieille ville en un torrent de boue, noyant les égouts, arrachant des pans entiers de mornes qui cassent en vieilles caries dans des grondements terrifiants, laminant les façades et les statues dans une lumière noire et vacillante d'éclairs. Il fait alors si sombre qu'en plein midi on est souvent contraint de marcher le long des murs, la main glissant sur les pierres des immeubles, pour ne pas perdre sa route et éviter de finir dans les bouillonnements limoneux qui bondissent dans le lit des avenues.

João n'avait jamais vu cela. Ni vu, ni même imaginé dans ses cauchemars les plus violents. Ces pluies diluviennes, de fin du monde, ne s'arrêtent jamais, ne soufflent pas et, pendant cette période, on finit par ne plus faire qu'un avec l'eau. La saison du soleil est morte. Celle des pluies règne en maîtresse. Elle débarrasse la ville et les corps des scories de l'été.

Renaissance.

Baptême.

Les eaux de mars.

Comme tous les soirs de la semaine, João quitta en courant son bureau de l'Avenida Central, son chapeau de feutre à bord mou sur son crâne, et, pataugeant dans des ruisseaux indomptables, il fila sur les pavés en direction du sud, n'accorda pas un regard à la rue de Ouvidor, prit à droite celle du Sept Septembre et atteignit enfin la rue Gonçalves Dias où se dressait, imposant et illuminé, seul phare dans la tempête, le bar-restaurant Colombo.

Depuis deux mois, il travaillait comme secrétaire de direction – comme coordinateur de projet, préférait dire pompeusement l'oncle Dom Francisco – dans le cabinet d'architecture Heitor da Silva Costa. La capitale était en pleine mutation. Le travail ne manquait pas. La lettre d'introduction signée par le cousin de Francisco Pereira Santos avait produit l'effet espéré. Sachant lire, écrire et compter, bien mis dans deux costumes noirs de coupe sobre offerts par l'oncle, venant de France, João avait donc été affecté à un poste hybride où il classait les archives, recevait les devis, constituait des dossiers, surveillait le bon paiement des prestataires et intervenait aussi lorsque des réclamations apparaissaient, tentant toujours de régler les conflits sporadiques à l'amiable. Comme il travaillait sans rechigner et apprenait vite les rudiments du métier, son patron architecte lui laissait une paix royale et le traitait, au quotidien, d'égal à égal. Ni ordre ni réprimande. Depuis plus de trois semaines, João était devenu son propre chef. Il bénéficiait de surcroît des services de quatre secrétaires, de fort jolies jeunes filles qui rougissaient dès qu'elles pénétraient dans son grand bureau plaqué de palissandre, les yeux pudiquement baissés pour ne pas croiser le regard de ce jeune homme si charmant, si élégamment vêtu, si séduisant, si docteur, si français…

La grande porte vitrée du Colombo coulissa sur ses gonds, jetant dans la nuit un halo jaune électrique ainsi qu'une brusque bouffée de chaleur parfumée de tabac, de café et d'alcool. João entra précipitamment, referma derrière lui, ôta son chapeau et son pardessus détrempés, et suspendit le tout au portemanteau en bois dont les patères faisaient songer à des griffes de chat dirigées vers les plafonds hauts.

João aimait cet endroit. À midi et le soir, il s'y précipitait avec une joie d'enfant affamé de luxe clinquant et de lumières vives, d'odeurs et de bruits. Dans ses préférences, le Colombo avait largement dépassé le Bar des Filles. Miroirs aux murs, dorures tarabiscotées et omniprésentes, larges tables ou guéridons de marbre aux teintes vertes chinées de blanc, chaises de bois aux dossiers de cuir rembourrés, lustres en cuivre et laiton, journaux variés et toujours disponibles, ventilateurs à chaque angle de l'immense pièce : le Colombo était devenu en très peu de temps sa cour, son royaume, dont il connaissait chaque serveur et jusqu'au patron, un petit homme à l'apparence affable, l'œil vif, sachant tout sur tout le monde et qui avait passé près de douze ans en France. Il s'appelait Afonso Cotrim et il courait sur son compte des histoires plus ou moins louches de biens immobiliers acquis dans des circonstances troubles, lors de la rénovation du quartier et du percement de l'Avenida Central. Certains murmuraient même qu'il avait été extradé de France suite à des problèmes de mœurs. Mais de cela, on n'en parlait qu'à mots couverts car Afonso Cotrim avait aussi la réputation, maintes fois justifiée, de ne jamais faire appel à la police en cas de bagarres ou d'altercations dans son établissement. Ses garçons, de redoutables gaillards dépassant tous les deux cents livres, avaient le couteau facile et formaient ainsi une garde personnelle redoutée.

Après quelques saluts polis, João aperçut à l'autre bout de la salle son nouvel ami, Euclidès da Fonte. Moyennant quelques bourrades et coups d'épaule pour se frayer un chemin dans la foule compacte, il parvint près de lui, se laissa tomber sur la banquette rouge et s'exclama :

— Euclidès, je n'en peux plus ! Ils vont me tuer, à ce train-là…

Son compagnon de table recracha une élégante volute de fumée, puis demanda sur un ton badin :

— Et qui donc voudrait te tuer, mon cher João ?

— Qui ? Mais eux ! Au travail ! Les entrepreneurs, les responsables du service immobilier de la ville, les coursiers, les secrétaires, le téléphone, les courriers, les réunions ! Je n'en peux plus…

Euclidès tapota de façon très aristocratique son cigare sur le bord du cendrier. Pour tout commentaire, il lâcha :

— Arrête alors de travailler…

— Tu en as de belles, toi ! Et comment je fais pour vivre, si j'arrête de travailler ?

— Tu m'as demandé comment faire cesser tes ennuis. Pas comment tu pouvais vivre sans…

Fils du richissime négociant en cacao Eugénio da Fonte, Euclidès se piquait d'avoir le sens de la formule. Il cultivait l'art de la répartie comme une diva exerçait au quotidien ses cordes vocales, jusqu'à l'obsession.

Vingt-cinq ans, la peau blanche d'une jeune fille dessinant pourtant des traits durs taillés à grands coups de hache, petit, maigre, la jambe gauche déformée par une méchante poliomyélite, les cheveux jusque dans le cou, la moustache clairsemée, il possédait pourtant un charme naturel, presque inquiétant, surtout lorsque ses yeux vairons vous fixaient sans ciller et semblaient vous vriller jusqu'à l'âme. Vêtu à la pointe de la mode française et italienne, il écrivait des critiques littéraires pour le quotidien *O Globo*, et sa plume, aussi acerbe que ses mots, était redoutée de tous les cénacles artistiques et culturels.

Ils commandèrent une bière blonde et João se roula une fine cigarette sous l'œil réprobateur d'Euclidès :

— Mon bon ami, pourquoi t'entêtes-tu à fumer ce genre de chose ? Je te l'ai déjà dit : les cigarettes ne sont bonnes que pour les pauvres gueux, les crève-la-faim des bas quartiers. Pire encore, il n'y a guère que les nègres des aconiers du port qui s'abaissent à ça. Par manque de goût, je suppose…

Un tic nerveux agita l'œil de João. Sur son passé, il était resté muet auprès de son ami. Et pourquoi l'aurait-il mis au courant ? Sa triste vie de débardeur et d'assassin de circonstance était morte. La chambre meublée crasseuse, les repas à trois ronds, les vieilles putes et le mépris des cols blancs, il ne les connaîtrait plus. Avec l'oncle, il avait goûté au respect, aux honneurs et à une vie facile. Plutôt mourir que de perdre son nouveau rang, ça oui ! Il avait donc inventé un cousin marseillais bien placé à la mairie pour qui il travaillait avant que cette envie irrépressible de partir vers l'inconnu ne le prenne aux tripes. Euclidès l'avait cru. Ou avait fait semblant de le croire. C'était tout comme.

Il alluma son brûlot avec la satisfaction évidente d'un homme en parfait accord avec lui-même, puis déclara :

– À Marseille, tout le monde fume ça, mon beau. C'est même du dernier chic ! Et je vais continuer ici. Qui sait, je vais peut-être même en lancer la mode !

Euclidès étouffa un rire :

– Tu as beau être français, n'y compte pas trop. Les fazendeiros des plantations de tabac n'apprécieraient pas que l'on touche à la fierté nationale…

– Mais je fume du tabac brésilien, non ?

– Certes… Mais chez nous, tout est une question de nuances, vois-tu ? Avec mon cigare, je pourrais faire trente ou quarante de tes cigarettes. Et le marché mondial est déjà à la baisse. Si tout le monde se mettait à fumer tes brindilles, imagine le tableau…

À cette heure-ci, il régnait dans la confiserie Colombo une atmosphère électrique. Au milieu du vacarme des discussions, le gramophone flambant neuf ne jouait que pour lui, parvenant à peine à faire émerger quelques notes dans le ressac soudain des cris, avant de replonger et disparaître à nouveau sous les piaillements passionnés des buveurs et des orateurs. Tous les soirs, dès la sortie des bureaux, les guerres reprenaient avec acharnement. Les batailles faisaient rage, sur tous les fronts. Politique, armée, église, littérature, architecture, musique, peinture, société, philosophie : les partisans de la vieille école, celle de la république de 1894, affrontaient en joutes verbales sans merci les jeunes idéalistes désireux de réinventer le futur. Et le Colombo, tout comme d'autres lieux similaires dans les quartiers proches de Lapa ou de Castelo, tenait lieu de tribune ouverte. Rénovation de Rio de Janeiro, apparition de ces nouveaux quartiers désignés sous le nom de favelas, égalité entre les nègres et les blancs, disparition des Indiens. Tous les sujets donnaient lieu à des polémiques sans fin lors desquelles orateurs et spectateurs en seraient venus plus d'une fois aux mains sans les ombres menaçantes des serveurs du docteur Afonso Cotrim.

Euclidès, lui, ne prenait jamais parti. Avec son détachement hautain, il assistait à la fracture vive de son pays sans émotion apparente. João aimait Euclidès pour cela. Pour son humour et son nihilisme grinçants. Pour sa culture et son art consommé de la rhétorique. À ses côtés, tous les soirs, il apprenait ainsi la distanciation et découvrait le Brésil sous toutes ses coutures, dans ses contradictions les plus violentes et ses espoirs de grandeur les plus fous.

– Dis-moi, mon beau, quelles sont les dernières querelles en cours ?

Euclidès s'étira en arrière et croisa les bras dans une attitude professorale. Sur un ton sarcastique et mêlé d'ennui affecté, il répondit :

– Tu as le choix, petit Français… La guerre qui couve entre l'armée et le gouvernement, la crise du café qui ne saurait tarder, la place de notre République à la Société des Nations, les derniers avatars du *maxixe*…

João grimaça :

– Tu n'as pas autre chose ?

Euclidès soupira. Puis, il reprit :

– Alors, voyons… que dirais-tu de l'aviateur Santos-Dumont et de son exploit de la semaine dernière ? Ou mieux encore : la bataille littéraire entre les modernistes de Rio et ceux de São Paulo… Rio la belle contre São Paulo la laborieuse ! Et les Paulistes ont décidé d'organiser, dès l'année prochaine et chez eux, une semaine d'art moderne… Imagine le scandale ! Sergio Buarque de Holanda et Prudente de Moraes sont devenus fous ! Si je te disais qu'hier, ils…

C'était parti. Bière après bière, Euclidès racontait les nouvelles et les rumeurs qui secouaient le pays durant des heures, tant et si bien que João devait souvent retrouver Santa Teresa en taxi, à une heure avancée de la nuit.

– Que veux-tu ? Les modernistes veulent absolument écrire moderne, faire moderne, dans ce pays où l'on construit une maison par heure et un gratte-ciel par jour. La belle affaire ! Comme si la poésie relevait des mêmes lois que celles de l'architecture et de la maçonnerie… Ce n'est pas demain qu'ils écriront *Zones* d'Apollinaire ou les *Pâques à New York* de Cendrars ! Mais tu ne sais pas tout…

Les yeux extatiques, João écoutait, buvant, fumant, oubliant le décor et le bruit, comprenant le sens du discours sans toujours en apprécier les finesses, manquant de repères culturels mais engrangeant chaque parole avec la passion d'un amoureux qui recompte tous les soirs les courriers et les billets de l'être aimé. Dans le bar-restaurant du Colombo, il se lavait de son passé, de sa crasse de col bleu. Et il découvrait du même coup que l'oncle Dom Francisco ne connaissait rien de cette ville en pleine révolution. Il n'en percevait que les signes extérieurs les plus voyants, tels les travaux immobiliers pharaoniques ou l'installation en cours de la radiodiffusion. La radio… Il ne parvenait même pas à en concevoir l'existence !

De sauveur, l'oncle devenait peu à peu une vieille *baderne*, comme l'avait souligné Euclidès en prononçant le mot dans un français parfait. D'ailleurs, en jeune snob qu'il était, il aimait à saupoudrer son portugais du Brésil de ces vocables venus dans ses bagages, en droite ligne de Paris où il avait fait ses humanités. *Chic, pince-nez, rendez-vous, abat-jour, jupons, avoir de l'aplomb, déshabillés, gilet de soirée…* Si les intellectuels de son engeance poursuivaient sur cette voie, on parlerait bientôt le français jusqu'au sommet du Corcovado !

– Le vrai problème, João, c'est que, modernistes ou pas, ils répètent toujours la même erreur, ces tristes bonnets de nuit ! Ce sont des coquins imbus de leur personne, qui continuent à écrire *à la façon de*. Jamais par eux-mêmes. Toujours selon les modèles français !

Mais ce que João Domar appréciait par-dessus tout, c'était lorsqu'Euclidès, après avoir trop bu, lui murmurait en confidence ses virées nocturnes dans les quartiers mal famés du centre-ville. De la Place Onze jusqu'à Lapa, il dépensait des fortunes dans les caves et les bordels, les cafés où l'on jouait gros, les fumeries d'opium et de *maconha*, l'herbe sucrée du pays. João n'avait pas encore osé s'aventurer dans ces dédales de chemins tortueux, obscurs même au plein soleil de midi. Lorsqu'il passait aux abords de ces masures, dont la grande majorité tombait en ruine, il n'osait jeter que quelques coups d'œil discrets, taraudé à la fois par la crainte vive de l'inconnu et l'irrépressible envie de se mêler à cette population de nègres rigolards ou aux regards sombres, vêtus de simples pantalons de toile et chaussés de sandales, se promenant le plus souvent le torse nu, ne faisant apparemment rien, rien d'autre que fumer, boire, jouer de la guitare et du *cavaquinho*, parler, rire, crier dans un sabir où le portugais se mêlait à des dialectes mélodieux, vagues survivances de Bantou ou de Dahoméen.

Passé le coin de la rue, João se remettait à respirer plus librement, dans cette ville moderne où les illuminations et les immeubles, sentant bon le ciment frais, lui rappelaient par endroits les beaux quartiers de Marseille.

– Tout cela finira mal, João… Ces modernistes s'imaginent rejouer la bataille d'Hernani sous les tropiques alors qu'ils ne sont que des fils de bourgeois gonflés de certitudes. À présent, ils parlent même de chanter dans leurs œuvres l'Indien… Et pourquoi pas les nègres, tant qu'ils y sont ? Ils pensent sans doute que la modernité, c'est de fouiller dans les poubelles de l'Histoire…

L'un des lieux de prédilection du critique littéraire, le

Cinéma Poussières, intriguait et amusait beaucoup João. Tous les lundis soirs, cet établissement recevait une clientèle composée uniquement de nègres, employés comme domestiques par les riches familles de la capitale. En troupes bouillonnantes, ils arrivaient au bar, vêtus des costumes et des robes chics de leurs patrons, et s'amusaient à singer leurs manières, leurs tics, leurs habitudes hérités de trois siècles d'esclavagisme. Au son d'une musique interdite par la police, le samba, le Cinéma Poussières se transformait alors, selon les dires d'Euclidès, en une immense orgie où bière, *cachaça* et *maconha* aidant, les participants se lançaient dans des sabbats effrénés, rythmés par les percussions syncopées d'Afrique. Au petit matin, dans la lumière blafarde de l'aube, exténués, froissés, libérés, les danseurs rentraient chez eux avec la morsure douce de la mélancolie à l'âme. Le carnaval hebdomadaire s'achevait. L'homme libre redevenait nègre à tout faire.

Alors que João se plongeait avec délice dans ces visions de paradis où Négresses et mulâtresses en sueur, dégoulinantes de désir, se plaquaient, peau contre peau, dans les halètements des tambours, bouches ouvertes, seins tendus, croupes musclées, du temps que les hommes au sexe durci par l'excitation s'agitaient en lianes souples, ne faisant que frôler de leurs larges mains à paumes roses ces furies bayadères, Euclidès abandonna dans un sourire entendu son histoire sur les querelles des modernistes cariocas et paulistes. Il lissa sa maigre moustache un instant, puis demanda :

– Et Emivalda, petit Français ?

Instantanément, les corps tordus de plaisir et les peaux noires d'Afrique disparurent devant les yeux de João. Il ne resta plus que le Colombo bruyant, des hommes en redingote qui s'apostrophaient, le gramophone hoquetant et Euclidès, les yeux brillant de malice derrière ses lunettes. Avec un rien d'agacement, João alluma une nouvelle cigarette :

– Emivalda… Mon ami, si tu savais ce que je dois endurer chez mon oncle, tu m'élèverais une statue !

– Tiens donc… L'amour n'est plus au rendez-vous ? Toi qui me parlais d'elle avec tant de fougue, il n'y a pas plus tard que la semaine dernière !

– Ce n'est pas ça. Tu connais très bien les sentiments que j'éprouve pour elle. Et tu sais que je ne désire rien d'autre que de la prendre pour femme. Un jour… En attendant, je crois que je m'ennuie.

– C'est bien, petit Français, persifla Euclidès. Tu progresses. Et si tu continues, tu seras bientôt aussi désabusé que moi !

João soupira longuement. Puis, les yeux dans le vide, il confia d'une voix monocorde :

– Que veux-tu ? Emivalda est très belle. Trop belle, peut-être. Mais je ne la comprends pas. Elle passe son temps enfermée dans sa chambre, à rêver sur le portrait de Victor Hugo et à lire des poèmes de Baudelaire.

– Elle ne peut donc pas être complètement mauvaise…

– Ne te moque pas, s'il te plaît. Je ne peux jamais la voir seule. Et il y a aussi mon oncle. C'est un idiot qui m'exhibe comme une bête de cirque. Et sa femme, qui ne m'a pas encore adressé un seul mot depuis mon arrivée !

– Un oncle qui te nourrit et deux femmes muettes… Tu ne connais pas ton bonheur, mon garçon !

João sourit sans grand enthousiasme à la remarque. Puis il poursuivit, s'enflammant soudain :

– Mais je ne suis pas venu au Brésil pour ça, moi ! Je suis venu ici pour vivre, pour connaître autre chose !

– Et quoi donc ?

– Je ne sais pas ! Les femmes, le sexe, l'alcool, l'ivresse, la folie ! Et à la place, je travaille dans un cabinet d'architectes et je n'ose même pas approcher la main d'Emivalda…

Depuis plus de soixante jours, João n'avait pourtant d'yeux que pour elle, Emivalda, la cousine de raccroc dont il partageait le toit, la métisse aux longs cheveux noirs et aux lèvres si rouges. Elle appartenait à une catégorie de femmes qu'il n'avait jamais côtoyées. Chaque fois qu'il la croisait, au repas ou par hasard, dans l'une des pièces de la maison, il était saisi d'un violent désir. Plus que tout au monde, il voulait la prendre, la posséder, arracher ses vêtements, la couvrir de baisers, mordre à pleine bouche ses bras et ses mains et ses cuisses et son ventre de sangmêlée, à s'en gaver, à s'y perdre, à étancher sa faim et sa soif. Il n'avait jamais éprouvé ces brusques accès de folie auparavant. En homme dur, proche de la terre, il ne s'interrogeait pas sur la nature de ce sentiment. Amour, passion ou simple désir de chevaucher cette cavale, comme un marin le ferait sur le dos salé de l'océan à bord d'un fin chébec ? Pourtant, dès qu'elle disparaissait de sa vue, ce type de questions ne lui effleurait pas l'esprit, ne troublait pas ses nuits où il dormait d'un sommeil de plomb, d'un bout à l'autre.

Le garçon apporta une dernière bouteille de bière. Le feu des discussions s'était ralenti dans le grand café. On ne parlait plus de politique. Oubliés aussi, les problèmes raciaux, la reconstruction de Rio et la place de la République dans la grande Société des Nations. Les buveurs cuvaient leur passion, tétant en silence de gros cigares aux volutes lourdes. Le gramophone s'interrompit à son tour, les mesures d'une polka-*lundu* s'éteignirent dans l'indifférence générale.

En seigneur pour qui l'argent ne compte pas, Euclidès régla toutes les consommations et les deux hommes quittèrent le Colombo sans trop tituber. Côte à côte, silencieux, ils descendirent l'Avenida Central illuminée comme un jour de carnaval de ses cinquante mille ampoules. Leurs chaussures à talons ferrés sculptaient le silence de la nuit dans la cadence de leurs cannes, frappant le pavé à intervalles réguliers. Rue da Carioca, João s'immobilisa soudain. À une dizaine de mètres d'eux, la silhouette d'un homme venait de surgir de derrière un kiosque et s'engouffra à toute vitesse dans une ruelle adjacente. La pénombre la dévora aussitôt.

João fit quelques pas en avant et se figea subitement sur place. À ses pieds, il découvrit, posés sur le trottoir, une pleine bouteille de *cachaça*, deux cigares noirs de bonne taille et quelques pièces de monnaie qui miroitaient dans la lumière tremblotante d'une bougie allumée.

Euclidès lui posa doucement la main sur l'épaule, et murmura :

– Allez, il faut rentrer. Le dernier *bonde* pour Santa Teresa ne va plus tarder à partir…

Il sembla à João que, dans le lointain, des percussions se mettaient à résonner à travers toute la ville. Mais il ne put pas dire ni d'où elles venaient, ni même s'il ne s'agissait pas de son sang battant dans ses tempes. Le lendemain matin, en retournant à son bureau, il vit que les offrandes n'avaient pas bougé. Aucun ivrogne n'avait dérobé la bouteille, l'argent, les cigares. Seule la bougie avait fondu. La cire blanche et dure dessinait maintenant une lune blafarde sur le pavé gris battu par la pluie.

8

Pour venger la mort de Ferdinand Talsimoki, le vieux Vassilis avait dépêché Michel et François à Rio de Janeiro. Le premier, car il était le plus sage de toute sa lignée et parce qu'il ne laissait jamais rien au hasard. Le second, car il était violent, une vraie tête brûlée dont le goût pour le sang et le meurtre pourraient être utile dans ce Brésil dont on ne connaissait, à Marseille, que les légendes colportées par les marins.

Après la mort de Jacotte, les trois fils étaient retournés à la Compagnie des Docks. Roland Géraud, le sous-directeur, les avait reçus avec la même obséquiosité, d'autant plus que l'interrogatoire qu'il avait fait subir à La Foudre n'avait rien donné. En revanche, les informations qu'apportait le clan Talsimoki valaient leur pesant d'or. Le meurtrier se prénommait Jean et l'on était sûr, grâce à Jacotte, qu'il travaillait à la Compagnie des Docks. Se sentant pousser des ailes, Roland Géraud fit apporter par sa secrétaire la liste des aconiers qui travaillaient pour lui depuis le début de la semaine et il s'avéra que quatorze cols bleu portaient le prénom de Jean. Si ce fameux Jean n'était pas fou, il n'avait pas dû prendre l'embauche au lendemain de son forfait. En toute logique, celui qui avait tué Ferdinand Talsimoki serait celui qui, le soir, ne viendrait pas toucher sa paye.

Sur le coup des vingt heures, Roland Géraud téléphona en tremblant d'émotion à Michel Talsimoki. Jean Dimare était le coupable. D'une voix qu'il voulut posée, mais que la jubilation rendait saccadée, il lui donna l'adresse de l'aconier. Alors, d'un coup de voiture, Michel et Henri se rendirent chez Jean Dimare, forcèrent sa porte malgré les hauts cris de sa logeuse et durent se rendre à l'évidence. S'il n'avait pas encore quitté la ville, il ne reviendrait en tout cas jamais plus dans ce quartier de la Belle de Mai.

Le lendemain, dès la première heure, Michel retourna seul sur le port de la Joliette. Avec Roland Géraud, qui commençait maintenant sérieusement à se demander s'il n'allait pas troquer son stylo-plume et ses buvards contre une paire de guêtres et un pistolet, ils parvinrent à la même conclusion : soit Jean Dimare avait déserté Marseille et se cachait quelque part dans la région, soit il était monté sur le premier cargo en partance. Le sous-directeur lui fournit séance tenante la liste des bateaux ayant appareillé la veille ainsi que les différents pays qu'ils allaient desservir.

Fort de ces informations, Michel rejoignit le clan Talsimoki au grand complet dans l'hôtel particulier aixois. La réaction du patriarche fut, comme à son habitude, pondérée et lucide. Les yeux plus noirs que jamais, il leur tint ce discours :

– Même mort, un homme ne disparaît pas. Ce Jean Dimare n'était pas un voyou. Il va donc réapparaître, tôt ou tard. Henri, tu vas interroger tous les gens qui ont travaillé avec lui. Ne néglige aucune piste et emploie tous les moyens nécessaires pour délier les langues. Michel, s'il a quitté la France par bateau, il a certainement essayé d'avoir un visa. Contacte toutes les ambassades…

– Et moi ? Je fais quoi, en attendant ? s'inquiéta François.

Une lueur mauvaise éclaira le visage sec de Vassilis Talsimoki :

– Toi, ne t'inquiète pas, mon petit. Ton tour va venir. Dès qu'on aura retrouvé la piste de ce saligaud, ce sera à toi de jouer…

L'enquête dura plus d'un mois et les efforts de chacun finirent par porter leurs fruits. Le consulat du Brésil pensait avoir reçu la visite d'un jeune homme pour un départ précipité à destination de Rio de Janeiro. Dans le même temps, ils apprirent que Jean Dimare était d'origine portugaise et qu'il maîtrisait donc parfaitement cette langue. Vérifications faites, le *Chile* avait appareillé le surlendemain du meurtre de Ferdinand à destination de Rio. Roland Géraud, depuis ses bureaux de la Compagnie des Docks, avait multiplié les sans-fils avant d'obtenir des autorités portuaires brésiliennes la liste des arrivants. Celle-ci leur parvint le 14 février. Si elle ne comportait pas le nom de Jean Dimare, elle déclarait, en revanche, la venue d'un certain João Domar.

Trois jours plus tard, Michel et François embarquèrent sur le même *Chile*, impatients de retrouver l'assassin de leur frère, à l'autre bout du monde.

Les deux frères Talsimoki ne voyagèrent pas, on s'en doute, dans les mêmes conditions que Jean Dimare quelques semaines auparavant. Ils s'installèrent en première mais, malgré tout le confort et le luxe dont ils disposèrent à bord du *Chile*, jamais voyage ne leur parut aussi long. Lorsque, enfin, le bâtiment mouilla dans la baie de Guanabara, ils se mirent immédiatement en quête d'un hôtel international pour établir leurs bases. Sur les conseils du sous-commissaire de bord, Honoré d'Archambaud, ils choisirent, rue du Passeio, l'Hôtel de France, et commencèrent leurs recherches. La rue du Passeio, qui faisait partie du programme de rénovation du centre ancien, avait été métamorphosée par les ingénieurs et les architectes. Autrefois simple travée sombre et puante, elle arborait maintenant de larges trottoirs bordés d'arbres dominés par des buildings flambant neufs. La nuit, le Passeio s'illuminait de milliers d'ampoules et attirait tous ceux qui désiraient dîner dans un bon restaurant ou simplement promener dans le jardin public sur lequel veillaient en permanence les forces de police.

Malgré la chaleur suffocante du plein été tropical, Michel et François menèrent une enquête préliminaire rapide et durent se rendre à l'évidence : cette ville comptait des centaines de milliers d'habitants qui vivaient dans des milliers de rues et de ruelles dont certaines ne portaient même pas de nom. Marseille faisait presque figure de petit village à côté de ce monstre où des avenues de près de cent mètres de large étaient tirées en droites lignes sur des kilomètres, où les buildings de béton commençaient à manger le ciel pour gagner de la place. La place, l'espace vital. C'était devenu l'obsession de cette cité qui accueillait chaque mois des immigrants par milliers, chassés par la faim ou la sécheresse, en loques, sans le moindre sou, traînant leur marmaille braillante depuis Bahia, le Sertao, le Minas Gerais et jusqu'au Maranhao, ou bien seuls, vomis avec d'autres apatrides par les gueules charbonneuses des bateaux. Alors on bâtissait à tour de bras, en hauteur.

Ceux qui ne pouvaient pas se payer le luxe du centre-ville avaient dû s'éloigner pour construire des *casines* de fortune sur les flancs des mornes qui embrassaient la baie. Du provisoire, pensaient-ils. Les habitants d'en bas, ceux qui avaient de l'argent, appelaient ces amas de planches et de matériaux hétéroclites (bidons de kérosène, citernes, rails, toiles de sacs, briques volées sur les chantiers, fauteuils de voitures, réverbères, caisses de bière, gouttières, pneus, tout était bon pour se construire un coin à soi), ils les désignaient donc sous le nom de favelas. L'explication remontait à plus de vingt ans auparavant, quand les soldats de la jeune République, après avoir maté les rebelles dans la guerre des Canudos, étaient rentrés à Rio de Janeiro. Dans leurs bagages, peu de hauts faits de guerre mais, souvent, une Bahianne dont ils étaient tombés amoureux. Avant que chacun ne regagne ses pénates, le corps d'armée avait donc établi un campement de fortune sur le morne de Providencia. Là, pour se rappeler les douceurs de leur ville natale, les Bahiannes avaient fait pousser des fèves de favela. Frêle et fraîche, la fleur de ces graines s'était épanouie avec la même grâce qu'au pays, sur un arbuste aux épines acérées. Le nom était resté.

Dans ce Rio trépidant, les deux fils Talsimoki enquêtèrent avec, pensaient-ils, une certaine logique. Mais sur le port, tout comme à Marseille, les aconiers changeaient chaque semaine, quand ce n'était pas tous les jours. Ils tentèrent alors leur chance dans les fabriques, sur les chantiers, partout où la bête humaine tire, pousse, pelle, pioche, fore, crache ses poumons et ses tripes, s'arrache les muscles pour faire rentrer les trois sous du loyer, du manioc, des haricots noirs et, le dimanche, d'un peu de bœuf séché et fumé.

Michel et François s'épuisèrent en pure perte. Quant à chercher dans le milieu des Français en col bleu, inutile d'y songer. En arrivant au Brésil, ceux-ci ôtaient leur patrie de leur âme comme on ôte un chapeau ou une veste qui a déjà trop vécu. Quelles que soient leurs nationalités, ils se fondaient tous dans la masse, entre les mamelles géantes d'une ville et d'un pays anthropophages.

Comme souvent dans ce genre de cas, ce fut le hasard qui mit João sur leur chemin. Un jour que celui-ci finissait de dîner au Colombo, il vit deux hommes s'asseoir à la table voisine et il les entendit discuter, dans une langue et un accent qu'il reconnut tout de suite. Dans ce café-restaurant, l'un des plus célèbres de toute la capitale, les étrangers n'étaient pas rares. Lorsqu'il s'aperçut que les deux nouveaux venus ne parlaient pas un seul mot de portugais du Brésil et qu'ils ne parvenaient pas à se faire comprendre du garçon, João crut de son devoir d'intervenir. Quand le problème de la commande fut réglé, le plus âgé des deux pria João de venir les rejoindre à leur table. Chassant sa timidité naturelle, celui-ci se leva, vérifia que la veste de son costume était parfaitement ajustée et vint s'incliner devant les deux hommes, les yeux brillants :

— Messieurs, je vous prie de bien vouloir m'excuser, mais il m'a semblé, à votre accent, que vous étiez de Marseille…

François Talsimoki émit un grognement :

— Et alors ? Ça vous regarde ?

— Pas du tout, messieurs. Mais, jusqu'à il y a peu, j'y étais moi-même, à Marseille ! Je me disais donc que, éventuellement, et si cela ne vous dérangeait pas, vous pourriez peut-être me donner des nouvelles de ma ville et de la France…

Comme François allait chasser l'importun d'un nouveau coup de gueule, Michel le coupa :

— Pourquoi pas ? Asseyez-vous, je vous en prie… Que voulez-vous savoir, au juste ?

– Je ne sais pas… Tout ! Parlez-moi de la Canebière, du Vieux-Port, du football, de Notre-Dame-de-la-Garde, des élections !

– Où habitiez-vous, à Marseille ?

La réponse de João jaillit spontanément :

– La Belle de Mai !

Les narines de Michel Talsimoki se pincèrent soudainement. Ce hasard était trop beau pour être vrai. D'une voix qu'il voulut amicale, il demanda encore :

– Et que faisiez-vous, à Marseille ?

– Oh, rien de bien reluisant… Ça ne vaut même pas la peine d'en parler. Mais du temps a passé et, aujourd'hui, regardez-moi : je suis en costume, chaussures vernies, et je travaille chez un grand architecte ! Le Brésil est un pays magique, messieurs ! Vous allez bientôt vous en rendre compte, vous aussi !

Le teint livide, Michel Talsimoki l'interrogea à nouveau :

– Dites-moi, jeune homme, ça n'a pas été trop dur de tout quitter pour venir vous installer ici ?

– Trop dur ? Certainement pas, puisque je n'avais rien ! Un boulot de misère, à me casser les reins, du matin au soir et du soir au matin, sur les docks…

– Sur les docks ?

À la façon dont l'homme avait répété les trois derniers mots, João comprit subitement qu'il parlait trop. Il voulut quitter sa chaise, mais Michel Talsimoki le retint fermement par le poignet et, d'une voix glaciale, il lâcha :

– Tu es Jean Dimare et tu as fui Marseille après avoir assassiné notre frère, Ferdinand Talsimoki…

À cet instant, il sembla à João que le sol du Colombo s'ouvrait sous ses pieds. Pêle-mêle, la course dans les rues de Marseille, le rhum du Brûleur de Loups, le corps de Jacotte imbriqué au sien, la masse inerte du garçon au pied du comptoir, les torrents de boue du quartier de la Fosse, tous ces éclats de souvenirs le firent flageoler sur ses jambes et il dut prendre appui sur le marbre de la table pour ne pas s'écrouler. Michel Talsimoki ouvrit son veston et lui désigna du regard le magnifique pistolet chromé qu'il avait acquis juste avant son départ. Puis, il grinça :

– Tu nous suis gentiment ou on te bute ici…

Alors qu'il allait tenter de protester, Afonso Cotrim, le patron du Colombo, se plaça d'autorité entre João et les frères Talsimoki. Derrière lui, trois garçons aux mines patibulaires et aux poings serrés. Les pouces coincés dans son gilet, le patron avait suivi toute la scène et compris que le moment d'intervenir était arrivé. João était un bon client et, de plus, il l'avait pris en amitié, une espèce d'affection impulsive depuis qu'il avait appris que João venait de Marseille. Lui aussi y avait vécu, il y avait des années en arrière…

– Alors, docteur Domar ? Auriez-vous des problèmes avec ces messieurs ?

Le front en sueur et les joues vides de sang, João balbutia :

– Docteur Cotrim… Il s'agit d'un malentendu. J'essayais d'expliquer à ces messieurs que la mort de leur…

Afonso Cotrim haussa soudainement le ton :

– Cela ne me regarde pas, monsieur Domar. Ici, la discrétion est mère de tranquillité.

Puis, baissant la voix, il murmura :

– Voulez-vous que je vous débarrasse de ces deux personnes ici présentes ? Manoel, Paulinho et Ivan peuvent tout à fait s'en charger…

Comme il ne répondait pas, figé par la peur, les trois mastards avancèrent soudain sur les deux frères. Le Colombo était presque vide et il ne restait, comme chaque nuit, qu'une poignée de rêveurs alcoolisés qui fumaient en éclusant leur dernière chopine. Après une brève lutte, les trois garçons arrachèrent leurs pistolets aux deux hommes et Francis se mit soudain à hurler d'une voix de stentor :

– Mais pour qui tu te prends, pourriture ? Tu sais pas qui on est, nous !

Un crochet de Paulinho, un mulâtre qui excellait dans l'art de la *capoeira*, lui coupa le souffle et Francis tomba à genoux, les yeux exorbités. Les derniers clients se levèrent précipitamment et quittèrent la salle. Par expérience, ils savaient que lorsque ça se mettait à chauffer au Colombo, mieux valait ne pas rester dans les parages. Les balles volaient bas. Afonso Cotrim suggéra :

– Alors, monsieur, c'est le moment de vous présenter, il me semble…

Toujours calme, Michel rétorqua :

– Mon frère et moi, nous sommes deux des fils de Vassilis Talsimoki. Et, puisque je vois que vous êtes français, vous le connaissez sans doute de réputation…

Le patron du Colombo sourit de façon étrange. Puis il interrogea à nouveau :

– Talsimoki… Le Talsimoki de Marseille ?

– Exactement. Et vous savez donc que ce que vous venez de faire risque de vous coûter très cher.

Afonso alluma un cigare posément, puis :

– Si je comprends bien, monsieur Talsimoki, vous vous en prenez à mes amis, dans mon établissement et, en plus, vous me faites des menaces…

– Mais non. Laissez-nous partir avec ce petit fils de pute. Et pour le dérangement, je vous paierai ce que vous voudrez.

Afonso Cotrim ne daigna même pas répondre à l'insulte. Il avait connu, en son temps, le vieux Vassilis. À cette époque, la brasserie qu'Afonso avait sur le Vieux-Port tournait à plein. L'entente, dans le milieu, était cordiale. Jusqu'à ce que Vassilis se mette en tête de lui racheter son affaire. Mais Afonso Cotrim avait refusé l'argent et n'avait pas cédé sous les menaces. Alors, Vassilis avait fait paraître un article dans le *Petit Marseillais*. En une, avec la photo d'Afonso, le journal avait titré : « Alphonse Cotringe, maître à danser des ballets roses ! » Et s'ensuivait une enquête calomnieuse, dramatiquement crédible car écrite avec talent, mais inventée de toutes pièces. Le jour même, des ligues de défense de la famille et de la moralité avaient saccagé ses deux brasseries, bien soutenues en cela par des nervis infiltrés et payés par Vassilis. En toute hâte, Alphonse Cotringe avait dû brader son affaire pour une bouchée de pain. Comme João, il s'était embarqué, le lendemain, sur un cargo en partance pour le Brésil.

Afonso jeta un regard écœuré sur Michel et François Talsimoki. Seules les montagnes ne se rencontraient jamais…

Dans l'arrière-cour du Colombo, où s'entassaient des caisses de bière, quelques parasols, des chaises et des tables empilées dans un équilibre instable, Manoel, Paulinho et Ivan tenaient en respect les deux frères Talsimoki. Un orage venait d'éclater et semblait lâcher toute son eau tiède sur ce quartier de Rio. Derrière les cinq hommes, Afonso Cotrim s'entretenait avec João :

— Docteur Domar, puis-je avoir une absolue confiance en vous ?

— Mais bien sûr, mon cher Afonso ! Vous venez de me sauver la vie !

En français, parlant à voix très basse, le patron du Colombo résuma les choses :

— Ce que vous avez fait à Marseille et les raisons pour lesquelles ces deux fils du vieux Vassilis vous recherchent, cela ne me regarde absolument pas.

— Mais je vous jure que…

— Taisez-vous, jeune homme. Dans la vie, chacun fait ce qu'il a à faire. Maintenant, nous allons être liés par un pacte de sang. Je vais remplir ma part, puis vous remplirez la vôtre.

Sous le regard interloqué de João, Afonso Cotrim marcha dans la boue jusqu'à Paulinho. Sans un mot, il saisit le pistolet de celui-ci de la main droite et fit un pas vers l'aîné des Talsimoki. Dans le même mouvement, il appuya sur la détente. Michel Talsimoki reçut la première balle en plein au milieu du front. Afonso se pencha ensuite sur le corps et tira une seconde balle, le canon directement collé sur la poitrine. La scène n'avait pas duré plus de cinq secondes.

Dans un silence stupéfait, il revint se mettre à l'abri de l'orage qui grossissait, et tendit à João le pistolet brûlant :

— Docteur Domar, à vous…

Comme un somnambule, João prit l'arme entre ses mains tremblantes et se vit marcher dans la cour. L'eau ruisselait sur son visage, les flashes violents des éclairs allumaient par instants les formes détrempées des trois garçons gigantesques, stoïques sous la pluie, les bras croisés sur la poitrine. Il vit aussi le corps de François Talsimoki tomber à genoux, lui criant des mots, des phrases qu'il n'entendait pas. João sentit son bras droit mettre en joue cet homme qu'il ne connaissait pas, mais qui avait traversé l'Atlantique pour l'assassiner. Au moment de presser la détente, il ne se posa aucune question. Il n'était pas un meurtrier et pourtant, avec froideur, il vida le chargeur sur le crâne de Francis Talsimoki. Dans la fumée âcre de la poudre brûlée, le sang se mêla à l'eau et la terre but la vie qui s'enfuyait à gros bouillons.

João Domar fit alors demi-tour et, toujours comme dans un songe, il rendit le pistolet à Afonso Cotrim. Tous deux étaient désormais liés par le sang. Dans moins d'une heure, les deux cadavres seraient jetés dans une petite anse qu'Afonso connaissait bien. C'était un endroit discret où l'eau n'était pas très profonde mais dans laquelle se déversaient jour et nuit les déchets d'une usine d'équarrissage. L'océan y grouillait de requins. Le crime serait parfait puisque les corps n'existeraient plus…

9

L'existence de João Domar coula sans heurt pendant plus d'une année. Grâce à son oncle et à Euclidès, il finit par acquérir une culture du Brésil aussi juste que fantasmée. Ainsi, Rio de Janeiro, à bien y regarder, ne possédait pas tous les attributs de la *cidade maravilhosa* telle qu'elle s'était autoproclamée. Partout des trottoirs éventrés, des routes défoncées, des immeubles détruits. Rio semblait un diamant brut que les Slicer géants taillaient sans cesse. Ils ahanaient jour et nuit, ne reculant devant rien, pas même devant le morne du Castelo qui avait été arasé afin de libérer de l'espace, quelques années plus tôt. Le mot d'ordre était clair : il fallait faire moderne. Partout on démolissait et on construisait avec une frénésie de pionniers, toujours plus vers le sud. L'anse de Gloria, la plage de Flamengo, Botafogo, la plage Vermelha, celle de Leme, juste après le dôme du Pain de Sucre, et même les marais nauséabonds de Copacabana, Ipanema, São Conrado, et jusqu'à la barre de Tijuca : les plans visionnaires de l'architecte Francisco Pereira Passos étaient appliqués, dépassés, submergés.

En cela, Dom Francisco avait eu raison lorsqu'il avait parlé à João d'une ville à construire, d'une grande nation à bâtir. Et son neveu, dans ce fourmillement incessant, s'était très vite senti brésilien. Mieux encore : carioca.

Grâce à ses émoluments, à la largesse de l'oncle qui lui offrait toujours le gîte et le couvert, et grâce aussi aux conseils avisés d'Euclidès da Fonte, il avait adopté sans mal une tenue de dandy et une morgue tout aristocratique.

À Santa Teresa, au Bar des Filles, il plastronnait maintenant volontiers, dans son petit veston pincé, son col de celluloïd et, dernier chic venu d'Italie, ses chemises de toile quadrillées de bleu et de blanc ! Dom Francisco da Cunha, pour qui tout homme élégant ne devait se vêtir que de blanc et de noir, n'en croyait pas ses yeux.

Était-ce sa nouvelle existence, la chaleur enivrante des Tropiques, la fascination qu'il avait pour Euclidès ? Toujours était-il que João s'était métamorphosé. Le petit aconier de Marseille était devenu un perroquet fidèle, un singe savant qui rapportait désormais en tous lieux les théories et les bons mots de son ami, et qui en revendiquait du coup la paternité. Il affichait aussi les mêmes postures et les tics de langage du jeune aristocrate. Lorsqu'il parlait du cabinet d'architecture pour lequel il travaillait, il s'inventait maintenant sans mal des aventures et des projets colossaux qui germaient dans son esprit et qui, pour des raisons de logique évidente, ne verraient jamais le jour. Ainsi, pour résoudre le problème endémique du logement des nouveaux arrivants, il avait eu l'idée de relier les sommets de certains mornes par des poutrelles métalliques géantes. Selon lui, il suffirait alors de construire des habitations dans le vide, utilisant ces poutrelles comme autant de fondations, à la manière des ruches d'abeilles. Pour faire la nique aux gratte-ciel, il appellerait cela des gratte-mer. Il avait exposé cette brillante idée farfelue au Bar des Filles, autour de quelques beignets et de verres de *caipirinha*, avec une telle ferveur que tous les clients, sans oublier Graça et les deux autres patronnes, applaudirent à tout rompre. Bien sûr, il omit de préciser que ce projet était l'œuvre de l'architecte Le Corbusier…

João Domar, du haut de ses vingt-quatre ans, ne doutait désormais plus de rien. Pour lui, sa nouvelle vie était semblable à sa nouvelle ville : immaculée, lumineuse, sans aspérité, toute-puissante. Cette jungle qui l'avait angoissé les premiers temps tombait aujourd'hui sans effort sous les coups de hache du progrès en marche. La masse blanche de la cité gagnait du terrain sur le vert profond des mornes et même l'Indien Febronio, l'Indien volant comme il l'avait baptisé dans son for intérieur, n'apparaissait que de plus en plus rarement, de loin en loin, au sommet des rares derniers arbres épargnés par la cognée.

Quant à Emivalda, il ne se tourmentait plus non plus à ce sujet. Il savait qu'il l'aurait, tôt ou tard. C'était inscrit dans la logique de sa nouvelle existence. Chaque jour qui passait rendait la jeune fille plus désirable. Sa démarche s'était affirmée, son port était devenu tout à la fois langoureux et royal, et sa peau, qu'elle tentait de protéger au mieux du soleil pour éviter les hâles disgracieux, allumait dans les yeux des hommes des désirs mal dissimulés lorsqu'elle passait, le dimanche à la messe, toujours vêtue d'un blanc de neige vierge. Il l'aurait. Il en était sûr. Son oncle voyait déjà en lui, sans l'avouer encore publiquement, le gendre idéal. Et elle, le mari parfait.

Pour la séduire, João avait décidé de jouer la carte de la patience et de procéder par petites touches. Tout d'abord, il prenait surtout garde de ne jamais l'ennuyer avec son travail, éludant toutes ses questions, un sourire las sur les lèvres. En revanche, il était intarissable sur sa soi-disant vie passée à Marseille, sur son poste de haut fonctionnaire qui l'attendait à la mairie, sur les auteurs français qu'il prétendait avoir côtoyés, sans oublier les mœurs et la mode, si libres à Paris. Tous ces renseignements, il les inventait en distordant la réalité, ou bien les soutirait à Euclidès qui, lui, non seulement ne voyait aucun mal à ce petit jeu, mais y prenait de plus un malin plaisir. Dès qu'un livre français traduit en portugais du Brésil apparaissait dans la vitrine de la librairie du Bon Larron Garnier, à Cinelandia, Euclidès en faisait la critique littéraire dans *O Globo* et le commentait ensuite à João, lors d'une soirée au Colombo. Alors, João l'offrait à Emivalda et glosait avec une modestie feinte sur le parcours artistique et humain de l'auteur, un génie qu'elle devait découvrir absolument !

À plusieurs reprises, il lui écrivit aussi des billets doux qui n'étaient, en fait, que de simples traductions des *Poèmes à Lou* d'Apollinaire ou des passages des *Mémoires d'Outre tombe* de Chateaubriand. Bien entendu, il les signa tous de ses propres initiales : J.D. Emivalda, à chaque fois, en chancela de bonheur et sentit son amour grandir, grandir jusqu'à l'adoration.

Pour ce qui était du plaisir purement charnel, João Domar avait, là encore, et avec un pragmatisme remarquable, résolu le problème. Il était jeune, dans la pleine force de l'âge. Faire l'amour était pour lui une nécessité vitale. Sur les conseils du fidèle Euclidès, il s'était donc rendu dans la rue Do Ouvidor, au Palais Royal, un magasin de mode tenu de main de fer par une certaine Marie Dupeyrat. Celle-ci, proche de la cinquantaine, grasse comme une poularde à la crème, recouverte de bijoux clinquants, forte en gueule, fumant le cigare et buvant midi et soir son litre de cognac sans rechigner, était arrivée à Rio dix ans plus tôt. Ancienne meneuse de revues légères, elle avait eu cette idée lorsque sa tournée avait fait escale sur la baie de Guanabara et qu'elle avait compris tous les avantages qu'il y avait à se fixer en Amérique du Sud pour peu que l'on soit française, qu'on ait un brin de jugeote et la cuisse légère.

En France, les femmes de son engeance, cocottes, prostituées de luxe, poules ou danseuses, finissaient presque toujours, avec l'âge, dans des bordels déglingués et pouilleux du quartier de la Goutte d'Or. À Rio, elle conjurerait donc le sort. Sous les tropiques, un coupon de dentelles se payait deux cent cinquante francs, au bas mot. À Paris, la même pièce se monnayait chez les grossistes cinq francs tout rond…

Marie Dupeyrat était donc rentrée au pays et avait emprunté de l'argent à tous ses amants du moment. Puis elle avait bravé les orages, les tempêtes de l'Atlantique, les maladies et la chaleur suffocante, et elle était revenue se fixer dans cette rue Do Ouvidor. Très vite, son magasin de modiste parisienne, à l'enseigne rutilante, avait attiré toutes les élégantes de la ville. Alors, avec la bénédiction de la police, elle avait ensuite aménagé au premier étage un lupanar de luxe. Là, en après-midi et en soirée, quelques filles, uniquement des Françaises triées sur le volet et en provenance de Paris, recevaient les gros bonnets, fazendeiros, exportateurs, industriels, politiciens de tous bords, membres du clergé, sans oublier le commissaire et ses trois inspecteurs principaux. Dans un salon carmin tendu de courtine et éclairé violemment à l'électricité, le cognac et le champagne déliaient toutes les bourses dans la fumée des cigares et les parfums capiteux. Les chambres à thème, toutes équipées de miroirs aux plafonds, ne désemplissaient pas.

Une fois par semaine, João Domar passait ainsi au Palais Royal pour calmer ses ardeurs et il était devenu l'un des habitués les plus assidus de ce lieu. Au fil des mois, il finit par ne plus payer les consommations et bénéficia même de tarifs largement préférentiels. Il était jeune et vigoureux, bel homme. Pour Marie Dupeyrat, ça changeait les filles des vieux caciques et des barbons ventrus. C'était bon pour leur moral et leur rendement. Après son passage, elles n'en travaillaient que mieux. Lui, ressortait du Palais Royal l'esprit calme et serein, en parfait accord avec lui-même.

En somme, chacun y trouvait son compte.

Ce matin du 4 avril 1922, il régnait dans l'ensemble du cabinet d'architecture d'Heitor da Silva Costa une singulière agitation électrique. Dès qu'il poussa la porte de son bureau, João s'en rendit compte immédiatement. Ses quatre secrétaires, la jolie Silvana en tête, ne tenaient pas en place, arpentant le long couloir avec fébrilité, transportant des dossiers d'une pièce à l'autre et les remettant en place la minute suivante, fumant cigarette sur cigarette, martelant les touches de leurs machines à écrire avec nervosité, martyrisant des trombones ou des cure-dents, recommençant trois fois la même tâche, même la plus anodine, évitant aussi de se regarder entre elles pour ne pas céder à la tentation de parler de la grande nouvelle.

Dès qu'il eut pendu son pardessus et son canotier, João s'assit sur son fauteuil et s'étira avec paresse. La nuit chez Marie Dupeyrat avait été mouvementée, de nouvelles filles étant arrivées le jour même. Huit belles plantes, sophistiquées à souhait, pas farouches, avec juste ce qu'il fallait de perversité pour vous envoyer un honnête homme au septième ciel. Il n'était même pas rentré à Santa Teresa, et ses habits embaumaient la cocotte et le parfum tenace et puissant du sexe. Avec un sourire, il constata que les quatre soliflores de cristal disposés sur la commode offraient à la vue, comme chaque matin, quatre fleurs fraîchement coupées. Une rose blanche offerte par la timide Lara, une rose par Maria, une rouge par Cintia. Dans le quatrième, Silvana disposait toujours une fleur tropicale d'un jaune vif dont João ignorait le nom, mais à la fragrance sucrée et pimentée qui écrasait celles des trois autres. En se roulant une cigarette, il se dit qu'il serait généreux, chrétien même, d'avoir un jour quelques privautés avec l'une ou l'autre de ses secrétaires si dévouées. Ou peut-être, allez savoir, avec les quatre à la fois, puisqu'elles ne se quittaient jamais, même le dimanche lorsqu'elles allaient psalmodier côte à côte leurs prières à l'église...

Avant qu'il ne puisse se mettre à rêvasser sur ce tableau charmant, la porte s'ouvrit et Silvana, une tasse à la main, s'approcha du bureau et y déposa le café en tremblant. João sortit une flasque de cognac de sa poche intérieure et en versa une large rasade dans le breuvage noir.

– Il faut soigner le mal par le mal, murmura-t-il.

Puis, pendant qu'il remisait la flasque, il interrogea sur un ton détaché :

– Eh bien, mon petit ? Quelque chose ne va pas ?

La mulâtre s'empourpra aussitôt et se hâta de répondre :

– Non, monsieur ! Bien au contraire...

– Comment cela : bien au contraire ?

Les mains dans le dos, les yeux baissés, Silvana bredouilla :

– C'est que... Enfin, il se passe que...

– Mais quoi donc, mademoiselle ?

– Le docteur Da Silva Costa est parti ce matin...

– Et où est-il parti ? Soyez plus claire, je ne comprends rien !

Dans son chemisier blanc boutonné jusque sous le menton, Silvana déglutit péniblement et s'empressa d'ajouter :

– Il est au palais du Catete, monsieur. Le docteur Dom

101

Sebastiao Leme de Silveira Cintras l'a fait appeler dès neuf heures, de toute urgence.

João sentit tous ses muscles se raidir et une sueur froide se glaça sur ses tempes et son front. Il se redressa précipitamment, fit le tour de son bureau et saisit Silvana aux épaules :

– C'est Dom Sebastiao qui a appelé ?

– Oui, monsieur…

– Dom Sebastiao, en personne ?

– Oui, monsieur. C'est moi qui ai passé la communication au docteur Da Silva Costa.

– Vous en êtes bien sûre ?

Pour la première fois, Silvana redressa la tête et écarquilla ses grands yeux verts :

– Mais oui, monsieur ! Même qu'après, le docteur Da Silva Costa est sorti en courant de son bureau et qu'il a…

– Dom Sebastiao Leme, en personne ! Mais alors, ça veut dire que…

João, sans cesser de serrer Silvana aux épaules, planta son menton dans le plafond et, les yeux brillants d'excitation, il hurla :

– Ça veut dire que c'est fait !

Alors, il saisit la jeune femme aux hanches, esquissa soudain avec elle quelques pas d'une danse improvisée et, avant de la lâcher, il pressa ses lèvres contre les siennes pour un baiser sonore et joyeux. Silvana sentit aussitôt ses jambes fléchir sous elle et elle dut se faire violence pour quitter le bureau avant de sombrer dans un évanouissement provoqué par trop d'émotions. De son côté, João éclusa cul sec son café et se resservit en tremblant une pleine tasse de cognac, sans cesser de répéter :

– C'est fait, mon vieux ! Cette fois, c'est fait ! C'est fait !

Baptisé par les premiers marins, au XVIe siècle, le Pinacle de la Tentation, en référence à l'épisode de l'Évangile selon Saint Matthieu durant lequel le Christ aurait été tenté, un morne frappe l'imaginaire de tous ceux qui ont abordé sur la baie de Guanabara. Colossal, indécent de dureté dans les lignes et la blancheur nue de sa roche, surnageant bien au-dessus de la marée de jungle, figurant tout à la fois le cap, l'étrave, la lame et le bec de quelque oiseau miraculeux, fiché dans le cœur de la ville, improbable jusque dans sa masse et le tranchant acéré de son arête, ce morne a été rebaptisé dès le siècle suivant, par les Cariocas eux-mêmes, le Corcovado. Le Bossu…

Ils auraient pu choisir les autres collines, celles de la Providence, de Nova Cintra, de São Judas Tadeu, voire de Mundo Novo, de Dona Marta ou encore de São João. Ces mornes, eux oui, illustrent à la perfection la courbe douce de la bosse. Ils rythment l'architecture de la cité, en se gardant bien de dépasser les quatre cents mètres, recouverts pudiquement de végétation pour se fondre dans le tableau, se laissant gravir sans difficulté, proposant toujours des sentiers ombragés et presque frais, doux à l'œil, si hospitaliers que l'on se dit que ces collines, une vingtaine tout au plus, méritent chacune le qualificatif de bossu, de ces bosses que l'on caresse du plat de la main car elles portent chance, santé, amour, prospérité.

Elles, oui. Mais pas ce tuyau d'orgue de porphyre violent, fier, qui perfore d'un seul élan la cité et part finir sa course d'un jet sec, tout là-haut, la tête dans les nuages !

Quoi qu'il en soit, d'obscurs géographes du cru, à moins que ce ne soit la population elle-même, toujours encline à la raillerie et possédant un don inné pour la subversion, ont baptisé cette flèche de roche le Corcovado.

– C'est fait ! Mon Dieu, j'y crois pas…

En 1859, un moine français, nommé Pierre-Marie Bos, fit le voyage jusqu'à Rio de Janeiro et découvrit, lui aussi, cette sculpture naturelle monumentale. Impressionné, au sens photographique du terme, émerveillé, troublé jusqu'à l'âme dès le premier coup d'œil, il s'endormit le soir même d'un sommeil agité et rêva de ce mont étrange qui lui semblait conduire tout droit au paradis. Dès l'aube, il sut que cette vision déciderait de la suite de son existence. Dorénavant, il n'aurait plus de cesse tant que ce Corcovado ne serait pas surmonté d'un Christ colossal, dressé dans les cieux, si près du paradis.

Et Pierre-Marie Bos passa à l'acte. De son modeste diocèse jusqu'au Vatican, de la cour de Dom Pedro jusqu'aux riches familles de la ville, il se démena, flatta, supplia, implora, menaça, amadoua, supporta mille railleries et déclencha la colère, l'envie, l'admiration, l'exaspération, se ressourça au pied du morne, repartit de plus belle, crayonna, esquissa, alla jusqu'à mendier pour trouver les premiers sous de son entreprise incroyable.

Rien n'y fit. Cette statue extraordinaire sur le pic le plus extraordinaire de la baie de Guanabara ne vit jamais le jour. Alors, Pierre-Marie Bos s'éteignit dans la misère et l'on enterra avec lui ce projet de Christ dans les nuages.

– Je suis sûr que c'est pour ça que Da Silva Costa a été convoqué… Ça ne peut pas être pour autre chose. Je le sens. Je le sais…

Depuis trois ans, le gouvernement et l'Église brésiliens réfléchissaient à une façon digne et somptueuse de fêter, en 1922, les quatre cents ans de l'indépendance du pays. Et le rêve du petit moine, comme par miracle, revint à la surface. L'avocat Adolfo Morales de los Rios, catholique acharné, reprit cette idée de Christ-Roi et, pour en endosser la paternité, à moins que cela ne fut que par pure bêtise, il proposa sa construction sur le Pain de Sucre.

Le joli scandale que cette perspective déclencha ! Immédiatement, plus de vingt mille femmes signèrent une pétition réclamant la construction de cette statue sur le Corcovado, bien plus majestueux, visible de toute la ville, et non pas sur ce cône arrondi et trapu du Pain de Sucre, deux fois moins haut et donnant pour une part sur la baie de Botafogo et d'autre part sur les plages et les marais putrides de Copacabana ! La pétition remonta jusqu'au président de la République. Et elle finit par atterrir sur le bureau de Dom Sebastiao Leme de Silveira Cintras.

– Ça fait presque trois heures qu'il est parti… Mon Dieu, faites que Da Silva Costa revienne avec une bonne nouvelle. J'en ai besoin, moi !

Face à la pression populaire, le prélat changea son fusil d'épaule. Il convoqua la presse en grande pompe et, accompagné par le maire de la ville, annonça l'édification d'une statue catholique sur le Corcovado. Dans le même élan, il lança aussi une vaste souscription – baptisée *Semaine du Monument* – afin de récolter les fonds nécessaires à cette construction et interrogea plusieurs cabinets d'architecture. Dont celui d'Heitor da Silva Costa.

Jour et nuit, pendant de longues semaines, il plancha sur ce projet, ne dormant que deux heures par nuit, se nourrissant de café, de bière et de soupe aux lentilles et au lard avalée sur le pouce afin de tenir le coup. Pour João Domar, qui fut engagé à ce moment-là, ce fut immédiatement une perspective de promotion inespérée. S'il parvenait, avec ses quatre secrétaires déjà rompues à cet exercice, à faire tourner les affaires courantes du cabinet sans déranger l'architecte, s'il le délestait des problèmes inhérents aux fournisseurs, entreprises de maçonnerie et de gros œuvres, décorateurs et autres agents administratifs, si le projet du Corcovado signé Da Silva Costa emportait tous les suffrages, alors il verrait son salaire doubler et aurait même droit, en prime, à une automobile. Il lui avait promis : une automobile…

– Mon Dieu… Je me fous qu'ils construisent un Christ, une croix ou même un bateau sur ce putain de Corcovado ! Mais je vous en supplie : faites que Da Silva Costa remporte le marché. Je veux une voiture ! Là, c'est sûr que même Euclidès va en crever de jalousie !

Quinze jours auparavant, le cabinet avait rendu son projet. Avec l'aide d'un peintre nommé Bartolomeu Zumbi, Heitor da Silva Costa avait accouché d'un Christ à tunique portant une croix dans une main et un globe terrestre dans l'autre. Ils avaient voulu une sculpture pharaonique, de quarante-deux mètres de hauteur, agrémentée de colonnes ioniques disposées sur un socle trapézoïdal. Leur but avait été de se rapprocher au mieux du temple d'Éphèse, d'Artémis ou de Diane, qui comprenaient cent vingt-sept colonnes de vingt mètres de haut. Et, puisque le cardinal venait d'appeler, c'était donc aujourd'hui, aujourd'hui précisément, que l'on saurait qui raflerait le marché, après que l'Église, le gouvernement et quelques intellectuels triés sur le volet eurent été consultés.

Dans le bureau, la porte d'entrée claqua avec un bruit de guillotine.

– Mon Dieu... murmura João.

À cet instant, les machines à écrire arrêtèrent de crépiter. Dans l'étude, chacun retint son souffle. On n'entendit plus alors que les pas de Heitor da Silva Costa sur le parquet ciré. João glissa fébrilement la flasque dans sa poche et lissa ses cheveux vers l'arrière. Il transpirait à nouveau à grosses gouttes.

Un temps. La porte du bureau qui coulisse lentement sur ses gonds. La petite silhouette de l'architecte qui se découpe dans la pénombre du couloir. Et ces quelques mots :

– Monsieur Domar... Savez-vous au moins conduire une automobile ?

10

João Domar courait sur l'Avenida Central, courait à perdre haleine, évitant de justesse les passants, les petits étals à cigares et cigarettes américaines, les cireurs de chaussures, les charrettes à bras débordantes de fruits, d'épices ou de bouteilles de jus de canne et de *guarana*. Il filait, ignorant les femmes, les hommes, les enfants, les vieillards, les élégantes, les flics et les bourgeois, les fonctionnaires, les musiciens, artisans, serveurs, postiers, coursiers, laveurs de vitres, maçons, manœuvres, employés à tout faire et à faire ce qu'ils pouvaient. Hilare, il sinuait au milieu de la foule sans cesser de rire comme un gamin, un môme qui vient de jouer un bon tour à son professeur et qui détale pour le raconter à ses amis, s'esclaffant par avance de la farce réussie.

Il l'avait, son automobile ! Il la voyait déjà. Rutilante. Au moins une quatre cylindres, toute bleue et avec des chromes partout. Et française ! Récemment, il en avait vu une de ce genre, dans les journaux. Une Renault Type II. Elle venait de sortir à Paris et annonçait 2 120 centimètres/cube pour une vitesse de pointe de soixante-cinq kilomètres heure ! Dans le désordre de ses pensées, il remerciait Dieu, le Christ, le paradis et tous ses saints, quelles que soient les religions et les couleurs, noires, blanches, jaunes ou même vertes : il avait son automobile…

Dans un dérapage périlleux, João évita le choc avec une mère de famille entourée d'enfants, d'un landau, de paquets disparates et d'une bonne apathique qui suçotait un cigare noir, et il s'accrocha *in extremis* à la poignée cuivrée de la

107

porte d'entrée du Colombo. Un rapide coup d'œil circulaire lui apprit qu'Euclidès était absent. Il devait sans doute finir d'assassiner quelque littérateur dans sa chronique quotidienne, ou peut-être se promenait-il simplement du côté de l'anse de Gloria, en rêvant aux poèmes qu'il n'écrirait jamais et aux plaquettes qui croupiraient *ad vitam æternam* au fond de son esprit caustique et désabusé.

João grimaça de dépit. Avec qui allait-il pouvoir partager cette joie intense qui lui brûlait le ventre ? En effet, après avoir annoncé la bonne nouvelle, Heitor da Silva Costa, d'ordinaire plus exubérant et toujours enclin à sabrer quelques bonnes bouteilles à la moindre occasion, avait regagné son bureau à pas lents, laissant dans son sillage la fumée épicée de la pipe qui ne le quittait jamais. Ni cognac, ni champagne. João mit cette attitude de réserve sur le compte de la fatigue accumulée durant les semaines passées et, tout à son bonheur, il avait bondi dans la rue pour organiser une nouba à tout casser, mais aussi pour en mettre plein les yeux à Euclidès. Ce fils de nabab avait beau être son ami depuis maintenant plusieurs mois, João nourrissait à son égard une sourde jalousie, un sentiment désagréable où se mêlaient l'envie, la colère de ne pas appartenir à son monde, la peur de ne jamais y entrer et celle, plus mauvaise encore, de ne représenter pour Euclidès rien d'autre qu'un amusement, un jeu régi par les règles ambiguës qui unissent le maître à l'élève, le nanti au miséreux, l'intellectuel sophistiqué à l'homme du ruisseau qui, quoi qu'il puisse faire et de quelque façon qu'il puisse singer les bonnes manières, gardera toujours de la boue à ses semelles et de la crasse sous ses ongles.

Mais, maintenant, il allait avoir une automobile ! Ça ne bifferait certes pas la différence de classes d'un seul coup de manivelle, mais ça forcerait sans le moindre doute le respect du critique littéraire.

João s'installa à une table et commanda une bouteille de bière glacée. Il se sentait encore des fourmis dans les jambes, doublées d'une furieuse envie de se lever, de danser une polka endiablée, de chanter, de rire à gorge déployée, d'embrasser toutes les femmes dans la rue, de partager d'urgence cette émotion, cette joie violente, avec quelqu'un. Lui, le petit aconier du môle D, le traîne-misère, l'immigré, le sans-le-sou, il était en train de réussir sa vie, au Brésil. Col blanc, costume sombre, cravate de soie, un ami journaliste et richissime, une cousine à croquer, un travail d'avenir. Et maintenant, son salaire qui allait doubler. Sans oublier l'automobile…

Il ne manquait qu'Euclidès !

Alors que João se resservait un autre verre et s'apprêtait à transformer peu à peu son excitation en un simple bonheur béat, il vit passer devant la vitrine du Colombo une silhouette familière. Les cheveux longs et défrisés par trop de brillantine, les épaules larges, des jambes interminables et un profil au nez droit et aux ailes pincées. Aucun doute : il s'agissait bien de Bartolomeu Zumbi qui flânait, de sa démarche chaloupée dans le vent de printemps, vêtu d'une ample chemise blanche ouverte sur son torse, de pantalons de toile noire et de bottes de cavalier comme en portent les vachers dans le lointain Sertao. João régla l'addition et sortit en courant du Colombo, à la poursuite de ce grand mulâtre dégingandé.

Bartolomeu Zumbi était peintre par passion et tireur de plans pour les architectes de la ville lorsque la faim, et plus souvent la soif, le tiraient hors de son atelier. João l'avait croisé à plusieurs reprises chez Da Silva Costa, sans jamais oser fraterniser avec lui. Ce n'était pas sa couleur de peau qui l'effrayait, pas plus que les railleries qu'Euclidès ou les filles de chez Marie Dupeyrat n'auraient pas manqué de formuler à son encontre lorsqu'ils auraient appris qu'il fréquentait les nègres. Ce qui l'inquiétait, c'étaient les yeux de Bartolomeu Zumbi. Deux gros yeux ronds, exorbités, striés d'innombrables veinules rouges, qui semblaient vouloir quitter à tout prix leurs cavités oculaires. Toujours à la limite de l'énucléation, ces deux billes juraient avec sa face anguleuse et émaciée, aux larges lèvres et aux pommettes haut placées. Dans l'harmonie de ce beau visage, seuls ces globes trahissaient la folie créatrice qui le rongeait de l'intérieur.

En quelques pas, João fut sur lui et Bartolomeu Zumbi écarquilla encore un peu plus ses yeux sous l'effet de la surprise :

– Monsieur Domar ? Mais qu'est-ce qui se passe ? Un malheur est arrivé ?

– Non, Bartolomeu ! Un bonheur, au contraire…

Le grand peintre noir fronça les sourcils et, après avoir craché à terre entre ses dents, demanda :

– Un bonheur ? Vous voulez dire que les grands travaux de Rio sont terminés ?

– Ne dis pas de bêtise ! J'ai dit un bonheur, pas un miracle !

– La putain de sa mère ! Ils vont finir par me rendre dingue, avec tout leur boucan ! Chez moi, ça fait deux ans qu'ils démolissent tout le quartier pour construire leurs saletés d'immeubles… Fils de putes !

Il n'y en avait pas deux comme Bartolomeu pour tracer des plans au cordeau, à main levée, sans jamais avoir à utiliser la règle ni l'équerre. Tous les cabinets d'architecture se l'arrachaient dès qu'il délaissait ses toiles et ce, malgré son langage volontiers ordurier. En revanche, pour qui le connaissait, sa poésie se trouvait dans ses couleurs, ses pinceaux, ses brosses et ses couteaux, ses immenses tableaux lumineux où des femmes-panthères s'alanguissaient avec nonchalance et vous prenaient aux tripes. Sa poésie passait aussi par la musique, car il pouvait caresser des heures durant les cordes de son vieux *cavaquinho* et chanter, de sa voix rauque, de nostalgiques *modinhas*, des *lundus* syncopés, et jusqu'à ce nouveau genre, particulièrement méprisé par la bourgeoisie, mais qui faisait fureur parmi les couches les plus populaires de la ville : le samba. Dans les discussions du quotidien, Bartolomeu Zumbi avait pourtant délibérément choisi le registre de l'argot, et pour ses images et sa verdeur, et par un goût prononcé pour l'anticonformisme.

Il accepta la cigarette que João lui tendait, la ficha derrière son oreille pour la fumer plus tard et questionna à nouveau :

– Alors, qu'est-ce qui se passe ? Je vous vois tout essoufflé, avec le diable et le bon Dieu dans la tête…

– Il y a que… que je vais avoir une automobile, Bartolomeu !

Le peintre toisa João de la tête aux pieds avec perplexité, puis finit par émettre un petit sifflement admiratif :

– Putain de merde… Sauf votre respect, ça me la coupe !

João Domar éclata d'un grand rire et s'exclama :

– Moi aussi, mon vieux ! Ça me la coupe ! Et j'ai envie de fêter ça, parole ! Je veux me soûler jusqu'à plus pouvoir marcher, ça te dit ?

– Mais… Vous avez des sous ?

– T'inquiète pas, j'en ai une pleine bourse. Ce soir, c'est moi qui régale ! Et puis, arrête de me dire vous. Quelque part, on vient un peu du même monde…

Bartolomeu Zumbi haussa les épaules et ne tarda pas à taper dans la main que lui tendait João. Il acceptait. D'abord, parce qu'il était en cale sèche depuis deux jours. Ensuite, parce qu'un milord qui a presque une voiture et qui offre de tout payer, ça ne se refuse pas.

Les deux mains claquèrent dans un bel ensemble. Avant de redescendre l'Avenida Central, Bartolomeu fixa à nouveau le jeune homme avec ses billes de loto, puis finit par lâcher :

– Ce soir, vous payez. Mais c'est moi qui choisis où on va. Et je vous emmène chez moi, à Lapa. Dans le quartier des nègres…

À dire vrai, Heitor da Silva Costa était entré en tremblant, quelques heures plus tôt, dans le baroque palais présidentiel du Catete situé juste derrière la baie du Flamengo. Bien sûr, il avait déjà présenté par le passé des dizaines de projets architecturaux dans cette nation qui n'en finissait plus de se construire. Bien sûr, il était certain de la qualité de son Christ monumental, dont il avait accouché grâce à la patte et au talent de ce coquin de Bartolomeu Zumbi. Bien sûr, il avait aussi veillé à mettre dans sa poche quelques-unes des personnalités influentes appelées à voter. Et pourtant, l'architecte Da Silva Costa ne pouvait s'empêcher de trembler de crainte et d'appréhension dans son costume des grands jours.

Devant la façade du palais, il éteignit à regret sa bouffarde, essuya un peu de sueur qui lui couvrait le front, réajusta son col empesé. Puis, ce petit homme tout en nerfs et en doutes chaussa son pince-nez et, sa canne à pommeau d'argent bien en main, il pénétra dans le saint des saints de la République fédérale brésilienne, sans un regard pour les deux gardes en armes, fondant sous le soleil.

Sur ce coup-là, il jouait la vie de son cabinet. Des sommes rondelettes maladroitement investies en bourse sur le caoutchouc puis sur le café avaient laminé son entreprise au fil des années, jusqu'à la laisser exsangue, couverte de dettes, ne survivant que grâce à la bienveillance d'un ultime établissement bancaire, lui-même au seuil de la faillite. Ce projet de Christ était vital. S'il remportait le marché, il sauvait son cabinet, sa réputation et lui-même.

Le grand hall d'entrée baignait dans l'ombre et la porte s'ouvrait sur un imposant escalier bâti de fer, de marbre et de bois. Au bas de la volée, deux bronzes de femmes de plus de deux mètres de haut, vêtues d'une simple tunique, portaient chacune un luminaire à trois globes de verre qui diffusait à grand-peine une clarté maladive. Heitor Da Silva Costa frissonna et se décida enfin à gravir ces marches tendues de velours rouge en leur milieu. Au-dessus de sa tête, l'étoile du Brésil, figée dans son stuc, l'observait de ses cinq branches, comme l'instant d'avant l'aigle noir et brillant au faîte du monument. Le moment était critique. Dans la pénombre, il sentit une violente boule d'angoisse enfler son estomac et il dut se retenir à la rambarde, à la fois pour ne pas tomber mais aussi pour s'empêcher de déguerpir, de filer loin de ce palais où un oui ou un non allait décider de son existence future. Pour se forcer à respirer, Heitor da Silva Costa ralluma sa pipe qui crépita dans le silence avec de petits chuintements. Il aspira cinq larges bouffées, sentit sa tête tourner et trouva tout de même les ressources pour achever son ascension.

Alors qu'il posait enfin le pied sur le palier du premier

étage, un majordome en livrée sortit brusquement d'une poche d'ombre. Grand, sec, les cheveux d'un blanc virant au bleu, la peau du visage noire et sculptée de cicatrices, les yeux jaune vitreux, il saisit fermement l'architecte par le bras, avec un respectueux, mais bref :

– Bonjour, docteur Da Silva Costa. Les membres de la commission vous attendent.

Puis, le majordome fantomatique donna deux coups secs à la porte vernissée et poussa le ventail, ainsi que l'architecte, dans le grand salon ministériel. Éclairée de manière violente par deux immenses lustres de cristal, cette pièce ne présentait en son centre qu'une longue table rectangulaire autour de laquelle quatre hommes étaient installés, l'air grave, le cigare aux lèvres, tous en costumes noirs de bon drap, hormis Dom Sebastiao Leme de Silveira Cintras, en tenue de prélat. Rond et nerveux, la peau comme passée au talc, les mains toujours en mouvement, une moustache de sueur grasse sous un nez en forme d'aubergine, légèrement voûté par l'âge ou le poids de sa charge, les yeux furetant sans cesse derrière ses lunettes rondes et cerclées de fer, il fut le premier à se lever et à s'adresser au nouveau venu :

– Docteur Heitor da Silva Costa ! Approchez ! Approchez, je vous en prie… Ces messieurs et moi-même, nous vous attendions avec une impatience que vous n'imaginez pas !

L'architecte ôta sa redingote et son haut-de-forme que le majordome s'empressa de récupérer avant de quitter la pièce sans un mot. Déjà, Dom Sebastiao Leme s'impatientait :

– Allez, allez ! Venez vous asseoir. Là, à l'autre bout de la table. Vous serez bien. Et installez-vous confortablement : cette réunion risque d'être plus longue que prévue…

Paradoxalement, cette dernière phrase chassa l'angoisse comme un coup de vent nettoie le ciel. Da Silva Costa sut, à cet instant précis, que son ambitieux projet de Christ n'avait certainement pas fait l'unanimité dans le jury représenté ce jour-là par ce conseil de quatre sages. Pourtant, sa peur panique s'envola instantanément. Comme dans un rêve, il se dirigea vers la place qui lui avait été assignée d'office. Il avait la sensation d'être totalement immergé dans un liquide tiède, marchant avec une lenteur exagérée, rendant des bonjours polis aux trois autres membres de l'assemblée, avec une étonnante impression de bien-être et de sérénité retrouvés. Sur sa droite, il découvrit l'immense tableau de Pedro Bruno, sobrement intitulé *La Patrie*. On y voyait l'épouse et les filles de Benjamin Constant, assises ou debout, en train de confectionner un grand drapeau brésilien dont la majeure partie reposait sur le sol. Heitor da Silva Costa sourit discrètement. Il sentait qu'il n'avait que trois pas à faire pour entrer de plain-pied dans ce tableau, passer de l'autre côté de la toile et ainsi, par la grâce de Dieu, il se retrouverait à cette époque bénie de 1890, alors qu'il n'était encore qu'un jeune adolescent bouillant de découvrir le vaste monde.

Hélas, ses pieds en décidèrent autrement. En automate, il finit par s'asseoir dans le fauteuil de bois brun et chantourné, juste au moment où Dom Sebastiao Leme lançait d'une voix forte :

– Mon cher ami, même si votre projet est magnifique, dites-vous bien, hélas, qu'il est absolument hors de question que cette sculpture orne notre majestueux morne du Corcovado…

Longue d'une centaine de mètres, la rue Joaquim Silva, faisant la jonction entre Cinelândia et Lapa, appartenait à cet antique Rio de Janeiro que la municipalité, depuis déjà plusieurs années, tentait de rayer de la carte. Dès que Bartolomeu Zumbi, dédaigneux des grands arcs majestueux où filait un *bonde*, s'engagea dans la travée, João Domar sentit la peur l'envahir brutalement. Insensiblement, il se rapprocha du peintre, à le frôler, pour découvrir ce nouveau monde qu'il s'était jusque-là interdit : l'univers des nègres.

À Marseille, João avait rencontré plusieurs de ces descendants d'esclaves. Venus d'Amérique du Nord, des Antilles ou d'Afrique, ils allaient et venaient au gré des cargos, faisant rarement souche aux abords de la Joliette, à moins que l'absinthe ou la blanche ne les retiennent jusqu'à la mort par leurs baisers. Ils ne formaient pas de communauté organisée, avec ses chefs et ses clans, comme cela était le cas pour les Italiens, Égyptiens, Syriens ou Grecs. Ces nègres-là étaient de simples électrons libres qui rêvassaient sur les plages et les jetées les jours de grand soleil, faisant la manche, vivant de rapine, grattant dans les poubelles, se préservant du travail comme de la peste. Personne ne les avait forcés à venir là. Quand les grands froids de janvier gelaient la pierre, la plupart repartaient vers d'autres destinations, sans joie mais sans amertume, en nomades du monde.

Au fur et à mesure qu'ils avançaient dans cette rue Joaquim Silva, João sentait l'angoisse se solidifier dans ses tripes. Une crainte sourde, irraisonnée. La peur panique de l'inconnu. Assis par petits groupes de quatre ou cinq à même le trottoir, jouant aux dés ou aux dominos, vêtus de rien, des cigarettes roulées sur les lèvres, pieds nus, les nègres de Lapa levaient un regard curieux à chaque pas de cet étrange couple. Il n'y avait aucune trace d'animosité dans ces yeux, juste des interrogations muettes. À une fenêtre, une jeune femme à demi découverte donnait le sein à son enfant en chantonnant. Un boucher suspendit dans les airs son hachoir une fraction de seconde, le temps que le soleil y accroche une flamme. Une dizaine de gamins déboulèrent dans le dos des deux hommes en nuée de moineaux. Dans les rires et les cris, ils disparurent, avalés par une porte cochère. Au milieu de la rue, des ordures pourrissaient paisiblement et un gros rat repu semblait faire sa sieste, immobile, les moustaches frémissantes, sur un tas d'épluchures. L'odeur forte des végétaux en décomposition et des eaux usées poissait l'air. Bartolomeu Zumbi porta sa main devant son visage :

– Tous des fils de putes, à la mairie… Ils nettoient la rue que deux fois par mois. Le reste du temps, c'est la pluie. Et les rats.

Une jeune fille d'à peine vingt ans, vêtue d'une robe de dentelles blanches immaculée, coiffée d'un chapeau cloche et gantée jusqu'aux coudes, sortit d'un immeuble et sautilla pour éviter les flaques d'eau croupie. Elle croisa le regard de João et murmura un bonjour ingénu. Il s'arrêta pour la regarder trotter jusqu'à son travail. Dans son dos, la voix de Bartolomeu lança :

– C'est la vie, fils. Les plus belles fleurs poussent toujours sur les tas de fumier. Jamais en pots. Mais celle-là, elle se déguise un peu trop en blanchette, à mon goût...

Et, ce disant, il ouvrit la porte du bâtiment où il vivait, au numéro 14 de la rue Joaquim Silva.

L'atelier de Bartolomeu Zumbi, situé au troisième et dernier étage, donnait sur les toits et une lumière crue entrait à pleines brassées par les quatre fenêtres grandes ouvertes. Dans un coin, un lit où reposait un *cavaquinho*, une commode et une malle. Dans un autre, une cuisinière à charbon, un garde-manger, une table et ses quatre chaises ainsi qu'une étagère pour la vaisselle et les couverts composaient l'essentiel du mobilier, le tout dans un état de propreté irréprochable. Face aux fenêtres, occupant les trois quarts de la pièce, l'atelier de Bartolomeu Zumbi. Tout un fatras de toiles en cours ou achevées, de chevalets, de pots de pinceaux, de palettes et de crayons, d'esquisses punaisées aux murs chaulés, de feuilles empilées, de verres, de cendriers, de bouteilles posées à même le sol, d'images de saintes et de saints, de colifichets, de journaux et, dans une niche aux rideaux ouverts, quelques bougies, du sable ou de l'encens dans une coupelle, des bouts de tissu colorés, trois longs cigares, une étoile en papier brillant. Enfin, trônant au milieu de l'atelier, une toile aux dimensions si monumentales que c'en était à se demander comment elle avait pu pénétrer jusqu'ici.

Bartolomeu Zumbi entreprit aussitôt de se déshabiller, sous les yeux inquiets de João. D'un bon rire, il le rassura :

– T'inquiète pas, petit blanc ! J'aime que les femmes, et t'as rien à craindre pour ton petit cul d'Européen...

En se retournant pudiquement, João avait juste eu le temps d'apercevoir le torse nu du peintre. Des épaules solidement charpentées, de longs bras musclés et fins, des abdominaux dessinés au scalpel. Le tout brillant d'une peau noire, luisante de sueur, une peau de nuit sans lune et trempée de pluie. Bartolomeu reprit dans son dos :

– Mais les belles filles, faut les séduire ! Et Zumbi connaît tous les trucs pour ça. Un peu d'humour, une tenue de milord, un verre ou deux… Sans oublier une queue à tout casser pour les envoyer au septième ciel !

Et il éclata d'un nouveau rire, un de ces rires pleins, joyeux, sans arrière-pensées. Un rire d'homme libre, affranchi des conventions. Quand João se retourna, Bartolomeu, penché sur un miroir, passait une nouvelle couche de brillantine sur ses cheveux. Il portait à présent une chemise à carreaux rouges et blancs, un ample pantalon de costume crème qui retombait sur ses chaussures vernies, une chaîne de montre lui descendant jusqu'aux genoux et une cravate noire et fine, parfaitement nouée autour de son cou où battaient deux grosses veines. Quand il jugea sa coiffure réussie, il passa la veste du costume et posa un canotier de paille sur son crâne, légèrement de côté afin d'accentuer le côté *malandro*, canaille. Puis, il cueillit la cigarette posée sur son oreille et l'alluma avec une satisfaction évidente.

Pour briser le silence, João demanda :

– Dis-moi, Bartolomeu…

– Quoi, mon prince ?

– T'es habillé du dernier chic. Ça paye bien, ta peinture ?

Le grand nègre rit à nouveau en entendant la question, mais cette fois-ci d'une façon moins éclatante. Pendant que, assis sur une chaise, il refaisait un nœud à son lacet, il répondit :

– C'est une mauvaise question. Si j'avais voulu gagner de l'argent, je serais jamais devenu peintre, mais architecte, comme ce bon Da Silva Costa. Ou alors, je serais devenu un gentil Brésilien nègre qui recopie ce que les missiés blancs européens ont déjà peint…

Il se leva à nouveau et expliqua :

– Mais je suis de source africaine, mon ami. De celle qui a enfanté notre putain de monde.

– Et alors ?

– Ici, à Lapa, je peins l'Afrique. En dehors, je fais ce que les blancs me demandent de faire. Ici, ni dieu ni maître. Là-bas, j'obéis pour gagner ma vie. Ici, je crée. Là-bas, j'exécute. Ici, je vis.

Pendant que Bartolomeu s'assurait une dernière fois de l'élégance de sa tenue, João objecta timidement :

– Mais la statue du Christ, c'est bien toi qui l'as peinte, non ?

– Oui, mon prince ! Da Silva Costa voulait du moderne et j'ai dessiné ce qu'il a voulu. Et ces veaux de la commission sont bien foutus de le prendre, ce projet. Moderne, mon cul !

– Quoi ?

Avant d'ouvrir la porte, le peintre tourna ses grands yeux globuleux vers João et expliqua, sur un ton de mélancolie où pointait l'amertume :

– Un Christ blanc comme la neige, avec une croix et un globe... Tu crois que ça ressemble à ce que tu vois ici, toi ? Tu trouves ça moderne ?

– Je sais pas... Je...

– Foutaises ! Le Brésil d'aujourd'hui est une fleur de la jungle, qui pousse sur le béton des villes. Il n'est pas blanc, ni indien. Il n'est pas nègre, non plus. C'est un mulâtre. Et si j'avais pu, j'aurais peint un mulâtre avec les bras ouverts, pour bénir les Brésiliens du haut du Corcovado et tous ceux qui arrivent à Guanabara. Un mulâtre qui sourit et qui chante... Avec, peut-être, une guitare et un cavaquinho posés à ses pieds. Moi, j'aurais fait un Christ vivant...

Dans le palais du Catete, le matin même, l'architecte Heitor da Silva Costa avait dû écouter, effondré, l'interminable monologue du cardinal Dom Sebastiao Leme de Silveira Cintras. À l'autre bout de la table, dans le grand salon ministériel, le prélat s'agitait dans l'air moite, tout à son réquisitoire. Immobiles, opinant parfois du chef de manière sentencieuse et docte, les trois autres membres de la commission écoutaient avec respect et componction.

De part et d'autre de l'orateur, on trouvait tout d'abord le général Carolino Amaral, un vieux de la vieille à la moustache cirée, au visage sec et à l'œil sévère. Aucune guerre n'était jamais venue le sauver de son immobilisme, pas la moindre bataille dont il eut pu tirer gloriole, pas la plus infime escarmouche pour dérider son quotidien. Il avait donc gravi les échelons sans passion, hormis celle qu'il avait pour les chevaux de race et celle, plus artistique peut-être, pour la musique militaire dont il dirigeait le grand orchestre et qui constituait sa plus grande fierté.

Puis, venait Salvador Sorres, un petit homme d'une cinquantaine d'années, à la glotte proéminente et dont les favoris, taillés à l'anglaise, descendaient jusqu'à mi-joues. Responsable de la compagnie ferroviaire Light, il était avant tout un homme de progrès, d'innovation, de chiffres et de technologie. D'ailleurs, ne l'avait-il pas déjà prouvé en équipant la ligne du Corcovado de deux splendides locomotives à crémaillère, locomotives qui transportaient Cariocas, touristes et techniciens de la radiodiffusion brésilienne sur le toit de la ville quotidiennement?

Oliveira Viana, essayiste et philosophe de son état, l'œil noir, le nez aquilin, les lèvres en fente de tirelire, les cheveux ras et la calvitie victorieuse, complétait le tableau. Représentant les intellectuels, choisi arbitrairement parmi la pléthore des vieilles barbes académiciennes, positiviste convaincu et raciste indécrottable, il récitait Gobineau dans le texte, en un français parfait, et ne se faisait cirer les chaussures, dans les rues de la ville, que par les enfants les moins noirs de peau.

Enfin, de l'autre côté de la table, petit point transpirant sous les ors de la République, se tassant un peu plus sur sa chaise à chaque mot, Heitor da Silva Costa écoutait, prostré. Dom Sebastiao, les mains fouettant l'air à chaque phrase rageuse, le visage empourpré, discourait avec verve:

– Une statue de quarante-deux mètres de hauteur et cent vingt-sept colonnes… Mais vous n'y pensez pas, cher docteur! Comment une idée aussi farfelue a-t-elle pu germer dans votre cerveau? Le Brésil est une nation catholique, certes! Et si notre pays entier s'unit derrière ce projet, c'est bien pour porter un démenti cinglant à tous les ragots qui circulent à son sujet. Dois-je vous rappeler ces rumeurs infamantes qui courent à la Société des Nations?

Da Silva Costa tenta de refuser l'offre, d'un timide mouvement de tête mais, déjà, le cardinal revenait à la charge:

– Dans cette assemblée mondiale, depuis la fin de la

guerre, le Brésil représente plus que jamais l'Amérique latine, dans son ensemble. Et qu'entend-on dire, ici ou là, par la bouche de certaines racailles journalistiques toujours à l'affût de sensationnalisme ? Que le Brésil est un pays de religions spirites… Parfaitement, monsieur ! Qu'on y adore des icônes africaines ! Qu'on y pratique la magie noire ! Qu'on y invoque des dieux indiens !

Le philosophe Oliveira Viana eut un tic nerveux qui lui fit cligner l'œil droit à plusieurs reprises, tandis que Dom Sebastiao poursuivait :

– C'est pour cela que l'on vous a demandé de construire un Christ sur le Corcovado ! Pour clamer, haut et fort, à la face du monde, que le Brésil est catholique ! Mais c'est un Christ que nous voulons. Et non pas une statue pharaonique !

Pendant que le cardinal séchait la sueur de son visage à l'aide d'un mouchoir, le petit ingénieur Salvador Sorres crut bon d'ajouter, d'une voix chevrotante :

– Votre projet est excellent, mon cher docteur. Et nous en convenons tous. Mais il est irréalisable, d'un point de vue strictement scientifique, s'entend. Tous ces matériaux sont trop lourds. Beaucoup trop lourds ! Les locomotives de la Light ne parviendront jamais à hisser jusqu'au sommet du morne des blocs de roche et de marbre de cette taille ! Allons, allons…

À cet instant, le général Carolino Amaral précisa, sur un ton définitif :

– Quant au devis que vous nous avez présenté, je tiens à vous dire tout de suite que l'État ne déboursera jamais une telle somme. Avec la crise économique qui nous frappe de plein fouet, nous n'investirons jamais autant de moyens dans une vulgaire statue.

Piqué au vif, Dom Sebastiao grinça aussitôt :

– Je vous rappelle que cette vulgaire statue représente tout de même le Christ, notre Saint-Sauveur…

– J'entends bien, j'entends bien… Mais tout de même ! Nous ne pourrons jamais voter un budget semblable !

Le prélat rangea son mouchoir dans sa manche et reprit, plus posément :

– Pour cela, ne vous inquiétez pas, général. D'abord, le docteur da Silva Costa, ici présent, va revoir sa copie et baisser ses tarifs. Ensuite, la souscription pour la Semaine du Monument va donner à plein, j'en suis persuadé. Les Brésiliens de toutes les classes sociales veulent participer à ce grand œuvre.

Le général piailla, tout en faisant un petit saut nerveux dans son fauteuil :

– Mais tout ceci ne représentera qu'une goutte d'eau dans l'entreprise, et vous le savez pertinemment !

Ignorant la remarque, Dom Sebastiao continua d'un ton froid :

– Et enfin, le Vatican, je dis bien le Vatican, paiera de ses propres deniers ce qu'il manquera pour boucler le budget, quel qu'en soit le montant. Et je le répète, pour être bien clair : quel qu'en soit le montant...

Depuis Rome, le cardinal brésilien avait en effet reçu des directives particulièrement claires. Après la grande guerre, il était impératif qu'une nation comme le Brésil vienne grossir, sans la moindre ambiguïté, les rangs des nations catholiques. En effet, on commençait à parler un peu trop, au goût du pape, de toutes ces religions noires ou indiennes. De plus, le bouddhisme et l'islam étaient eux aussi en train de faire une percée inquiétante. Sans compter ces nouvelles croyances, comme le kardécisme, qui rencontraient un nombre toujours croissant d'adeptes. Le Brésil était, et devait être, catholique. Après l'édification du Christ, il le resterait. Et le trésor de guerre du Vatican serait mis à contribution.

Sur son fauteuil, Heitor da Silva Costa grimaçait. Son projet n'était donc pas accepté. Du moins, pas en l'état. Il lui faudrait revoir sa copie, son budget. Et, par conséquent, les prochaines semaines s'annonçaient déjà riches en insomnies, cafés, bières et soupes de lentilles. Et que dire à Bartolomeu Zumbi ? Et à João Domar ?

À la faveur d'un instant de silence, l'architecte crut le moment venu de quitter le palais présidentiel du Catete. Alors qu'il allait se lever, la voix cassante du général Carolino Amaral le cloua un peu plus dans son fauteuil...

Jusqu'à la nuit tombée, Bartolomeu Zumbi joua le rôle de Virgile aux côtés de João Domar dans l'incroyable efferves-cence qui secouait, sans jamais s'interrompre, les quartiers de Cinelândia et de Lapa. Le petit Français croyait connaître Rio… Il la baillait belle avec ses costumes dernier cri et son langage châtié, sa jolie gueule et ses manières élégantes ! Sans parler de cette façon insupportable qu'il avait de trou-bler ses quatre secrétaires, sûr de lui, tout ça parce qu'il avait la peau blanche… Zumbi se régalait de cette tournée des grands ducs, épiant dans un sourire toutes les réactions de João. Il allait voir comment battait le véritable cœur de Rio, loin des convenances de salon et des rodomontades de ces bourgeois enflés de mépris pour ses sœurs et frères de couleur.

Le peintre longiligne promena donc son acolyte d'un moment dans toutes les rues les plus chaudes et les plus électriques de cette partie de la ville gagnée sur les marais, mais dont les miasmes semblaient toujours sourdre dans l'air et soûler jusqu'au plus sage des hommes. Il le fit sans animosité, sans aucune raillerie. Il le fit car il sentait que João Domar, sous ses airs de monsieur, était capable de recevoir en pleine face le souffle vivifiant de l'Afrique. Rues Conde de Lage, Morais e Vale, Teotonio Regadas, impasse des Carmélites. Partout où ils passaient, l'accueil était vibrant, chaleureux, plein d'une douce malice et d'une complicité que seules les nuits d'ivresse parviennent à créer. Ici, c'était un claque minable où toutes les filles, même les plus indiennes et les plus noires de peau, ne parlant pas un mot de français, affirmaient pourtant dans un bel ensemble être des Parisiennes. Et si vous tentiez de les contredire, elles vous foutaient dehors avec des chapelets d'injures et de grands gestes de guenons affolées. Là, c'était une fumerie d'opium, avec son ambiance vaguement chinoise, ses mau-vaises estampes placardées aux murs, ses matelas crasseux posés à même le sol. Mais d'opium, point. En revanche, Bartolomeu parvint à convaincre João, sans grande diffi-culté, il faut bien l'avouer, d'essayer la *maconha*. Cette herbe noire, filasse, odoriférante, se fumait pure et laissait sur la langue un agréable parfum de banane écrasée, presque trop sucré. À la première bouffée, João eut l'impression de fumer la jungle, à pleins poumons, cette épaisse frondaison éternellement trempée par les pluies, pourrissante, enchanteresse. À la deuxième, il sentit son corps s'emplir du soleil de Rio, de ce feu grâce auquel la ville mijote dans sa chlorophylle depuis que sa première pierre a été posée. À la troisième, il partit à rire comme un enfant, et fut persuadé que toute l'eau de la baie de Guanabara pétillait dans son crâne, en bulles de champagne qu'on sert les soirs de fête.

Il n'y eut pas de quatrième bouffée. Bartolomeu prit son compagnon par le bras et le tira dans le crépuscule de la rue, pour passer à autre chose, goûter à de nouveaux bonheurs, éprouver des jouissances différentes. Où était-il? Il n'en savait rien, et ne voulait pas le savoir. Tout ce dont il était sûr, c'était de ce jus de mandarine qui giclait maintenant du ciel et aspergeait les façades, joyeusement, donnant à chaque chose une teinte acide et douce, terriblement vivante. Partout où il posa les yeux, il ne vit qu'une foule grouillante, majoritairement nègre, où chacun se parlait, s'apostrophait, riait, se moquait de tout et de rien, ne faisait aucun cas de la couleur de la peau, pas plus que des tenues vestimentaires affichées. Dans cette gaieté assourdissante, et même s'il ne parvint pas à se le formuler aussi clairement, João sentit que tout ce peuple de Rio de Janeiro était farouchement libre, affranchi de toute entrave. Il se comportait là tel qu'en lui-même, loin de l'apparente soumission sociale du quotidien, la soumission, ce fruit pourri mis au monde par des siècles d'esclavagisme.

Et les femmes… Oh, les femmes! Bavardes ou muettes, mélancoliques ou éclatant de rire à la face du monde, vieilles ou jeunes, accompagnées ou non, volontiers élégantes, gouailleuses, coquettes, mutines, l'œil brillant, la bouche toujours mouillée de salive, le regard clair, la démarche souple, elles déambulaient par petits groupes, se poussant du coude pour se signaler la présence d'un bel homme, baissaient les yeux à son passage, se regardaient ensuite entre elles pour rire encore, toujours ce rire qui caracolait dans le mitan des rues, explosait par vagues aux frontons des immeubles, rebondissait en gouttes de joie dorées et finissait par vous emporter dans le grand fleuve joyeux des noceurs en route vers le plaisir.

Aux environs de neuf heures du soir, Bartolomeu Zumbi et João Domar firent le tour des restaurants de luxe où venait s'encanailler la bourgeoisie de la ville. Ils s'arrêtèrent aussi dans les petits caboulots au sol de terre battue et aux tables de bois brut, là où l'on dévore de la cuisine familiale qui tient au corps, le tout pour trois ronds, sans s'inquiéter de choisir son repas à la carte, puisqu'il n'y a qu'un plat unique ! Clinquants de cuivres bien astiqué, ou pauvrement éclairés, ces établissements portaient pour nom le Beau Danube bleu, le Vieux Budapest, le Tunnel de Lapa ou le 49 et sa spécialité de crabes préparés par Raymonde, une cuisinière française elle aussi, mais une Toulonnaise pur jus. Ils burent et mangèrent comme des ogres, changeant de lieux comme d'ambiances, passant de la valse de Vienne aux mélopées tziganes, engloutissant des kilos de choucroute, de saucisses, de pommes de terre en salade, de viande rouge ou blanche piquée en *churrasco*, de poissons grillés ou en sauce, de serpent en civet, de singe en daube, le tout arrosé de litres de bière glacée et de dés à coudre de *cachaça* brûlante pour faire passer les plats.

À chaque seconde qui s'écoulait, João sentait que son costume trop étriqué de petit bourgeois volait en éclats. Il sentait revivre en lui l'homme du peuple, ni pire ni meilleur que le nanti qu'il était sur le point de devenir, mais simplement plus vivant, direct, cru, charnel. Oubliée, la morgue méprisante de son ami Euclidès da Fonte ! Balayé, le discours docte et pontifiant de l'oncle ! Dans les venelles, aux terrasses des restaurants et des cafés, aux comptoirs des bars et jusque dans l'odeur de sexe qui flottait dans les lupanars, il se sentait enfin homme, enfin carioca.

À un moment donné, João croisa le regard de Bartolomeu. Il s'arrêta soudain de sourire. Car il sut, dans l'éclat des prunelles du peintre, que celui-ci venait de lui faire un vrai cadeau. Il en eut les larmes aux yeux. Ça ne dura qu'une fraction de seconde. Il lui sembla une éternité.

Quand le général Carolino Amaral désincrusta son militaire fessier de la chaise et, moustaches frémissantes au clair, se redressa pour donner plus de force à son discours, Heitor da Silva Costa sut qu'il était encore loin de pouvoir fuir le palais du Catete. Le représentant du gouvernement posa en effet un regard noir sur l'architecte, ratatiné à l'autre bout de la table, et démarra sa diatribe avec emphase :

– Cher docteur, et n'en déplaise à monseigneur Dom Sebastiao Leme, cette statue de Christ monumental ne se fera pas, pas plus celle-ci qu'une autre !

Heitor da Silva Costa reçut la phrase de plein fouet et sentit son plexus solaire étouffer et craquer, se tordre à rompre dans sa poitrine. Pendant que le cardinal commençait à pousser de hauts cris de protestation, il comprit que sa vie était fichue. Ni plus ni moins. Sa femme le quitterait, c'était couru. Il allait devoir fermer boutique, mettre ses employés à la rue, et sans doute y terminerait-il son existence, ruiné, abandonné de tous, honni par ses pairs, raillé par ses concurrents qui l'avaient toujours prévenu que son goût pour le modernisme finirait tôt ou tard par causer sa perte. Il était au fond du gouffre. Accepter de modifier son projet lui laissait encore une porte de sortie honorable, un espoir pour l'avenir. Mais ne pas obtenir le marché du tout signait sa fin.

Satisfait de l'effet produit par la première phrase de son intervention, Carolino Amaral, au milieu des vociférations et des glapissements du cardinal indigné, de Salvador Sorres et du philosophe Oliveira Viana, reprit de sa voix de stentor :

– Non, messieurs ! Cette statue ne se fera pas, car les caisses du Brésil sont exsangues ! Notre République n'a plus un sou ! Pire, encore : le Brésil est en train de vendre ses richesses à la Grande-Bretagne et aux États-Unis d'Amérique…

Une fois de plus, le coup porta. Les trois protestataires cessèrent immédiatement leurs jérémiades désordonnées et affichèrent des mines interloquées. C'est que l'affaire était grave. Alors qu'ils se houspillaient, la Grande-Bretagne et les USA étaient en train de devenir, à cet instant, les maîtres du pays. Cette seule perspective rappelait un passé encore proche, douloureux, honteux, celui où le Portugal traitait avec mépris ce pays du bout du monde, pourtant fort de mille promesses, comme une simple colonie.

– Oui messieurs, reprit solennellement le général, vous m'avez bien compris. Depuis la crise du café et celle de l'hévéa, depuis que la guerre mondiale s'est achevée, nous avons fini de manger notre pain blanc. La modernisation du port de Rio, la rénovation complète du centre-ville, tout cela nous coûte fort cher. Et nous n'avons pas eu d'autres choix, depuis plusieurs années, que d'accepter de l'argent britannique ou américain. Ils nous tiennent, messieurs…

Salvador Sorres, le directeur de la compagnie ferroviaire Light, protesta faiblement :

– Mais il ne s'agit, après tout, que d'une statue. Son coût, s'il est bien partagé, ne va pas grever le budget de l'État de façon dramatique…

Sitôt sa phrase achevée, il se mordit les lèvres. La Light, sa compagnie, était détenue par des capitaux anglo-saxons. Le général s'engouffra immédiatement dans la brèche :

– Certes, docteur Sorres ! Mais vous savez mieux que personne que le Brésil est saigné à blanc par des actionnaires étrangers qui investissent dans notre florissant pays dans le seul but d'en retirer les dividendes afin de les rapatrier chez eux !

Le petit directeur, la honte au front, baissa la tête, tandis que Carolino Amaral continuait :

– Messieurs, mettez-vous un instant à la place du peuple. La capitale ne leur appartient plus. Les rues dans lesquelles ils marchent ne leur appartiennent plus. Les haricots et le manioc qu'ils mangent ne leur appartiennent plus non plus ! Et nous irions dépenser de l'argent que nous ne possédons pas pour bâtir une statue ? Le peuple gronde, messieurs. Et

126

je profite de cette réunion pour vous transmettre une nouvelle d'une importance capitale…

Dans le silence ému, le général Carolino Amaral bomba le torse, prit une posture martiale et, le regard droit, il déclara d'une voix solennelle :

– Le président de la république des États-Unis du Brésil, M. Epitacio Pessoa, va très prochainement décréter la loi martiale sur l'ensemble de notre territoire et ce, afin de prévenir tout risque de désordre et de débordement populaire…

Heitor da Silva Costa eut presque envie de rire. La situation frisait le cocasse. Il était venu au palais du Catete pour sauver son cabinet et sa peau, pour s'entendre féliciter sur l'excellence de son travail. Et il allait se retrouver sans le sou, à la rue, avec en prime une loi martiale qui allait figer le pays. Son Christ rédempteur ne verrait pas le jour parce que les Anglais et les Américains investissaient trop d'argent au Brésil…

Pendant que le général poursuivait son discours, il bourra une pipe et l'alluma pensivement. Il observa la fenêtre avec amertume et fatalisme. Elle s'ouvrait sur le grand parc qu'une armée de jardiniers s'efforçaient de domestiquer tout au long de l'année. Alors, il eut soudain l'envie folle de traverser la pièce en courant et de se jeter par cette fenêtre, pour en finir une bonne fois pour toutes.

Mais le docteur Heitor da Silva Costa se retint. Il n'était qu'au premier étage et, après les eaux de mars, le gazon formait un épais matelas qui amortirait parfaitement sa chute. Son acte désespéré ne tournerait qu'à une simple foulure, une jambe ou un bras cassé au maximum. Et il n'avait pas le cœur à ajouter le ridicule au drame qui le frappait. Il remisa donc son projet de suicide éclair et se leva à son tour pour entamer le combat. Les mains bien à plat sur la table du grand salon ministériel, il hurla soudain, avec une puissance qui le fit lui-même sursauter :

– Je ferai ce Christ !

Partout où ils traînèrent leurs guêtres, Bartolomeu Zumbi était fêté, presque acclamé, avec de grandes claques dans le dos et des sourires égrillards. Le peintre était chez lui et il était connu de tous pour son goût de la fête. Il faut dire qu'il était aussi, pour Lapa, une espèce de héros qui avait réussi à sortir de sa condition et qui aurait même pu travailler en col blanc s'il n'avait préféré la peinture et son univers coloré de femmes-panthères. Bien sûr, il était loin de rouler sur l'or. Mais c'était tout de même lui qui acceptait ou refusait, selon les besoins du moment et son bon vouloir, le travail dans les cabinets d'architecture des quartiers rupins. Et ça, ça vous posait un homme.

Au fil de la soirée, les deux nouveaux amis, soûls d'alcool, de nourriture trop riche, de musique, de *maconha* et de rires, remontèrent peu à peu la ville vers le nord, jusqu'à se retrouver à Cinelândia, sur la place centrale. Cigarette au bec et mains dans les poches, ils décidèrent de s'asseoir un instant sur un banc public, histoire de souffler un peu. De l'autre côté de la rotonde, malgré l'heure tardive, un attroupement s'était formé devant l'entrée illuminée du cinéma Le Palais. João catapulta son mégot dans le caniveau, et interrogea :

— Dis, Zumbi ? Qu'est-ce qui se passe, là-bas ?

Bartolomeu écarquilla une nouvelle fois ses yeux incroyables dans leurs orbites et railla :

— Tu veux dire, au Palais ? Tu sais pas qui c'est qu'est au Palais, monsieur le petit Français ? Foutre… Mais les journaux parlent que de ça depuis une semaine !

— Je lis pas les journaux. Ils racontent que des trucs politiques et j'aime pas…

— T'as raison, João. Si la politique pouvait changer les choses, ça se saurait. On serait pas tous à crever de faim pendant que des fils de putes de richards roulent en automobile…

— T'as pas trop l'air de crever de faim, toi !

Zumbi lança son rire sonore dans la nuit chaudement étoilée, puis répondit :

— Et toi, t'as pas trop l'air de rouler en voiture, mon Prince !

— Attends demain, et tu vas voir !

Les deux hommes se tapèrent dans la main et, avant de se remettre debout, João insista une nouvelle fois :

– Alors, qui c'est qu'y a là-bas ?

– Tu aimes la musique ? Je veux dire : la vraie musique, pas celle qu'on joue dans les salons.

– Je sais pas, j'y connais rien…

Zumbi, toujours assis, tendit son bras interminable en direction du cinéma. Puis, sur un ton de respect et d'admiration, il expliqua :

– Là-bas, petit Français, y a Donga…

– Qui ça ?

– Donga, l'inventeur du samba…

– Mais je croyais que c'était interdit, cette musique ! Et il la joue quand même ?

Portées par la brise de la nuit, quelques mesures de ce samba parvenaient aux oreilles des deux hommes. Bartolomeu en sourit de bonheur et répliqua :

– Tant qu'y a pas les cognes, tu sais… Puis, si on faisait que ce qui est autorisé dans cette vie, on s'emmerderait ferme, crois-moi…

– Et pourquoi ils interdisent une musique ? C'est complètement idiot, non ?

– Tout ça, c'est politique et compagnie. Ils censurent des trucs qu'ils ont même jamais entendus. Tout ça parce que ça vient pas de l'Europe. Comme si les Brésiliens étaient trop cons pour inventer leurs propres musiques !

– Tu crois que c'est ça ?

Le peintre s'alluma une nouvelle cigarette, puis il maugréa :

– Je veux, que c'est ça. Et c'est aussi parce que c'est des nègres qui ont inventé le samba. Et ça, ça leur reste en travers de la gorge, à ces fils de putes du Catete. Si ils savaient, ces abrutis de merde…

– S'ils savaient quoi ?

– Que le samba, ce sera bientôt l'âme du Brésil, mon petit ! Parce qu'il a les trois racines de la vie brésilienne… Les harmonies des Indiens, les mélodies des blancs avec la polka et le rythme nègre des *lundus*.

João fronça les sourcils, incrédule :

– C'est quoi cette histoire de polka et de *lundu* ? J'y comprends rien, moi !

– C'est simple. La polka est venue avec les putes françaises qui faisaient des tournées en Amérique du Sud, avec les troupes de théâtre léger. C'est elles qui nous ont appris qu'on pouvait danser à deux, en se touchant. Le Brésil a juste ajouté le rythme africain du *lundu*, la danse des esclaves.

Alors, Zumbi sauta soudain sur ses pieds, avec une souplesse étonnante pour un homme aussi grand et aussi soûl. Puis, les jambes à moitié pliées, ses mains et ses talons battant le rythme, il se mit à chanter de sa voix éraillée, en exagérant chaque geste, les yeux plus que jamais exorbités :

J'ai une petite nana
Dont je suis pour toujours le Négrillon
Elle voit que je suis plein d'ardeurs
Et elle ne m'évente pas avec son éventail
Oh, ciel !
Elle, c'est mon amoureuse
Et je suis son Négrillon !

Sur le dernier mot, Bartolomeu s'envola dans les airs avec un nouveau rire tonitruant, puis retomba sur le sol et hurla, sur le même rythme saccadé :

Les blancs sont fils de Dieu !
Les caboclos sont leurs fils naturels !
Les mulâtres sont des esclaves !
Et les nègres sont les fils du diable !

La bouche largement ouverte sur un sourire grinçant, presque inquiétant, il effectua un dernier entrechat et tendit sa main à João pour l'aider à se redresser. En essuyant un peu de sueur à son front, il dit encore :

– Tu aimeras le samba, petit Français. Tu l'aimeras, j'en suis sûr. Et quand le moment sera venu, je te présenterai à Donga, à Sinhô, au petit Ary Barroso, à Lamartine Babo, à

Clementina de Jesus et à toutes les autres tantes. Le samba, c'est déjà une famille.

– Et pourquoi on y va pas tout de suite le voir, ton Donga ?

– Parce qu'il est trop tard. Et demain, le groupe de Donga appareille pour l'Europe.

– Ils vont où ?

– Ils embarquent sur le Massilia. Ils vont à Marseille…

Cela faisait des mois que João Domar n'avait pas entendu ce mot : Marseille. Il lui revint en bouffées des images, des visages familiers, des odeurs, le bruit assourdissant du tramway qui le conduisait, tous les matins, de la Belle de Mai aux docks de la Joliette.

La main de Bartolomeu Zumbi se posa avec douceur sur l'épaule de João. Il entendit le peintre murmurer dans la nuit :

– T'en fais pas, fils. Ici, on appelle ça la *saudade*. Je t'expliquerai aussi…

Heitor da Silva Costa, quelques heures plus tôt, ne savait plus, lui non plus, s'il devait rire ou pleurer. Il était sorti du palais du Catete abasourdi, laminé par tant d'émotions contradictoires qu'il lui semblait maintenant avancer dans une ville cotonneuse, où la foule flottait plus qu'elle ne marchait. Les klaxons et les bruits des moteurs, les cliquetis des talons des femmes sur les pavés, les chants des maçons sur les échafaudages, les chocs des pelles, des pics, des pioches, des truelles et des taloches, les rires et les cris des enfants réclamant des jus de fruits et des bonbons aux kiosques, tout cela lui parvenait d'une manière assourdie, irréelle, incomplète.

– Je ferai ce Christ !

Après ce cri, tout s'était passé comme dans un rêve. Il s'était vu plaider sa cause bien plus qu'il ne l'avait plaidée lui-même. Oui, il allait revoir son projet ! Oui, il baisserait ses devis ! Oui, il se tuerait plutôt que de priver Rio de Janeiro, sa ville, de la statue du Christ rédempteur ! Et il s'était alors lancé dans un discours véhément, passionné, où il fut surpris par sa propre fougue et la conviction de ses arguments.

– Le monde entier sait que ce projet est en cours ! On en a parlé dans les journaux et les gazettes, en affirmant que ce Christ serait le diamant de la baie de Guanabara. Vous n'avez pas le droit de mettre fin à cette aventure d'un simple trait de plume !

L'architecte avait alors pris les quatre membres de la commission à témoin. L'un après l'autre, il les avait fusillés du regard et avait su toucher leurs points sensibles. Voulait-on que le Vatican se fâche et que ses relations se refroidissent avec le Brésil ? Cherchait-on à être ridicule à la Société des Nations, à essuyer de nouvelles salves de railleries de la part des États-Unis, de l'Angleterre, voire même de l'Australie où Sidney tentait de rivaliser de beauté, à l'autre bout du monde, avec la capitale brésilienne ? Ne trouverait-on pas des moyens modernes pour hisser au sommet du Corcovado tous les matériaux nécessaires à l'édification du monument ?

Dom Sebastiao Leme, Carolino Amaral, Salvador Sorres et Oliveira Viana en restèrent comme quatre ronds de flan. Heitor da Silva Costa, en nage, reprit alors avec une voix plus douce :

– Et les habitants de notre pays, messieurs, de quoi ont-ils besoin ? C'est vrai que les temps sont durs. L'Europe est en pleine reconstruction aujourd'hui et elle n'importe plus grand-chose d'Amérique latine. Notre économie est au plus mal. Avec les emprunts et les taux de remboursement démesurés, il faut s'attendre à des lendemains douloureux. Je sais tout cela, nous savons tout cela. Mais de quoi a besoin le peuple pour traverser cette tourmente historique ?

Un silence pesant accueillit ces derniers mots. Par la fenêtre ouverte, on entendit un rossignol lancer un trille très aigu. Alors l'architecte avait ouvert ses bras en croix et achevé son discours d'une voix vibrante, mais il avait parlé si bas que les quatre hommes avaient dû se pencher en avant pour ne pas en perdre un seul mot :

– De foi, messieurs. Parfaitement : de foi, d'espérance, de solidarité et de communion autour de ce projet. Seule la foi permettra aux Brésiliens de continuer à avancer dans la voie du progrès. Et quel plus beau symbole que ce Christ rédempteur au sommet du morne le plus haut de la capitale pouvait-on espérer ? Et c'est pour cela que, tous ensemble, nous allons faire ce Christ...

À la fin de cette plaidoirie, le cardinal Dom Sebastiao Leme de Silveira Cintras traversa la pièce solennellement et vint serrer ce petit homme contre lui, tandis que le général oscillait entre la honte et l'envie d'applaudir à ce brillant discours et que le président de la compagnie ferroviaire Light calculait déjà, mentalement, comment il parviendrait à augmenter de façon suffisante la puissance de ses deux locomotives. Oliveira Viana, toujours taciturne et fermé, se félicitait en son for intérieur de la tournure des choses. Il accepterait n'importe quel projet, pourvu que le Christ soit blanc. Éclatant. Pourvu que son ombre aveugle tous les nègres animistes de la ville, où qu'ils se trouvent.

Rue Gloria, rue Lapa, rue Evaristo da Veiga, puis rue du Sénateur, avenue de la République du Chili. Et, enfin, l'Avenida Central. Heitor da Silva Costa avait accompli à pied les presque deux kilomètres du trajet jusqu'à son cabinet sans même s'en apercevoir. À sa montre à gousset en or, un cadeau dispendieux de sa femme du temps où son affaire était l'une des plus prospères de la ville, il était quinze heures vingt.

Devant l'entrée de l'immeuble, l'architecte hésita longtemps à pousser la haute porte vernissée. Comment allait-il annoncer la nouvelle à son dessinateur, Bartolomeu Zumbi ? Et que dire à João Domar ? Il avait travaillé d'arrache-pied, lui aussi, car Heitor da Silva Costa avait su le prendre. Il l'avait vite et bien jugé : ce jeune homme aimait le luxe et l'argent. Bien sûr, le projet, même s'il n'était pas annulé, était tout de même repoussé. Mais pour combien de temps ? Dans l'état actuel des finances, il allait falloir faire des coupes sombres dans les dépenses, histoire de maintenir la tête hors de l'eau. Il ne garderait plus qu'une secrétaire, au lieu des quatre actuelles. Le salaire de João devrait être revu à la baisse, sans doute du tiers ou de moitié. À ce tarif-là, il ne resterait pas. Et il ne pourrait pas lui donner tort.

– À moins que…

Une décapotable passa en trombe sur l'Avenida Central, faisant se retourner sur elle tous les badauds. Une jeune femme conduisait, pied au plancher, les cheveux protégés du vent par un chapeau que retenait un foulard de soie verte, un sourire de fierté gourmande sur les lèvres.

– Mais oui, bon sang… Mais c'est ça qu'il faut faire !

En bourrant sa pipe, Heitor da Silva Costa se surprit à sourire, une première depuis le matin. Il possédait une automobile dont il ne se servait guère, une Berline Ford T qui datait un peu, il était vrai, mais qui n'avait pour ainsi dire pas roulé. Ce jouet l'avait amusé deux semaines, puis il avait fini par la laisser dormir sagement dans la remise, préférant, et de loin, la marche à pied et les taxis. Il lui suffirait donc de l'offrir à João pour qu'il accepte, peut-être, de rester. Mme da Silva Costa gronderait un peu, comme elle avait déjà grondé quand il était arrivé devant la maison familiale au volant de cette automobile. Elle avait trouvé cela dangereux, bruyant et très salissant. Il utiliserait les mêmes arguments pour la convaincre de la céder à João.

Brusquement ragaillardi, l'architecte monta d'un pas plus léger les deux étages, et poussa la porte de son cabinet. Les quatre secrétaires s'arrêtèrent de taper à la machine. Le long couloir sombre. Et enfin, ces mots qui, de toute façon, n'engageaient en rien Heitor da Silva Costa :

– Monsieur Domar… Savez-vous au moins conduire une automobile ?

11

Cette folle soirée de noce passée en compagnie de Bartolomeu Zumbi ne s'acheva pas devant le cinéma Le Palais. À
trois heures du matin, en effet, João Domar quitta le grand
peintre et parvint à trouver un taxi, non loin de l'avenue
Almirante Barroso. Le conducteur de celui-ci s'appelait Floriano. C'était un nègre de forte corpulence, à la moustache
fournie, aux mains larges et épaisses, avec un triple menton
qui descendait par vagues jusque sur sa poitrine où brillait
une médaille au milieu d'une forêt de poils hirsutes. João le
réveilla d'une bourrade amicale à l'épaule et s'assit à l'arrière.

– Alors, docteur ? Où faut-il que je vous amène à cette
heure-ci de la nuit ? C'est votre bergère qui vous a foutu
dehors ? Ou c'est une petite chatte qui vous attend ?

Le chauffeur avait dit cela sans sourire vraiment. Depuis
qu'il prenait en course des fêtards de tous crins dans son
taxi, il en avait vu défiler, des phénomènes. Des maris
volages, des femmes trompées, des *malandros* nostalgiques
ou surexcités, des demi-mondaines à la retape, sans parler
des ivrognes qui ne savaient jamais où ils habitaient. Ceux-
là, Floriano les craignait comme la peste, car ils vomis-
saient sur les coussins, injuriaient les passants, refusaient
de payer la course, se racontant à l'infini, pleurant, pleurni-
chant lamentablement, menaçant de tout casser, de se foutre
en l'air, replongeant soudain dans le désespoir avant de
s'endormir subitement, béats, sans même avoir donné leur
adresse. Une véritable plaie.

Fort heureusement, João Domar ne semblait pas appartenir à cette engeance. Au contraire, il respirait le bonheur et avait visiblement atteint le point idéal de la griserie, celui où l'on se sent le maître du monde et où l'on veut partager son bien-être avec la terre entière.

– Eh bien, jeune homme ? Où c'est qu'on va ?

– Je sais pas... Vous connaîtriez pas, des fois, un coin où on s'amuse un peu ?

Floriano se gratta pensivement les joues, puis il finit par avouer :

– Dieu de tous les saints... À cette heure-ci, vous trouverez plus que les vieilles putes à la ramasse du côté de la Cidade Nova. Ça vous dit ? Elles sont pas chères, mais faut pas être trop regardant sur la marchandise. Et côté odeur, je vous dis que ça...

João éclata de rire :

– C'est pas le genre de la maison, non !

– Alors, je vous rentre chez vous, ou quoi ?

Par la fenêtre, João vit alors le sommet du Corcovado, nimbé d'un lait de lune claire dans la nuit tropicale. Il sourit et répondit :

– Ouais, je rentre chez moi. C'est là-haut, au sommet du Corcovado...

Cette fois-ci, ce fut Floriano qui éclata de rire avant de partir dans une quinte de toux grasse. Quand il eut repris son souffle et essuyé son visage avec le dos de sa main, il trouva la force de demander :

– Vous êtes sérieux, ou quoi ?

– Le plus sérieux du monde...

– Mais vous pouvez pas habiter là-haut, y a rien !

– Démarrez, je vous expliquerai en route.

– C'est vous qui payez, docteur ! Mais celle-là, Dieu m'est témoin qu'on me l'avait encore jamais faite. Monter au Corcovado à point d'heure... Par notre Sainte Mère de Bahia !

Le taxi était en fait une vieille guimbarde, rafistolée à la va-comme-je-te-pousse et qui produisait des craquements lugubres à chaque changement de vitesse. Elle sentait le rance, la pourriture et le cuir mouillé. La seule chose remarquable, dans l'habitacle, était la plage avant. Partout où cela avait été possible, Floriano avait collé des images saintes multicolores et des médailles en laiton figurant le Christ, ses apôtres et tous les martyrs de la chrétienté, sans oublier une photo de l'aviateur Santos-Dumont, nouvelle gloire nationale, debout devant son aéroplane. Noués autour du pommeau du levier de vitesses, de la tirette du démarreur, au rétroviseur, cloués sur le bois de la console, il y avait aussi des bracelets en tissu fin, multicolores, sur lesquels étaient inscrits des mots, illisibles dans la nuit. Enfin, suprême signature, le chauffeur avait gravé en toutes lettres et au couteau, en plein milieu de la console de bois verni, une maxime : *Heureux qui, comme Adam, n'a ni belle-mère ni taxi !*

Sous les arcs de Lapa, Floriano cria, pour se faire entendre dans les grondements métalliques du moteur :

– Dites, docteur ? Vous fumez ?

– Ouais ! Vous voulez une cigarette ?

Le chauffeur secoua négativement la tête, de façon énergique, ce qui eut pour effet de faire battre son triple menton sous sa face mal rasée :

– Non, c'est pas pour ça ! Mais comme votre course va me payer ma nuit et que vous m'avez l'air d'être un bon gars, je voulais vous offrir ça !

Ce disant et toujours sans se retourner, il tendit à João une grosse cigarette roulée et s'en alluma une autre, dont la première goulée le fit repartir dans une nouvelle quinte de toux. Puis, il ajouta :

– Vous pouvez y aller ! C'est du premier choix ! C'est moi qui la cultive sur ma fenêtre !

– Merci ! hurla João à son tour.

Et il alluma sa cigarette de *maconha* pendant que le taxi quittait les dernières lumières du centre de Rio de Janeiro et attaquait l'ascension du morne, enfilant les lacets sinueux de la forêt de Tijuca. Au sol, dans la lumière des phares, les deux rails du train du Corcovado luisaient en souples lames d'eau.

La *maconha* était, effectivement, de la meilleure qualité qui soit. Son goût, gras et doux, tapissait les poumons d'une

pellicule de miel noir. Floriano ne mettait dans ses cigarettes que les pointes des plants qui séchaient la tête en bas,
des jours durant, dans sa remise. Après trois bouffées, João
se sentit partir. Sa vue se brouilla. Ses pieds et son ventre
s'engourdirent délicieusement. Il se pelotonna contre la portière et laissa ses yeux flotter dans l'obscurité du morne.

Alors, il eut soudain une première vision. Celle d'un
homme, à cheval, sabre au clair, se servant de son arme
pour se frayer un passage à travers les épaisses frondaisons
de la forêt. L'homme frappait avec rage et, à chaque coup
porté, des pans entiers de lianes se détachaient et tombaient
sur le sol avec des craquements. João sut immédiatement,
d'instinct, qui était ce cavalier : Dom Pedro I, le prince
régent du Brésil. En 1824, à la tête de quelques hommes,
il avait ouvert dans cette jungle inextricable la première
piste blanche menant jusqu'au sommet du Corcovado.
João Domar sursauta. Personne ne lui avait appris cela et
pourtant, il l'avait compris avec toute la clarté d'une chose
évidente. Il sentit un peu de sueur couler à son front et il
s'ébroua comme un jeune chien.

Quelques secondes plus tard, il eut une deuxième vision.
Cette fois-ci, elle dura plus longtemps. Il vit, très clairement,
des dizaines de femmes et d'hommes noirs, le corps luisant,
fuyant entre les arbres, vêtus de pagnes et les pieds nus, tous
portant de lourds colliers d'esclaves autour du cou. Dans les
hurlements des chiens lâchés à leurs trousses, ils filaient
entre les troncs de façon fluide, ils couraient vers la liberté,
s'enfonçant toujours plus profond dans cette cathédrale de
lianes entremêlées. Derrière eux, inutiles, des fouets et des
coups de feu claquaient. Ils ne seraient pas repris et fonde-
raient le premier *quilombo* du Brésil, là, sur ce morne majestueux embrassant la baie de Guanabara.

João Domar se mit à claquer des dents. Il voulut demander à Floriano de faire demi-tour, de revenir dans le centre
de la ville façonné de béton et de fer, là où la lumière brille
jour et nuit.

Mais une troisième vision lui coupa la voix. Violente,
emplie de fureur. Il remontait encore plus avant dans l'histoire du Brésil. Cette fois-ci, ce furent des enfants, des

femmes et des hommes terrifiés, pleurant et hurlant, qui tombaient au sol en bêtes mortes sous les coups des arquebuses des soldats. Ces Indiens Tupinambas, ornés de plumes d'aigrettes, d'urubus, de perroquets, de vautours et de colibris, étaient massacrés par des hommes blancs, des soldats et des mercenaires chassés du Portugal par la soif de l'or et du sang. Derrière eux, trois frères franciscains priaient, à genoux sur le sol, une grande croix dorée plantée dans la terre de Rio de Janeiro.

– Non ! hurla João, les tempes en feu et la panique au fond des entrailles.

Le taxi s'arrêta à cet instant sur la plate-forme du belvédère. La course était finie. Floriano s'extirpa avec peine du véhicule et sortit João, presque à bras-le-corps. Puis, il l'installa, grelottant, claquant des dents, transpirant une abondante sueur glacée sous la lune impavide, sur l'un des bancs. Il lui retira le mégot et l'écrasa du talon. Avant de remonter dans son taxi, il se servit dans le portefeuille du jeune homme, le prix juste, et il lui glissa à l'oreille :

– C'est rien, petit. C'est rien, tout ça. La montagne t'a parlé. Et tu l'as entendue. C'est rien, ça va passer. Respire, maintenant. Et tout va aller bien…

De sa démarche pesante, Floriano rejoignit alors son automobile et s'installa au volant. Puis, le taxi disparut dans un vacarme assourdissant, avalé par la nuit et la jungle épaisse.

Recroquevillé dans son pardessus, allongé sur le flanc en position de fœtus, João Domar laissa s'écouler de longues minutes, tétanisé par ces trois tableaux. Tout autour de lui, la jungle bruissait, un véritable concert de brise dans les arbres, de craquements secs de branches, de chuintements d'insectes, de bruits d'eau, de murmures étouffés dans la gorge d'animaux tapis dans leurs terriers. Ou, peut-être, étaient-ce ces Indiens qui, toutes les nuits, revenaient ici mourir assassinés au nom du bois de braise et des hommes d'église ? Ou encore ces esclaves en fuite, à la recherche de la liberté, qui prenaient d'assaut le morne le plus haut de la baie pour régner enfin en maîtres sur le peuple blanc ? Ou, enfin, les cavalcades de Dom Pedro I et de sa suite, tranchant dans les branchages et les lianes à grands coups de sabre et d'épée ?

Lorsque João trouva la force de se redresser, il ne vit rien de tout cela. Flageolant sur ses jambes, il gravit une volée d'escaliers et avança jusqu'au garde-fou de fer qui ceignait la demi-coupole du belvédère. Il s'y accouda et admira. À perte de vue, son regard embrassait la ville où des centaines de milliers d'ampoules brillaient, formant un tapis de diamants et d'étoiles. La capitale, dans cette nuit froide et sans nuage, semblait en suspension, ni tout à fait terre, ni tout à fait mer. Plus le regard de João plongeait vers le large, plus les étoiles brillaient, étincelaient, ne composant qu'un seul et même ensemble avec la ville, de telle façon que João ne savait plus où s'interrompaient les vagues d'illuminations électriques ni où commençait la voûte céleste. Il se haussa sur la pointe des pieds pour jouir encore un peu plus de ce spectacle de paradis. Peut-être qu'en montant sur le premier niveau de la barrière, il apercevrait le panorama entier, Gloria, Flamengo, Botafogo, le Pain de Sucre, la plage Vermelha, Urca, Copacabana, Ipanema, et pourquoi pas Leblon ou São Conrado ? Toujours en sueur, il se hissa sur la barre de fer et se sentit alors sur le toit du monde, en équilibre avec l'univers.

À cet instant, un hurlement lui glaça le sang. Un cri primal, jailli du ventre d'une créature, là, à quelques mètres de lui. Peut-être s'agissait-il d'un hurlement de singe, ou bien de celui d'un homme ? João Domar ne le sut jamais. Dans le choc sonore, son pied droit dévissa. Il sentit que l'ensemble de Rio de Janeiro l'aspirait, tout entier, pour le broyer dans ses tripes ou l'engloutir à tout jamais dans les tréfonds de l'océan Atlantique.

Il tomba en avant. Le vide se déchira sous lui. Un abîme vertigineux de plus de sept cents mètres, à pic. Il y plongea avec délice, un sourire de paix au coin des lèvres. João Domar eut une dernière pensée pour ses parents, perdus quelque part en Italie. Pour La Foudre, pour Jacotte. Puis, il revit les visages rieurs d'Emivalda, de son oncle, de Bartolomeu Zumbi, d'Euclidès da Fonte, de tous ceux qu'il avait croisés, la tante Otàlia, la vieille Dida, l'élégante Marie Dupeyrat, ses pensionnaires parisiennes, les patronnes du Bar des Filles, Afonso Cotrim du Colombo, la douce secrétaire Silvana, et jusqu'au gros Floriano et sa *maconha* qui lui permettaient, l'espace d'un instant, de voler comme un oiseau, ivre de bonheur.

João Domar sentit la chute s'accélérer et il ferma les yeux. Alors, contrairement à toute attente, il eut la sensation très nette que son corps s'allégeait soudain. Il ne plongeait plus dans le vide, mais il rejoignait la terre ferme en flottant, léger, si léger que la brise modifiait sa trajectoire et venait jouer avec lui, de droite et de gauche, comme un dauphin avec un nageur.

Combien de temps lui fallut-il pour toucher le sol ? Cela non plus, il ne le sut jamais. Quand João se posa dans un éboulis de rochers, sans la moindre blessure, il fut sur le point de rire. Mais, lorsqu'il pencha la tête en arrière pour découvrir en contre plongée le morne du Corcovado dans sa toute-puissance, il fut saisi à bras le corps par la réalité. À cet instant précis, il aurait dû être écrabouillé sur la caillasse, démantibulé, réduit à un tas de viande inerte. Mais il était vivant. Il palpa chacun de ses membres avec fébrilité et comprit alors, subitement, qu'il avait été sauvé de la mort par un miracle. À son tour, il hurla à la lune. Puis il s'évanouit, un simple sac de sable qui s'affaisse sur lui-même.

À quelques mètres, immobiles au milieu d'un gigantesque palétuvier, deux yeux l'observaient. C'étaient ceux de Febronio, l'Indien de Santa Teresa. Et personne, absolument personne, n'aurait pu dire, à cet instant, s'il était solidement posé sur une branche ou bien s'il volait lui-même, dans le ventre chaud de l'arbre à fleurs.

12

Lorsqu'il ouvrit les yeux dans sa petite chambre de Santa Teresa, João Domar grimaça de douleur en sentant le sang battre avec violence dans sa gorge. Quelques images de la veille parvinrent à se hisser jusqu'à sa conscience. Des flashes douloureux. L'atelier de Zumbi, rue Joaquim Silva. La braise d'un *baseado* grésillant sa *maconha*. Les giclées orange du soleil mourant sur les façades blanches des immeubles. La foule vêtue de vêtements aux couleurs bariolées. Quelques filles de joie, les seins agressifs sous des caracos décolletés jusqu'à l'indécence. L'entrée du cinéma Le Palais. Floriano, le gros chauffeur de taxi. Puis, plus rien. Il ne parvenait même plus à se souvenir de comment il était rentré jusqu'à la place Largo das Neves. Le trou noir. Le visage en lame de rasoir de Polycarpo, le ferronnier de Santa Teresa, lui revint en mémoire. Peut-être était-ce lui qui l'avait ramassé, quelque part du côté du Corcovado, au hasard d'une livraison matinale ? Lui ou un autre. Peu importait. Il était rentré à bon port.

João parvint à se lever péniblement et tituba jusqu'à la commode. Sans hésiter, il plongea sa tête dans la cuvette qui contenait une eau parfumée de quelques gouttes d'extrait de fleurs. Dehors, le soleil dérivait lentement en direction du crépuscule. Il avait donc dormi toute la journée. C'était dit : on ne l'y reprendrait plus à faire la tournée des grands ducs avec ce diable de Zumbi. Et il ne toucherait plus à la *maconha*, parole d'homme. De ses mains engourdies, il retira sa chemise qu'il jeta, froissée en boule, au pied du lit.

À cet instant, un grattement ténu contre la porte de sa chambre le fit soupirer de lassitude. Dida. La vieille servante de la maison Da Cunha. Dida, le fantôme perclus de rhumatismes. Dida, la vieille décharnée et son œil crevé. Elle n'avait presque jamais adressé la parole, elle non plus, à João. Et celui-ci sentait qu'elle ne l'aimait pas, toujours à fureter derrière lui, le regard au sol, comme si elle avait peur qu'il ne dérobe quelque chose ou qu'il n'assassine quelqu'un. Le grattement contre la porte recommença, toujours aussi discret, toujours aussi insupportable. D'un mouvement vif, il ouvrit le ventail. La vieille Dida se tenait face à lui, ou plutôt à ses pieds tant les années avaient écrasé ce petit bout de femme dont il ne restait presque plus rien. Un fichu sur le crâne, elle lui adressa un petit geste pour lui indiquer le salon. Il fit un pas vers elle, elle recula d'autant. Avant qu'il ne puisse l'interroger, Dida fit demi-tour et, en boitant sur ses jambes torses, dans les froufrous de ses jupons empesés, elle claudiqua jusqu'à la rampe d'escaliers. De la salle à manger montait un air de musique dont chaque note craquait sur le gramophone. La *Sonate pathétique* de Ludwig Van Beethoven. João se souvint alors que, ce soir-là, l'oncle Francisco avait invité, et en grande pompe encore, Antonio do Cedo, fils du fazendeiro Roberto do Cedo, l'une des plus grosses fortunes de l'État de Bahia, de passage à Rio de Janeiro pour affaires. Cela faisait des jours qu'il en parlait à tout Santa Teresa et que, chaque soir, il faisait et défaisait avec une fébrilité croissante le plan de table et le menu.

Toujours en soupirant, João retourna dans sa chambre pour s'habiller correctement et présenter son meilleur visage à cet hôte d'un soir, bien qu'il eût amplement préféré dîner d'une salade fraîche et d'un peu de *farofa* au Bar des Filles.

— João ! Mon fils João ! Viens vite que je te présente au docteur Antonio do Cedo. Il brûle lui aussi de te connaître, depuis le temps que je lui vante tes mérites !

Dans un complet neuf assorti d'une fleur bleue piquée à la boutonnière, l'oncle Dom Francisco pétulait. Un verre de brandy à la main, il trônait en patriarche sur le canapé, le visage rougeoyant, un cigare aux lèvres, sa plus belle chaîne de montre en sautoir sur sa bedaine, les tempes et le front luisants de sueur. Assis à ses côtés, un jeune homme dans la vingtaine se dressa sur ses pieds dès que João apparut. Antonio do Cedo, vêtu d'un costume noir étriqué, faisait immanquablement songer à une belette, voire à une fouine, tout en nerfs et en veines, le nez frémissant, les oreilles pointues, les mains longues et griffues. Ses lèvres fines, presque inexistantes, se contractaient à la moindre occasion sur des dents jaune pâle, dont les incisives de la mâchoire inférieure frappaient l'esprit par leur taille démesurée. C'était à se demander comment ce jeune homme parvenait à fermer la bouche sans se blesser.

L'esprit encore embrouillé par l'alcool, la *maconha* et trop de tabac, João esquissa un salut poli avec le haut du buste, mais il ne put refuser la main que lui tendait le visiteur. Celle-ci était molle, fuyante, glacée de sueur malgré la chaleur que ne parvenaient pas à dissiper les grandes pales du ventilateur grinçant au plafond.

– Monsieur Domar, je suis absolument enchanté de faire votre connaissance. Après tout le bien que le docteur Da Cunha m'a dit de vous, c'est réellement un honneur…

En son for intérieur, João ne se fit qu'une réflexion : ce jeune Bahian puait. Et pas au sens figuré du terme. Malgré l'eau de Cologne dont Antonio do Cedo s'aspergeait copieusement à tout instant de la journée – n'avait-il pas d'ailleurs, toujours sur lui, une flasque de parfum comme d'autres ont leur réserve de whisky ? –, il exhalait de son corps entier des relents de pourriture. Il avait eu beau consulter tous les spécialistes du corps médical, il dégageait en permanence une odeur forte, dont les accents entêtants poussaient jusqu'à la nausée. Face à ces remugles inexplicables, même la science était restée impuissante. João s'entendit murmurer :

– Mais pour moi aussi, monsieur, c'est un véritable honneur, soyez-en assuré…

Dans un fauteuil, près de la fenêtre, la douce Emivalda cacha sa bouche sucrée derrière son éventail pour sourire à son aise de la grimace de dégoût que João n'avait pu réprimer. Antonio do Cedo fit semblant de ne pas avoir remarqué le manège et la conversation, uniquement orchestrée par l'oncle Dom Francisco, put débuter. Celle-ci tourna très vite autour de la famille Do Cedo, de sa fortune, de sa noblesse, de sa fazenda, de ses centaines d'ouvriers, de ses titres en bourse, de ses actions dans les mines d'or et de diamant d'Ouro Preto et du Minas Gerais. Sans compter quelques immeubles acquis dans le centre historique de Londres, de Florence ou de Paris. Élevé au sein de la plus haute bourgeoisie, le rejeton transpirait aussi l'argent par tous les pores de sa peau. Et c'était peut-être cela qui, finalement, lui donnait une odeur aussi nauséabonde. Au bout du troisième verre de brandy, et après avoir répondu à toutes les interrogations de façon très respectueuse, le maigre Bahian se mit à monopoliser à son tour la parole. Sans quitter Emivalda des yeux, il conta par le menu la douceur de vivre dans sa fazenda, entouré de ses dépendances, de ses serviteurs et de ses troupeaux, de ses voitures, le tout rythmé par ses soirées fastueuses données pour le gouverneur de l'État de Bahia. Il parla de ses nouvelles plantations, de son passé, de ses projets. Et, encore et toujours, de ses titres, qu'ils soient de propriété, de noblesse ou politiques. À l'écouter parler ainsi sans discontinuer, de sa voix un peu haut perchée, tout était à lui, tout lui appartenait. Et c'était bien la vérité : tout lui appartenait. Les terres, les hommes, les églises, mais aussi les lois et les politiciens qui les votaient, sur les ordres de son père, et qui les appliquaient.

– Père est un homme remarquable, savez-vous ? Quand l'esclavagisme a été, hélas, interdit dans notre beau pays, rares sont les familles de nos nègres qui nous ont quittés. N'est-ce pas là une preuve de leur attachement à un bienfaiteur qui leur permet, encore aujourd'hui, de travailler ?

Et où seraient-ils allés, ces pauvres bougres, sans terre, sans biens, sans argent et sans nourriture ? Sucer les pierres ne tue pas la faim. Ils avaient donc bien été obligés de continuer à se casser les reins dans les plantations pour un salaire de misère. Pour eux, la Loi d'or n'avait rien changé, hormis une chose : aujourd'hui, ils étaient en plus obligés de remercier le maître...

– Avec père, nous songeons aussi à bâtir un opéra et un

théâtre dignes de Bahia. Bien entendu, nous ferons venir pour cela les meilleurs architectes de France. L'argent ne compte pas lorsqu'il s'agit de culture !

L'oncle Dom Francisco intervint alors avec fièvre :

– Vous voulez dire… Un vrai théâtre et un vrai opéra ? Où pourraient venir se produire des artistes comme Vicente Celestino ou Sarah Bernhardt ?

– Mais bien entendu, mon cher ami ! Votre Celestino ou ce Bernard pourront venir quand ils en auront envie, puisqu'ils semblent être vos artistes fétiches !

Le visage de Dom Francisco s'illumina de bonheur. Toute sa vie durant, il avait rêvé d'aller applaudir Sarah Bernhardt, la grande Sarah, dans un théâtre brésilien. Pour lui, il s'agissait de la quintessence du paradis, un rêve inaccessible. Avec un soin méticuleux de jeune amoureux, il découpait d'ailleurs chaque article la concernant, articles qu'il collait ensuite dans un cahier d'écolier avant de le reposer, avec des luxes inutiles de précautions, sur une étagère de la salle à manger. Il en avait déjà rempli sept gros volumes et la reproduction d'un Christ crucifié, accrochée au-dessus de l'étagère, figurait dans son esprit un ange céleste, veillant sur l'un des plus inestimables trésors de l'humanité. La grande Sarah… À cette heure, elle jouait encore, malgré son âge et sa jambe amputée, divine, irremplaçable, désirable et adulée par le monde entier. Les yeux brillants de reconnaissance, l'oncle serra fiévreusement la main glacée d'Antonio do Cedo entre les siennes.

Le repas fut charmant. Otàlia, aussi muette qu'à l'ordinaire, se comporta en maîtresse de maison exemplaire, veillant sur tout, vérifiant en cuisine la bonne cuisson des plats, se chargeant elle-même de vider les cendriers et de remonter le phonographe. Dida, quant à elle, servit les convives sans faire gicler une seule goutte de sauce sur la nappe immaculée. Don Francisco, contrairement à son habitude, ne toucha pour ainsi dire pas à son assiette. En revanche, le squelettique Antonio ne mangea pas. Il bâfra, il ingurgita une quantité phénoménale de nourriture. Après deux assiettes de grosses crevettes grillées, il reprit trois fois du plat national, une *feijoada* mitonnée trois jours durant par les cuisinières du Bar des Filles. Puis, il se servit une formidable plâtrée de gâteau de semoule aux raisins secs et arrosa ce repas pantagruélique de trois litres de bière. Quand arriva le moment du café et des liqueurs, on eut dit qu'il venait de gober une pastèque en une seule bouchée tant son estomac de grand échalas était gonflé et tendu.

L'oncle Dom Francisco distribua alors les cigares et les alluma avec un grand soin. Dehors, la nuit était tombée. Sous l'un des réverbères de la place Largo das Neves, trois jeunes gens grattaient une guitare et fredonnaient de vieilles *modinhas* remontant à l'époque de Domingos Caldas Barbosa. Alors que les ventres tentaient de digérer les crustacés, le riz, la *farofa*, les choux crus, les quartiers d'oranges fraîches, les pieds et les queues de porc boucanés, le lard gras et les douceurs du dessert, Dom Francisco da Cunha quitta soudain son fauteuil et se dressa solennellement dans le salon. L'œil battu de sang, il adopta une position martiale, le menton haut, les bras plaqués le long du corps, et fit face à Antonio. D'une voix chevrotante d'émotion, il s'adressa en ces termes au fils du richissime fazendeiro Roberto do Cedo :

– Mon très cher Antonio… Permettez-moi de vous appeler ainsi, mon cher docteur. L'heure est grave, et ce que je m'apprête à vous dire est de la plus haute importance…

Sur le canapé, Emivalda tendit une oreille distraite, tout absorbée qu'elle était à échanger des regards mutins avec João. En étouffant un rot discret dans la paume de sa main, Antonio se redressa tandis que l'oncle reprenait :

– Donc, mon cher Antonio et mes chers enfants ici présents, le temps est venu pour moi de lever le voile sur une nouvelle d'importance que le docteur Do Cedo et moimême avons prise d'un commun accord, pour le plus grand bien de nos deux respectables familles.

Emivalda fronça les sourcils, subitement inquiète.

– En effet, poursuivit Dom Francisco, malgré nos différences de fortunes, nos deux familles appartiennent à la même patrie. Nous sommes issus de la même terre, nous nous rangeons sous la même bannière et nous respectons la même devise, celle de notre pays : ordre et progrès. À sa précédente venue dans notre belle ville de Rio de Janeiro, mon cher Antonio s'était ouvert à moi, comme il l'avait fait avec son père, quelques jours plus tôt. Avec une pudeur qui l'honore, il nous avait donc tous deux entretenus des sentiments très purs qu'il éprouvait pour ma fille, ma très chère et unique Emivalda…

João déglutit soudain avec difficulté tandis qu'Emivalda pâlissait à vue d'œil et que le furet bahian découvrait ses dents jaunies en un sourire carnassier. L'oncle sortit alors une lettre cachetée de sa poche intérieure de costume et reprit :

– Le docteur Roberto do Cedo m'a donc fait parvenir, par l'intermédiaire de son fils, cette demande en fiançailles, afin qu'Emivalda et Antonio puissent convoler le plus rapidement possible en justes noces…

À cet instant, la blanche Emivalda s'affala sur le canapé, inconsciente, tandis que sa mère, Otàlia, poussait un petit cri et courait à la cuisine chercher du vinaigre pour la ranimer. Antonio trouva la force de se lever et, sans un regard pour Emivalda, il s'inquiéta auprès de Dom Francisco :

– Mais que se passe-t-il ? Votre fille ne veut pas de moi ?

La mine hagarde, l'oncle roulait des yeux inquiets. Il répondit d'une voix atone :

– Mais non, mais non… Elle aura trop mangé. Ou, peut-être, est-ce la joie qui l'a submergée…

– Vous m'aviez pourtant dit qu'elle était d'accord, que ce mariage la transportait de bonheur.

– Certes, certes ! Mais vous connaissez la nature des femmes, n'est-ce pas ? Un rien les désarçonne. Alors, pensez : une demande en mariage ! Et émanant de vous, qui plus est !

Comme Otàlia ne revenait pas assez vite de la cuisine, Dom Francisco se tourna vers João. Mais il ne trouva, sur le canapé, qu'une place vide.

Derrière les vitres, le dernier *bonde* crissa sur ses rails. Après avoir fait tinter sa cloche, il repartit dans un bouquet d'étincelles jaune et bleue. Les trois jeunes musiciens avaient disparu et une bourrasque de vent fit soudain frissonner les arbustes du Largo das Neves.

João Domar avait pris cette nouvelle des fiançailles comme un coup de massue sur le crâne. Pendant qu'on s'affairait autour du corps évanoui d'Emivalda, il avait fui la maison bien plus qu'il ne l'avait quittée. Il avait dévalé la rue Eduardo Santos à toutes jambes et avait fini par croiser un *lanchonete*, un comptoir crasseux sur le point de fermer, où il avait acheté un litre de bière. Puis, il avait choisi un banc solitaire, protégé des éventuels regards indiscrets par une obscurité compacte.

Emivalda, fiancée à ce fazendeiro d'opérette… Ca ne se ferait pas. Ça ne pouvait pas se faire. Emivalda était sienne, un point c'est tout ! Et il savait qu'elle l'aimait, lui, João. Quand elle le croisait, elle rosissait, se troublait, riait aussitôt de son propre trouble, parlait alors de tout et de rien, volubile, inventant mille stratagèmes pour que João restât près d'elle, dans la salle à manger, encore un peu, juste quelques minutes. Sa princesse n'avait rien à faire avec cet Antonio de malheur. Toujours en train de sourire, elle parlait sans discontinuer des seuls sujets qui semblaient importants à ses yeux : la poésie, la musique et la littérature. Sans oublier les nouvelles robes que Dom Francisco lui offrait, chaque premier samedi du mois, dans le grand magasin *Au chic et au bon goût* de la rue Santa Luzia. Elle était pure, inconsciente de ses charmes, et lorsque João lui effleurait la main, sitôt qu'Otàlia tournait le dos ou s'endormait sur son fauteuil, elle redevenait subitement sérieuse, grave et sereine à la fois. Ses grands yeux noirs brillaient alors d'un bonheur simple, évident : João serait son mari et le père de ses enfants, une fois le moment venu. Ce serait ainsi et pas autrement puisque, dès le premier regard, elle était tombée amoureuse de lui.

Et voilà que ce Bahian de malheur venait tout gâcher ! Il n'avait vu Emivalda que deux fois en un an et cela avait suffi à décider les deux familles. Deux fois, pas une de plus.

La première, ça s'était passé dans le fumoir du Théâtre

municipal, à l'entracte du *Don Juan* de Mozart. Emivalda avait fait tomber son mouchoir et ce grand dépendeur d'andouilles l'avait ramassé. L'oncle était aussitôt intervenu, prêt à en découdre, mais dès qu'Antonio s'était présenté, il avait baissé la garde. Un fils de fazendeiro, ça n'avait rien à voir avec un vulgaire godelureau. Ces gens-là faisaient partie de la noblesse d'argent, certes, mais c'était une noblesse tout de même, et qui en valait bien d'autres. Après le spectacle, la vieille Dida qui attendait au vestiaire avait ramené Emivalda à la maison et les deux hommes avaient fait plus ample connaissance autour d'un cordial, dans un café voisin. Au moment de se quitter, les deux hommes avaient échangé leurs adresses respectives tout en se promettant de se revoir dès que le Bahian ferait à nouveau escale à Rio. Pour cette deuxième rencontre, l'oncle avait bien manigancé les choses. Parti se promener et profiter avec sa fille des derniers beaux jours de l'été dans les jardins du palais de Laranjeiras, le couple avait croisé Antonio do Cedo. Cris de surprise, joie de se retrouver ensemble par le seul fait du hasard, invitation de l'oncle à rester avec eux. Puis sorbets, concert classique donné par les musiciens du kiosque en plein air, cafés et petits fours : en toute innocence, Emivalda avoua à sa mère, le soir même, qu'elle avait passé un après-midi délicieux.

Deux rencontres et, à la troisième, on parlait déjà fiançailles et mariage... C'était à n'y rien comprendre. Pourtant, malgré tous ses millions, Antonio do Cedo ne poserait jamais sa main froide et molle sur le corps blanc d'Emivalda. Cette seule pensée suffit à raviver la colère de João, qui jeta alors de toutes ses forces sa bouteille de bière vide en direction de deux chiens errants. Ils évitèrent le projectile d'un petit saut craintif et repartirent lentement dans la nuit.

Il était vrai que João, aujourd'hui, occupait une place d'avenir. Et qu'il allait avoir une automobile, puisque Heitor da Silva Costa le lui avait promis ! Une automobile... Que valait-elle face aux propriétés, aux usines et aux titres en bourse de ce salaud d'Antonio ? Moins que rien... Ce gringalet puant gagnait sans doute en une heure ce que lui, João, gagnerait en toute une vie de travail. Et l'oncle Dom Francisco ? Il l'avait cru honnête et désintéressé, et voilà qu'il vendait sa propre fille comme un maquignon fourgue une bête, au plus offrant.

Dans la nuit, João alluma une cigarette et sentit la colère s'évanouir. À sa place, une certitude froide commençait à poindre. Sans le moindre doute, une issue logique, évidente, se présentait à lui. Il enlèverait Emivalda. Et, si cela devenait nécessaire, il tuerait Antonio do Cedo et jusqu'à l'oncle Dom Francisco. Il ne savait pas s'il l'aimait d'amour, mais il la désirait. Elle serait à lui. C'était écrit. C'était dans l'ordre des choses. Puis, João n'en serait pas à son premier meurtre. Deux des fils Talsimoki avaient déjà payé. Et tous ceux qui se mettraient sur le chemin qui le liait à Emivalda connaîtraient le même sort.

Tuer, finalement, n'était pas si difficile que cela. Il tuerait et ils quitteraient tous deux la ville à bord de son automobile flambant neuve. Après tout, la vie n'était pas aussi compliquée que ce qu'on voulait bien le dire.

Ce fut le brusque rafraîchissement de la nuit qui força João à regagner la maison de la place Largo das Neves. Malgré le froid de l'automne, il marcha à pas lents, le dos courbé sur les sentes pentues de Santa Teresa. Le ciel s'était débarrassé de la voûte de nuages qui l'étouffait et il éclaboussait maintenant la nuit de ses piqûres argentées. Un parfum de terre âcre et de végétation moisie montait en fumerolles invisibles de la jungle. Sur la rotonde, pas une lumière aux fenêtres des façades. Même le Bar des Filles avait tiré le rideau. Sans doute pas depuis longtemps, puisque la forme blanche de Zé Passista, reconnaissable entre toutes, jonchait le trottoir. Ivre mort, couché en chien de fusil dans son costume de flanelle blanche, le panama coincé entre ses jambes et une seule chaussure à ses pieds, il ronflait, bouche ouverte, dans une mare de vomis. Depuis que sa femme, Graça, avait découvert les bienfaits du tribadisme et ouvert, avec ses deux amantes, ce bar-restaurant, ce fonctionnaire modèle des Postes et Télécommunications ne vivait plus. Graça, autrefois petit bout de femme soumise, aux longs cheveux noirs et à la toilette tellement soignée. Graça, maîtresse de maison attentionnée, mère admirable de trois filles, couturière modèle et catholique pratiquante citée en exemple par tout le quartier. Graça, enfin, cuisinière hors pair, Graça avait tout abandonné, avait coupé ses cheveux à la garçonne, s'était mise à boire et à fumer, à danser avec d'autres femmes. Et même plus…

Zé Passista avait fait des pieds et des mains pour la retenir sous le toit familial. Graça ne voulut rien entendre. Elle avait alors tout abandonné pour ouvrir ce Bar des Filles. Cela faisait près de cinq ans aujourd'hui. Et, toutes les semaines, Zé Passista venait pleurer dans son *xinxim de galinha*, pleurer dans sa *feijoada*, pleurer dans sa bière, pleurer dans sa *cachaça*. Pleurer dans un coin, jusqu'à ce qu'on le mette à la porte, avec douceur. Il espérait un miracle, il ne récoltait que le pavé. Mais personne ne se moquait de lui. Un amour pareil, ça vous posait un homme. Même cocu.

Avant de rejoindre sa chambre, João Domar fit un crochet par le salon-salle à manger. Comme Zé Passista, il avait besoin d'alcool fort pour oublier cette soirée sordide. Dans la faible clarté prodiguée par les trois lampadaires de la place, il déboucha la bouteille de brandy dont il descendit le fond cul sec. Puis, il se laissa tomber dans le canapé, tremblant sans trop savoir s'il s'agissait du froid de la nuit ou de l'émotion. Il tira de la poche de son veston un cigare court et fin, et l'alluma avec son briquet à essence. Une seule idée l'obsédait. Il se sentait prêt à tuer afin d'avoir Emivalda pour lui tout seul. Assassiner. Et pourtant, il ne savait toujours pas s'il l'aimait. Tout ce dont il était sûr, c'était qu'il était hors de question qu'elle choisisse un autre que lui.

Malgré l'obscurité, João vit alors une silhouette quitter la volée d'escaliers et se rendre à la cuisine. Il ne pouvait s'agir que de Dida, venue grignoter un relief de repas. Il l'avait déjà surprise plusieurs fois, quand il rentrait au milieu de la nuit après une virée chez les filles de Marie Dupeyrat. Malgré son aspect rachitique, ce petit bout de vieille mangeait comme un homme.

Sur la place, une voiture pétarada bruyamment avant de redescendre en direction du Largo dos Guimaraes. Sans doute un voyageur égaré ou une patrouille de police désœuvrée. Alors qu'il allait rejoindre sa chambre, l'ombre sortit de la cuisine et marcha dans sa direction, tenant dans une main une chandelle allumée et dans l'autre un litre de *cachaça*. Quand elle s'immobilisa devant lui, João manqua de s'étrangler avec son cigare. En lieu et place de Dida, Otàlia se tenait devant lui, raide dans sa chemise de nuit blanche, son éternel fichu noué sur le crâne, les pieds nus. La lumière qui oscillait donnait à sa silhouette un port de reine. Elle semblait une fée issue des légendes brésiliennes où les sangs mêlés permettent de créer des femmes à la beauté rare. Lorsque João voulut se lever pour la saluer, elle l'interrompit d'un geste :

– Non, ne bouge pas. J'ai à te parler. Et oublie le brandy. Pour une occasion pareille, il nous faut de la *cachaça*.

En plus d'un an et demi, elle ne lui avait jamais autant parlé. João resta donc assis et Otàlia da Cunha vint se poser sur le même canapé que lui. Dans le silence, elle déboucha la bouteille et en avala trois longues gorgées, sans ciller. Puis, elle sortit du tiroir de la table basse un long cigare de tabac noir et l'alluma à la flamme de la bougie. Là encore, João l'avait vue boire seulement de l'eau ou du lait et pester en sourdine contre les odeurs des cigares qui empuantissaient sa maison. Après avoir tendu la *cachaça* à João, elle le regarda fixement de ses grands yeux verts où la lumière de la bougie faisait danser des reflets d'or. Quand il posa la bouteille sur la table, elle lui parla doucement :

– João, Emivalda ne se mariera jamais avec Antonio, que celui-ci soit le fils du tout-puissant Roberto do Cedo, d'un jean-foutre ou quand bien même du diable.

– Mais l'oncle a pourtant dit que…

– Mon mari est un brave homme, mais il n'a pas plus de cervelle qu'un oiseau. L'argent et le pouvoir le font trop transpirer. Emivalda ne se mariera pas avec ce vagabond de fils de riche, car Antonio do Cedo et ma fille ont le même sang qui coule dans leurs veines…

L'espace d'un instant, João se demanda s'il rêvait, s'il était dans son lit, ou bien si la *maconha* de la veille ne recommençait pas à emballer son esprit. Il écarquilla les yeux et dut se rendre à l'évidence. Face à lui, c'était bien Otàlia, l'effacée et muette Otàlia, qui lui parlait. Pendant qu'il buvait à nouveau au goulot, elle défit son fichu d'un geste lent. Une épaisse chevelure noire et ondulée coula comme par magie sur ses épaules et jusqu'au milieu de son dos. Avec un peu de gêne, João aperçut en transparence les seins lourds de cette femme, dont les tétons bruns marquaient le blanc de l'étoffe. Elle tira à plusieurs reprises, avec une sensualité amusée, sur le long cigare, et commença à raconter d'une voix que le tabac rendait râpeuse :

– Ce que je vais te dire, il n'y a que Dida qui soit au courant. Ni ma fille ni mon mari ne connaissent un traître mot de toute cette histoire…

– Mais pourquoi me le dire, à moi ?

– Je ne sais pas si tu aimes ma fille. Tu es à l'âge où l'on a envie des femmes, mais où l'on est trop jeune pour les aimer vraiment. Quoi qu'il en soit, j'ai besoin de toi pour éviter ce mariage contre-nature.

Alors, Otàlia, reine indienne et africaine, expliqua. Sans honte, sans pudeur, sans exagération ni mise en scène, elle raconta son secret, les yeux perdus dans le passé :

– La mère de ma mère était une Africaine. Elle est arrivée au siècle dernier, dans les années 1850, avec les derniers bateaux d'esclaves qui ont fourni à notre pays le bois d'ébène. Elle était très jeune. Treize ans à peine. Elle se nommait Bambara. Mais elle a eu la chance, ou le malheur, de rester en vie tout le temps que dura la traversée…

Dans son regard brillaient les souffrances des dix millions d'Africains arrachés à leur terre et stockés dans le ventre craquant des cargos du Triangle d'or. Quand ce n'était pas la faim, les coups ou les maladies qui les tuaient, le *Banzo* s'en chargeait. *Banzo*, un mot simple pour dire l'indicible du malheur, de la peur, de la honte et de l'angoisse. Ces bateaux transportaient, pêle-mêle, enchaînés au

154

fond des cales, des grappes hurlantes et suppliantes de forgerons, dresseurs de poules, sorciers, fils de rois, féticheurs, tambourineurs, sculpteurs d'icônes, guerriers, chasseurs à la lance et à la sagaie, poètes, conteurs, griots tourbillonnants, vociférateurs, conjurateurs de démons et de sorts, prêtres en liaison avec l'autre monde. Une fois au Brésil, la moitié de cette cargaison avait disparu, jetée à la mer, inutile et sans valeur.

– Mais ma grand-mère, accompagnée de son frère, s'est accrochée à la vie. À moins que ce ne fut l'inverse...

Quelques années plus tôt, le grand-père du scrofuleux Antonio n'avait pas encore de particule. Il n'était alors qu'un fils d'émigrant portugais, un assassin et un violeur que Lisbonne avait rejeté du royaume, comme des milliers d'autres condamnés à la prison ou à la mort. Une fois à Bahia, il avait arraché à la brousse quelques hectares de terre bien grasse avant de disparaître d'un coup de pistolet dans un rade à matelots, un soir de beuverie. Son fils, Carlos, reprit l'affaire en main et fit prospérer et s'étendre son bien. Il se paya même une particule et acheta des esclaves. Quand le bateau de négriers déchargea sa cargaison, il fit l'acquisition de Bambara et de son frère. En bon catholique, il les prénomma Pedro et Maria et les logea avec ses autres esclaves dans la *senzala*, une baraque de planches crasseuse.

– Hélas, ma grand-mère devint, dès sa quinzième année, une jeune femme désirable. Et le maître Carlos do Cedo, bien que préoccupé uniquement par l'argent et les terres, finit par la remarquer. Ça se passa un après-midi de décembre, en plein été, alors qu'elle lavait le linge dans le lavoir de la fazenda...

Quand il la vit, penchée en avant, les fesses et les reins agités par chaque geste, la fine chemise de coton plaquée sur sa poitrine par l'eau et la sueur, le maître se sentit pris de folie. Il lui fallait absolument saillir cette bête. Avant d'avoir pris une femme blanche et des maîtresses aux sangs mêlés, il avait déjà copulé contre-nature, étant jeune, avec des chèvres et des vaches. Une négresse ne le changerait pas beaucoup puisque, elle non plus, n'avait pas d'âme. Il la prit donc, de force, à la hussarde, la frappant en même temps sur la gorge, au visage et sur le ventre, de sa cravache cloutée. Pour la faire tenir en place, il l'assomma à moitié et jouit en elle alors qu'elle se noyait dans l'eau du lavoir. Puis, il se rhabilla et retourna à ses affaires. Avant de remonter sur son cheval, il prit tout de même le soin de sortir son visage de l'eau. Elle lui avait coûté cher au marché et le gaspillage n'était pas dans ses habitudes.

– Quand le frère de Bambara rentra des champs, le soir venu, il trouva sa petite sœur allongée sur sa paillasse, du sang plein sa chemise. Comme un fou, il courut vers la maison du maître en hurlant.

Mais il n'atteignit jamais la porte d'entrée de la fazenda. Le maître Carlos do Cedo l'attendait derrière la fenêtre de la cuisine, son fusil bien armé sur ses genoux. Pour ne pas le tuer, il lui tira une balle dans la jambe. Puis, la pipe aux lèvres, il sortit, une lanterne à la main. Alors, il fit rassembler tous ses esclaves devant la maison et fit allumer des torches. Quand on apporta Maria, il la fit déshabiller. Puis, il trancha le bras droit et le pied gauche du frère de Maria. Ainsi, dit-il, cela lui passera l'envie de courir vers moi pour m'assassiner. Ensuite, il saisit une torche et l'enfonça dans l'œil gauche de Maria. Ainsi, dit-il encore, tu ne verras plus que la moitié du jour et la moitié de la nuit…

Otàlia frissonna et but une nouvelle gorgée de *cachaça*. Alors, elle ralluma son cigare et poursuivit, de la même voix lente et rocailleuse :

– Ma grand-mère eut une fille de ce porc. Puisque ce n'était pas un mâle, le vieux Do Cedo ne le reconnut bien évidemment pas. Cette fille, à l'abolition de l'esclavagisme, rencontra mon père et tomba alors enceinte de moi. Dans mon corps et dans celui d'Emivalda, coule ainsi le même sang que dans les veines d'Antonio do Cedo. Voilà pourquoi ce mariage ne doit pas se faire et ne se fera pas…

João vit Otàlia se lever devant lui. Ses cheveux formaient une couronne qu'une brise marine s'amusa à frôler, faisant aussi trembloter la flamme de la bougie comme dans une eau couleur de jais. Montant d'un morne voisin, des sons graves de tambours brisèrent soudain le silence. Otàlia tressaillit. Avant de quitter la pièce, elle ajouta :

– Demain, j'irai voir la Mère de saints. Et tu viendras avec moi, João. Ce mariage ne se fera pas.

– Bien, tante Otàlia. Je ferai ce que vous me demanderez.

Avec un sourire triste, cassé par la fatigue d'avoir tant parlé, elle conclut :

– Et je t'en prie, montre un peu plus de respect à la vieille Dida. Quand elle était jeune, elle s'appelait Bambara, avant qu'un fils de pute ne la rebaptise Maria...

João resta silencieux et regarda Otàlia s'éloigner en silence dans la fraîcheur de la nuit.

13

João avait quitté Marseille la peur au ventre. Grâce à son oncle, il avait pu se bâtir une nouvelle vie à Rio de Janeiro, en seulement quelques mois. Hormis l'assassinat des deux frères Talsimoki dans l'arrière-cour du Colombo, il avait mené, depuis son arrivée, une existence de rêve et son ascension sociale était prometteuse. Sur les hauteurs de Santa Teresa, il s'était senti, jusqu'à la veille, l'âme d'un pionnier, d'un Cabral. Emivalda lui était promise. Il la cueillerait en temps et en heure. Pour ses fiançailles avec cet Antonio do Cedo, João n'était pas inquiet. La tante Otàlia allait faire le nécessaire. Il ne connaissait pas cette mystérieuse Mère de saints dont elle avait parlé, mais ces trois mots lui avaient semblé suffisamment lourds de menaces pour qu'il recouvre sa sérénité. Puis, le gigantesque Christ rédempteur s'élèverait bientôt sur le morne du Corcovado et lui assurerait, ainsi, un salaire de ministre assorti d'une automobile rutilante. Cette automobile qui ferait de João un homme important auprès de tous ses proches. L'avenir lui appartenait.

Hélas, dans les jours qui suivirent cette étrange révélation de la tante Otàlia, João dégringola de son piédestal pour plonger soudain dans la déception et l'aigreur.

Le surlendemain de cette soirée, le jeune homme s'était rendu, comme tous les lundis matins, au cabinet d'architecture où il travaillait, sur l'Avenida Central. Persuadé qu'Heitor da Silva Costa allait enfin fêter comme il se devait la bonne nouvelle avec lui, il fit tout le trajet en sifflotant, les mains dans les poches, une cigarette au coin des lèvres.

Pourtant, dès qu'il pénétra au sein de l'agence, il sentit immédiatement qu'une atmosphère pesante régnait sous les hauts plafonds de bois noir. L'architecte, après lui avoir adressé un salut poli et gêné, s'enferma aussitôt dans le plus grand des bureaux et n'en sortit plus jusqu'au soir. Les quatre secrétaires, Lara, Marcia, Cintia et Silvana, d'ordinaire enjouées et volontiers rieuses, ne lui adressèrent pour ainsi dire pas le moindre mot. João avait des dossiers en souffrance. Il ne s'en émut donc pas et se plongea dans son travail. Dehors, une petite pluie sale se mit à plomber la ville et il ne quitta plus ses dossiers jusqu'à la nuit venue.

À dix-huit heures, Lara, Marcia et Cintia furent convoquées par Heitor da Silva Costa. Dix minutes plus tard, elles sortirent du bureau, muettes et crispées. Chacune récupéra ses effets personnels, sans oublier les soliflores du bureau de João. Sur le plateau de la commode ne restèrent plus alors, dans la lumière électrique du lustre, que le vase de Silvana et les trois roses mortes, entourées de quelques gouttes d'eau. Sans explication, elles quittèrent toutes trois le cabinet d'architecture pour ne plus jamais y revenir.

À dix-huit heures trente, Heitor da Silva Costa convoqua João à son tour. L'affaire, là encore, fut réglée en quelques minutes. Le projet de Christ rédempteur sur la baie de Rio était accepté, mais il fallait apporter certaines modifications. Cela risquait de durer longtemps. L'argent ne rentrerait pas avant plusieurs mois. Lara, Marcia et Cintia étaient licenciées. Silvana, elle, ne viendrait plus qu'un jour sur deux.

– Et moi ? Qu'est-ce que je deviens dans tout ça, moi ? avait balbutié João, subitement inquiet par la tournure que prenaient les événements.

Heitor da Silva Costa, qui se tassait au fil des heures dans son fauteuil, alluma sa pipe tandis que João reprenait :

– Et alors ? J'ai travaillé, moi ! J'ai droit à une augmentation et à l'automobile. Vous me l'avez promis, pas vrai ? J'ai travaillé, moi !

– On a tous travaillé, João. Et ce projet se fera, vous pouvez me croire. Mais pas tout de suite...

– Quand, alors ?

– Je l'ignore. L'année prochaine, sans doute. Ou celle d'après. En attendant, il va falloir faire des économies, des coupes dans nos salaires…

– Et ma voiture ?

– Je vous donne la mienne, João. C'est tout ce que je peux vous proposer pour l'instant.

Derrière les vitres du bureau enfumé, la pluie devint plus violente tandis qu'une nuit plombagine écrasait la ville de tout son poids. João se sentit subitement très las. Une lassitude mêlée d'écœurement telle qu'il n'en avait encore jamais connue. La voiture d'Heitor da Silva Costa… Une vieille guimbarde tout juste bonne pour la ferraille, oui ! Un modèle dont la création remontait à 1905 et qui ressemblait à s'y tromper à la Decauville de Fernando Guerra Duval. Celle-ci était la deuxième à avoir été importée à Rio. Juste avant, en 1895, c'était le grand journaliste et ardent partisan de l'abolition de l'esclavage, José do Patrocinio, qui avait tourné la première page de l'automobilisme au Brésil. La voiture roulait à la vapeur et avait un guidon de bicyclette à la place du volant ! Pourquoi ne pas lui proposer celle-là, tant qu'on y était !

– Je sais que c'est difficile et décevant, João. Mais si vous désirez toujours travailler pour nous, vous n'êtes hélas pas au bout de vos peines. Vous devrez vous contenter désormais des deux tiers, peut-être de la moitié de votre salaire actuel…

João n'avait vu l'automobile d'Heitor da Silva Costa qu'une seule fois, un jour où il était allé lui apporter un dossier urgent à son domicile, place da Republica. Et c'était avec peine qu'il avait pu se retenir de rire. Sa berline Ford T datait de 1908. Elle avait des roues de charrette et faisait immédiatement songer à une grosse araignée noire et ventrue, ou encore à un corbillard américain ! Mais s'il acceptait cette vieillerie, Euclidès allait se moquer de lui, et peut-être même allait-il écrire un écho à ce sujet dans son journal ? Et Bartolomeu Zumbi ? Et l'oncle, et la tante, et Emivalda, et tout Santa Teresa ? Sans parler d'Antonio do Cedo, ce chien de riche…

Muet, João Domar se leva, sortit du bureau, prit son pardessus et quitta le cabinet d'architecture. Ni au-revoir ni explication. Il était venu ici pour fuir une vendetta, pas pour faire fortune. Sans l'oncle Dom Francisco, il serait sans doute aujourd'hui un homme de peine dans une usine ou sur les chantiers.

Mais le hasard lui avait fait entrouvrir les portes du paradis. Il avait pris goût aux costumes élégants, aux chemises blanches, aux chaussures en cuir et à ses virées nocturnes chez les filles de Marie Dupeyrat. On lui avait appris l'aisance. Il se sentait désormais familier de ce monde où tout était plus facile, où l'on ne s'inquiétait pas du gîte et du couvert quotidiens, où l'on était appelé docteur par des gens bien plus savants que soi. Alors qu'il allait enfin toucher au but, on allait lui enlever tout ça, uniquement parce que ce Christ de malheur n'allait pas se faire ?

Sur l'Avenida Central, à hauteur de la Rua da Carioca, João sentit soudain la haine lui dévorer le ventre. Il allait être riche et épouser Emivalda. Il le fallait et il le désirait à cet instant plus que tout au monde. Peu importeraient les moyens, désormais.

À hauteur de la place Floriano, João prit sur sa droite et atteignit enfin le grand aqueduc où un *bonde* reprenait sa montée vers Santa Teresa. Dans son dos, il entendit alors des roulements de tambours aux sons graves, à moins que ce ne fut une série de coups de tonnerre annonciateurs de quelque tempête proche, violente et irrésistible.

Les deux semaines suivantes passèrent comme dans un songe. Chaque matin, João s'habillait, prenait le *bonde* de neuf heures quinze, discutait de babioles sans intérêt avec les autres voyageurs et gagnait le centre-ville, comme s'il allait travailler, comme si rien n'avait changé. Personne, pas même Euclidès, n'était au courant de sa démission du cabinet d'architecture. Avec une facilité déconcertante, João s'était installé dans le mensonge, sans le moindre remords. Lui parlait-on de sa fabuleuse automobile, qu'il inventait aussitôt mille détails sur le véhicule. À l'heure où il vous parlait, sa Renault type II, quatre cylindres en ligne et équipée d'un moteur de 2 120 centimètres/cube, était bien arrivée sur le port de Rio, mais il l'avait fait renvoyer à Paris. Il l'avait commandée bleue et c'était une noire qu'on lui avait livrée. L'employé des douanes en avait eu pour son matricule ! Évoquait-on la construction prochaine du fameux Christ rédempteur, qu'il répondait avec emphase et une profusion de détails sur l'implication du Vatican, celle de tout l'État de Rio, les matériaux et les techniques qui seraient utilisés, les interminables nuits de veille qu'il devait endurer, au cabinet, à tirer des plans, pendant que Bartolomeu Zumbi multipliait les esquisses. Il avait une réponse à chaque question et personne ne se douta un seul instant, face à tant de force de persuasion, que tous ces beaux discours n'étaient qu'un fatras de mensonges.

En fait, João passait ses journées en oisif, flânant de quartier en quartier, faisant le joli cœur, jouant aux courses, visitant quelquefois Bartolomeu Zumbi dans son atelier de la rue Joaquim Silva, buvant et s'encanaillant de plus en plus tôt au Palais Royal, chez Marie Dupeyrat. Le Colombo, de simple bar-restaurant, était devenu son véritable bureau, où il lisait la presse et dont il ne sortait jamais sans saluer les garçons et Afonso Cotrim d'un air entendu et avec des mines d'affranchi.

Au début, João avait bien songé à reprendre un travail, toujours comme col blanc, dans un autre bureau. Mais la perspective de redémarrer au bas de l'échelle, d'avoir à obéir à des ordres, d'expliquer à son entourage son départ de chez Da Silva Costa ; bref, d'avouer qu'il ne valait désormais pas mieux qu'un âne sans queue avec, de plus, aucune automobile à l'horizon, tout cela fut au-dessus de ses forces. Chaque jour passait donc avec indolence et le rapprochait d'un destin dont il ignorait tout, mais qu'il espérait grandiose.

À ce rythme, les maigres finances de João Domar s'épuisèrent vite. Parvenu à la mi-juin, il n'avait plus un sou en poche car, pour combler le vide de ses journées, il s'était mis à boire de plus en plus, avec une frénésie inquiétante. Son caractère, jusque-là posé et doux, se mit à changer. Pour un oui ou un non, sans véritable raison, il éclatait soudain dans des crises de colère violentes dont il ne ressortait, hagard et épuisé, que pour sombrer à nouveau au fond d'une bouteille de *cachaça* ou de cognac. Place Largo das Neves, Otàlia et Dida se doutèrent que quelque chose d'inquiétant se tramait, mais elles s'abstinrent d'intervenir. L'oncle Dom Francisco, qui passait toutes ses soirées à écrire au docteur Carlos do Cedo des lettres qu'il n'envoyait jamais, car l'idée de devoir se passer de sa fille commençait à le tarauder, ne s'aperçut de rien. Pour lui, João restait João : son fils adoptif, français, brillant, à l'avenir tout tracé. Quant à Emivalda, elle avait encore pâli, ne mangeait pour ainsi dire plus rien et se tordait les mains de désespoir dans la solitude de sa chambre à la moindre évocation de ces fiançailles maudites.

João connut la plus violente de ses crises de colère un soir de lassitude extrême, au premier étage du Palais Royal. Comme il sortait de la chambre exotique (une pièce décorée de faux palmiers et de filets de pêche, équipée d'un lit en forme de barque recouvert de draps bouffants pour figurer l'écume, de rames, de colliers d'Indiens en plumes multicolores et de tout un tas d'autres accessoires du même tonneau visant à combler les aspirations aux voyages des visiteurs successifs), alors qu'il allait pousser le rideau de perles rouges donnant dans le grand salon, il interrompit son geste en entendant Marie Dupeyrat glousser. Sur le canapé de velours, elle observait un grand dadais fagoté à l'as de pique et qu'il n'avait croisé qu'à deux ou trois reprises. Celui-ci, passablement gris, se dandinait devant elle de façon lourdaude, la pipe entre les dents, le ventre tendu à l'extrême, en grommelant des phrases inintelligibles. Marie Dupeyrat parvint à calmer son rire et implora :

– Vicente ! Arrêtez-vous ! Vous allez me faire mourir !

L'autre gringalet se prosterna aussitôt à ses genoux, avec une précipitation théâtrale :

– Pas tout de suite, baronne ! Que diable ! Mais si vous mourez, Rio perdra son seul salon digne de recevoir en son sein la belle bourgeoisie de notre capitale !

– Vous êtes impayable, mon cher Vicente ! Surtout quand vous refaites ce pauvre Da Silva Costa...

Ledit Vicente sauta alors sur ses pieds. Il esquissa un entrechat et vint s'asseoir près de Marie.

– Vous avez raison, baronne. Il ne faut pas se moquer des affaires d'autrui. Au fait, avez-vous su, pour son cabinet ?

– Quoi ? La mise en vente ?

– Si ce n'était que cela ! Le pauvre fou ne mettra rien en vente avant d'avoir remboursé tous ses créanciers. Il a déjà dû hypothéquer son appartement de la place Da Republica et il est quasiment à la rue. Alors qu'il lui était si simple de mettre la clé sous la porte sans rembourser personne !

João eut un nouveau geste pour écarter le rideau de perles, mais Marie Dupeyrat ajouta :

– Ce pauvre homme finira par se suicider. Ce n'est pas comme João, son employé. Lui, il continue à dire à tout le monde que le cabinet roule sur l'or et que Da Silva Costa va lui payer une automobile...

– Non ?

– Comme je vous le dis. Moi, je l'aime bien, le petit João. Il rend des services. Alors, on fait semblant de le croire.

En soufflant, elle se leva et retourna trôner derrière la longue banque en acajou du comptoir. Puis, tout en glissant un cigare entre ses lèvres maquillées de rouge, elle ajouta :

– Ceci dit, le travail, c'est le travail. Dès qu'il n'aura plus le rond, à la porte le joli cœur ! J'ai un commerce à faire tourner, moi. Déjà que je lui fais des tarifs dont vous seriez jaloux... Et, en plus, j'ai appris qu'il fréquentait les nègres !

– Baronne, je vous adore ! Sentimentale et cruelle !

Derrière le rideau, João se sentit blêmir. Plus que les paroles, ce fut le ton sur lequel elles furent prononcées qui chassèrent le sang de ses joues. Un ton de mépris bienveillant, de dédain mielleux. Il ne faisait plus partie du haut du panier. Tout le monde le savait et en faisait des gorges chaudes dans son dos. Il était le dindon de la farce, le cocu magnifique et pitoyable.

Trois Anglais en goguette sous les tropiques poussèrent la porte d'entrée, précédés par Nina, la vendeuse du rez-de-chaussée, qui était la seule habilitée à sélectionner les clients pour le premier étage. Dans les saluts convenus des uns et des autres, João traversa le salon sous le regard interdit de Marie Dupeyrat et il quitta le Palais Royal, la rage au ventre.

En passant devant le Colombo, João décida de s'offrir quelques verres de *cachaça*. Ivan le servit sans discuter mais après le premier godet, ce fut Afonso Cotrim qui apporta lui-même une bouteille. Contrairement à son habitude, il ne prit pas place à la table de João. Il se pencha vers lui pour le servir et, le plus discrètement du monde, il lui parla en ces termes :

— Docteur Domar, vous savez que j'ai une grande affection pour vous. Mais ça ne peut plus continuer ainsi. Vous me devez déjà un mois de crédit. Et ça m'ennuie de vous le dire, mais…

— Mais quoi ? ricana amèrement João.

— J'y viens… Tout le monde sait que le docteur Da Silva Costa a dû vous licencier et que vous n'aurez jamais votre automobile. Pardonnez-moi de vous dire tout ça, mais vous faites peine à voir…

João réprima de justesse un brusque haut-le-cœur. Sans quitter des yeux le marbre du guéridon, il grinça sourdement :

— Je n'ai pas été licencié et j'aurai une voiture. Celui qui vous a dit ça est un menteur…

C'est votre ami, le journaliste Euclidès da Fonte, qui me l'a dit…

Avec un sourire douloureux, João comprit alors pourquoi cela faisait déjà plus de deux semaines qu'Euclidès n'avait pas donné de ses nouvelles et n'avait pas répondu aux messages qu'il lui avait déposés à son journal. Il ne fréquentait pas les pauvres types, les sans-un, les ratés. Lui aussi, il devait bien rire de la situation à cette heure !

Avant de le quitter, Afonso Cotrim posa une main amicale sur l'épaule de João. Puis, il conclut de quelques mots qui sonnèrent comme une sentence :

– Tant que vous ne m'aurez pas réglé votre ardoise, je ne pourrai plus vous recevoir ici. Ça créerait un précédent gênant. En attendant, finissez cette bouteille, docteur. C'est moi qui vous l'offre…

Alors, il lui tourna le dos et s'éloigna. João glissa la bouteille dans la poche droite de son pardessus et quitta le Colombo, titubant, bien plus à cause de l'humiliation que de l'alcool. Pendant de longues heures, il erra dans Rio de Janeiro, cette ville qui lui avait tout offert et tout repris avec la même rapidité. Il jeta la bouteille vidée par-dessus une clôture et vomit tout son soûl, quelques mètres plus loin, dans un caniveau noir et souillé d'immondices où galopaient les rats. Il tomba à genoux sur une terre molle et gluante et expulsa avec de grands hoquets de détresse et de peur de violentes gerbes de dégoût. Quand il rouvrit les yeux, le menton planté au ciel, il entrevit dans un brouillard la silhouette du Corcovado, baignée de lune. Avec le peu de souffle qui lui restait, João Domar cracha à la face de la montagne sacrée.

Cette nuit-là, le jeune homme rentra comme il le put, place Largo das Neves. Quand il se jeta sur son lit, épuisé, l'obscurité pâlissait à peine et de lourdes écharpes de brume masquaient encore, loin derrière le centre-ville, la baie de Botafogo. En tremblant, il ralluma un mégot de cigare dont la fumée trop acide lui arracha une douloureuse quinte de toux. En moins de six mois, il avait tout perdu. Son travail, sa voiture, l'amitié d'Euclidès, les filles de Marie Dupeyrat, l'estime d'Afonso Cotrim. En assassinant par deux fois, il avait même perdu son âme.

La seule chose qui lui restait était Emivalda. Et encore, leur relation ne tenait que par un fil. Quelques jours après les révélations d'Otàlia sur ses origines, João avait accompagné celle-ci chez la Mère de saints, dans un terrain vague proche du cimetière de Santa Teresa. Otàlia n'avait donné aucun détail, ni avant ni après. En fait, João n'avait servi qu'à porter un lourd sac contenant des offrandes et une cage où s'affolait un coq noir avec de grands bruits d'ailes. Parvenue près du terrain, la tante avait récupéré le sac et la cage en lui disant simplement :

– Toi, tu restes là. Moins tu en sauras, mieux tu te porteras.

Puis elle avait disparu dans la pluie.

À Marseille, les jeteuses de sorts et les magiciennes, les sorcières et les voyantes, les cartomanciennes et les diseuses de bonne aventure couraient les rues. Avant d'aller traîner vers la Canebière, aux environs des môles d'arrivées ou près des hôpitaux, elles se déguisaient en gitanes et se frottaient le visage avec de la suie de bouchon. Puis, elles accrochaient de larges créoles d'argent à leurs oreilles et allaient traquer l'infortune et la peur. Magie blanche ou magie noire : tout était bon pour ramasser quelques sous, voire de belles pièces d'or dans les majestueux hôtels particuliers de la rue de Rome ou de celle de Saint-Ferréol.

Quand Otàlia réapparut, trempée de pluie et les mains vides, João ne posa aucune question. Ces trucs de bonne femme, il n'y croyait pas. Lui, n'accordait de valeur qu'à la réalité concrète des choses, à la logique. Aussi ne fut-il pas surpris lorsque le 15 avril, Antonio do Cedo se présenta à nouveau place Largo das Neves, un bouquet à la main, à l'heure du café. João et Otàlia échangèrent immédiatement un regard déçu. Quoique toujours aussi grand et aussi maigre, Antonio semblait avoir retrouvé des couleurs et souriait niaisement, les incisives de la mâchoire inférieure plus aiguisées que jamais. Ce jour-là, Emivalda se fit porter pâle et le bouquet finit dans la poubelle. Pendant que l'oncle Dom Francisco et lui parlaient dot et liste d'invités, João dut pourtant reconnaître que la mystérieuse Mère de saints avait réussi dans un domaine : l'haleine d'Antonio do Cedo avait encore empiré, à tel point que l'oncle ne s'adressait à lui qu'avec un cigare allumé en permanence à la bouche.

À cet instant précis de ses réflexions, João fut tiré de son demi-sommeil et de sa griserie par un grattement ténu contre la porte de sa chambre. Il s'assit sur son lit et, alors qu'il allait se lever pour fermer le loquet à la vieille Dida, le ventail s'ouvrit lentement. Puis, en trois pas rapides, une ombre blanche entra dans la pièce et repoussa la porte derrière elle.

– Tante Otàlia ? Qu'est-ce que vous faites ici ?

Le fantôme se retourna et avança dans la lumière grise de l'aube :

– C'est moi, João…

Emivalda. Elle se tenait devant lui, frémissante, pieds nus, dans une chemise qui ne lui couvrait même pas les genoux. Les yeux baissés, les mains croisées dans le dos, elle murmura :

– João, je ne veux pas… Je ne veux pas me marier avec cet Antonio de malheur. Si mon père m'y oblige, je préfère me suicider…

Emivalda redressa alors son visage et, sans trembler, elle défit un à un les petits boutons qui retenaient sa chemise de nuit. Le tissu s'affala en corolle à ses pieds et la jeune fille sembla alors une déesse de la mer marchant sur l'écume blanche de l'Atlantique. Interdit, João n'en crut pas ses yeux. À travers l'étoffe des vêtements, il avait toujours imaginé un corps ferme et harmonieux, éclatant de jeunesse, de sensualité, de désirs. Dans la pâleur de l'aube, il sut alors que la réalité invente toujours plus que les rêves.

Emivalda n'était pas belle. Elle était bien mieux que cela. De taille moyenne, la peau laiteuse, les attaches fines et les fesses hautes, cambrée comme pour mieux mettre en valeur ses seins en forme de poire, lourds et élastiques, elle possédait une grâce et un port tels que João n'en avait encore jamais vus. Il cligna des yeux à plusieurs reprises et la vit avancer vers lui, de sa démarche souple.

Parvenue près du lit, elle se campa à nouveau, jambes serrées, et affirma de sa voix légèrement cassée :

– João, je veux être à toi. Prends-moi maintenant. Demain, il sera trop tard…

Toujours assis sur le rebord du lit, João avança son

visage vers le ventre nu d'Emivalda. À son contact, il oublia instantanément les souillures du caniveau, les odeurs pestilentielles des détritus dans lesquels il s'était agenouillé et qui maculaient encore ses jambes, les relents de vomi qui avaient taché une partie de sa chemise. Toute sa peur disparut, emportant avec elle ses rêves brisés de devenir notable, de sortir enfin de sa condition par son seul travail. Aujourd'hui, João Domar n'était plus rien.

Mais, dans l'odeur vanillée du ventre d'Emivalda, João se sentit alors à nouveau maître du monde. Il y enfouit son nez, ses joues, ses yeux, son front, le mordant et l'embrassant à la fois, se soûlant de ce ventre propre et vierge, rédempteur, caressant ses fesses à pleines mains, hoquetant de mal-être et de bonheur retrouvé, la peau électrisée et apaisée à la fois par ce contact amoureux.

Emivalda, pour sa part, ne bougeait plus, hormis ses mains qui caressaient les cheveux de João et fourrageaient dans sa crinière noire. Elle avait à ses pieds l'homme qu'elle aimait. Elle le tirerait jusqu'à elle, jusqu'à la surface. Elle l'arracherait à ces tristesses et ces révoltes qu'elle ne comprenait pas, par la grâce et la puissance de son amour.

Dans le lointain, ils n'entendirent pas la cloche du premier *bonde* annonçant son arrivée sur la place Largo das Neves. Emmêlés l'un à l'autre, ne faisant plus qu'un corps sur le grand lit tendu de blanc, ils firent l'amour avec passion. Quand João pénétra en elle pour la première fois, elle planta profondément ses ongles dans son dos. Le sang coula entre ses cuisses et ce fut pour Emivalda une libération. João sentit, lui aussi, du sang couler sur ses flancs et ce fut pour lui un tatouage d'amour.

Une heure plus tard, elle quitta la chambre d'un pas sûr, des étincelles au fond des yeux. Avant de disparaître dans le couloir, elle lui murmura :

– Désormais, je suis tienne. Rien, mis à part la mort, ne pourra plus jamais nous séparer, João…

RIO-L'AFRICAINE

14

Cette nuit d'amour aurait dû mettre un terme à l'existence tumultueuse de João Domar. Certes, il n'avait plus ni travail ni voiture. Mais il avait enfin possédé la femme qu'il désirait, jusqu'à la déraison. Avec un peu de diplomatie, l'oncle allait faire une croix sur son projet de mariage devant unir Emivalda à Antonio do Cedo. João allait trouver une place de gratte-papier dans l'une ou l'autre des innombrables administrations brésiliennes et, d'ici la fin de l'année 1922, il épouserait sa jeune cousine et organiserait une fiesta à tout casser.

Ce fut exactement l'inverse qui se produisit. Quand Emivalda quitta la chambre de João, celui-ci sentit aussitôt de violents sanglots monter de son ventre, envahir sa cage thoracique et éclater enfin en larmes chaudes sur son visage et son cou. Pour la première fois de sa vie, il pleura. Il avait perdu Marseille. Il avait perdu son rêve de devenir un bourgeois respecté. Hormis Zumbi, il avait perdu ceux qu'il croyait ses amis. En possédant Emivalda, il se rendit alors compte qu'il venait de la perdre dans le même mouvement. Sa princesse avait quitté son trône et marchait désormais dans la fange, à ses côtés.

À dater de ce jour, João poursuivit sa descente aux enfers et devint de plus en plus impulsif et colérique, alternant de longues heures de silence et de promenades sur l'anse de Botafogo avec de brusques prises de bec, que ce soit dans la rue, au Bar des Filles, avec son oncle, sa tante, la douce Emivalda et jusqu'à la vieille Dida qui, dans ces cas-là, disparaissait en claudiquant dans sa cuisine sans demander son

173

reste. Tous les prétextes étaient bons pour faire jaillir un peu de cette colère qui lui vrillait les tripes. En bon camarade qui n'ignorait rien de sa situation, Bartolomeu Zumbi fournissait régulièrement à João de petites blagues de *maconha* dont les volutes tuaient instantanément ses sautes d'humeur et le faisaient retomber dans un mutisme de bien-être.

Un soir, en sortant de l'atelier du peintre, João fut accosté par un gamin d'une douzaine d'années. Les pieds dans le ruisseau, une cigarette sur l'oreille, vêtu d'amples pantalons longs et à peine rapiécés, d'une chemise blanche et d'un canotier dépaillé incliné sur le côté du crâne, il interpella João sur un ton rigolard :

– Alors, Chef ? C'est la nouvelle mode, les chaussures pourries ?

João s'arrêta sous un lampadaire et observa ses souliers vernis maculés de taches de boue. Après avoir craché par terre, il maugréa à l'encontre du gamin :

– À cette heure-ci, tu devrais déjà être chez ta mère…

Et il repartit en grelottant sous la pluie. Le *pivete* se mit alors à le suivre tout en maintenant entre eux quelques mètres de distance. Puis, avec sa voix rauque qui ne se décidait pas à muer, il lança encore :

– J'ai pas de mère… Mais j'ai un boulot, moi. Je suis pas comme vous…

João serra les poings dans ses poches et se força à ne pas répliquer. De plus, ce n'était vraiment pas le moment de lui chercher des poux. Zumbi était en cale sèche et il n'avait pas pu lui soutirer la plus petite pincée de *maconha*. La soirée s'annonçait difficile. Quelques instants plus tard, le gamin remit pourtant le couvert :

– Et si moi, j'ai pas d'automobile, c'est juste parce que j'ai pas l'âge…

Là encore, João parvint à se contrôler. Sous les arcs luisants de pluie de Lapa, il entendit à nouveau :

– Et au Colombo, j'y vais quand je veux… On me respecte. Je suis pas une cloche, moi !

Cette fois-ci, le sang de João ne fit qu'un tour. Il se retourna brusquement, poings tendus, les tempes en feu, mais il ne découvrit dans son sillage rien d'autre qu'une rue vide et noire, où la lumière laiteuse des lampadaires rebondissait, mollement, de flaque en flaque. Au-dessus de lui, le dernier *bonde* de la soirée freina dans un vacarme métallique et approcha au pas du terminus de Lapa. Venue du néant, la voix du gamin retentit à nouveau :

– Eh ! Chef ! Je suis pas venu pour me battre, moi !

– Qu'est-ce que tu me veux, alors ? Fils de giclée !

Flottant toujours sur l'asphalte, la voix cassée répondit :

– C'est le docteur Cotrim, du Colombo. Il m'a dit comme ça que vous avez besoin de travail, et que…

– J'ai besoin de rien ! Fous-moi le camp, sale cafard !

À une dizaine de mètres de là, le *pivete* réapparut à la faveur des phares jaunes d'un taxi en maraude, mains dans les poches, cigarette allumée entre les lèvres. Avant de tourner le dos, il lâcha :

– Comme vous voulez, Chef. Si vous changez d'avis, je vous attends demain à midi, devant le Bar de la Tentation, rue Barao da Gamboa. Ramenez-vous et je vous conduirai chez Mme Diva…

– Casse-toi, petit merdeux !

– Ok, Chef. Mais mon nom à moi, c'est Laranjinha…

Le lendemain, à l'heure dite, João se trouvait dans le quartier de Gamboa, fraîchement rasé, parfumé, une rose blanche à la boutonnière. S'il avait effectué le chemin jusqu'au Bar de la Tentation, ça n'était pas par envie de savoir qui était cette Mme Diva, ni même pour découvrir quel genre de travail elle voulait lui proposer. Venant d'Afonso Cotrim, ça ne devait pas être quelque chose de très reluisant. La raison véritable pour laquelle il avait poussé ses guêtres dans cette zone proche des ports et du morne de la Saude était double. D'abord, il s'était promis de tanner les fesses de ce petit morveux, ce Laranjinha qui semblait savoir tant de choses à son sujet et qui s'était ouvertement moqué de ses malheurs. Mais aussi, et surtout, pour échapper à l'atmosphère pesante de la maison de Dom Francisco da Cunha. Toutes les nuits maintenant, Emivalda venait rejoindre João dans sa chambre et, chaque matin, elle le suppliait de tout avouer à son père, afin de mettre un terme définitif au projet de fiançailles avec Antonio do Cedo, dont l'échéance se précisait. Chaque matin, João promettait mais, autour du petit-déjeuner, il sentait les forces lui manquer et il s'esquivait sous le regard désolé d'Emivalda, sitôt sa tasse de café avalée.

– Alors, Chef ? On s'est fait tout beau, aujourd'hui ?

João se retourna et, alors qu'il allait répondre avec verdeur au petit *pivete* dont il avait reconnu la voix, il éclata subitement de rire dans le soleil de midi. Laranjinha cracha par terre et demanda avec une ombre d'inquiétude dans le ton :

– Eh quoi ? Pourquoi vous vous bidonnez comme un bossu ?

Incapable de répondre, le corps entier secoué de hoquets, João s'appuya contre la façade décrépie du Bar de la Tentation et essuya des larmes d'hilarité dans un grand mouchoir blanc.

– Oh ? Pourquoi vous riez, Chef ?

– Si tu pouvais te voir !

– Quoi ? J'ai du noir sur la gueule ? Ou j'ai la braguette ouverte ?

João observa à nouveau Laranjinha et repartit aussitôt dans une quinte de rire irrépressible, tandis que le gamin maugréait :

– Mais il est taré, ce fils de pute… Complètement cinglé, oui !

Dans un souci d'élégance, Laranjinha avait changé de costume, comme il le faisait d'ailleurs chaque jour. Ce midi-là, il arborait fièrement une tenue incroyable composée de pantalons orange vif, d'une veste de costume trop grande pour lui et de la même couleur, d'une chemise en soie d'un vert pomme et de croquenots à lanières noirs. Un chapeau melon, sans lustre et trop étroit, menaçait de tomber du sommet de son crâne à chacun de ses gestes. Aussi, Laranjinha ne marchait qu'avec une extrême prudence, une main sur son galure, comme si le sol de terre battue avait été remplacé par un tapis d'œufs.

Pendant que João finissait de sécher ses larmes, il rectifia pour la millième fois depuis le matin la position de son chapeau melon, puis il épousseta le jabot de sa chemise et murmura pour lui-même :

– Il est taré, ce vagabond... Mon costume, c'est le dernier chic en Europe. Aujourd'hui, y a plus que les vieux ploucs pour s'habiller comme les vautours.

Laranjinha, de son vrai nom Oscar Virgilio Zacarias, n'avait pas eu une vie facile. Dernier enfant sur les douze que sa mère avait mis au monde avant de mourir d'un coup de pied de mule mal placé, Laranjinha n'avait connu qu'une existence faite de famine et de coups. Son père, Ricardo, avait en effet des principes clairs concernant l'éducation. Chaque jour, il battait ses enfants comme plâtre pour leur apprendre le respect. Après les gifles et les coups de pied, il les embrassait pour leur enseigner l'amour. À ce train-là, ses fils avaient quitté un à un le toit familial pour vivre de rapine et de mendicité. Quant aux filles, elles avaient disparu à leur tour, avalées par le quartier de Lapa et ses claques de malheur. Plus futé que les autres, Laranjinha s'était fait adopter par les lieutenants du *Jogo do Bicho,* dont Mme Diva constituait l'une des têtes pensantes.

Dans la chaleur du midi, le petit *pivete* ne s'étendit guère sur son enfance, qu'il estimait d'ailleurs, du haut de ses quatorze ans révolus, déjà loin derrière lui. En revanche, et jusqu'à ce qu'ils atteignent la place Santo Cristo, il fut intarissable sur la qualité et la diversité de ses sept costumes, un pour chaque jour de la semaine.

– C'est ça, la vraie vie, Chef ! Les costumes, ça attire les petites chattes. Y a pas... Et je sais de quoi je cause !

Tout en fumant, João écouta parler ce gamin trop vite monté en graine, à la peau couleur pain brûlé, aux grands yeux verts pétillants de malice, aux cheveux bouclés dont certaines mèches commençaient à blondir sous les caresses répétées du soleil et du sel de l'océan.

Après quelques minutes de marche, ils s'arrêtèrent devant un vieil immeuble aux murs croûtés et datant de l'époque coloniale, rue Vidal Negreiros.

– On y est, Chef ! Vous pouvez entrer. Moi, j'attends dehors.

Comme João hésitait à gravir les trois marches du perron, Laranjinha cracha une nouvelle fois sur le sol, remit en place son galure et, tout en s'adossant à la façade de la maison, il se moqua :

– Alors ? On a les foies, Chef ?

– Tais-toi, traîne-misère… C'est pas une femme qui va me foutre la trouille !

– Alors, vous attendez quoi ?

João haussa les épaules, jeta sa cigarette sur le trottoir et réajusta sa veste. Puis, tout en montant l'escalier, il prévint le gamin :

– Y a intérêt que ce soit du sérieux. J'ai un emploi du temps très chargé, moi !

Parvenu sur la dernière marche, il tira sur la chaîne de la sonnette et attendit. Dans son dos, Laranjinha se mit à siffloter un air de samba tout en se baissant pour récupérer le mégot fumant sur l'asphalte. Un vrai mégot de riche, de bourgeois. Pas étonnant que ce João se retrouve à la rue. Encore un blanc qui voulait péter plus haut que son cul.

Il régnait dans la maison de Mme Diva une atmosphère paisible, parfumée d'essence citronnée. Le vieux nègre qui avait fait entrer João sans un mot l'avait conduit au bout d'un couloir sombre et lui avait indiqué un vaste salon aux fenêtres tendues de rideaux fins dans lesquels les brises venaient jouer. Au fond de cette pièce au plancher lambrissé, un canapé, occupé par la silhouette d'une femme, et une table basse recouverte d'une nappe claire se dessinaient dans la semi-obscurité dispensée par un minuscule patio à ciel ouvert. Le majordome disparut sans ouvrir la bouche et João frissonna dans cette fraîcheur soudaine qui tranchait avec la fournaise de la rue.

Une voix éraillée s'éleva alors, froide sans être déplaisante :

– Merci d'être venu jusqu'à moi, monsieur Domar. Je

suis persuadée que nous allons collaborer à merveille, tous les deux…

João s'inclina de façon à peine polie, puis répondit :

— Madame, tout le plaisir est pour moi. Mais je vous préviens tout de suite que je ne compte pas collaborer à quoi que ce soit sans savoir ce que…

— Taisez-vous et approchez. Nous avons à parler.

L'inconnue n'avait pas élevé la voix. Seul le ton, brusquement plus cassant et ne souffrant aucun refus, avait changé. Un instant, João entendit l'immensité du silence, dépecé par le balancier d'une horloge. Puis, il marcha droit devant lui. À chaque pas, la silhouette se précisait. La femme, aux longs cheveux noirs ondulés, était entièrement vêtue de blanc, avec un bustier serré à la taille laissant apercevoir la naissance d'une poitrine menue. Autour d'elle, les volutes de sa longue robe blanche s'étalaient sur le canapé et tombaient jusqu'à ses pieds. Encore quelques pas et ce fut le visage qui se dessina. Des traits purs, une peau noire, de larges lèvres rehaussées d'un rouge humide, un nez étonnamment aquilin qui forçait le respect, deux larges créoles d'or. Elle n'avait pas quarante ans.

Quand elle le jugea suffisamment proche d'elle, Mme Diva frappa deux fois dans ses mains et João figea aussitôt sa marche. Revenant dans la pièce par une porte dérobée, le majordome disposa alors aux pieds de son visiteur un pouf de cuir aux arabesques dorées, puis il se pencha sur la table basse où étaient disposés une carafe et deux verres.

En remettant en place une mèche de cheveux derrière son oreille, Mme Diva murmura, bien plus qu'elle ne parla, d'un ton sucré et légèrement râpeux :

— Asseyez-vous, monsieur Domar. Et laissez-moi vous regarder pendant que Luiz nous sert une citronnade…

João s'exécuta. Dans les tintements du liquide et des glaçons heurtant les verres, Mme Diva se pencha en avant pour scruter son invité. Sans pudeur, elle le fixa pendant deux bonnes minutes, ne négligeant rien de son visage, de ses cheveux, de sa tenue ni de ses chaussures, et João sentit son visage s'empourprer lorsqu'il se souvint que ses vernis étaient encore crottés de la veille. Pourtant, Mme Diva parut satisfaite de son inspection et elle se réinstalla sur le canapé avec un léger soupir de contentement. Le vieux Luiz, qui avait patiemment attendu la fin de l'examen de l'invité, servit les deux verres de citronnade et, toujours silencieux, disparut une nouvelle fois.

Après avoir siroté quelques gorgées avec une mine gourmande, l'hôtesse s'expliqua enfin sur les raisons qui l'avaient poussée à convoquer João chez elle :

– Ce bon Cotrim ne s'était pas trompé… Vous êtes jeune, beau et vous n'avez plus le moindre sou.

– Madame !

– Ne m'interrompez plus, voulez-vous ? Je sais ce que je dis. Vous aimez le luxe et les belles toilettes. Vous êtes dévoré par l'ambition. Mais aujourd'hui, vous voilà pauvre comme Job. Et j'ai peut-être justement du travail pour vous.

Cette fois-ci, João ne baissa pas les yeux. Dans la lumière fraîche et tamisée, il était comme ensorcelé par le visage de cette femme au charme dur et langoureux tout à la fois. Quiconque lui aurait parlé sur ce ton aurait été souffleté, ou pour le moins mouché, et vertement encore ! Mais la beauté et l'autorité naturelles qui émanaient de cette Mme Diva avaient privé João de tous ses moyens. À cette heure, il ne pouvait plus que l'admirer, incapable de se rebeller, la bouche tapissée de sucre, de glace et de citron.

Mme Diva se pencha en avant pour déposer son verre sur le plateau de la table basse. Au moment de se rasseoir, elle s'aperçut que les yeux de João avaient plongé dans son décolleté béant et qu'ils y étaient restés comme prisonniers. Elle sourit furtivement et João se sentit rougir une nouvelle fois.

En réajustant son corsage, elle reprit :

– Cher João Domar, si vous travaillez pour moi, vous gagnerez de l'argent. Et si vous savez travailler vite, vous gagnerez alors beaucoup d'argent.

Elle avait prononcé ces deux derniers mots sans lâcher son invité du regard. Le cœur de João se mit à battre plus fort dans sa poitrine et il osa enfin demander :

– Faudra-t-il que je travaille dans un bureau ?

Mme Diva sourit, découvrant deux rangées de dents ivoirines et pointues :

– Pas vraiment… En tout cas, moi mise à part, vous n'aurez aucun chef. Vous serez votre propre patron, en quelque sorte. Et vous serez payé en fonction de vos résultats.

– Que voulez-vous que je fasse ?

Dans son nuage de mousseline blanche, Mme Diva tira une cigarette d'un étui d'argent posé près d'elle et accepta la flamme que João lui proposait en tremblant. Alors, après avoir expiré un lourd nuage de fumée odorante, elle laissa son regard planer dans le vide, puis interrogea :

– Avez-vous déjà entendu parler du *Jogo do Bicho* ?

Qui n'avait jamais entendu parler du *Jogo do Bicho*, à Rio de Janeiro comme dans toute l'immensité du pays ? Depuis plus de trente ans, le Brésil ne jurait plus que par lui et misait jusqu'à ses fonds de culottes pour tenter de toucher le pactole. Les riches faisaient cela pour se distraire et se désennuyer un peu. Les petits-bourgeois, dans l'espoir vorace de faire grossir leurs économies sans avoir à se tuer au travail. Les pauvres étaient ceux qui jouaient le plus, misant chez le *bicheiro* comme on va à l'église faire une prière, dans l'espoir fou d'être enfin entendu et de décrocher la timbale sacrée. Selon les périodes, cette loterie, organisée de façon magistrale par les *malandros* de la ville noire et des favelas, ce jeu de pur hasard était toléré par la police ou sauvagement combattu. Mais rien n'y faisait. Ni les risques de se faire pincer, ni les traques, ni les rafles, ni la prison : les Brésiliens avaient le *Jogo do Bicho* chevillé à l'âme.

Mme Diva poursuivit du même air lointain qui semblait détaché de tout :

– Aujourd'hui, on ne peut plus faire confiance à personne. Ça fait sept ans que je fais la *bicheira* pour le nord de la ville. Ici, à Santo Cristo, mais aussi à Gamboa, à la Saude et jusqu'au morne de São Bento. Mais je ne suis entourée que d'incapables. Quand les revendeurs ne sont pas bêtes comme des ânes, ils sont plus fainéants que des lézards. Et comme si je n'en avais pas encore assez sur les bras, l'organisation me demande maintenant de reprendre en main les quartiers de Estacio, Cidade Nova, Catumbi et Santa Teresa. Alors, j'ai besoin d'un homme comme toi…

Les derniers mots se posèrent dans un silence tendu. João, toujours soucieux de plaire à son interlocutrice, avait opiné gravement du chef à la fin de chacune de ses phrases. À nouveau, elle se pencha sur lui et approcha son visage à quelques centimètres du sien. João se retint de ne pas saisir cette chevelure à pleines mains et d'embrasser cette femme tout son soûl. Alors, elle murmura :

— João Domar, es-tu l'homme qu'il me faut ?

— Je l'espère, madame. Mais pourquoi m'avoir choisi, moi ?

Elle se recula un peu, esquissa un geste vague de sa main droite et répondit d'un air entendu :

— Afonso Cotrim m'a dit bien des choses à ton sujet, petit Français. Que tu savais lire, écrire. Et, surtout, compter. C'est bien vrai ?

— Oui, madame.

— Il m'a dit aussi que tu n'avais pas peur de la mort… C'est vrai aussi ?

João revit l'arrière-cour boueuse du Colombo, la pluie diluvienne, les éclairs, les corps des deux frères Talsimoki gisant dans la terre maculée de sang. Et le pistolet, brûlant entre ses doigts. Il frissonna et lâcha d'une voix blanche :

— Oui, madame, la mort ne me fait pas peur. Même si je préfère la donner plutôt que de la recevoir.

Mme Diva écrasa sa cigarette dans le cendrier et se contenta d'ajouter :

— Si tu es honnête, tout se passera bien pour toi. Mais sois certain qu'il y en aura qui essaieront de t'escroquer. Pour ceux-là, tu n'auras pas le choix. Dans le milieu du *Jogo do Bicho*, il n'y a pas de revendeurs de tickets malhonnêtes. Il n'y a que les revendeurs honnêtes et les revendeurs morts.

Un cri de frégate, planant bas dans le ciel, le fit sursauter. Jugeant que l'entrevue avait suffisamment duré, Mme Diva tapa à nouveau deux fois dans ses mains et le fantomatique

Luiz réapparut dans l'encadrement de la porte du salon. João se leva et s'inclina devant son hôtesse, la main tendue en avant pour solliciter un baise-main. Il n'eut en retour qu'une moue amère :

– Pour le baise-main, on verra plus tard, jeune homme. Ma proposition est très sérieuse. S'acquitter convenablement de cette tâche demande de l'intelligence et du savoir-faire. Je verrai très vite si tu en es capable.

– Quand voulez-vous que je revienne prendre des instructions ?

– Le petit Laranjinha viendra te chercher en temps voulu. Et ne t'avise surtout jamais de revenir ici tout seul sans en avoir reçu l'ordre.

– Bien, madame…

Laranjinha, le chapeau baissé sur les yeux, adossé au mur d'enceinte de la maison, reposait à l'ombre d'un arbre, un mégot éteint entre ses lèvres. D'un coup de pied donné dans ses chaussures aux semelles bâillantes, João le tira de son demi-sommeil :

– Allez, petit rat ! Debout, j'ai à te parler…

Le gamin maugréa pour la forme, puis se leva et rattrapa de justesse son chapeau melon avant que celui-ci n'atterrisse dans le caniveau regorgeant d'ordures. Il le reposa sur son crâne avec toujours le même luxe de précautions et finit par demander :

– Alors, chef ? Comment ça s'est passé ?

– Comme ci, comme ça…

Laranjinha afficha une moue interloquée :

– Eh quoi ? C'est tout ? Comme ci comme ça, et c'est tout ?

João alluma une cigarette, les yeux perdus dans le vague, sourd aux questions du gamin comme au vacarme des ouvriers maçons qui installaient des lampadaires, de part et d'autre de la rue, elle-même en plein travaux. Avant de repartir en direction du centre, il lâcha simplement, dans un sourire :

– Suis-moi, mauvaise graine. On va chez Zumbi. Et sur le chemin, on va un peu parler, toi et moi…

Laranjinha n'avait pas dans ses habitudes d'obéir aux ordres, hormis à ceux de Mme Diva. Mais ce blanc qui tétait la bouteille et fumait la *maconha* du matin au soir avait quelque chose de sympathique. En plus, c'était un ami du grand Zumbi. Il ne pouvait donc pas être foncièrement mauvais. Après avoir réfléchi un instant, le gamin ôta son chapeau et courut sur les trottoirs éventrés pour rejoindre João, évitant par de petits sauts de cabri les trous et les pavés en tas.

Il y avait bien trois kilomètres, de chez Mme Diva jusqu'à la rue Joaquim Silva où vivait le peintre. João resta silencieux presque tout le temps que dura le trajet. Place Tiradentes, il s'assit sur un banc et essuya son front brillant de sueur. Dans les grouillements de la foule et les explosions des moteurs des voitures, il s'adressa enfin à Laranjinha :

– Alors, gamin, qu'est-ce que tu sais sur cette Mme Diva ?

– Des choses…

– Mais quelles choses ?

– Des choses que je vous dirai si vous me payez un jus et si vous arrêtez de m'appeler gamin ou petit rat.

João replia posément son mouchoir, puis il répliqua :

– Pour le jus, faut pas compter sur moi. Je suis raide comme un bâton. On boira chez Zumbi. Pour le reste, il faut voir. Comment tu voudrais que je t'appelle ?

Laranjinha bomba le torse et, de l'air le plus sérieux du monde, il répondit :

– Mec. C'est mec que je veux que vous m'appeliez…

– D'accord, va pour mec. Mais tu vas me dire tout ce que tu sais sur elle, c'est clair ?

Laranjinha tint parole. De Mme Diva, il connaissait tout ce qui se racontait à son sujet, dans les rues et les troquets plus ou moins bien famés de Rio de Janeiro. On la disait du Nordeste, un pays de misère où il ne pleut pas pendant des dix ans entiers et où, soudain, le bon Dieu règle son addition

184

en noyant les villes et les villages sous cinq mètres d'eau. Toute jeune, Mme Diva avait été mariée à un mauvais parti, un *cangaceiro* à la gâchette facile, au coup de poing ravageur, un ivrogne sans dieu ni maître, sans religion. Trois semaines après son mariage, il était allé traquer la bête sauvage avec son fusil et avait été ramené au bercail, rongé par une fièvre inconnue. Il trépassa en moins de quarante-huit heures. La jeune épousée, bien heureuse et soulagée d'avoir été débarrassée de ce rustre et de ses violences, se jura de ne plus jamais se marier. Deux ans plus tard, elle céda pourtant aux avances d'un représentant en lingerie, parfumé comme une femme et poète à ses heures. Une passion toute platonique les conduisit jusqu'à l'autel mais, trois jours après les noces, le pauvre homme s'éteignit de la même fièvre violente et mystérieuse. Elle faillit en mourir de chagrin et de peur. Un sort la poursuivait, qui l'empêcherait donc de garder un homme en vie à ses côtés. Elle ne se décida à retenter le diable que quatre ans plus tard, et avec un jeune notaire cette fois. Inexplicablement, la même tragédie se reproduisit. Aussitôt marié, aussitôt mis en terre.

Selon les conteurs aux terrasses des bars, Mme Diva avait tué près de cent maris sans que la police ne trouvât la moindre preuve de culpabilité.

– Et comment elle est arrivée à Rio ?

Laranjinha, tout en lustrant son chapeau de sa manche de veste, hasarda :

– J'en sais foutre rien, Chef. Les uns disent qu'elle a fui le Nordeste parce qu'un inspecteur avait trouvé quelque chose qui pouvait la faire condamner pour meurtre. Les autres, que c'est à cause d'une Mère de saints que la famille d'un cadavre aurait engagée pour faire un travail et se venger. En tout cas, tout le monde la respecte à Rio. À cause de cette histoire de meurtres et de sorts. Mais aussi, parce que c'est une grande *bicheira*. Et surtout parce qu'elle a hérité d'une vraie fortune.

Songeur, il cessa de brosser son chapeau melon et murmura pour lui-même :

– Hériter de l'argent de cent bonhommes. Tu parles d'un magot…

João roula une cigarette qu'il tendit à Laranjinha. Dans le fond de la place Tiradentes, des ouvriers placardaient les programmes sur les façades du théâtre João Caetano. Après avoir allumé sa tige, João demanda au gamin :

– Et toi qui me parles de Mères des saints et de jeteurs de sorts, tu y crois aux esprits, à la magie ?

Laranjinha se signa discrètement en balbutiant une vague prière. Puis, il cracha entre ses dents, avant de répondre :

– Je parle pas de ces choses, Chef. Ça porte malheur. Mais y a quand même des putains de signes...

– Quels signes ?

De son galure, il indiqua la bâtisse blanche :

– Lui, par exemple. Ça fait déjà trois fois qu'il brûle, ce putain de théâtre...

– Et alors ?

– Alors, rien. Sauf qu'il a un sort, parce qu'il a été construit avec les pierres qu'il fallait pas.

Ce fut au tour de João d'écarquiller les yeux :

– Tu veux dire qu'on peut aussi jeter des sorts sur des maisons ?

– C'est presque ça, Chef. C'est une tante qui m'a expliqué l'histoire. Les maçons, ils ont utilisé les pierres de la cathédrale Nova Sé pour construire le théâtre. Et on construit pas un théâtre, avec toutes les filles qui font la vie à l'intérieur, avec les pierres sacrées d'une cathédrale. C'est ça qui a lancé le sort. Et c'est pour ça qu'il brûle...

João et le petit écrasèrent leurs mégots en même temps. Laranjinha, avant de reprendre la route, tenta une énième fois de visser son melon sur son crâne, sans plus de succès que les fois précédentes. De dépit, il le cala sous son bras en se jurant intérieurement de le refourguer au plus vite à quiconque ce bibi pourrait convenir. Devant lui, João hâta le pas. Il restait encore un bon kilomètre avant d'arriver chez Zumbi. Dans son dos, il entendit la voix de Laranjinha le questionner une nouvelle fois :

– Alors, Chef ? Vous m'avez pas dit comment vous l'avez trouvée, Mme Diva.

– Mais si, mec. Comme ci comme ça...

Le gamin émit un petit sifflement. Il s'attendait à tout sauf à ça. Mme Diva, tout le monde en tombait amoureux, sur l'instant. Tous les revendeurs du *Jogo do Bicho* en étaient dingues, des plus jeunes aux plus vieux. Lui-même, il en rêvait chaque nuit et, bien souvent, il retrouvait au matin sur sa paillasse les traces de ces songes. Il trottina pour rejoindre João. Ce blanc-là, soit il était fou, soit il n'aimait que les blanchettes sans couleur.

Un tramway fit tinter sa cloche et, comme des mouches sur l'échine d'un mulet, João et Laranjinha partirent à sa poursuite et s'accrochèrent à son flanc. Si on ne s'asseyait pas sur les bancs, et à condition de mettre pied à terre à chaque station, on n'était pas tenu de payer le prix de la course. Voilà pourquoi les *bondes* étaient toujours vides à l'intérieur et grouillants de monde sur les marchepieds.

Dans le vacarme de ce tramway caracolant sur les rails mal joints, Laranjinha cria soudain :

– Chef ! Mme Diva, c'est une déesse !

João se retourna vers le gamin et lui lança, dans un sourire :

– Alors, je veux bien la prier tous les jours ! Et même plusieurs fois par jour !

Rassuré, Laranjinha laissa alors fuser son rire clair. Ce blanc-là n'était pas un fou. Et il n'aimait pas non plus que les blanchettes. Sûr que, tous les deux, ils allaient former une paire de tous les diables. Et la *bicheira* serait contente...

– C'est quoi, cette crevette que tu me ramènes ?

Dans l'encadrement de la porte, Zumbi semblait encore plus immense et maigre que d'ordinaire. Sa longue chemise blanche tachée de couleurs tombant à ses genoux, un pinceau dans la main gauche, les pieds nus, les cheveux rejetés en arrière, il surplombait de son ombre les deux visiteurs. Laranjinha fut le premier à répondre :

– J'suis pas une crevette. J'suis un mec, m'sieur. J'suis le mec Laranjinha...

Zumbi faillit éclater de rire, mais l'air trop sérieux de ce gamin habillé en paillasse lui imposa le respect. Ce bout de métis frisant le charbon venait de la rue, et il voulait faire l'homme. Se moquer de lui aurait été plus cruel que de le sortir à coups de pied dans les fesses. Le peintre garda donc son rire dans sa gorge et se pencha en avant, en guise de salut, tout en déclarant :

– Mille excuses, votre seigneurie. Si le mec Laranjinha veut bien se donner la peine…

Et il s'effaça pour laisser passer le gamin. Dès que celui-ci fut entré dans la pièce, Zumbi et João, depuis le palier, l'entendirent s'extasier :

– La putain de sa mère ! J'ai jamais rien vu de plus beau de toute ma putain de vie…

Quand les deux hommes pénétrèrent dans l'appartement, ils virent Laranjinha, debout devant une toile gigantesque posée à même le sol, muet d'admiration, les deux mains jointes sur la poitrine, le chapeau tombé à terre. D'une voix émue, le gamin demanda :

– C'est vraiment vous qu'avez peint ce truc-là, monsieur Zumbi ?

– Oui, mec. C'est bien moi.

Laranjinha fit un pas en arrière sans lâcher la toile des yeux. Sur celle-ci, des traits d'esquisse et des fonds de couleurs peignaient une femme jeune à la peau noire, à genoux sur le sable, serrant dans ses bras son enfant, un nouveau-né métissé à qui elle donnait le sein. Il émanait de ce tableau une grande douceur, une beauté impudique et tendre. Alors qu'il s'esclaffait à la vue du premier décolleté et balançait aussitôt des chapelets de blagues égrillardes, Laranjinha regardait cette toile avec un respect profond, comme une peinture d'église. Sans quitter le motif des yeux, il répéta à plusieurs reprises :

– À la vérité, j'ai jamais rien vu de plus beau… Jamais rien vu de plus beau…

Zumbi sourit de bonheur et posa sa main sur l'épaule du gamin :

– Mec, je te promets qu'un jour, je te ferai un tableau. Un rien que pour toi. Le jour où tu auras une maison pour pouvoir l'accrocher…

Quelques minutes plus tard, João et Zumbi se retrouvèrent seuls. Dans une poche de sa veste de costume, le peintre avait découvert de quoi envoyer Laranjinha chercher à manger et à boire. Deux litres de bière glacée, du pain de fromage, trois tranches de jambon et, s'il y avait assez, une grosse mangue bien mûre. Le gamin avait aussitôt plongé dans les escaliers en faisant tinter dans sa main les pièces de monnaie. Un vrai repas, et dans l'atelier du peintre Zumbi qui plus est, ça comptait dans la vie d'un homme !

Assis sur son lit, Bartolomeu avait confectionné une cigarette de *maconha* et tentait distraitement d'accorder son *cavaquinho*. João, après une bouffée trop forte, expira la fumée en toussant abondamment, puis s'adressa à son ami :

– Dis-moi, mon frère, tu connais tout le monde à Rio, non ?

– Je connais des tas de gens. Et ceux que je connais pas, ils me connaissent, moi…

– Et Mme Diva ?

Zumbi cessa de pincer les cordes de son instrument et demanda, les sourcils foncés :

– La tueuse de maris ? La *bicheira* de Santo Cristo ?

– Celle-là même…

– Si on veut, oui. On peut dire que je la connais…

– Et t'en penses quoi ?

Le peintre récupéra la cigarette tout en se massant la nuque pensivement. Puis, il répondit avec un sourire de malice :

– Tu sais, petit blanc, t'as toujours plus de chance de trouver de l'eau dans l'océan qu'au milieu du Sertao…

– Qu'est-ce que tu veux dire ?

– Que ta Mme Diva, elle est *bicheira*. Et que, dans ce milieu, tu risques plus de tomber sur un coup foireux que sur une répétition de la chorale des dames patronnesses. C'est ça que je veux dire. Ces gens-là, c'est *malandro* et compagnie.

– Mais toi, t'es bien un *malandro*, non ?

Zumbi secoua la tête à plusieurs reprises, avec lassitude. Puis, il murmura :

– T'es naïf, petit Français. Moi, je fais le *malandro* avec des nippes qui me donnent l'air d'être un *malandro*. Mais j'ai rien à voir avec la pègre. Et c'est pas parce que je suis un nègre avec un costume à la mode que je suis un meurtrier ou un maquereau. Je suis un voyou de la peinture, moi. Pas un *malandro* du centre ou des favelas…

Comme João ne répondait pas, le mulâtre l'interrogea à son tour, ses gros yeux rougis fixés dans les siens :

– Qu'est-ce qu'elle te veut, ta Mme Diva ?

– Que je travaille pour elle.

– Dans le *Jogo do Bicho* ?

– Ouais. Elle m'a dit qu'il y avait beaucoup d'argent à se faire.

Bartolomeu soupira profondément. Puis, il expliqua d'une voix lente :

– Je veux pas te faire de peine, mon frère. Mais t'es pas taillé pour ça. Et si l'argent coule vite dans les poches des *bicheiros*, il tient pas aux mains. Le *Jogo do Bicho*, c'est le billet assuré pour les emmerdements…

Et il raconta, d'un ton rendu plus grave par la *maconha*, les arnaques de ce milieu, les guerres des gangs, les revendeurs indélicats que Mme Diva avait fait jeter, très récemment, dans le canal du Mangue, la tête bien lestée de plomb. Il parla aussi des usuriers, des prêteurs sur gages, de la police qui mangeait à tous les râteliers, des politiciens impliqués dans les trafics, des tueurs à gage, des mauvais payeurs à qui l'on coupait les mains, des balances à qui l'on tranchait la langue.

– Le *Jogo do Bicho*, c'est le jeu qui rend fou. Il finira par te tuer, João. Reprends ton travail en col blanc, tu feras mieux…

Échauffé par la silhouette sensuelle de Mme Diva, la longue marche sous le soleil et la fumée de la *maconha*, João balaya la dernière réplique de Zumbi d'un revers de main :

– Aujourd'hui, je suis rien. Moins que rien. Avec cette place, je peux devenir riche.

– Un mort riche, oui…

– Ça fait partie du jeu, je sais. Mais au moins, je serai respecté. Et j'aurai une automobile.

– Elle t'emportera encore plus vite au paradis…

João tira une nouvelle fois sur la cigarette. Dans la cage d'escaliers, retentissaient déjà les pas rapides de Laranjinha qui revenait, les bras chargés de nourriture. Alors, João s'approcha de Zumbi, s'accroupit devant lui et, avec une rage contenue, il grinça :

– J'ai pas réussi à être riche chez les bourgeois. Mais, fais-moi confiance, mon frère : bientôt, je deviendrai un roi chez les *malandros*…

15

Le temps fila jusqu'en novembre 1922 sans que personne n'y fît réellement attention. Il faut dire que tous les Cariocas s'étaient mis subitement à se passionner pour une crise politique qui secouait le pays dans son ensemble, jusqu'à faire vaciller la jeune république brésilienne sur ses fondements. Au Bar des Filles, l'oncle Dom Francisco en arrivait même à oublier, par instants et par instants seulement, l'épineux problème du mariage de sa fille Emivalda avec l'infect, mais si puissant, Antonio do Cedo. Dès qu'il avait achevé sa journée au ministère de l'Agriculture, Dom Francisco da Cunha sautait dans le *bonde* et remontait immédiatement à Santa Teresa pour défendre, lors d'âpres joutes oratoires improvisées, les nobles valeurs de son pays.

C'est que l'affaire était grave.

En fait, tout avait débuté au début de cette année 1922. La campagne électorale, entre les militaires du mouvement Réaction républicaine et les tenants de la politique des fazendeiros, avait été âpre, tendue. Chaque parti avait multiplié les insultes, les coups bas, les campagnes de diffamation et de désinformation, sans parler des rumeurs malsaines visant à salir l'honneur des candidats en lice et de leurs proches. Ainsi, les militaires traitaient leurs adversaires d'affameurs du peuple tout en les accusant d'avoir bradé la nation à des puissances étrangères. Les fazendeiros, eux, répliquaient et écrivaient dans les journaux qu'ils n'avaient rien à faire avec des généraux d'opérette absolument incapables de gérer la patrie tant l'anarchie dont ils faisaient preuve dans leurs rangs était comique.

En mars 1922, les élections eurent donc lieu dans un climat délétère et ce fut Artur Bernardes, le candidat soutenu par les fazendeiros, qui fut élu, à la grande colère des militaires qui jurèrent qu'ils se vengeraient…

– Et moi, je vous dis que c'est là que les ennuis ont commencé ! railla avec amertume l'oncle Dom Francisco à l'adresse d'un groupe d'hommes occupés à disséquer à haute voix la *Revista da Semana*.

C'était un dimanche matin pluvieux et l'oncle, assis seul devant son café au Bar des Filles, venait de prendre à partie les consommateurs qui se réjouissaient à la lecture d'un article qui revenait sur cette arrivée providentielle d'Artur Bernardes aux commandes de la nation. L'un d'eux, un nommé José Costa, mulâtre propriétaire de la petite épicerie située sur le Largo dos Guimaraes, baissa son journal et répondit sèchement à l'agression :

– Docteur Da Cunha, nous sommes en démocratie et nous avons de ce fait le droit de soutenir qui nous voulons !

– Mais celui que vous soutenez est un criminel, monsieur !

– Qui est un criminel ? Notre président Bernardes ? Ou bien les militaires qui ont ruiné notre pays et veulent le reprendre par la force des armes ?

L'oncle se dressa sur ses pieds et, les bras plaqués le long du corps, la moustache frémissante, il répliqua d'une voix grave :

– Un coup d'État… Mais vous délirez complètement, mon cher monsieur ! Le gouvernement de votre pantin, élu de façon inique, tombera de lui-même en poussière !

– Alors, si vous en êtes si sûr, pourquoi vous énervez-vous donc ainsi, docteur Da Cunha ?

– Je ne m'énerve pas ! J'explique ! Il y a là une nuance, tout de même, non ?

Et, tout en bougonnant, Dom Francisco se rassit et se mit à tourner sa cuillère dans son café, de façon machinale, sans cesser de jeter des regards noirs à l'autre bout de la salle.

Alors que tout aurait dû rentrer dans l'ordre après les élections, le climat politique et social se dégrada à nouveau de façon dramatique. Artur Bernardes, autoritaire et vindicatif, trop heureux du sort que les urnes lui avaient réservé, continua à houspiller les militaires qui, de leur côté, déclaraient encore de façon publique que les résultats du vote avaient été truqués. Parmi ces soldats, une poignée de lieutenants idéalistes fomenta un coup d'État dans le plus grand secret. Celui-ci eut lieu le 5 juillet 1922. À une heure du matin, le fortin de Copacabana donna le signal de l'insurrection par un coup de canon. Ce fut le seul à retentir dans la nuit. Les autres fortins refusèrent au dernier moment de s'allier à cette révolte. Le fort de Copacabana, qui renfermait trois cent un soldats, fut aussitôt encerclé par les quatre mille représentants des forces loyalistes. Sur les trois cent un soldats, presque la majorité se rendirent dès que le soleil se leva. Ils ne restèrent donc plus que vingt-huit. Vingt-huit exaltés qui découpèrent un drapeau du Brésil en vingt-huit bouts d'étoffe qu'ils se distribuèrent et qui sortirent, l'arme au poing. La lente Marche de la mort, comme on la baptisa par la suite, commença. Les soldats avancèrent au pas en direction du palais du gouvernement, encadrés par ces milliers de militaires qui ne savaient, à dire vrai, trop quoi faire. Un à un, les lieutenants de cette révolte digne de Don Quichotte tombèrent sous les balles et Artur Bernardes sortit en vainqueur impopulaire, mais redouté, de toute cette aventure.

Soudain, Zé Passista, le cocu magnifique, sauta du *bonde* et entra en bourrasque dans le Bar des Filles. Bien que parfaitement remis de sa cuite de la veille, son visage était congestionné par l'émotion et, dès qu'il put s'accrocher à la barre du comptoir, il tira de sa veste l'exemplaire du jour du *Correio da Manha*. En tremblant, il ouvrit le quotidien à bout de bras et, sans précaution oratoire, il lut avec gravité un article signé du président de la république, Artur Bernardes. Dans le bar, tout le monde se tut instantanément et écouta la lecture au milieu d'un silence religieux, y compris l'oncle Dom Francisco, bien que l'auteur de ce papier fût considéré par lui comme l'ennemi numéro un de la nation.

En recevant son titre de président de la République fédérale du Brésil de façon officielle, en ce mois de novembre 1922, Artur Bernardes n'y allait pas de main morte. Afin de remettre de l'ordre dans son pays en état de siège, il venait de décider le maintien de la suspension des garanties constitutionnelles, mais aussi de ne pas offrir l'amnistie aux rebelles du fortin de Copacabana qui, pourtant, s'étaient rendus sans coup férir.

L'oncle devint blême tandis que Zé Passista poursuivait sa lecture.

Artur Bernardes, pour éviter tout nouveau trouble populaire, décidait également d'établir la censure de la presse et, afin d'éliminer tous ses adversaires déclarés, il décrétait une intervention fédérale dans les quatre grandes villes favorables à la Réaction républicaine : Rio de Janeiro, Bahia, Rio Grande do Sul et Pernambuco...

Quand Zé Passista reposa le journal sur le comptoir, on aurait pu entendre une mouche voler dans le Bar des Filles. Les fazendeiros venaient de figer le pays entier en l'écrasant sous des mesures dictatoriales. Il n'y aurait plus, désormais, ni liberté de penser ni liberté de la presse. Dans le camp de José Costa, l'épicier du Largo dos Guimaraes, on baissa la tête. Artur Bernardes venait d'aller trop loin, trop vite. Drapé dans sa dignité, Dom Francisco da Cunha se dirigea vers la porte de sortie et tous ses détracteurs, les yeux au sol, s'écartèrent sur son passage.

Pourtant, lorsqu'il traversa la rue pour rentrer chez lui, l'oncle n'eut pas plus le temps de se remettre de ses émotions que de suspendre son canotier à la patère du portemanteau. Déjà, la voix d'Emivalda se mettait à crier, du haut de la volée d'escaliers :

– Père ! Jamais, vous m'entendez ? Jamais, je n'épouserai cet Antonio do Cedo ! Même si je dois me tuer de mes propres mains pour empêcher ce mariage !

Durant cette période troublée, João Domar commença à espacer de plus en plus ses séjours chez l'oncle Dom Francisco. D'abord, parce que sa nouvelle activité, sous les ordres de la *bicheira* Mme Diva, l'occupait à temps plein. Pour elle, il courait toute la journée d'un revendeur à l'autre, récoltant l'argent du *Jogo do Bicho,* laissant au revendeur la part qui lui revenait, notant tout dans un carnet, faisant chaque soir un point complet de la situation, déduisant son pourcentage et reversant enfin la plus grosse part des paris à la séduisante et mystérieuse Mme Diva.

L'autre raison qui le tenait éloigné du Largo das Neves s'expliquait par le fait que les suppliques d'Emivalda avaient fini par l'exaspérer. Celle-ci, affolée par l'idée de ses noces dont la date avait été fixée en février, juste avant le carnaval, houspillait João dès que celui-ci mettait un pas dans la maison. Elle ne lui parlait plus que de fuites impossibles à l'autre bout du monde, de suicides, d'assassinats, de morts atroces qu'elle réserverait à Antonio do Cedo si João laissait son oncle accomplir ce mariage, maudit entre tous. Elle avait quasiment arrêté de se nourrir, ne riait plus, ne lisait plus, passait ses journées seule, à pleurer ou à arpenter, hagarde et en chemise de nuit, sa chambre, guettant avec horreur par la fenêtre l'arrivée d'Antonio qui venait maintenant la visiter une fois par semaine, ou bien espérant follement voir déboucher son João de l'une des ruelles, avec ou sans son automobile, mais bien décidé à l'enlever de cette tour d'ivoire où elle ruminait son malheur.

Mais João ne venait plus que rarement, et toujours tard dans la nuit. Lorsqu'il faisait relâche sur la place de Largo das Neves, il faisait l'amour à Emivalda et il repartait aussitôt, bien avant que le soleil ne se lève, pour échapper à ses supplications.

Un soir de ce mois de novembre, une sombre querelle éclata entre l'oncle Dom Francisco et João. Dans la salle à manger, la vieille Dida servait le pot-au-feu fumant à l'aide d'une grosse louche tandis que Dom Francisco da Cunha, la bouche déjà pleine, monologuait, comme à son habitude, expliquant à sa femme et sa fille les derniers soubresauts de la politique nationale. Soudain, João apparut dans la pièce, un bouquet de fleurs à la main. Passablement éméché, le visage fendu d'un sourire statique, empestant le parfum des cocottes, il pénétra dans le salon et déposa son bouquet entre les bras de la tante Otàlia, tout en s'exclamant :

– Voilà le plus beau bouquet de Rio pour la plus belle fleur de la ville !

L'oncle manqua s'étrangler avec une pièce de veau recuit tandis que, pour la première fois depuis des semaines, Emivalda retrouvait son rire clair. Otàlia, pour sa part, baissa pudiquement les yeux et la vieille Dida, prévoyant les foudres de son patron, déguerpit en vitesse en direction de la cuisine. Effectivement, l'oncle, la serviette blanche attachée autour de son cou gras, se leva de sa chaise et explosa aussitôt :

– João ! Un docteur ne se comporte pas ainsi avec une femme ! Même lorsque celle-ci se trouve être sa tante ! Explique-moi immédiatement ce que signifient ces simagrées de jeune godelureau !

Sous la lampe à suspension, João tira une chaise et s'installa à table, sans cesser de sourire, pendant que l'oncle, toujours sur ses ergots, martelait :

– J'attends, jeune homme ! J'attends ! J'attends et j'exige des explications sur-le-champ !

João se fit mousser un verre de bière, reposa la bouteille et alluma posément une cigarette. Puis, il se renversa sur sa chaise et croisa ses jambes dans la plus confortable des positions. Face à lui, les moustaches en bataille, l'oncle répéta encore, l'œil menaçant :

– Eh bien ? J'attends tes explications…

– Mes explications sur quoi, docteur Da Cunha ?

– Mais sur tout ! Sur ton arrivée en fanfare, sur ces fleurs, sur ta tenue vestimentaire inqualifiable…

– Je ne vous plais pas ? Avec ce costume, je suis pourtant du dernier chic…

Depuis qu'il encaissait les paris, João s'était en effet coulé avec un mimétisme stupéfiant dans la peau du *malandro* qu'il était en train de devenir. Avec son chapeau à large bord, ses souliers triple semelles et ses talons ferrés, il donnait l'impression d'avoir subitement grandi de quinze centimètres. Son costume blanc à long veston et aux pantalons rétrécis aux chevilles, son foulard autour de son cou, sa cravate noire et sa démarche chaloupée jusqu'à l'exagération achevaient de le classer, au premier coup d'œil, dans la catégorie des mauvais garçons.

– Passons pour ta tenue… De toute façon, nous vivons dans un monde qui va à vau-l'eau ! Et puisque les femmes parlent maintenant de réclamer le droit de vote, pourquoi n'aurais-tu pas le droit de t'habiller en clown ?

Pour toute réponse, João sortit son cran d'arrêt, l'ouvrit d'un mouvement sec du poignet et commença à tailler en pointe le bout d'une allumette. Face au couteau, l'oncle marqua un temps d'arrêt. Il ôta alors sa serviette et se rassit, face à son neveu. Puis, plus posément, il l'interrogea :

– Alors, João ? Réponds à ton oncle. Tu peux te confier à moi comme si j'étais ton propre père…

– Que voulez-vous savoir ?

Avec une mimique d'impuissance navrée, Dom Francisco s'expliqua :

– Cela fait des mois que tu as pratiquement déserté la maison. Et depuis que tu ne travailles plus chez le docteur Da Silva Costa, les gens commencent à jaser dans mon dos, à raconter des histoires sur toi et tes nouvelles activités…

– Et qu'est-ce qu'ils disent ?

Emivalda leva le nez de son assiette et, avec un sourire amusé, elle prononça ces mots, à la façon d'une enfant qui ose dire une énormité :

– Ils disent que tu travailles dans le *Jogo do Bicho*…

De l'autre côté de la mince cloison, l'oreille collée au plâtre pour ne rien perdre de la conversation, la vieille Dida se signa brusquement en entendant ces trois mots.

– Et alors ? Qu'est-ce que ça peut bien leur faire, à tous ces ânes sans queue ? répondit João sans se départir de son sourire. Oui, mes affaires ont quelque chose à voir avec le *Jogo do Bicho* !

L'oncle se leva précipitamment pour fermer la porte-fenêtre donnant sur la place. Puis, il revint s'asseoir et, presque à voix basse, il sermonna son neveu :

– Doucement, mon garçon ! Nous sommes une famille honorablement connue, à Santa Teresa, même si nous sommes mis au ban de la bonne société car nous affichons

nos sympathies pour la Réaction républicaine. Mais toi…
Jamais, je n'aurais cru que tous ces ragots disaient vrai…

– Que voulez-vous ? Mais ne vous désespérez pas trop, mon oncle : je ne suis pas un vulgaire revendeur de billets, moi !

Emivalda, les yeux luisants d'admiration, ne put alors s'empêcher de questionner :

– C'est vrai, João ? Qu'est-ce que tu es, alors ?

João cala son allumette au coin de ses lèvres et répondit avec une fierté non feinte :

– Je suis un *bicheiro*, belle cousine…

En se signant une nouvelle fois, à plusieurs reprises, la vieille Dida murmura pour elle-même :

– Dieu nous préserve. C'est le diable qui est entré dans la maison…

Autour de la table, sous le visage torturé du Christ cloué en croix sur le mur, l'oncle repoussa dans le silence son assiette devant lui et déclara de manière sentencieuse :

– João, tu vas immédiatement arrêter tes activités coupables et reprendre un emploi honnête.

– Et c'est quoi, un emploi honnête ?

– Ce que tu faisais dans le cabinet du docteur Da Silva Costa.

João lâcha avec un rire amer :

– Pour ce que ça m'a rapporté…

– Tu vas m'obéir, mon fils. C'est pour ton bien. Et dis-toi que, dans la vie, les choses n'arrivent pas toutes seules, en claquant des doigts. Je suis persuadé que si tu…

La lame du cran d'arrêt claqua soudain entre les doigts de João, avec un bruit sec de guillotine. Cette fois encore, Dom Francisco da Cunha se tut immédiatement et son neveu s'expliqua avec fermeté :

– Je ne travaillerai plus dans un bureau. Je ne serai plus jamais un col blanc, vous m'entendez ? Est-ce que vous m'imaginez, moi, enfermé entre quatre murs jusqu'à la fin de ma vie, sans jamais voir le soleil ? Et tout ça pour gagner un salaire de misère ? Mais je suis taillé pour autre chose, moi ! J'ai des rêves de grandeur !

Emivalda tenta faiblement de protester :

– Mais João, il paraît que c'est dangereux, ce milieu du *Jogo do Bicho*. Tu pourrais prendre un mauvais coup…

– Et alors ? Tu penses que j'ai envie de vivre ma vie petit bout par petit bout ? Je veux vivre fort ! Je veux vivre vite ! Et tant pis pour les risques. Je veux sentir le vent du danger à chaque seconde du jour et de la nuit ! Je veux les prendre, ces risques, et gagner de l'argent pour pouvoir m'acheter ce que je veux et quand je le veux ! Bientôt, je t'emmènerai au Jockey Club et je peux déjà te jurer que tu y seras reçue comme une reine !

Emivalda se sentit rosir de plaisir. Elle qui ne savait rien de la vraie vie, elle que son père serrait jalousement dans sa chambre du morne de Santa Teresa, voilà qu'elle se retrouvait avec un amoureux, un amant qui venait de France, qui était devenu *bicheiro* et qui allait l'inviter dans le lieu le plus chic de tout Rio de Janeiro ! Alors qu'elle choisissait déjà en pensée la tenue qu'elle porterait ce jour béni, l'oncle maugréa :

– Et l'honnêteté dans tout ça ?

João se leva de table et, tout en se servant un grand verre de *cachaça*, il demanda d'une voix distraite :

– L'honnêteté ? Quelle honnêteté ?

– Mais le *Jogo do Bicho* est quand même bien interdit par la police, non ?

– Aucune importance. Tous les policiers, et jusqu'à des inspecteurs, nous mangent dans la main.

– Quoi ?

– C'est comme je vous le dis, mon oncle. Et ils touchent gros. De toute façon, tout le monde a intérêt que le *Jogo* continue à fonctionner. Pendant que les pauvres croient au paradis, tous les politiciens du Catete peuvent manger la confiture du peuple sans se salir les doigts…

Sur ce, il avala cul sec son verre, sans grimacer. La pendulette du salon sonna onze heures avec des tintements cristallins. Comme João saisissait déjà son chapeau, Dom Francisco objecta encore :

– Et la morale ? Tu en fais quoi de la morale ?

– La morale… Ça vous va bien de me parler de morale

quand on sait que vous voulez marier Emivalda uniquement pour des questions d'argent.

– Je ne te permets pas !

– Et de toute façon, tout le monde joue au *Jogo* ! Même vous, vous jouez ! Et ne vous avisez pas de dire le contraire. Le gros Vivaldo, celui qui tient le *lanchonete* dans la rue Do Oriente, me l'a dit.

– Mais moi, ce n'est pas pareil ! Je ne joue que pour m'amuser…

À cet instant, João tira de sa poche intérieure de costume une épaisse liasse de billets et la posa sur la table, à côté de l'assiette de choux figé dans sa sauce. Il fixa l'oncle dans les yeux et énonça alors froidement :

– Vous, c'est pour jouer. Moi, c'est pour vivre. Avec mon activité, comme vous dites, je gagne en quinze jours ce que je gagnerais en un an…

Une main sur la poitrine, Dom Francisco da Cunha se récria :

– Je ne veux pas d'argent sale chez moi !

– Je vous connais, vous prendrez ces billets. Et rassurez-vous : cet argent n'est pas plus sale qu'un autre. Ce soir, j'étais venu apporter ces billets et ces fleurs pour vous remercier de tout ce que vous avez fait pour moi…

Dans le silence, il quitta la pièce. Surprise par ce brusque départ, Dida n'eut pas le temps de regagner sa cuisine et, lorsqu'il la croisa dans le couloir, João lui glissa dans la main une enveloppe contenant quelques billets. Puis, avec un clin d'œil amical, il lui murmura :

– *Sarava*, Bambara…

Alors, le visage parcheminé de la vieille Dida se fendit d'un sourire. Le premier qu'elle adressait à João depuis qu'il avait élu domicile à Santa Teresa. Il l'avait appelée Bambara. Il savait donc tout de sa tragédie. Et il n'avait rien dit, ni à l'oncle, ni à Emivalda.

Comme par un fait exprès, plus la santé économique du Brésil s'affaiblissait, plus les affaires de João prospéraient. Très vite, ses gains touchés sur les paris qu'il contrôlait lui avaient permis de disposer, comme cela était le cas avec le « mec » Laranjinha, de sept costumes, de plusieurs chemises ainsi que tout un lot de chaussures qu'il se faisait faire sur mesure chez un vieil immigrant italien, dans le quartier de la Saude. Il recouvrit à nouveau son épaisse tignasse de brillantine fixante et, s'il buvait toujours autant, il pouvait se permettre désormais d'acheter les meilleures *cachaças* dans les épiceries fines. Ce n'était pas encore l'opulence, mais João ne désespérait pas acquérir un jour tous les signes extérieurs de richesse, ceux qui faisaient de vous un homme, un notable qu'on respecte. Il désirait toujours son automobile, bien entendu, mais il rêvait aussi d'autres choses, telles qu'un poste de radio, un gros diamant qu'il porterait à l'annulaire, une motocyclette et, plus tard, pourquoi pas, une maison tout au bord de l'océan, dans un endroit sauvage et déserté, quelque part entre São Conrado et Leblon.

En attendant, il avait pris une chambre à l'hôtel de la Couronne, rue Do Pinto, à une centaine de mètres de la maison de Mme Diva. Tous les matins, Laranjinha venait le chercher, vêtu de costumes tous plus inconcevables les uns que les autres, et la journée pouvait commencer. En quelques semaines, João rencontra des milliers de personnes, dans des centaines de rues différentes, piloté par un Laranjinha fier comme un roi de pouvoir initier son nouvel ami et patron aux arnaques et aux ficelles du *Jogo do Bicho*. Cette aide lui fut indispensable car João ne connaissait de cette loterie que ce que Mme Diva lui avait raconté, un soir après qu'il lui eut rendu les comptes de la journée.

Tout avait commencé avec le baron João Batista Viana Drumond, à la fin du siècle précédent. Cet humaniste, grand amateur de flore et plus encore de faune, avait bâti sur ses propres deniers et sur ses terrains de Vila Isabel, le premier parc zoologique du pays. Comme la mode était à la science et au savoir, le gouvernement impérial eut tôt fait de lui verser une subvention annuelle de dix millions de reis, afin que le baron puisse acquérir des animaux issus de toutes les contrées du globe. Hélas, avec l'avènement de la république, en 1889, l'aide avait été interrompue *sine die*. Le parc zoologique se mit à péricliter et il aurait sans aucun doute fermé ses portes si un certain Manuel Ismael Zevada n'avait pas croisé la route du baron désargenté. L'arrivée providentielle de ce Mexicain sauva l'entreprise d'une manière inattendue. En effet, Zevada avait imaginé, pour son propre compte, une loterie où les joueurs devaient parier sur des figurines représentant des espèces de fleurs différentes. Ce jeu n'avait pas trouvé preneur et le Mexicain, après que le baron Drumond lui eut un jour confié son désarroi, eut alors l'idée d'adapter son jeu aux locataires du parc zoologique. Désormais, les parieurs miseraient sur des figurines animales : chaque visiteur du parc recevrait, avec son ticket d'entrée, un billet de participation à la loterie du jour. Il aurait le choix entre vingt-cinq animaux et les lauréats gagneraient, en monnaie sonnante et trébuchante, vingt fois le montant du billet d'entrée.

En désespoir de cause, car la faillite menaçait, le baron Drumond accepta de mettre ce jeu en place. Bien lui en prit. En quelques jours, toute la ville accourut au parc zoologique et succomba au charme de cette loterie d'un nouveau genre. En un seul dimanche, le baron João Batista Viana Drumond rafla plus de quatre-vingts millions de reis… Face à cette affluence, il fut même obligé de multiplier le nombre de guichetiers par quatre.

Comme toutes les activités qui génèrent de l'argent facile, le *Jogo do Bicho* intéressa rapidement les *malandros* des favelas et du centre. Chacun voulut s'emparer de l'idée pour en faire une loterie ouverte à tous, et non plus aux seuls visiteurs du parc. Les guerres de gangs firent rage rapidement, et le gouvernement eut beau déclarer ce jeu hors la loi, cela n'empêcha pas le peuple de parier chaque jour un peu plus, avec une frénésie proche de la démence.

Voilà ce que João Domar apprit de Mme Diva, un soir où elle était en veine de discussion. Laranjinha, pour sa part, l'entraîna loin de l'histoire, sur le terrain même du *Jogo do Bicho*, dans la rue. João connut très rapidement tous ses revendeurs, qu'il coucha avec méthode dans un carnet avec, en face de chaque nom, tous les renseignements qu'il pouvait glaner sur leur compte. Ces revendeurs à la sauvette, presque tous plus vieux que lui, n'étaient pas de la mauvaise engeance. Avec l'instabilité économique qui s'était installée dans le pays, il y avait un peu de tout : des paysans sans terre, des fonctionnaires au chômage, des artisans ruinés, des militaires à la retraite, des instituteurs sans solde depuis des mois, des marins fatigués de naviguer, des débardeurs sans embauche, des camelots sans marchandise, des veuves, des estropiés, bref, toute une faune qui, plutôt que de mendier pour des nèfles, préférait arpenter les rues pour placer des billets de *Jogo*.

Les revendeurs sédentaires, eux, avaient pignon sur rue. À l'image du gros Vivaldo de la rue do Oriente, ils tenaient un *lanchonete*, un bar, voire un kiosque à journaux. Et ils avaient leurs habitués. Ces inconditionnels du *Jogo do Bicho* arrivaient souvent à la première heure et pariaient tout l'argent qu'ils avaient, quitte à ne pas manger et à affamer leurs enfants. Leur passion pour la loterie aux animaux était la plus forte. Quand ils n'avaient plus rien à parier, ils empruntaient, se couvraient de dettes, vendaient à l'occasion leurs filles ou leurs femmes pour rembourser les prêteurs sur gages. Et leur vie cahotait ainsi, jusqu'à la mort, naturelle, par suicide ou biffée d'un coup de couteau pour un terme non réglé.

D'autres parieurs n'arrivaient que dans l'après-midi, après être allé prier des heures dans une église ou bien après avoir rendu visite à leurs Père ou Mère de saints. Pour choisir le bon animal, on se refilait aussi des conseils, avec des mines entendues :

– Va voir la vieille Maria, celle qui habite seule sur la route Dona Marta, vers le Corcovado : elle sait lire dans le vol des *urubus* !

– Moi, je te conseille plutôt de faire le vide dans ta tête. Et tu laisses monter des chansons dans ton esprit. Y a plein d'animaux, dans les chansons. Tu peux pas perdre…

– Y a aussi dona Rosa, la petite fille qui pleure des bouts de verre sans saigner. C'est une sainte. Il paraît qu'elle en a déjà fait gagner beaucoup !

– Et les entrailles de coqs noirs ? Tu sais qui peut les lire ?

Un jour, João assista même à une scène étonnante. Il relevait les comptes chez le père Travassos, dans le quartier de Catumbi, quand une très vieille femme, toute vêtue de noir, s'approcha à pas rapides du kiosque à journaux. Elle geignait et souriait en même temps, de toute sa bouche édentée, les cheveux blancs en pétard sur son crâne de moineau. Le père Travassos la reçut avec amabilité et lui tendit même un mouchoir presque propre. Pendant que la vieille séchait ses larmes, il lui demanda :

– Vous pleurez et vous riez en même temps, ma sœur ? Mais c'est le soleil en pleine nuit, alors ! Qu'est-ce qu'il vous arrive ?

La vieille renifla un grand coup, puis répondit d'une petite voix chevrotante :

– Je viens pour jouer le singe, monsieur Travassos…

– Et c'est ça qui vous met dans cet état ?

– Oui, monsieur Travassos. J'ai enterré mon mari hier et je n'ai plus personne pour veiller sur moi. Alors, je viens miser tout ce qu'il me reste d'économie sur le singe…

– Mais pourquoi le singe ?

Le visage rayonnant, la vieille renifla encore un grand coup et expliqua :

– Parce que, sur ce coup-ci, je suis sûre que je vais gagner. Ça peut pas être autrement, ou alors y a pas de bon Dieu. Figurez-vous que, après l'enterrement, quand tout le monde a été parti, je me suis retrouvée seule, avec la facture du fossoyeur sur la table. Je l'ai lue. Alors, j'ai eu l'idée de remplacer les chiffres du numéro du cercueil de mon mari par des lettres. Le un pour la A, le deux pour le B, et ainsi de suite…

– Et alors ?

En déposant son argent sur la banque du kiosque, elle conclut :

– Alors, les lettres, pour peu qu'on les mélange un peu, forment presque le mot *singe*. Alors, je parie tout sur le singe !

Ce fut donc avec l'argent de ces joueurs que João Domar entama sa deuxième existence dans la ville de Rio de Janeiro. De la même façon qu'il avait menti sans scrupule dans sa première vie en col blanc, il ratissa tout ce qu'il put dans la seconde, sans même jamais être effleuré par le moindre sentiment de culpabilité.

16

Le mois de décembre 1922 tomba de toute sa masse sur la capitale du pays. Une canicule telle que les Cariocas n'en avait plus connu depuis longtemps figea la ville dans son animation. Bien sûr, on continuait toujours à bâtir et à construire le nouveau Rio sur les cendres des maisons coloniales. On asséchait et on remodelait les rivages de Copacabana et d'Ipanema dans l'espoir de voir un jour s'élever des buildings à l'image de ceux qui existaient, disait-on, aux États-Unis d'Amérique. Mais chaque coup de masse visant à détruire, chaque pelletée de ciment destinée à créer une cité neuve se faisaient plus pénibles, dans un ralenti douloureux.

À dix heures du matin, on étouffait. À midi, les corps dégoulinaient de sueur. À seize heures, les évanouissements se multipliaient à travers la ville. Le soulagement n'arrivait que vers dix-neuf heures, quand les premiers nuages parvenaient à passer par-dessus les mornes, à la faveur d'une brise bouillante. Épuisés, gris d'argent, bas à s'écorcher sur la pointe du Corcovado, ils arrêtaient leur course dès qu'ils atteignaient les plages. Là, leur ventre tendu se craquelait alors de brefs éclairs bleu et jaune, et le tonnerre claquait dans un vacarme de tremblement de terre. À cet instant, chacun s'immobilisait, le corps électrisé, tous les sens en alerte, espérant les premières gouttes annonciatrices des torrents de pluie, chaude d'abord, puis d'une fraîcheur de cascade sauvage.

Le premier jour de la canicule, João se retrouva, une fois son ouvrage achevé, chez Mme Diva. La journée avait été bonne. Même si des rumeurs de coups d'État continuaient à circuler avec une insistance croissante, Noël approchait à grands pas, et avec lui son cortège de festivités, de repas qu'il faudrait préparer, de friandises et de cadeaux à acheter, sans parler des tenues que l'on porterait au soir du 31 décembre. Pour célébrer cette nouvelle année, chacun devrait se parer de vêtements d'un blanc immaculé, de la tête aux pieds, pour réussir une entrée propre dans la nouvelle année 1923. Tout cela coûterait cher et l'espoir de décrocher le gros lot au *Jogo do Bicho* attirait chaque jour de nouveaux parieurs.

Comme à son habitude, Mme Diva se reposait sur son canapé mais elle n'était vêtue, cet après-midi-là, que d'un jupon léger et d'un corsage dégrafé jusqu'au milieu de la poitrine. La chaleur moite permettait des impudeurs qui auraient été impensables sous d'autres latitudes. Quand João, après l'avoir saluée, s'installa à la table basse, Mme Diva se leva et se dirigea avec sa grâce naturelle à l'autre bout de la pièce. Puis, passant la tête entre les rideaux d'un bleu de Prusse, elle murmura :

– Ce sera bientôt l'heure de la pluie…

Elle fit alors coulisser le tissu sur la tringle avec un bruit feutré et les rayons du soleil transpercèrent subitement la fine cotonnade du jupon. João, qui n'avait rien manqué de la marche élastique, du mouvement élégant du bras ni de l'âpreté mielleuse avec laquelle Mme Diva avait prononcé ces mots, sentit un frisson de plaisir envahir tout son être. Outre une brise d'air chargée d'humidité qui caressa sa peau moite, il eut soudain le spectacle de cette femme lui tournant encore le dos, les bras levés, les mains posées sur les boiseries de la fenêtre grande ouverte, les cuisses écartées dont la lumière sculptait avec précision le moindre détail. Alors, elle se retourna et avança vers lui, les cheveux dénoués dans le soleil, les reins cambrés, la peau noire de ses bras brillant de sueur, tandis que ses fins vêtements, par endroits, se plaquaient à son corps.

Avec un sourire amusé, elle se réinstalla sur le canapé et questionna João :

– Dis-moi pourquoi, jeune *bicheiro*, tu as l'air si triste depuis quelque temps ?

– Je ne suis pas triste, madame. C'est la faute du temps, je suppose…

– Tu as des mauvais payeurs ? Laranjinha fait des siennes ?

– Pas du tout, tout va très bien…

En allumant une cigarette, elle l'interrogea à nouveau :

– Alors, c'est une histoire de femme… Je me trompe ?

Non, elle ne se trompait pas. D'ailleurs, Mme Diva ne se trompait jamais, sachant lire à l'intérieur des gens comme dans un livre ouvert, détectant les failles comme les aspérités, les nœuds comme les sentiments. Pour cette raison, mais aussi parce qu'elle était sa supérieure, João n'avait jamais essayé de l'embrasser ni même de la séduire. Devant elle, il restait pétrifié de désirs et de peurs inexplicables.

– Alors, jeune Français ? reprit-elle doucement. Quelle est la femme qui te met dans un état semblable ?

João reposa son carnet sur la table basse et se sentit rougir. Il était comme un enfant face à cette femme épanouie, de quinze ans son aînée. Elle se pencha vers lui et lui caressa la joue du bout des doigts, tout en chuchotant :

– Eh bien ? Tu sais que tu peux tout me dire…

À cet instant, la pièce s'obscurcit brutalement, un premier coup de tonnerre fit trembler les murs et le vent se cassa net, abandonnant les rideaux bleus à une fixité inquiétante. João attendit que Mme Diva se soit assise à nouveau, puis expliqua :

– C'est ma cousine Emivalda, madame… Mon oncle veut absolument qu'elle épouse le fils d'un riche fazendeiro.

– Et alors ?

– Elle ne veut pas. Elle dit qu'elle préfère se suicider plutôt que de l'épouser.

– Et toi ? Tu es amoureux de ta cousine Emivalda ?

João prit un air surpris et répondit :

– Moi ? Non ! Mais je suis ennuyé pour elle, c'est tout…

Avec un petit gloussement de gorge, Mme Diva ajouta alors, sur un ton de gentille réprobation :

– Je suis contente que tu ne sois pas amoureux d'elle, João. Car je suis très jalouse, sais-tu ?

Un nouveau grondement de tonnerre, profond et prolongé cette fois, fit tressaillir la voûte du ciel. Instantanément, la pénombre se renforça et se chargea de fraîcheur. Avec sa voix rauque, Mme Diva ronronna alors :

– Et je ne veux pas que mon João Domar soit malheureux à cause de sa cousine…

Elle avait mis dans ce dernier mot une note de mépris qui enchanta le jeune homme. Tandis qu'il se félicitait de cette marque d'attachement, elle enchaîna sur un ton plus froid :

– Je vais te donner une adresse et tu iras de ma part. C'est celle d'une prêtresse de la *Quimbanda*.

– Pardon ?

– *Quimbanda*. C'est une religion africaine. Tu iras voir celle qu'on appelle la Tigresse noire. Elle te fera le travail.

– Mais ma tante a déjà essayé ça avec une femme de Santa Teresa, près du cimetière…

Mme Diva répliqua avec mépris :

– Je la connais. C'est une Mère de saints du *Candomblé*. Pour jeter un sort, ça ne convient pas. Il faut quelque chose de plus fort.

– Pourquoi ?

Les yeux de Mme Diva brillèrent soudain avec intensité dans la lumière vacillante. Elle expliqua à voix très basse :

– Le *Candomblé*, c'est la force positive. Mais toi, pour ton affaire, tu as besoin de la *Quimbanda*. La Tigresse noire travaille de la main gauche, la main qui prend l'argent pour jeter les mauvais sorts et fermer les chemins et les portes. Elle sait rendre malade et tuer en implorant les esprits. Une seule séance lui suffira pour casser ce projet de mariage…

Alors, elle se leva et marcha jusqu'à la commode, où elle griffonna une adresse sur une feuille de papier blanc. Puis, toujours de son pas de féline, elle revint vers João et lui tendit le papier, avec un sourire mystérieux sur les lèvres :

– Avec ça, mon petit *bicheiro* retrouvera son joli sourire…
Mais, surtout, ne fais pas ça toi-même. Demande à quelqu'un
de payer la Tigresse noire.

– Pourquoi ?

– À cause du choc en retour, petit Français. Le choc en
retour…

À cet instant, la foudre tomba si près que toute la pièce
fut illuminée d'une lueur bleue et acide. Une seconde après,
la maison trembla sur ses fondements quand le tonnerre fit
battre ses tambours de toute sa puissance. Mme Diva, électrisée et frémissante, saisit brusquement João par la main et
le tira en courant derrière elle jusqu'à l'autre extrémité de la
pièce, là où se situait le petit patio à ciel ouvert.

Alors le ciel se fendit en deux et la pluie se mit à
tomber, brutale, violente, d'une fraîcheur de glace, asper-
geant chaque être et chaque chose comme si elle voulait les
laver des impuretés de la vie. Mme Diva, trempée, les yeux
au ciel, comme nue sous ses vêtements maintenant transpa-
rents, laissa éclater un rire de démence tandis que la foudre
continuait à semer ses gouttes de feu plus loin, déjà vers le
quartier de la Gamboa.

Il ne fallut pas longtemps à João pour convaincre sa
tante Otàlia d'aller rendre visite à la Tigresse noire. Il lui
en parla le lendemain de cette soirée d'orage et rendez-
vous fut pris pour le vendredi soir. Il faut dire que, dans
un brusque accès d'autorité, l'oncle Dom Francisco avait
tranché : le mariage se ferait le 24 février, qu'on le veuille
ou non. Il était le chef de famille et il entendait que sa
décision soit respectée. Tant pis pour les cris et les lamen-
tations. Antonio do Cedo était un parti inespéré pour sa
fille Emivalda et elle le remercierait plus tard d'avoir pris
cette décision dans son intérêt. Ce disant, il avait enfermé
la jeune fille à double tour dans sa chambre et gardé la clé
dans la poche de son costume. Pas plus la vieille Dida que
la tante Otàlia n'avait pu faire quoi que ce soit pour inflé-
chir Dom Francisco da Cunha. Emivalda avait eu beau
hurler, se casser les poings contre la porte, supplier, pleurer,

se tordre les mains, se rouler sur le sol et s'arracher les cheveux à pleines poignées, l'oncle n'avait qu'une parole. Qu'on se le dise. Depuis trois jours, il apportait donc, matin et soir, un plateau chargé de nourriture à sa fille et repartait avec le plateau précédent auquel Emivalda n'avait pas ôté une miette.

– Ce sont ces histoires de politique qui l'ont rendu fou, maugréa Otàlia, l'œil noir. Il dit partout qu'il va y avoir un coup d'État et que c'est maintenant qu'il faut choisir son camp. Il ne met même plus les pieds au Bar des Filles. C'est toute cette politique qui lui a cassé les nerfs. Mais dans le fond, ce n'est pas un mauvais homme...

Dans la nuit noire chargée des lourds parfums des palétuviers, des cèdres, des palmiers, manguiers, bambous et autres caféiers, Otàlia cheminait lentement, par un sentier muletier, le visage fermé. À ses côtés, João avançait d'un pas plus léger sur la pente du morne Dos Prazeres, inquiet seulement de savoir si ses chaussures de cuir fin allaient tenir bon dans ces chemins traîtres, où les lianes rampaient comme des serpents et où la pluie avait assoupli la terre grasse et menaçait à chaque instant de glisser par plaques entières.

La tante Otàlia reprit, à voix plus basse cette fois :

– Et ce carnaval ? D'où le sors-tu donc ?

Devant eux, Laranjinha grimpait sans la moindre difficulté en sifflotant un samba entendu la veille, dans l'arrière-cour du Bar de la Tentation. Il portait à bout de bras une lampe à pétrole et, sur sa tête, un canotier deux fois trop grand pour lui le couvrait jusqu'aux sourcils. Sur le côté, un havresac de toile beige battait sur sa hanche droite à chacune de ses enjambées.

– C'est un bon petit, ma tante. Et il m'aide bien, dans mes affaires.

– Ce n'est quand même pas une raison pour s'habiller comme un paillasse !

– En tout cas, c'est le seul qui sache où nous attend cette Tigresse noire. Ça fait déjà un moment qu'on est partis. On ne doit plus être très loin, maintenant...

La prêtresse de la *Quimbanda* leur avait fixé rendez-vous

sur le morne des Plaisirs, à une heure du matin, et elle avait fourni au petit Laranjinha la liste des objets nécessaires à la réussite de l'opération.

Quelques minutes avant d'atteindre la clairière convenue, João sentit soudain sa poitrine se serrer et un brusque vertige le saisir à bras le corps. À chaque pas, son malaise se mit à croître, le poussant à la nausée et, s'il l'avait pu, il aurait fui à toutes jambes cette jungle où bruissaient une quantité infinie de créatures invisibles qu'il s'imaginait volontiers, dans la nuit de la forêt, le guettant dans les branches, au faîte des arbres, tapies dans les fourrés, recroquevillées sous les racines des arbres séculaires, prêtes à le frapper à la moindre faiblesse. Jusqu'à ce qu'ils atteignent la clairière, chaque pas fut plus pénible encore que le précédent. Sans que João parvienne à se l'expliquer clairement, ce lieu dégageait une force négative intense qui le remplissait d'un malaise profond.

Soudain, Laranjinha se retourna, sa lampe se balançant de droite et de gauche et, dans le murmure de la jungle, il cria :

– On y est, m'sieur-dame ! Et la Tigresse noire est déjà là qui vous attend…

João, le corps parcouru de frissons, le rejoignit en quelques pas et demanda, étonné :

– Comment ça ? Tu viens pas avec nous ?

Laranjinha lui répondit d'un clin d'œil canaille, releva son canotier du bout des doigts et expliqua :

– J'peux pas, Chef. J'ai rendez-vous sur le port avec une petite négresse que je vous dis que ça…

À la façon dont João le regarda, le gamin comprit que son excuse n'avait pas convaincu son ami et, les yeux à terre, il bredouilla :

– C'est pas ça, Chef… C'est juste que j'suis déjà venu plusieurs fois ici, avec Mme Diva. Et cette Tigresse, elle me flanque la pétoche à chaque fois qu'elle fait ses trucs de *Quimbanda*. J'veux bien vous emmener où vous voulez, Chef. Mais elle, j'veux pas la voir quand elle jette des sorts. Ça porte malheur…

João resta silencieux et se contenta de saisir la lampe et

le havresac contenant les offrandes. Laranjinha enfouit ses mains dans ses poches et, avant de repartir, murmura à voix basse :

– Bonne chance, Chef. Faut pas m'en vouloir, mais c'est plus fort que moi…

Lorsque le gamin disparut dans la nuit bruissante et moite, João secoua la tête en signe de dépit. Avoir peur d'une femme qui se disait sorcière, quelle idée…

Ce que João Domar vécut cette nuit-là dépassa son entendement et sa simple logique humaine. Les événements, situés dans une sphère dont il ne soupçonnait même pas l'existence, le laissèrent pantois, sans force, secoué dans son être entier par des énergies qui semblaient prendre racine dans le morne même des Plaisirs. Ainsi, après avoir franchi une dernière rangée d'arbres, il s'arrêta net, à la lisière d'une clairière incongrue dans ce fouillis inextricable que composait la jungle. Incapable de faire un pas de plus, il sentit qu'Otàlia le débarrassait de son havresac et se dirigeait résolument droit devant elle.

Face à lui, se trouvait un enclos rectangulaire bordé de flambeaux qui crépitaient dans la nuit et délimité par des rubans de couleurs rouge et noire. Au centre de ce terrain, l'ombre longiligne de la Tigresse noire, vêtue d'une robe tombant jusqu'à ses pieds, accueillit Otàlia et lui prit le sac dont elle vérifia rapidement le contenu avant de le poser à terre. Les deux femmes se parlèrent quelques secondes, à voix basse, dans cette grotte silencieuse vibrant de pulsations désaccordées. Lorsque la prêtresse de la *Quimbanda* se rapprocha de l'un de ces flambeaux, João l'aperçut furtivement. Maigre, la peau anthracite avec des reflets bleus, couverte de bijoux et de verroteries lançant des éclairs, elle portait de longs cheveux crépus et ses yeux semblaient vides, sans âme ni feu intérieur.

Alors, la *quimbandeira* quitta Otàlia et se mit soudain à tracer sur le sol vierge de toute végétation des signes à l'aide d'un bâton. Elle fit des croix, des points, des formes géométriques qui semblaient, au néophyte qu'était João, sans queue ni tête. Puis, quand elle jugea le terrain prêt, orné de scarifications et tatoué en différents endroits, elle commença à enfoncer dans la terre des objets en métal dont il ne distingua pas les formes. Elle répéta cette opération une dizaine de fois, en plusieurs endroits, dans le silence le plus absolu. Ni chant ni danse. Juste cette ombre noire qui avançait à grands pas réguliers, à la façon d'une araignée. Restée sur l'un des bords de l'enclos, la tante Otàlia vit ensuite la Tigresse noire ouvrir une cage posée sous l'une des torches et en saisir un poulet qui se débattait faiblement. La *quimbandeira* tira alors un long couteau de sa ceinture et, d'un coup sec, elle lui trancha la tête et récupéra le sang qui se mit à luire dans la lumière des flammes avant de retomber dans un grand bol de terre noir. Toujours sans précipitation, elle reposa le cadavre du poulet dans sa cage et déposa le récipient empli de sang chaud au centre de l'un des cercles qu'elle venait de tracer.

Un oiseau de nuit passa au-dessus du terrain avec des claquements d'ailes brefs et un petit cri, qui fut comme une flèche transperçant le silence.

La prêtresse, tout à ses préparatifs, ouvrit le havresac et prit un long cigare noir qu'elle alluma à l'aide d'une allumette. Puis, elle tira une bouteille de *cachaça* dont elle alla répandre le contenu autour du bol de sang. Quand elle eut nourri la terre avec le liquide, elle disposa en croix, toujours près du bol, deux cigares identiques à celui qu'elle fumait à larges bouffées régulières. Enfin, elle installa près des cigares une boîte d'allumettes neuve, dont elle prit le plus grand soin d'en faire dépasser sept unités.

Alors, il se fit dans la clairière un silence plus profond encore, à croire que même les arbres cessaient de bruisser et retenaient leur souffle, par respect ou par crainte. La Tigresse noire, au milieu du terrain, leva les bras au-dessus de sa tête, les yeux fermés, le cigare toujours fumant aux lèvres. Près de João, apparut soudain un homme de très petite taille, coiffé d'un chapeau sans forme et vêtu d'un ample boubou de couleur grise. Il sortit de derrière le tronc d'un palétuvier et, à pas comptés, passa près de João, à le frôler, imprimant un rythme lent sur la peau d'un tambour qu'il portait accroché sur le ventre. D'une voix au timbre grave, il entama alors une incantation qui résonna et ricocha d'arbre en arbre :

Je t'appelle à minuit
Je t'appelle à l'aube
Viens aider le peuple de la Quimbanda
Exù, é, é, é
Exù, à, à, à...

Le gnome répéta cette prière à plusieurs reprises, tout en se dirigeant comme un automate vers la *quimbandeira*. Celle-ci, alors, ouvrit les yeux. Elle possédait des yeux immenses, démesurés par rapport à son visage décharné. Après une série de tremblements, elle tira du havresac sept bougies qu'elle alluma avec sept allumettes différentes, toujours puisées dans un paquet neuf. Elle planta ensuite ces bougies sur le terrain selon un cérémonial précis et exhuma du sac de toile un dernier objet. Il s'agissait d'une enveloppe qui contenait une broche dont Antonio do Cedo avait fait présent à Emivalda, mais il y avait aussi quelques mégots de cigares qu'il avait fumés, des cheveux que la tante Otàlia avait récupérés sur le veston du fils du fazendeiro, et deux lettres qu'il avait écrites de sa main à l'oncle Dom Francisco. La *quimbandeira*, sans un mot, alla enterrer cette enveloppe au pied de l'une des bougies, puis elle marqua l'endroit avec une croix et souffla dessus plusieurs goulées de son cigare.

Pétrifié, João avait observé la scène avec une fascination d'enfant devant le feu. Le rythme du tambour se mit à s'accélérer, insensiblement. La Tigresse noire déboucha une bouteille de *cachaça* qu'elle but d'un trait, en en renversant quelques gouttes sur sa poitrine car une nouvelle vague de tremblements recommençait à la secouer. Quand elle jeta la bouteille, le rythme s'intensifia encore et le nain se mit à transpirer abondamment, mouillant son boubou à hauteur de la poitrine et du ventre. Ses mains battirent une cadence qui prit encore de la vitesse et la *quimbandeira* entra dans une transe violente. Elle se mit à danser avec de grands gestes des bras, donnant des coups de hanches, lançant ses jambes maigres dans tous les sens, titubant, trébuchant, éructant des cris gutturaux, imprimant sur sa face des sourires sardoniques, relevant sa robe jusque sur son visage, prenant des poses obscènes, riant, crachant sur le sol, transpirant par la moindre parcelle de sa peau torturée de tremblements, secouée de frissons, tordue de convulsions, ne cessant de tourner sur elle-même, de sauter en l'air et rebondir sur le sol, le corps possédé par l'esprit de Exù jusqu'au plus profond de sa chair et de ses os.

À plusieurs reprises, les yeux subitement jaunes et qui semblaient de feu, elle lança ses bras au ciel et elle hurla à chaque fois :

– Exù, dieu des Enfers ! Exauce le désir de cette femme ! Exù ! Prends ces présents et aide-moi ! Exù ! Les cigares sont bien noirs et l'alcool est très fort !

Dans une ultime transe et un dernier roulement de tambour, la Tigresse noire tomba enfin sur le sol, prostrée, à genoux, et les feuilles se remirent à bruisser sur le morne des Plaisirs.

La tante Otàlia avança vers le nain au tambour et, sans un mot, elle lui remit une enveloppe contenant le prix de la cérémonie. Puis, elle rejoignit João et tous deux prirent le chemin du retour, fendant la jungle épaisse du morne, le corps résonnant encore de la pulsation africaine de la *Quimbanda*.

À la faveur d'un rayon de lune, João crut apercevoir une silhouette, quelque part dans un grand arbre. Immobile, assise en tailleur sur une fourche, deux yeux étirés sur les tempes et emplis de tristesse, la silhouette de Febronio, l'Indien. Le temps de cligner des yeux et la silhouette avait disparu.

João hâta le pas pour revenir à la lumière des lampadaires et retrouver, enfin, la dure carapace des rues pavées sous ses pieds.

Cinq jours après cette séance de *Quimbanda*, João décida de passer la soirée place Largo das Neves. La journée avait été épuisante, non pas tant à cause du travail en lui-même, car les revendeurs, connaissant les méthodes expéditives de Mme Diva, payaient toujours rubis sur l'ongle sans jamais se risquer à demander des délais. En fait, c'était la canicule qui l'avait poussé à prendre un peu d'altitude sur le morne de Santa Teresa, cette canicule qui n'avait pas desserré son étau et broyait Rio entre ses mâchoires de feu, du matin jusqu'à tard dans la nuit. Les rues pavées brûlaient les plantes des pieds à travers le cuir des semelles, chaque bouffée d'air avalée cuisait les poumons et, malgré les chapeaux, les cas d'insolation se faisaient de plus en plus nombreux. Chacun restait donc claquemuré chez soi, persiennes et volets clos, fenêtres fermées, rideaux tirés, attentif à ne pas exécuter de mouvement inutile dans la fournaise, toujours en sueur, sans distinction de sexe, d'âge, de couleur de peaux ou de rang social.

João avait donc pris un *bonde* désert, conduit par un chauffeur apathique et confit dans le soleil qui l'avait amené jusqu'à la maison de Dom Francisco da Cunha. Lorsqu'il poussa la porte d'entrée, il sentit, en même temps qu'un délicieux fumet de *vatapà*, une fraîcheur bienfaitrice parcourir sa peau humide. Immédiatement, il se rendit à la cuisine pour se servir un verre de bière glacée et découvrit la vieille Dida debout devant les fourneaux, dans sa chemise blanche, son éternel tablier bleu noué autour de la taille.

– Salut à toi, Bambara ! lança-t-il avec un sourire. Tu ressembles à un diablotin devant les forges de l'enfer !

Avec un haussement d'épaules, la vieille servante se signa discrètement puis répondit :

– Bonjour à vous, monsieur le *bicheiro*…

Et elle continua à broyer avec un gros pilon de marbre des noix de cajou et des cacahuètes, ainsi que de petits morceaux de gingembre. Après avoir vidé sa choppe de bière, João essuya un peu de mousse sur ses lèvres avec le revers de sa main et demanda :

– Qu'est-ce qui se passe, ma belle ? Tu prépares un *vatapà* ? L'oncle veut fêter quelque chose ?

– En quelque sorte, oui. Si on veut…

– C'est l'autre grand dadais puant qui vient dîner ce soir ? J'aurais mieux fait de rester en ville…

La vieille Dida trancha d'un coup de hachoir la tête d'une dorade qui tomba à ses pieds, avec un bruit mou. Toujours sans se retourner, elle bougonna :

– C'est pas lui. Il risque pas de manger mon *vatapà*… Mais c'est quand même un peu à cause de lui que je le fais…

– Qu'est-ce que tu me racontes ?

– Je vous raconte que si la maison est vide, c'est parce que tout le monde est allé à l'hôpital, histoire de faire un dernier adieu au docteur Do Cedo.

– Quoi ?

– Comme je vous le dis. Antonio do Cedo… Hier soir, il est tombé dans le coma et y a peu de chances pour qu'il en revienne.

D'un coup de pied, elle écrasa une grosse blatte noire qui venait fureter autour de la tête du poisson. João s'assit sur le tabouret, puis demanda :

– Qu'est-ce qui lui est arrivé ? Tu le sais, toi ?

– Pas plus que ce que le docteur Da Cunha m'en a dit. Il est tombé comme ça, d'un seul coup, dans sa chambre d'hôtel à Gloria. Juste comme il sortait de sa salle de bains. Ce qui prouve que, malgré les apparences, il se lavait…

Après avoir prélevé les filets de la dorade, Dida entreprit de hacher fin les crevettes séchées qui, une fois mélangées aux noix de cajou, aux cacahuètes, au gingembre et au lait de coco, formeraient une sauce qui cuirait dans l'huile de palme avant de napper les poissons.

– Voilà pourquoi je fais le *vatapà*. Parce que ma petite-fille n'épousera pas ce négrier. Une nouvelle comme ça, ça se fête…

Le *vatapà* de Dida était le meilleur de tout Santa Teresa, à tel point que, pour célébrer un événement, on venait souvent louer la vieille femme et son savoir-faire, le temps d'une journée. Avec ce plat bahianais, la maîtresse de maison était sûre de régaler l'ensemble des convives et Dida en profitait pour se faire quelques sous.

Sans la quitter des yeux, João lâcha soudain :

– Je suis sûr que la tante Otàlia croit que c'est arrivé à cause de la sorcière de l'autre jour et de sa *Quimbanda*...

Les petits coups de hachoir s'interrompirent, le temps d'un nouveau signe de croix.

– Qu'est-ce que t'en penses, toi ? Dis-moi un peu, la vieille...

– Je suis pas ici pour penser, monsieur le *bicheiro*.

– Allez, sois gentille... Tu y crois, toi, à ces histoires de bonnes femmes ? Tu y crois vraiment ?

– Je crois surtout que, malgré vos grands airs et vos tenues de petit *malandro*, vous êtes et vous resterez toute votre vie durant rien de plus qu'un Français vaniteux et prétentieux...

Elle avait prononcé cette phrase d'un seul trait, toujours sans se retourner, les mains crispées sur le manche du hachoir. Après quelques secondes de silence, João éclata d'un grand rire :

– Tu me plais, la vieille ! Y a que toi, dans tout Rio, qui oses me parler comme ça !

Puis, il alluma une cigarette. Dans la cuisine aux murs blanchis, Dida mit à cuire un plat où, entre chaque filet de poisson, elle avait intercalé de l'oignon haché fin, de la coriandre et de belles tranches de tomates mures, le tout arrosé d'un jus de citron vert et, à nouveau, d'huile de palme. En quelques minutes, le temps qu'elle débarrasse le plan de travail et nettoie l'évier de granit, la cuisine embauma le parfum de Bahia.

Alors qu'elle s'essuyait les mains à un pan de son tablier, João ricana à nouveau :

– Tu m'as pas répondu, la vieille... Tu y crois, à toutes ces sornettes ?

– Si vous aviez vu ce que j'ai vu de mes yeux vu, vous ne poseriez pas cette question, *bicheiro* de malheur...

– Allez, viens t'asseoir et dis-moi un peu ce que t'as vu.

Les traits du visage de Dida se contractèrent sous l'effet

de la réflexion. On ne parlait pas de ces choses-là, c'était tabou. Pourtant, c'était grâce à ce *malandro* sans vergogne que sa petite-fille Emivalda avait été sauvée d'un mariage contre-nature. En indiquant la *quimbandeira* Tigresse noire à Otàlia, il avait cassé le sort. Et ça, ça méritait que ce petit Français soit éclairé sur ce que représentait la *Macumba*, même s'il couchait avec Emivalda dès qu'il pensait que tout le monde dormait à poings fermés, même s'il fumait la *maconha* et buvait comme un trou, même s'il trempait dans le *Jogo do Bicho*, et même s'il finirait bientôt, lui aussi, dans le canal du Mangue.

Alors, la vieille Dida retira son tablier et vint s'asseoir face à João. Avec un sourire, il lui tendit une cigarette qu'elle alluma avec un plaisir évident. Dans le fumet et la musique douce du *vatapà* mijotant sur la plaque de fonte, elle murmura bien plus qu'elle ne parla :

– Ce que je vais te raconter, *bicheiro* de Satan, ça doit rester un secret. D'abord, parce qu'il n'y a pas vingt ans, les hommes m'auraient envoyée en prison pour ce que je vais te dire. Et ensuite, parce que les dieux n'aiment pas qu'on raconte leurs histoires…

– Je resterai muet comme une tombe, répondit João, un clin d'œil moqueur à l'appui.

Un nouveau signe de croix accompagné d'un regard noir et Dida poursuivit :

– En fait, la *Macumba* a été apportée avec les esclaves d'Afrique. Les Dahoméens, les Congolais, les Angolais, les Gêges…

Tout avait commencé aux alentours de 1830, quand trois esclaves africaines affranchies s'étaient installées à Bahia, dans un moulin à sucre abandonné. Pour gagner de quoi vivre, elles avaient décidé d'exercer, le plus discrètement du monde, la *Macumba*.

– C'est là, expliqua Dida sur un ton de confidence, que les Africains ont pu, après tant d'années d'esclavagisme et de silence, reprendre le fil de la *Macumba*.

Et le fil était solide. Très vite, cette religion séduisit les Brésiliens. À Bahia, qui totalisait déjà trois cent soixante-cinq églises, plus une, dans le cas improbable où l'on se serait trompé en faisant les comptes, on vit fleurir par centaines les *terreiros*. Ce formidable engouement se propagea à la vitesse de la foi à travers tout le pays, où cette croyance fut adoptée et adaptée aux croyants en fonction de leurs racines propres. La *Macumba* s'appela ainsi Xangô ou Catimbô à Pernambuco, Batuque ou Culto da Naçao dans le Sud, voire Pajelança en Amazonie.

– Mais le nom importe peu, poursuivit la vieille Dida tout en écrasant sa cigarette. Ce qu'il faut retenir, c'est que la *Macumba* est le moyen de parler avec les dieux, avec nos dieux. Ceux d'Afrique. Nous, on n'a pas plus de livres sacrés que de monuments en pierre et en marbre. Pour nous adresser à nos dieux, pour leur demander d'intervenir dans nos affaires, on a les chants, les danses et les tambours… Les tambours. Seuls les Ogâs, les musiciens initiés, savent faire parler ces tambours, comme le nain au chapeau dans la clairière, avec la Tigresse noire. Grâce à eux, les saints et les esprits peuvent s'incarner dans les corps humains, les chevaucher, pour faire entendre leurs voix.

– Tu veux dire que c'est tes dieux d'Afrique qui auraient tué le fils Do Cedo ?

– Je ne dis rien. Je constate, c'est tout.

– C'est des foutaises…

– Pourquoi dis-tu cela avec tant de certitude ?

– Parce qu'il n'y a qu'un seul Dieu, tout le monde sait ça !

– Et ce Dieu, ce serait le vôtre, tout blanc et avec des cheveux blonds ?

João repoussa avec nervosité son paquet de cigarettes sur la table. Puis, il balbutia :

– J'en sais rien… En tout cas, c'est comme ça qu'il est représenté sur les tableaux des églises. Moi, j'ai jamais vu un tableau de nègre crucifié dans les églises !

La vieille servante soupira. Ce gamin qui se prenait pour un homme n'était pas prêt. Son esprit, comme celui de beaucoup de blancs, était fermé à la magie de la *Macumba*. Qu'aurait-il dit si elle lui avait appris que ces tambours étaient des êtres vivants ? Des êtres qui avaient parrain et marraine et que l'on baptisait avec de l'eau bénite après les avoir enduits d'huile de palme et de miel ? Des êtres à part entière, que l'on honorait en faisant brûler des cierges à leur attention ? Des êtres qu'il fallait régulièrement nourrir avec du sang d'animaux à deux pieds ? Il lui aurait ri au nez et l'aurait traitée de folle.

Comme elle allait interrompre ses confidences, João indiqua soudain une petite croix en or qui pendait autour du cou de Dida :

– Et ça ? C'est bien le Christ, non ?

– Oui, c'est la croix sur laquelle le fils de Dieu a été crucifié.

– Donc, tu crois en Dieu ?

– Bien sûr. Je crois aussi en Dieu…

Avec une mine triomphante, où perçait une pointe de mépris, João Domar conclut donc :

– Tu vois ! Il n'y a qu'un Dieu. Et toutes tes histoires de *Macumba*, c'est des légendes pour les gamins, des attrapes-nigauds. Comment peut-on imaginer tuer un homme en faisant appel aux esprits ? C'est absurde… C'est même complètement idiot !

La vieille Dida se leva péniblement de son tabouret. Elle croyait en Dieu et dans les divinités africaines. Pour elle, l'un n'excluait pas l'autre mais le complétait, au contraire. Olorum, Oxalà, Iemanjà, Ogum, Oxossi, Oxum, sans parler d'Omulu, de Xango, des jumeaux Ibejis, de Ossâe et des autres, les Pretos Velhos, Egum ou le terrible couple diabolique, Exù et la Pomba Gira. Il y avait des centaines d'esprits, les uns protecteurs, les autres maléfiques, et seule une Mère ou un Père de saints les connaissait tous. Tandis que chez les blancs, ils se contentaient d'un Dieu, d'un seul Christ et d'une seule Vierge Marie… Ça n'était pas étonnant si, à chaque fois qu'une Jeanne d'Arc entendait parler un esprit, on criait au miracle ! Chez ces gens-là, il n'y avait qu'un esprit pour tant de monde. Tandis que, dans le berceau de l'humanité, on avait le choix…

À cet instant, la porte d'entrée s'ouvrit avec fracas. Emivalda, subitement ragaillardie par le coma de son prétendant, courut jusqu'à la cuisine, le sourire aux lèvres et le front en sueur. Quand elle vit João, des larmes montèrent instantanément à ses yeux et elle se précipita vers lui, ivre de bonheur. Elle l'embrassa furtivement sur les lèvres et Dida fit mine de ne rien voir. Otàlia arriva sur les talons de sa fille, le pas rapide, rayonnante, fière du devoir accompli. En embrassant son neveu, elle lui glissa tout bas à l'oreille :

– Il n'en a plus pour longtemps. Demain, on s'occupera de son porc de père...

Enfin, l'oncle Dom Francisco, épuisé par la chaleur, la mine déconfite, tout vêtu de noir malgré le soleil, donna l'accolade à João. Puis, il le prit aux épaules et lui déclara avec gravité :

– João, puisque Dieu l'a décidé ainsi, ce mariage ne se fera pas.

Immédiatement après, il ajouta dans un murmure de conspirateur :

– Mais je suis sûr que le maréchal Hermes da Fonseca – le maréchal lui-même, entends-tu ? – va bientôt prendre le pouvoir. J'ai mes sources, mon fils. Et ce sera avec les armes...

17

Pour le bon Heitor da Silva Costa, ce mois de décembre 1922 ne fut pas aussi dramatique que ce qu'il l'avait craint après son passage devant la commission présidée par le cardinal Dom Sebastiao Leme. À force de travail et de coupes sombres dans les dépenses, le cabinet qu'il dirigeait avait fini par remonter la pente. De plus, il s'aperçut très vite, et avec soulagement, qu'il avait gardé l'estime de personnalités influentes dans le monde des affaires et de la banque. À quelques mois de son cinquantième anniversaire, il aurait même pu se déclarer un homme comblé si cet échec du Christ rédempteur sur le morne du Corcovado ne venait pas, régulièrement, perturber ses pensées. Ainsi, lorsqu'il était en plein travail, l'esprit brouillé de chiffres et de cotes, de formules mathématiques et de calculs savants et délicats, il lui arrivait soudain de relever son nez de sa table et de songer, les yeux posés sur le grand tableau que Zumbi avait fait du Christ, aux raisons exactes de cet échec. Les causes de ce semi-refus exprimé par la Commission étaient, finalement, compréhensibles et recevables. Une statue de quarante-deux mètres de hauteur était gigantesque, trop imposante, même pour le piédestal formidable que représentait le Corcovado. Quant au dessin qu'il avait commandé à Zumbi, ce Christ tenant un globe terrestre à la main, il trouvait qu'il avait vieilli au fil des mois. Toute la force qui s'était dégagée de la toile disparaissait chaque jour un peu plus. Un Christ tel que celui-ci aurait eu toute sa place, sous forme de tableau, dans une église comme celle de Santo Antonio, sous des voûtes fraîches et obscures, dans le silence de la prière et du recueillement. Mais aujourd'hui, il en était intimement persuadé : cette version aurait eu un côté prétentieux, presque indécent, sur le pic du plus haut morne de Rio de Janeiro, dominant la baie sous le soleil ou dans la violence des orages.

Alors, en soupirant, l'architecte se remettait au travail en essayant de chasser de son esprit l'amertume de ce rêve avorté.

Le téléphone grésilla soudain dans le bureau surchauffé d'Heitor da Silva Costa. Il décrocha et la voix fraîche de Silvana, la secrétaire, se fit entendre :

– Docteur ? C'est le cardinal Dom Sebastiao Leme qui désirerait vous parler.

– Merci. Passez-le-moi, je vous prie…

Une seconde plus tard, le cardinal, avec son emphase coutumière, s'adressa à lui en ces termes :

– Docteur Da Silva Costa ? Il y a du nouveau dans notre affaire ! Je suis en ville, à deux pas de votre cabinet, et j'aimerais vous parler tout de suite, mais en privé cette fois. Pas avec tous les tristes masques de la Commission.

– Vous voulez que je…

– Je vous attends pour midi pile, au restaurant de l'Amarelinho. Vous connaissez, bien sûr ?

– Oui, mais je…

– Alors, c'est une affaire entendue, mon cher docteur. À midi, sans faute !

Et il raccrocha aussi soudainement que ce qu'il avait parlé.

Heitor da Silva Costa ne commit pas la même erreur que celle qu'il avait faite en avril de cette même année, le 4, très exactement. Il ne bondit pas de joie et ne dévala pas les escaliers à toute allure, le cœur battant la chamade, pour héler un taxi et se rendre sur le lieu du rendez-vous. Au contraire, il prit tout son temps pour enfiler son veston en coton léger, vérifier qu'il n'oubliait pas sa pipe et son tabac, et donner ses dernières instructions à Silvana. De même, il descendit à pas lents les escaliers, ajusta avec soin son canotier pour se protéger du soleil et, à pieds, il se laissa dériver jusqu'à la place de Cinelandia où se trouvait l'Amarelinho, un restaurant qui préparait parmi les meilleures *picanhas* de la ville.

Dans cette circulation du midi, où se mêlaient les voitures à essence, les voitures à chevaux et les carrioles tirées à la force des bras, Heitor da Silva Costa ne risquait pas de l'avoir oublié, ce 4 avril 1922. Le cardinal l'avait appelé le matin même pour lui annoncer la pose de la première pierre de la construction du Christ rédempteur. Sa présence était indispensable, une heure plus tard, au sommet du morne. Alors, l'architecte avait cru naïvement que, cette fois, l'entreprise était enfin lancée. Mais il avait rapidement déchanté. Dès qu'il arriva tout en haut du Corcovado, il comprit que cette cérémonie n'avait en fait pour but que de relancer ce projet sous les feux de l'actualité, ainsi que de prouver à tous que l'Église était dynamique et qu'elle avait décidé d'évangéliser à tour de goupillons. Da Silva Costa avait assisté, presque perdu dans la foule des simples curieux et des anonymes, à la pose de cette première pierre et n'avait, pour ainsi dire, pas échangé un mot avec le cardinal. Fourbu et déçu, il était alors rentré à son cabinet et, de déception, avait bu du cognac une bonne partie de l'après-midi, jusqu'à s'assoupir sur le petit sofa recouvert de velours situé dans son bureau.

Après quelques minutes de marche, l'architecte parvint enfin dans le quartier de Cinelandia. Sous les grands parasols jaunes, la ronde silhouette de Dom Sebastiao Leme se découpait, tout affairé qu'il était à descendre une grande chope de bière.

Heitor da Silva Costa soupira puis, s'adressant à lui-même, il murmura :

– Ma foi, qui sait ? Peut-être que cette fois-ci, ce sera la bonne…

Alors, tout en se forçant à sourire, il avança à grandes enjambées dynamiques vers le cardinal qui se leva aussitôt et ouvrit ses bras en grand pour lui donner l'accolade.

Comme à son habitude, le cardinal Dom Sebastiao Leme de Silveira Cintra fut volubile, occupant l'espace sonore comme son corps replet occupait l'espace physique, monologuant sans arrêt, s'insurgeant contre tout, palabrant avec les voisins de table, avec le garçon ou avec lui-même, expliquant, démontrant, changeant de sujet au cours d'une même phrase, commentant la politique, l'interminable transformation de la capitale, les difficultés et les responsabilités de sa charge, le temps, la mise en place pour l'année suivante de la radio, ne s'interrompant que pour commander des chopes de bière et, lorsque la *picanha* arriva, se jeter dessus avec une joie et une gourmandise frisant le péché, tant était énorme son bonheur d'ingurgiter goulûment ces fines tranches de bœuf cuites à point et agrémentées de gros sel qui craquait sous la dent.

Heitor da Silva Costa, connaissant le bonhomme, se contenta d'écouter. Il savait que cette incontinence verbale cesserait d'elle-même et que tenter de l'interrompre aurait au contraire apporté de l'eau au moulin de l'infatigable parleur. Quand les petits cafés se posèrent sur la table, le cardinal se tut en effet, non par lassitude, mais bien sous les effets conjugués de la digestion et de la chaleur épuisante. L'architecte toussota pour éclaircir sa voix, puis demanda :

– Monsieur le cardinal, puis-je connaître la raison pour laquelle vous avez tenu à me rencontrer aujourd'hui ?

Dom Sebastiao Leme, comme au sortir d'un songe, observa son invité avec une pointe de perplexité dans le regard, puis répondit avec son entrain coutumier :

– Suis-je bête ? Mon très cher ami, mais c'est pour vous parler de notre projet, bien entendu !

– En avez-vous des nouvelles ?

– Oui, mon cher ! Et elles sont toutes fraîches, puisqu'elles datent de ce matin même !

Da Silva Costa sentit sa respiration s'accélérer et il se hasarda à interroger de nouveau :

– Et ces nouvelles, elles sont de quel ordre ?

– Très bonnes ! Enfin, assez bonnes…

– Vous m'inquiétez…

Le prélat froissa sa serviette en boule et finit par avouer :

– Pour tout vous dire, elles ne sont pas aussi bonnes que ce que je vous l'ai annoncé.

– Aïe...

Le cardinal alluma alors un cigare avec volupté et, après avoir soufflé la première bouffée, il prit subitement un air grave, se tassa sur sa chaise et, regardant l'architecte par en dessous, il expliqua à voix plus basse :

– Il faut croire qu'une force maléfique s'acharne contre notre affaire. Je sors à l'instant des bureaux de la Light et je peux vous dire, en toute confidence, que nous sommes confrontés à un problème plus que sérieux...

Da Silva Costa se mit à transpirer abondamment dans sa chemise à haut col de celluloïd tandis que Dom Sebastiao Leme poursuivait :

– Vous allez comprendre : je veux parler du Chapeau du Soleil...

– Pardon ?

– Le Chapeau du Soleil ! Cette espèce de guinguette qui est au sommet du morne du Corcovado !

– Eh bien ?

– Il appartient à la Light et la Light refuse de le détruire...

Le café, bien que copieusement sucré, laissa un goût amer dans la bouche de l'architecte. Le Chapeau du Soleil était un petit pavillon de fer, de verre et d'ardoise, semblable au Palais de cristal de Petropolis. Il constituait, pour les promeneurs du dimanche, un but de promenade où l'on pouvait, à l'ombre, déguster des jus de fruits et de la bière, ou grignoter quelques friandises sur le pouce, sans façon.

– Et pourquoi s'opposent-ils à sa destruction ?

Dom Sebastiao tapota son cigare pour en faire tomber la cendre. Puis, il expliqua :

– Il ne s'agit pas de la Light. Eux, vous pouvez me faire confiance, j'en fais mon affaire. Ils savent qu'en collaborant à notre projet, il y aura à terme des bénéfices juteux à retirer de cette entreprise...

– Alors, où est le problème ?

– C'est un problème d'ordre politique. J'ai demandé officiellement la destruction ou le déplacement du Chapeau du Soleil auprès du district et du gouvernement fédéral.

– Et qu'ont-ils dit ?

La mine sombre, le cardinal répondit :

– Je viens d'avoir par Salvador Sorres, le responsable de la Light, la réponse du procureur général. C'est non. Et ç'a été refusé au nom de la séparation de l'Église et de l'État.

– Ce qui signifie ?

– Ce qui signifie que, sur le plan purement juridique, notre affaire est bloquée. Mais vous pouvez m'en croire, je ne compte pas m'arrêter là. Dès cet après-midi, je vais demander à un ami, un proche du président Artur Bernardes, d'intervenir. Et je suis sûr que le chef de l'État sera sensible à ma requête.

Heitor da Silva Costa se sentit blêmir. La *picanha* qu'il avait avalée, accompagnée de pommes de terre frites, de *farofa* au beurre et de riz à la grecque, se mit à gargouiller douloureusement dans son ventre. Après les problèmes financiers, c'étaient donc des causes juridiques qui formaient un nouveau barrage à l'édification du Christ rédempteur sur le morne du Corcovado.

En se curant les dents, Dom Sebastiao Leme demanda enfin, avec un large sourire redevenu débonnaire :

– Et vous, mon très cher docteur ? Où en êtes-vous de votre projet de statue ? Cela avance-t-il comme vous le désirez ? Car, n'en doutez pas, le moment sera bientôt venu pour vous de présenter à la Commission une nouvelle version de ce Christ ! Je compte personnellement sur vous, n'est-ce pas ?

L'architecte ingurgita d'un trait son verre de cognac et répondit, la voix blanche :

– Il avance, monsieur le cardinal. Il avance…

En fait, les recherches picturales qu'il avait menées avec Zumbi n'avaient pas bougé d'un pouce. Suite au report de la commande à une date ultérieure, Heitor da Silva Costa avait dû parer au plus pressé. Pour ne pas voir son affaire sombrer corps et biens, l'architecte avait restructuré son cabinet, licencié, multiplié les rendez-vous et les visites chez les banquiers et, bien entendu, tenté de trouver d'autres commandes dans l'urgence. Il avait donc, comme à ses débuts, remis le bleu de chauffe et recommencé à prospecter. Toutes les commandes lui seraient bonnes et il sentit renaître subitement l'impétueuse volonté d'agir, de bouger, de trouver des solutions afin de contrecarrer ce satané destin, de se lancer à corps perdu dans de nouvelles aventures architecturales qui rééquilibreraient ses comptes et l'aideraient à passer à la postérité. Pour toutes ces raisons, les esquisses du Christ rédempteur étaient restées dans les cartons à dessins, se couvrant de poussière au fur et à mesure que les mois passaient.

– Nom de Zeus, souffla Heitor da Silva Costa. J'ai dit que je ferai ce Christ et je le ferai.

Sur la place récemment pavée du maréchal Floriano, à Cinelandia, il alluma sa bouffarde dans les allées et venues incessantes des passants, puis marmonna à nouveau pour lui-même :

– Je le ferai. Dussè-je y laisser mon cabinet et ma peau. Je le ferai…

Alors, plutôt que de remonter l'Avenida Central et de retourner à son bureau où il avait un rendez-vous dix minutes plus tard avec un commanditaire, il tourna les talons, repassa devant l'Amarelinho et s'engagea dans la rue du Passeio. L'atelier de Zumbi était à deux pas. Sous prétexte de récupérer d'autres esquisses pour un projet en cours, il ferait le point avec le peintre. Il le lancerait sur une autre piste. Eh quoi ? Ils avaient tous tant travaillé à ce dossier qu'il ne pouvait pas tout abandonner !

L'architecte s'arrêta soudain, pris d'un doute. Le projet était grandiose, ambitieux. Mais qui rétribuerait Zumbi ? Son cabinet venait juste de ressortir la tête de l'eau et le gredin se faisait payer cher…

– Bah… soupira Heitor da Silva Costa. Je trouverai bien le nécessaire. Quitte à le payer à tempérament !

Et, subitement ragaillardi par cette décision de reprendre le flambeau, il fila comme un vapeur sur l'asphalte bouillant, sa pipe laissant dans son sillage de grandes écharpes de fumée.

Lorsqu'il parvint au numéro 14 de la rue Joaquim Silva, le petit architecte trouva porte close. Comme il redescendait les escaliers, en nage, il tomba alors nez à nez avec le peintre qui lui-même rentrait chez lui, en costume de ville, dégoulinant de sueur, la chemise à tordre sur son buste large. Sur le pas de la porte, le peintre éclata de rire :

— La putain de sa mère ! Sauf votre respect, monsieur Da Silva Costa, le monde est tout petit ! Comme vous me voyez, j'arrive tout juste de votre cabinet !

L'architecte, tout d'abord surpris, se mit à sourire. Puis, tout en essuyant ses lorgnons avec son mouchoir, il s'inquiéta :

— Et que faisais-tu chez moi, mon ami ? Tu as encore des soucis d'argent ?

— Que voulez-vous ? Avec ces chaleurs, la *cachaça* et la bière s'évaporent rien qu'en ouvrant la bouteille ! Alors, je me suis dit que si vous aviez du travail, et si c'était une bonté de votre part, j'aurais bien dessiné pour vous, cette semaine…

Heitor da Silva Costa considéra le peintre, songeur. À bien y réfléchir, il ressentait une jalousie amicale à l'égard de ce grand individu hors normes, tout en os et en rires, qui se foutait du tiers comme du quart de la bienséance de façade et de la politesse de salon, qui ne vivait que pour son art et avait fait de la jouissance un art de vivre, qui rinçait son gosier lorsque celui-ci était sec, mangeait lorsqu'il avait faim, faisait sans doute l'amour dès qu'il en ressentait le besoin, passait ses nuits à bambocher, sans avoir à rendre de comptes à qui que ce fût. Il était libre. Incroyablement libre. Libre comme Heitor da Silva Costa, malgré son cabinet et ses affaires, ne l'était, ne l'avait été et ne le serait sans doute jamais.

Voyant qu'il ne répondait pas, Bartolomeu roula à nouveau ses gros yeux dans ses orbites et questionna :

— Alors, monsieur ? Vous voulez que je vous tire quelques plans, cette semaine ?

– Mais oui, mon ami. Ce n'est pas le travail qui manque, en ce moment.

Zumbi éclaira son visage d'un nouveau sourire hilare et serra le poing de satisfaction en s'exclamant :

– Dieu tout-puissant ! Demain matin, je serai à votre cabinet à la première heure. À dix heures pétantes !

Alors qu'il allait monter l'escalier, Heitor da Silva Costa le retint d'une phrase :

– Dis-moi, Bartolomeu, ça te dirait de recommencer à travailler avec moi sur le Christ rédempteur ?

Le peintre, qui avait déjà grimpé trois marches, se figea dans son élan, cessa de sourire, opéra un demi-tour sur lui-même et redescendit les escaliers lentement. Montant de la rue par la porte grande ouverte, des effluves de végétaux pourris, d'excréments et d'urine surchauffées par le soleil pénétrèrent lourdement dans l'obscurité de la cage d'escaliers. En s'éventant le visage avec son canotier, Heitor da Silva Costa poursuivit, d'un ton embarrassé :

– Mais je veux être honnête avec toi. Je ne pourrai pas te payer beaucoup. En plus, le dossier est bloqué et, au train où vont les choses, ce Christ risque même de ne jamais voir le jour. Alors, pour ce qui est de l'argent, je ne peux te…

Dans la pénombre, la large main de Zumbi se posa sur l'épaule de l'architecte :

– Monsieur, pour l'argent, on verra plus tard, quand vous serez payé. En attendant, j'accepte de travailler sur cette statue, mais à une seule condition.

– Laquelle ?

– Que je sois totalement libre de faire ce que je veux. Comme si je peignais pour moi…

Heitor da Silva Costa fronça les sourcils en signe d'étonnement. Zumbi, depuis qu'il le faisait intervenir dans son étude, n'avait jamais travaillé gratuitement. Pas plus pour lui que pour les autres, soit dit en passant. Ce grand nègre s'amusait d'ailleurs, dès que l'occasion se présentait, à rappeler avec malice que le mot *travail* venait du latin *tripalium* qui signifie, littéralement, « instrument de torture ». Alors, oui pour être torturé, puisqu'on ne pouvait pas faire autrement… Mais il fallait que ça rapporte !

– Et si tes esquisses ne conviennent pas ? répliqua l'architecte.

– J'en ferai d'autres. Mais toujours seul et libre.

– Et si cette statue ne se fait pas ?

– Elle se fera. C'est écrit…

– Et si elle ne se fait pas avant plusieurs années ?

– J'attendrai. Elle se fera.

À cet instant, une voiture à bras surchargée de légumes et de fruits brimbala dans la rue, tirée par un tout petit homme, un métis à la peau dorée de soleil. Heitor da Silva Costa se retourna un instant pour la voir passer. Au hasard d'une ornière, une noix de coco fraîche tomba alors dans la fange du caniveau sans que l'homme de peine ne s'en aperçût. Elle dégringola du tas et atterrit, verte, gorgée de jus sucré, dans la noirceur des déjections pourrissantes.

L'architecte se retourna à nouveau, vers Zumbi cette fois, pour reprendre la discussion. Mais celui-ci avait déjà disparu. Il ne restait plus à la place du grand peintre rigolard qu'une cage d'escaliers puante, aux marches de bois fendues, et des murs bouffés de moisissure dans les succions incessantes de l'humidité.

L'architecte essuya son visage avec son mouchoir et repartit en direction de Cinelandia. Avant la nuit, la noix de coco aurait pris une teinte marron, puis noire, jusqu'à se fondre et se déliter dans la masse informe et gluante des ordures. À moins qu'elle ne se mette à germer, à germer et à grandir dans la pluie du soir, jusqu'à devenir un cocotier dont l'ombre des palmes abriterait de l'ardeur du soleil, le lendemain, l'atelier du peintre Bartolomeu Zumbi.

18

« Tu ne me toucheras que le jour où tu seras capable de me couvrir d'or. Pour l'instant, n'oublie pas que tu n'es qu'un *bicheiro*… »

Ces mots résonnaient douloureusement dans le crâne de João Domar. Assis à l'arrière d'un taxi qui conduisait mollement dans la nuit, il ruminait cette phrase entre deux lampées de cognac qu'il tétait à même sa flasque, ses yeux ne voyant rien, pas plus les rares maisons illuminées du quartier du Jardin botanique que les rives hérissées de palmiers longilignes de la lagune Rodrigo de Freitas. La couvrir d'or… Le *bicheiro* gagnait bien sa vie, c'était un fait. Le *Jogo do Bicho* rapportait plus qu'il ne l'avait encore jamais fait. João avait recruté et formé de nouveaux revendeurs dans les quartiers qui en manquaient et, depuis qu'il travaillait, le chiffre d'affaires avait été multiplié par deux et demi. Mais de là à la couvrir d'or…

Soudain, la pluie se mit à tomber, drue, serrée, et le taxi ralentit encore son allure. On n'y voyait pas à dix mètres. Fataliste, le chauffeur maugréa à l'avant :

– C'est ces foutues eaux de mars, chef. Faut faire avec…

La soirée avait pourtant bien commencé. Un vrai conte de fées. Après avoir relevé les compteurs, João avait rendu ses comptes à Mme Diva. Au moment de la quitter, alors que Luiz attendait pour le raccompagner jusqu'à la porte, elle lui avait demandé soudain :

– João… Ce soir, on est vendredi. Et je me demandais si

ça vous dirait de m'inviter à passer une soirée au Jockey Club…

Dans la faible lumière du plafonnier, le jeune homme se sentit rougir, une habitude qui le faisait enrager mais qui le submergeait dès qu'il devait s'adresser à sa patronne. Sans oser la regarder, il baissa les yeux et murmura :

– Vous êtes sérieuse ? C'est bien vrai ?

Mme Diva laissa passer d'interminables secondes avant de répondre. Puis, elle sourit et, de sa main droite, souleva le menton de João. Dans les yeux de la *bicheira*, des étoiles de curiosité, d'amusement et de désir palpitaient :

– Et pourquoi pas, jeune homme ? Viens me prendre ici dans une heure…

Ivre de joie, João courut comme un dératé jusqu'à son hôtel de la Couronne, il avala les escaliers bien plus qu'il ne les gravit, arracha ses vêtements, se lava à grande eau, utilisa une bonne demi-boîte de brillantine parfumée pour aplatir sa tignasse, se rasa au coupe-chou avec un soin méticuleux et mit son armoire sens dessus dessous afin de choisir sa tenue pour le soir. Dans sa chambre, un poste de radio trônait sur la commode installée face au lit. Encore un peu plus d'un mois et les premières émissions débuteraient sur la radio Sociedade de Rio de Janeiro. Une révolution…

Mais, ce soir-là, João n'eut pas un regard pour son récepteur flambant neuf, tout en bois d'acajou et rehaussé de touches d'ivoire. En revanche, il se prépara devant son miroir, rectifiant une mèche avec son peigne de corne, refaisant son nœud de cravate plusieurs fois de suite avec une fébrilité grandissante, éternellement insatisfait du résultat, sifflotant entre ses dents un petit air de samba qui ne le lâchait plus depuis plusieurs jours, et dont Laranjinha lui avait appris les paroles. Il s'agissait de *Pelo Telefone*, le premier samba enregistré au Brésil. En 1917, ce disque avait déclenché un véritable scandale dans la bonne société, à cause de son caractère licencieux et iconoclaste. De plus, Sinho et Donga en avaient, en même temps, réclamé avec véhémence la paternité. Les deux musiciens avaient failli en venir aux mains tandis que, dans la rue, les Cariocas détournaient les paroles originales pour se moquer du chef de la police qui venait de tenter d'interdire les jeux de hasard…

En vérifiant pour la énième fois que son canotier était correctement posé sur son crâne, João alluma une cigarette, puis tapota sur la poche droite de son costume. Son revolver était bien là, tout comme son portefeuille, bourré à craquer de billets.

Vêtu en milord, un foulard blanc en guise de pochette, il descendit les escaliers en chantonnant :

> *Le chef de la police*
> *D'un coup de fil*
> *À voulu m'avertir*
> *Que dans la rue Carioca*
> *Il y a un jeu de roulette*
> *Et qu'on peut y jouer !*

Mme Diva, ce soir-là, justifia pleinement son nom. Elle portait une robe de lamé bleue s'arrêtant juste sous le genou et décolletée à souhait. Ses cheveux étaient relevés en un chignon savant piqué par endroits de fleurs blanches. Blancs également, son sac et ses longs gants de soie montant jusqu'aux coudes. Sur son beau visage, pas de poudre de riz ni de maquillage sur les paupières. Juste un trait de rouge vif sur les lèvres. Rien de plus.

João Domar, en la découvrant ainsi, toute de grâce et d'élégance, se sentit subitement minable. Il lui prit même l'envie de s'enfuir à toutes jambes, en se maudissant de ne pas avoir encore eu les moyens de s'offrir un smoking à queue de pie et un chapeau haut de forme. Mais elle ne lui en laissa pas le temps. Avec un regard amusé, elle passa devant lui, descendit les escaliers du perron et, sans un mot pour João, elle monta dans le taxi dont Luiz lui tenait la porte ouverte.

Le reste de la soirée fut une avalanche de catastrophes et de désillusions. Dans le cadre très fermé et select du Jockey Club, João Domar se comporta comme l'ancien aconier qu'il était et qu'aucun costume ne parviendrait jamais à travestir. Bien sûr, il ne but pas l'eau du rince-doigt, et il réussit même à ne pas se tromper dans le choix des couverts lorsque les serveurs apportèrent avec cérémonie l'entrée, une fricassée de langoustes à la française.

Pourtant, dans cette débauche de luxe, de lustres de cristal, de rideaux en courtine rouge, de couverts en argent, de verres et de carafes dorés à l'or fin, de garçons en livrée, de sommeliers aux regards impassibles, dans le tourbillon des robes et des smokings dessinés et taillés par les meilleures maisons de Paris, dans les éclats des bijoux, des rivières de diamants, des solitaires lançant mille feux, dans ce maelström de richesses où frayaient l'élite des aristocrates et le nec plus ultra des patrons d'industries et des fazendeiros, João Domar se sentit redevenir Jean Dimare.

C'était la première fois qu'il était admis dans un lieu semblable et, sous le regard moqueur de Mme Diva, il éclaboussa la nappe brodée de sauce Grand Veneur, parla trop fort, but son verre de Château Pétrus d'un seul trait, torcha ses assiettes de porcelaine avec du pain, ne trouva aucun sujet de discussion léger, ne sut pas danser la valse, cassa un verre d'un mouvement trop brusque de sa fourchette, ne sut pas choisir le champagne qui accompagnerait le dessert et, en fin de repas, tout comme s'il était au Bar des Filles, claqua des doigts et siffla pour demander l'addition.

Hélas, son calvaire ne s'arrêta pas en si bon chemin. Lorsque le chef de rang lui apporta la note, dans un long maroquin noir, João manqua s'étrangler avec la fumée de son cigare. Les tempes en feu, il lut et relut le chiffre qui s'étalait grassement devant ses yeux, sans pudeur, un chiffre énorme, indécent, qui semblait lui aussi se moquer de João. Avec une telle somme, il y avait de quoi faire vivre toute une famille de Santa Teresa pendant plusieurs mois, et largement encore.

Pourtant, ce qui donna au jeune homme l'irrépressible envie de disparaître par l'un des interstices des parquets marquetés, ce fut l'évidente, l'insoutenable, la tragique et cruelle évidence qui le frappa lorsqu'il découvrit le montant de la note : il n'avait pas pris assez d'argent sur lui pour payer…

Mme Diva fut d'une méchanceté moqueuse. Dans un sourire méprisant, elle prit l'addition des mains tremblantes de João et y déposa au bas son paraphe. Ici, au Jockey Club, sa signature valait de l'or. Sans quoi, jamais cette société blanche, triée sur le volet, n'aurait laissé entrer une Négresse…

Le rouge au front, João Domar ne sut plus que faire ni que dire. Maladroitement, il tenta de sourire, de remercier, de s'excuser. Comme Mme Diva ne disait toujours pas un mot, il partit dans un discours incontrôlé, verbeux et, dans un ultime dérapage, il crut même bon de conclure, l'haleine lourde de trop de vin :

– Madame, j'ai donc une dette d'honneur vis-à-vis de vous. Et, si vous le désirez, puisque ma bourse est trop plate, vous pouvez vous payer sur la bête…

Le tout, souligné d'un clin d'œil égrillard.

Sans se départir de son calme froid, Mme Diva ne sourit pas de ce que João voulait être un trait d'humour. Elle se contenta d'écraser sa cigarette dans le cendrier d'argent et de déclarer :

– Tu ne me toucheras que le jour où tu seras capable de me couvrir d'or. Pour l'instant, n'oublie pas que tu n'es qu'un *bicheiro*…

Comme chaque fois qu'un événement douloureux se produisait dans son existence, João Domar retrouvait le chemin du Largo das Neves. Cette nuit-là, lorsqu'il indiqua l'adresse au chauffeur, celui-ci acquiesça d'un mouvement de tête résigné. Avec ce qu'il tombait comme pluie, atteindre cette placette de Santa Teresa serait loin d'être aisé. Mais il accepta tout de même : la course était longue et, au vu de l'allure de *malandro* de son client, mieux valait ne pas le contrarier, d'autant qu'il semblait tout à la fois soûl et furieux.

Jusqu'au pied du morne, tout se passa à peu près correctement. Mais, dès que l'ascension débuta, le taxi dut faire face à un ruisseau grondant et bouillonnant sur l'étroite travée pavée, envoyant des vagues furieuses en direction du centre.

Dans l'avare lueur des phares, le chauffeur pouvait voir des branches cassées fonçant droit devant lui, à la manière de béliers emportés par la puissance déchaînée du courant. En sueur, il parvint à en éviter quelques-unes et, lorsqu'il arriva à la station du Curvelo, il gara son véhicule dans un renfoncement en à-plat, tandis que la pluie redoublait encore de violence.

— Qu'est-ce que vous faites ? gronda João, dont la flasque avait rendu sa dernière goutte. Je vous ai dit Largo das Neves, pas le Curvelo !

Le chauffeur coupa le contact en tremblant de peur et tenta de protester :

— Mais, Chef… avec la pluie qui tombe, ce serait une folie d'aller plus loin. Puis, je viens juste de me mettre taxi et ma voiture est neuve…

João, dans l'obscurité troublée par un seul et unique lampadaire, sortit son revolver de sa poche. Il le plaqua contre la nuque du conducteur et, tout en exhalant de lourdes bouffées de cognac à chaque mot, il se mit à hurler :

— Avance, je t'ai dit ! Tu crois pas que je vais rentrer à pied sous la pluie, dis ! Tu sais combien ça coûte, un costume comme ça ? Tu le sais, dis ? Il vaut plus cher que ta guimbarde pourrie ! Il vaut plus cher que toi ! Alors, tu vas me ramener chez moi ! Sinon, je te crève !

Il s'était mis à gifler de son canon le chauffeur terrorisé qui ne pouvait que répéter, d'une voix larmoyante :

— Je peux pas, Chef ! Je peux pas…

En lui décochant une gifle plus forte que les autres en plein sur la tempe, João rugit encore :

— Si, tu peux ! Démarre ! Démarre ou je te crève ! Saloperie !

Comme l'homme ne répondait plus, le *bicheiro* éructa encore :

— Tu sais pas qui je suis ? Dis-moi ? Tu le sais ou tu le sais pas ? Parle, connard !

Alors, il lui asséna une série de coups de crosse, à toute volée, et ne s'arrêta que lorsqu'il fut hors d'haleine, la bave aux lèvres, la main droite trempée de sang.

L'instant d'après, João ouvrit la porte du taxi et sortit

recevoir en pleine face des paquets de pluie glacée. Dans un ultime accès de rage, il hurla, la face enfouie dans les nuages qui n'en finissaient plus de crever sur Rio de Janeiro.

Puis, il quitta le Curvelo, pataugeant dans l'eau furieuse, et avança comme il put, titubant, rageant sur son humiliation du Jockey Club, sans une pensée pour ce chauffeur qu'il venait de laisser pour mort. Dans sa tête, lancinants, les derniers mots de Mme Diva lui donnaient envie de vomir, de tuer, de casser tout ce qui s'élevait et s'élèverait encore sur sa route.

« Tu n'es qu'un *bicheiro*… »

João arriva vers une heure du matin à la maison de Dom Francisco da Cunha. Dégrisé par sa longue marche sous la pluie, trempé, claquant des dents, ses chaussures vernies baillant sur les côtés, il grimpa dans sa chambre et, alors qu'il se séchait, nu, avec une serviette, Emivalda poussa la porte, tira le loquet derrière elle et courut se blottir dans ses bras. Le contact de ce corps encore chaud de sommeil et le parfum qui émanait de la chevelure de la jeune femme électrisèrent João. Sans un mot, il lui arracha la chemise de nuit blanche qu'elle portait, la souleva, la plaqua contre lui et, fiévreusement, sans caresse, d'un seul coup de reins, la pénétra jusqu'au plus profond de sa chair. Debout, appuyé contre le mur, haletant à chaque va-et-vient, l'œil mauvais, il la travailla sans amour, par vengeance, avec toute la puissance de sa rage soudainement ranimée, ses ongles plantés dans la chair de ses fesses rebondies, tandis qu'Emivalda se lovait, s'enroulait comme un jeune serpent autour d'un bâton, perdant toute pudeur, s'ouvrant à se rompre, s'offrant de tout son être, dévorant à pleine bouche le visage entier de João jusqu'à sa tignasse noire, implorant du regard la délivrance, labourant son dos de ses ongles, mordant dans le gras des épaules, emportée par une furie amoureuse telle qu'elle n'en avait jamais connue.

Dans un dernier coup de reins, João vint en elle, l'emplissant de jets de semence ininterrompus, pendant qu'Emivalda se mettait à soupirer de plus en plus fort, serrant entre ses cuisses l'être aimé, n'en voulant pas perdre une goutte, et explosant enfin dans un torrent de jouissance, une vague de plaisir qui, comme l'orage s'abattant sur Santa Teresa, renversait tout sur son passage.

Quand elle put respirer à nouveau normalement, ce fut pour murmurer, dans un sanglot :

– Je t'aime, João…

Et elle le serra de toutes ses forces contre elle, naufragée s'accrochant de toute son âme à une épave enfantée par la tempête.

À cet instant, la porte s'ouvrit dans un grand fracas de bois cassé. En chemise de nuit à rayures, le bougeoir à la main, l'oncle Dom Francisco da Cunha venait d'enfoncer le mince ventail d'un coup d'épaule. Dans l'ombre tremblante de la flamme, il eut le souffle coupé en découvrant ce spectacle. Sa petite fille, son Emivalda, si pure et si honnête, le joyau de sa vie, sa raison d'être, était nue, cuisses écartées, le visage en sueur, accrochée à João, celui qu'il avait accueilli et considéré comme un fils adoptif depuis le premier jour…

Pris de tremblements d'indignation, l'oncle posa le bougeoir sur la commode et, sans prononcer une seule parole, il tourna le dos aux deux amants et sortit de la chambre. Le rouge de la honte aux joues, Emivalda quitta alors les bras de João, enfila avec précipitation sa chemise de nuit et, tout échevelée, elle courut après Dom Francisco da Cunha, en pleurant et en balbutiant, comme une petite fille :

– Père ! Père ! Je vais tout vous expliquer ! C'est João que j'aime ! C'est lui que je veux épouser ! Je vous en prie…

Le reste de ses supplications se perdit dans sa cavalcade et, dans la chambre, il ne resta plus alors que le bruit de la pluie.

Moins d'une demi-heure plus tard, João descendit à son tour dans le séjour. Il ne lui avait pas fallu plus de temps pour récupérer ses effets personnels et les enfourner dans le même havresac avec lequel il avait débarqué, un jour lumineux de janvier 1921.

Assis à la table, l'oncle Dom Francisco pleurait sans bruit, les yeux fixés sur l'étagère présentant sa collection d'articles de presse consacrés à la grande Sarah Bernhardt. Emivalda, à genoux sur le sol, tenait la main gauche de son père contre sa joue et pleurait, elle aussi. De grosses larmes coulaient sur leurs deux visages, sans qu'aucun muscle ne tressaille, pas plus sur la face brusquement vieillie de Dom Francisco que sur celle, blanche et douce, de la jeune fille. À quelques mètres du couple, Otàlia et la vieille Dida restaient silencieuses, les bras le long du corps, immobiles.

Sans lâcher son sac, João alla se planter à l'autre bout de la table et lâcha d'une voix glaciale :

– Docteur Da Cunha, je quitte le toit de votre maison, de manière définitive.

Sans une étincelle dans ses yeux toujours vides, le vieil homme s'entendit répondre :

– Ah... Tu ne m'appelles plus mon oncle ?

Emivalda, quant à elle, tressaillit et interrogea, sur un ton incrédule :

– Tu t'en vas ? Mais pourquoi ?

– Parce que c'est mieux ainsi. J'aurais dû le faire depuis longtemps déjà.

Sans lâcher la main de son père, la jeune fille se redressa et un petit sourire d'incompréhension s'alluma sur son visage humide :

– Mais tu ne peux pas, João... Pas maintenant. Pas maintenant, puisqu'on va se marier !

– Non, Emivalda. On va pas se marier...

La vieille Dida, dans l'ombre, ne put retenir une grimace de dégoût tandis que la jeune fille, lâchant un rire étrange, allait se coller contre son amant, tout en continuant de pleurer :

– Mais João, je t'aime ! Et tu m'aimes aussi, non ? Tu me l'as dit, que tu m'aimais. Depuis le premier jour, depuis que tu m'as baptisée ta princesse de Rio de Janeiro...

Elle se serra encore plus fort contre son amant et, bien qu'il ne bougeât pas et restât raide et froid entre ses bras, elle continua à rire et à sangloter à la fois :

– On va se marier, tu verras. Tout sera beau, comme dans un conte de fées ! On continuera à habiter ici, mais dans ma chambre, parce qu'elle est plus grande que la tienne. Et j'ai déjà pensé à tout, pour la décoration !

– Emivalda, lâche ce jeune homme et reviens ici…

Dom Francisco da Cunha s'était levé, le regard brûlant à présent d'une colère qu'il tentait de maîtriser de son mieux. Les mains posées bien à plat sur la table, il répéta de la même voix blanche :

– Emivalda, tu viens ici…

– Mais, père… On va se marier, n'est-ce pas ? João dit que non, mais c'est pour me taquiner, n'est-ce pas ? Dis, João ? Le mois prochain, on fera une grande fête pour nos fiançailles. Mais avant, il faudra que tu tiennes parole, que tu m'emmènes passer une soirée entière au Jockey Club…

En entendant ces deux mots, le beau visage noir de Mme Diva s'illumina dans l'esprit de João. Sans un mot, il tenta de repousser Emivalda qui continuait à s'accrocher à lui. Le regard droit dans celui de Dom Francisco da Cunha, il tordit le poignet de la jeune fille qui dut lâcher prise et il la rejeta à terre. Emivalda se recroquevilla sur elle-même tout en hoquetant à voix basse, comme une enfant terrorisée :

– João… Je t'aime… João… C'est moi, ta princesse…

João constata sans tristesse apparente la détresse de la jeune fille se lamentant à ses pieds et, sur un ton détaché, il dit :

– C'est fini, Emivalda. J'en aime une autre. C'est la vie…

Puis, il cala son havresac sur son épaule, tourna les talons et quitta la pièce, la maison, la place Largo das Neves, Santa Teresa.

João Domar, dans sa marche solitaire, ne fut accompagné que par les éclairs vifs cisaillant la nuit comme des coups de rasoir, et les roulements lugubres du tonnerre.

19

Durant les semaines qui suivirent, João se jeta dans le travail à la manière d'un forcené. Qu'il pleuve, qu'il vente ou que le soleil fasse mijoter la ville dans sa sueur, il ne se contentait plus, désormais, de remplir son seul rôle de *bicheiro*. Cette tâche, il l'avait confiée en grande partie au petit Laranjinha, et il ne l'accompagnait plus qu'un ou deux jours par semaine dans sa tournée des revendeurs, histoire de montrer qu'il était toujours, et plus que jamais, le patron. Le tout jeune *bicheiro*, qui allait fêter ses seize ans, avait accepté cette promotion avec une joie émue et, tous les matins, il soignait le fin duvet de sa moustache, le lissait avec une attention amoureuse et rajoutait même une fine pellicule de cirage noir pour se vieillir un peu et faire ainsi plus sérieux.

João, lui, s'était abouché avec un duo de marins qui travaillaient sur la ligne Bordeaux-Buenos Aires, via Rio de Janeiro. Il les avait rencontrés un soir de beuverie, quelques jours après avoir quitté la demeure de l'oncle Dom Francisco. La scène s'était passée dans un petit caboulot crasseux du port, au nom sans équivoque : *Vai como pode*. Les deux inconnus étaient marseillais et cela suffit pour déboucher *illico* plusieurs litres de *cachaça*. Après s'être abondamment soûlés, João les accompagna dans le centre-ville pour leur faire connaître les plaisirs de la chair tropicale dans un bordel somme toute assez correct, Au coq hardi, où il avait pris ses aises. Une fois sur place, rendez-vous fut fixé pour le lendemain soir.

L'un de ces deux marins s'appelait Joseph et s'exprimait

dans un sabir fait de provençal, de piémontais et de quelques notions de français. Le crâne rasé, des tatouages grossiers sur l'ensemble de son corps et jusque sur les mains, il portait fièrement sa quarantaine, buvait et jurait et chiquait et crachait sans discontinuer, fort comme un bœuf, bon camarade, il avait aussi un coup de fourchette qui étonnait et ravissait les patrons des gargotes de tous les ports du monde. Son acolyte, Amédée, était à l'opposé de Joseph. Petit, sec, étroit d'épaules, il avait des traits de jeune fille, avec de longs cils, une peau qui s'obstinait à ne pas bronzer et une voix chaude qui faisait se pâmer toutes les femmes lorsqu'il se mettait à chanter les succès en vogue. Les cheveux noirs, une créole à chaque oreille, peu disert, il était aussi d'une habileté redoutable dans les combats au couteau. Si le premier naviguait pour faire la vie et voir du pays, on disait du second qu'il travaillait sur les bateaux pour oublier un amour perdu. Et que, sous son foulard rouge qui ne quittait jamais son cou, se cachait une méchante cicatrice, une brûlure qu'il s'était faite en essayant, un jour de désespoir, de se pendre à l'une des poutres de sa chambre.

Le lendemain de leur rencontre, les deux marins apportèrent à João deux bouteilles, en guise de remerciements. Le grand Joseph, hilare, lui offrit un litre d'absinthe. Amédée, sans un mot mais avec un bon sourire, lui tendit une bouteille de cognac.

Alors, João eut une idée qui allait bouleverser sa vie. Dans la capitale, le bon alcool était rare et surtout très cher car taxé à outrance par les autorités brésiliennes. C'était d'ailleurs la raison pour laquelle la *cachaça* était la boisson la plus populaire dans le pays. Le cognac, l'armagnac ou les fines n'étaient consommés que par les aristocrates ou, de façon exceptionnelle, par les petits-bourgeois.

João passa donc un accord avec les deux hommes. Lorsqu'ils rentreraient à Bordeaux, ils se mettraient en quête de viticulteurs et leur achèteraient, en toute discrétion, deux barriques de cognac qu'ils chargeraient, en fraude, dans les cales du prochain bateau sur lequel ils appareilleraient. De retour à Rio de Janeiro, João s'occuperait de la revente de cet alcool, toujours en sous-main, à des bars et des restaurants de la ville.

Les trois hommes crachèrent dans leur main droite et les paumes claquèrent pour sceller ce marché. Le lendemain, João apporta dans une bourse une bonne partie de ses économies. Il les tendit à Amédée en disant :

– C'est un coup d'essai qu'on va faire. On doit donc commencer petit. Avec ça, tu devrais avoir de quoi acheter ce qu'il faut…

Amédée empocha l'argent et, accompagné de Joseph, il reprit le bateau. Le rendez-vous était pris pour le mois suivant.

Le jour fixé et à l'heure dite, les trois hommes se retrouvèrent au *Vai como Pode*. Avec l'argent, Amédée avait réussi à acheter deux tonneaux de cognac et négocié un troisième, d'armagnac, celui-là. La cargaison serait déchargée dans la nuit, moyennant quelques sous à quatre portefaix en qui il avait une totale confiance.

En deux jours, João, aidé de Laranjinha, mit en bouteilles cognac et armagnac et fit le tour des propriétaires qu'il connaissait. L'alcool, d'honnête facture, emballa littéralement les restaurateurs, de l'Amarelinho au Vieux Budapest, du Tunnel de Lapa au 49, et même jusqu'à la grande brasserie à la mode, La Mère Louise, située dans le désert de Leblon. Le produit était bon, les prix inférieurs du tiers par rapport à ce qu'on leur demandait d'ordinaire. Les tenanciers achetèrent tout ce que João leur proposa et passèrent commande pour d'autres bouteilles, dès qu'il serait livré.

Au soir de leur départ pour Buenos Aires, les trois hommes se virent une nouvelle fois. João avait fait les calculs. Ces trois tonneaux avaient rapporté seize fois ce qu'ils lui avaient coûté. Alors, il remit une grande boîte pleine de pièces d'or à Amédée et l'avertit :

– Si on réussit ce coup-là, vous arrêterez bientôt de naviguer…

Amédée protesta faiblement :

– Mais j'ai pas envie d'arrêter, moi…

– T'inquiète pas. Tu continueras à voyager. Mais bientôt,

tu seras plus dans la cale. Tu seras sur le pont, en première. Comme un rupin…

– Si c'est comme ça, alors ça me va…

Et ce fut ainsi que João Domar commença à monter l'un des plus juteux trafics d'alcools de la ville. Pour fournir la marchandise, il créa une petite unité d'embouteillage, trouva un imprimeur pour contrefaire les étiquettes des plus prestigieuses maisons, graissa la patte aux responsables de la sécurité sur le port, arrosa copieusement les douaniers, monta un réseau de représentants et de livreurs et, malgré ces dépenses, il fit à chaque voyage des bénéfices exponentiels qu'il divisa systématiquement en trois parts : la moitié pour lui et un quart pour chacun de ses associés. Le partage parut honnête, puisque c'était João qui avait eu l'idée et qui, avec le premier argent, avait permis de monter l'affaire.

Désormais, à chaque voyage, l'or entrait à pleines pelletées, et le *bicheiro* qu'il continuait à être recommençait à loucher sur les dernières automobiles…

Un soir de juillet 1923, João Domar, les poches pleines, se rendit en taxi chez Zumbi. Mme Diva, qui ne pouvait que se réjouir du travail de son *bicheiro*, venait de lui régler sa semaine, et João avait poussé jusqu'à la rue Joaquim Silva pour débaucher le peintre et l'entraîner dans une nuit de débauche et d'alcool.

Quand il poussa la porte de Zumbi, il trouva Bartolomeu recroquevillé sur son lit, grelottant de froid, les yeux hallucinés, exorbités, claquant des dents, emmitouflé dans une couverture de pauvre laine grise rapiécée par endroits. En découvrant son ami à la lueur d'un bout de chandelle, le peintre s'assit de son mieux et bredouilla :

– Par la Sainte Mère de Bonfim… T'es un rien chic, mon prince !

Effectivement, João avait changé de tenue en même temps que d'activité. Négocier avec des patrons de bars et de restaurants de renom vêtu en *malandro*, sous l'œil suspicieux des clients, était devenu dangereux. Il avait donc troqué ses vêtements trop voyants pour une garde-robe plus respectable. Ce soir-là, il était habillé en dandy, avec un panama crème, des gants en chevreau, un complet veston cintré à la taille, des souliers vernis agrémentés de guêtres d'un blanc lumineux ainsi que d'une chemise de soie. Sur son ventre, la chaîne d'une montre à gousset brillait et, pour ajouter une note d'élégance supplémentaire, il ne se déplaçait plus désormais qu'avec une canne à pommeau d'or ou un parapluie qu'il persistait à garder fermé, que le temps fut beau ou pas.

Sans ôter son pardessus gris en poil de chameau, João vint s'asseoir près de Zumbi et lui offrit une cigarette. Pendant qu'il lui tendait la flamme jaillie de sa dernière acquisition, un lourd briquet en or portant ses initiales, il lui demanda :

– Et alors ? Pourquoi tu trembles comme ça ? T'as attrapé la mort ou quoi ?

Bartolomeu se força à sourire et, le visage couvert d'une sueur froide, il souffla :

– C'est pas ça, mon frère. J'ai froid, c'est tout…

L'hiver avait investi la ville et, depuis une semaine, personne ne parvenait à s'expliquer comment un thermomètre pouvait, sous les Tropiques, descendre en dessous de dix-huit degrés. Les modistes et les boutiques de confection avaient été prises d'assaut et les Cariocas, maintenant, hâtaient le pas dans les rues, engoncés dans des pull-overs qui montaient jusque sous le menton, la tête couverte de chapeaux ou de bonnets de laine, la goutte au nez, les mains bien au chaud dans des moufles.

João se leva et se dirigea vers le coin-cuisine pour préparer un café bien sucré. Hélas, lorsqu'il ouvrit la porte du garde-manger, il n'y trouva rien. Ni café, ni sucre, pas le moindre paquet de riz ni de haricots rouges. Alors, il se retourna vers Zumbi avec un ricanement :

– Qu'est-ce qui se passe, ici ? Rien à manger et rien à boire… Et toi qui grelottes comme une fillette avec moins que rien sur le dos. Allez, mets ton beau costume ! Ce soir, c'est moi qui régale !

Le visage émacié de Bartolomeu s'assombrit un peu plus

dans la lueur de la chandelle. Avec un sourire forcé, il bredouilla :

– Pas ce soir, mon frère. J'ai pas faim. Et j'ai un boulot de tous les diables de l'enfer…

– Comment ça, pas ce soir ? J'ai fait des affaires du tonnerre de Dieu, cette semaine ! Et, crois-moi, je vais te payer un gueuleton à te faire péter la sous-ventrière !

En rigolant, il ouvrit le placard où Bartolomeu, avec un soin méticuleux, serrait son costume de *malandro* et, à nouveau, il demeura interdit. Le placard, hormis un canotier enfoncé sur le côté, était vide. João fit volte-face et, interloqué par cette découverte, alla s'asseoir sur une chaise. Par la fenêtre, une lune pâle donnait un peu de lumière dans l'atelier. Sans un mot, il tira de son pardessus une bouteille de cognac et la tendit à Zumbi. Celui-ci la déboucha en tremblant et en vida la moitié d'un seul coup de bouche fiévreuse. L'alcool agit comme un coup de fouet dans cette grande carcasse maigre et le peintre s'arrêta presque aussitôt de trembler. João lui sourit alors, tristement :

– C'est la dèche, pas vrai ?

– Ça y ressemble…

– Mais pourquoi tu m'as pas demandé ? Moi aussi, j'ai dansé devant le buffet, à Marseille. Et plus souvent qu'à mon tour, tu peux me croire…

– Et où je t'aurais trouvé ? Ça fait plus d'un mois que t'es plus passé…

Il était vrai que, ces dernières semaines, João Domar s'était lancé à corps perdu dans la mise en place de son trafic d'alcool. Les patrons de bars et de restaurants s'étaient donné le mot et, chaque jour, il recevait des commandes d'établissements qu'il n'avait encore jamais visités. Il passait donc ses journées sur le port pour tenter de trouver de nouveaux pourvoyeurs d'alcool, préparer la prochaine livraison, surveiller le débarquement de celle qui venait d'arriver. Ce qu'il avait pensé n'être tout d'abord qu'une modeste affaire bien tranquille prenait une ampleur inattendue et il devait se multiplier entre sa petite unité de mise en bouteilles, la livraison des caisses, les visites chez les douaniers de plus en plus gourmands et l'encaissement des factures, sans parler de ses tournées avec Laranjinha et la tenue quotidienne des comptes pour Mme Diva. C'était bien simple : en près de deux mois, il n'avait pu remonter plus de trois fois au Largo das Neves, pour quelques coups de reins clandestins avec une Emivalda toujours en pleurs, toujours certaine qu'elle se marierait un jour avec lui. Au milieu des gémissements qu'elle tentait d'étouffer de son mieux, il repartait alors, en pleine nuit, surveiller ses intérêts dans tous les lieux chauds de la capitale.

Après avoir avalé quelques gorgées de cognac, João reprit doucement :

– Qu'est-ce qui t'arrive ? Je t'ai jamais vu comme ça… D'habitude, tu trouves toujours au moins de quoi croûter. Et ton costume ? Qu'est-ce que t'en as fait ?

– Devine, beau masque…

La disparition du costume n'était pas très compliquée à expliquer. La faim est une torture de tous les instants, qui vous vrille le ventre, emplit la totalité de votre esprit, devient une obsession maladive qui vous laisse la tête vide, le corps douloureux. Pour manger, on tuerait alors père et mère. Et Zumbi, après avoir vendu son cavaquinho et les quelques nippes de valeur qu'il possédait, avait dû se défaire, un à un, de son veston, de ses pantalons, de ses souliers vernis, de sa chaîne de montre. Il avait ainsi tout mangé. Ou plutôt tout bu, car l'alcool est moins onéreux que la nourriture. La curée avait été totale.

João lui fit alors une proposition :

– Et pourquoi tu travaillerais pas pour moi ?

– Quoi ?

– Oui ! Mes affaires ronflent comme une locomotive et j'aurais bien besoin d'un gaillard comme toi, un homme de confiance. Tu pourrais m'aider et Laranjinha te montrerait, au début !

– La crevette ?

– Et alors ? Il t'apprendrait tous les trucs des *bicheiros*. Je suis sûr que tu serais parfait ! Et, pour ta peinture, tu pourrais continuer tranquillement, le dimanche… Alors ? Ça te dit ?

Zumbi, réchauffé par l'alcool, déplia son double mètre en grimaçant de douleur. Puis, en titubant, il alla s'appuyer à la fenêtre. Dehors, les étoiles étincelaient dans la nuit froide et un nouveau frisson secoua la carcasse du grand peintre. Après un temps de réflexion, il murmura :

— C'est gentil, mon frère. Mais je peux pas…

— Mais pourquoi ?

— J'ai un travail à finir.

Et, d'un geste las, il indiqua le tableau recouvert d'un drap blanc qui, sur un chevalet, occupait le centre de la pièce. Intrigué, João s'en approcha et souleva le tissu. Sur la toile, un Christ, paumes tournées vers l'avant, semblait s'apprêter à embrasser l'univers.

— C'est quoi, ça ? C'est pour Da Silva Costa ? C'est le projet du Corcovado ?

— Tout juste…

— Mais il est très bien, ton Christ… Il est où, le problème ?

Le problème était que cette statue avait fini par hanter les jours et les nuits de Bartolomeu Zumbi. Il savait, il sentait ce qu'il fallait faire. Pourtant, à chaque fois que ses longues et fines mains saisissaient un bout de fusain, à chaque fois qu'il tentait de dessiner le Christ qui correspondrait enfin parfaitement à son émotion, son esprit se brouillait, son imagination dérapait, buttait sur une force invisible qui, au fil des jours, l'emplissait de rage et, avec fureur, il effaçait tout, repartait à l'assaut, le corps en feu, travaillait et travaillait encore, incapable de trouver la bonne posture pour cette statue, suant sang et eau, esquissant et esquissant encore, avec une fièvre qui ne le quittait que lorsque, épuisé, écœuré, il finissait par s'allonger sur son lit, le crâne secoué de visions et de cauchemars.

João haussa les épaules avec dédain :

— C'est pour cette foutue statue que tu te mets dans des états pareils ? Tu crois pas qu'elle a déjà fait assez de mal comme ça ?

Et, dans le silence, il laissa retomber le drap blanc sur la toile.

Ce soir-là, João ne sut rien de la passion pour ce Christ qui rongeait les entrailles de Bartolomeu Zumbi. Le peintre, trop faible, assommé par le cognac, tomba brusquement sur son lit, comme une masse. João le recouvrit avec sa couverture de laine, puis ajouta son pardessus en poil de chameau. Avant de quitter l'atelier, il déposa une bonne somme d'argent sur la table de la cuisine.

Le lendemain matin, à dix heures, Zumbi fut tiré de son sommeil par des coups donnés contre la porte. Lorsqu'il ouvrit celle-ci, il trouva à ses pieds deux caisses de six bouteilles de cognac. Il sourit.

Quand il découvrit l'argent posé sur la table, une émotion le saisit à la gorge.

Le soir, à l'heure où le soleil commençait à décliner, on frappa à nouveau à la porte. Un petit nègre, au visage grêlé, bafouilla quelques mots qu'il ne comprit pas avant de lui tendre un paquet et de disparaître dans les escaliers. Zumbi ouvrit la boîte. Dans un papier de soie, le bois verni d'un *cavaquinho* brillait doucement.

Ce fut à cette époque très exactement que João Domar entra en contact pour la première fois avec les milieux du samba. Jusque-là, il ne s'était jamais intéressé, ni de près ni de loin, à la musique. La musique dite grande, la musique classique l'ennuyait. Il y avait, pour son esprit encore mal dégrossi, trop d'instruments, des finesses qui ne parvenaient pas à l'émouvoir, sans compter les paroles, chantées pour la plupart en italien ou en allemand ou, pire encore, pas de parole du tout.

Idem pour les petits orchestres de *choro*. Avec son oncle, qui se targuait volontiers d'être un mélomane averti, il avait assisté à de modestes concerts donnés à domicile par quelques fonctionnaires de Santa Teresa. Chacun apportait son instrument, toujours une flûte traversière, une guitare, un *cavaquinho*, quelquefois une clarinette, un saxophone, un piston, un trombone, un ophicléide, voire un *bandolim*. Et la musique pouvait démarrer. Mais là aussi, au bout de quelques minutes, il bâillait ferme et finissait par filer prestement, entre deux morceaux, lorsque des discussions passionnées éclataient entre les musiciens, les uns louant les créations de l'immortelle Chiquinha Gonzaga, les autres opposant avec vigueur celles d'un petit nouveau, un nommé Pixinguinha, chacun restant sur ses positions, débattant avec âpreté, tentant de convaincre le camp adverse, jusqu'à ce qu'un nouveau *choro* fasse taire les voix et résonner les instruments.

Aussi, lorsqu'un soir Laranjinha l'invita à assister à un samba et parvint à le traîner dans un taxi jusqu'à la Praça Onze, dans le quartier de Cidade Nova, João se prépara à passer une soirée mortelle. Laranjinha, lui, était excité, une vraie puce et, dans la voiture, il fut intarissable sur cette musique qui comptait chaque jour de nouveaux inconditionnels. Il donna à son ami une foule de détails qu'il ne retint d'ailleurs pas, hormis le fait que le samba était considéré comme une musique décadente, vulgaire, réservée aux prostituées et aux *malandros*, et qu'elle était de ce fait interdite par la police. Ce fut, pour João, une raison suffisante pour accepter l'invitation.

– Salut, petit mec ! Qui c'est, ce blanc que tu me ramènes à cette heure ?

Celle qui venait de prononcer ces quelques mots, d'une voix de stentor, occupait tout l'encadrement de la porte d'une grande bâtisse délabrée de la rue Visconde de Itaùna. Ronde, la peau noire avec des reflets bleutés, des yeux pétillants de vie et d'intelligence, vêtue à la mode de Bahia, tout en blanc, des bijoux clinquant à ses oreilles, autour de son cou, à tous ses doigts, sur ses poignets et jusqu'aux coudes, un turban ceignant son front et emprisonnant ses lourds cheveux cendrés, la pipe aux lèvres, elle ajouta en fronçant ses sourcils :

– Alors, mecton ? T'as pas dit à ton aspirine qu'ici, c'est le quartier de la Petite Afrique ?

– Si, tante. Je lui ai dit. Mais lui, c'est pas n'importe qui. Lui, c'est João. Celui du *Bicho*. C'est mon ami, tu sais ? Je t'en ai parlé…

La grosse femme hésita un instant. Puis, elle finit par s'ouvrir d'un large sourire et, tendant ses bras en direction du nouveau venu, elle le serra contre lui à plusieurs reprises, presque à l'étouffer, en répétant :

– João do Bicho ! João do Bicho ! Si t'es l'ami de mon Laranjinha, alors tu es mon ami. João do Bicho ! Ça te va bien comme nom. Ça sonne bien : João do Bicho !

Puis, précédée par un Laranjinha sautillant dans tous les sens, elle l'entraîna dans son sillage en lui serrant fermement la main.

Le trio arriva alors dans une grande pièce pauvrement meublée, éclairée par des dizaines de bougies. Du plafond, pendaient des guirlandes bleues et blanches confectionnées à l'aide de tortillons de papier. Sur les murs, décrépis et humides, João découvrit des portraits de saintes et de saints dans des cadres de bois doré. Sur le sol de terre battue, des figurines luisaient, entourées de colifichets, de cigares neufs et de *cachaça*. Au fond, une grande table montée sur des tréteaux complétait le décor.

De sa voix tonitruante, la femme présenta João à la cantonade :

– Mes frères et mes sœurs, voici l'ami du mec Laranjinha : João do Bicho !

Dans la salle, une vingtaine de personnes, assises sur des chaises dépareillées, observèrent le nouvel arrivant d'un air circonspect. Les jeunes filles baissèrent les yeux face à ce jeune dandy si élégant, mais aussi tellement blanc. Les hommes portèrent nonchalamment l'index à la tempe en un salut méfiant, mais dénué d'hostilité.

Puis, le brouhaha reprit.

Pour se donner une contenance, João alluma une cigarette et alla rejoindre Laranjinha qui, déjà, debout devant la table surchargée de bières et de nourritures, se gavait de confiture de noix de coco. À voix basse, il lui souffla :

– Eh, mec… Qu'est-ce qu'on fout dans ce taudis ?

La maison dans laquelle ils se trouvaient avait été, jadis, une somptueuse demeure de style colonial. La crise arrivant, les propriétaires, comme tous ceux du quartier de la Cidade Nova, avaient monté des cloisons pour séparer les pièces et créer ainsi des appartements à louer. Mais ces réduits étaient si petits que les bâtisses avaient immédiatement reçu le surnom de ruche. En investissant les lieux, la nouvelle locataire avait commencé par abattre ces cloisons et refusé de payer le loyer tant les conditions de vie et d'hygiène y étaient difficiles.

Comme Laranjinha ne répondait pas, João l'interrogea à nouveau :

– Dis-moi, c'est quoi, cette porcherie ?

Les doigts et les lèvres poisseux de sucre, la bouche pleine, le gamin déglutit avec une joie évidente, puis répondit, tout sourire :

– On est chez tante Ciata.

– La grosse, c'est ta tante ?

– Chut ! Si elle entend que vous l'appelez la grosse, elle est capable de vous arracher la tête avec les mains, aussi vrai que je m'appelle Laranjinha…

Après avoir avalé un grand verre de bière, le gamin reprit :

– Soyez pas nerveux, João do Bicho. Vous êtes en sécurité, ici !

– Je suis pas nerveux. C'est juste qu'y a que des nègres, ici. Et j'ai pas l'habitude, moi.

Avec un clin d'œil gouailleur, Laranjinha répondit :

– Je connais ça, Chef. Ça me fait ça aussi, quand y a que des blancs…

La tante Ciata, à dire vrai, n'était pas à proprement parler la tante de Laranjinha. Elle était plutôt la tante de tout le quartier de la Cidade Nova. Chassée par la faim, elle avait quitté Bahia pour Rio de Janeiro et élu domicile dans ce quartier laissé à l'abandon de la Cidade Nova. Fille d'Oxum, la patronne de la sensualité et de la fécondité, protectrice des enfants, la tante Ciata avait commencé à exercer son art du *Candomblé* chez elle, mais aussi sur la Praça Onze, dès la nuit tombée. Dans cette zone peuplée de nègres et abandonnée de tous, elle se tailla très vite une excellente réputation de Mère de saints.

– C'est elle qui m'a recueilli quand je me suis retrouvé

sans un, poursuivit Laranjinha. Elle m'a recueilli, moi, mais aussi tous les autres. C'est une sainte, la tante...

D'un caractère bien trempé, la main aussi leste que le coup de balai lorsqu'elle se retrouvait face à une injustice, elle s'était donc rapidement attiré le respect et l'amitié de la majorité des habitants, mais aussi la vindicte de la police. Dès qu'elle entendait un gamin hurler dans les environs parce qu'il venait d'être arrêté pour vagabondage, elle sortait de chez elle, en furie, le tisonnier à la main, les yeux subitement injectés de sang, son gros derrière ballotant à chaque pas, furieuse, menaçante, écumante de colère, les poings serrés, elle attrapait le gamin, le serrait contre elle, faisait un scandale, hurlait à pleine gorge, menaçait les forces de l'ordre, se moquait d'eux, rassemblait autour d'elle une foule menaçante, et les pandores, cernés de toutes parts, devaient le plus souvent laisser sa liberté au petit *pivete* avant de repartir, tête basse, sous les sifflets et les cris de victoire des habitants de la Cidade Nova.

Avant de se jeter comme un ruffian sur les *beijos de anjo*, les baisers d'ange, de petits gâteaux vanillés, au lait et à la farine de maïs, Laranjinha expliqua :

– Moi, ils m'avaient arrêté parce que j'avais chipé des beignets dans un magasin. Quand elle m'a conduit ici, elle m'a envoyé une tarte que je te dis que ça ! Pour m'apprendre l'honnêteté, elle m'a dit. Mais c'était toujours mieux que de croupir dans leur prison de malheur...

En 1920, un nouvel article avait été ajouté au code pénal. Pour vider les rues des enfants sans famille et les jeter dans les écoles correctionnelles et les sinistres instituts disciplinaires, la loi de répression de l'oisiveté avait été appliquée sans discernement. Désormais, on envoyait les gamins en pension pour un chef d'accusation qui aurait eu un côté comique, s'il n'avait pas été aussi lourd de drames et de conséquences : « Bras réfractaires au travail »...

– Vous imaginez ça, Chef ? Etre envoyé en taule *pour bras réfractaires au travail*...

À cet instant, dans leur dos, un homme d'une trentaine d'années se mit à jouer de la guitare. Mince, le visage taillé à coups de couteau, vêtu d'un costume noir convenable, il plaquait des accords syncopés sur les cordes de son instrument, semblant chercher une mélodie. Aussitôt, le silence se fit et de grands sourires se dessinèrent sur les visages de l'assistance. À nouveau hilare, Laranjinha souffla à voix basse :

–Lui, c'est Donga. L'inventeur du premier samba au Brésil, *Pelo Telefone*. Vous savez, je vous ai appris les paroles…

La main gauche du musicien formait des accords qui emplissaient l'immense pièce de sonorités telles que João n'en avait jamais entendu. La main droite, sur la rosace, imprimait une rythmique joyeuse, gaie, qui donnait une irrésistible envie de bouger, de se déhancher, d'accompagner et d'honorer la musique avec tout son corps. Alors, la tante Ciata, plus large que haute, fendit le cercle qui s'était formé et, une guitare à la main, elle vint s'asseoir aux côtés du musicien, tout en chantant d'une belle voix chaude :

> *Ce mec-là, c'est Donga !*
> *Donga, le roi du samba !*
> *Ce mec-là, c'est Donga !*
> *Le fils de tante Amélia !*
> *Sarava !*

Toute la salle se mit à applaudir et, sur sa lancée, continua à battre des mains pour rythmer ce nouveau samba en train de voir le jour sur les guitares de Donga et de la tante Ciata.

Alors, un autre nègre, qui n'avait pas quinze ans et était vêtu de loques propres, s'assit à son tour, un *cavaquinho* à la main. Il portait pour surnom Cartola, un chapeau que les maçons coiffent sur leurs cheveux pour les protéger du ciment. Il serait un jour ou l'autre, il en était sûr, l'un des maîtres incontestés du samba. Aussitôt, les notes aigrelettes de son instrument se mélangèrent à celles des guitares, jouant la ligne mélodique, s'en échappant soudain pour la reprendre, un octave plus haut, et revenir ensuite dans la tonalité, donnant de temps à autre de brusques accélérations, rebondissant, virevoltant, les cordes semblant rire, se moquer, ricaner, libres enfin.

Avec des accents de pure allégresse dans la voix, la tante Ciata salua le nouveau venu, en chantant :

> *Et ce mec-là, c'est Cartola !*
> *Cartola, qu'est bien de Rio !*
> *Ce mec-là, c'est Cartola !*
> *Cartola et son cavaquinho !*
> *Sarava !*

L'atmosphère musicale, parfumée d'huile de palme frite, de lait de coco, de cannelle, de piments et de rires, augmenta encore d'un ton. Un à un, d'autres musiciens vinrent prendre place dans ce *samba de roda*. Ce fut ensuite un grand joueur de *pandeiro*, moins élégant que Donga, mais plus fin et plus élancé. Il frappa son tambourin pour accentuer la pulsation de la musique, toujours en rythme, mais toujours en avance ou en retard d'une fraction de seconde, afin de donner encore plus de corps et d'épaisseur à ce samba. Puis ce fut un hercule, au visage marqué par des scarifications, qui s'installa avec son *surdo*, ces gros tambours qui marquent le rythme sourd, la palpitation mère du samba.

En quelques minutes, ce fut une dizaine de musiciens qui prirent place et se mirent à chanter et à jouer, suant maintenant à grosses gouttes, improvisant des couplets, chacun leur tour, tandis que le chœur de la foule reprenait dans un bel ensemble le refrain de ce samba explosif qui, lorsque le moment serait venu d'en inventer un autre, disparaîtrait à tout jamais des mémoires pour s'en retourner en terre d'Afrique d'où ces descendants d'esclaves l'avaient réveillé, le temps d'un éclat de rire, le temps d'un éclat de vie.

João, maintenant tout à fait rassuré, s'approcha de la foule, en dansant malgré lui. Des femmes et des hommes, tous nègres ou métissés, étaient encore venus grossir le nombre de participants, en ralliant la maison de la tante Ciata, déposant au passage sur la table des gâteaux, des fruits, des bols de riz et de haricots noirs, des morceaux de poulet grillé, de la saucisse, du fromage, des litres de bière, des bonbonnes de *cachaça*. Puis, aspirés par la musique et le rythme du samba, ils filaient s'agglutiner aux danseurs avec de joyeux déhanchements gorgés de bonheur.

Soudain, un cercle se fit au milieu de la *roda de samba* pour entourer un Laranjinha maintenant dégoulinant de sueur, les pieds et le torse nus, multipliant les pas de *capoeira*, de *candomblé*, de *jongo*, d'*afoxé* et, même, de *dança-de-velhos*. Il bondissait dans les airs, retombait souplement sur ses jambes, faisait la roue, esquissait des entrechats chaloupés, battant des mains, martelant le sol, balançant son corps de droite et de gauche, mimant l'acte d'amour, en avant, en arrière, en arrière, en avant, prenant des poses salaces à chaque rupture de rythme, pour repartir aussitôt dans de savantes gesticulations, le sourire toujours rayonnant sur son visage d'enfant trop vite devenu homme. Son numéro dura cinq bonnes minutes et, dans une dernière acrobatie, il fit le tour de la foule qui applaudissait à tout rompre. Puis, ayant remarqué une jeune fille vêtue d'une robe blanche, les cheveux noués par un foulard et la taille prise dans une ceinture de soie rouge, il s'approcha d'elle et la désigna aux participants par un brusque coup de reins. Tous se mirent alors à crier :

– *Semba* ! *Semba* ! *Semba* !

En dialecte africain quimbundo, *semba* signifiait coup de nombril.

Dans les grondements du *surdo* portant les guitares, le *pandeiro* et le *cavaquinho*, la jeune fille entama sa danse, toute de sensualité et d'érotisme, dans la grande pièce au sol de terre battue. Exténué, Laranjinha quitta le chœur et vint s'écrouler près du buffet, sur une chaise, où il descendit coup sur coup deux pleines chopes de bière fraîche avant de saisir une cuisse de poulet à pleines mains et de l'arroser d'une sauce aux piments rouges. João, en bras de chemise, le rejoignit et se servit un verre de *cachaça*, dont les reflets ambrés et mordorés s'illuminèrent dans la lumière des bougies. Le gamin, la bouche pleine, lança :

– Alors, Chef ? Je vous l'avais pas dit que c'était un truc à damner toute une armée de saints ?

João acquiesça en souriant. Puis, il demanda :

– Et c'est cette musique que les blancs veulent interdire ?

– Ouais, tout juste…

– Ça m'étonne pas. Ils comprennent rien à la vie…

20

Finalement, le cardinal Dom Sebastiao Leme avait plus d'un tour dans son sac et possédait un entregent bien plus influent que ne le laissaient supposer sa face ronde et sa bonhomie naturelle. Quelques jours après son repas avec Heitor da Silva Costa, à l'Amarelinho, la nouvelle était tombée. Sur les conseils très appuyés du président de la république fédérale, Artur Bernardes, la Light avait enfin pu démonter son Chapeau du Soleil, au sommet du Corcovado. L'architecte en était resté comme deux ronds de flan. Le prélat avait manœuvré avec une finesse et une diplomatie qu'il ne lui aurait jamais prêtées. Désormais, la place était libre pour construire un Christ rédempteur, son Christ. À condition, toutefois, que la Commission finisse enfin par accepter son projet.

Dès le début de l'année 1923, Heitor da Silva Costa avait donc réuni les quelques liquidités qu'il avait pu trouver et avait entrepris un périple qui le conduisit aux quatre coins du monde. Pendant que Zumbi travaillait à l'esthétique de la statue, l'architecte, lui, s'attela à la visite des monuments existants qui se rapprochaient de son Christ. Il fit un choix d'itinéraire très précis, se chargea de malles-cabines, d'encre, de porte-plumes et de cahiers, abandonna pour un temps les rênes de son cabinet à Silvana et se mit enfin en route, bien décidé à découvrir comment et dans quel environnement ces statues avaient été bâties.

Le premier voyage de l'architecte le conduisit tout d'abord dans les Andes. En pleine montagne, non loin de la ville de Mendonça, à la frontière de l'Argentine et du

Chili, se dressait en effet le Christ des Andes. Après un long périple sur des chemins muletiers surplombant des falaises à pic, il finit par atteindre son but. Un beau matin, épuisé, il se retrouva face à une statue de bronze de huit mètres de haut, posée sur un socle de granit et représentant un Christ, le bras droit levé, le gauche portant une croix. À quatre mille quatre cents mètres d'altitude, il avait été édifié pour sceller une bonne fois pour toutes la paix entre ces deux pays, jusqu'alors en guerre. Solennelle, une inscription sur le piédestal proclamait : « Ces montagnes s'écrouleront avant que les Argentins et les Chiliens rompent la paix, jurée au pied du Christ rédempteur ».

Heitor da Silva Costa ne fut nullement impressionné et, à dire vrai, tout ce qu'il retira de cette escapade dans la cordillère des Andes fut un rhume carabiné, qu'il traîna pendant plus d'un mois.

Le petit architecte visita aussi le monument de Notre-Dame de France, fondu avec les canons pris à Sébastopol. Puis, profitant de sa présence au Puy-en-Velay, il poussa jusqu'à la bonne ville d'Espaly pour se faire une idée de la statue et de la grotte-chapelle de Saint Joseph. De même, il croisa au cours d'une soirée le sculpteur français Paul Landowski, un statuaire de renom, avant de bourlinguer encore en Italie, dans la cité d'Arona, pour s'imprégner de l'émotion dégagée par le monument dédié à Saint Charles Borromée. Ses pérégrinations l'entraînèrent aussi jusqu'en Amérique du Nord, à New York, où il se renseigna sur les matériaux et les techniques qui avaient servi à la construction de la statue de la Liberté.

Lorsque, enfin, il reprit le chemin du Brésil, Heitor da Silva Costa, dans sa modeste cabine de deuxième classe, relut ses notes de voyage, compulsa à nouveau les documents qu'il s'était procurés, observa à la loupe les photos et les cartes postales, dans le roulis monotone de son cargo voguant sur l'Atlantique. Et il parvint à une conclusion évidente.

Toutes ces statues, aussi belles soient-elles, souffraient d'une disharmonie, d'un parasitage flagrant qui finissait par dénaturer les monuments eux-mêmes. Ici, c'étaient des habitations trop proches, des montagnes qui bouchaient l'horizon. Là, c'était une forêt ou un parc, qui tirait irrémédiablement la statue vers le sol, vers la terre. Vers l'homme. Pour réussir ce Christ rédempteur, le morne du Corcovado constituait donc le piédestal parfait, unique en son genre, une flèche de granit jaillissant vers le soleil, haute de sept cents mètres. Le Christ, sur ce promontoire, serait ainsi seul au monde, comme posé dans le ciel, irréel et bienveillant. Mais, hélas, et pour exactement les mêmes raisons, des problèmes nouveaux venaient de surgir...

Dès son retour à Rio de Janeiro, toutes affaires cessantes, Heitor da Silva Costa se rendit chez le cardinal Dom Sebastiao Leme. Celui-ci venait de sortir de table et, avant de reprendre son travail, digérait en s'offrant une petite partie de billard dans la salle de jeux du palais São Joaquim.

Les deux hommes se donnèrent l'accolade et, immédiatement, le prélat demanda, tout en continuant à taquiner les boules d'ivoire sur le tapis :

– Alors, mon cher ami ? Et ces voyages ? Ont-ils au moins été fructueux ?

– Cher cardinal, je suis fourbu... Mais je peux vous dire que je n'ai pas fait ces milliers de kilomètres pour rien.

– Parfait, parfait... Alors, dites-moi tout !

Tout en bourrant sa pipe, l'architecte toussota pour éclaircir sa voix, puis :

– La première des choses, c'est que le morne du Corcovado, s'il est bien le lieu idéal pour la construction du Christ, est aussi très étroit en son sommet.

– Ce qui signifie ?

– Que je devrai utiliser une armature métallique ou une structure en béton armée, si l'on ne veut pas risquer de la voir s'effondrer.

– Soit, convint Dom Sebastiao Leme, qui était d'une ignorance crasse dans les domaines de l'ingénierie et des lois de mathématiques et de physique inhérentes à l'architecture. Mais encore ?

Da Silva Costa alluma sa pipe et, dans un nuage de fumée, poursuivit :

– La deuxième chose que ces voyages m'ont enseigné, c'est que j'ai été ridicule...

– Pardon ?

– Oui, j'ai été ridicule d'imaginer un Christ tenant dans sa main une croix et, dans l'autre, un globe terrestre.

– Et pourquoi donc ? Il me semble pourtant que ce sont là des symboles forts du catholicisme, non ? Et puis, un Christ rédempteur sans aucun attribut, de quoi cela aurait-il l'air, je vous le demande ?

– C'est impossible, je vous l'assure...

Le cardinal, qui détestait plus que tout au monde être contredit, fit une fausse queue et manqua déchirer le fin tapis de velours vert. Il reposa sa canne avec nervosité et, à petits pas pressés, alla se servir un verre de cordial. Avant d'avaler la première gorgée, il répliqua :

– Rien n'est impossible, docteur Da Silva Costa. Mais si vous ne voulez pas d'accessoire, que va faire notre Christ planté tout seul comme un piquet à plusieurs centaines de mètres d'altitude ?

– Ça, je dois vous avouer que je l'ignore encore... Mais mon peintre y travaille ! Tout ce dont je suis sûr, c'est que cette statue doit être visible du plus loin possible et être identifiée immédiatement.

– Ça, je le sais !

– Et mes voyages, là encore, m'ont appris que, au-delà d'une certaine hauteur, les détails, tout comme certaines postures, sont absolument inutiles, puisqu'ils ne se distinguent pas à l'œil nu...

Dom Sebastiao Leme chassa une mouche qui bourdonnait devant son visage, puis épongea son front en soufflant. Enfin, il bougonna pour lui-même, les mains croisées dans le dos :

– C'est ennuyeux... Ça, oui. C'est réellement ennuyeux...

– Mais ce n'est pas tout, monsieur le cardinal.

– Quoi ? Qu'est-ce qu'il y a, encore ?

– Nous avions évoqué en commission la présence d'ornements en or, voire en bronze, pour rehausser la beauté de la statue.

– Et bien ?

– Il n'y en aura pas…

Le prélat écarquilla des yeux ronds :

– Comment ça ? Passe pour l'or, cela nous coûterait une fortune. Mais pourquoi pas le bronze ?

– C'est impossible, je vous l'assure…

Subitement excédé, Dom Sebastiao Leme se mit à arpenter la salle de jeux, fouettant l'air avec ses bras, criant plus qu'il ne parlait :

– C'est impossible ! C'est impossible ! Mais vous ne savez donc rien dire d'autre ? À quoi va-t-il ressembler, notre Christ, s'il n'a pas d'accessoire et s'il n'y a pas un peu de bronze pour le rendre majestueux ?

– Mais…

– Ah ! Vous, taisez-vous ! Et plutôt que de courir le monde pour aller voir des statues, visitez un peu les églises de Rio ! Tout est en or ! Tout ! Les statues ! Les goupillons ! Les chandeliers ! Tout, je vous dis ! Et surtout, le Christ sur sa croix ! Alors ? Qu'en dites-vous ?

Heitor da Silva Costa, impassible, fit tomber les cendres de sa pipe dans un cendrier. Puis, d'une voix posée, il répondit :

– Si je vous dis que c'est impossible, ce n'est pas pour vous fâcher…

– Je l'espère bien ! Il ne manquerait plus que ça !

– Mais c'est impossible, et pour deux raisons. La première, c'est parce que le bronze est cher…

– Nous paierons, je vous dis ! Nos concitoyens ont bien droit à une statue en bronze, tout de même !

Sans se départir de son calme, l'architecte argumenta :

– Le bronze est cher et à une telle altitude nous obtiendrions le contraire de l'effet recherché.

– Qu'est-ce que vous me chantez là ?

– La stricte vérité. Vu d'une certaine distance, le bronze prend, même en plein soleil, une teinte grisâtre, un vert sale du plus détestable effet. Sans compter que, en temps de guerre, les gouvernements n'hésitent pas à détruire leurs statues de bronze pour en faire des canons. Ça s'est vu en Allemagne et en Russie, il y a peu...

– La guerre ? Mais quelle guerre ? Depuis que le Brésil existe, il n'y a jamais eu de guerre dans notre pays, voyons !

Se plantant subitement sous le nez de Da Silva Costa, le cardinal maugréa :

– Nous verrons ce point-là en commission. Et quelle est la seconde raison qui, selon vous, nous empêcherait de construire cette statue en bronze ?

– L'entretien...

– Pardon ?

– Imaginez un seul instant le travail nécessaire pour nettoyer une statue de près de quarante mètres de hauteur. Il faudrait une quantité formidable d'ouvriers, de cordes, d'échafaudages. Et encore... À peine auraient-ils fini le nettoyage qu'il faudrait le recommencer. Et je ne vous parle pas des dangers que nous ferions courir à ces pauvres gens...

Dom Sebastiao Leme passa ses mains sur son visage, autant pour en enlever la sueur que pour masquer une grimace de mécontentement. Puis, vaincu par les arguments de son interlocuteur, il alla s'asseoir dans un grand fauteuil de cuir. Avec un petit sourire, il lâcha enfin :

– Vous m'avez convaincu, cher ami. Et m'emporter ainsi ne me vaut rien. Cela bloque ma digestion...

– Je suis désolé si j'ai...

– Ne vous en faites pas pour cela. Car, moi aussi, j'ai une nouvelle à vous apprendre. Et celle-ci est particulièrement réjouissante pour notre affaire, vous allez voir...

Heitor da Silva Costa se rapprocha du prélat, une angoisse grandissant au creux de son plexus solaire. D'un ton méfiant, il interrogea :

– Puis-je savoir de quoi il s'agit ?

Le cardinal laissa passer quelques secondes de silence puis, le visage subitement joyeux, il s'emporta :

– La Semaine du Monument est un vrai succès !

– Pardon ?

– Un succès total, je vous dis ! L'argent entre à flots !

Pour récolter les fonds nécessaires à la construction du Christ rédempteur, le gouvernement avait lancé, en septembre, la Semaine du Monument. Aussitôt, les dons avaient afflué en masse dans les églises, et la presse s'était fait l'écho de cette réussite, poussant les Cariocas, malgré la période difficile que traversait le pays, à mettre la main à la poche pour que naisse enfin la statue tant attendue.

– Tout le monde, je vous dis ! Les bourgeois, les aristocrates, les fonctionnaires, les ouvriers... Même ce qu'il reste d'Indigènes participe activement au mouvement !

Effectivement, les Indiens Bororos de Rio de Janeiro avaient apporté leur soutien au projet. C'était du moins ce qu'avaient colporté les journaux, soucieux d'unir dans un seul et même élan de solidarité l'ensemble du peuple carioca.

– Notre Christ rédempteur sera brésilien... murmura le cardinal, aux anges.

Quand Dom Sebastiao Leme ramena Heitor da Silva Costa vers la porte de sortie, il lui glissa, avec un air entendu :

– Au fait, je vous remercie aussi, personnellement, pour votre don... Et dire que l'on colporte partout que vos finances sont au plus mal !

Ce fut au tour de l'architecte d'être frappé de surprise :

– Mon don ? Mais quel don ?

– Celui que vous m'avez fait parvenir par ce nommé João do Bicho !

Avec un clin d'œil complice, il conclut :

– C'est à l'évidence un faux nom. Et vu l'importance de cette somme, je ne peux que vous féliciter, et pour votre discrétion, et pour votre générosité !

Le lendemain de cette visite chez le cardinal Dom Sebastiao Leme, Heitor da Silva Costa se rendit chez Bartolomeu Zumbi, impatient de partager avec lui ses notes, ses impressions de voyage ainsi que les conclusions auxquelles il était arrivé. Quand il poussa la porte de l'atelier, un peu avant midi, il trouva le peintre couché en chien de fusil au pied de son chevalet, ses deux mains serrant un pinceau, dormant d'un sommeil agité, le corps frissonnant, le visage couvert d'une barbe épaisse. Près de lui, trois bouteilles de *cachaça* vides, des restes de pains au fromage, une tranche de jambon, sèche et noire dans son emballage de papier auréolé de graisse.

L'architecte enjamba des pots de peinture, des vêtements roulés en boule, un sac d'ordures tout bourdonnant de mouches bleu-vert et, dans un dernier effort, ouvrit la fenêtre. Immédiatement, le vent s'engouffra dans la pièce pour la laver à grandes brises printanières, chargées de parfums de fleurs et de fragrances indigo apportées par l'océan Atlantique.

Zumbi, lui, ne bougea pas. Tout juste cligna-t-il de l'œil, écrasé par son sommeil, les membres trop lourds de fatigue et d'alcool. Alors, Heitor da Silva Costa osa soulever le drap qui masquait le tableau, droit sur son chevalet. Avec mille précautions, il fit quelques pas en arrière et, adossé à la fenêtre, observa la toile, perplexe. De violents coups de pinceau dessinaient dans la lumière crue un Christ métis, vêtu d'un simple pagne blanc, une couronne de feuilles fraîches tressées sur son crâne, un genou à terre, les mains tendues vers le bas. Le visage fin, aux yeux légèrement bridés, exprimait une bonté extrême, une commisération teintée de tristesse indicible. De longs cheveux noirs tombaient sur ses épaules et, hormis une petite croix d'argent autour de son cou, rien n'inscrivait cette peinture dans l'univers miséricordieux du Christianisme.

Une voix cassée monta alors dans la pièce :

– Ça vous la coupe, pas vrai ?

– Tiens, répondit l'architecte. Tu es réveillé ?

Zumbi frotta ses yeux avec les paumes de ses mains, à la façon d'un enfant sortant d'un rêve. Puis, il dit en souriant, un doigt pointé sur sa toile :

– Faut vraiment être qu'un fou de nègre pour peinturlurer des trucs pareils, pas vrai ? Un Christ, moitié indien, moitié négro, et qui met un putain de genou à terre pour venir en aide à son prochain…

– Effectivement, je ne suis pas sûr que cette toile fasse l'unanimité auprès de la Commission. Cela dit…

269

—Je sais, l'interrompit Bartolomeu tout en se relevant péniblement.

—Et que sais-tu ?

—Ce que vous allez me dire, je le sais d'avance. Pas besoin d'être très futé pour ça…

En farfouillant dans le placard de la cuisine pour préparer un café, il poursuivit :

—Vous allez me dire que c'est une sacré belle toile réussie, originale, osée, et tout un tas de conneries dans le genre, pas vrai ? Mais moi, je m'en fous. Parce que cette toile, elle est pas pour vous…

—Et pour qui est-elle ?

—Pour un petit voyou, un putain de petit *malandro* qui s'appelle Laranjinha et qu'est un des seuls à comprendre ma peinture.

—Mais je connais ta valeur d'artiste, mon ami, et j'aime tes toiles !

Bartolomeu mit de l'eau à chauffer et se retourna, les yeux tout à la fois reconnaissants et voilés de tristesse :

—Je sais, monsieur. Vous êtes même l'un des seuls dans ce pays à aimer la peinture d'un vrai nègre. Vous l'aimez, mais vous la comprenez pas. Vous avez l'esprit déjà trop déformé pour la comprendre.

—Mais non…

—Mais si, monsieur. Pour vous aussi, un Christ doit être blond et avec des yeux bleus. Il lui faut une peau bien blanche parce que c'est les blancs qui dominent le monde, je me trompe ?

—Il ne s'agit pas de cela, mon ami…

Dans les rues, les harangues d'un marchand de légumes montèrent jusqu'à eux. En moulinant le café, le peintre continua, avec amertume :

—Je vous aime bien, monsieur Costa. Mais on n'y peut rien, c'est inscrit. On n'y peut plus rien. Et ce Christ que vous avez devant les yeux, il a deux cents ans d'avance. Dans deux cents ans, les Indiens, les nègres et les blancs, ils auront fini par se mélanger. Et quand un Brésilien fera le portrait d'un Christ, il le fera tout pareil à celui-là…

Heitor da Silva Costa, fils du très honorable juge José da

Silva Costa, brillant élève de Polytechnique, ne connaissait en effet, hormis Bartolomeu Zumbi, que des noirs à la cuisine, des noirs dans les champs et sur les chantiers, des noirs mendiant dans les rues, des noirs sur les ports, posant des rails sur les voies de chemins de fer ou tirant des charrettes, des noirs servant à table, des noirs faisant le ménage, des noirs qui se fondaient dans la communauté noire, des noirs toujours prêts à servir les blancs, non pas par soumission, mais pour gagner de quoi ne pas mourir de faim. Pour l'architecte, le peintre Bartolomeu n'était qu'une exception qui confirmait la règle. Il n'y avait pourtant dans son esprit aucune trace de racisme. Les choses étaient ce qu'elles étaient, une règle évidente puisque immuable : les noirs servaient les blancs. C'était leur rôle, depuis la nuit des temps.

En faisant couler l'eau bouillante, Zumbi ajouta encore, désabusé :

– Et les blancs nous appellent les noirs. Les noirs, et pas les nègres. Pour eux, on n'est plus des hommes. On est réduits à une couleur. Le noir. Et les Indiens, ils ne sont même plus une couleur. Ils sont déjà un souvenir, exotique…

Un lourd silence se mit à planer dans l'atelier. Bartolomeu s'en voulait d'avoir parlé de choses aussi sérieuses. Dans ces cas-là, on parlait toujours trop. L'architecte, lui, s'était retourné et penché à la fenêtre. Dans cette rue de Lapa, il vit, sans doute pour la première fois, les nègres de Rio de Janeiro. Une jeune fille chantant à sa fenêtre en étendant du linge, deux grand-mères assises sur le pas de leur porte, un vol de gamins jouant à chat perché, une Bahianne avec son plateau de sucreries sur la tête, un groupe d'hommes rigolards rentrant du chantier, du ciment crème sur le visage et les vêtements.

Heitor da Silva Costa, en se retournant vers Zumbi, se dit que, lui aussi, s'il avait été de père et de mère nègres, il gâcherait aujourd'hui du plâtre, en plein soleil, pour que les blancs puissent se loger bien confortablement dans les buildings du bord de mer.

En avalant les premières gorgées de café chaud et très

sucré, les deux hommes se regardèrent et, dans leurs yeux, brilla soudain un éclat de fraternité complice.

Une heure plus tard, Bartolomeu Zumbi, lavé et habillé d'un costume léger, s'arrêta en compagnie de Heitor da Silva Costa devant le grand hôtel Gloria, qui donnait sur l'anse du même nom. Il s'agissait d'un bâtiment bourgeois, aux façades blanches, si blanches que, dans l'éclat du soleil d'octobre, elles vous forçaient à plisser les yeux tant la répercussion des rayons se faisait violente. Dans ce palace, l'un des plus charmants de la ville, séjournaient des têtes couronnées, de riches touristes fuyant les frimas de l'hiver européen, des hommes d'affaires issus de tous les continents et ayant, peu ou prou, des intérêts à négocier avec les grands fazendeiros de São Paulo, du Minas Gerais, ou bien encore des usines à monter, des produits manufacturés à vendre. Cet établissement luxueux émergeait dans un écrin vert, parcouru de façon incessante par une noria de voitures chromées, avec chauffeurs en livrée, d'où descendaient, protégées par des voilettes, d'élégantes femmes du monde. Au Gloria, on parlait toutes les langues, on exauçait les moindres souhaits sans même que ceux-ci aient à être formulés. Tout était une question d'argent.

Aussi, lorsque Zumbi comprit que Heitor da Silva Costa voulait l'inviter à déjeuner dans le restaurant qui se trouvait au premier étage, il le retint d'un geste de la main :

– Non, m'sieur. Ça, y faut pas...

– Il ne faut pas quoi ?

À cet instant, passa un petit nègre, le dos courbé sous une malle deux fois plus grande que lui. Dans sa tenue de bagagiste, il suait sang et eau au plein soleil du midi tandis que, derrière lui, une vieille Anglaise aux cheveux violets, vêtue d'une invraisemblable robe couleur de fraise écrasée, arborant un camée sur la poitrine, s'éventait en houspillant le jeune garçon dans un portugais du Brésil proprement incompréhensible. Sur le perron, le directeur de l'hôtel accueillit la nouvelle venue avec force courbettes et sourires, du temps qu'un autre nègre, aux cheveux poivre et sel, lui proposait une orangeade, servie sur un plateau d'argent.

Zumbi finit par répondre :

– Faut pas, m'sieur. Vous savez bien que, pour croûter ici, il faut être déguisé en groom ou en porteur quand on est nègre. Et encore, on mange qu'en cuisine…

– Qui t'a dit ça ?

– Personne, avoua Zumbi. Mais c'est des choses qui se savent, quoi. Personne a jamais vu un nègre de Rio, un nègre de la rue, s'asseoir au Gloria et commander une *feijoada* !

Avec une mimique de défi, l'architecte répliqua :

– Alors, prépare-toi à vivre un grand jour, mon ami. Parce que, aujourd'hui, c'est une chose qui va arriver !

Et, poussant Bartolomeu dans le dos, il lui fit grimper les quelques escaliers et pénétrer dans le grand hôtel Gloria, sous les yeux éberlués du directeur et ceux, scandalisés, de la vieille Anglaise. Quand les deux hommes prirent place, d'autorité, à une table située au centre de la salle de restaurant, le silence s'installa, immédiatement remplacé, la stupéfaction passée, par une vague de murmures outrés. À peine avaient-ils déplié leurs serviettes que le directeur, un Français à la fine moustache et aux manières stylées, vint se planter devant eux, les lèvres tremblantes. Puis, sans un regard pour Zumbi, il s'adressa en balbutiant à Heitor da Silva Costa :

– Monsieur… Dans un établissement tel que… Tel que celui-ci… Nous ne pouvons… Nous ne pouvons décemment pas…

– Que dites-vous, mon ami ? Je ne comprends rien à votre charabia !

En deux pas chassés, le directeur se rapprocha et se plia soudain en deux pour murmurer à l'oreille de l'architecte quelques mots rapides que Bartolomeu n'entendit pas. Alors, Heitor da Silva Costa prit immédiatement un air courroucé et, à voix très haute, lança :

– Monsieur, ce devrait être un honneur pour vous que de recevoir ici mon ami Bartolomeu Zumbi ! Et dites-vous bien, une bonne fois pour toutes que, ici, au Brésil, nous ne sommes pas aux USA, pas plus qu'en Afrique du Sud. Il y a beau temps que l'esclavagisme a cessé. Et nous, sous les tropiques, nous n'avons jamais voté de loi interdisant aux hommes de couleur l'accès à des établissements publics...

Pendant que le directeur du Gloria, la queue de pie entre les jambes, repartait vers les cuisines, Zumbi se marra doucement :

– Y'a pas à dire, m'sieur, je suis sûr qu'il a fait dans son froc, le loufiat ! Mais, à mon avis, c'est quand même pas demain la veille qu'un nègre pourra venir croquer ses boulettes de morue ici, peinard !

Et, ses gros yeux rieurs, il indiqua les autres consommateurs qui le dévisageaient avec des regards où se mêlaient l'incompréhension, le courroux, la haine et le mépris. Voyant qu'il n'était pas chassé de sa table, il y eut même une famille entière qui quitta la salle, le menton haut, les poings serrés, et qui fit un joli scandale à la réception pendant un bon quart d'heure. Heitor da Silva Costa, lui, noua tranquillement sa serviette autour de son cou et répondit, en imitant l'accent carioca du peintre :

– Mon petit mec, c'est possible. Mais il faut bien un début à tout, pas vrai ? Et c'est pas ce bistroquet qui va m'empêcher de m'envoyer une *feijoada* avec mon pote, parole !

Le déjeuner se prolongea jusque tard dans l'après-midi et ce fut l'architecte qui monopolisa l'essentiel de la discussion. Avec l'enthousiasme d'un adolescent, il lui conta par le menu ses pérégrinations de la cordillère des Andes jusqu'à New York, n'omettant aucun détail, crayonnant sur un bloc qu'il s'était fait apporter des esquisses, expliquant les nouvelles difficultés inhérentes à ce projet, hasardant des débuts de solution, traquant les écueils qu'il leur faudrait éviter. Puis, il résuma son entrevue de la matinée avec Dom Sebastiao Leme, imitant à outrance les mimiques du cardinal, s'enflammant sur le succès rencontré par la Semaine du Monument, riant, plaisantant, buvant juste assez de vin de Bordeaux pour être grisé, bref, retrouvant sa joie de vivre et

274

la légèreté d'âme que l'on perd quand, aspiré par le travail et les responsabilités, on en oublie de vivre.

Après le cognac et les cigares, Heitor da Silva Costa, avec un peu plus de sérieux, demanda :

– Et le tableau du Christ pour la Commission, tu en es où ?

Bartolomeu hocha doucement la tête en signe d'impuissance, puis répondit :

– Ça, docteur, c'est un problème. Ça fait des mois que je m'esquinte le tempérament là-dessus. J'en perds le boire et le manger. Et si un pote, une nuit, m'avait pas tiré de la mouise, je sais pas où je serais, aujourd'hui…

– C'est si dur que ça ?

– M'en parlez pas… Y'a rien de bon qui veut bien sortir de ma satanée caboche…

– Comment ça ?

– Rien, je vous dis. Pas ça… J'ai bien dû faire des centaines de projets. Et ils ont tous fini au feu. Vous feriez mieux de prendre quelqu'un d'autre, allez…

Sans se départir de son sourire, Heitor da Silva Costa murmura :

– Ce projet se fera. C'est toi qui avais raison quand moi, je doutais. Et je suis sûr d'une chose…

– Laquelle ?

– Ce projet se fera sur le modèle du tableau que toi, tu feras de ce Christ.

– Mais j'y arrive pas ! gémit le peintre.

– Alors, travaille. Travaille et, bientôt, tu trouveras. Fais-moi confiance…

Quand le directeur vint présenter l'addition, la mine pincée, ce fut Heitor da Silva Costa qui régla la note. Là encore, Zumbi avait eu raison : ce ne serait pas demain la veille qu'un nègre, peintre dans le quartier de Lapa, pourrait inviter un blanc au grand Hôtel Gloria…

21

Bartolomeu Zumbi s'entêtant à ne pas vouloir faire fortune et à se tuer la santé à dessiner un Christ rédempteur ainsi que d'autres fadaises du même acabit, João Domar avait rapidement dû trouver une solution de remplacement. Laranjinha était maintenant un *bicheiro* accompli. En fêtant ses dix-sept ans, il avait du même coup dit adieu à son allure d'adolescent. De belles moustaches drues et coupées court, tout comme celles de son idole Francisco Alves, surnommé amoureusement par les femmes le Roi de la voix, avaient poussé sous son nez. En une année, il avait grandi de vingt centimètres et dépassait désormais João. Du coup, toute sa garde-robe avait fait le bonheur des vagabonds du quartier de Santo Cristo et, avec un mimétisme touchant, Laranjinha s'habillait désormais, au détail près, comme son ami. De plus, sa voix, naguère crayeuse et cassée, s'était stabilisée et, lorsqu'il jouait de la guitare, les soirs de fête ou de mélancolie, les jeunes filles tombaient sous le charme de ce beau garçon qui improvisait, à l'envi, de lents sambas vantant l'éclat de leurs lèvres, la malice de leur regard, voire certains recoins intimes de leur anatomie. Dans ces cas-là, elles se cachaient derrière leur mouchoir en pouffant, lui demandant d'arrêter tout en espérant en secret qu'il poursuivît ainsi la nuit entière.

João, pour sa part, continuait toujours à tenir les comptes de Mme Diva et, tous les soirs, il était immanquablement à l'heure, rue Vidal Negreiros, sa sacoche de cuir bourrée à craquer de pièces et de billets. D'ailleurs, une nuit, il avait été victime d'une tentative de vol, alors qu'il arrivait sur la

276

place Santo Cristo. Trois hommes armés de couteaux avaient surgi de l'obscurité et, la lame mal assurée, avaient tenté de faire main basse sur la recette de la journée. Il s'agissait de cloches, de maraudeurs à la petite semaine, sans vocation, tels qu'on en trouvait de plus en plus dans la capitale, car l'économie ne se relevait pas et Rio continuait à recevoir, chaque jour, son lot de gueux affamés, ayant préféré fuir les coups de fouet des lieutenants des fazendeiros pour tenter de se remettre à flot dans cette cité gigantesque. João avait serré sa sacoche contre son flanc et avait dégainé son Smith & Wesson calibre 38 sans lequel il ne courait plus les rues. Alors, froidement, il avait abattu les trois hommes qui s'enfuyaient en demandant grâce.

Le lendemain de cette tentative de braquage, il s'était adjoint, sur les conseils de Mme Diva, les services d'un garde du corps, un redoutable porte-flingue d'une quarantaine d'années, aux épaules larges et à la gueule terrifiante de froideur. Il répondait au sobriquet de Toni-le-Tango. S'il avait hérité d'un tel surnom, cela n'avait pourtant aucun lien avec une quelconque attirance pour la musique populaire argentine. En fait, ce robuste gaillard avait gagné ce sobriquet à la faveur d'une obsession. En effet, pensionnaire régulier de la prison de Rio de Janeiro, il s'était déjà évadé quatorze fois et ce, à une date immuable, le 24 décembre, pour rendre visite à sa mère à qui il avait promis, étant jeune, de toujours passer avec elle le réveillon de la nuit de Noël. Un coup en prison, un coup à l'air libre. Toni y avait gagné ce surnom de Toni-le-Tango.

João n'eut qu'à se féliciter d'avoir engagé Toni comme garde du corps. Outre les mauvaises rencontres qui menaçaient quotidiennement son parcours de *bicheiro*, il avait développé d'une façon extraordinaire son trafic d'alcool ce qui, on s'en doute, lui avait valu de nombreuses inimitiés parmi la pègre locale. Toni-le-Tango, avec quelques autres hommes de main, avait ainsi dû dissuader la concurrence à grandes rafales de mitraillettes, dans des combats de rue dont les journaux s'étaient largement fait l'écho. Après quelques escarmouches de ce type, le nom de João Domar, devenu pour le milieu João-do-Bicho, avait fini par être craint et respecté et, depuis quelques mois, tout le monde pouvait travailler en bonne intelligence. Durant cette période de calme, Toni-le-Tango ne chômait pourtant pas. Quand il ne supprimait pas les traîtres et les balances, il amputait les mauvais payeurs d'un ou plusieurs doigts, selon les sommes dues. Si celle-ci devenait importante, il amputait une, voire deux mains.

Une fois où Laranjinha avait été arrêté par la police, João chargea Toni d'assassiner, chaque jour, un gardien des forces de l'ordre. Au bout de dix jours, le *bicheiro* fut libéré. Il faut dire aussi que, par un biais sûr, João avait fait prévenir le maire de la ville : si Laranjinha restait encore derrière les barreaux, il ferait enlever le prochain chef d'État en visite dans la capitale...

Jusqu'en juillet 1924, l'existence de João Domar se résuma donc à une suite ininterrompue de trafics, de règlements de comptes, d'assassinats, de menaces, de tortures. Désormais, l'argent pleuvait et, pour éviter d'être surpris la nuit par la police ou le tueur d'une bande rivale, il avait quitté son hôtel de la rue Do Pinto pour élire domicile dans une favela du morne de Providencia. Dans cet écheveau de sentes tirées sans logique, sans angle droit, formant un véritable labyrinthe de venelles puant les excréments, où les poules, les mules, les chats et les rats interdisaient aux voitures de rouler à vive allure, dans cette cour des miracles où les désespérés du progrès faisaient la nique aux richards d'en bas, ne descendant dans la zone sud et dans le centre que pour y arracher des sacs, monter des arnaques minables, dérober des portefeuilles, rapiner selon les besoins, les envies, l'occasion qui se présentait, au sein de cette fourmilière surplombant la ville flambant neuve et toujours en train de se construire, João-do-Bicho imposa très vite sa présence, avec l'autorité naturelle d'un chef.

Il se fit bâtir une maison en dur, sur deux niveaux, par des maçons du morne qu'il paya grassement, rubis sur l'ongle. De même, il entretint une douzaine de femmes qui s'occupèrent du ménage, des courses, de la cuisine, de laver et raccommoder au besoin ses vêtements, et de tous les détails matériels auxquels il n'avait pas une minute à consacrer. Sur ses deniers, il fit monter trois bars, dont il confia la direction à trois hommes craints de tous dans le quartier, et qui devinrent instantanément ses meilleurs appuis au sein de la population du morne. Enfin, régulièrement, il se mit à distribuer de belles sommes d'argent à toutes les associations qui s'étaient créées à Providencia et qui, ignorées par la municipalité, tiraient le diable par la queue.

João ne devint pas un héros pour autant. Simplement, il fut un homme redouté et respecté. Certains, même, l'estimèrent. Il faisait vivre une bonne partie de la population du morne et, depuis qu'il s'était installé à Providencia, les rôdeurs avaient déserté la colline, les ruelles étaient devenues plus sûres et, dès qu'un litige apparaissait, c'était souvent le *bicheiro* qui était désigné pour trancher.

Un jour, João-do-Bicho eut une idée lumineuse. Il convoqua chez lui tous les chefs de bandes de gamins qui pullulaient sur le morne et il leur donna pour mission de surveiller Providencia. Moyennant, là encore, de l'argent, ces enfants dépenaillés, vifs comme l'éclair, truqueurs, menteurs, charmeurs, malins comme des fouines, auraient désormais la responsabilité de veiller sur tous les étrangers, police y compris, qui tenteraient d'entrer dans la favela. Dès qu'un suspect serait surpris dans le secteur, il leur faudrait prévenir João grâce à une méthode simple de jeux de cerfs-volants. Après quelques ratés bien compréhensibles, cette technique fit merveille. Personne ne put tenter l'ascension du morne sans que João en fût averti instantanément. Pour tous les néophytes, ces gamins jouant au cerf-volant semblaient inoffensifs. Tant qu'ils s'amusent, disait-on, ils ne font pas de mal. Et le chef de la police, le commandant Zuzuca, ne réussit jamais à mettre la main sur João-do-Bicho. À peine était-il monté dans sa voiture de fonction pour tenter de surprendre João, que celui-ci, au sommet du morne de Providencia, était mis au courant.

Alors, sans se presser, il pouvait finir sa bière avant de quitter sa planque et partir se cacher ailleurs, le sourire aux lèvres…

Le 12 juillet 1924, João Domar parvint enfin à faire sauter la muraille de glace derrière laquelle Mme Diva se protégeait. C'était un soir que rien ne distinguait des autres. Comme à son habitude, elle l'attendait, assise sur son canapé, les yeux fixés sur lui, un châle de laine bleue lui couvrant les épaules. Après un salut respectueux, João fit les comptes, disposant sur la table basse les bourses et les liasses, vérifiant que rien ne manquait, pointant avec une exactitude scrupuleuse la moindre des transactions. Quand il eut terminé, il laissa Luiz récupérer ces liquidités sans mot dire et attendit que le majordome quittât la pièce. Alors, João tendit sa sacoche vide à Mme Diva et lui parla d'une voix douce et décidée :

– Madame, c'est fini. Désormais, je ne serai plus votre *bicheiro*…

– Qu'est-ce que tu me dis ?

– La stricte vérité. J'arrête ce soir-même.

Elle eut un sourire incrédule et rajusta son châle pour se protéger de la fraîcheur de la nuit montant par le patio.

– Pourquoi veux-tu que je t'affranchisse ? questionna-t-elle. Tu es mon homme de confiance depuis bientôt trois ans. Si je te libère, qui va s'occuper des revendeurs ?

– Laranjinha fera très bien l'affaire, madame. Il est sérieux et ne rechigne pas à la besogne. En plus, je lui ai appris à tenir un livre de compte. Mais moi, je me retire.

Dans la pénombre envahissant la pièce, Mme Diva réfléchit un instant. Elle avait fini par s'attacher à João Domar. À ce jour, il maîtrisait tous les arcanes du *Jogo do Bicho* et il avait fait progresser ses affaires dans des proportions qu'elle n'avait pas osé imaginer. Mais elle savait aussi qu'il trafiquait dans les alcools et il était légitime que, à vingt-six ans passés maintenant, il tentât de voler de ses propres ailes. Quant à Laranjinha, elle n'était pas idiote. Ce jeune homme se serait fait tuer pour elle et il serait un fort honnête remplaçant à João. Elle fit donc contre mauvaise fortune bon cœur et, levant sur lui son regard le plus tendrement déçu, elle murmura :

– Si c'est ainsi… Je te rends ta liberté. Tu l'as bien méritée, tout compte fait.

À cet instant, João se pencha pour ouvrir un sac de cuir noir posé à ses pieds. Puis, dans un geste ample et théâtral, il en sortit une étoffe qui, immédiatement, se mit à lancer mille feux dans la semi-obscurité. Sans plus d'explication, il en tira un mètre, puis un autre, et encore un autre, un sourire aux lèvres, sous le regard interloqué de Mme Diva qui, piquée par la curiosité, s'était accroupie sur le sol, se retenant par les mains à la table basse. Hypnotisée, elle ne lâchait pas des yeux cette étoffe qui jaillissait du sac, filait entre les doigts de João en un torrent discontinu, d'un jaune vif, et s'amoncelait à ses pieds, une pyramide étincelante, vaporeuse, richement brodée de fils d'or, et qui ne semblait jamais vouloir se tarir. Dans une ultime envolée, le tissu flotta dans l'air, plana un instant et, enfin, se posa dans un souffle.

Tout à sa surprise, la *bicheira* balbutia :

– Mais… Mais qu'est-ce que c'est ? Je n'ai jamais vu ça…

João se saisit à nouveau de l'étoffe et, la tendant devant lui, à bout de bras, il expliqua :

– À la soirée du Jockey Club, vous m'aviez dit que je n'étais qu'un *bicheiro*. Et, depuis quelques minutes, je ne le suis plus…

Tout en marchant vers Mme Diva, il poursuivit, de la même voix douce et ferme :

– Et vous m'aviez dit aussi que je ne pourrais vous toucher que le jour où je serais capable de vous couvrir d'or. C'est ce que je vais faire maintenant…

Alors, joignant le geste à la parole, il ôta avec précaution le fin châle de laine bleue et le remplaça par l'étoffe avec laquelle il recouvrit entièrement la *bicheira*. Celle-ci, avec un regard d'enfant émerveillé, se laissa d'abord faire. Elle s'enroula dans le tissu, éprouva sa douceur sur sa joue, le brassa, le palpa à pleines mains, se mit à glousser, à prendre

281

des poses et, tout à coup, elle se leva et, en trois bonds, alla se camper devant le grand miroir, tirant derrière elle une traîne illuminée, scintillante. João, lorsqu'il vit le contraste entre l'or et la peau noire, satinée, de Mme Diva, n'y tint plus. Sûr de lui, il alla la rejoindre à pas lents et, l'enlaçant à la taille, commença à embrasser ses cheveux, sa nuque, ses oreilles.

Alors, la femme cessa de rire. D'un coup de reins nerveux, elle se dégagea de l'étreinte et lui fit face. Sans ses talons hauts, elle faisait songer à une adolescente partagée entre la révolte et le désir. Avant qu'il ne la saisisse aux épaules, elle n'eut que le temps de souffler :

– Mais pour qui tu te prends ? Tu crois qu'il suffit de…

Le reste de sa phrase s'évanouit dans le baiser violent que João plaqua sur sa bouche, faisant cogner leurs dents, pinçant les lèvres jusqu'au sang. Quand il recula son visage, il vit des flammes de colère s'allumer instantanément dans les yeux de la femme. Avec une nouvelle reptation, elle parvint à s'esquiver, à courir sur quelques mètres, mais João tira soudain sur le tissu d'or et elle revint vers lui, tournant sur elle-même, en toupie soûle. À nouveau, il l'embrassa, parvint à maintenir ses deux poignets dans l'une de ses mains tandis que, de l'autre, il prenait possession de son corps, avec fureur, caressant, griffant ses seins, son ventre, sa croupe à la peau légèrement granuleuse, s'enivrant de son odeur, du goût de sa chair, de sa salive. La femme, parvenant enfin à libérer l'une de ses mains, se mit à le gifler à toute volée, à le lacérer de ses ongles, à lui arracher les cheveux et João, sous cette cascade de coups, sentit son désir croître encore, jusqu'à la douleur.

Après plusieurs minutes de cette lutte acharnée où chacun voulait dominer l'autre, coûte que coûte, la rage et la colère se transformèrent subitement en un désir mutuel à assouvir de manière impérieuse. Chacun arracha les vêtements de l'autre, fiévreusement, sans cesser de s'embrasser, de jouir du goût acide du sang sur sa langue, de la saveur sauvage, plus salée, de la sueur qui inondait leurs corps et ils roulèrent sur le sol, se chevauchèrent sans relâche, ahanant, s'ouvrant enfin, se pénétrant, pétrissant dans un délire orgiaque les chairs, voulant tout prendre, tout lécher, tout mordre, tout boire.

Abandonné sur le carrelage, le long serpent d'or brillait dans l'obscurité de la pièce de ses reflets moirés.

Quatre heures plus tard, sur le long chemin qui mène jusqu'au quartier de Cristo Santo, un petit bout de vieille, emmitouflée dans une veste de toile grise, avançait de son mieux sous une pluie fine et glacée. Le menton rentré dans le cou, elle maugréait, pestait contre l'averse, les flaques, les lampadaires qui ne fonctionnaient qu'un jour sur trois, ce froid, toujours ce froid de juillet qui vous glaçait les os et vous faisait attraper la mort si l'on n'y prenait pas garde. Comme dans un songe, elle enfilait les rues les unes derrière les autres, ne croisant que des chiens errants, des clochards recroquevillés sous des portes cochères, et elle avançait sur ses jambes torves, les articulations broyées par l'humidité, elle marchait, la pauvre petite vieille, à s'en couper le souffle, à tomber dans le caniveau, la bouche ouverte, seule dans la nuit. À plusieurs reprises, elle se trompa de chemin, dut revenir sur ses pas, hésita, cherchant du regard une âme charitable à qui elle aurait pu demander sa route, mais tout le monde, à cette heure tardive, tout le monde dormait du sommeil du juste, bien au chaud, bien au sec, et elle repartait, rouspétant toujours, contre elle-même, contre la vie, contre tous, contre les dieux.

Enfin, au bout d'une rue noyée d'obscurité, elle distingua un halo de lumière. Sans réfléchir, piétinant dans le ruisseau des ordures, la vieille femme finit par reconnaître l'endroit et lâcha un soupir de soulagement :

— Enfin, c'est pas trop tôt…

Dans la lumière d'un lampadaire brillait une plaque où étaient inscrits les mots : Place Santo Cristo. En frissonnant, elle repartit de l'avant, à petits pas pressés et, après avoir farfouillé tout autour de l'église, elle finit par s'engager dans une nouvelle travée qui la mena droit sur la rue qu'elle cherchait, la rue Vidal Negreiros. Elle savait que c'était là qu'habitait la mystérieuse Mme Diva, João le lui avait dit une nuit où il était rentré à la place Largo das Neves encore plus soûl qu'à l'ordinaire.

Les lampadaires, à Vidal Negreiros, fonctionnaient correctement, ce qui facilita la tâche de la vieille femme. Après plusieurs minutes de recherche à se casser la vue sur les plaques des portes d'entrée, elle trouva enfin la sonnette de Mme Diva. Sans hésiter une seule seconde, et malgré l'heure avancée de la nuit, elle tambourina à la porte, le poing fermé, jusqu'à ce qu'une lumière s'allume enfin, que la porte s'entrebâille et qu'un drôle de nègre, en chemise et bonnet de nuit, le bougeoir à la main, se dresse devant elle.

D'une voix qu'il voulut aimable, mais qui gronda lugubrement dans la nuit, le majordome demanda :

– Et alors, ma sœur ? Qu'est-ce qui t'arrive ? C'est pas la soupe populaire, ici ! Si t'as faim, c'est trop tard pour ce soir. Repasse demain, je te donnerai quelque chose…

Comme la petite ombre, toute dégoulinante de nuit et de pluie, ne bougeait pas, Luiz approcha la bougie, histoire de voir à qui il avait à faire. Quand la vieille releva son visage, le majordome fit un pas en arrière, frappé de stupeur. La flamme lui avait montré une grand-mère aux traits cassés, creusés par l'âge et la fatigue, des mèches blanches en queues de rats pendant autour d'une trogne ratatinée et, brillant dans la lumière comme une pièce d'argent dépolie, un œil crevé lançant des reflets bleus. S'il n'avait pas fait aussi froid, l'homme aurait cru à un méchant rêve, un cauchemar où les esprits du mal viennent vous terroriser.

– Monsieur, implora la vieille, il faut absolument que vous m'aidiez. C'est grave !

– Mais t'aider à quoi, ma sœur ?

– Allez chercher ce maudit João, je vous en supplie…

– João ? João Domar ?

Les mains jointes sur sa poitrine, la vieille se mit à trépigner, en proie à une violente angoisse :

– Oui, allez me le chercher, ce moins que rien ! C'est grave, je vous dis !

– Mais…

– Dites-lui que je suis là ! Que la vieille Dida est là !

– Je ne peux pas, voyons ! Il est avec…

– Luiz, tu peux la laisser entrer, je la connais…

Se découpant dans la lumière du salon, tout au bout du couloir, la silhouette de João Domar venait d'apparaître. Aussitôt, Dida bouscula de son mieux la grande carcasse du majordome et claudiqua jusqu'à apparaître dans la lueur de la lampe. Tout essoufflée, elle lança :

– Rhabillez-vous vite, monsieur le *bicheiro*. Il y a un grand malheur qui se prépare au Largo das Neves…

João, entièrement nu, le ventre rebondi d'alcool, cligna des yeux pour stabiliser l'image d'une Dida qui tanguait devant lui. Il avait fait l'amour à plusieurs reprises à Mme Diva, trempant son corps de *cachaça*, le léchant entièrement, buvant avec une frénésie nouvelle tous ces sucs qu'exhalait sa chair de Négresse tendue vers la jouissance et quand, assouvie, ronronnante de plaisir, elle s'était lovée sur les draps humides de son lit, il était revenu au salon et là, avec une régularité de brute, il avait bu et encore bu, pour fêter cette nuit d'amour, pour fêter sa vengeance, il avait bu pour ne pas pleurer, pour ne pas sangloter comme un enfant perdu dans la foule, il avait bu pour célébrer tout ce qu'il avait accompli depuis son arrivée au Brésil, il avait bu et encore bu pour ne pas se souvenir de ses crimes, de ses trahisons, de ses faiblesses, de son honnêteté perdue, du corps pur et élancé d'Emivalda, sa petite princesse, il avait bu et encore bu pour oublier ce qu'il était devenu.

– Alors ? Vous venez ? On a besoin de vous, là-haut !

À cet instant, drapée dans un dessus de lit blanc, Mme Diva apparut en haut des escaliers de bois sombre. Avec un mauvais rire de gorge, elle nargua João :

– Eh bien ? Qu'est-ce qui se passe, ici ? Tu n'es pas assez grand pour sortir seul le soir, à ce que je vois… C'est ta grand-mère qui est venue te chercher ?

Dida baissa son visage et tenta de répondre :

– Mille excuses, madame… Mais il faut absolument que João vienne tout de suite avec moi au Largo das Neves.

– João est assez grand pour savoir ce qu'il a à faire, rétorqua la *bicheira* sur un ton glacial. Je ne le retiens pas prisonnier…

La bouche rendue pâteuse par le cognac, João confirma :

– Elle a raison, je fais ce que je veux. Rentre chez toi, la vieille. Je te promets que je passerai demain…

Dida avança alors d'un pas et, en pleine lumière, lâcha :

– Monsieur João, c'est Emivalda…

– Quoi, Emivalda ? Qu'est-ce qu'elle me veut encore ?

– Emivalda… Elle attend un enfant…

– Quoi ?

– Un enfant de vous, monsieur. Elle vient de tout dire au docteur Da Cunha. Il faut absolument venir la demander en mariage, sinon tout ça va se finir par un drame…

Le rire rauque de Mme Diva dispersa dans le silence les derniers mots de la vieille femme. Elle descendit les escaliers et vint s'asseoir à même le plateau de la table. Puis elle lança :

– Un enfant ! Il ne manquait plus que ça… Et qu'est-ce qui prouve que cet enfant est de João ?

Le visage de Dida devint livide. Pendant que la *bicheira* allumait une cigarette, elle manqua suffoquer d'indignation et finit par répliquer :

– Et de qui voulez-vous qu'il soit, madame ? Y'a pas longtemps encore, j'ai entendu ce voyou revenir, la nuit, et se glisser dans la chambre de ma petite Emivalda…

– Ça ne veut rien dire.

– Quoi ?

– Une fille qui se donne aussi facilement, en cachette de ses parents, elle ne doit pas se donner à un seul homme, vous pouvez me croire…

Pendant que les deux femmes parlaient, João avait achevé un fond de bouteille qui traînait sur la table basse. En titubant, il vint s'asseoir près de Mme Diva et, les lèvres luisantes d'alcool, il trancha :

– Allez, la vieille… Rentre chez toi, maintenant. Moi, je reste ici, parce que c'est ici que je dois être.

– Et Emivalda ? Qu'est-ce que je dois lui dire ?

En étouffant un rot, João sourit niaisement :

– Dis-lui que je passerai. Demain, ou après-demain. Si elle est grosse, ça peut attendre encore quelques jours, non ? Elle va pas accoucher dans la nuit, que je sache !

Après avoir posé un baiser visqueux sur les lèvres sou-riantes de Mme Diva, il se remit sur pied avec difficulté, zigzagua jusqu'au canapé et se laissa tomber avec un bruit mou. La voix plaintive de Dida monta une dernière fois dans le silence :

– Mais Emivalda ? Elle pleure…

– T'inquiète pas, la vieille ! L'oncle, il aime les sous encore plus que sa fille. Demain, je viendrai le dédom-mager. Et bientôt, on parlera plus de tout ça, fais-moi confiance…

Une heure plus tard, Dida partie, João redescendit au salon. Allongé à même le sol, il but encore, de la *cachaça*, du cognac, jusqu'à s'abîmer dans un sommeil sans rêve. Au moment où, un à un, ses fantômes commençaient enfin à lâcher prise, le jour allumait ses premiers feux dans un ciel sans nuage.

Alors, passant devant la fenêtre donnant sur la rue éclai-rée par un rayon de soleil orangé, une ombre familière appa-rut. Des traits durs et tout à la fois empreints d'une profonde tristesse, les yeux de Febronio le fixèrent avec une intensité insoutenable. João sentit son corps se tremper d'une sueur froide et, dans un dernier geste, il lança sa bouteille vers l'Indien. Le carreau éclata en mille morceaux et, lorsque Luiz pénétra dans la pièce, il ne trouva que João, face contre terre, dormant d'un sommeil noir.

Le lendemain matin, vers sept heures, le très estimé doc-teur Dom Francisco da Cunha se rasa méticuleusement et n'eut pas le cœur à sourire lorsqu'il vit qu'un *beija flor* venait voleter devant la fenêtre de la salle de bains. Puis, il revêtit sa plus belle tenue, complet veston noir, chemise blanche brodée à ses initiales avec grand col empesé, cra-vate de soie, chaussures vernies, chapeau haut de forme lustré, chaîne de montre et gants couleur crème. Dehors, le vent qui avait chassé les nuages durant la nuit courait encore par rafales fraîches sous le soleil. Après qu'il eut discipliné sa moustache avec un petit peigne réservé à cet effet, il descendit dans la salle à manger et, gravement, fit un signe de croix devant les cahiers tapissés des articles de presse consacrés à Sarah Bernhardt. Elle aussi, elle l'avait abandonné, vaincue par un méchant coup de faux de la Camarde.

Puis, avant d'ouvrir la porte d'entrée de sa maison, il déposa sur le guéridon du vestibule la clé de la chambre d'Emivalda. À cet instant précis, il ressentit une violente nausée, une irrépressible envie de vomir qui le fit frissonner des pieds à la tête.

– Sois digne, Antonio da Cunha… murmura l'oncle, pour lui-même. Et accomplis ce que tu as à accomplir.

Ce disant, il vérifia la présence, dans la poche droite de son costume, de son vieux pistolet Mannlicher, un calibre de 7,65 mm qu'il avait acheté à un ami argentin de passage à Rio, quinze ans auparavant, au cas où.

La porte pivota sur ses gonds. En fermant les yeux pour éviter la morsure du soleil, l'honorable docteur Dom Francisco da Cunha se mit à trembler. Un flash douloureux emplit son esprit et il se revit, la veille au soir, asséner une gifle retentissante à sa petite fille Emivalda, qu'il n'avait, jusqu'alors, jamais touchée de sa vie. La jeune femme s'était affalée sur le sol, la lèvre ouverte, du sang perlant sur sa belle robe blanche. Sans parvenir à se relever, elle avait rampé à ses pieds, suppliante :

– Pardon… Pardonne-moi, papa ! Je t'en supplie…

Raidi dans sa dignité de père bafoué, il s'était contenté de répondre :

– Tu n'es plus ma fille, Emivalda. Tu es désormais une fille des rues. Et à la rue, les filles des rues…

Alors, il était monté dans sa chambre, laissant derrière lui, hoquetante, toute secouée de sanglots, sa fille bien-aimée, la chair de sa chair, sans même comprendre qu'elle ne le voyait déjà plus, que son regard se vidait de toute vie.

– Bien le bonjour, docteur Da Silva Costa ! Et où allez-vous donc ainsi, habillé comme un roi ? Pas à votre bureau, tout de même ?

C'était Zé Passista qui l'avait salué ainsi et qui venait, comme tous les matins, boire son café au Bar des Filles.

– Non, cher ami, je ne vais pas à mon bureau, répondit l'oncle d'une voix atone. J'ai un rendez-vous à honorer.

– Ce doit être un rendez-vous diablement important, dites-moi ?

– C'en est un, effectivement. Bonjour, monsieur…

Et, d'un pas mécanique, il laissa sur place un Zé Passista déconfit qui s'apprêtait déjà à aborder avec gourmandise un épineux sujet de politique nationale.

Alors, le *bonde* fit tinter sa cloche du terminus. Elle sonna comme un glas, lugubre, sur la placette baignée de lumière du Largo das Neves.

À l'aube, un pressentiment désagréable avait tiré Dom Francisco da Cunha d'un sommeil agité. Sans réveiller sa femme Otàlia, ni même la vieille Dida, il s'était levé et avait ouvert en silence la porte de la chambre d'Emivalda.

Quand il découvrit sa fille, il crut devenir fou. Il devint fou. Le corps agité de soubresauts, il tomba soudain à genoux, la poitrine prise dans un étau de souffrance, les larmes ne parvenant pas à franchir la barrière de ses paupières, les cris cadenassés dans sa gorge. Et il demeura ainsi, prostré, grelottant, horrifié, jusqu'à ce que le soleil se lève.

Allongée sur son lit, les cuisses écartées, du sang caillant sur le matelas et jusque sur le sol, du sang partout, sur la chemise de dentelles blanches, sur les montants du lit, sur la table de nuit, du sang ayant coulé jusqu'à la porte, sa petite Emivalda reposait, les traits défigurés par la douleur, inerte, vidée de tout son sang, maculée de ce sang jusque dans les cheveux et sur son visage diaphane qui, dans la lueur de l'aube, virait insensiblement au gris. Sur le carrelage, figées déjà au centre d'une croûte noirâtre, deux longues aiguilles à tricoter. Deux épées pour crever le fœtus qui battait dans son ventre.

Comme un somnambule, la peau glacée sous le soleil, le docteur Dom Francisco da Cunha marcha jusqu'au centre de la placette du Largo das Neves.

Avant de disparaître, le *bonde* lâcha un nouveau coup de cloche.

Dans le silence revenu, la fenêtre de la chambre d'Emivalda claqua soudain avec violence et tous les buveurs du Bar des Filles se souvinrent d'avoir vu jaillir de cette fenêtre la très respectable Otàlia dépoitraillée, les yeux écarquillés sur la folie qui venait de la posséder, hurlant des mots sans suite, se griffant le visage, frappant sa tête contre les montants. Chacun se précipita alors pour venir en aide à la malheureuse.

Sans hâte, Dom Francisco da Cunha sortit son Mannlicher, ôta son haut-de-forme. Au moment où il posa le canon du pistolet sur sa tempe, il eut encore le temps d'apercevoir le *beija flor* virevolter dans un massif de fleurs jaunes. Sans un mot, il appuya sur la détente. Et son crâne vola en éclats. En même temps que la vitre de la maison de Mme Diva, rue Vidal Negreiros.

L'enterrement d'Emivalda et du docteur Dom Francisco da Cunha eut lieu trois jours plus tard. À Santa Teresa, tout le monde se mobilisa afin que la cérémonie soit la plus sobre et la plus réussie possible. Ainsi, les trois tenancières du Bar des Filles furent irréprochables.

Marta abandonna ses fourneaux pour aller s'installer chez la veuve. Otàlia, en effet, en perdant coup sur coup son mari et sa fille, avait aussi perdu la raison. Pour la calmer, le docteur avait dû lui faire deux grosses piqûres qui l'assommèrent presque aussitôt. Depuis son réveil, elle gardait le lit, hébétée, de la bave coulant sans discontinuer de sa bouche. La vieille Dida, elle, avait purement et simplement disparu.

Graça, pour sa part, avait fait la quête dans son bar, mais aussi dans les bureaux où travaillait l'oncle. En vingt-quatre heures, elle avait réuni une assez jolie somme qui lui permit, sur sa lancée, de négocier avec l'entrepreneur de pompes funèbres et les journaux, pour l'annonce légale, sans oublier le fleuriste, le notaire, le responsable du cimetière, l'organiste, le traiteur pour le buffet, le sculpteur de la pierre tombale, le vendeur de livres de condoléances, bref, tous ces intermédiaires qui permettent de passer le plus correctement possible de vie à trépas.

Iolanda, la plus jeune des trois, avait été élevée jusqu'à sa majorité dans un couvent de Carmélites. Ce fut donc à elle qu'échut le redoutable devoir de négocier avec les hommes d'église et, en particulier, avec le jeune prêtre Pinheiro, qui veillait sur la petite chapelle du Largo das Neves. En effet, elle avait expliqué à ses deux amantes que le suicide, tout comme l'avortement, étaient considérés comme des péchés capitaux qui interdisaient à leurs auteurs de bénéficier des derniers sacrements.

Le lendemain du drame, elle quitta donc ses pantalons et revêtit ses habits les plus stricts, une robe de serge boutonnée jusqu'au dernier bouton et descendant à mi-mollets, un foulard cachant ses cheveux coupés court et des chaussures plates à lacets. Puis, avec appréhension, elle pénétra dans la chapelle. Elle y resta trois heures. Enfermée avec le jeune ecclésiastique, elle mit tout en œuvre pour convaincre le prêtre Pinheiro qu'Emivalda, paix à son âme, était décédée d'une hémorragie interne. Cela ne fut pas chose aisée car des pénitentes trop bavardes lui avaient fourni, le matin même en confession, une version moins honorable. Mais, grâce à la force de persuasion de Iolanda, il avait tout de même fini par accepter d'enterrer chrétiennement la malheureuse. Il faut dire aussi que, depuis qu'il était entré dans les ordres, aucun supérieur ne l'avait éduqué sur les mystères du corps féminin, mystères qui restaient donc, pour lui, insondables. Tout ce qu'il savait, c'était que les filles d'Ève saignaient une fois par mois et que ces saignements ne devaient pas être étrangers à la mort d'Emivalda. Quant à savoir ce qui les avait provoqués, il n'était pas médecin, après tout !

En revanche, l'affaire se révéla beaucoup plus ardue lorsque Iolanda aborda le cas de Dom Francisco da Cunha.

— Mais, ma fille, s'emporta le prêtre Pinheiro, tout le monde a vu le docteur Da Cunha mettre fin à ses jours ! S'il l'avait fait dans l'intimité de sa cave, nous aurions pu dire qu'il s'était tué en nettoyant son arme… Mais là, vous n'y pensez pas !

La belle Iolanda eut beau pleurer et supplier, faire les yeux doux et tenter d'user de ses charmes, dans l'intimité austère de la chapelle, tous ses efforts restèrent vains. Le jeune prêtre, bien que rosissant à chaque fois qu'elle lui saisissait le bras ou lui adressait des regards appuyés, resta sur sa position.

Le lendemain, soit la veille de la cérémonie, elle réapparut avec, marchant à ses côtés, le panama à la main, le docteur Zé Passista. Une nouvelle explication, qui dura cinq heures cette fois-ci, eut lieu. Et le prêtre Pinheiro finit, là encore, par céder. Pour parvenir à arracher cet accord, l'ivrogne désespéré mentit sans la moindre vergogne. Mais le défunt comptait parmi ses amis et les circonstances étaient atténuantes pour excuser ce péché capital.

En premier lieu, il souligna ainsi qu'il avait été la dernière personne à avoir parlé avec le disparu :

– Tout le monde en a été témoin, vous en convenez ?

– Oui, et alors ? s'étonna l'homme d'église. Qu'est-ce que ce détail vient donc faire dans cette histoire ? Que change-t-il ?

– Mais tout, mon père !

– Comment cela ?

– Tout, je vous dis ! Car c'est à moi qu'il a réservé ses dernières paroles.

– Et que vous a-t-il dit ?

Alors, avec un sens inné de l'art dramatique, Zé Passista revint sur la personnalité exemplaire du docteur Dom Francisco da Cunha, sur la générosité dont il avait fait preuve quand un soi-disant neveu était venu lui demander le gîte et le couvert. Il rappela également qu'il avait élevé sa fille dans le plus grand respect de notre Sainte mère l'Église, et que lui-même priait beaucoup.

– Je ne l'ai guère vu aux messes, objecta le prêtre.

– C'est parce que la foi véritable ne s'exhibe pas. Elle se vit, répondit Zé Passista, une main posée sur sa poitrine.

Et il continua encore, dressant de Dom Francisco le portrait du chrétien modèle, du catholique idéal, du notable qu'il avait su devenir tout en respectant les saintes lois de Dieu. Il fit tant et si bien que le jeune prêtre, soûlé par tant de phrases, finit par demander :

– Soit, ce docteur était un homme remarquable sous tout rapport, j'en conviens. Alors, pourquoi a-t-il mis fin à ses jours plutôt que de rechercher le réconfort dans la prière ?

Zé Passista se signa lentement et, la voix tremblante d'émotion, il laissa tomber :

– Mais pour ne pas commettre de meurtre, mon père…

– Que dites-vous ?

– L'exacte et terrible vérité. Avant d'appuyer sur la détente, il m'a dit, les yeux dans les yeux : je préfère me supprimer pour ne pas assassiner ceux qui ont fait ça à ma fille.

– Le pauvre homme… Mais qui voulait-il tuer ?

– Un instant, mon père. Et vous allez comprendre…

Durant les deux dernières heures que dura l'entretien, Zé Passista expliqua que, trois mois plus tôt, Dom Francisco avait conduit sa fille à l'hôpital de la ville. Elle souffrait d'horribles maux de ventre et, immédiatement, les médecins décidèrent de l'interner.

– Ils se sont acharnés sur notre Emivalda, ils l'ont gavée de piqûres, de gélules et de potions. Ils l'ont même opérée à trois reprises. Et tout ça, hélas, sans résultat notable…

Songeur, le prêtre Pinheiro murmura :

– C'est donc pour cela qu'elle ne venait plus à la messe…

– Exactement, mon père…

– Mais ça ne suffit pas pour assassiner des gens, surtout s'ils ont tout tenté !

Les mains jointes, Zé Passista asséna alors le coup de grâce :

– Ce n'est pas cette raison qui l'a poussé à agir ainsi… En fait, lorsqu'il a ramené sa fille à la maison, elle lui a avoué que…

– Que lui a-t-elle avoué de si grave ? Parlez sans crainte, mon fils…

– La petite Emivalda, notre petite Emivalda, lui a avoué

293

qu'elle avait été… Qu'elle avait été abusée par des infirmiers, mon père.

Le jeune ecclésiastique en demeura bouche bée. De drôles de rumeurs de cet acabit couraient en effet, depuis quelques semaines, dans toute la ville. Les journaux, à la rubrique des faits divers, relataient avec une profusion de détails les exactions d'un ou de plusieurs détraqués sexuels, la police ne savait pas, qui avaient jeté leur dévolu sur les patientes des cliniques et de l'hôpital public.

À la lumière de ces révélations, le geste désespéré du docteur Dom Francisco da Cunha s'expliquait désormais sans peine. Et ce fut même le prêtre qui finit de dénouer, d'une voix pleine de componction et de respect, l'écheveau de cette histoire tragique :

– Paix à son âme… Pour ne pas supprimer des créatures de Dieu, il a donc préféré mettre fin à ses jours.

– Oui, mon père, c'est exactement ce qu'il m'a dit. Et il a ajouté : Dieu les frappera de son juste courroux. Mais moi, je ne peux plus vivre avec tant de douleur.

– Et il aura préféré rejoindre sa fille, même au prix de l'enfer.

Dans une émotion recueillie, le prêtre conclut alors par ces mots :

– Que Dieu me pardonne, mais je lui donnerai les derniers sacrements. Tout se fera dans la plus grande discrétion, car nous serons en parfaite contradiction avec les recommandations de l'Église. Mais une aussi belle âme, une âme aussi généreuse, doit pouvoir trouver le pardon auprès de notre Père à tous…

Le jour de la cérémonie, João Domar arriva avec une bonne heure de retard, vêtu de sombre des pieds à la tête. Son taxi s'arrêta sur la place du Largo das Neves et repartit aussitôt, aspiré par la rue Eduardo Neves. Le soleil, implacable, découpait chaque ombre avec la précision d'un boucher. À la droite de João, le Bar des Filles était resté fermé et un ruban noir pendait à la grille, mollement agité par un vent finissant. De l'autre côté de la placette vide, on n'entendait que la musique des orgues, étouffée par les portes closes de la petite chapelle. Devant celle-ci, se trouvait un guéridon recouvert d'un drap noir et supportant un grand livre de condoléances.

Pensif, João écrasa sa cigarette d'un coup de talon. Cela faisait trois jours qu'il avait appris le suicide de l'oncle Dom Francisco ainsi que la tragique tentative d'avortement d'Emivalda. Il n'y avait pas cru. Et même là, devant cette chapelle en deuil, il ne parvenait pas à réaliser que la mort avait réellement frappé. Ses yeux restaient secs. Il était persuadé que tout ceci n'existait pas, que ce n'était qu'un mauvais rêve et que, soudain, Emivalda allait apparaître à la fenêtre de sa chambre, un sourire d'amour sur les lèvres, ses grands yeux verts rayonnant de bonheur et que, sortant de chez lui, son bon gros ventre en avant et les moustaches frémissantes, l'oncle Francisco avancerait vers lui, le visage débonnaire, l'œil pétillant, les bras ouverts.

Alors qu'il commençait à traverser la place, João s'immobilisa soudain sur les pavés. Face à lui, à une vingtaine de mètres, la porte de la chapelle venait de s'ouvrir. Le père Pinheiro, sortant de l'ombre glacée, apparut en plein soleil, les mains jointes pour la prière, en grosse robe de bure, encadré par deux enfants de chœur. Il monta les cinq marches donnant sur le Largo das Neves et, à sa suite, apparut une vague noire, qui pleurait sans bruit, les yeux au sol, une lame mouvante composée de visages amis, l'épicier Giuseppe, l'instituteur José Panta, les fonctionnaires musiciens de *choro*, le ferronnier Polycarpo, le peintre Pedro Virgulino, le commis de banque Napoleao Antonio, le journaliste et chroniqueur Zé Ferreira, l'épicier du Largo dos Guimaraes, José Costa, puis les habitués du Bar des Filles, tenant le cercueil d'Emivalda sur leurs épaules, le cercueil du docteur Dom Francisco da Cunha ayant été préalablement transporté au cimetière de Santa Teresa aux premières lueurs de l'aube. Devant eux, venaient Graça, Marta et Iolanda, elles-mêmes devancées par Zé Passista, stoïque, livide. Dans le silence troublé seulement par le bruit de pas, les reniflements et les prières psalmodiées à voix basse, le cortège traversa la place.

Quand la foule passa près de João, il n'y eut pas de cri, pas d'insulte, ni esclandre ni reproche. Bien que connaissant tous les dessous de l'histoire, ils défilèrent devant lui sans un regard pour celui qui avait été l'un des leurs. Seul, Zé Passista le fixa dans les yeux et, sans baisser le regard, il lui cracha à la figure. Pour lui, que la vie avait broyé à cause d'un amour déchiré, João était un criminel, l'un des pires qui existât, puisqu'il avait assassiné l'amour de la petite Emivalda.

Au même rythme lent, la procession finit par disparaître et abandonna João, seul au monde, plus seul encore qu'il ne l'avait jamais été, immobile, pétrifié sous le soleil.

Alors, avec une fureur animale, João Domar sortit soudain son Smith & Wesson. Le regard halluciné, il tourna plusieurs fois sur lui-même, sans savoir sur quoi faire feu pour expulser la haine qui sourdait en lui. Dans un hurlement de damné, il finit par pointer son arme sur la façade de la maison qui l'avait accueilli et aimé, jusqu'à la mort. Alors, il vida son revolver sur la fenêtre de la chambre où il avait dormi et où il avait fait l'amour à Emivalda. Là encore, les vitres volèrent en éclats dans un vacarme infernal qui se répercuta dans le lointain, au-delà de Santa Teresa, au-delà du morne Dos Prazeres et du Cosme Velho. Les détonations claquèrent pour mourir, enfin, au pied du Corcovado.

Terrorisée, accroupie près du lit où reposait, assommée, Otàlia da Cunha, la vieille Dida se mordit les lèvres jusqu'au sang, pour ne pas hurler.

22

À dater de cet enterrement, João Domar, venu pour fuir une vendetta et faire fortune, João Domar acheva de perdre son âme. Après s'être soûlé une semaine entière, il revint à la vie avec la ferme intention d'étendre son pouvoir de *malandro*, d'accroître sa fortune par tous les moyens possibles et imaginables, quitte à terroriser la ville et à défier la mort.

C'est ce qu'il fit, avec une violence et une froideur effrayantes.

Son affaire d'alcool de contrebande, depuis bientôt deux ans, tournait déjà fort bien. Mais cela ne lui convint plus et il engagea des hommes de main, des vrais, pas de ces pauvres bougres désespérés qui acceptaient contre une bouchée de pain n'importe quelle sale besogne et qui l'accomplissaient en amateurs. Ceux que João choisit, ce furent des durs à cuire, des condamnés à mort en cavale ou tout juste évadés de prison et qui n'avaient, comme lui, plus rien à perdre. Ces repris de justice aux mains souillées de sang avaient assassiné, torturé, violé, volé, sans la moindre vergogne, avec jouissance, le corps entier secoué de rires brutaux lorsque leur victime rendait l'âme. João en engagea une vingtaine, triée sur le volet, qui devinrent aussitôt sa garde prétorienne, logeant dans la favela du morne de Providencia, dans une maison mitoyenne à la sienne qu'il fit édifier. Certains de ces truands tentèrent bien de prendre sa place pour régner à leur tour sur la capitale. Mais João veillait, Toni-le-Tango à ses côtés. Et les quelques traîtres finirent tous, sans exception, soit dans les tréfonds limoneux du canal du Mangue, soit dans l'anse à requins surplombée par l'usine d'équarris-sage.

Avant cette reprise en main de ses affaires, seuls vingt pour cent des bars et des restaurants se servaient chez João Domar, par peur de la police ou, quelquefois, par pure honnêteté. Un mois plus tard, grâce aux actions d'intimidation employées par ses hommes, le chiffre grimpa à cinquante pour cent. Deux mois après, il atteignait les quatre-vingts pour cent.

En moins de temps qu'il ne faut pour le dire, les nouvelles méthodes de João-do-Bicho et de ses lieutenants se répandirent dans toute la ville. On commença à avoir peur de lui, les malfrats comme les honnêtes gens. Et des bruits, chaque jour amplifiés, se mirent à courir sur son compte et à faire de son personnage une légende vivante. Ainsi, n'avait-il pas décapité le patron d'une brasserie de la rue Riachuelo, simplement parce que celui-ci avait demandé un délai pour régler ses factures ? La lame de la machette avait tranché net et, tenant le crâne par les cheveux, à bout de bras, ne l'avait-il pas rapporté aux gosses de la favela pour qu'ils improvisent un match de football avec ce ballon de fortune ? De même, ne murmurait-on pas, sous le manteau, qu'il ne se levait jamais, chaque matin que Dieu faisait, sans avoir défloré une jeune fille tout juste nubile que ses gardes du corps enlevaient pour lui parmi les plus belles filles de notables ? Et la prostitution, est-ce qu'il n'y touchait pas aussi ? Qui ignorait encore que c'était par bateaux entiers qu'il organisait la traite des blanches comme, jadis, celle des nègres ?

Ce João-do-Bicho était bien le diable en personne. Le pire des fléaux qui ait jamais frappé Rio de Janeiro ! Lorsque ses lieutenants venaient lui rapporter ces histoires, il souriait. Il aimait bien trop le football pour demander à des gamins de s'écorcher les pieds sur un crâne. Quant aux jeunes vierges, il ne manquait pas de prétendantes rêvant de passer une nuit avec lui, entre les bras craints et respectés de João-do-Bicho.

En revanche, son intérêt pour les claques et les bordels était bien réel. Flanqué de Toni-le-Tango, de Petite-Échelle et de Casse-Phalanges, il avait commencé par faire une descente au Palais royal, rue Do Ouvidor, un après-midi d'octobre. En le voyant entrer, Marie Dupeyrat l'avait reçu avec une chaleur et un empressement qui cédèrent bien vite le pas à la panique. En cinq sec, les quelques clients présents avaient été jetés à la rue et João avait pris possession de l'établissement. Avec une voix froide, il avait parlé à la maquerelle en ces termes :

– Y'a deux ans, tu m'as interdit ton claque parce que j'avais plus de pèze. Et parce que j'avais un pote qu'était nègre. Aujourd'hui, la roue a tourné. À partir de maintenant, tu vas travailler pour moi. Et si ton bordel gagne pas assez, je te mettrai moi-même au tapin. À Lapa, sur les trottoirs. Là où y'a que des nègres…

Le tout avec un surin appuyé contre sa gorge blanche et grasse.

Marie Dupeyrat capitula. Les hommes politiques de ses amis, lorsqu'ils apprirent toute l'affaire, lui tournèrent prudemment le dos. Et João-do-Bicho, outre le prix des passes, en profita pour rafler aussi le bar du Palais royal où, entre deux coups de reins, on buvait sec sans jamais regarder à la dépense.

Une nuit de novembre chaude et étouffante, João-do-Bicho rendit aussi visite à Afonso Cotrim, alors que les garçons tiraient les grilles pour fermer le bar-restaurant Colombo. Mais, cette fois-ci, il vint seul, même si Toni-le-Tango resta en faction, dans le cas où cette réunion aurait mal tourné.

Quand Afonso Cotrim reconnut la silhouette de João dans la pénombre, il quitta la caisse enregistreuse, renvoya prestement les garçons et, une bouteille de sa meilleure *cachaça* à la main, il vint à la rencontre du *malandro*. Après une brève accolade, João choisit de s'installer à la table où, deux ans plus tôt, il avait eu sa dernière discussion avec le patron du Colombo. Comme celui-ci décachetait déjà la bouteille, João l'interrompit d'un geste de la main et lui dit :

– Si vous le permettez, c'est à moi de vous offrir à boire. Souvenez-vous… Vous avez dû m'interdire votre établissement parce que j'avais des dettes chez vous. Il ne fallait pas créer de précédent…

– Je m'en souviens, mais il…

– Et vous avez eu raison. J'aurais fait la même chose. Et vous, vous l'avez fait comme un gentleman. Avec discrétion. Et vous m'avez même donné une bouteille de *cachaça*, la dernière. Alors, ce soir, je veux régler ma dette…

Ce disant, il déposa sur le marbre de la table dix fois trop d'argent et tira de sa poche une bouteille de cognac puisée dans sa réserve personnelle. Afonso Cotrim repoussa la liasse et expliqua, rassuré :

– Pour l'argent, il y a prescription aujourd'hui. Mais je partagerais volontiers ce cognac avec vous, docteur…

À dater de cette nuit-là, João-do-Bicho continua à traiter en ami cet homme qui, alors qu'il avait soif, lui avait donné une bouteille et, surtout, qui l'avait toujours respecté. En retour, il lui confia la distribution de son cognac et Afonso Cotrim travailla désormais pour João, avec une honnêteté qui ne se démentit jamais.

– Qu'est-ce qu'y a, Chef ? On n'a pas idée de faire cavaler un honnête homme comme moi à une heure pareille de la matinée ! Regardez, j'ai tellement couru que je suis trempé comme une soupe !

Assis devant sa fenêtre, une chope de bière à la main, habillé d'un léger costume de tweed grège, des lunettes de soleil sur le nez, João-do-Bicho laissa venir à lui un Laranjinha suant, en nage, exténué d'avoir gravi à pied les sentes raides du morne de Providencia. Les mains sur les cuisses, tentant de reprendre son souffle, il demanda :

– Alors, Chef ? C'est quoi ? Casse-phalanges m'a dit qu'y avait le feu. Y a eu un malheur ?

João écrasa sa cigarette dans un cendrier de porcelaine bleue et, sans répondre, se mit debout. Avec un clin d'œil énigmatique, il enjoignit le jeune homme de le suivre.

– Si vous souriez, c'est que tout va bien, souffla Laranjinha. Mais pourquoi vous m'avez fait cavaler comme un lapin ? Avec ce putain de soleil, c'est pas sain, Chef…

– Suis-moi et tais-toi…

Alors, les deux hommes sortirent dans la pleine lumière de la rue et marchèrent sur quelques mètres jusqu'à arriver devant un grand hangar dont la porte de tôle ondulée brûlait dans la chaleur. João ouvrit le cadenas et, avant de remonter le lourd rideau, murmura avec délectation :

– Petit mec, cette fois, ça y est…

– Ça y est, quoi ?

João posa son index sur ses lèvres et, toujours aussi énigmatique, lui décocha un clin d'œil :

– Tu vas voir que t'as pas couru pour rien…

Avec un grognement de bûcheron, il fit coulisser la porte et, aussitôt, Laranjinha s'exclama :

– La putain de sa mère ! C'est vraiment vrai ? Dites-moi que je rêve pas, Chef ! Elle est vraiment à vous ?

En bombant le torse, João pénétra dans le réduit et, d'un coup sec, tira sur un drap de satin blanc. Alors apparut une automobile, flambant neuve, sentant le cuir frais et l'encaustique, avec deux gros phares sur le devant, une automobile d'un noir élégant, avec une sellerie rouge et un tableau de bord taillé dans le frêne. N'osant la toucher sinon du regard, Laranjinha en fit le tour sans cesser de pousser de longs sifflements d'admiration, en ponctuant chacun d'eux par des :

– J'y crois pas, Chef… J'y crois pas ! C'est la plus belle que j'ai vue de toute ma putain de chiée de vie ! Elle est incroyable… Sainte Mère de Bonfim de Bahia ! Mais qu'est-ce que c'est ?

João, tout en flattant le capot avant de la machine avec la paume de sa main, répondit, avec un zeste de suffisance :

– C'est le dernier cri, mon p'tit mec. Une Citroën cinq HP. Et une deux places, je te prie !

Puis, il récita ce que le vendeur lui avait expliqué :

– C'est pas rien, tu peux me croire. Quatre cylindres en ligne, avec allumage par magnéto. Une révolution. Et je te parle pas des détails techniques, c'est une affaire de spécialiste.

– Que c'est beau… s'extasia encore Laranjinha. Ça me fait pareil à l'intérieur que le jour où le mec Zumbi m'a montré son tableau…

– Ça te dirait de l'essayer ?

Laranjinha demanda, incrédule :

– Vous êtes sérieux, Chef ? Juste vous et moi, vous voulez dire ?

– Et qui tu voudrais mettre d'autre ? Y'a que deux places, je t'ai dit !

– Si vous me faites faire un tour dans ce bolide, je crois que je pourrai mourir heureux…

Après avoir quitté Providencia, salués par les cris d'admiration de la foule, João-do-Bicho fila jusqu'à Gloria pour rejoindre le front de mer et, à grands coups de trompe, poursuivit par Botafogo, Leme, Copacabana, Ipanema et le *no man's land* de Leblon. À ses côtés, Laranjinha se cramponnait des deux mains à la portière, effrayé et grisé par le vent de la vitesse, riant à gorge déployée, hurlant d'effroi lorsqu'un piéton ou un obstacle se présentait et quand, dans une embardée, João parvenait de justesse à l'éviter, il riait encore plus fort, se lâchait pour lever les bras au ciel et se cramponnait à nouveau aussi vite, terrifié, heureux.

Dans une gargote au nord de Leblon, ils s'arrêtèrent pour laisser refroidir le moteur et s'envoyer chacun une bière glacée. Après la dernière gorgée, Laranjinha déclara sur un ton sentencieux :

– Dès que j'aurai assez de pognon, je m'en achèterai une, moi aussi. Et ce sera à moi de vous promener, Chef. On se fera une virée de tous les diables de l'enfer et du paradis, vous pouvez me croire !

Sur le chemin du retour, alors que, coincés derrière une enfilade interminable de voitures à chevaux, João se demandait comment il allait organiser sa soirée, il sentit brutalement une douleur d'angoisse naître et s'étoiler dans son ventre. Ses mains se mirent à trembler, son visage blêmit, son souffle se

302

fit plus court, saccadé, et une sensation d'engourdissement et de froid le fit claquer des dents. En un éclair, il revit le visage de l'oncle Dom Francisco, ainsi que le sourire brisé d'Emivalda. Un simple éclair, d'une fraction de seconde.

Et ce fut tout.

Laranjinha s'aperçut de ce brusque changement, mais il se garda bien de parler. Quelques semaines auparavant, il avait essayé de venir en aide à son ami alors qu'une crise d'angoisse le saisissait. Il en avait été quitte pour une série de hurlements ininterrompus lui enjoignant de s'occuper de ses oignons et, s'il n'avait pas quitté le restaurant où les deux hommes se trouvaient, il avait senti que João aurait été capable d'en venir aux mains. Aussi, chaque fois que les symptômes d'une crise se faisaient jour, Laranjinha se tenait coi, impassible, restant tout de même à proximité, dans le cas où le *malandro* aurait eu besoin de son aide.

João, pour sa part, ne s'était pas inquiété de ces épisodes de panique durant lesquels il avait l'impression très nette que la mort allait le saisir par les pieds et le plonger dans la tombe. De façon pragmatique, il avalait une demi-bouteille de *cachaça* et tout redevenait normal. Pourtant, les crises avaient commencé à se rapprocher dans le temps et il dut reconnaître que, si leur fréquence et leur puissance augmentaient, les effets de l'alcool avaient tendance à s'amenuiser. Il se mit à avoir peur. Peur que l'angoisse le saisisse lors d'une affaire importante, en tournée chez Marie Dupeyrat, au Colombo, sur le port de Rio, en pleine négociation avec les chefs des douanes, par exemple. S'il se mettait à trembler devant ses interlocuteurs, ou pire, devant ses hommes, comme une vieille femme, c'en serait terminé de sa réputation de *malandro*. Alors, il saisissait toutes les occasions pour boire ou fumer de la *maconha*, pour tenter de juguler cette bête informe qui se débattait dans ses entrailles et menaçait de le rendre fou.

Ses seuls instants de répit, João les puisait entre les bras de Mme Diva. Chaque nuit, il ralliait sa maison de la rue Vidal Negreiros et plongeait alors avec une frénésie féroce dans des heures de corps à corps passionnés au cours desquels, selon les caprices d'Aphrodite, il faisait de la *bicheira* son esclave, la réduisant à un simple corps gémissant de plaisir et de douleur mêlés, la giflant, la griffant, l'humiliant de la voix, se grisant de sa propre puissance jusqu'à ce que, soudain, les rôles ne s'inversent et qu'il se métamorphose en un amant sans défense, offert, soumis, craintif, suppliant, sous les yeux noirs de son tanagra triomphant. Après ces violentes luttes charnelles, les deux amants s'effondraient, chacun de leur côté, soûlés de fatigue et d'alcool, abrutis de plaisir.

Une fois où ils venaient de faire l'amour, alors que l'aube se levait, Mme Diva, allongée sur le dos, lui demanda :

— Dis-moi, tu n'as pas peur que je te tue, comme j'ai tué mes autres maris ?

— Non. Et tu me tueras pas, puisqu'on n'est pas mariés…

Elle étouffa dans sa gorge un petit rire de lassitude, puis murmura :

— Tu as raison, *malandro*. Et je vais te confier un secret. Je n'ai pas assassiné mes maris.

— Comment ils sont morts, alors ?

— Disons que c'est le sort qui s'en est chargé. Et tu vas voir où les malices des dieux vont se fourrer…

Se calant sur le flanc, João alluma un reste de cigarette de *maconha* et l'écouta parler :

— Mon premier *cangaceiro* de mari était une brute épaisse. La nuit de nos noces, il m'a tellement fait souffrir en arrachant ma virginité que j'ai souhaité sa mort. Et, trois semaines après être parti en traque, on me l'a ramené agonisant…

— Ça, c'est pas un secret puisque tout le monde le sait, à Rio.

Mme Diva saisit délicatement le mégot que lui tendait João, aspira avec gourmandise la fumée de la *maconha* et la retint longtemps en elle avant de poursuivre :

— Après son enterrement, j'ai jeté toutes les affaires de cette face de porc. Toutes, sauf ses bottes de cuir qu'il quittait juste pour se mettre au lit. Deux ans après, mon représentant en lingerie m'a épousée. J'ai voulu mettre les bottes au feu, mais il m'en a empêchée. Pour me prouver qu'il n'était pas jaloux d'un mort, il les a même chaussées devant moi. Et il est décédé, comme le premier, sans que les médecins puissent dire de quoi.

– Il est mort à cause des bottes ? ricana João.

– Si on veut. C'est au troisième mort que j'ai compris. Le notaire…

Les yeux écarquillés dans un rai de lumière plongeant de la fenêtre, Mme Diva se tut pendant quelques secondes, puis :

– Lui aussi, il a voulu essayer les bottes. Et après l'avoir enterré, je suis rentrée chez moi et j'ai jeté un œil sur ces maudites bottes…

– Qu'est-ce qu'elles avaient, ces grôles ?

– Elles étaient empoisonnées…

– Quoi ?

– C'est comme je te le dis. En partant à la chasse, mon premier mari s'était fait mordre au talon par un serpent à travers la botte. Comme le cuir était très épais, il n'a dû ressentir qu'une petite piqûre et les crochets y sont restés plantés. Mes deux autres maris, en essayant les bottes, ont été égratignés par ces crochets où il restait un peu de venin. Voilà toute l'histoire…

João frissonna dans la lumière grise. D'un ton faussement moqueur, il plaisanta :

– Tu dis n'importe quoi… Tu crois quand même pas que je vais marcher dans ton boniment ?

En lui tournant le dos, Mme Diva se contenta de répondre :

– À part en toi, tu ne crois en rien, João. Et, un jour, il faudra bien que tu comprennes qu'au Brésil, tout peut arriver. Même l'incroyable. Surtout l'incroyable…

Avec un petit soupir, son amante s'endormit alors, entraînée dans le coton du rêve par les effets lénifiants et protecteurs de la *maconha*.

En cette année 1924, João-do-Bicho revit aussi le journaliste Euclidès da Fonte, de manière accidentelle cette fois-ci. Avec Laranjinha, il avait décidé de s'offrir une soirée de détente, remettant ses tournées au lendemain et retardant ses retrouvailles avec Mme Diva. À bord de sa Citroën, il avait filé dans la nuit jusqu'au bar Apollo, dans le quartier d'Estacio où, de façon tout à fait confidentielle, allait avoir lieu un concert de samba réunissant João da Baiana, Sinho, Mano Edgar, Baiaco, Nilton Bastos, Brancura, les frères Bide, soit la crème de cette musique purement tropicale et qui tenait bon face à la déferlante des Big-Bands nord-américains, alors en vogue dans la bonne société. Derrière les portes tenues fermées, le spectacle promettait d'être exceptionnel et la foule, déjà dégoulinante de sueur, se mit à glousser lorsque les premières notes retentirent. Tous les regards se tournèrent vers la minuscule scène et chacun, alors, n'exista plus que pour le samba. Les querelles entre maris et femmes, les mots doux murmurés entre les jeunes gens, les commentaires sur les derniers résultats de football, les prises de bec sur la politique, tout cela s'évanouit en même temps que les pieds se mettaient à battre la mesure sur le sol de terre battue, les bouches à chanter, les corps à onduler. Laranjinha ne tenait plus en place et João, coincé entre deux plantureuses Négresses, se mit lui aussi à entonner les refrains et à taper dans ses mains, porté par la frénésie du samba.

Le concert n'avait pas débuté depuis plus d'un quart d'heure, que la porte de l'Apollo fut soudain enfoncée à coups de pied, dans un grand vacarme de vitres brisées, par les forces de l'ordre. Dans les hurlements de colère et de peur, au milieu des stridences des sifflets et des premières matraques frappant à l'aveuglette, les musiciens décampèrent par la porte du fond, emportant avec eux leurs précieux instruments tandis que les mouvements incontrôlables de la foule compressaient les spectateurs, cassaient les tables et les chaises, faisaient voler en éclats les lampes, les verres de bière, les cendriers. João-do-Bicho et Laranjinha jouèrent des coudes, écrasant des pieds, s'arc-boutant pour pousser les gêneurs et, en quelques secondes, parvinrent eux aussi à filer à l'anglaise, la chemise froissée, les cheveux hirsutes et les joues griffées. Parvenus dans l'arrière-cour de l'Apollo, ils sautèrent prestement le mur d'enceinte, rectifièrent rapidement leur tenue et, les mains dans les poches, purent récupérer la Citroën.

Toutes lanternes éteintes, ils roulèrent sur une centaine de mètres lorsqu'ils virent, dans l'obscurité d'une porte cochère, trois policiers s'acharner sur un petit homme tombé au sol, lui assénant de grands coups de matraques sur les flancs, le dos, le crâne, les jambes, partout où ils pouvaient abattre avec sauvagerie leurs casse-têtes. Recroquevillé sur les pavés, se protégeant de son mieux, le petit homme hurlait dans la nuit.

–Les fils de putes, grinça Laranjinha. Ils s'y mettent à trois pour crever un nègre. Et tout ça, pour de la musique…

João stoppa son automobile et, accompagné de son ami, fondit sur les pandores. La lutte fut brève et, après quelques crochets bien placés, les cognes roulèrent au sol à leur tour. Laranjinha aida l'inconnu à se redresser et l'enfourna dans la voiture. Alors que João-do-Bicho allait le rejoindre, l'un des policiers brandit son arme de service, mais il n'eut pas le temps d'appuyer sur la détente. De la main de Laranjinha s'envola en sifflant un surin qui finit sa course dans la gorge du pandore. Dans un lugubre gargouillis de sang, celui-ci s'affala.

Un instant plus tard, la Citroën bondit sur les chapeaux de roues et disparut dans la nuit.

Parvenus dans le quartier de Cidade Nova, João-do-Bicho se gara à la lueur d'un lampadaire et Laranjinha jura soudain, en découvrant le visage de l'inconnu :

–Pute vierge ! Mais c'est pas un Négro, c'est juste un petit blanc qu'on vient de sauver !

À son tour, João se pencha sur l'homme et murmura :

–Tiens donc, mais c'est ce cher Euclidès…

–Tu le connais ?

–Tu parles ! C'était mon pote, quand je fréquentais le beau linge. Ils l'ont salement amoché, les pourris…

Alors, João-do-Bicho appuya à nouveau sur l'accélérateur et la voiture bondit en grondant dans les rues noires qui mènent au centre-ville, sur la place de Cinelandia. Dans un petit caboulot du nom de Trousse-chemises, Euclidès put nettoyer le sang qui coulait de ses lèvres tuméfiées et de son arcade sourcilière puis, ayant retrouvé un meilleur visage, il vint s'installer en terrasse. À l'approche de ses trente ans, le journaliste versificateur avait encore maigri et boitait plus bas. Alors que deux voitures de police, sirènes hurlantes, passaient en trombe sur la place, Euclidès avala cul sec son verre de whisky. Puis, s'allumant un cigare, il observa João. Enfin, il lâcha :

– Je te dois une fière chandelle, monsieur le *malandro*. Je crois que, sans ton ami et toi, j'y passais…

– Y'a des chances.

– Ça fait combien de temps qu'on ne s'est pas vus ?

D'un claquement des doigts, João commanda une nouvelle tournée puis répondit, sans quitter Euclidès des yeux :

– Depuis le jour où j'ai perdu ma place chez Heitor da Silva Costa. C'est ce jour-là que t'as arrêté de me voir.

– Eh oui… Mais que veux-tu ? Tu n'étais déjà pas très fréquentable en col blanc. Alors, en chômeur… Continuer à te fréquenter aurait été d'un ennui mortel !

Laranjinha serra les poings, le regard noir. Quiconque se moquait de son ami avait instantanément affaire à lui. João le calma d'un geste de la main. En touchant sa lèvre douloureuse, Euclidès poursuivit :

– En tout cas, c'est du passé. Et, aujourd'hui, je suis ton débiteur.

– Laisse tomber…

– Non ! C'est moi qui te dois quelque chose. Qu'est-ce que je pourrais faire pour te rendre service ?

João-do-Bicho réfléchit un instant. À ce jour, il était sur le toit du monde, craint par la police, respecté par les *malandros*. Il possédait une voiture, une amante régulière, de nombreuses maîtresses de passage, une garde personnelle et fidèle. Mieux habillé qu'Euclidès, il régnait sans conteste sur le plus gros trafic d'alcool de la ville et, chaque jour, il ouvrait de nouveaux claques dans des immeubles et des appartements qu'il réglait toujours en liquide, sans crédit. Malgré toute sa fortune de fils de fazendeiro, ce petit boiteux de journaliste ne lui arrivait pas à la cheville.

– Alors, mon ami ? reprit Euclidès. Qu'est-ce que je peux faire pour toi ?

– Rien. Ou plutôt, si : éviter de te faire tabasser par les cognes. T'as foutu du sang sur la veste de Laranjinha et t'as salopé aussi le siège de mon automobile...

– Si ce n'est que ça, tu peux compter sur moi. Mais je me demande si ce ne serait pas une bonne idée, si j'écrivais un article sur la pègre de Rio et sur son plus grand *malandro*, João-do-Bicho.

– Le *Globo* acceptera jamais. Mais écris-le, si tu veux. Moi, je m'en fous...

– Qui sait...

Alors que les trois hommes allaient quitter le Trousse-chemises, un homme d'environ quarante ans, le béret vissé sur le crâne, un mégot aux lèvres, vêtu d'un pantalon ample et d'un tricot marin blanc barré de bandes bleues, passa devant la terrasse. Aussitôt, les yeux vairons d'Euclidès s'allumèrent. En claudiquant fiévreusement, il se leva de table et attrapa l'inconnu par le bras.

Laranjinha, lui, cracha par terre et maugréa :

– Faut pas m'en vouloir, Chef. Mais votre ami, tout journaliste qu'il est, je l'aime pas. C'est rien qu'un fils de pute de malpoli.

– Je sais, mec. Mais il m'a rendu service quand j'ai débarqué à Rio et que je connaissais personne...

À cet instant, Euclidès da Fonte revint, suivi par l'homme à qui il manquait le bras droit. Avec ferveur, le journaliste s'exclama :

– João ! J'ai l'immense bonheur et le privilège de te présenter M. Blaise Cendrars...

Portant son index à son panama, João salua le nouveau venu, qui lui répondit de même. En avançant une chaise à son invité, Euclidès commanda une bouteille de *cachaça*, puis expliqua avec exaltation :

– Blaise Cendrars, tu t'en souviens, João ? Blaise Cendrars, le citoyen du monde, le voyageur solitaire, le maître de la nuit, le mangeur d'étoiles ! J'ai même traduit ses poèmes pour que tu les offres à Emivalda, celle que tu appelais tout le temps ta princesse !

Du temps que Laranjinha se demandait si ce petit blanc avait bien toute sa tête, João acquiesça d'un mouvement du menton, sans quitter le poète des yeux, subjugué à son tour par le regard perçant, la force et la simplicité qui se dégageaient de cet homme semblant, tout comme lui, issu du peuple et qui, à cette heure, tutoyait les anges avec sa littérature. Bien sûr qu'il se souvenait des poèmes de Cendrars, comment aurait-il pu les oublier ? Il en avait été brûlé par la fulgurance de son écriture alors que, inculte, il ne parvenait pas à être ému par les Vigny, Lamartine, Musset et autres poètes dits savants.

–Monsieur Cendrars, continua à pérorer Euclidès, a été invité par les modernistes de São Paulo, par Mario Andrade, Manuel Bandeira, Tasto de Almeida, Conto de Barros, mais aussi par Oswaldo et Tarsila de Andrade… Et il arrive en droite ligne de chez un ami de mon père, le fazendeiro Paulo Prado !

Pendant que le journaliste poursuivait le panégyrique de Cendrars, João, comme frappé de lumière, souriait. Il émanait de cet homme un charme irrésistible, grave et canaille tout à la fois, une malice dans le regard perçant sous les paupières plissées, une joie de vivre la vie de façon immédiate, sans fard ni atours superflus, une poésie glanée dans le monde entier, lui qui avait bourlingué sur toutes les mers du monde, se frottant l'âme et le corps partout où palpitaient la détresse et le bonheur, l'amour, la guerre, les progrès de la science, les légendes nègres, les divas argentines, les sylphides russes, les injustices, partout où coulait à flots l'alcool, traqueur de mots, d'images, d'histoires, de personnages plus vifs que la vie elle-même, maniant avec un égal bonheur le pistolet comme la plume et le mensonge, avec une maestria telle que, à la lecture de ses livres, on en restait bouche bée, le souffle court, les yeux parfumés d'outremer et d'indigo.

Coupant la parole à Euclidès, João Domar lança :

–Monsieur Cendrars, si vous avez de quoi noter, je vais vous raconter l'histoire de ma vie, l'histoire de João-do-

310

Bicho. Vous ressemblez à vos livres. Et je suis sûr que ça va vous intéresser…

Le poète sourit en plissant un peu plus ses paupières. Puis, il sortit un bloc, un stylo-plume, ralluma son mégot et griffonna de sa main gauche, griffonna toute la nuit.

Deux jours plus tard, Laranjinha apporta à João la dernière édition du journal *O Globo*. En première page, sur cinq colonnes, s'étalait en lettres grasses le titre d'un article : *Monsieur Blaise Cendrars et João-do-Bicho : le poète du cosmos et le Malandro !*

Le tout, signé Euclidès da Fonte…

23

Le soir du 31 décembre 1924, Heitor da Silva Costa, passablement éméché, déambulait avec Zumbi sur la plage de Botafogo. La bouffarde de travers, les pantalons remontés aux genoux, chaussures à la main, il marchait dans l'eau tiède, s'interrompant de temps à autre pour téter songeusement une bouteille d'Armagnac, puis il repartait, étranger à la foule qui, maintenant, chargée de ballots et de paquets, avait descendu les mornes pour se rassembler sur le front de mer afin de fêter dignement Iemanjá.

– Mon vieux, murmura l'architecte, je crois que je suis soûl. Soûl et malheureux…

Zumbi, tout de blanc vêtu pour faire une entrée pure dans la nouvelle année, caressa amicalement l'épaule d'Heitor da Silva Costa, tout en répondant :

– Faut pas vous bourrer le mou pour des trucs comme ça. C'est rien que des saletés de jaloux. Croyez-moi, ça mérite même pas qu'on use notre salive là-dessus !

– Mais quand même… Me faire ça, à moi !

– À la naissance, tout le monde reçoit une dose de crétinisme. Et ça doit être foutrement bon, puisque la majorité des gens en redemandent…

– Sur ce point-là, je suis d'accord avec toi. Mais me traîner dans la boue, c'est un peu raide.

Durant toute la semaine, la presse avait tiré à boulets rouges sur le projet du Christ rédempteur que l'architecte avait présenté devant la Commission. Le professeur José Flexa Ribeiro en tête, les critiques avaient fusé, sur le bien-fondé de l'entreprise, sur les matériaux utilisés, sur

312

les dessins et croquis de Bartolomeu Zumbi qui, bien qu'ayant supprimé la croix et le globe terrestre des mains de Jésus, proposait une statue semblant maintenant se lamenter, solitaire, désœuvrée, au sommet du morne figuré sur la maquette. Lors d'une exposition publique qui avait eu lieu l'avant-veille, une délégation de l'École nationale des beaux-arts était arrivée en force, bien décidée à laminer ce projet, prenant Heitor da Silva Costa à partie, haranguant les curieux et les badauds, menaçant d'en venir aux mains, toutes confites de certitudes qu'étaient ces vieilles badernes flanquées d'étudiants idiots, aboyant, insultant, raillant, bousculant la maquette, criant au scandale et n'espérant, enfin, plus qu'une seule chose : voir l'architecte prendre la fuite sous les lazzis et les quolibets.

– Ils comprennent rien à l'art, mon frère. Et s'ils avaient de la rage dans la bouche, c'est parce qu'ils auraient bien voulu qu'on leur demande, à eux, de construire ce Christ.

Heitor da Silva Costa, dans la cohue, en avait perdu son chapeau. Et il n'avait dû son salut qu'à l'arrivée de Zumbi, qui avait fendu la foule d'autorité, roulant de gros yeux de possédé, les bras levés haut au-dessus de la tête pour impressionner un peu plus le parterre de tous ces fils de bonnes familles. Il avait jailli de nulle part, tournant sur lui-même, parlant *bantou*, crachant des phrases incompréhensibles pour, finalement, se coller le dos à la maquette et faire refluer ces petits serpents encostumés vers la sortie, certains se signant par précaution, d'autres hâtant le pas et bousculant le monde car, après tout, on ne savait jamais de quoi étaient capables ces nègres mal dégrossis.

Les deux hommes, avec un soupir de lassitude, se posèrent sur le sable. Autour d'eux, les Mères et les Pères de saints, vêtus de blanc des pieds à la tête, organisaient la liturgie à venir, entourés de leurs fidèles. Dans le coucher du soleil, les ombres commencèrent à s'allonger sur l'orange du sable, tandis que l'océan venait battre ses vagues sur le rivage, en lourdes lames turquoise. Les premiers sons des tambours résonnèrent. Partout, la foule se mit à planter des bougies, à édifier de petits autels, à tracer sur le sol les signes du

Candomblé, à installer des portraits de tous les saints et de tous les esprits, chrétiens ou africains, dans une allégresse encore contenue, mais déjà palpable.

Zumbi fit couler l'or du sable à travers ses longs doigts. Dans sa chemise blanche ouverte sur le torse, les cheveux noués en arrière à l'aide d'un ruban, il avait l'élégance d'un griot.

– Et moi, lança-t-il alors à son tour, qu'est-ce que je devrais dire ? Le dessin que je vous ai donné, j'ai bien vu que c'était pas exactement à ça que vous vous attendiez, pas vrai ?

Comme Heitor da Silva Costa ne répondait rien, il poursuivit, avec amertume :

– J'suis pas plus con qu'un autre, m'sieur. Et, pour ce putain de Corcovado, il faut une statue avec du génie. Et moi, j'y ai juste mis ma pourriture de talent…

– Arrête. Ça va venir, j'en suis sûr.

– Tu parles… Mon Christ, il irait bien sur une niche, dans une chapelle. Et encore, une toute petite chapelle, sans prétention. Il a pas de grandeur, mon Christ. Il a rien, rien d'unique…

Et, ce disant, il tendit son bras en direction du Corcovado. S'élevant au-dessus de tout, majestueux à vous plonger dans le vertige, le piton rougissait dans le dernier soleil, première tête de proue à éventrer le jour pour se baigner de nuit.

Quand la pénombre s'installa, les flammes des bougies scintillèrent sur le sable, à perte de vue. Dans leur lumière et celle des étoiles, des roses, des iris et des œillets blancs, fraîchement coupés, envahirent la plage. Le parfum de la cuisine bahiane, avec sa forte odeur d'huile de palme et de piment, se mêla aux fragrances de l'iode et des fleurs. Pour atteindre le mitan de la nuit, des guitares avaient fleuri, elles aussi, entre les mains des musiciens. L'heure n'était pas encore à la transe et au miracle. C'était l'instant de la nostalgie languide, de la *saudade*, durant lequel tous les habitants se souvenaient, par chaque fibre de leur corps, de la lointaine Afrique. À part les plus vieux des nègres présents, ceux qui portaient encore sur leurs corps les traces des coups de fouets et des chaînes, aucun des Cariocas n'avait jamais vu les côtes de cette Afrique. Mais tous savaient que, derrière les rouleaux de l'Atlantique, brûlait la terre mère et que, en cette nuit du 31 décembre, ils seraient, plus que jamais, les filles et les fils de l'Afrique qui avait vu naître leurs ancêtres.

Loin derrière, à l'opposé, sur l'avenue de Botafogo, des promeneurs en tenue élégante se rendaient à pied au réveillon familial. Et beaucoup s'amusaient, avec un profond mépris, de ces noirs qui jetaient des fleurs fraîches sur le sable, de ces va-nu-pieds qui ne connaîtraient jamais les lourdes tentures de velours, les lustres en cristal, les patins sur les parquets cirés, les vins français et les discussions ampoulées de ces dîners où l'on se doit de briller en société.

Alors, ravis d'être nés avec la bonne couleur de peau, ils hâtaient le pas, salivant par avance de tous les mets européens avec lesquels ils allaient bientôt, et démocratiquement, se farcir la panse.

Dans la nuit, un rire d'enfant fusa dans le ciel en même temps que les cris d'une *cuica*. Ce fut comme un signal. Aussitôt, une électricité chaleureuse fit frémir toute la plage de Botafogo. Iemanjà approchait…

Au même instant, João-do-Bicho se trouvait sur les flancs du morne de Nova Cintra, situé à un kilomètre à peine de la baie de Botafogo. Vêtu en nabab pour aller fêter la nouvelle année au Jockey Club, il tirait derrière lui une Mme Diva ulcérée, se tordant les chevilles dans les ruelles de cette favela sordide, gâtant le vermillon de sa robe en lamé en frôlant les casines bleues où, toute l'année durant, s'entassaient des familles entières de nègres, chassées par les travaux de rénovation du préfet Perreira Passos. Ce soir-là, la favela s'était vidée pour aller se répandre sur les plages de la zone sud, et il régnait sur le morne un silence inhabituel et oppressant.

– Mais où il crèche, ce putain de père Cachoeira ? marmonna João-do-Bicho. Laranjinha m'avait pourtant bien dit que c'était ici, merde ! Et toi, aide-moi ! Si tu veux pas qu'on arrive après la fête, c'est le moment de te bouger les fesses !

Mme Diva planta soudain ses talons hauts dans la strate d'ordures pourrissant au milieu de la travée. Droite sur ses ergots, elle tempêta :

– Ça pouvait pas attendre demain, non ? Et pourquoi tu n'as pas bu de *cachaça*, pour calmer ta crise ?

– J'ai bu la bouteille entière et je sens quand même la bête dans mon ventre, rugit João. Elle est là, je te dis ! Là !

En s'assénant de violents coups de poing sur l'estomac, il hurla à nouveau :

– Elle est là ! Là ! Là !

– Mais je pouvais bien t'attendre dans l'automobile, non ?

– Non ! Je veux pas être seul…

Le sourire teinté de mépris, Mme Diva lâcha :

– Tu ne veux pas être seul… Mais on dirait qu'il a peur, le petit *bicheiro* !

– Ta gueule…

– Non, je ne me tairai pas ! Et puis, regarde un peu ce que tu es devenu… Un pauvre type, une outre à cognac. Mon pauvre João, si tu pouvais te voir…

Les poings serrés, il avança sur la femme :

– Je suis pas pauvre… Répète jamais que je suis pauvre…

– Pauvre João ! Pauvre João ! Je répéterai ça tant que je le voudrai ! Pauvre João !

Comme il levait la main sur elle, prêt à la gifler, elle tendit son visage avec défi et martela encore :

– Pauvre João ! Pauvre petit João ! Frappe-moi, si tu es un homme ! Pauvre João ! Frappe, si tu l'oses !

La lourde main de João-do-Bicho hésita un instant, suspendue dans les airs, puis elle retomba dans le vide, vaincue. Il sentit la douleur de l'angoisse irradier à nouveau l'ensemble de son corps. Ses jambes flageolèrent et il dut se retenir à la façade en tôle d'un galetas pour ne pas s'écrouler dans les ordures de la ruelle. Une intense nausée lui mit soudain le cœur au bord des lèvres et il se pencha en avant pour vomir. Mme Diva fit un saut de côté et continua à marcher. Pendant qu'il expulsait sa peur à grands jets anarchiques, la poitrine et la gorge en feu, il entendit entre deux hoquets la voix de son amante lui crier :

– C'est là ! Je l'ai trouvé, ton père Cachoeira ! Et dépêche-toi un peu !

Après avoir défait le tendelet qui maintenait la porte close de manière précaire, Mme Diva et João-do-Bicho pénétrèrent dans la casine du médecin. À dire vrai, Ignacio Santo Amaro Vicente de son vrai nom, mais connu de tous les habitants du morne de Nova Cintra comme le père Cachoeira, n'avait pas suivi les longues et dispendieuses études de la faculté de médecine. Après avoir été esclave, ce nègre était devenu simple maçon et il était tombé d'un échafaudage, un jour d'orage, perdant dans la chute ses deux jambes. Devenu cul-de-jatte, le tronc arrimé sur une petite carriole bricolée dans du mauvais bois, il avait continué à travailler, à rendre de menus services, toujours souriant et d'humeur égale jusqu'à ce que, l'âge venant, il n'eût plus la force de se traîner dans le centre-ville. Âgé aujourd'hui de quatre-vingt-quatre ans, il avait atterri dans cette baraque où l'eau de pluie entrait comme chez elle et il avait vécu, les premières années, de la générosité du voisinage.

Un jour, une femme souffrant mille morts à cause de violents maux de tête qui ne la lâchaient plus depuis deux mois vint lui apporter un peu de *farofa* dans un bol de terre. Elle resta une heure auprès de l'infirme et, au fur et à mesure qu'il lui parlait, elle se mit à aller de mieux en mieux. Totalement guérie, elle embrassa le vieil homme sur le crâne et s'en fut raconter son incroyable guérison.

Alors, ce fut un cortège ininterrompu de femmes et d'hommes frappés de coliques, de croups, de rages de dents, de maladies honteuses et d'autres affections innombrables qui défila chez le père Cachoeira, payant s'ils le pouvaient, déposant toujours de quoi manger, écoutant religieusement le vieil infirme et ressortant enfin, une heure plus tard, soulagés et guéris.

317

– Et c'est qui, ce maboul que tu veux voir ? demanda Mme Diva.

– Tais-toi ! Il doit être dans sa chambre…

Hélas, la source se tarit un jour de froidure. Le père Cachoeira, à son réveil, se retrouva subitement aphone, incapable de prononcer la moindre parole de réconfort ni la plus petite prière. Les patients qui se pressaient déjà sur le devant de sa porte durent faire demi-tour et furent priés de revenir la semaine suivante. Sept jours plus tard, l'état du père Cachoeira ne s'étant pas amélioré, il y eut une courte émeute et, brutalement, un grand nègre poussa la porte et vint s'asseoir au chevet du vieil homme. Il souffrait de constipations douloureuses et, après une heure de silence complet, il ressortit en courant pour se soulager de façon urgente entre deux arbustes.

Les consultations reprirent donc avec une frénésie grandissante et, bien qu'il eût retrouvé l'usage de la parole, le père Cachoeira ne parla jamais plus pour soulager ses patients.

Lorsque Mme Diva et João-do-Bicho pénétrèrent dans la chambre du cul-de-jatte, ils le trouvèrent installé à sa fenêtre, vêtu d'un simple tricot de corps, des lunettes noires sur les yeux, posé sur un meuble de bois. Par la baie montaient les premières brises de fraîcheur nocturne. La lune donnait à plein et une douce pénombre découpait les silhouettes de ce vieil homme, d'une table, d'un lit aux draps impeccablement tirés et d'un pot de faïence blanche.

– Bonsoir, père Cachoeira, je suis venu pour que vous me soigniez de…

Les derniers mots s'arc-boutèrent dans la gorge du *malandro*. João-do-Bicho n'avait jamais avoué à quiconque sa peur. Ce fut donc Mme Diva, toujours aussi méprisante, qui termina :

– Il vient vous voir parce qu'il est mort de peur, le pauvre bébé. Et je ne crois pas que vous puissiez faire quoi que ce soit pour lui, mon père !

João envoya une bourrade dans le dos de son amante et gronda :

– Tais-toi donc, vipère ! Tais-toi ou je t'égorge…

– Ça me ferait mal, tiens ! Un *malandro* qui vomit comme une fillette…

Alors que la dispute allait éclater, le vieil homme parla d'une voix douce :

– Vous avez raison, mademoiselle. Je ne peux rien, ni pour lui ni pour vous. Et je vous demande de laisser en paix un vieillard qui est fatigué par la souffrance.

– Comment ça, vous pouvez rien pour moi ? s'insurgea João, le rouge au front.

Avec nervosité, il tira alors de sa poche une liasse de billets neufs et alla les fourrer sous le nez du père Cachoeira. Puis, il glapit :

– Regardez ! J'ai de l'argent, moi ! Beaucoup d'argent !

– Ce n'est pas une question d'argent. J'en ai déjà bien trop pour moi…

– Et c'est une question de quoi, alors ?

L'infirme croisa ses bras sur sa poitrine, puis expliqua lentement :

– Vos portes sont fermées, monsieur. À double tour. Et je ne peux rien pour vous.

– Mes portes ? Mais quelles portes ?

– Laisse tomber ce cinoque et emmène-moi au Jockey Club, coupa Mme Diva.

– Ferme-la, toi ! Et toi, le nègre, tu vas me soigner tout de suite ou tu vas le regretter !

Dans l'obscurité, on vit luire le sourire las du père Cachoeira. Posément, il dit encore :

– Quittez ma maison, je vous prie. J'ai longtemps cru que je pouvais soigner avec des mots. Ce n'était que pure prétention. Les mots ne soignent pas. Ce sont les forces qui soignent.

– Qu'est-ce que c'est que ce putain de charabia ? hurla João-do-Bicho.

– Je vous l'ai dit. Ce sont les énergies qui gouvernent le monde. J'ai le pouvoir de rétablir les équilibres, d'ouvrir les portes et les chemins bloqués par les forces négatives.

– Alors, tu vas t'occuper de moi, satané de Négro !

– Je le voudrais que je ne le pourrais pas…

Le *malandro* retourna alors avec rage le cul-de-jatte et lui cria en pleine face :

– Fais-le, je te dis ! Fais-le !

– Je ne peux pas. Vous êtes venu au Brésil pour faire le bien autour de vous. Et vous n'avez pas cessé de semer la mort et le malheur. Vos portes sont soudées.

Le saisissant violemment à la gorge, João-do-Bicho éructa :

– Mais j'ai mal, moi ! Guéris-moi ! J'ai mal ! Salaud de Négro !

Dans son dos, Mme Diva se mit à crier à son tour :

– Arrête, João ! Arrête ! Tu vas le tuer !

Mais la furie qui bouillonnait en João-do-Bicho fut plus puissante que tout. Il continua à serrer ses mains autour du cou frêle et les vertèbres commencèrent à craquer. Alors, électrisé par un ultime accès de folie, le *malandro* gémit :

– J'ai mal… Aide-moi !

Dans le silence, il souleva à bout de bras le vieillard et, après avoir fixé son visage congestionné, il le jeta de toutes ses forces par la fenêtre. La lumière argentée de la lune accompagna cette moitié de corps dans sa chute et il s'écrasa, vingt mètres plus bas, dans un éboulis de rochers.

Au loin, montant dans la nuit, les chants de célébration de Iemanjá résonnèrent soudain entre les quatre murs de la casine.

Aux premières lueurs de l'aube, Heitor da Silva Costa avait ouvert les yeux. Assis à ses côtés, à même le sable, Zumbi observait dans le lointain la silhouette imposante du Corcovado s'ébrouant les flancs pour faire tomber les derniers lambeaux de nuit qui y étaient restés accrochés. Il régnait sur la baie de Botafogo une paix idéale, bercée par le lent balancement de la houle. De la cérémonie du nouvel an, il ne restait plus, sur la plage, que les reliefs que la belle Iemanjá avait dédaignés. À minuit, alors que la foule priait et chantait et dansait dans les coups lourds des *surdos* et les trépidations des *cuicas*, la transe collective avait atteint son paroxysme. Des plus jeunes enfants jusqu'aux vieillards, cette foule vêtue de blanc et de bleu, les couleurs de la Vierge noire protectrice des pêcheurs, avait marché de façon solennelle vers l'océan. Ils portaient à la main des billets, des pièces de monnaie, des peignes d'écaille ou des lunettes, des cigares neufs, des bouteilles d'alcool non encore décachetées, des fleurs, des fruits, des poupées, des reproductions de saints, d'esprits et de martyres, sans compter les rubans, les petits bateaux de papier ou de bois, les guirlandes multicolores, les crayons, les foulards, les coffrets, les miroirs, les colliers et les bagues, les plumes en toupets, tout ce qui avait peu ou prou de valeur et qui allait être offert à Iemanjà afin de solliciter sa protection pour la nouvelle année.

Avec une foi sans faille, ils avaient cheminé jusqu'à se retrouver les pieds dans l'eau salée. En prière, en communion totale avec Iemanjà, chacun offrit son présent, le lançant de toutes ses forces vers le large ou bien le déposant religieusement sur la crête d'une vague comme sur un autel ondulant, espérant follement le voir partir vers la haute mer, signe irréfutable que la déesse acceptait l'offrande et qu'elle allait se montrer, à l'avenir, bonne et généreuse. Dans le cas contraire, si une lame rejetait le don sur le rivage, l'année serait dure, pénible à traverser, et les visites chez les Mères et les Pères des saints plus fréquentes qu'à l'ordinaire.

Zumbi, serré de près par Heitor da Silva Costa, déposa son offrande à la faveur d'une vague ronde où se mirait la lune. Il s'agissait d'un portrait de Iemanjà, dessiné au fusain, qu'il avait plié en forme de bateau. Dans un silence recueilli, il le suivit du regard jusqu'à ce qu'il disparaisse à l'horizon. L'architecte, pour sa part, envoya le plus loin qu'il put sa pipe incrustée de nacre, sa bouffarde préférée. Elle sombra dans une petite touffe d'écume blanche et il ne la revit jamais.

Puis, les deux hommes avaient continué à faire la fête, une noce païenne où les rires, la bonne chère, l'alcool fort et les musiques l'emportaient sur la componction et l'immobilisme glacial des hommes d'Église. Iemanjà effaça dans un sourire les pisse-froid des Beaux-Arts, les journalistes frileux, et jusqu'au spectre de Mme Da Silva Costa qui, à cette heure, devait attendre son mari, inquiète, ruminant déjà les chapelets de reproches qu'elle lui servirait le lendemain matin. Bartolomeu Zumbi, lui, oublia l'échec de sa statue, les vaches maigres. Ayant saisi un *cavaquinho*, il joua toute la nuit, ses yeux exorbités reflétant les flammes des bougies, chantant à tue-tête, se brûlant les doigts sur les cordes, sans cesser un seul moment de lorgner sur les danseuses dont les seins rebondissaient dans les corsages.

Quand l'esprit de Iemanjà reprit les flots, les deux hommes s'écroulèrent, côte à côte.

Au matin du 1er janvier 1925, Heitor da Silva Costa épousseta donc le sable qui collait à sa joue, bâilla sans la moindre retenue et, après avoir avalé un peu de salive, il demanda :

– Zumbi, mon frère, je viens de passer la plus belle nuit de ma vie. Ma bourgeoise va certainement me sonner les cloches, mais ce sera trop tard : le bonheur est déjà pris !

En grimaçant, il parvint à se lever, à s'étirer des pieds à la tête, puis il proposa :

– Ce qu'il nous faut, c'est un bon café. Et un petit verre de *cachaça*, sans quoi le vent des sables va nous souffler dans la tête toute la sainte journée !

Voyant que Bartolomeu ne bronchait pas, il le secoua gentiment à l'épaule :

– Tu dors les yeux ouverts ou quoi ? Je n'ai pas ton âge, moi. J'ai besoin d'un café si je veux tenir le coup…

Pour toute réponse, le visage du peintre Zumbi s'illumina d'un sourire radieux. Il tendit son bras droit devant lui, l'index pointé pour désigner le morne du Corcovado. Puis, il prononça ces quelques mots, sur un ton émerveillé :

– Il est là, mon frère…

– Mais oui, il est là. Il ne risquait pas de partir pendant la nuit, quand même ! Mais ne compte pas sur moi pour travailler, surtout un jour comme celui-ci…

Bartolomeu reprit, avec le même sourire ravi :

– Il est là, je te dis ! Il est là, mon dessin !

Interloqué, l'architecte se remit à genoux, chaussa ses lorgnons et découvrit avec plus de netteté la montagne escarpée. Déçu de ne rien distinguer d'autre que ce piton rocheux surmonté d'une antenne récemment installée par la Compagnie brésilienne des téléphones, il bougonna :

– Mon vieux, je ne comprends rien à ce que tu me dis…
Ton dessin ? Mais quel dessin ?

Alors, transporté par une énergie soudaine, l'immense nègre sauta sur ses pieds, leva les bras au ciel en signe de victoire et de remerciements aux dieux, puis hurla, hilare :

– Il est là, mon dessin ! Je l'avais sous les yeux, sous mes putains de z'yeux, et j'étais infoutu de le voir !

Pendant que Zumbi entamait une danse improvisée sur la plage de Botafogo, ponctuée d'immenses éclats de rire et de larges claques sur ses cuisses, Heitor da Silva Costa se sentit blêmir. Il rechaussa ses bésicles, déglutit plusieurs fois avec difficulté, puis murmura :

– Mais c'est pourtant vrai… Elle est là, la statue…

Révélée par le soleil rasant de l'aube violette, la gigantesque antenne d'une trentaine de mètres d'envergure formait une croix, une croix monumentale, semblant bénir Rio de Janeiro. Le Christ rédempteur devrait absolument avoir cette posture, de la simplicité évidente d'un symbole universel, les bras ouverts pour embrasser. D'où que l'on se trouverait à Rio, on verrait ce Christ blanc comme la neige, élégant, tout-puissant…

Heitor da Silva Costa sauta à son tour sur ses pieds et lança un cri de joie. Puis, il bondit sur Bartolomeu, l'enlaça, et se lança avec lui dans un quadrille de jubilation. Enfin, exténués, ils retombèrent sur le sable et l'architecte se fouilla aussitôt pour trouver un crayon et une feuille de papier. Sans quitter le morne des yeux, il expliqua :

– Le Christ devra regarder dans notre direction. C'est le seul endroit du Corcovado où l'on voit la roche nue. Il sera donc positionné sur ce roc, sans que l'œil du spectateur puisse se perdre dans la jungle.

Fébrilement, il nota la position et poursuivit :

– En plus, on devrait pouvoir compter sur un rapport d'échelle de un à dix, entre la hauteur du morne et la hauteur de la statue. Ce qui devrait donc nous faire, au bas mot, environ…

Ce matin-là, Heitor da Silva Costa resta trois bonnes heures à noircir du papier, oubliant le café, sa pipe, ses vêtements ensablés, sa légitime épouse et le soleil qui lui recuisait le visage.

Le peintre Bartolomeu Zumbi, quant à lui, avait immédiatement déserté la plage, une fois la danse achevée. Pieds nus, il avait couru jusqu'à son atelier de la rue Joaquim Silva, débordant d'impatience de peindre, enfin, son Christ rédempteur.

Après leur forfait, João-do-Bicho et Mme Diva s'étaient enfuis dans la nuit silencieuse. Le corps agité de violents frissons, glacé de sueur, le *malandro* avait dû faire halte à plusieurs reprises, soûlé de trop d'alcool, de trop de peur, les tempes douloureuses. Comme ils parvenaient à mi-pente du morne, Mme Diva fit volte-face et revint en arrière chercher son amant. Assis sur une pierre, le regard figé, il ne parvenait plus à faire un pas. Sans ménagement, elle le saisit au poignet et le tira vers elle :

– Allez, fillette ! Tu me conduis à la fête et tu disparais de ma vie, tu m'entends ?

João-do-Bicho se stabilisa sur ses jambes molles et sentit un vertige le prendre dans ses voiles. Le pas mal assuré, il réussit à avancer sur quelques mètres pendant qu'elle poursuivait ses grommellements :

– Tuer un saint homme, si ce n'est pas malheureux… Mais tu es vraiment devenu fou, mon pauvre João. Tu es fou à lier. Bon pour l'asile, je te dis…

Dans l'obscurité, João-do-Bicho crut reconnaître dans le déhanchement de Mme Diva les courbes du corps d'Emivalda. Tout en titubant, il cligna des yeux à plusieurs reprises. Oui, dans les effluves nauséeux de la ruelle, c'était bien elle, campée sur ses longues jambes fines, la croupe dure, la taille bien prise. C'était elle, avec ses seins lourds, ses cheveux retombant en cascade sur ses épaules, son cou gracile, c'était sa princesse, qu'il n'avait jamais vue dans cette robe rouge. C'était bien elle et, subitement, il eut envie de la prendre, là, tout de suite, à la hussarde, sous la lune blonde. Dans un sursaut, il la saisit dans ses bras et, emporté par sa fougue, il tomba avec elle dans une mare d'ordures.

João entendit bien la femme hurler des mots qu'il ne comprit pas, il la sentit se débattre contre son corps fiévreux, mais il continua pourtant, arrachant l'étoffe de sa robe, écartant ses cuisses sans ménagement, léchant et embrassant son visage crotté, souillé d'urine et d'excréments, sortant son sexe raide et le fichant d'un coup sec dans le vagin de la femme. Comme elle continuait à se débattre, il la gifla, colla son visage dans la boue de la mare et, ivre de désir, il la travailla tant et plus, avec une fureur de dément, revoyant en pensée la première fois où l'oncle Dom Francisco les avait présentés l'un à l'autre, revivant les premiers frôlements des mains sous l'œil complice de la tante Otàlia, l'entendant lire des poèmes avec des sanglots dans la voix, jouissant de son rire, son rire cristallin, si proche du rire des anges.

Il vint en elle dans un ultime coup de reins, puis s'écroula sur le côté. Alors, toute sa raison lui revint. À la lumière de son briquet, il vit que Mme Diva gisait, inerte, incrustée dans les ordures et les souillures, privée de vie, un filet de sang coulant de sa bouche. Avec horreur, il se recula, reboutonna son pantalon en tremblant et entrevit alors, dans la nuit, d'innombrables taches jaunes. Elles grouillaient autour de lui, se déplaçaient mollement, s'immobilisaient soudain, sautaient en l'air, disparaissaient pour revenir plus près dans un murmure composé de chuintements et de petits cris brefs. Des rats…

João-do-Bicho, terrifié, sortit son revolver et tira à plusieurs reprises sur la meute qui s'éloigna en couinant. Puis, il jeta son arme dans l'océan de nuit et courut, courut à toutes jambes, fou de peur, vers le bas du morne, et disparut enfin, avalé par une sente obscure où les halos de la lune ne parvenaient pas à se poser.

– Te voilà enfin, mon amour, ma chérie… Tu es belle, tu es la plus belle que j'aie jamais connue. Le monde entier va t'adorer, mon amour…

À genoux, riant de bonheur, le visage transcendé, le peintre Bartolomeu Zumbi venait de mettre la dernière touche à sa toile. Nimbée de soleil, la silhouette élancée du Christ rédempteur illuminait l'atelier de la rue Joaquim Silva.

Zumbi sentit qu'il lui fallait prier mais, débordant d'émotions, il ne sut plus s'il devait le faire selon les rites africains, chrétiens ou indiens. Alors, il se contenta d'aimer totalement cette statue, de l'aimer jusqu'à l'adoration. Pour le lui prouver, il éclata en sanglots, les sanglots d'un enfant submergé par le bonheur. Il venait de créer son Œuvre.

Au même instant où Bartolomeu Zumbi posait son pinceau pour la dernière fois sur cette toile, João-do-Bicho, après avoir erré dans la ville déserte à bord de sa Citroën, décida de monter jusqu'au sommet du morne de Santa Teresa.

À tombeau ouvert, il avala l'avenue Mem de Sa, réussit de justesse à s'engager dans la rue Riachuelo, puis il attrapa celle de Silvio Romero en faisant hurler les pneus.

Ce fut dans la rue tortueuse de Candido Mendes, cette route pavée qui semble s'élever indéfiniment pour vous conduire jusqu'au toit de la ville, que João-do-Bicho perdit soudain le contrôle de son automobile. Dans un fracas de planches brisées, elle traversa une barrière et plongea dans un virage, l'accélérateur hurlant dans le vide, avant de s'écraser plusieurs mètres plus bas sur un immeuble en construction.

Avant de se laisser entraîner par la mort, João-do-Bicho n'eut que le temps d'accrocher du regard le visage de l'Indien Febronio, posé sur les branches d'un arbre immense.

RIO-L'INDIENNE

24

En ouvrant les yeux, João Domar ne ressentit aucune douleur, son corps lui semblait léger, arraché à la pesanteur, flottant dans des éthers si euphorisants qu'il lui prit l'envie de rire et de remercier Dieu de l'avoir rappelé à lui. Persuadé d'être passé de l'autre côté de la vie humaine, d'avoir traversé le miroir à l'instant même où son corps s'était écrasé sur la bâtisse en construction, il écarquilla un peu plus les yeux, forçant son regard à distinguer quelque chose dans le néant où il se trouvait désormais. Tout d'abord, il n'entr'aperçut qu'une lueur minuscule, brillant avec avarice dans la nuit. Puis, cette lumière se précisa, se transforma en une flamme qui se mit à danser dans ce qui lui parut être une brise, un courant d'air imperceptible. João accentua son effort, tenta, mais en vain, de parler, et la flamme avança soudain vers lui, plongea si près de son visage qu'il put sentir l'odeur caractéristique de la poix brûlée. Sans qu'il s'y attendit, la lueur l'aveugla et, avant de refermer les yeux, il distingua le visage d'un Indien, la face couverte de peinture formant des lignes et des taches, les cheveux hérissés de plumes d'oiseaux inconnus, l'œil noir, les narines dilatées, les dents très blanches, pointues comme de minuscules dagues, grondant des incantations dans un langage qu'il ne comprit pas, secouant une calebasse remplie de graines.

Alors, João Domar pria pour que ce ne fût pas Febronio, cet Indien énigmatique qui avait croisé son chemin le jour même où il avait posé le pied au Brésil et qui, régulièrement, était venu le retrouver dans les instants les plus tragiques de son existence. Il pria pour que ce ne fût pas cet homme car, si c'était bien Febronio qui l'observait à cet instant-là, cela signifiait qu'il était encore vivant et qu'il lui faudrait, d'une façon ou d'une autre, répondre de ses crimes devant la justice. Celle des hommes, avant celle des dieux.

João Domar referma donc ses paupières. L'Indien disparut. La flamme s'évanouit. Et il replongea avec délices dans son sommeil sans rêve.

Quatre jours plus tard, sevré de drogue, João Domar ouvrit à nouveau les paupières. Cette fois-ci, son corps avait recouvré toute sa lourdeur et il le sentit dans sa chair mâchée et meurtrie, dans ses os brisés et ses nerfs sectionnés comme autant de cordes de guitare. Il voulut porter ses mains à son visage, mais il parvint tout juste à faire trembler le bout de ses doigts. Pendant un instant, il put voir l'endroit où il se trouvait. Il s'agissait d'une grande pièce vide, aux murs sommaires constitués de branches taillées et plantées dans le sol, supportant un toit de larges palmes liées entre elles par des lianes. Au sol, une natte, quelques poteries, deux arcs, un carquois, une calebasse, trois paniers de bois tressé. Pendu entre deux poutres, un hamac de toile grossière. Il pleuvait à torrents, une pluie continue, chaude, crépitant de toutes ses gouttes sur le toit végétal. Dans le fond du carbet sans fenêtre, João découvrit aussi un singe fraîchement dépecé qui semblait lui sourire d'une façon atroce, les yeux énucléés, les dents aiguës semblant désirer mordre et dévorer une dernière fois.

João Domar se rendormit, en proie à une angoisse terrifiante. S'il ne rêvait pas, il était encore en vie. Et c'était celui que tout Santa Teresa nommait Febronio qui l'avait emporté dans son antre, comme il avait dû le faire avec le singe mort.

Deux jours après, ce fut le silence qui réveilla João Domar. Un silence brutal. Inquiétant. La pluie avait cessé. Toujours souffrant le martyre, il était revenu à la vie et avait découvert Febronio, cette fois-ci avec une netteté parfaite.

C'était un Indien de la tribu des Tupinambas, de grande

taille, aux larges épaules, avec des cheveux d'un noir d'encre lui coulant jusqu'au bas du dos. S'il était impossible de lui donner un âge, on pouvait toutefois dire de lui qu'il était dans la pleine force de son existence, les muscles fins et puissants glissant sous sa peau dorée au moindre tressaillement, le geste sûr, la démarche décidée, le geste précis et élégant. Ce jour-là, il avait quitté ses ornements de plumes et ses colliers et, vêtu d'un simple pagne de couleur terre, les pieds nus, il s'activait sur le sol, face à une brassée de palmes fumant sur un lit de tisons.

Sans se retourner, il lâcha :

– Ça fait neuf jours que tu n'as pas mangé. Tu dois avoir faim.

Sa voix était grave et il s'exprimait dans un portugais du Brésil parfait. Avant que João ne trouve la force de répondre, il reprit :

– Ne bouge pas. Je vais t'aider à te relever. Après, je te ferai manger.

Alors l'Indien enleva les palmes une à une, retira des braises deux paquets fumants enrobés de feuilles noircies par la cuisson, et il les posa avec précaution sur une grande pierre plate. Puis il défit les feuilles et en sortit deux poissons parfaitement cuits, accommodés de rondelles de banane et de citron, qu'il disposa dans deux plats de bois dur. Aussitôt, une odeur délicieuse, où l'on devinait la fragrance de la noix de coco fraîchement râpée et celle de l'huile de palme, se mit à flotter dans le carbet, et João sentit son estomac gargouiller.

– Qui es-tu ? parvint-il à articuler.

– Tu poses des questions inutiles. Je suis Febronio, fils de Tibiriça. Et tu.le sais très bien.

Il vint installer le plat de João près de la natte où il reposait. Puis, il le saisit sous les bras et, sans effort apparent, le souleva afin que son dos puisse s'appuyer contre le mur. Une douleur fulgurante traversa tout le corps du blessé qui resta sans voix, la bouche ouverte dans le vide, le corps subitement inondé d'une sueur glacée.

Sans aucune expression de commisération ou de pitié, Febronio expliqua :

– Si tu ne bouges pas, le vent du mal va cesser de souffler. Reste immobile et attends.

Après plusieurs minutes, effectivement, la douleur s'atté-
nua, refluant par vagues intérieures successives. Alors, João
put rouvrir les yeux. Il était, lui aussi, vêtu d'un pagne et il
découvrit tout d'abord son ventre gonflé, qui avait été transpercé lors de l'accident, couvert d'onguents et de mousses.
Ses deux jambes, immobilisées par des attelles sommaires,
étaient brisées, l'une avec une vilaine fracture ouverte. Lorsqu'il voulut bouger ses bras, il grimaça et comprit que ceux-
ci avaient subi le même sort. Partout où il posa son regard, il
ne vit, entre les emplâtres, qu'un corps noirci par les coups,
une chair tailladée, broyée, déchirée par les éclats de verre,
d'acier et de béton.

Febronio, toujours imperturbable, lui tendit une petite
assiette de cuivre :

– Regarde ton visage. Après, je te donnerai à manger, si
tu as toujours faim…

Dans le reflet métallique, João Domar se regarda comme
s'il se découvrait pour la première fois. Une profonde cicatrice, partant du bord de son sourcil gauche, tranchait sa
pommette et sa joue pour venir mourir sur la pointe du
menton. Dans le gras de la joue, entre les deux parois bru-
nâtres de la chair ouverte, grouillaient quelques vers blancs,
minuscules.

– Maintenant tu sais tout, reprit la voix de l'Indien. On
verra dans quelques jours si ton Dieu veut de ton esprit, ou
s'il préfère te laisser vivre.

João Domar n'entendit pas les derniers mots. Le souffle
coupé, il retomba dans un songe noir, privé de lumière et
de son. Febronio, quant à lui, après avoir fini son poisson
de bon appétit, mangea aussi celui de João.

Il fallut environ six mois à João Domar pour reprendre
une forme plus humaine. Grâce aux soins de Febronio, il
guérit peu à peu de ses multiples blessures et, bientôt, il ne
garda plus de son accident que la large cicatrice barrant son

visage. La nuit, il dormait sans rêver, abruti par sa détresse et les boissons que Febronio faisait macérer pour lui.

Le temps s'enchaîna ainsi, sans que João Domar cherche à comprendre comment ni pourquoi cet Indien l'avait sauvé d'une mort certaine. Febronio, lui, se contentait de vivre, sans rien changer à ses habitudes. Avant l'aube, armé de son arc et de son carquois chargé de flèches dont les pointes acérées avaient baigné dans de l'*assacu*, une substance végétale qui pétrifie les proies, il s'enfonçait dans la jungle bruissante sans un regard ni un mot pour João. Puis, quelques heures plus tard, il revenait et, toujours aussi peu loquace, il déposait au centre de la baraque un singe, un tapir, un iguane ou un cochon sauvage.

Dès qu'il put marcher, João se mit à ramasser le bois mort, tirer de l'eau à une cascade bondissant près de la case, glaner des fruits et des baies que Febronio lui indiqua. Rarement, l'Indien revêtait son pantalon de toile et, torse nu, revenait à la civilisation urbaine. Lorsqu'il s'y décidait, il n'y passait alors que quelques heures, se chargeant de fourrures, de peaux de serpents ou de carapaces de tortues. Le soir, il rentrait avec deux sacs de toiles remplis d'allumettes, de poix, d'ustensiles de cuisines, de bouteilles de *cachaça* et d'huile de palme et, pour João, de paquets de tabac.

Le mois de mars, fidèle à sa réputation, fit dégringoler sur le carbet toute l'eau du ciel et les deux hommes furent contraints de rester au repos. Alors, ils purent commencer à parler.

L'une de ces interminables nuits passées à écouter tomber l'averse, alors qu'il se balançait mollement sur son hamac et que l'on ne devinait de lui qu'une forme noire, piquée d'une braise incandescente dispensée par sa cigarette, João demanda :

– Dis-moi, Febronio… Où on est, ici ?

Le grand Indien répondit, tout d'abord d'une manière laconique :

– On est à Rio.

– Comment ça, à Rio ?

– Oui. Et pas très loin de Santa Teresa. À pied, il faut moins de deux heures pour y arriver.

Un puissant coup de tonnerre fit trembler la case. Alors, Febronio reprit :

– Les gens des fourmilières sont étranges. Il y a des dizaines d'années, ils ont rasé la forêt de Tijuca, et pourtant elle descendait jusqu'aux plages. Ils ont tout coupé pour construire des maisons, pour faire pousser le café et la canne à sucre. Quand les arbres ont disparu, quand les mornes ont été rasés comme des crânes, ils ont décidé de planter d'autres arbres et de bâtir leurs maisons avec de la pierre et des briques. Tijuca est toujours une forêt, mais ce n'est plus la même jungle. Et tu commences à ressembler à la forêt de Tijuca, João…

Sans plus de commentaires, il se tourna sur le côté et s'endormit.

Cinq jours plus tard, alors que Febronio faisait cuire un serpent dont la peau noire brillait au soleil, il reprit son monologue, comme si quelques secondes seulement s'étaient écoulées depuis qu'il s'était tu :

– Quand ton automobile s'est envolée dans le ciel, j'étais là. Je t'ai rendu invisible et je t'ai sorti de la ferraille avant que les flammes se mettent à la détruire. Près du feu, les gens disaient que tu brûlais avec l'automobile. Et je t'ai conduit ici. Aujourd'hui, tu ressembles à la forêt de Tijuca quand elle a été rasée. Tu n'existes plus pour le reste du monde. Tu es mort. Et pourtant, tu es là. Si tu veux revivre, il faut que tu plantes d'autres graines dans ton esprit. Pour accomplir ta mission.

João Domar ne posa aucune question. Depuis longtemps, il avait compris que Febronio ne répondait jamais. C'était lui qui décidait quand il voulait parler et de quoi. Si João l'interrogeait, il entrait alors dans un mutisme qui pouvait durer plusieurs jours.

Une autre fois, alors que la *cachaça* l'avait rendu plus disert, l'Indien lui raconta l'histoire de Caramuru :

– Les blancs disent que c'est une légende, mais c'est la

334

vérité pure. Je tiens cette histoire des anciens, qui eux-mêmes la tenaient d'anciens à qui d'autres anciens l'avaient rapportée. Quand les Portugais sont arrivés au Brésil, mon peuple a vite compris qu'ils n'étaient venus que pour nous voler nos femmes, nos enfants, nos territoires et le *paubrasil*. Et les Tupinambas ont refusé. Un jour, un navire s'est échoué sur les côtes de Bahia et mes ancêtres ont massacré tous les survivants. Tous, sauf un.

– Je les comprends, admit João.

– Celui qui fut épargné ne dut la vie sauve qu'à un coup de mousquet qu'il tira en l'air et qui, par miracle, abattit un oiseau. Les Tupinambas d'alors ne connaissaient pas les ravages de la poudre. Ils ont porté celui qui disait être Diogo Alvares en triomphe, jusqu'au village, et ils l'ont surnommé Caramuru : Homme du feu, fils du tonnerre.

– Pourquoi tu me racontes ça ?

Sans répondre à la question, Febronio poursuivit :

– Caramuru eut plusieurs femmes et de nombreux enfants. Puis, il tomba amoureux de la belle Paraguaçu, la fille du chef. Et c'est là qu'un gros bateau est arrivé. C'était le navire d'un nommé Jacques Cartier et Caramuru a embarqué sur le bateau, avec sa femme, pour rejoindre les siens. Arrivé à Saint-Malo, Caramuru a épousé Paraguaçu et, à partir de ce jour-là, elle s'est fait appeler Catherine du Brésil.

– C'est une belle histoire…

– Si tu veux. Mais quand le bateau a emporté les deux amants à Saint-Malo, la jeune Moema, amoureuse à en mourir de Caramuru, s'est jetée à l'eau pour rejoindre le navire. Elle savait qu'elle ne le rattraperait jamais et pourtant elle a quand même nagé. Et elle est morte noyée.

La nuit qui suivit, João Domar fit un cauchemar. Il conduisait sa Citroën, pied au plancher. Près de lui, Mme Diva riait à gorge déployée, des escarbilles jaunes dans ses yeux noirs. Derrière eux, loin sur la route, Emivalda courait après l'automobile, courait à perdre haleine, sans parvenir à la rattraper.

Alors que João rentrait de ramasser des avocats tombés à terre, il vit Febronio venir vers lui, portant sur ses épaules un chargement inattendu. Après avoir revêtu son pagne, il tira de son sac de toile une chemise blanche, un complet veston datant bien un peu mais en parfait état, des chaussures vernies, une canne et un panama. Sous les yeux étonnés de João, il disposa avec respect ces vêtements sur l'une des deux nattes, puis alla s'accroupir dans le fond du carbet. C'était par un frais après-midi de juin et de gros nuages roulant dans le ciel donnaient à la lumière une teinte de cendre.

Comme João ne disait rien, Febronio expliqua :

– Le moment est venu pour toi de retourner en ville. Habille-toi et je te conduirai à la lisière de Rio.

João déposa son couffin d'avocats et vint caresser du plat de la main les vêtements. Pendant de longues nuits, avant de s'endormir, il avait bien pensé s'enfuir, quitter la jungle de Tijuca pour rejoindre le centre-ville, Santa Teresa, les bars illuminés, le Colombo où l'on pouvait engloutir des chopes entières de bière fraîche sans avoir à se préoccuper des baisers cinglants des moustiques, des tiques et des puces, où l'on mangeait avec un couteau et une fourchette, dans des assiettes de faïence, en se souciant comme d'une guigne de l'humidité, des fourmis, des araignées, des pièges des lianes et des trous d'eau. Mais, aujourd'hui, il s'était fait à tout cela. Sous ses pieds nus, deux bons centimètres de corne s'étaient formés et le protégeaient des pierres tranchantes comme des échardes de bois. Son corps, lourdaud et gras d'alcool, s'était affiné, il se sentait léger, puissant, plus encore qu'il ne l'était lorsqu'il déchargeait les ballots sur le port de la Joliette. Quant aux femmes, depuis cette nuit tragique de réveillon, il ne voulait plus les voir ni en entendre parler et, lorsque dans la solitude tendre de la jungle un désir montait en lui, il se caressait en pensant à Emivalda. À elle et à personne d'autre.

– Habille-toi, répéta Febronio de sa voix calme.

– Mais… Et toi ?

– Quoi, moi ?

João balbutia alors :

– Viens avec moi, s'il te plaît. Je partirai que si tu viens avec moi.

– Non. Ma place est ici. Je suis brésilien, mais je suis aussi tupinamba. Et les Tupinambas ne peuvent vivre que dans la jungle. Dans les villes, nous ne sommes rien. Moins que des nègres. Moins que des chiens.

De sa démarche souple, Febronio sortit du carbet et ajouta :

– Nos deux mondes ne peuvent pas se comprendre. Le tien est brutal et sans respect. Il est trop fort pour le mien.

– Mais qu'est-ce que tu vas faire tout seul ?

Avec un ample geste du bras et un sourire malicieux, l'Indien désigna la jungle environnante :

– Mais qui t'a dit que j'étais seul ?

– Depuis que je suis ici, j'ai jamais vu personne d'autre que toi dans cette jungle. À part les singes et les perroquets !

– C'est parce que tu regardes comme les blancs. Avec tes yeux...

– Et avec quoi tu voudrais que je regarde ?

Pour toute réponse, Febronio revint vers lui et posa sa main sur ses paupières. Puis, il demanda :

– Et là ? Que vois-tu ?

– Rien, puisque tu m'empêches de voir !

– Au contraire, je t'apprends à regarder, mais pas comme les blancs. Alors, concentre-toi et sers-toi de tout ton corps pour percevoir les choses...

En d'autres temps, João aurait ri et ne se serait en aucun cas prêté à cette expérience qu'il aurait jugée grotesque. Mais cela faisait déjà plusieurs mois qu'il partageait le quotidien de Febronio, le chamane, le *piay*, l'homme qui l'avait soigné avec des plantes étranges alors qu'il aurait dû mourir, l'Indien qui pouvait marcher en pleine obscurité dans la jungle sans jamais se tromper d'un pas, l'être qui sentait le gibier et le tirait sans jamais le rater et sans même le voir, celui qui passait de longues minutes sous l'eau à traquer les poissons sans remonter à la surface, celui, enfin, qui savait voler dans les arbres, marcher sur la braise sans aucune douleur, capturer les serpents à mains nues, parler avec les dieux, lire les messages des esprits dans une branche cassée, un vol d'oiseaux, le chant du vent. João Domar concentra donc toute son énergie à voir sans regarder.

Et, au fil des secondes, le miracle se produisit. Dans la clairière où coulait la cascade, il sentit la présence d'autres Indiens, une cinquantaine de Tupinambas, marchant nu, se poursuivant en riant sous les hautes frondaisons des arbres, riant dans les gerbes d'eau, fumant gravement de longues pipes. Les femmes, la poitrine menue, les dents éclatantes, parlaient dans le carbet, préparaient le repas, tressaient des lianes, peignaient à l'aide de fibres de palmiers trempées dans des couleurs végétales des signes sacrés sur le corps de leurs enfants. Deux d'entre elles le saluèrent d'un geste de la main, les yeux baissés.

Febronio apparut à son tour, enlaçant par la taille une jeune Tupinamba qui, en retour, lui caressait les fesses, sans pudeur ni la moindre provocation.

– Tu comprends maintenant ce que je veux te dire, reprit l'Indien, une touche de gravité dans la voix. Le peuple Tupi, comme tous les peuples indiens des Amériques, n'est pas fait pour vivre dans vos fourmilières. Nos dieux y seraient trop à l'étroit. Et ta place n'est pas ici.

Sans ouvrir les yeux, João demanda alors :

– Mais vous existez, ou vous n'êtes que des esprits ?

– La question est comme la réponse : sans importance. Maintenant, habille-toi et rejoins la forêt de pierre de Rio de Janeiro. Là-bas, tu as une chose à accomplir.

– Mais où faut-il que j'aille ?

– Va sur les bords de la lagune de Tijuca et attends…

– J'attendrai quoi ?

Febronio avait déjà tourné le dos et, maintenant précédé par les membres de la tribu, se dissolvait dans l'épais rideau de jungle bien plus qu'il ne le traversait. Au moment où la dernière palme se rabattit derrière lui, il lança :

– Fais ce que tu as à faire. Tresse les trois racines du Brésil…

Quand João ouvrit les yeux, la clairière était déserte. Alors, il ôta son pagne, passa sous la cascade et entendit, pour la première fois de sa vie, l'eau chanter. Une fois habillé, il étreignit contre lui le tronc d'un gigantesque eucalyptus et il sentit la force verte de la jungle indienne le pénétrer.

En quittant la clairière, il ne se retourna pas. Mais il sentit, avec la certitude de l'évidence, que Febronio était encore là, sur la fourche étroite d'un arbre, tel qu'il l'avait aperçu la première fois où il avait pris le *bonde* pour se rendre à Santa Teresa avec l'oncle Dom Francisco. Désormais, João Domar comprit qu'il ne serait plus jamais seul dans sa vie, son existence qui avait cahoté et rebondi, d'erreurs en erreurs, jusqu'à se perdre.

Lorsqu'il franchit la limite de la clairière, il sut que, pour lui, un nouveau chemin s'ouvrait.

25

Avant de se rendre à la lagune de Tijuca, à l'ouest de la ville, João Domar resta tapi dans la jungle jusqu'au soir. Lorsque la nuit tomba, lourde de parfums, il quitta les frondaisons de la forêt et, à pas rapides, rejoignit le front de mer sur lequel il ne croisa que de rares fêtards en retour de noces, trop soûls pour vouloir engager une conversation. Arrivé à Copacabana, il dut fermer les yeux un instant, en proie à un vertige. Tout au long de l'avenue Atlantica, la brillance de milliers d'ampoules lui éclata au visage, elles brillaient comme en plein jour, dans une débauche de lueurs argentines, faisant pâlir jusqu'à la lune et aux étoiles, brûlant dans une enfilade ininterrompue de lampadaires en métal noir à trois globes de verre, filant en courbe douce jusqu'à Leme, au garde-à-vous sur un trottoir étroit, pavé de blanc, et sur lequel des pierres noires incrustées rappelaient par leur dessin la houle de l'océan. Dans le grondement des vagues toutes proches, João avança au milieu d'un désert de sable où, quelquefois, apparaissait une cabane de pêcheurs sous l'auvent de laquelle, immobile, une barque reposait encore. Avant de quitter l'océan et de bifurquer sur l'avenue Princesa Isabel, il s'arrêta un instant devant le Copacabana Palace, un imposant édifice de sept étages, blanc comme le sucre raffiné, la façade illuminée, les drapeaux claquant dans le vent d'hiver, des grooms endormis raccompagnant les derniers dîneurs à leurs voitures, que les chauffeurs en livrée s'empressaient de garer au pied des escaliers tendus de velours rouge. Dans le paysage d'océan, de sable et de jungle toute proche, ce palais lançait au ciel les premiers feux d'une avenue qui prétendait devenir la plus belle du monde.

Mains dans les poches, João mit encore deux bonnes heures pour rejoindre le morne de Providencia, au nord de la ville, là où il avait, dans une vie précédente, établi son quartier général de *malandro*. Lorsqu'il y parvint, la nuit s'éteignait et l'aube annonçait un orage à venir, le ciel bas s'asphyxiant dans un matelas de lourds nuages d'étoupe. Avec précaution, João ouvrit la porte de sa maison. À l'intérieur, un profond silence régnait, troublé seulement par le claquement d'une persienne dans le vent. Tout semblait en place, comme au jour où il avait quitté cet endroit pour aller courir chez le père Cachoeira en compagnie de Mme Diva. Alors qu'il pénétrait dans sa chambre, João entendit brusquement une voix hurler dans la pénombre :

– Si tu fais un pas de plus, je te crève !

João leva les mains en l'air et la voix, rendue pâteuse par trop de sommeil, cria encore :

– Carla, allume cette bon Dieu de lumière ! Je veux voir qui est le sale enfant de putain qui ose entrer chez João-do-Bicho !

Un craquement d'allumette, et une lampe à pétrole éclaira alors le visage de Laranjinha. Près de lui, tremblante, les draps tirés sous le menton, une jeune femme se recroquevillait sur le lit. Le *bicheiro* aboya encore :

– Alors, crevure ? J'en ai buté plus d'un qu'a essayé de voler mon copain, tu peux me croire !

La lampe dans la main gauche, un pistolet dans l'autre, nu comme au premier jour de sa création, Laranjinha marcha vers l'ombre se découpant dans le halo de la porte. Parvenu devant João, le *bicheiro* s'immobilisa soudain et, au bout de son bras tendu, la lampe se mit à trembler. Subitement pâle, le visage défait, Laranjinha bredouilla :

– La putain de sa mère… Carla, dis-moi que c'est pas vrai. Dis-moi que je rêve…

João répondit, d'une voix douce :

– Non, mec… Tu rêves pas. C'est bien moi.

Laranjinha se laissa tomber sur une chaise, de tout son

poids, et se releva aussitôt pour approcher la lampe du visage :

– Mais c'est pas vous, Chef. Ça peut pas être vous, puisque vous êtes mort... Vous êtes un putain de fantôme, ou quoi ?

Calmement, João alla ouvrir les persiennes et une clarté métallique dispersa instantanément la nuit. Alors, Laranjinha posa la lampe sur le sol, jeta son pistolet sur le lit défait et, sans se soucier le moins du monde de sa nudité, il courut prendre João dans ses bras. Sous le regard maintenant plus incrédule qu'apeuré de Carla, il enlaça son ami, le souleva, le fit tourner en l'air en riant aux éclats, sans cesser de répéter :

– Je le savais, Chef ! Je le savais ! João-do-Bicho, il pouvait pas crever comme ça ! Je le savais ! Je le savais !

Enfin, dans une ultime rotation, il le reposa sur le sol, le visage radieux, ne sachant plus s'il devait rire ou pleurer. Tout en enfilant son caleçon à la hâte, il lâcha :

– Rosa, laisse-nous, ma belle. Faut qu'on parle entre hommes, à cette heure !

La jeune femme ne se le fit pas répéter deux fois. Elle se glissa dans sa robe en coton à imprimé bleu ciel et, sans même prendre le temps de rectifier son prénom, elle fila hors de la maison tout en murmurant :

– Risque pas que je reste. Les histoires de fantômes, c'est pas pour moi...

Quelques instants plus tard, João observait avec un sourire amusé Laranjinha s'agiter devant lui. Habillé comme l'as de pique, il passait de la cuisine au salon, fébrile, installant les tasses pour le petit-déjeuner, réchauffant le café de la veille, oubliant le sucre, apportant trois cuillères, en ramenant deux, ne s'interrompant jamais de parler, tout à sa joie et à sa surprise :

– On n'a pas idée de foutre des trouilles pareilles ! C'était moins deux que je vous colle une praline, Chef ! Moins deux, que je vous dis ! Parce que y'en a eu, des salauds qu'ont voulu vous voler quand vous étiez mort ! Mais Laranjinha veillait, Chef ! Et pendant un temps, ils ont eu de quoi bouffer, les poissons du Mangue. Pouvez me croire, Chef. Garanti sur facture. On touche pas à João-do-Bicho, qu'il soit vivant ou mort !

Puis, une fois l'excitation retombée, quand il ne resta plus sur la table que deux tasses vides et encore fumantes, Laranjinha dressa à João un état de la situation. Après l'accident, les morts de Mme Diva et du père Cachoeira avaient aussitôt été classées. Grâce à un témoin, João-do-Bicho avait formellement été reconnu coupable et la police, lorsqu'elle apprit l'accident du *malandro*, se frotta les mains. Trois affaires élucidées en quelques heures à peine, c'était de la belle ouvrage. Sur le morne de Providencia, en revanche, quelques gros bras avaient aussitôt tenté de s'imposer comme les nouveaux chefs, alors que les restes de l'automobile n'étaient pas encore froids. Mais Laranjinha, avec l'aide de Toni-le-Tango et de Casse-Phalanges, avait calmé les ardeurs les plus virulentes. Les balles avaient volé bas durant toute la nuit et, au matin, seuls les plus fidèles étaient restés, à la fois en mémoire du chef disparu, mais aussi parce que la place était bonne. Les gros bras, les sans foi ni loi, ceux qui avaient tenté de prendre le pouvoir sans y parvenir, ceux-là s'étaient alors dispersés pour tenter l'aventure ailleurs.

– Aujourd'hui, expliqua Laranjinha, on est tout juste une douzaine. On a dû laisser tomber les filles et les jeux. Y'a trop de concurrence. Mais l'alcool marche toujours du feu de Dieu. Et le *jogo do bicho* aussi. J'ai tenu les comptes, Chef. Comme vous m'avez appris. Vous pouvez vérifier.

João caressa sa cicatrice du bout des doigts. Puis, il demanda :

– Et mon enterrement ? Y'a eu beaucoup de monde ?

Laranjinha baissa la tête et, d'une voix lugubre, finit par répondre :

– Y'en a pas eu, Chef. Ces salauds de cognes ont pas voulu.

– Quoi ?

– C'est la vérité vraie, Chef. Pas même de fosse commune. La police a foutu les restes de l'accident dans un camion et ils ont tout balancé aux ordures. Aux ordures, avec les rats. C'est pas Dieu possible, mais c'est pourtant bien ce qu'il s'est passé ce jour-là…

João sourit avec amertume. Dehors, la pluie s'était mise à tomber, drue, régulière, dans un vent devenu trop mou pour faire dévier les gouttes de leur trajectoire.

En allumant une cigarette, Laranjinha ajouta :

– Le lendemain, avec Toni-le-Tango, Casse-Phalanges, Petite-Échelle et quelques autres, on s'est quand même retrouvés au Colombo. Et là, M. Cotrim nous a offert à boire. Il a fermé son restaurant et on s'est juste retrouvés entre nous.

– Il a fait ça ?

– Oui, Chef. Toute la nuit, on a bu et on a parlé de vous. Y'a votre pote Zumbi qu'est venu, lui aussi. Il a joué du *cavaquinho* et il a chanté, des *modinhas* et des *samba canções*. Il a même inventé une chanson qui parlait de vous, comme pour le *Cangaceiro lampiao*…

– C'était beau ?

– Oui, Chef ! Mais je m'en rappelle plus. C'était y'a trop longtemps… Mais je me souviens que Zumbi est venu aussi avec un autre type, un blanc que j'avais jamais vu. Un ingénieur ou un architecte, je sais plus. Mais en tout cas, ç'a été une sacrée putain de belle soirée…

Alors, João se leva de sa chaise et resta un moment, dans le silence, à fumer devant la baie ouverte sur Rio de Janeiro. Pendant que Laranjinha débarrassait les tasses en chantonnant, il passa dans ce qui avait été sa chambre, choisit un costume sobre, une paire de vernis, une chemise blanche et il se changea. Puis, il fourra dans un sac quelques effets personnels et appela Laranjinha. Celui-ci, les cheveux toujours ébouriffés, un large sourire sur sa bouille encore enfantine, arriva en esquissant trois pas de samba.

– Qu'est-ce qu'il y a, Chef ? Si c'est pour la chambre, vous bilez pas. Je vais reprendre la mienne, dans la maison d'à côté.

– Non, mec. Cette chambre, c'est la tienne. Je te la donne.

– Quoi ? Mais, et vous ?

En farfouillant dans l'armoire, João répondit :

– Je te donne la chambre, la maison, et aussi celle d'à

344

côté. Tu continueras à t'occuper des affaires. C'est les tiennes, désormais…

Laranjinha s'assit sur le rebord du lit et répondit :

– Vous décrochez, Chef ? Et moi qui croyais que tout allait recommencer comme avant…

Une planche de bois à la main, João se retourna et expliqua :

– Non, mec. Pour moi, c'est fini. J'en ai assez fait. C'est toi le chef, maintenant.

– Mais je…

– Tais-toi, s'il te plaît.

Alors, João tira du double-fond de l'armoire un coffre en métal qu'il posa sur le lit. Puis, tout en l'ouvrant, il dit :

– C'est toi le chef. Tu expliqueras à ceux de la bande que c'est moi qui ai pris la décision. Et tu parleras à personne d'autre de ma visite aujourd'hui, tu m'as bien compris ?

– Oui, Chef… approuva Laranjinha, les yeux baissés à terre.

Avec des gestes lents, João mit dans son sac trois grosses bourses remplies d'or qu'il serrait dans cette cache en cas de coup dur. Puis il en déposa quatre autres sur le lit avant d'expliquer :

– Ça aussi, c'est à toi. Et avec ça, tu pourras te l'acheter…

Laranjinha redressa la tête et, interloqué, demanda :

– M'acheter quoi, Chef ?

João sourit, et répondit :

– Acheter quoi… Mais ton automobile, mec. Ton automobile !

Quand João Domar quitta sa maison du morne de Providencia, la pluie cessa de tomber et un timide soleil fit luire les gouttes posées sur les palmes et les feuilles de la jungle.

Une heure plus tard, alors qu'il cheminait vers la lagune de Tijuca dans le premier soleil, celui qui est le plus pur et le plus doux du monde, João Domar fit une halte dans le quartier de la Cidade Nova. Avant de s'engager dans la rue Visconde de Itauna pour rendre une visite à la tante Ciata, il s'arrêta à la terrasse du seul bar ouvert à cette heure-ci sur la Place Onze. Il commanda un café, qu'il dégusta du bout des lèvres, avec gourmandise, et vit peu à peu la capitale s'éveiller devant lui. Ce fut le défilé grossissant du petit peuple, un peuple minuscule pour les bien-nés et les nantis, un peuple d'illettrés, de voyous, d'ivrognes, de coupe-jarrets, d'imbéciles heureux, de filles faciles, de bêtes de somme qui ne méritaient pas autre chose que de manger du foin, d'ivrognes et de fainéants, de roublards, de menteurs, de rôdeurs sans feu ni lieu, un peuple que, lui aussi, avait regardé de haut, avec toute sa vanité d'Européen, sa morgue de blanc, sans même prendre la peine de se pencher sur ces gens humbles qui font la force vive de la cité merveilleuse, la chair même de Rio de Janeiro. Ce matin-là, il trouva ce peuple fier, grand. Les maçons allaient par bandes encore ensommeillées, lançant tout de même quelques mots égrillards aux lavandières, ces grisettes tropicales portant avec grâce de lourds ballots de linge blanc sur leurs têtes. Il vit aussi, comme pour la première fois, les vendeuses de sucreries et de beignets cheminant ensemble, les reins cambrés et les jambes musclées, les petites secrétaires tirées à quatre épingles courant déjà après le temps, les rétameurs de casseroles, les rémouleurs de ciseaux et couteaux, les crieurs de journaux, les cireurs de chaussures, les vendeurs de cigarettes à l'unité, les garçons de café et de restaurant laqués de brillantine, sans oublier les femmes de ménage, quelques fonctionnaires, des balayeurs apathiques, des ouvriers, le mouchoir noué sur la tête et le mégot aux lèvres. On se souriait, on s'interpellait, on se parlait dans la rue, aux fenêtres grandes ouvertes, des rires fusaient, les premières bandes de gamins se rejoignaient déjà en cavalcades rapides, des chants poussés par des femmes et des hommes enluminaient la place de ritournelles sans importance, les marchands de légumes et de fruits plantaient leurs étals, s'interrompant quelquefois pour discuter, de tout, de rien, pour le plaisir.

Tirée par la main, une petite fille traînait des pieds derrière sa mère. Quand elles passèrent devant João, la fillette s'arrêta un instant, livide, les yeux rivés sur la cicatrice violacée barrant le visage. Pas un mot ne sortit de sa bouche, mais elle lui dit, avec violence, qu'il était laid. João détourna alors la tête, gêné. Aux autres tables de la terrasse, il ne vit que des hommes, par deux, par trois, par quatre, buvant de petits cafés et commentant la presse avec des rires, des coups de gueule, des claquements de mains. Lui, il était seul.

Alors, il lâcha une pièce sur le marbre et repartit.

Rue Visconde de Itauna, il tapa trois fois à la porte de la tante Ciata. Il trouva celle-ci de fort méchante humeur, répondant à peine à son bonjour, ne s'étonnant même pas de sa longue absence ni de ce retour subit avec, en prime, cette cicatrice qui le défigurait. Cette fois-ci, elle ne le fit pas pénétrer dans la grande pièce où alternaient les nuits de samba et les cérémonies de *Candomblé*, se contentant de lui offrir une tasse de café qu'ils prirent debout, dans la cuisine.

Quand elle eut allumé sa longue pipe, elle croisa ses bras sur sa poitrine et fronça son large front ridé. Puis, sur un ton où la réprobation le disputait à la malice, elle lui demanda :

– Alors, ça y est ? Laranjinha t'a convaincu de venir me voir ?

– Non, tante. Il m'a pas dit de venir. Je suis venu de moi-même.

Tante Ciata toussota pour éclaircir sa voix et reprit :

– Ça m'étonne pas de ce petit. Il a trop bon cœur pour te répéter ce que je lui ai dit à ton sujet…

– Qu'est-ce que vous lui avez dit, tante ?

La vieille recracha sa fumée, tout en maugréant :

– Rien… J'ai rien dit au petit. Oublie ça…

– Vous lui avez dit que mes portes étaient fermées ?

Il se fit alors un long silence, troublé seulement par la succion humide de la pipe et par les cris des camelots qui, sur la place, haranguaient les chalands en rigolant. Puis la tante Ciata finit par répondre :

– Oui, c'est ça. C'est bien ça que j'ai dit au petit. Et y'a pas besoin d'être une grande Mère de saints pour s'en rendre compte. Maintenant, je vois que c'est même écrit sur ton visage, João.

– Et qu'est-ce que ça veut dire ?

La vieille esquissa une petite grimace et se resservit une tasse de café. Avant de la porter à sa bouche, elle dit :

– C'est compliqué à expliquer. Et c'est pas le genre de choses à dire à un petit blanc qui croit dur comme fer qu'il n'y a qu'un Dieu et qu'une seule couleur de peau sur la terre.

– Je suis même plus sûr de ça, tante.

– Tiens donc…

– Je suis perdu, je vous dis. Je viens de passer des mois dans la jungle, avec un Indien dont je suis même pas sûr qu'il ait jamais existé. Et je voudrais que vous m'aidiez.

– Et pourquoi je ferais ça ? Juste en regardant ta figure, je vois que t'as commis tout un tas de crimes et de saloperies sans nom qui me font honte pour toi.

Elle pencha la tête sur le côté et ajouta, les yeux à demi fermés :

– Mais tu es un ami du petit mec Laranjinha. Et je vois aussi dans tes yeux des rayons de soleil. Oh, pas beaucoup, bien sûr… Mais même moi qui suis qu'une vieille femme, je peux les voir. Alors, peut-être que, après tout, y'a encore des choses à sauver chez toi…

Et la tante Ciata se mit à parler. Elle parla même toute la journée, ne s'interrompant que pour siroter un peu de café, puis pour croquer dans des beignets de crevettes au piment qu'une voisine lui apporta avec une bouteille de bière fraîche. Elle lui raconta le monde de l'Afrique, le berceau de l'humanité. La Terre de Vie, avec ses secrets, ses sorts, ses charmes, ses sorciers, ses féticheurs. Mais elle le fit sans mise en scène ni décorum, sans menace, sans reproche. Elle lui tint des propos simples, parfumés d'une foi pure, ne jugeant pas João Domar, se contentant d'expliquer les causes profondes de son malaise, de ses peurs et de sa souffrance, avec les clés de la *Macumba* :

– Tu vois, João, l'univers entier est un échange de forces, positives et négatives. La force est partout, elle passe de l'un à l'autre. Celui qui donne sa force s'appauvrit. Celui qui la reçoit, s'enrichit.

Alors, de sa voix éraillée, elle lui expliqua que le rôle des Mères et des Pères de saints était d'écarter les forces négatives, celles qui polluent, celles qui bloquent les Chemins et freinent, celles qui ferment les Portes et nuisent. De même, c'était aussi leur devoir que d'attirer les forces positives, par l'intermédiaire des saints et des dieux. Elle lui apprit que le monde entier ne cessait d'envoyer des signes aux hommes et que les hommes, parce qu'ils avaient oublié, ne savaient plus les décrypter.

– J'ai connu un col blanc tout ce qu'il y a de respectable. Mais, au fond de lui, il y avait des forces négatives qui bouillonnaient d'une manière terrible. Dieu seul sait où c'est qu'il était allé chercher tout ça. Peu à peu, toute sa vie s'est déglinguée. Son travail, ses amis, sa famille… Y'avait pas un seul matin où il se levait qu'apportait pas son lot de malheurs. J'ai essayé de l'aider, mais il a refusé.

– Pourquoi ?

– Parce qu'il croyait pas à notre religion des esprits. C'était un nègre, mais il se sentait blanc à l'intérieur.

– Et qu'est-ce qui lui est arrivé ?

– Quand les forces négatives ont pris le dessus, il a assassiné sa femme et ses cinq enfants. Puis, il est tombé malade. Et il est mort. Que veux-tu ? Les blancs ne croient pas à nos dieux parce que nos dieux d'Afrique sont trop puissants, trop vivants pour eux. Les blancs, ils préfèrent croire à un Dieu qui n'existe plus aujourd'hui, parce que les églises l'ont privé de chaleur, elles l'ont coupé de l'énergie de la terre. Tandis que les nôtres…

Après avoir allumé une nouvelle pipe, elle reprit son discours, elle raconta que, tous les jours, les dieux de la Terre de Vie descendaient dans les corps des médiums lors des cérémonies *Macumba*, dans la lumière des *terreiros*. Ces esprits chevauchaient les appelés et, ainsi, leur permettaient de parler, de dialoguer avec les hommes. Ces dieux, elle ne les cita pas tous, cela aurait été trop long, mais, comme la vieille Dida l'avait fait avant elle, elle évoqua Olorum, Oxala, Iemanja, Oxossi…

– Et je te parle pas de Exù et de sa Pomba Gira ! Lui, c'est le diable, mais c'est aussi le Maître de la Porte, c'est celui qui ouvre les chemins. Exù, c'est le premier qu'il faut nommer dans les séances de *Macumba*. Sans quoi, les dieux ne peuvent pas venir chevaucher les humains et faire entendre leurs voix.

– Et la Pomba Gira ?

La tante Ciata éclata d'un bon rire puis, mimant la démarche d'une prostituée, la croupe tendue en arrière et les seins en avant, elle dit :

– Elle ? C'est la compagne d'Exù. Une belle fille, tu peux me croire. Avec tout ce qu'il faut là où il faut. Mais il vaut mieux un peu s'en méfier…

Et elle continua ainsi, entre rire et gravité, tandis que João écoutait, émerveillé, ne comprenant pas tout, la faisant répéter, lui demandant des détails, la relançant lorsqu'elle faisait mine de s'arrêter. Lui, il n'avait connu que la messe du dimanche, à Marseille, chevrotée en latin par un vieux curé. Pour João, la religion tirait plus du réflexe conditionné que de la foi sincère. Comme sa mère et son père, il se signait lorsqu'il voyait passer un corbillard. Il signait le pain aussi, du bout du couteau, avant de l'entamer. Et il connaissait encore un peu la musique du Notre-Père. La musique seulement, plus les paroles.

Mais, dès qu'il avait été en âge de travailler, il avait déserté l'église humide pour les docks et, le dimanche, pour l'absinthe du troquet du coin qui lui tenait lieu de vin de messe. Son seul Dieu était devenu la Compagnie des docks. Ses saints avaient pour noms le syndicat, le contremaître et les jours de paye.

– De toute façon, reprit la tante Ciata, n'oublie pas une chose : dans la *Macumba*, on vit avec nos dieux comme dans une grande famille. Ils sont près de nous, à chaque instant de notre vie, pour nous parler dans les *terreiros* ou pour nous envoyer des signes, quand on est dehors. Et nos dieux ne sont pas éloignés de ceux des blancs. Ils portent juste un autre nom, d'autres habits, et ils ont une couleur de peau différente.

– Comment ça ?

La tante Ciata se servit un énième *cafezinho*, puis répondit dans un froncement de sourcils :

–Notre religion a jamais été bien vue par les blancs, les catholiques. Alors, pour continuer à pratiquer la *Macumba* sans crainte d'être punis, les nègres ont donné aux saints des blancs les noms de leurs dieux. Et, si tu regardes bien, Olorum, c'est le même que le grand bon Dieu des blancs. Comme lui, c'est le plus ancien de tous les dieux. C'est aussi le plus puissant, et il est si puissant qu'il a même plus le temps de s'occuper des petites affaires de la terre et des hommes. Oxalà, c'est le premier des Orixas. C'est comme qui dirait notre Jésus-Christ. Iemanjà, c'est la Vierge Marie. Ogum, avec son casque et son épée, c'est Saint Georges, le dieu de la guerre et des métaux. Omulu, le dieu des maladies, c'est Saint Lazare. Et je te fais grâce des autres !

Lorsque la nuit tomba, la cuisine nageait dans un lourd nuage de fumée. Dehors, la rue Visconde de Itauna et la Place Onze s'étaient vidées dans le froid de juillet. Alors, la tante Ciata ajouta, plus gravement cette fois :

–Les blancs ont peur de notre religion parce que nos prières sont différentes des leurs et parce qu'on a besoin de faire des sacrifices. Si le peuple de la *Macumba* veut rester en contact avec ses dieux, il doit les nourrir avec le sang des animaux à deux ou à quatre pattes, selon les dieux à qui il veut s'adresser. On doit nourrir aussi les *terreiros* et les tambours, avec des cigares noirs et bien forts, avec de l'alcool, de l'oignon, des saucisses fumées, des ragoûts, des tomates. Toutes ces offrandes, on les met aux carrefours des rues, parce que c'est là que les forces sont les plus nombreuses et les plus puissantes. Et tu verras jamais personne, pas même un chien errant et affamé, en approcher le bout du museau. Jamais…

La vieille femme se leva avec peine et s'étira un long moment. Par la porte ouverte de la cuisine, des musiciens de samba et des habitués du lieu passaient déjà, les bras chargés d'instruments, de nourriture et d'alcool. Avec un nouvel entrain, la tante Ciata tapa vigoureusement sur ses grosses fesses et conclut par ces mots :

–Ce qui t'a sauvé, João, c'est la force de la jungle. Tous

ceux qui vivent dans les villes sont coupés de la force et de l'énergie sacrée, celle d'Ossain. Il n'y a plus de force dans les villes, à cause de leurs satanés trottoirs et de leurs rues pavées. Mais, pour ce soir, on va se nourrir d'une autre force : de la force du samba, mon garçon !

Et, avec un grand éclat de rire, elle transporta son gros corps à petits pas pressés vers le *terreiro*. Ce soir, il fallait faire la fête, une fête à tout casser, pour se sentir vivre au plus fort des tambours et des chants.

Cette nuit-là, il n'y eut aucune descente de police chez la tante Ciata, car le samba coula bien plus qu'il n'explosa. Il est des soirs ainsi, où les *cuicas* sont fatiguées de criailler, où les *pandeiros* eux-mêmes se font plus doux, plus nostalgiques aussi les guitares. Un parfum de *saudade* s'était mis à polir les gens et les choses dans la lumière ocre des bougies. La tante Ciata, qui était pourtant bien décidée à faire une nouba de tous les tonnerres, s'était rapidement retirée dans un coin du *terreiro*, avec les autres tantes présentes, Amelia de Aragao, la mère de Donga, Veridiana, celle de Chico da Baiana, Monica, mère de Pendengo et de Carmen, et la tante Prisciliana de Santo Amaro, qui avait mis au monde João da Baiana. Les yeux dans le vague, fumant indifféremment la pipe et la *maconha*, tétant de petits verres de *cachaça*, elles discouraient doucement de la vie, de l'Afrique, d'un voyage qu'il faudrait bien se décider à accomplir jusqu'au *terreiro* du Gantois, à Bahia, de la naissance des uns, de la mort des autres, assises avec nonchalance sur des tabourets de bois brut, ne parvenant pas à trouver un sujet portant à rire, pas plus qu'à se lamenter. Autour du buffet, les musiciens échangeaient des accords, sans les jouer. Les jeunes femmes regardaient les hommes jeunes, sans les embrasser.

En Europe, tout le monde aurait déploré cette fête gâchée par manque d'enthousiasme. Ici, dans la rue Visconde de Itauna, il n'en fut rien. Chacun finit par se séparer et par rentrer chez soi, en se félicitant d'avoir eu la chance de partager ce moment-là, en toute fraternité.

João Domar fut l'un des derniers à dire au revoir à la tante Ciata. Le sac posé sur son épaule, il vint s'incliner devant elle et murmura :

— Merci pour cette journée, ma tante. Et merci aussi pour la soirée.

La Mère de saints éclusa d'un trait sa chope de bière, s'essuya les lèvres avec un mouchoir brodé de dentelles et répondit :

— C'était rien, mon petit. Tu me dois rien.

— Justement, c'est pour ça que je voulais…

Sans terminer sa phrase, João tira alors de son sac deux des trois bourses d'or qu'il avait ramenées de sa maison du morne de Providencia. L'une après l'autre, il les déposa sur la robe de taffetas de tante Ciata, et les deux bourses de cuir dessinèrent alors deux taches brunes sur le blanc du tissu. Avec méfiance, la vieille demanda :

— Qu'est-ce que c'est que cette fortune ? Y'a de quoi acheter tout Rio, avec ça… D'où ça vient ?

— C'est pas de l'argent volé, ma tante. C'est de l'argent que j'ai gagné, dans une autre vie.

— Et tu l'as gagné honnêtement, cet argent ?

João baissa les yeux, puis expliqua :

— Ma tante, si on devenait riche en travaillant honnêtement, ça se saurait, je crois…

— Ce que tu dis, c'est pas tout à fait faux, mon fils…

Elle soupesa les deux bourses rebondies et interrogea à nouveau, d'un air suspicieux :

— Et qu'est-ce que tu veux que j'en fasse, moi, de tout cet argent ?

— Je me disais que ce serait bien, pour les enfants…

— Quels enfants ?

— Les petits *pivetes*, ceux qui sont à la rue. Ceux comme Laranjinha. Ça doit vous coûter des sous de les aider et de les recueillir. Et des sous, moi, j'en ai plus besoin.

La tante éclata alors d'un rire mauvais. En roulant des yeux, elle se leva et vint se planter devant João :

— Dis-moi, petit blanc… Si tu crois que c'est avec de l'or

qui te brûle les doigts que tu vas faire ouvrir tes Portes, tu te trompes !

– C'est pas pour ça que je vous le donne.

– Et c'est pour quoi, alors ?

João redressa son visage balafré. Avec un sourire désolé, il répondit :

– Je vous le donne parce que je me disais que, avec de l'argent, même sale, on doit pouvoir créer du bonheur propre...

– C'est bien vrai, cette histoire ?

– Oui, ma tante. Le bonheur, jusqu'à présent, j'ai jamais été très fort. Tandis que vous... Alors, ce serait bien si vous acceptiez. Pour les gamins...

Sans quitter João des yeux, la tante Ciata souleva sa robe sur le côté et, entre deux jupons empesés, glissa les bourses dans sa poche. Puis, sans se fendre d'un sourire, elle le saisit aux épaules, le força à se pencher et l'embrassa sur le front, sans un mot. Puis, pendant qu'il quittait la pièce, elle grommela :

– Petit blanc, je t'attendrai. Tous les mercredis soir. Et ne sois jamais en retard ! Ton esprit est si sale qu'il faudra bien tous les esprits de l'Afrique pour le laver ! En attendant, porte-toi, mon fils...

Avançant toujours dans le vide de la nuit, João Domar, libéré du poids de l'or, parvint à la première lagune de Tijuca, celle qui, avant la lagune de Camorim et celle de Jacarepagua, verse dans l'océan Atlantique les eaux douces libérées par la jungle. La nuit était claire et la lune colorait d'argent les mornes alentours, jusqu'à la Pierre de Gavea.

Une fois sur place, João choisit un coin de sable blanc, à l'endroit exact où l'eau de la forêt et l'eau de la mer se mélangeaient. Après avoir ôté ses chaussures, il s'allongea sur le flanc et alluma une cigarette. Face à lui, jusqu'aux premiers contreforts des collines, s'étendait un sous-bois, une immense fazenda appartenant à la Compagnie anglaise des chemins de fer. La brise, descendant par vagues du noroît, apportait avec elle les essences de la jungle que

Febronio lui avait appris à reconnaître. Les cèdres, les palmiers, les lichens, les mousses, les bambous, la cannelle. Mais aussi d'autres végétaux, aux odeurs puissantes et poivrées, ou bien douces, sucrées, qui vous tournaient la tête comme un parfum de femme. Ils portaient des noms étranges, poétiques, rares survivances d'un temps où les Tupinambas, seuls, vivaient en harmonie avec la jungle : le *cambara-guaçu* et ses fleurs violacées, la jaune *arariba* et les jaunes fleurs de l'*Ipêamarelo*, le *camboata* au bois dur, la *samambaiaçu* se lovant en spirales, le *coco-de-iri* avec les noix duquel les enfants indiens jouaient à la toupie, et toute une formidable flore de *murici, andicos, caixeta-preta, cambui, urucurana, jequitiba, ingà, brejauba, caetes* ou *pacovas*.

Épuisé par sa marche, João Domar s'assoupit, bercé par les vagues, le friselis de la lagune, ainsi que par les bruissements, devenus familiers pour lui, des insectes et des animaux grouillant dans les sous-bois et la jungle de Tijuca.

Le lendemain matin, João fut réveillé par les coups de sifflet stridents d'un train à vapeur qui crevèrent le silence. La lune avait fondu dans le bleu rosissant du ciel et, rabattu par un vilain vent, un nuage de fumée de charbon assassina les odeurs de la nuit. Il s'ébroua comme un jeune chien lorsque, montant de la plage, une voix fraîche le fit sursauter :

– Alors, vagabond ? Tu ne vois pas qu'ici, c'est la propriété de la Compagnie des chemins de fer ?

Comme la jeune femme se trouvait en contre-jour, João cligna des yeux, mais il ne distingua qu'une ombre noire, dans une robe cintrée à la taille. Il se leva et se déplaça sur le côté, tandis que la voix reprenait :

– C'est interdit de rester ici. Si le garde te trouve, je te promets que ça va barder pour toi !

Alors, il la découvrit en plein soleil. Et il fut à deux doigts de tomber à genoux. Les mêmes cheveux noirs, le même regard pur, le timbre de la voix, l'air faussement désinvolte, la bouche en cerise mûre, la taille fine, de longues jambes, tout dans cette jeune fille d'une vingtaine d'années lui rappelait Emivalda et, par certains détails, Mme Diva. João Domar vacilla sur ses jambes, tandis que l'inconnue faisait un pas en arrière, avec une grimace de dégoût, en découvrant l'atroce cicatrice sur le visage de cet homme.

Sur un ton moins rassuré, elle reprit :

– Allez, vagabond. Il faut partir, maintenant…

João, le front brûlant, observa à nouveau la jeune fille, incapable d'articuler un seul mot. Ses traits étaient d'une douceur incroyable et, hormis le fait que ses yeux étaient presque bridés et sa peau brunie de soleil, elle avait tout de ses deux amantes disparues.

– Eh bien ? Tu es sourd ?

– Non… Mais toi, tu travailles pour la Compagnie ?

– Pas tout à fait… Mais moi, ce n'est pas pareil, s'empressa-t-elle d'ajouter.

– Et pourquoi ça ?

Elle lui montra un panier d'osier, en le tenant à bout de bras. Puis, avec une moue qu'elle voulut légèrement supérieure, elle expliqua :

– Parce que moi, je travaille, monsieur le vagabond.

– Ramasser des herbes pour les lapins, tu appelles ça travailler ?

Dans sa robe blanche laissant nues ses épaules, elle s'indigna :

– De l'herbe pour les lapins ? Je te signale que ce sont des plantes pour la Mère de saints Esperança, celle qui tient le *terreiro* de la lagune de Tijuca !

– Alors, tu es Mère de saints ?

La jeune fille dessina avec son pied droit un rond dans le sable et, tout aussitôt, elle l'effaça de la semelle. Puis, elle expliqua :

– Non… Enfin, pas encore. Aujourd'hui, le *Peji-gâ* est absent. Et la Mère Esperança m'a envoyée chercher les herbes sacrées à sa place. Mais moi aussi, je deviendrai une Mère de saints un jour !

Estimant qu'elle en avait déjà trop dit, elle fut en deux petits pas légers près de João. Ses cheveux dansaient dans le soleil et, au-dessus de sa lèvre supérieure, quelques gouttes de sueur perlaient. Elle planta ses yeux noirs dans ceux de l'inconnu et interrogea à son tour :

– Et toi ? Que fais-tu ici ? Qui es-tu ?

– Mais tu as déjà deviné qui j'étais. Je suis un vagabond, non ?

– Un vagabond avec un costume, une canne et des souliers vernis ? Je connais plus d'un mendiant qui aimerait être habillé comme toi !

Son odeur, comme celle d'Emivalda, mêlait la vanille et la mangue sucrée. Comme celle de Mme Diva, elle exhalait aussi des accents acidulés et amers de citron vert. Ces deux parfums, auxquels s'ajoutaient ceux des herbes de la jungle fraîchement coupées, étourdirent João. Pour masquer son émotion, il lui tourna le dos et regarda la mer. À quelques encablures, une troupe de dauphins bondissaient dans les vagues, produisant des éclairs verts, jaunes et bleus dans le blanc de l'écume.

– Alors ? reprit-elle. Qu'est-ce que tu fais ici ? Tu cherches quelqu'un et tu as été surpris par la nuit ?

– C'est un peu ça, oui...

– Je peux t'aider ?

João fit volte-face. La jeune fille, debout dans le soleil, gorgée de vie et de santé, l'observait, les sourcils froncés. Le panier sur la hanche, elle répéta :

– Je peux t'aider ? Peut-être que je le connais, celui que tu cherches...

– Qui sait ?

– Il vient souvent par ici ?

– Non. Mais, maintenant que je te connais, je pense qu'il va venir de plus en plus souvent...

Elle éclata d'un rire sans malice, découvrant ainsi ses dents blanches. En filant dans les sous-bois, elle lui lança :

– Désolée, monsieur le vagabond ! Mais pour les boniments, tu pourras repasser. J'ai déjà un amoureux...

Alors, il lui cria :

– Ne pars pas ! Je sais même pas comment tu t'appelles !

À une trentaine de mètres de lui, elle interrompit sa course, fit un demi-tour sur elle-même et cria :

– À moi, on me dit Amelia ! Et à toi ?

– Moi ? C'est João !

Elle lui adressa un petit salut de la main, fit encore quelques pas et finit par se retourner une dernière fois :

– Je suis tous les jours au *terreiro* de la Mère Esperança. C'est à cinq cents mètres, sur la gauche de la voie ferrée !

Et elle disparut en riant.

26

Avec la bourse qu'il avait gardée pour lui, João Domar loua un minuscule appartement dont les fenêtres donnaient sur la Place Onze. Dans la cidade Nova, où venaient s'entasser par familles entières les immigrés venus d'Europe et du nord du Brésil, on n'était pas regardant sur l'identité des gens, pas plus qu'on ne se préoccupait de savoir si leurs papiers étaient en règle. Le loueur, un mulâtre au teint bilieux et au visage ravagé par des traces de petite vérole, ne posa aucune question lorsque João lui tendit une pièce d'or. Ce quartier, déjà assiégé par les bulldozers qui grondaient à quelques rues de là, vivait ses dernières heures. Bientôt, le plan du préfet Pereira Passos raserait cette zone aux mille ruelles pour y construire des immeubles, moins hauts que ceux du centre-ville, mais qui ne figureraient rien d'autre que de gros cubes de couleur crème dans lesquels seuls les moins pauvres pourraient trouver un logement. Les autres seraient repoussés vers le nord de la ville ou bien prendraient d'assaut d'autres mornes.

Durant les premiers jours, João ne fut ni accepté par la communauté de la Cidade Nova ni refusé. Simplement, qu'il fasse ses courses, prenne un café, achète le journal ou se promène dans la rue, il avait la sensation de ne pas exister. Les bonjours qu'on lui adressait étaient prononcés de façon machinale, sans chaleur ni humanité. Au plus gros de la foule, lorsqu'on le bousculait, personne ne s'excusait ni ne semblait même s'en rendre compte. Il n'y avait en fait que les enfants pour s'apercevoir de sa présence et pour, aussitôt, changer de trottoir avec une grimace d'horreur et de dégoût. Dans ces cas-là, il hâtait le pas et rentrait immédiatement chez lui pour s'enfermer, dans le noir, bercé par le ronronnement des ondes de la Radio nationale que dispensait un petit poste dont il avait fait l'acquisition.

Un matin, n'y tenant plus, il jeta quelques affaires dans un sac et repartit dans la forêt de Tijuca, à la recherche de Febronio. Ses souvenirs le conduisirent dans la clairière où il avait passé six mois à se remettre en état. Mais, une fois parvenu sur les lieux, il ne trouva ni carbet ni la moindre trace de son ami Tupinamba. Même la source, cette source qui jaillissait d'entre les pierres grises et polies pour retomber dans une vasque naturelle, avait disparu. João arpenta les alentours, découvrit d'autres clairières, s'égosilla toute la journée à hurler le nom de Febronio, s'usa les yeux à scruter sa présence dans les faîtes des arbres. En vain.

Le soir venu, l'âme désolée, il quitta la jungle et retrouva son appartement misérable de la Place Onze.

En revanche, s'il ne manquait que rarement une soirée de samba chez la tante Ciata, il se serait fait couper les deux bras plutôt que de ne pas être exact à son rendez-vous du mercredi soir, rue Visconde de Itauna. Pour ces séances, il arrivait vers vingt heures, rasé de près, ses vêtements impeccablement repassés, les mains toujours chargées de fleurs, de bouteilles d'alcool, de charcuteries ou de sucreries et, une fois dans la cuisine, il attendait avec une impatience d'enfant que la Mère de saints se mette à parler. Vers trois heures du matin, lorsqu'il regagnait ses pénates, dans la solitude du quartier désert, il lui prenait alors l'envie irrépressible de rire, de courir, de danser, d'aimer le monde entier, de taper aux fenêtres des maisons pour organiser une fête impromptue et d'embrasser la vie à pleine bouche.

Le soir de la première séance, la tante Ciata le reçut en bougonnant, fidèle à ses habitudes, et lui parla ainsi :

– Mon garçon, pour te soigner, j'ai d'abord besoin de savoir qui est ton propriétaire.

Amusé, João rétorqua :

– Mais j'appartiens à personne. Je suis un homme libre !

– Prétentieux que tu es… Sache que chaque être, dans ce monde, appartient à un Dieu. Dans la *Macumba*, on appelle ces Dieux des Orixas. En Langue, *ori* signifie crâne, sommet. Et *xa* veut dire chef, roi. On a ainsi tous un Orixa, un Maître de Tête, qui influence la moindre de nos pensées et le plus petit de nos gestes.

– Et quel est le mien ?

Avec un sourire malicieux, la Mère de saints murmura :

– Je crois que je le connais. Mais je vais demander aux cauris de me le confirmer…

Alors, elle disposa sur la table de la cuisine une chaîne d'argent, en forme de U, avec l'ouverture de la lettre lui faisant face. Puis, elle tira d'un coffret de bois des galets blancs qu'elle installa autour du collier, avec méthode. Enfin, elle fit couler d'un sac de toile fine seize coquillages blancs, des cauris à la nacre douce qu'elle garda longtemps dans ses mains fermées sans cesser de chanter en sourdine, les yeux clos. João, lui, ne bougeait pas. Empli d'un respect instinctif, il regardait faire la vieille femme, ouvrant son âme le plus possible afin de ne rien manquer de chacun de ses gestes.

Dans la lumière dansante de la lampe à pétrole, il attendit que la cérémonie prenne fin. À plusieurs reprises, la tante Ciata posa des questions aux cauris, dans la Langue et, aussitôt après, elle les lança sur la table. Selon les dessins que formaient les coquillages, elle souriait, fronçait les sourcils en signe de surprise, demeurait pensive et silencieuse, ou bien riait, sans cesser de parler aux esprits de la *Macumba*, avec autant de naturel que si ces derniers s'étaient trouvés près d'elle, assis sur les tabourets de la cuisine.

Enfin, elle sembla revenir à elle et, détendue, elle annonça à João, avec satisfaction :

– Je m'étais pas trompée, mon garçon. Ton Maître de Tête, c'est Oxala.

– Et qu'est-ce que ça veut dire ?

– Ça signifie qu'à ta naissance, Oxala s'est penché sur ton berceau et que tu as hérité de toute sa puissance, mais aussi de ses faiblesses.

Dans la fumée de sa longue pipe, elle expliqua qu'Oxala

était le premier des Orixas, qu'il craignait le feu et la violence, qu'il était d'ordinaire distant, solitaire et généreux. De même, elle précisa qu'il aimait le blanc, le riz sans sel, le millet, le maïs nouveau, le ciel et la montagne ainsi que les bougies blanches.

– Pour être en harmonie avec ton *Orixa* et bénéficier de sa protection, expliqua-t-elle, il faudra que tu portes ses couleurs, sur un collier ou un bracelet. Je te préparerai tout ça, mon garçon.

– Merci, ma tante. Mais comment vous avez senti que c'était lui, mon Maître de Tête ?

La vieille approcha son visage de celui de João et l'observa attentivement. Puis, elle lâcha :

– Dans tout le malheur qui te bouche les yeux, j'ai vu aussi un petit rayon de soleil. Et Oxala est ainsi. Quand on le force à agir sur l'instant, sans réflexion, il ne s'ensuit que des catastrophes. Oxala préfère agir dans le temps, tout comme le soleil a besoin de temps pour atteindre son zénith. Quand tes Portes s'ouvriront, le malheur disparaîtra. Et tu pourras accomplir ta mission.

João Domar déglutit avec difficulté. Le jour où il avait quitté la jungle de Tijuca, Febronio lui avait parlé, lui aussi, d'une mission à accomplir. La voix tremblante, il demanda :

– De quoi parlez-vous, ma tante ?

La Mère de saints se servit un grand verre de bière et se contenta de répondre :

– On a tous une mission à accomplir en venant sur terre, glorieuse ou plus modeste. La tienne, je la connais pas encore, mais elle sera unique, mon fils. Tout ce que je peux te dire, c'est qu'elle aura à voir avec les montagnes blanches. Ou quelque chose comme ça. Mais tu ne pourras l'accomplir que lorsque tu seras délivré.

– Délivré de quoi ?

Avec un bâillement, la tante Ciata répondit :

– Pour que tes Portes et tes Chemins soient aussi fermés, il faut bien que quelqu'un t'ait jeté un sort…

– Un sort ? Ici, au Brésil ?

– Ici ou ailleurs. Dans tous les endroits du monde, il

existe des jeteurs de sorts. Et peu importe la religion du pays. Les forces négatives voyagent sur la terre entière.

João s'écria d'une voix pâle :

– Mais il faut me l'enlever, ce sort ! Tout de suite !

À son tour, la Mère de saints se leva de son tabouret et, avant de bâiller à nouveau, répliqua :

– Ça fait des années que tu vis avec ce sort et que toute ta vie est bloquée. Tu peux bien attendre encore un peu, va… Et aie un peu de pitié pour ta vieille tante, mauvais sujet !

Durant cette période qui le porta jusqu'aux premiers jours de septembre 1925, João Domar ne réfléchit pas sur ses actes passés. L'assassinat des trois fils du clan Talsimoki, sa brusque ascension dans l'univers interlope du *Jogo do Bicho*, les mauvais payeurs qu'il avait dû éliminer comme on écrase un chat sur une route pour ne pas avoir à changer le cap de son automobile, la mort d'Emivalda, le suicide de son oncle Dom Francisco, Mme Diva et le père Cachoeira, qu'il avait tués de ses propres mains, tout cela appartenait désormais, pour lui, à un univers qu'il avait mis sous l'éteignoir. Les onguents de Febronio et les paroles de la tante Ciata avaient endormi ses lâchetés, ses bassesses. Désormais, il traversait sa nouvelle existence sur la pointe des pieds, pour ne pas réveiller ses fantômes. De même, il avait définitivement abandonné l'espoir de devenir un notable parmi les bourgeois ou un bandit, romantique et puissant. Il se contentait, de son lever à son coucher, de vivre avec lui-même, Jean Dimare, devenu João Domar.

Un jour, alors qu'il déjeunait d'une salade et d'une saucisse fumée à la terrasse du bar Balduino, une gargote de la Place Onze tenue par un gigantesque nègre de Bahia, ancien champion de boxe, il lia connaissance avec son voisin de table. Il s'agissait d'un individu sans âge, vêtu de nippes encore élégantes mais usées jusqu'à la corde, avec un lorgnon fêlé, un frac incongru, fatigué aux coudes et aux genoux, et des cheveux blancs sortant par touffes de son panama dépaillé. L'homme, Francisco Dolores da Cruz, se disait instituteur en retraite. Jusqu'à tard dans l'après-midi, João Domar l'écouta parler bien plus qu'il ne prit la parole. Ce jour-là et de nombreux autres qui suivirent, ils abordèrent avec une passion peu à peu partagée des sujets aussi différents que les derniers soubresauts de la Société des Nations, la nouvelle place de la femme dans la société, l'anarchie, l'esclavagisme, le football et les nègres, qui devaient se blanchir le visage pour avoir l'autorisation de jouer avec les blancs, les aléas de la vie politique brésilienne et, surtout, les avancées de la Colonne Prestes qui, depuis quelques semaines, défrayaient la chronique.

– Cette Colonne, s'emportait Francisco Dolores da Cruz, mais c'est l'avenir du Brésil ! C'est le dernier grand rêve de notre nation pour sortir de l'emprise de toutes ces mauvaises herbes, tous ces affameurs qui dirigent notre pays !

Les lèvres mouillées de café, les yeux levés théâtralement au ciel, sa bouche mal dentée se tordant dans tous les sens, il prophétisait :

– Mon cher ami, imaginez ces milliers d'hommes et de femmes qui ont osé dire non à la dictature du président Artur Bernardes… Depuis des semaines, ils parcourent des centaines de kilomètres, à pied, dans la poussière, à la recherche des forces vives du pays pour les mener à la révolution. Bientôt, ils encercleront la capitale, ils seront aux portes de Rio de Janeiro. Et une nouvelle ère de justice pourra alors débuter…

– Vous y croyez réellement, à la révolution ?

L'ancien instituteur, qui avait partagé un temps les idéaux de l'internationale communiste puis ceux de l'anarchie, se levait alors et, le souffle court, le lorgnon tremblant, se récriait :

– Mais il faut y croire ! D'ailleurs, la Colonne du capitaine insoumis Luis Carlos Prestes accueille en son sein, chaque jour, de nouveaux partisans. Bientôt le gouvernement sera mûr comme un bubon qu'il suffira de crever d'un coup de lancette bien senti. Et, ce jour-là, ce sera beau, beau comme un rêve de Don Quichotte qui devient réalité !

Et il se rasseyait, épongeait un peu de sueur à son front et abordait un nouveau sujet avec un enthousiasme intact.

D'autres fois, Francisco Dolores da Cruz arrivait au café Balduino avec des airs de conspirateur. Il prenait alors place près de João et, dès que le serveur avait le dos tourné, il confiait à son ami des ouvrages, soigneusement empaquetés dans du papier journal, qu'il avait choisis à son intention dans sa bibliothèque. S'il s'était agi d'explosifs pour faire sauter le palais du Catete, il n'aurait pas pris plus de précautions ni n'aurait été plus discret. Il tendait alors le paquet sous la table, en murmurant avec un sourire fraternel :

– Des bombes, mon garçon. Ce sont des bombes que ces livres…

Ainsi, João Domar se remit-il à la lecture et découvrit, avec un plaisir fluctuant, des auteurs tels que Mario de Andrade, Tasto de Almeida, Graça Aranha, Cecilia Meireles, sans oublier des traductions de Jules Vallès, Zola, Dumas. Ce fut, d'ailleurs, avec le *Comte de Monte Christo* et ses pérégrinations marseillaises que João éprouva les émotions les plus vives.

L'ancien instituteur, avec sa fougue et sa passion coutumières, expliquait fréquemment :

– Le peuple ne bougera pas sans idée. Et un peuple qui n'a pas d'artistes n'a pas d'idées. Et je parle bien des artistes, João, pas des intellectuels froids et donneurs de leçons inutiles. Ici et maintenant, il nous faut des artistes, des visionnaires, de ceux qui renversent les certitudes sans avoir peur de la critique. La modernité et le progrès se nourrissent de l'imprudence de l'art. N'oublie jamais cela, mon jeune ami…

João Domar, lui, ne comprenait pas toutes les finesses de ces discours. Mais il appréciait l'exaltation de l'ancien instituteur qui avait élevé au rang de saint, voire de Dieu vivant, Thomas Edison, l'inventeur de l'ampoule, du phonographe et de près d'un millier d'autres choses modernes qu'il mettait au service du peuple, et non plus à celui exclusif de la bourgeoisie.

Un matin, Francisco Dolores da Cruz demanda à João de l'accompagner à l'hôpital. En effet, ses yeux ne répondaient plus avec la même efficacité depuis quelques semaines et il s'était résolu à demander leur avis aux hommes d'Esculape. João, naturellement, accepta. D'un pas léger, la canne à la main, les deux hommes parcoururent le kilomètre qui les mena jusqu'à la rue Santana et, de là, à la place de la République.

L'hôpital, un imposant immeuble, se dressa bientôt devant eux et João sentit alors le souffle lui manquer et l'angoisse, sa vieille ennemie, le prendre à la gorge. Le vieil instituteur, pour sa part, ne s'aperçut de rien et continua à discourir, avec sa verve habituelle, sur les bienfaits de la médecine moderne, les miracles cartésiens de la science, les recherches porteuses d'espoirs menées en laboratoire, l'extraordinaire habileté des chirurgiens qui, bientôt, transformeraient l'humanité souffrante en un havre de bonne santé.

Après avoir franchi les deux grands battants de l'entrée, ils furent conduits dans une aile du bâtiment et, pendant que Francisco Dolores da Cruz remplissait le formulaire d'admission, João observa le lieu. La belle façade ensoleillée, avec ses corniches et ses balustres de pierre grise, était loin maintenant. Il ne vit plus que l'intérieur d'une bâtisse sombre, une gorgone de pierre avalant les malades, les corps cassés gémissant sur des brancards de bois, les larges taches de sang sur le gris des draps rêches, il ne sentit dans le silence que les vapeurs d'éther, d'alcool, de désinfectant et, surtout, omniprésentes, celles des larmes, de la peur et de la mort en marche. Soudain, des hurlements gutturaux se firent entendre, des cris de douleur et de désespoir, rapidement suivis par d'autres, qui se répercutèrent de façon lugubre dans tous les couloirs de l'hôpital.

Avec un haussement d'épaules dédaigneux, la secrétaire expliqua, sans même lever les yeux du carnet des admissions où elle inscrivait le nom de Francisco Dolores da Cruz :

– Faut pas vous en faire, messieurs. C'est les toqués qui remettent ça. Une bonne douche froide et ça va les calmer, vous pouvez me croire…

Un instant plus tard, une infirmière arborant un gros Jésus crucifié en sautoir vint chercher l'instituteur. Après avoir adressé un clin d'œil confiant à João, Francisco disparut derrière une porte de bois dans le concert des hurlements qui n'avaient pas cessé. La secrétaire, pour prévenir toute question éventuelle, reprit de sa voix grasse :

– C'est la fin du printemps. Ça les travaille, mais ça va s'arrêter. Faut pas leur en vouloir : les cinoques, c'est pas des êtres humains. C'est des animaux, ils savent pas se tenir...

Et elle replongea ses yeux globuleux, chaussés de lunettes à verres épais, dans la consultation d'un nouveau dossier. Effectivement, vaincus par l'eau glacée, les piqûres et la lassitude, les cris se muèrent peu à peu en gémissements d'enfants et le silence revint plomber l'hôpital de toute sa masse. Alors João se leva et alla regarder par la fenêtre. Du rez-de-chaussée où il se trouvait, il ne vit qu'un jardin intérieur planté d'arbustes au milieu desquels des bancs de bois, une promenade de graviers et une petite fontaine blanche accueillaient les malades et les visiteurs. Manquant d'air, il quitta la salle d'attente et fit quelques pas dans cette cour.

À cette heure-ci de la journée, la place était déserte, hormis un couple jeune qui, assis sur un banc, dispensait sucreries et câlins à un petit garçon plâtré des deux jambes. Un *beija for* voletait sur un buisson de fleurs et, à une corniche, un rayon de soleil accrochait une goutte de soleil. João, le veston largement ouvert, se mit à respirer plus librement. À pas lents, il salua les trois personnes et alla s'asseoir dans un coin discret pour griller une cigarette. La fumée, taquinée par une brise fraîche, monta en volutes vers le ciel bleu et il se surprit à sourire d'aise.

Ce fut alors qu'il vit venir dans sa direction une infirmière donnant le bras à une vieille Négresse dépenaillée, les cheveux blancs abandonnés sur les épaules, et marchant de façon saccadée dans une robe de chambre qui avait dû être blanche. L'infirmière, une jeune femme fluette, poilue des tibias, des avant-bras et de la moustache, l'escorta jusqu'au banc de João où, toutes deux, elles s'assirent. Le *beija flor* s'envola et un nuage de coton voila l'éclat du soleil.

Une fois installée, la vieille femme se mit à trembler, des

doigts tout d'abord, puis des mains, des poignets, des bras et de la poitrine, de façon tout à la fois lente et convulsive. Avec dégoût, João se retourna discrètement vers elle... Quand il découvrit son visage ravagé par les rides et la folie, son menton d'où pendait un filet de bave translucide, ses yeux morts, il eut un sursaut d'horreur, tandis que la vieille se mettait à répéter, à voix basse, une phrase sans fin :

– Maintenant, c'est le tour du père. Maintenant, c'est le tour du père. Maintenant, c'est le tour du père...

La négresse malade chassa une mouche bourdonnant devant son visage, sans cesser de psalmodier sa phrase, et ce fut alors que João Domar reconnut enfin cette femme. Cloîtrée dans son univers de folie, celle qui gémissait cette mélopée lugubre, d'un ton lourd de menace, n'était autre que Otàlia da Cunha, celle qui avait été sa tante...

– Ne vous inquiétez pas, intervint l'infirmière d'une voix nasillarde. C'est une toquée, mais elle n'est pas méchante.

João voulut se lever et s'enfuir à toutes jambes loin de ce passé qui venait de lui exploser à nouveau au visage. Mais son corps refusa de lui obéir et il ne parvint pas à détacher son regard de celle qui, quatre ans plus tôt, lui avait ouvert sa porte et confié, une nuit de pluie et d'ivresse, le secret de la vieille Bambara.

L'infirmière, visiblement soulagée d'avoir quelqu'un à qui parler, reprit la parole :

– C'est à la vérité une bien triste histoire qui est arrivée à cette femme. Sa fille et son mari sont morts le même jour. De mauvaises langues ont même fait courir le bruit qu'il s'agissait d'un suicide.

Puis, se pinçant les lèvres et se signant d'un rapide signe de croix, elle se reprit :

– Sur ce dernier point, seul notre Seigneur pourra en juger... En tout cas, l'âme de cette pauvre femme est montée au ciel. Depuis qu'on l'a emmenée ici, elle n'a plus dit l'ombre d'une parole sensée.

Sans cesser de trembler, Otàlia continuait à répéter, en sourdine :

– Maintenant, c'est le tour du père. Maintenant, c'est le tour du père...

João parvint à surmonter sa terreur et, d'une voix étranglée, il demanda :

– Et cette femme n'a pas de famille ?

Heureuse de constater que l'inconnu semblait s'intéresser à la discussion, l'infirmière expliqua, tout en réajustant sa coiffe dans un souci de coquetterie inutile :

– Hélas non, monsieur. Au début, je ne dis pas. Il y a bien eu des amis de son quartier de Santa Teresa qui ont fait le chemin jusqu'ici. Mais elle n'a jamais reconnu personne. Puis, il y a aussi une vieille servante qui est venue ici tous les jours, une négresse avec un œil crevé, si je me rappelle bien. Mais, que voulez-vous, il y a deux mondes. Il y a ceux qui vivent au-dehors et ceux qui meurent, ici, à l'hôpital. Tous les jours, le fossé finit par se creuser entre les deux. C'est la vie…

Dans sa chemise en loques laissant voir une poitrine desséchée, la tante Otàlia sembla fixer un instant ses yeux inertes sur le visage de João Domar. Un nouveau filet de bave s'effilocha jusqu'au sol, qu'il macula d'une large tache brune. L'infirmière tira de sa manche un mouchoir blanc qu'elle frotta sans ménagement sur la bouche gâtée de la patiente, tout en grommelant :

– Regardez-moi ça, si c'est pas malheureux… Ça n'a plus d'âme et ça se conduit comme une truie, sauf votre respect. Mais elle n'en a plus pour longtemps, cette créature…

Alors, João poussa l'infirmière de la main et s'accroupit devant la tante Otàlia. Là, il tira son propre mouchoir de sa poche et lui essuya la bouche. Puis, il approcha ses lèvres de celles de la vieille et, avec une extrême douceur, il l'embrassa, un vrai baiser de tendresse, comme une demande éperdue de pardon.

Il était midi passé lorsque João Domar poussa les portes de l'hôpital et se retrouva enfin, éclaboussé de soleil, sur les pavés de la place de la République. La tête lui tourna un instant et, sans qu'il pût s'expliquer pourquoi, il se sentit soulagé d'avoir revu, sans doute pour la dernière fois, la tante Otàlia.

Le lendemain de sa visite à l'hôpital, João Domar se rendit chez la tante Ciata, à sa demande. Il était seize heures et un soleil lourd, le premier de l'été, étouffait l'étroite ruelle Visconde de Itauna. Comme convenu, il apportait avec lui un coq noir vivant et une boîte de bougies blanches. Parée de ses plus beaux atours, cliquetant de tous ses *balangandans*, de grosses lunettes sur le nez, la pipe aux lèvres et les mains sur les hanches, la Mère de saints l'attendait.

Ce jour-là, elle ne l'embrassa pas, ne lui donna pas l'accolade. Quand il lui demanda, sur le ton de la plaisanterie, comment elle allait accommoder le coq, en ragoût ou à la broche, elle ne répondit rien. Concentrée, le visage dur, les yeux plissés, elle prit João par la main et le tira derrière elle. La tante Ciata, d'ordinaire extravertie, pétulante, riant de tout, s'emportant pour trois fois rien, marcha ce jour-là d'un pas compté, dans un silence recueilli. Au bout du long couloir, ils parvinrent dans la salle principale au sol de terre battue où, chaque soir, s'inventait le samba. Mais, cet après-midi-là, les volets avaient été tirés, des bougies brûlaient dans des coupelles et, entre deux fenêtres, un homme que João avait déjà aperçu lors des *rodas do samba* attendait, debout, un long couteau posé à ses pieds. D'une soixantaine d'années, la peau plus noire qu'un fond de puits, le crâne rasé, vêtu entièrement de blanc, les pieds nus, il eut un salut déférent lorsqu'ils entrèrent et, aussitôt, il retrouva sa fixité.

La tante Ciata lui rendit son salut, puis alla se poster au centre de la pièce. Là, d'une voix calme, elle dit :

– Mon fils, donne ton coq à Espinho et viens me rejoindre.

João s'exécuta et le volatile, qu'il tenait par les pattes, ne se débattit pas lorsqu'il changea de mains. Quand João fut près de la Mère de saints, elle lui parla tout bas :

– Mon fils, je vais demander à Xango de te délivrer du mauvais sort qu'on t'a jeté. Quand ce sera terminé, et si l'esprit de Xango veut bien m'exaucer, tu seras à nouveau libre. Tes Portes s'ouvriront et tu pourras alors accomplir ton Chemin de Vie.

João baissa la tête, en signe d'acquiescement, et la séance put débuter dans le silence.

De ce que les chrétiens désigneraient comme une cérémonie d'exorcisme, João n'en voulut jamais parler. Il garda pour lui les détails du sacrifice du coq noir, qui fut égorgé, vidé de son sang et découpé, sans un bruit ni un battement d'ailes. Il resta muet sur les ronds blancs et rouges, les couleurs de Xango, que la Mère de saints dessina sur le sol à l'aide de deux sables différents. Il tut aussi les feuilles d'arbres, fraîchement coupées, avec lesquelles elle lui frotta le visage et le corps. Pas un mot ne sortit de sa bouche pour dire l'encensoir qu'elle balança lentement autour de lui, les nuages âcres de fumée de tabac noir qu'elle lui souffla au visage, les bougies une à une allumées, les prières à Xango, les mots magiques prononcés en Langue, ni les pétards qu'elle alluma et qui explosèrent soudain avec un fracas sec dans le silence du *terreiro*.

Cette expérience fut si forte, son âme fut à ce point troublée que, jusqu'à son dernier souffle, João garda le secret. Car il est des secrets si essentiels que les emprisonner dans des mots et des phrases les vide de tout leur sens.

La nuit qui suivit, João Domar la passa dans son appartement de la Place Onze. La séance de la délivrance l'avait épuisé. Il s'écroula comme un ivrogne repu sur son grabat, sans manger, sans boire ni même fumer une cigarette. Les rêves qui agitèrent son sommeil jusqu'à l'aube l'abandonnèrent en nage, pantelant, étourdi.

Mais au matin, après avoir ingurgité des fruits, du café bouillant, du riz au lait et trois portions de gâteau de semoule à la noix de coco, il se sentit subitement un autre homme, un homme neuf. Il eut la sensation que le sang se remettait à battre dans ses veines, que sa lucidité revenait, et il put à nouveau regarder le monde en pleine face. D'un pas léger, il sortit de chez lui, acheta un petit bouquet de fleurs jaunes et se rendit chez la tante Ciata. Encore mal éveillée, la Mère de saints l'accueillit en bougonnant :

– C'est déjà toi, vagabond ? On n'a pas idée de tirer les honnêtes gens de leur lit à une heure pareille…

Alors, João tendit le bouquet et s'exclama avec bonne humeur :

– Allez, ma tante… Ne faites pas votre vieille lune. Il fait si beau aujourd'hui !

La vieille négresse prit le bouquet, l'admira en silence et grogna enfin :

– T'es donc riche comme le roi de l'Afrique pour dépenser tant d'argent ?

Mais, déjà, João rebroussait chemin, faisant claquer de façon sonore sa canne sur le pavé. Avec un salut du bras, il lui cria :

– Je vous bénis, ma tante ! Que la journée vous soit douce !

Assise devant son bol de café, la Mère de saints alluma sa première pipe de la journée. Derrière elle, sur la commode, le bouquet formait une tache de soleil dans la pénombre du *terreiro* clos. Elle souriait, mais ce n'était pas à cause de ce qu'elle avait fait puisque, pauvre vieille, elle n'y était pour rien. Ou pour si peu. C'était Xango, l'orgueilleux et fier Xango qui, avec sa hache d'argent, avait tranché le fil du mauvais sort. Si elle souriait dans cette belle matinée d'été, c'était parce que son fils, João Domar, commençait enfin à se libérer des forces négatives qui lui avaient fermé les Portes. Malgré tous ses crimes, Xango semblait avoir accepté de le libérer, et ce devait être pour une bonne raison.

La tante Ciata, en traînant les pieds, alla déposer son bol vide à la cuisine. Et cette sainte femme n'eut pas une pensée de regret pour celui ou celle qui avait envoyé le mauvais sort, responsable de la chute de son protégé durant tant d'années. Ce devait être une bien méchante personne. Sans doute une sorcière qui semait le malheur dans cette ville mystérieuse dont João lui avait parlé : Marseille.

Cette personne, et tous ceux qui l'avaient payée, ils n'avaient pas fini de souffrir. C'était la loi immuable des dieux : les forces circulaient, changeaient de mains. Toujours.

27

En ce mois de novembre, Bartolomeu Zumbi, couché sur son lit, les yeux au plafond, fumait une cigarette de *maconha*, un sourire aux lèvres. Avant de tirer une large goulée, il envoya un clin d'œil vers le soleil qui glissait ses premiers rayons par la fenêtre de l'atelier et murmura :

– Ça oui... T'as une sacrée veine de tous les diables, mon pote.

Puis, il aspira avec gourmandise la fumée d'herbe noire et sourit plus largement encore, ses gros yeux apaisés flottant dans le vide. Il fallait dire que, depuis cette soirée du 31 décembre sur l'anse de Botafogo et, surtout, la révélation de la forme définitive de la statue, dans les premiers rougeoiements de l'aube, toute son existence avait radicalement changé. Trois jours plus tard, en découvrant la toile du Christ rédempteur que Bartolomeu avait peinte, le cardinal Dom Sebastiao Leme avait crié au génie sous les hauts plafonds du palais São Joaquim. En tremblant, il avait observé la toile sous tous les angles, à plusieurs mètres de distance, ensuite le nez collé sur les huiles, puis un œil fermé, ou encore les paupières plissées, et à chaque fois, comme touché par la grâce, il se signait. Il était conquis, heureux, ravi. Le seul changement qu'il s'était hasardé à demander, et encore l'avait-il fait à voix basse, sur un ton emprunté, avait été l'ajout d'un cœur sur la poitrine du Christ rédempteur. Le cardinal, ainsi, désirait consacrer l'œuvre et le Brésil au culte du Sacré Chœur, symbole de l'humanité et de l'amour du Christ pour les hommes.

– C'est vrai qu'il est un rien chouette, mon Christ… soupira à nouveau Bartolomeu.

Alors, il se retourna sur le côté et savoura en connaisseur les lignes noires de sa dernière conquête qui reposait dans le blanc des draps. Il l'avait rencontrée la veille dans un *samba de roda*, du côté du morne de la Saudade, et s'appelait Elis. Elle avait presque trente ans, un corps potelé et quatre adorables fossettes, deux sur les joues et deux dans le creux des reins. Ils s'étaient vus, ils s'étaient plu. Zumbi n'avait pas eu besoin de bonimenter des heures pour la ramener dans son atelier. Après avoir dansé jusqu'à l'épuisement, elle avait pris sa main et, sur la pointe des pieds, lui avait annoncé, d'un air le plus sérieux du monde :

– Nègre, tu me plais. Ce soir, on va faire l'amour, comme on a dansé. Juste pour le plaisir.

Puis, elle avait ajouté :

– Mais ne te raconte pas d'histoires, mon grand. Ce sera une nuit, et pas plus. Je n'ai pas de temps à perdre avec des romances, moi. Alors, pour la bagatelle de ce soir, pas de problème. Mais demain, on se fait la bise et on reste juste amis. Ça te va ?

– Ça me va, avait acquiescé le peintre.

La nuit était passée. Maintenant, dans la lumière verte et jaune du matin, Elis dormait en souriant.

Deux mois après que la toile du Christ eut emporté la décision du cardinal Dom Sebastiao Leme et, par là même, de la Commission, un premier chèque de paiement avait été versé sur le compte du cabinet d'architecture d'Heitor da Silva Costa. Aussitôt, celui-ci avait fait venir Bartolomeu Zumbi pour lui régler une partie de son travail, entamé plus de trois ans auparavant. Lorsque le peintre avait découvert le montant du chèque, il avait éclaté de rire :

– Mais y'a trop de zéros, parole ! Qu'est-ce que vous voulez que je fasse avec autant de fraîche ? Que je rachète le Pain de Sucre, ou quoi ?

En débouchant une bouteille de champagne grand cru classé, l'architecte s'était récrié :

−Mais c'est ton argent, mon ami ! Prends-le, tu l'as gagné honnêtement ! Et il y en a encore à venir, tu sais ?

−Pas question. C'est pas des mains que j'ai, c'est des passoires. Si je prends tout, je suis bien foutu de l'acheter, le Pain de Sucre. Et peut-être même le restaurant Gloria !

Alors, après avoir longtemps bu et discuté, les deux hommes étaient parvenus à un accord. Tous les mois, Heitor da Silva Costa lui verserait une partie de la somme et, ainsi, Zumbi ne risquerait pas d'abreuver tous les soiffards de la ville et de dilapider sa fortune en quelques jours.

Bartolomeu écrasa son *baseado* dans une moitié de noix de coco faisant office de cendrier. Puis, il soupira encore :

−Je suis un putain de verni. Un putain de mec verni, voilà ce que je suis…

Pourtant, si Zumbi souriait ainsi ce matin-là, comblé d'aise, cela n'avait rien à voir avec l'argent. Des pièces et des billets, il s'était débrouillé toute sa vie durant pour en trouver, pour manger à sa faim, pour pouvoir peindre et, les jours fastes, faire la noce.

Non, ce qui accrochait sur son visage une telle expression de félicité tenait à d'autres raisons. Sa peinture, boudée par tous les galéristes et royalement ignorée par les critiques, était enfin consacrée par les élites artistiques du pays. Bien entendu, ce n'était pas Bartolomeu Zumbi, simple nègre tireur de plans pour architectes, que l'on avait mis à l'honneur. La couleur de sa peau et son rang social lui interdisaient de rêver à un semblable conte de fées. En revanche, depuis le 15 février 1922 et la Semaine d'art moderne à São Paulo, les artistes brésiliens avaient décidé de mettre un bon coup de pied à la culture européenne et à ses diktats esthétiques. Désormais, ils allaient créer, enfin, comme des Brésiliens. Des Brésiliens, filles et fils des Indiens, des Portugais et des Africains.

Anita Malfatti et Tarsila do Amaral, deux femmes peintres, avaient osé rompre avec le formalisme pour enfanter des œuvres métisses, sauvages. Leurs expositions faisaient hurler les vieux caciques du pinceau mais ravissaient un nombre toujours croissant d'amateurs. Oswald de

Andrade, le poète, avait quant à lui, en mars 1924, lancé avec quelques autres le Manifeste de la poésie *Pau-Brasil*. Dans cette mouvance novatrice, Bartolomeu Zumbi, avec ses femmes-panthères et ses métisses perturbatrices, commençait ainsi à attirer l'attention sur ses tableaux. Euclidès da Fonte, critique du quotidien *O Globo* et ancien ami de João Domar, avait d'ailleurs signé deux articles emphatiques sur ses toiles. Ces papiers avaient aussitôt éveillé l'intérêt de quelques intellectuels qui s'étaient immédiatement rendus à la rue Joaquim Silva. Fidèle à ses principes d'homme libre, Bartolomeu les avait gentiment mis à la porte de son atelier. Il n'appartenait pas, et n'appartiendrait jamais, à une école, pas plus qu'à un courant de pensée.

– Je suis vraiment le roi des chanceux… sourit encore Zumbi, dans le petit soleil du matin.

– C'est moi, la chanceuse… le reprit tendrement Elis, le visage encore froissé de sommeil. Mon grand nègre, tu es beau comme un dieu Nagô.

– Tu vas bien, ma reine ?

– Je vais comme une femme qui va rentrer chez elle.

– Tu pars maintenant ?

– Tu connais la réponse, mon roi…

Zumbi esquissa une petite grimace. Puis, il répondit, en se forçant à sourire :

– Un marché est un marché. Y'a pas à revenir là-dessus…

Alors, Elis s'assit dans la blancheur des draps et s'étira en arrière pour bâiller de plaisir.

– *Nossa Senhora*… s'extasia le peintre.

Il n'avait encore découvert Elis qu'avec ses longues mains, dans l'obscurité de leur nuit d'amour. Là, baignée de lumière, elle lui apparaissait comme pour la première fois, la peau satinée d'un noir tendre, la cambrure des reins accentuée par ses deux fossettes, les cheveux soyeux et ondulés encadrant un visage métis dont l'expression oscillait sans cesse entre la moquerie et la gravité, la farce et le tragique. Il en eut le souffle coupé.

Elle lui rit gentiment au nez :

– Eh bien, mon roi ? Je ne te plais plus ?

Pour toute réponse, Zumbi se leva d'un bond et sauta dans ses pantalons dont il attacha la ceinture à la va-vite. Elis écarquilla ses grands yeux noirs, où brillaient des éclats de soleil :

– Qu'est-ce qui t'arrive ? Tu as vu le diable ?

Tout en enfilant prestement sa chemise, Zumbi répondit :

– Si on veut… En tout cas, tu quitteras pas mon atelier sans que je t'aie peinte !

– Et en quelle couleur veux-tu me peindre ?

– Rigole pas, je suis sérieux ! Je vais faire le plus beau tableau de toute ma putain de vie !

– Ça m'étonnerait, nègre. Il faut que je rentre.

Alors, le peintre tomba à genoux, les mains posées sur les cuisses fuselées de la jeune femme, et il supplia :

– Elis, reste encore ! Juste le temps que je fasse ton portrait…

En souriant, elle alluma une cigarette, puis répondit :

– Tu en fais trop, mon roi d'amour. Mais j'accepte, à une condition…

– Laquelle ?

– Que tu descendes acheter tout ce qu'il faut pour que je nous prépare des crevettes à l'ail et du riz à la grecque…

– Avec des saucisses fumées et de la bière ?

– Avec des saucisses et de la bière glacée !

Alors, en criant de joie, Bartolomeu Zumbi sauta sur le lit, embrassa Elis à pleine bouche, jusqu'à l'étouffer, et comme propulsé par un ressort, il balança ses grands compas vers l'arrière et atterrit à nouveau sur le sol, où il hurla :

– J'y vais de ce pas ! Et s'ils ont plus de crevettes, j'irai les pêcher moi-même, fais-moi confiance !

Dans les rires de gorge d'Elis, il ouvrit le battant de la porte et se retrouva soudain nez à nez avec Heitor da Silva Costa. Celui-ci, le visage décomposé, blanc comme un linge, lâcha alors :

– Zumbi, mon frère, j'ai travaillé toute la nuit sur la structure de la statue. Et on ne fera pas le Christ rédempteur. On n'a pas les moyens techniques pour le construire…

De son côté, João Domar avait fini par revoir Amelia, la jeune fille qu'il avait aperçue, plusieurs semaines auparavant, sur les bords de la lagune de Tijuca. Après qu'elle se fût enfuie dans les sous-bois, son panier d'herbes à la main, il avait souvent pensé à elle. Lors de ses longues promenades solitaires et sans but véritable, il lui était même arrivé quelquefois d'interrompre sa marche, du côté de São Conrado, non loin de la lagune. Alors, il rebroussait chemin. Désormais, les femmes lui inspiraient une crainte sourde. Les deux qu'il avait aimées étaient mortes par sa faute. Il se refusait donc de tenter le diable et il remettait à plus tard, dans un avenir qu'il voulait lointain, tout éventuel émoi amoureux.

Ce fut donc bien le hasard qui, une nuit de fin septembre 1925, réunit à nouveau les deux jeunes gens. Ce soir-là, João Domar avait décidé d'offrir à la tante Ciata une soirée de samba chez La Mère Louise, tout au bout de l'Avenida Atlantica, entre Copacabana et Ipanema. Ce restaurant, faisant aussi office de cabaret et de bar, était réputé dans tout Rio de Janeiro pour abriter dans son hôtel mitoyen les couples illégitimes. Et il n'était pas rare que, au milieu de la nuit, la police débarquât pour lutter contre ce que les journaux qualifiaient de lupanars insensés au pays de l'ordre et du progrès. Lors de ces descentes, dès les premiers coups frappés à la porte, on assistait alors à la fuite éperdue de dizaines de couples d'amoureux surpris au lit, sautant par les fenêtres, dégringolant de balcon en balcon, qui en dessous affriolants, qui nu comme un ver, courant sur le sable ou plongeant dans les vagues pour filer entre les doigts des empêcheurs d'aimer en paix.

Louise Chabas, la propriétaire, savait bien que tout cela finirait mal un jour. Mais, en attendant, elle s'esclaffait à chaque descente de police, vêtue en Bahianne de jour comme de nuit, ne ratant rien du spectacle, jouant elle-même du manche à balai pour venir en aide aux amants malheureux en passe d'être rattrapés par la maréchaussée. Elle finirait en prison ou dans un asile, c'était couru. Mais, en attendant cette échéance funèbre, la Mère Louise servait dans son cabaret les meilleures chopes de toute la ville et, surtout, elle accueillait le gratin des sambistes et les laissait se produire, les payant quand elle le pouvait mais garantissant toujours la nourriture et l'alcool à volonté.

C'était donc accompagnée de Laranjinha et de João Domar que la tante Ciata accepta de quitter son *terreiro* de la Cidade Nova. Tous trois prirent le tramway qui, cahotant par les frondaisons de Leblon, finit par les déposer près de la petite église, dite Igrejinha. La nuit était belle et, déjà, les premiers accords de samba et de *choro* montaient dans l'air chaud. Sur la porte d'entrée, une affiche avait été punaisée, qui annonçait en grande pompe : « *Ce soir, concert exceptionnel du groupe Oito Batutas, de retour d'une tournée triomphale en Europe !* » Puis, venaient en gros le nom de Pixinguinha et, en plus petit, ceux de Donga, China, Nelson Alves, Luis de Oliveira, Raul et Jaco Palmieri, et José Alves.

– Vous allez voir, ma tante, ça va être une soirée de tous les tonnerres de Dieu ! s'était exclamé Laranjinha.

– Ça pourra l'être, rouspéta la tante Ciata. S'ils m'ont fait me casser les reins dans un tramway pour rien, je peux te jurer que je monte sur scène et que je fais un malheur !

– Ne vous inquiétez pas, fit João. Les Oito Batutas ont déjà joué devant le roi et la reine de Belgique.

– Et alors ? C'est pas ça qui me fera la jambe plus belle, ni qui rendra leur musique meilleure !

João et Laranjinha, qui ne se voyaient plus guère qu'à l'occasion, échangèrent un clin d'œil entendu et, encadrant la vieille femme qui tirait sur sa longue pipe d'un air circonspect, ils pénétrèrent chez La Mère Louise.

À l'intérieur de l'immense salle, les Oito Batutas étaient déjà en pleine transe. Dans un nuage de fumée de tabacs étouffant les lumières des plafonniers, ils régalaient les spectateurs, jouant et chantant, en sueur, les chemises collant à la peau, imprimant le rythme d'Afrique aux instruments, guitares, *cavaquinhos, reco-reco, pandeiro, bandolim* et *ganza*, éclatant de rire selon les vers chantés, avalant de grandes chopes de bière blonde que les garçons leur apportaient à intervalles réguliers tandis que, dans le fond de la scène, Louise Chabas, coiffée d'un incroyable turban doré sur lequel elle avait cousu des fleurs et des fruits tropicaux, battait la mesure avec sa jambe droite, un sourire extatique illuminant son visage flétri. Les tables, très vite, avaient été poussées et, au milieu de la salle, le *samba de roda* s'était organisé. En tout, plus de deux cents personnes battaient des mains et chantaient et dansaient et se contorsionnaient dans cette fusion charnelle et musicale, certains les yeux révulsés, d'autres torse nu, un chapeau melon sur la tête, d'autres enfin descendant d'un trait un litre de bière avant de se mêler à nouveau à la transe du samba qui balayait tous les tabous et les interdits sur son passage joyeux. Même les serveurs, que l'on ne distinguait du reste de la foule que grâce à leur nœud papillon de travers, dansaient en servant des grappes de chopes qu'ils tenaient à chaque main.

João se pencha à l'oreille de la tante Ciata et hurla :

– Alors ? Ça valait la peine de faire le trajet, non ?

La vieille femme eut une moue réservée, presque déçue, mais elle ne put s'empêcher néanmoins de battre le rythme avec ses mains lorsque l'assistance se mit à chanter en chœur le refrain de *Jà te digo*, écrit par Pixinguinha et China :

> *J'en suis un*
> *Et l'autre, je sais qui c'est*
> *Il a souffert jusqu'à user le col de sa chemise*
> *Il est grand, maigre et laid*
> *Et édenté*
> *Il parle du monde entier*
> *Il ressemble à une vache*
> *Dans Rio de Janeiro !*

Alors, toute l'assistance éclata de rire et se tapa sur les côtes. Ces vers, adressés à Sinho, le voleur du premier samba brésilien *Pelo Telefone*, il ne les avait pas volés !

Au bout d'une heure, João Domar sortit de chez La Mère Louise, en nage, et alla s'asseoir sur un rocher face à l'océan. Avec délectation, il alluma une cigarette quand, soudain, une main posée sur son épaule le fit se retourner. Dans la clarté de la lune, une chope de bière à la main, un foulard bleu sur les cheveux, vêtue d'une robe blanche et droite descendant aux chevilles, Amelia lui adressa un sourire et lui dit, d'un ton de reproche :

– Même pour un vagabond, ce n'est pas gentil de ne pas être revenu me voir, à la lagune.

João lui tendit la cigarette, qu'elle accepta, et lui répondit :

– Tu m'as attendu ?

– Non… Disons que j'y suis retournée, quelquefois.

– Tu y es revenue seule ou avec ton amoureux ?

Amelia balaya le sable du bout de son pied, et finit par lâcher :

– Tu sais… Des fois, on dit des choses qui ne sont pas vraiment vraies. Puis, je ne te connaissais pas, à l'époque ! Maintenant, ce n'est plus pareil.

Comme elle avait accepté sa cigarette, il accepta de boire de sa bière. Et, côte à côte, ils se mirent à marcher sur la plage. Pendant que le samba éclaboussait l'avenue de ses percussions, les étoiles les convoyèrent sur le sable bordant un océan qui s'allumait de moire et de nacre.

Au début, ce fut elle qui parla. Bien entendu, elle n'avait pas d'amoureux. Sans l'avouer, elle rêvait de grand amour, celui qui justifiait à lui seul la présence des femmes et des hommes sur cette terre de souffrance. Le grand amour, pour Amelia, était simple, il brûlait de la flamme de l'évidence. Il signifiait donner. Savoir donner, pour ensuite savoir recevoir.

– Mais tu ne voulais pas devenir Mère de saints ? interrogea João.

Elle eut une moue d'enfant, les yeux baissés. Puis, après avoir jeté sa cigarette dans une vague brodée d'écume blanche, elle répondit :

– Ça n'empêche pas… Mais je ne sais pas si j'aurai la patience.

Et elle lui raconta comment certaines personnes pou-

381

vaient devenir dans la *Macumba*, à force d'initiation, des médiateurs des dieux et des esprits :

– Au début, il faut qu'une Mère de saints sente que tu as une énergie en toi. L'énergie vitale du monde, d'après ce qu'elle m'a dit. L'énergie qui te permet de nourrir les dieux.

– Et tu l'as, toi ?

– Mère Esperança m'a dit que oui. Et elle m'a expliqué aussi que ce serait mal de ne pas en faire profiter les autres. Ça pourrait m'étouffer, une force comme ça. Alors, puisque je suis obligée de donner, je deviendrai Mère de saints. Mais plus tard. Pour l'instant, je n'ai encore suivi que l'apprentissage.

Pendant plusieurs mois, Amelia, sur les conseils de Mère Esperança, avait appris à chanter, à danser, à jouer du tambour pour les Orixas. De même, elle avait commencé à lire l'avenir dans les cauris, à faire des sacrifices d'animaux, à préparer des breuvages avec des herbes sacrées et à confectionner des bouquets pour les esprits.

– Normalement, j'aurais dû faire la Nuit de la Cérémonie. Mais je ne me suis pas sentie prête…

Durant cette nuit, la Mère de saints effectuait une incision sur le crâne de la novice avant de sacrifier sur elle un canard blanc, puis une chèvre blanche, des animaux à deux et quatre pieds. Ensuite, elle était lavée et la Mère de saints dessinait sur l'ensemble de son corps des signes à l'aide d'une texture blanche. Chacun de ces signes symbolisait les cicatrices des tribus africaines, depuis la nuit des temps. Enfin, pendant quatre semaines la novice était isolée du monde extérieur, enfermée dans la Petite Chambre, où elle prenait régulièrement des bains d'herbes.

– Si j'avais continué, je serais devenue une Yao, une épouse de mon dieu, poursuivit Amelia. Le premier vendredi du mois suivant, j'aurais pu aller à l'église et assister à la messe. C'est une vraie fête, ce jour-là.

La *Macumba* n'exclut aucune religion, aucune croyance. Le jour de la messe, la Yao, le crâne rasé, le corps à nouveau couvert de dessins, s'habille richement, avec de longues jupes de soie et de satin, des écharpes aux couleurs vives, des amulettes africaines, des colliers de cauris, des anneaux et des bracelets d'argent et, en procession avec les membres du *terreiro*, elle participe à la messe en respectant scrupuleusement les rites chrétiens.

– Et après Yao, tu serais devenue une Mère de saints ?

Amelia eut un rire, cristallin dans la nuit. Puis, elle expliqua :

– Pas aussi vite ! Après la messe, tu deviens juste une Ebane. Il te faut encore sept ans pour être une Fille des saints. Et, après encore beaucoup de temps, tu peux devenir une Petite Mère. C'est seulement après tout ça que tu es sacrée Mère de saints.

Alors, jugeant qu'elle en avait déjà beaucoup dit sur son compte, elle se planta devant João et demanda :

– Et toi ? Qui es-tu, vagabond ? Tu ne m'as pas encore parlé de toi.

– Y'a pas grand-chose d'intéressant à savoir.

Sur un ton de défi, elle s'exclama :

– Attention à toi, João ! N'oublie pas que je suis presque une Yao. Et si tu ne me dis pas tout, je suis capable de demander aux cauris de lire dans ton passé…

Elle avait dit cela pour rire. João passa alors sa main sur sa cicatrice et, dans l'air moite montant du large, il murmura :

– Ne dérange pas les esprits pour ça. Je vais tout te dire, puisque tu y tiens…

Face aux vagues noires qui finissaient toutes par exploser en paquets d'écume blanche, il se raconta :

– En fait, je m'appelais Jean Dimare, j'étais français, je portais des caisses sur le port d'une ville qui se nomme Marseille. À cette époque, tout allait bien. Puis, il y a eu cette dispute avec ce garçon de café, au Brûleur de Loups…

Fumant des cigarettes, assis maintenant sur le sable, João dévoila toute sa vie, sans pudeur, sans tenter de minimiser ses actes. Amelia écoutait, attentive, buvant chaque parole comme une liqueur violente. Elle sut tout de ses espoirs, de sa folie, de ses meurtres et de ses amours brisées.

Quand il eut terminé, elle s'approcha de lui et le serra très fort contre elle. Puis, elle le regarda bien en face, dans la lumière de la lune et des étoiles. Alors, elle lui dit d'une voix douce :

– Si l'Indien Febronio et la tante Ciata t'ont sauvé, c'est que tu as un destin à accomplir. Un destin extraordinaire. Et je vais t'aider…

Avec un sourire amer, João lâcha :

– Mais quel destin ? Tout le monde me croit mort. Et je crois que j'aurais mieux fait d'y rester, dans cet accident de voiture…

Après un instant de silence, Amelia lui murmura tout bas, à l'oreille :

– Arrête de dire des bêtises, vagabond. Et laisse faire ton étoile. Les Portes de ton Chemin de Vie sont en train de s'ouvrir, je le sens. Il faut que tu sois patient, encore un peu…

Quelques jours plus tard, soit le 1er octobre 1925 très exactement, Heitor da Silva Costa descendit du taxi qui venait de le déposer en pleine campagne, sur les bords de la lagune de Tijuca. Il était midi et, le chapeau melon à la main pour s'éventer, sa veste de costume posée sur l'avant-bras, les lorgnons de guingois s'accrochant à son nez volontaire, il regarda avec anxiété tout autour de lui. Soudain, à l'autre bout de la plage, il vit qu'un drap blanc avait été tendu sur quatre perches plantées dans le sol. Sous ce auvent, Zumbi, en caleçon de bain, lui adressait de grands signes des deux bras. Alors, en pestant contre le sable qui le faisait trébucher et envahissait ses lourds souliers vernis, Heitor da Silva Costa se mit en marche dans la canicule pour rejoindre son ami.

Depuis le jour où il avait surpris Bartolomeu au saut du lit, dans son atelier, le projet du Christ rédempteur était désespérément resté au point mort. Bien entendu, l'argent était là, du moins pour la plus grande partie. La toile peinte par Zumbi n'avait trouvé aucun détracteur, hormis quelques pisse-froid qui avaient critiqué dans leur barbe les lignes par trop Art Déco, trop modernes, trop épurées, trop sobres, trop originales en fait de ce Christ aux bras ouverts. Le seul véritable hic, à ce jour, résidait dans la réalisation technique du monument. Pour que la statue supporte les tourbillons du vent et les tempêtes tropicales occasionnelles, il faudrait le construire en béton armé et en deux corps, une structure interne et une autre externe, toutes deux solidement arrimées au plus profond de la roche de granit composant le pic du Corcovado. Et personne, dans tout le Brésil, n'avait pu montrer toutes les garanties de savoir-faire dans la maîtrise de ce nouveau matériau, le béton armé. Et que dire de la charpente métallique ? Les calculs s'annonçaient si complexes et savants pour réussir les travaux de ferronnerie que le recours à un maître d'œuvre ayant déjà fait ses preuves dans ce type d'entreprise devenait indispensable. Mais, là encore, il n'en existait aucun dans le pays.

Heitor da Silva Costa, soûl de chaleur, fit une halte sur le sable bouillant et s'essuya le front à l'aide d'un grand mouchoir. Au loin, trois *jangadas*, trois barques aux voiles triangulaires bleues et jaunes, flottaient mollement sur l'océan, avides du moindre souffle d'air. En grommelant, l'architecte reprit sa marche difficile. Il n'y avait réellement qu'un peintre fou pour lui donner rendez-vous sur une plage déserte et surchauffée alors qu'une coupe de glace aurait été si agréable, à la terrasse de l'Amarelinho. Mais, au téléphone, il lui avait dit que c'était urgent…

Lorsqu'il s'était aperçu de la nécessité impérieuse de faire appel à des entreprises étrangères, Heitor da Silva Costa avait mené une enquête rapide auprès de ses confrères. Et la grande majorité lui avait soufflé un nom : Paul Landowski. Ce sculpteur français, qu'il avait croisé une première fois en 1924, lors de son périple autour du monde, était sans aucun doute le seul qui aurait les compétences nécessaires et un carnet d'adresses suffisamment fourni pour l'aider dans l'édification de la plus grande statue au monde. D'ailleurs, en 1912, il avait réalisé la façade du Palais du gouvernement de Rio Grande do Sul en bâtissant deux statues de plus de deux mètres de haut, symbolisant l'agriculture et l'industrie. Dans la cour intérieure, il avait aussi créé, sur le thème du printemps, un groupe monumental dont la hauteur atteignait les douze mètres. On était encore loin des trente mètres du Christ rédempteur monté sur son socle de huit mètres. Mais c'était déjà mieux que rien… En revanche, ce Paul Landowski se trouvait en France, à plus de dix mille kilomètres de Rio de Janeiro. Et il faudrait encore le convaincre de participer à cette aventure…

– Alors, mon frère ? T'es pas un peu fou de venir à la plage habillé comme un bourgeois ? C'est une histoire à prendre un coup de chaud sur la calebasse, ça !

Dans un caleçon de pilou blanc, le corps luisant de sueur, une bouteille de bière à la main, Bartolomeu Zumbi roulait des yeux moqueurs. Sur le sable, plusieurs serviettes de bain s'étalaient tandis que, posée sur un brasero, une énorme casserole étamée mijotait en laissant s'échapper des fumets délicieux de langouste à la bahiane. À bout de forces, Heitor da Silva Costa donna une brève accolade au peintre et, dans le même mouvement, subtilisa sa bouteille de bière qu'il descendit jusqu'à la dernière goutte. Enfin, s'affalant sur une serviette, il grogna :

– Alors ? C'est quoi, ton urgence ? Et ne lambine pas : je déjeune à une heure avec le cardinal…

En ouvrant une nouvelle bouteille, Zumbi siffla un petit coup bref, puis répondit :

– Doucement, l'architecte… Il fait trop chaud pour s'énerver. Et puis, mon urgence, elle fait pas comme vous. Elle trempe et elle prend le frais…

Heitor da Silva Costa dénoua son nœud papillon et osa ouvrir les boutons de sa chemise jusque sur sa poitrine. Après s'être copieusement rincé la lampe, Zumbi poursuivit, le bras droit tendu vers le large :

– Je vous conseille de faire comme mon urgence, si vous voulez pas bouillir de la cafetière…

Désarçonné par la bonhomie de Bartolomeu, l'architecte se dérida et dit, sur un ton faussement grincheux :

– D'abord, si tu continues à me vouvoyer, je ne te parle plus. Quant à me baigner, je t'ai déjà dit que j'avais rendez-vous avec le cardinal. Il doit me présenter un prêtre qui parle parfaitement le français.

– Un prêtre ? s'esclaffa Zumbi. Il va être foutrement rigolo, notre voyage à Paris !

– On prend ce qu'on trouve. En tout cas, on va avoir besoin d'un traducteur, et d'un bon, si on veut convaincre ce M. Landowski.

– Et il s'y connaît en architecture, ta grenouille de bénitier ?

Da Silva Costa, en se bourrant une pipe, répondit de façon évasive :

– Ça se peut… Le cardinal m'a dit que c'était un spécialiste de l'art baroque.

Alors, Bartolomeu vint se planter devant son ami. Les mains sur les hanches, il répliqua :

– Oublie ton repas avec le cardinal, mon frère. Je l'ai trouvé, le traducteur idéal.

– Comment ça ? Il parle français couramment ?

– Et mieux que ça, encore…

– Tu veux dire qu'il s'y connaît aussi un peu en architecture ? Il a vu notre projet ? Il sait lire un plan ?

– T'excite pas, l'architecte. Bouge pas et bois un coup. Je te l'appelle…

Avec de grands gestes ponctués par un sifflet strident, Zumbi attira l'attention de trois baigneurs nageant dans les rouleaux verts de l'océan. Puis, il se retourna vers l'architecte et lui dit avec un bon sourire :

– Et tu restes assis, mon frère. Ça risque de te faire un peu drôle…

Heitor da Silva Costa, interloqué, réajusta ses lorgnons et observa les trois personnes qui marchaient maintenant dans leur direction. Quand elles furent plus près, il se mit à rougir. Les deux premiers baigneurs étaient des baigneuses, vêtues seulement d'une légère combinaison de coton que l'eau avait plaquée sur leurs corps.

– Te monte pas le tempérament, intervint Zumbi en riant. Celle de gauche, la plus menue, c'est Elis, ma moitié. Et imagine-toi que ça devait durer qu'une nuit, et qu'il y a plus de dix jours qu'on peut plus se passer l'un de l'autre ! Non, mon urgence, elle est derrière ces deux petites…

Masquée par les deux jeunes femmes, Da Silva Costa

n'aperçut tout d'abord qu'une silhouette d'homme, de taille moyenne, solidement bâti, avec une épaisse tignasse noire. Bartolomeu s'accroupit alors près de l'architecte et il souffla tout bas :

– Et oui. C'est lui, notre putain de traducteur ! Je suis passé hier au *terreiro* de la Mère Esperança et il était là, en chair et en os, ce *malandro*. En train de se bécoter avec Amelia…

Alors, João Domar apparut. Il tenait Amelia par la main et marchait dans le soleil.

Bartolomeu Zumbi, de sa voix grave, dit encore :

– Alors, j'ai pas eu raison de vous dire que c'était une putain d'urgence ? João Domar, notre traducteur ressuscité d'entre les morts… Il a plus d'automobile, mais je suis sûr qu'il va nous emmener jusqu'en France et qu'on va le convaincre, le père Landowski !

À cet instant, il éclata de son grand rire, dont les sonorités finirent de disperser aux quatre coins du monde les scories de la première vie gâchée de João Domar.

28

En posant le pied pour la première fois depuis près de cinq ans sur le sol de Marseille, João Domar eut du mal à contenir son émotion. Au petit matin de son arrivée, il était déjà cramponné à la proue, la poitrine oppressée, à guetter le phare de sa ville, Notre-Dame-de-la-Garde, la Vierge d'or. Le soleil venait à peine de se lever. Dans le ciel lavé à grands coups par des rafales de mistral, mouettes et gabians planaient avec grâce, épousant les courbes du vent, lançant des piaillements brefs, plongeant quelquefois dans la Méditerranée pour en ressortir aussitôt, une sardine bleutée ou un anchois se tortillant dans leur bec.

Bientôt, le gros paquebot ralentit sa course et, venant à leur rencontre, João aperçut une petite flottille de chalutiers suivie aussitôt après par des barquasses et des pointus dans lesquels les pêcheurs achevaient de ravauder des filets ou préparaient les casiers et les palangrottes. La chemise ouverte, les bras le long du corps, une cigarette à la bouche, João Domar se mit alors à sourire. Il s'était cassé les reins sur les docks comme débardeur, il avait été banni de sa ville par la mafia, il n'avait jamais connu l'amour qu'avec les putains de la Fosse, et le voilà qui revenait, en première, dans un costume neuf, et avec des papiers en bonne et due forme qu'Heitor da Silva Costa lui avait obtenus. Désormais, il s'appelait officiellement João Domar da Cunha, du nom de son oncle Dom Francisco. Le petit aconier devenu col blanc dans un cabinet d'architecture, puis *bicheiro, malandro*, assassin et maintenant traducteur, s'émerveillait des tours que le destin savait prendre.

Enfin, apparut Marseille. La ville blanche. Dans sa fuite, João l'avait abandonnée glaciale et salie de pluie. Ce matin-là, il la retrouvait dans toute sa majesté. Au soleil rouge du matin, Marseille faisait songer à une géante de silex dormant sur le flanc, alanguie, une jouisseuse latine qui n'allait pas tarder à sortir de ses draps blancs et à s'étirer, voluptueusement, de la tête aux pieds. Soudain, un éclair de soleil ricocha sur le sein d'or de Marie. Et ce fut comme un signal. Marseille se mit alors à bourdonner, à entrer dans le jour comme l'on vient au monde, en vagissant d'abord, puis en poussant des cris. Ce furent ainsi les vacarmes assourdis des tramways descendant la Canebière, les haubans claquant sur les mâts, les chocs des sabots des chevaux sur les pavés, les sirènes des bateaux, les sirènes de l'embauche dans les usines, la sirène du ferry-boat, les martèlements des pics à glace préparant la criée aux poissons, les chants des lavandières, des blanchisseuses, des trieuses de dattes, des ouvrières des huileries, le grognement des débardeurs, des aconiers, des camelots, des vendeurs de brousses, des paysans tirant le charreton, sans oublier les rires des minots, les chocs clairs de la première partie de billes de la journée et, pour bercer cette symphonie de Marseille ouvrant les yeux, le clapotis familier de la mer, luisant comme une pièce d'argent dans le matin clair.

— Mais t'es pas un peu fou, mon frère ? Il fait un froid à glacer toutes les flammes de l'enfer et tu te promènes en chemise ?

Engoncé dans une couverture, tremblant de toute sa carcasse, ses deux yeux ronds dépassant de ce pardessus de fortune, Zumbi claquait des dents. Comme João souriait, il poursuivit, partagé entre le rire et la colère :

— Sainte Mère de Dieu… J'ai bien fait de quitter Rio pour venir me perdre ici ! Si je vous avais pas écoutés, Heitor et toi, je serais tranquillement à une terrasse de troquet, à me chauffer les miches en buvant une bière avec Elis. Et, à la place, je meurs de froid !

— Et encore, t'as pas tout vu, mec… murmura João. Dès qu'on accoste, on file à la gare Saint-Charles et direction Paris.

390

Zumbi écarquilla des yeux subitement inquiets. D'une voix craintive, il demanda :

— Comment ça, j'ai pas tout vu ? Tu veux dire qu'à Paris, il fait encore plus froid qu'ici ?

— Tout juste. Et en plus, il neige. C'est le sans-filiste qui me l'a dit, tout à l'heure...

En entendant ce mot, le visage de Bartolomeu se décomposa. La neige... Il en avait bien entendu parler, dans les livres, les journaux, à la radio ou par la bouche des marins faisant escale à Rio. Mais cette neige n'était pour lui qu'une vue de l'esprit à laquelle jamais, au grand jamais, il n'aurait cru devoir être confronté un jour. À Rio de Janeiro, dans la jungle de Tijuca, il savait se défendre. Mais dans la neige parisienne ?

Alors, le peintre se drapa avec majesté dans sa couverture de laine et, tout en grelottant, il regagna sa cabine pour se réchauffer avec force vin chaud et un *baseado* de *maconha*, dont il avait pris grand soin de faire provision avant le départ...

Le lendemain soir, le train en provenance de Marseille arriva à Paris, dans de grands nuages de fumée noire. Assommés par leur voyage interminable, les trois hommes hélèrent un taxi qui les conduisit à l'Hôtel du Coq, un établissement moderne situé sur le boulevard Saint-Germain. Là, sans autre forme de procès, ils se traînèrent jusqu'à leurs chambres respectives où ils s'écroulèrent d'un bloc, sans manger ni même prendre le temps de se déshabiller.

À neuf heures du matin, João Domar da Cunha, Bartolomeu Zumbi et Heitor da Silva Costa, remis de leurs émotions, se retrouvèrent dans la salle à manger de l'hôtel. L'architecte, qui ne quittait jamais sa serviette de cuir contenant ses notes ainsi que le dossier complet du Christ rédempteur, présenta l'emploi du temps de la journée. En tirant sur sa bouffarde, il expliqua :

— Mes amis, si nous voulons convaincre M. Paul Landowski, nous n'avons pas une seconde à perdre. Dès cet après-midi, nous nous rendrons à son atelier du quartier Montmartre pour lui présenter notre projet ainsi que les toiles du Christ peintes par Bartolomeu…

Pour toute réponse, Zumbi caressa de la main le carton à dessins posé près de lui. Dans l'atmosphère parfumée de pain frais, de beurre, de café et de chocolat au lait, l'architecte poursuivit :

– Et je préfère vous le dire tout de suite, ce n'est pas gagné. Paul Landowski est un artiste très renommé, qui a déjà remporté de nombreux prix. Imaginez-vous même qu'il a été grand prix de Rome. Il est donc hors de question de le prendre de front ou de le contredire. Nous devrons manœuvrer avec humilité, patience et, surtout, avec un grand sens de la diplomatie. Suis-je bien clair ?

Là encore, Bartolomeu et João acquiescèrent en silence, d'un simple hochement de menton. Pour conclure, Heitor da Silva Costa, le visage grave, lança :

– Si nous réussissons à le convaincre, nous rentrerons au Brésil comme des héros. Dans le cas inverse, tout sera à recommencer…

Contrairement à ce qu'avait annoncé le sans-filiste du paquebot, le temps à Paris se révéla clément, d'une douceur inhabituelle en cette fin d'automne. Les trois hommes décidèrent de rejoindre Montmartre en taxi, par le chemin des écoliers. Et tous trois n'échangèrent pas plus de quelques paroles entre eux. Dans le soleil falot qui ne se résolvait pas à rallier l'hiver, ils visitèrent Paris, s'extasiant sur les monuments bordant les quais, sur l'extraordinaire élégance de la tour Eiffel, sur le trafic des péniches et des canots grouillant sur la Seine, ce fleuve qui pénétrait la ville comme une flèche d'eau. Ils se tordirent aussi le cou par les fenêtres de la voiture pour entrevoir Notre-Dame de Paris jouant les coquettes derrière les bâtiments des édifices bourgeois. Non loin de Montmartre, ils décidèrent de finir leur course à pied et se coulèrent dans le flot incessant des Parisiens pressés, admirèrent, bouche bée, les vitrines étincelantes et colorées de cette cité où l'on pouvait croire que, à chaque coin de rue de ce décor monumental, le Roi Soleil et sa cour allaient apparaître, à moins que ce ne fut Henry IV et son panache, les révolutionnaires de 1789, la froide silhouette d'une guillotine, Esméralda, la danseuse aux pieds nus, Napoléon rentrant d'Égypte, Victor Hugo et sa bataille d'Hernani, toute une armée d'hommes illustres qui avaient fait Paris et dont le monde entier avait jalousé, pendant des siècles, à tort et à raison, l'esprit, la culture.

Lorsque les trois hommes s'arrêtèrent face à la butte Montmartre, gavés d'images, soûlés de bruits et d'ors, João entra chez un marchand de vin afin de se renseigner sur l'endroit exact où s'élevait l'atelier de Paul Landowski. Pendant ce temps, Bartolomeu Zumbi sortit ses mains de son manteau de fourrure, que personne au monde n'aurait réussi à lui faire ôter, et se roula une cigarette. Puis, il demanda à Heitor da Silva Costa :

– Dis-moi, mon frère… Ils sont racistes, les Français ?

– Non… Enfin, je ne crois pas. Pourquoi tu me poses cette question ?

– Parce que les gens, ils me regardent comme une bête curieuse. Ils ont jamais vu de nègre, par ici ?

Heureux de pouvoir faire montre de sa culture, l'architecte répondit :

– Mais si ! Ils ont même une revue nègre du tonnerre, paraît-il. Et ils ont aussi des bataillons entiers de tirailleurs sénégalais et de zouaves !

Zumbi cracha à terre tandis qu'une bonne d'enfant, de l'autre côté de la rue, désignait du doigt à sa petite fille le grand peintre, en riant sous cape. Bartolomeu alluma sa cigarette et, avec amertume, il lâcha :

– Des nègres pour danser. Des nègres pour faire la guerre. Ici non plus, c'est pas demain qu'on verra un nègre, ou un de ses fils, faire de la politique ou être peintre…

– Tu te trompes, mon ami. Alexandre Dumas, le grand écrivain, avait dans ses veines du sang de nègre.

– Et y en a eu beaucoup, des comme lui ?

Heitor da Silva Costa haussa les épaules en signe d'ignorance. Alors, Zumbi adressa à l'architecte un regard tristement moqueur et il demanda encore :

– Votre Alexandre Dumas, il était bien vu par les autres écrivains ?

Là encore, la question resta sans réponse.

– Il est absolument hors de question que je participe à la création de votre ridicule Christ rédempteur…

En découvrant les toiles de Bartolomeu Zumbi, Paul Landowski fut catégorique. Lorsque João, la gorge sèche, traduisit la phrase fatidique, Heitor da Silva Costa s'effondra dans son fauteuil tandis que Zumbi se dressait d'un bond dans l'atelier et se précipitait sur le sculpteur. Avec de grands gestes désordonnés, il éructa :

– Mais qui tu es, toi, pour le trouver ridicule, mon Christ ?

Effaré, Paul Landowski recula d'un pas, tandis que João s'interposait :

– Calme-toi, mon frère !

– Comment ça, calme-toi ? On n'a pas idée d'accueillir les gens comme des chiens ! Mais qui c'est, ce paillasse ? S'il parle mal de mon travail encore une fois, je réponds plus de rien !

– Zumbi ! Heitor a dit qu'il fallait être diplomate ! Reprends-toi, merde !

En bougonnant, Bartolomeu regagna sa chaise, les yeux roulant dans ses orbites comme deux toupies folles. L'affaire était pour le moins mal engagée. Paul Landowski, un robuste bonhomme de cinquante ans, trapu, large d'épaules, le haut de son crâne massif et volontaire à demi dégarni, portant fièrement bouc et moustache dans un visage carré, Paul Landowski n'était pas du genre à mâcher ses mots, pas plus qu'à tourner indéfiniment autour du pot. Après avoir servi un cognac à ses trois invités, dont il avait oublié jusqu'au rendez-vous, il ne lui avait pas fallu plus de dix secondes pour rendre son verdict. Quand Heitor da Silva Costa avait déplié les toiles et les esquisses sur la table, le statuaire en aurait presque souri. Cela faisait des années qu'il s'acharnait sur la grande œuvre de sa vie, le Temple de l'Homme, et voilà qu'on venait lui proposer de réaliser un Christ rédempteur monumental…

Comprenant qu'il avait poussé le bouchon un peu loin, le sculpteur éclusa son verre, fit claquer sa langue contre son palais et reconsidéra d'un air dubitatif les dessins. Puis, une pointe de gêne bourrue dans la voix, il répéta :

– Je vous assure, messieurs, je ne peux pas me lancer dans cette entreprise.

– Mais pourquoi ? demanda João.

– Parce que je ne vois pas pourquoi ce serait un symbole de la chrétienté seule qui régnerait sur le Brésil. Je ne connais pas bien votre pays, mais je le connais suffisamment pour savoir que toutes les religions y sont représentées. Alors, dites-moi pourquoi vous avez choisi la religion catholique.

Pendant que João traduisait, Paul Landowski continua à s'expliquer. D'un grand geste du bras, il désigna des esquisses clouées sur les murs de son immense atelier. Au milieu des outils de taille et de sculpture, dans les gravats et les blocs de gypse, le sculpteur poursuivit :

– Que voulez-vous ? Les religions, je les aime toutes. Mon Temple de l'Homme, s'il voit le jour, ne sera pas chrétien. Je ne crois positivement qu'à l'homme. Et tous les dieux qui sont là, sur ces murs, c'est l'homme qui les a créés.

João intervint alors :

– Donc, si je vous comprends bien, vous estimez toutes les religions ?

– Absolument.

– Y compris les croyances, comme celles des Indiens Tupinambas ?

– Mais pourquoi pas ? Qu'est-ce que cette question a à voir avec votre affaire ?

À son tour, João se leva et s'approcha du statuaire. Le regardant droit dans les yeux, il interrogea :

– Le morne du Corcovado, à plus de sept cents mètres d'altitude, vous paraît-il être une base bien choisie pour accueillir une statue ?

– Oui, mais je…

—Monsieur Landowski, ce morne émerge de la jungle de Tijuca.

—Et alors ?

—Bien avant que les chrétiens ne viennent envahir notre pays, bien avant même la naissance du Christ, le Brésil vivait selon les lois et la religion des Indiens. Aujourd'hui encore, quelques Tupinambas survivent dans la jungle de Tijuca.

Le sculpteur fronça ses sourcils en bataille et avoua :

—Je ne vois pas très bien où vous voulez en venir…

—À ceci, monsieur : la base première de notre pays est indienne. En construisant cette statue sur cette base, sur le socle du Corcovado, nous honorerons ainsi, pour l'éternité, le peuple des Indiens du Brésil.

Paul Landowski, songeur, promena ses doigts sur son bouc et considéra à nouveau les toiles étalées sur la table. À cet instant, Bartolomeu Zumbi, suant de grosses gouttes dans son trois quarts de fourrure, se leva et prit la parole :

—Sauf votre respect, ce que dit mon frère est vrai. Mais je dois ajouter quelque chose…

Avec de grands gestes pour appuyer ses propos, le peintre posa la deuxième pierre :

—Comme les blancs étaient trop fainéants pour travailler la terre, ils ont fait venir les esclaves africains. Et c'est les nègres qui ont enfanté le pays. Comme ils avaient pas le droit de vivre libres, y'en a plusieurs qui se sont révoltés. Ils se sont enfuis des fazendas pour créer, dans la jungle, des communautés de femmes et d'hommes libres, des *quilombos*. Et le premier *quilombo*, il a été sur les pentes du Corcovado, dans la forêt de Tijuca. Alors, pour les Africains aussi, pour le peuple de la *Macumba*, c'est que justice que le morne du Corcovado soit le piédestal de la statue.

Tout à la fois perplexe et intrigué, Paul Landowski écouta avec attention la traduction de João. Sans cesser de fourrager dans son bouc noir et constellé d'éclats de plâtre, il objecta alors :

—Et pourquoi ce Christ rédempteur dominerait les Indiens et les Africains ?

Heitor da Silva Costa rejoignit à son tour les trois hommes et posa la troisième et dernière pierre :

– Les dignitaires de la chrétienté se diront que, effectivement, la statue blanche domine. Et ils auront raison. Mais, sans ce piédestal, sans ce socle, sans cette base indienne et africaine, cette statue n'aurait aucune raison d'exister. Monsieur Landowski, nous ne voulons pas glorifier la chrétienté. Nous désirons simplement bâtir une statue purement brésilienne. Une œuvre où se mêlent les trois racines du Brésil : l'indienne, l'africaine et l'européenne. Et tous ceux qui seront touchés par cette œuvre seront touchés aussi, consciemment ou inconsciemment, par le Brésil dans toute sa diversité…

Après un long temps de silence indécis, un sourire finit par s'allumer sur le visage du sculpteur. Puis, les poings bien calés sur ses hanches, les paupières plissées de malice, il murmura alors :

– Et pourquoi pas ? Pour quand la voulez-vous, cette statue ?

Il ne fallut pas longtemps à Heitor da Silva Costa pour s'installer chez Paul Landowski. Le premier jour, le sculpteur avait retenu ses trois visiteurs à dîner, d'une poule au pot et d'un saumon à l'oseille, le tout copieusement arrosé d'un Côtes du Rhône, un Montirius fortement charpenté et d'une belle couleur rubis. Après le cordial, les quatre hommes avaient à nouveau investi l'atelier. Paul Landowski voulait tout savoir, tout connaître du projet de cette statue. Il salua avec des applaudissements sincères le choix audacieux du béton armé, aborda les problèmes de structure et de ferronneries, discuta âprement du temps nécessaire à la durée des travaux, des équipes à constituer, des emplois du temps. Pêle-mêle furent évoqués la situation politique et économique du pays, le génie visionnaire du moine français Pierre-Marie Bos, la Semaine du Monument, les efforts incessants du cardinal Dom Sebastiao Leme pour faire aboutir ce projet, la révélation de l'antenne de la Compagnie brésilienne des téléphones, au matin du

1er janvier, sur la plage de Botafogo. De même, il bombarda de questions João Domar da Cunha sur sa trajectoire qui l'avait conduit de Marseille à Rio de Janeiro et il n'épargna pas non plus Bartolomeu Zumbi qui, avec passion, accepta de parler de sa peinture et de son rêve, celui de créer des œuvres d'art véritablement populaires.

Quand les trois hommes purent enfin quitter le quartier de Montmartre, le soleil se levait et les carrioles des livreurs de lait cahotaient déjà sur les pavés de la capitale ensommeillée. Paul Landowski, pour sa part, s'endormit, l'esprit agité par des visions grisantes de femmes-panthères, d'Indiens Tupinambas et de *quilombos* peuplés d'esclaves africains en fuite.

À midi, le sculpteur fit envoyer sa voiture personnelle chercher les trois hommes à l'Hôtel du Coq. Et, à nouveau, les discussions enflammées reprirent autour de tasses de café fort et de bouteilles d'eau-de-vie de prune, de poire et de liqueur de pêche.

Heitor da Silva Costa et Paul Landowski, s'ils partageaient la même passion, avaient aussi de la pratique de leur art un point de vue similaire. Pour l'un comme pour l'autre, le sculpteur ne devait pas rester dans sa tour d'ivoire, mais participer à la création collective d'une œuvre. L'édification du Christ rédempteur, en cela, pouvait s'apparenter aux grands chantiers médiévaux. Plusieurs corps de métiers seraient nécessaires, et aucun ne devrait se mettre en avant. L'unique but à atteindre se résumerait à la réussite de la statue et non à la publicité des artistes. Ceux-ci seraient là pour servir l'œuvre et non pas pour s'en servir afin de briller dans les médias ou auprès du public. Une fois ces règles de travail établies, les deux hommes s'ouvrirent entièrement l'un à l'autre, en parfaite complicité. Ainsi, Heitor da Silva Costa confia les espoirs qu'il misait sur ce chantier, qui se devrait d'être une parfaite réussite, tant sur le plan artistique que mathématique ou architectural. Paul Landowski, lui, discourut avec fièvre sur son Temple de l'Homme qui, prédisait-il, serait un lieu public, où toutes les religions seraient évoquées par des réalisations sculpturales.

Et ainsi, les premiers jours passèrent. De cassoulets gratinés en calculs savants, de daubes de sanglier parfumées à l'orange en esquisses et en projections arithmétiques, de fromages crémeux en choix de prestataires de services, entre les pommes au four et les premiers essais taillés dans le gypse, une bonne amitié s'établit entre les trois Brésiliens et le Français, amitié qui ne fit que se renforcer au fur et à mesure de l'avancement du projet.

Pourtant, dès la fin de la première semaine, lorsque Heitor et Paul abordèrent l'épineux problème des calculs visant à faire coïncider les deux structures entre elles, João et Zumbi ne se sentirent plus d'aucune utilité. L'heure était aux spécialistes et, avec l'enthousiasme de ses vingt ans, l'architecte avait retrouvé un usage correct de la langue française, qu'il avait apprise lors de ses études. Sans le moindre regret, car ces débats auxquels ils ne pouvaient participer les ennuyaient prodigieusement, João et Zumbi passèrent le plus clair de leur temps à flâner dans Paris. Ils visitèrent des musées, s'encanaillèrent gentiment dans des quartiers mal famés, assistèrent à des spectacles et, surtout, ils mangèrent chaque jour, en compagnie de grisettes peu farouches, dans des lieux différents, restaurants de luxe ou caboulots de débardeurs, João découvrant avec son ami des goûts et des saveurs inconnus, foie gras, champagne, magret de canard, soupe à l'oignon, andouillette rôtie, tête de veau ravigote, cuisses de grenouilles, tournedos Rossini, sans oublier les écrevisses à la nage, le homard thermidor, les cornets de frites, les moules à la crème et les marrons chauds, servis dans des cornets de papier.

Un mardi matin, alors que Zumbi avait fini par accepter de ne plus se promener qu'en habits, mais le manteau de fourrure tout de même pendu à son bras, le temps se dégrada subitement et des nuages plombés obscurcirent le ciel. À onze heures, la neige se mit à tomber à gros flocons, figeant la ville dans un silence glacé. Claquemuré dans sa chambre d'hôtel, le manteau boutonné jusque sous le menton malgré le poêle ronflant, Bartolomeu Zumbi s'installa près de la fenêtre donnant sur le boulevard Saint-Germain et écrivit une lettre à Elis.

Mon Elis bien-aimée,

Tu ne devineras jamais ce qu'il m'arrive. Je suis sous la neige. Ou plutôt, c'est Paris qui est sous la neige, parce que moi, c'est hors de question que je bouge mes fesses de l'hôtel tant qu'il tombera de la glace. Ils ne me le disent pas, mais je suis sûr qu'un homme peut en mourir, de marcher dans la neige. Un Français, peut-être pas. Mais un Brésilien, c'est sûr !

Sans quoi, pour le Christ rédempteur, c'est fait. Je veux dire que le père Landowski a donné son accord. Mieux que ça : avec Heitor, ils ne se quittent plus. Tous les deux, on dirait des gamins. Ça parle jour et nuit de poutrelles, de structures, de poteaux, de plateaux, de charpentes et d'un tas d'autres trucs dont João et moi, on se fout comme de notre première chemise. Alors, en attendant qu'ils aient fini leur folie, on se promène, on visite Paris et on mange aussi beaucoup. Et là, je dois t'avouer que c'est vrai : les Français sont des chefs, en cuisine. Ils t'inventent des plats que, Dieu me soit témoin si je mens, je n'aurais jamais pu imaginer que ça existe. En revanche, ils n'y connaissent rien en piment. Et je ne te parle pas de l'huile de palme, ni de la farofa. C'est dommage…

En tout cas, dès que je rentre, j'ai déjà prévu le programme. On s'installe au lit, juste toi et moi, et on mange et on fait l'amour. Pour l'amour, je te laisse le choix. C'est toi qui décideras. Pour le menu, j'aimerais que tu me prépares des crevettes grillées et une bonne feijoada, *avec des tonnes de haricots noirs et de piment ! Pour boire, ne t'occupe de rien. Je reviendrai avec des bouteilles de vin français. Ce n'est pas assez fort pour soûler son homme correctement. Mais leur vin, et surtout leur champagne, te donnent aussitôt des bulles qui picotent dans le ventre et qui te donnent des idées…*

Mon amour, tu me manques terriblement. Je pense à toi et à tes quatre fossettes…

Saravah !

Ton Bartolomeu Zumbi, sous la neige.

NB : Pour que tu te rendes compte, je te joins un dessin que j'ai fait du boulevard Saint-Germain sous la neige. Le palmier que tu vois au fond à gauche n'existe pas, mais je n'ai pas pu m'empêcher…

À dater de ce jour, Bartolomeu Zumbi ne mit plus le pied dehors, excepté pour son retour au pays, préférant largement se chauffer au poêle de sa chambre, tout en couchant sur le papier des esquisses de la vie parisienne auxquelles il avait pu assister depuis son arrivée.

João Domar da Cunha prit donc pour habitude de se promener seul dans Paris, réservant toutes ses soirées à Bartolomeu, alternant dans la salle de restaurant de l'Hôtel du Coq les tête-à-tête arrosés de vin et de liqueurs avec des noces incroyables où toutes les femmes enclines à l'ivresse et à l'amour étaient les bienvenues.

En revanche, tous les midis, João rejoignait l'atelier du quartier Montmartre et, assis dans un coin, il observait les deux hommes travailler. Dans le crissement de la plume d'Heitor da Silva Costa et les crépitements de la massette sur le ciseau de Paul Landowski, il assista ainsi à la première naissance physique du Christ rédempteur. À chacune de ses visites, il voyait la sculpture prendre forme, se dessiner dans le clair obscur de l'atelier. Le premier modèle de gypse ne mesura qu'un mètre de hauteur. Le second, lui, atteignit les quatre mètres. À quelque heure qu'arrivât João, le spectacle ne changeait pas. Assis à la table, noircissant des feuilles de papier avec ferveur, Heitor da Silva Costa, sa pipe au bec et ses lorgnons de guingois sur le nez, se frottait aux problèmes de structure, souvent avec l'aide de l'entrepreneur Pelnard Considère-Caquot, un spécialiste dans ce type d'exercice. Au centre de l'atelier, juché sur une échelle, suant sang et eau dans la chaleur dégagée par le poêle à charbon, Paul Landowski modelait le Christ à petits coups vifs et précis. Il ne s'interrompait que pour flatter le gypse de ses longues mains, pour en bien sentir les courbes, les reliefs, car, depuis longtemps déjà, ses yeux le trahissaient. En revanche, ses mains ne mentaient jamais.

401

La statue, peu à peu, évolua. Sachant que les détails ne seraient pas réalisables en béton armé, le sculpteur modifia ses traits et les rendit plus géométriques que dans la toile peinte par Bartolomeu. Le drapé de la toge gagna en modernité. La barbe elle-même disparut. Enfin, la tête, plutôt que de rester droite, les yeux perdus dans le vide, fut légèrement inclinée vers le bas. Et ce fut principalement cette dernière modification, en apparence banale et sans grande conséquence, qui acheva de donner à cette œuvre son aspect de tendresse, de protection. Le Christ, d'une blancheur aveuglante, les bras ouverts pour bénir, regardait enfin les hommes. Il était le Christ de la Rédemption.

Au dernier coup de massette, Heitor da Silva Costa, Paul Landowski et João Domar da Cunha se regardèrent. Puis, dans un silence neuf, ils se rejoignirent au pied de la statue. Dehors, la neige s'était remise à tomber, tandis que le poêle ronronnait de toute sa fonte surchauffée. Sans se concerter, les trois hommes s'allongèrent alors sur le sol, en étoile, au milieu des gravats et des éclats de plâtre, les pieds contre le socle de la statue. Et, les premiers, ils purent contempler en contre-plongée, la gorge nouée par l'émotion, le Christ rédempteur qui, bientôt, prendrait place sur le morne du Corcovado…

Ce soir-là, Heitor da Silva Costa rentra en taxi avec João. Aucun des deux hommes ne parla durant le trajet et, puisque désormais le retour au pays était imminent, l'architecte demanda au chauffeur de les déposer sur les Champs-Élysées, histoire de fouler l'une des plus majestueuses avenues du monde. Bien protégés du froid piquant par leurs pardessus, les deux hommes avancèrent dans une foule clairsemée, chacun de leurs pas amorti par la ouate de la neige. Au bout de quelques minutes, Heitor da Silva Costa s'arrêta dans la lumière tapageuse d'une grande brasserie et, après avoir rallumé sa bouffarde, il souffla :

– João… une œuvre n'est réussie que lorsqu'elle est totalement achevée.

– Elle le sera une fois qu'on sera rentrés à Rio, non ?

– Tu ne comprends pas ce que je veux dire…

Et, tout en reprenant sa marche, il poursuivit d'un ton pensif :

– Sur le plan mathématique, tout est réglé. Les deux structures n'en feront plus qu'une et elles s'emboîteront à la perfection. Si mes calculs sont exacts, ce sera, pour ainsi dire, un jeu d'enfant.

– Et alors ? Qu'est-ce qui cloche ?

– L'esthétique…

Cette fois-ci, ce fut João qui s'arrêta d'avancer. Incrédule, il demanda :

– Tu n'aimes pas la statue de Paul ?

– Ce n'est pas ça, grimaça l'architecte. Elle est sublime, bien au contraire.

– Je te crois ! Zumbi va l'adorer.

– Sans doute… Mais ça ne résout pas le problème majeur. Un problème auquel l'idiot que je suis n'avait même pas songé.

– Lequel ?

L'index dressé, une goutte au nez, Heitor da Silva Costa répondit, dans un nuage de buée :

– La couverture, João. La couverture…

Alors, avec des termes profanes, l'architecte expliqua que, si le béton assurait une solidité à toute épreuve, il était impensable de laisser ce matériau visible à l'œil nu. Il fallait absolument le recouvrir d'un placage élégant et capable, lui aussi, de résister aux intempéries. L'or ou le marbre auraient été idéaux. Mais cela aurait encore fait exploser le coût final de la statue. La pierre brute épousant le béton se détériorerait trop vite, dans les orages des eaux de mars et la canicule tropicale. Même chose pour le métal. En admettant que cela fut possible, tout aurait rouillé en seulement quelques mois et le Christ aurait eu l'air d'avoir la lèpre.

Subitement, Heitor da Silva Costa s'arrêta net et opéra une subite volte-face, le regard fixé droit devant lui. Puis, les yeux brillant dans les lumières de la nuit parisienne, il se mit soudain à trottiner en riant, bousculant un couple en habit de soirée, dérapant sur une plaque de glace, se retenant de justesse à un lampadaire pour reprendre sa course et, une douzaine de mètres plus loin, il s'immobilisa devant la petite fontaine recouverte de mosaïques argentées que les deux hommes venaient de dépasser. Alors, il la palpa fébrilement, plusieurs fois de suite, avant de hurler de joie, les bras tendus le long du corps, la tête tournée vers le ciel :

– L'Aleijadinho ! L'Aleijadinho !

Le chapeau à terre, l'architecte mit alors ses mains en porte-voix et cria encore, en direction de son ami qui ne bougeait toujours pas, effaré par cette scène :

– João ! C'est l'Aleijadinho qui avait raison ! C'est lui ! C'est lui, je te dis !

Quelques instants plus tard, serrés contre le poêle émaillé du café de la Civette, rue Christophe Colomb, un bol de vin chaud fumant sous leurs nez glacés, l'architecte s'expliqua sur son attitude :

– J'ai tout compris tout à l'heure, quand j'ai vu cette fontaine. Pour recouvrir la statue, on va utiliser de la mosaïque.

João s'esclaffa aussitôt :

– C'est la neige qui te fait délirer ? Un Christ en mosaïque… Mais si tu dis ça au cardinal, il va en manger sa soutane !

Heitor da Silva Costa balaya la réplique d'un revers de main et il reprit :

– Mais non ! On va la recouvrir avec une mosaïque faite avec la pierre de l'Aleijadinho !

– C'est qui, celui-là ?

Après s'être délicieusement brûlé les lèvres avec son vin à la cannelle, l'architecte commença à raconter la glorieuse et terrible histoire de l'Aleijadinho, avec une profusion de détails, comme si lui-même avait assisté à chaque seconde de son existence :

– Tout ça s'est passé il y a déjà bien longtemps. Les Portugais étaient encore les maîtres du pays, même s'ils n'en avaient plus pour très longtemps. Les historiens estiment en tout cas que l'Aleijadinho est né en 1738, à Congonhas do Campo, dans l'État du Minas Gerais…

Fils d'une esclave nègre mariée à un Portugais, Antonio

Francisco Lisboa de son vrai nom fut en effet un homme à la destinée extraordinaire qui, par la seule force de son génie et de son travail, finit par devenir le sculpteur brésilien le plus renommé au monde. Petit, voûté, disgracieux et affublé d'oreilles énormes et décollées, ce fils d'esclave à la peau foncé bouscula pourtant les usages, en révélant un talent extraordinaire pour la sculpture. Très vite, les plus grandes maisons firent appel à son génie...

– Il avait créé un style bien à lui, que j'ai étudié à l'université, continua l'architecte. C'est flamboyant, un mélange de baroque européen et d'inspiration purement brésilienne.

– Et alors ?

– Il aurait pu avoir une vie de rêve. Mais le destin en a décidé autrement. À quarante ans, il a été frappé par la lèpre.

Lèpre, syphilis, scorbut ou rhumatismes. Toujours est-il que son corps, déjà estropié par la nature, commença à se déformer de façon atroce. Ses mains s'atrophièrent, sa vue déclina et il ne resta plus de lui, en quelques années seulement, qu'un petit bout d'homme, rabougri, souffreteux, racorni, que le moindre mouvement suffisait à faire gémir de douleur.

Dans la lueur de la lampe à gaz, sans se soucier des gens installés aux tables voisines, l'architecte poursuivit son histoire avec fièvre, mimant le corps de l'Aleijadinho se sclérosant :

– Mais il a continué, João. Il a continué à sculpter, tu t'imagines un peu ça ? Tous les matins, ses serviteurs le transportaient à son atelier, en brancard. Et là, ses aides lui nouaient un marteau à un moignon, un ciseau à l'autre, et il reprenait ses sculptures.

Il sembla même que, plus le petit estropié continuait à se tordre et à perdre forme humaine, plus les statues qui naissaient de son obstination gagnaient en élégance, en harmonie, en pureté. Pour tenter d'alléger un peu ses souffrances, l'Aleijadinho se résolut à tailler ses œuvres dans de la stéatite, un minéral connu aussi sous l'appellation de pierre savon. C'est dans ce matériau qu'il sculpta ainsi les douze statues de Prophètes, statues que l'on peut encore admirer aujourd'hui à Congonhas do Campo, dans l'église Bom Jesus de Matosinhos.

Trois bols de vin chaud avalés coup sur coup n'avaient pas réussi à étancher la soif d'Heitor da Silva Costa qui, d'un geste, commanda au garçon une nouvelle rincée. S'interrompant un instant pour débourrer sa pipe, l'architecte ajouta, rêveur :

– Tant d'années, et ses statues n'ont pas pris une ride… Tu te rends compte, João ? Pas une ride.

– C'est une belle histoire. Mais quel rapport y a-t-il avec notre Christ ?

Heitor, tout en dénouant sa blague à tabac, expliqua :

– La pierre savon est très facile à travailler. Rien à voir avec le marbre. Imagine-toi qu'un seul coup d'ongle suffit à la rayer !

– Et c'est avec ça que tu veux faire la statue ?

– Presque… Quand j'ai vu la fontaine, tout à l'heure, j'ai réalisé après coup que les mosaïques argentées n'avaient pas été serties dans la pierre. Elles avaient été collées sur des bandes de tissu qui, après, avaient elles-mêmes été collées sur la vasque. À cet instant-là, je te parlais d'une possibilité de plaquage en fer, des risques de rouille et du fait que la statue aurait eu l'air d'avoir la lèpre après quelques mois seulement.

João se mit à sourire tandis que l'architecte continuait :

– Dans mon esprit, ça n'a fait qu'un tour. Le revêtement de cette fontaine, le mot lèpre, l'Aleijadinho, la pierre savon…

– Tu veux dire que…

– Oui. Je suis presque sûr qu'on peut utiliser des bandes de pierres savon taillées en mosaïque pour recouvrir le Christ.

João régla la tournée que le garçon venait de servir, puis il objecta :

– Mais si elle est si fragile, cette pierre, elle ne va pas tenir quinze jours au sommet du Corcovado !

– Détrompe-toi. Elle est absolument étanche et elle résiste à la pluie comme au soleil, sans aucune altération.

N'oublie pas que les statues de l'Aleijadinho sont là pour le prouver !

– Et de quelle couleur est-elle ?

– D'un gris tendre, tirant sur le vert. Mais je te rassure tout de suite : au moindre rayon de soleil, elle donne aussitôt l'impression d'être d'un blanc de neige.

Heitor da Silva Costa continua à discourir encore un long moment sur les qualités de la pierre savon, la stéatite, la pierre magique de l'Aleijadinho. João, bien que peu convaincu par l'idée de draper le Christ rédempteur dans des linceuls de mosaïque, à l'image des antiques momies égyptiennes, se garda pourtant bien de contredire son ami. L'écoutant d'une oreille distraite, il observait par la fenêtre de La Civette la rue Christophe Colomb se vider. Le vin chaud l'avait agréablement grisé et, en regardant sans les voir les branches d'un immense platane surplombant un lampadaire, il crut apercevoir la silhouette protectrice de Febronio l'Indien, immobile sur une fourche, le visage souriant. João se sentit alors parcouru par un frisson de bonheur pur, celui d'être à l'endroit exact, au moment exact, à l'aube de réaliser une grande tâche. L'espace d'un instant, la cicatrice qui barrait son visage sembla s'estomper.

Il comprit que le moment de rentrer chez lui, à Rio de Janeiro, était venu.

Là-bas, l'attendait Amelia.

Là-bas, il allait enfin aider à tresser les trois racines du Brésil.

29

En ce mois de janvier 1926, João Domar da Cunha, Bartolomeu Zumbi et Heitor da Silva Costa ne furent pas reçus en héros lorsqu'ils débarquèrent enfin sur la baie de Guanabara. Leur arrivée passa même totalement inaperçue et les trois hommes, exténués par leur périple, remisèrent à plus tard leurs rêves de reconnaissance nationale. Le seul événement notable, durant ce retour au pays, fut à mettre sur le compte de Zumbi. Durant la traversée, le peintre fut victime d'un terrible mal de mer qui le laissa exsangue, son joli teint d'ébène virant au vert. Il ne quitta pas les toilettes de sa cabine, vomissant tripes et boyaux, incapable d'absorber le moindre aliment solide. Lorsque, la veille de l'arrivée, alors qu'il commençait enfin à s'amariner, Bartolomeu fit un tour par le bar du paquebot, ce fut pour couper court aux moqueries et aux sarcasmes éventuels. Quand on lui demanda pourquoi il n'avait pas été malade à l'aller, il répliqua, d'une phrase lourde de sens :

– Mes aïeux étaient d'Angola et mon corps s'est souvenu de leur voyage vers le Brésil…

Les trois hommes touchèrent donc terre un samedi midi et, s'ils laissèrent le soin aux débardeurs de porter leurs bagages, ce furent eux-mêmes qui, avec un luxe de précautions inimaginables, descendirent la lourde caisse de bois contenant une statue de plâtre du Christ rédempteur, d'une hauteur d'un mètre, réalisée par Paul Landowski. Quand elle fut solidement sanglée dans le coffre d'un taxi, chacun rentra chez soi, Heitor da Silva Costa et la statue dans son appartement de la place Da Republica, Bartolomeu Zumbi dans son atelier de Lapa, se repaître d'amour, de *cachaça* et de *feijoada,* et João dans son minuscule meublé de la Place Onze, où il ferait un brin de toilette avant d'aller saluer la tante Ciata, en caressant l'espoir de croiser Amelia.

Le lundi matin, à la première heure, l'architecte, sûr de son fait, demanda à voir d'urgence le cardinal Dom Sebastiao Leme da Silveira Cintra, au palais São Joaquim. Le prélat le reçut dans l'instant et, après les salutations d'usage, Heitor da Silva Costa ouvrit en souriant la caisse de bois que deux gardes avaient disposée sur le bureau central. Alors, quand la paille fut retirée et que le Christ rédempteur apparut dans la pleine lumière, le cardinal blêmit, les doigts tremblants, les yeux rivés sur la sculpture dont la blancheur illuminait la pièce. Pendant de longues minutes, l'architecte le laissa ainsi, silencieux, baigné d'un bonheur si plein qu'il ne pouvait, à cet instant précis, se traduire autrement que par le recueillement. Enfin, Dom Sebastiao se signa à plusieurs reprises et, en trois enjambées, il fut sur l'architecte qu'il serra contre lui avec ferveur. Puis, d'une voix étranglée par l'émotion, il balbutia :

– C'est un miracle, cher docteur. C'est une merveille… Il est sublime ! Vous avez même pensé à faire graver le petit cœur sur la sainte poitrine de notre Christ, comme je vous l'avais demandé… Mon ami ! Mon très cher et très grand ami… C'est un jour historique pour le Brésil !

Puis, après avoir repris ses esprits, il s'installa à nouveau derrière son bureau et, d'une voix tonitruante, il lança :

– Cher docteur, à dater de ce jour, vous pouvez commencer les travaux !

Alors, ce fut Heitor da Silva Costa qui faillit se trouver mal. Comme il était loin, ce jour funeste où, dans le palais du Catete, il avait dû subir l'humiliation d'un refus. Mais, aujourd'hui, son projet était accepté. La faisabilité technique de la statue ne faisait presque aucun doute. Les fonds étaient là. C'était, tout simplement, la plus belle journée de toute l'existence de l'architecte.

L'après-midi même, Heitor da Silva Costa battit le rappel du noyau dur qui assurerait le succès de l'entreprise. Durant son séjour en France et tout le temps que dura la traversée du retour, il avait établi une liste de trois hommes de confiance et de grand talent qui pourraient l'épauler dans l'édification du Christ rédempteur. Ainsi, il reçut en premier lieu un confrère architecte, Heitor Levy, un passionné de mathématiques à qui il confia l'exécution des travaux. Puis, ce fut le tour de Pedro Fernandes Vianna da Silva, un homme à poigne, qui tiendrait à la perfection le rôle de superviseur. Enfin, après avoir longtemps tergiversé, il choisit au final, comme superviseur en second, Antonio Ferreira Antero.

Bien plus que le discours d'Heitor da Silva Costa, ce fut la maquette de la statue, ainsi que le défi technologique, qui passionnèrent les trois hommes. Après les avoir reçus séparément, l'architecte les convoqua le lendemain pour une première séance de travail en commun. Prévue pour durer deux heures, elle se poursuivit sur deux jours. Malgré la canicule, la fatigue et les obligations personnelles de chacun, Heitor Levy, Pedro Vianna da Silva et Antonio Ferreira Antero ne voulurent pas quitter l'étude sans connaître la totalité du dossier. Heitor da Silva Costa, ravi de la tournure que prenaient les choses, se montra, comme à son habitude, passionné, convaincant, répondant à toutes les questions avec fougue, précisant les points délicats sur un tableau noir monté sur un chevalet, définissant avec exactitude le poste et les missions de chacun, insistant sur la confidentialité de ce chantier historique, alternant les propos scientifiques et les digressions d'ordre plus philosophique, voire théologique, pimentant ses réflexions d'anecdotes vécues au Brésil comme en France, bref, excellant dans l'art de la séduction mâtinée d'une pointe de cabotinage, il maintint son assistance sous le charme. Lorsque l'étude se vida, à l'aube du troisième jour, il finit par s'écrouler sur le canapé de son bureau, épuisé, un sourire béat sur les lèvres.

À Rio de Janeiro, les secrets ont la vie courte. Malgré la discrétion dont chacun fit preuve, la nouvelle se répandit comme une traînée de poudre à travers la cité que, bientôt, la statue du Christ rédempteur trônerait au sommet du plus haut morne de la ville. Cela faisait des années que l'on en parlait mais, quatre ans après les dons effectués pour la Semaine du Monument, n'ayant plus de nouvelles de la statue mythique, chacun s'était dit que le projet était tombé dans les oubliettes du palais du Catete et de l'Église. Alors, quand la rumeur des premiers travaux se mit à bruisser dans toutes les rues de la capitale, on commença à échanger, aux terrasses des cafés et sur les trottoirs, des informations où fantasmes et réalité se côtoyaient dans un joyeux désordre. La hauteur de la statue, selon les sources, serait de trente, quarante, voire soixante-dix mètres. Le socle abriterait une chapelle qui pourrait au bas mot accueillir plus de mille personnes. Le poids de la tête serait de dix tonnes, la distance entre les deux mains frôlerait les quarante mètres. Mieux encore : toute la statue avait déjà été fabriquée, dans le plus grand secret, en France. Et, dans moins d'un mois, peut-être même quinze jours, on pourrait l'admirer au sommet du Corcovado...

Quand la rumeur se mit à enfler de façon par trop extravagante (n'allait-on pas installer des canons dans chaque œil du Christ, pour défendre la baie de Guanabara contre d'éventuels envahisseurs ? N'existait-il pas un souterrain reliant directement la chapelle au palais présidentiel ? Et l'or de la Banque nationale, n'allait-il pas être stocké dans les fondations de la statue ?), quand les ragots les plus invraisemblables devinrent légion, Heitor da Silva Costa décida, en urgence, de donner une grande conférence de presse. Devant un parterre d'une cinquantaine de journalistes pour presque autant de photographes, il présenta donc, encadré par le cardinal Dom Sebastiao Leme, son équipe, João et Bartolomeu, la maquette. Au moment où l'étoffe dissimulant la statue fut retirée, il y eut dans la salle un bref moment de silence. Puis, une vague d'applaudissements éclata et fit trembler les murs, ponctuée par des cris de joie, des vivats et des coups de sifflet enthousiastes. L'ovation dura un bon quart d'heure. Quand le docteur Heitor da Silva Costa put enfin commencer sa conférence, chacun de ses mots fut accueilli dans un silence respectueux. Pour être sûr que tous les médias publieraient les mêmes informations, l'architecte prit aussi le soin de faire distribuer une note, un mémento, où figuraient les principaux chiffres clés de la statue du Christ rédempteur.

Caractéristiques du Monument au Christ rédempteur

Localisation : Morne du Corcovado – 710 mètres au-dessus du niveau de la mer – Rio de Janeiro
Visibilité : 360°
Hauteur (hors fondations) : 38 mètres
Hauteur du piédestal : 8 mètres
Hauteur de la statue : 30 mètres
Hauteur de la tête : 3,75 mètres
Longueur d'une main : 3,20 mètres
Distance entre les extrémités des doigts : 28 mètres
Superficie des bras (approximativement) : 38 mètres
Poids de la tête : 30 tonnes
Poids de chaque main : 8 tonnes
Poids de chaque bras : 57 tonnes
Aire du piédestal : 100 m^2
Une chapelle servira de base

Loin de l'agitation fébrile qui régnait dans l'étude d'architecture d'Heitor da Silva Costa, Bartolomeu Zumbi et João Domar da Cunha vécurent le premier mois de leur retour dans une atmosphère de bonheur total.

Le premier, tout auréolé de ses tribulations en France, laissa couler les jours dans l'inconscience la plus parfaite, grattant son *cavaquinho* durant les heures douces du soir, peignant lorsque l'envie lui en prenait, dévorant les livres qu'Elis lui proposait, dormant tout son soûl et quand, au cours d'une fête, on lui demandait de raconter Paris, il remontait volontiers chez lui pour passer son trois-quarts et sa toque de fourrure, et redescendait aussitôt pour expliquer comment, un matin de décembre 1925, il avait fait connaissance avec la neige. Elis, plus belle et plus fraîche que jamais, avait accepté d'habiter avec son grand nègre de peintre, rue Joaquim Silva. Cependant, elle avait absolument tenu à garder son petit pied-à-terre, situé dans le quartier de Fatima. Elle connaissait déjà trop bien la vie et les hommes pour ignorer qu'aucun amour n'est éternel. Pour l'heure, elle prenait du bon temps avec Zumbi, et c'était déjà beaucoup.

João, pour sa part, avait déménagé et avait quitté la Cidade Nova pour s'installer dans un appartement donnant sur la place de Cinelandia. Tous les jours, cependant, il continuait à se rendre chez la tante Ciata, assister avec Amelia aux soirées de samba et de *candomblé*. De Paris, il avait ramené à la Mère de saints une superbe statue en bois noir représentant une Africaine dénudée, lançant un javelot sur un lion. Cette pièce, trouvée chez un antiquaire du boulevard Saint-Germain, fut aussitôt bénie et placée dans le *terreiro*, avec tout le respect dû. Pour elle, la tante choisit même dans le Peji, la Maison des dieux, une niche consacrée à Ogum, le dieu de la guerre et des métaux. Ogum, l'Ouvreur des Chemins. À Amelia, João offrit une immense bouteille de parfum, dont le flacon à facettes faisait songer à un diamant. En ouvrant le paquet, la jeune fille sourit de plaisir car, si le présent en lui-même était somptueux, il ne pouvait surpasser la joie qu'elle éprouva en imaginant João pénétrer, pour elle, dans une parfumerie et choisir un cadeau. Il avait pensé à elle, à des milliers de kilomètres, et c'était bien cela le plus beau.

Tous les samedis, vers dix-huit heures, Amelia le retrouvait sur le parvis de l'église de Nossa Senhora da Gloria de Outeiro et, main dans la main, ils se promenaient sur le front de mer du Flamengo, s'arrêtant pour déguster une glace, parlant de tout et de rien, se séduisant sans malice. Elle avait repris ses études et désirait maintenant devenir institutrice avant d'être consacrée, plus tard, Mère de saints.

Durant cette période de lait et de miel, un seul épisode vint troubler la quiétude et le bonheur de chacun. Cela se passa un soir de février 1926, quand João décida d'inviter à dîner, chez lui, la tante Ciata, Zumbi et Elis, Heitor et son épouse, sans oublier Laranjinha et sa petite amie, une mulâtresse délicieuse répondant au prénom de Joana. La soirée fut très réussie, Amelia ayant préparé trois jours durant une énorme *feijoada* et João ayant ouvert les deux dernières caisses de champagne ramenées de France. On mangea et l'on but beaucoup. On rit aussi et l'on chanta de vieux *maxixes* de l'acteur comique Francisco Correia Vasques, car Zumbi avait eu l'excellente idée de prendre avec lui son *cavaquinho*.

Vers minuit, Heitor, que le vin de Champagne avait grisé, se leva de table et proposa à la cantonade de se rendre en cortège jusqu'à la rue Do Ouvidor, pour assister au défilé du carnaval. Elis, Amelia et Joana battirent des mains et, malgré les réticences de Zumbi et de Laranjinha, la proposition fut acceptée. D'un coup de voiture, Laranjinha ramena chez elle la tante Ciata et les trois couples prirent donc le chemin de la rue Do Ouvidor. Pendant qu'Heitor et Laranjinha marchaient au milieu des trois femmes, Zumbi glissa à João :

– À mon avis, c'est pas une bonne idée, le carnaval…

– Pourquoi ?

– Parce que ceux de la rue Do Ouvidor, je les connais. C'est pas des fillettes. Ils sont là pour toucher les filles, pour faire peur aux blancs et crever les cognes, quand y'a de la bagarre…

Il faut dire que, dans les années 20, et ce depuis de nombreuses années, le carnaval de Rio offrait trois facettes bien différentes. Si les petits-bourgeois passaient des nuits endiablées à danser dans des clubs et des cercles au son du fox-trot ou du jazz, dans les rangs de la haute bourgeoisie en revanche, fêter le carnaval ressemblait bien plus à un défilé d'élégantes, aux costumes calqués sur ceux que l'on trouvait à Venise, qu'à une véritable réjouissance bachique. On se retrouvait entre soi, chez les uns et les autres, dans de grands salons tendus de velours, à siroter du champagne en écoutant distraitement un orchestre en livrée interpréter de sages *maxixes*. Lors de ces rendez-vous annuels, où l'on faisait venir à grands frais d'Europe jusqu'aux confettis et aux loups, la bonne éducation était de mise.

Le véritable carnaval, celui des pauvres, on ne le trouvait que dans la rue, de la Place Onze jusqu'à Lapa, où le peuple prenait entièrement possession de la cité dans un fabuleux désordre, une anarchie inimaginable. Durant ces quatre jours, tout devenait permis et la police elle-même, dans bien des cas, ne savait plus si elle devait réprimer les débordements ou entrer dans la danse. Bénie entre toutes les fêtes, celle du Carnaval permettait enfin de tout chambouler et de renverser les valeurs cul par-dessus tête, car tout était possible. Les hommes s'habillaient en femmes, les ouvriers buvaient les meilleurs alcools, le pauvre se sentait plus riche que Crésus, la putain endossait la robe des nonnes, la dévote se maquillait outrageusement, les timides défilaient avec trois fois rien de costumes, les professeurs lâchaient des bordées d'injures, les tabous tombaient d'un bloc, tranchés net.

– Ceux de la rue Do Ouvidor, poursuivit Zumbi, ils défilent sans *blocos*. C'est pour ça que c'est dangereux. Ils se baladent par bandes, toujours à chercher des noises aux uns et aux autres. Je connais bien un bar d'où on pourra tout voir sans trop d'embrouilles. Mais, pour moi, vaudrait mieux changer de quartier…

Alors que João rejoignait Amelia pour lui demander de faire demi-tour, le groupe fut subitement cerné par une vingtaine d'individus, alors qu'ils abordaient la rue Da Carioca. N'appartenant visiblement à aucun *bloco*, grimés en blanc pour les nègres et en noir pour les blancs et les métis, arborant des hauts-de-forme défoncés, juchés sur des talons hauts, clinquants de colifichets, soûls à vomir, ils se mirent à beugler une parodie de *La donna é mobile*, agitant à bout de bras des serpents édentés, les épaules alourdies pour certains par de gros lézards jaunes, ou traînant des tortues terrifiantes derrière eux. Cette vision de cauchemar pétrifia sur place Heitor da Silva Costa. Aussitôt, Laranjinha sortit son surin, immédiatement imité par João.

Celui qui semblait être le chef, un gros nègre aux bras puissants avec des scarifications sur le visage et vêtu en pirate, tira soudain de sa canne une épée. Avec un sourire mauvais, il cracha sur le sol un jet de salive noire de chique et, titubant, il s'approcha de l'architecte. Zumbi voulut faire un pas en avant, mais la lame du nègre fouetta aussitôt l'air pour se poser sous la gorge de Bartolomeu. Le regard vitreux, l'homme gronda alors :

– Toi, Bamboula, va pas te faire crever pour un blanc.

– C'est mon ami.

– Un nègre ami avec un sac de farine… Possible, après tout, puisque c'est le carnaval. En tout cas, vous allez nous donner vos femmes et filer bien gentiment. Mes potes et moi, on a juste envie de rigoler un peu. Alors vous décampez, et tout se passera bien.

De la rue Do Ouvidor, non loin de là, parvenaient les vacarmes assourdis des *blocos* en train de défiler. Joignant le geste à la parole, le chef posa sa main gauche sur les seins menus de Joana, qui se mit aussitôt à pleurer sans bruit. Heitor da Silva Costa, totalement dégrisé, serra son épouse contre lui tandis que João, les bras en croix, formait un rempart avec son corps pour protéger Amelia et Elis. Alors, une dizaine de ces voyous avancèrent à leur tour, les yeux luisants dans la nuit, la lippe baveuse, empestant l'alcool et la crasse, obsédés par la peau fraîche de ces femmes, ils marchèrent, les mains largement ouvertes.

À cet instant, Heitor, le vénérable et respecté docteur Da Silva Costa tira de sa redingote un petit revolver. Et il fit feu. Un claquement sec. Un nuage de poudre. Et le gros pirate s'effondra, pissant le sang par l'une de ses orbites, son autre œil écarquillé par l'incompréhension. Aussitôt, les autres membres de la bande reculèrent, en claudiquant sur leurs talons hauts. Puis, ils se mirent à courir, traînant derrière eux leurs serpents, leurs lézards et leurs effrayantes tortues, abandonnant leur chef dans la nuit du carnaval, se dispersant dans les rues adjacentes pour se fondre dans la foule.

La voix crayeuse de Laranjinha se fit alors entendre :

– Bien joué, docteur. Mais maintenant, il faut calter rapidos.

– Mais… Et le mort ? bredouilla l'architecte.

– Il peut pas être plus mort, à mon avis. Mais vous bilez pas. Je vais faire courir le bruit que c'est moi qui l'ai crevé, ce gros porc…

416

– Mais non ! Je suis coupable ! C'est moi qui dois payer. Je vais me rendre à la police et tout leur expliquer…

Laranjinha tapa amicalement dans le dos d'Heitor da Silva Costa. Et, sur un ton où pointait une nuance d'amertume, il expliqua :

– Faut pas, docteur. Vous, vous allez faire de grandes choses, avec votre Christ et tout ça. Moi, je suis juste un petit *malandro* et les cognes me connaissent. Je vais me mettre au vert pendant quelques mois, le temps que ça se tasse. Les flics, ils finiront par oublier…

Puis, avant que l'architecte n'essaie de réagir, Laranjinha cracha sur le cadavre et, serrant Joana contre lui, il ajouta :

– C'est à vous qu'on devrait faire une statue, docteur. Ce sale fils de pute a eu que ce qu'il méritait.

Cette nuit-là, après avoir raccompagné l'architecte et son épouse chez eux, João, Zumbi, Elis et Amelia retournèrent à pas lents place Cinelandia. Sans un mot, ils débarrassèrent les reliefs du repas et s'installèrent dans le salon, histoire de boire quelques verres de *cachaça*. Pour détendre l'atmosphère, Bartolomeu Zumbi tenta bien de jouer quelque chose sur son *cavaquinho*, mais l'instrument refusa de sonner juste. Dans l'obscurité de la pièce allumée à la bougie, les deux couples gardaient présente à l'esprit l'image du gros pirate nègre, l'œil explosé par la balle, tombant à genoux comme un poids lourd sonné par un uppercut, saignant sans bruit dans les brouhahas de la fête.

Puis, les effets de l'alcool gommèrent l'horreur de cette vision et Zumbi retrouva la force de parler :

– N'empêche que Laranjinha a eu raison. Ce salaud-là a eu que ce qu'il méritait. Et si Heitor l'avait pas flingué, c'est à moi qu'il aurait eu à faire. À moi ou à João…

– Je le sais, mon nègre d'amour, murmura Elis. Mais c'est dommage.

– Qu'est-ce qui est dommage ?

– Que ce soit une telle anarchie, ce carnaval.

– Et qu'est-ce que tu voudrais faire ? Le supprimer ? Ça ferait un joli scandale !

Dans la lumière des bougies, Amelia se redressa et répliqua de sa voix douce :

– Il ne faut pas le supprimer. Il faut le modifier, faire des règles.

– Quelles règles ? ricana Bartolomeu. Comme y disait, le baron de Rio Branco, y'a que deux choses de bien organisées, au Brésil : le désordre et le carnaval !

Pendant qu'il s'esclaffait amèrement, Amelia reprit :

– Pour l'instant, c'est vrai. Mais la tante Ciata m'a expliqué que, à Estacio de Sa, les choses commencent à changer. Même que c'est Paulo da Portela qui s'en occupe…

Et, sur le même ton posé et calme, elle expliqua que des musiciens de ce quartier, tous soucieux de sauver le carnaval, se mobilisaient depuis quelques mois :

– Il y a Paulo da Portela, mais aussi Ismael Silva, Bide, Brancura, et beaucoup d'autres encore. Ils disent que le carnaval, ça ne doit pas être une fête où l'on voit des nègres s'avilir. Ça doit être une fête que l'on prépare toute l'année, chacun dans son quartier, chaque école choisissant sa couleur. Toutes les années, ils veulent donner un thème différent, et ils veulent que tous les gens du quartier participent aux préparatifs. Si on bâtit des chars allégoriques, il y aura du travail pour tout le monde, pour les charpentiers, pour les couturières, pour les musiciens, pour les compositeurs et pour les paroliers. Et ceux qui n'ont pas d'emploi, plutôt que de mendier ou de traîner dans les rues, ils pourront venir à l'école de carnaval de leur quartier, pour participer. Voilà ce qu'ils disent, à Estacio de Sa. Et moi, c'est ce que je vais organiser aussi, avec la tante Ciata, dans la Cidade Nova…

Amelia avait parlé avec une foi et une émotion qui stupéfièrent les deux hommes. Dans cette triste nuit, João la trouva plus désirable que jamais et, à cet instant, il aurait tout donné pour se retrouver seul avec elle. Avant que Bartolomeu ne réponde, Elis se leva à son tour et vint caresser l'épaule d'Amelia, tout en insistant :

– Elle a raison. Moi aussi, je vais faire ça, à Estacio de Sa, mais aussi dans le quartier de ma mère, à Mangueira.

Imaginez comme ce serait beau, des écoles de carnaval défilant l'une après l'autre, avec des centaines de danseuses et de danseurs. Chacun aurait sa chanson et on pourrait même faire un concours...

– Et avec quel argent vous feriez ça ? railla Zumbi. Vous imaginez un peu ce que ça peut coûter, ce genre de truc ?

Comme les deux femmes ne trouvaient pas de réponse, João lâcha un mot, un seul :

– *Bicho*...

– Quoi ?

– Le *Jogo do Bicho*, mon frère. Je connais les *bicheiros*. Ils sont fiers de leur quartier et ils feraient tout pour remporter le carnaval, si y'a un concours qui est organisé. Je vais en toucher un mot à Laranjinha...

Alors, Bartolomeu Zumbi, subitement très sérieux, se leva et alla rechercher son *cavaquinho*. Tout en accordant les quatre cordes, il murmura, pour lui-même :

– Un carnaval organisé... Par le peuple, et pour le peuple. Mais ça pourrait être l'une des plus belles œuvres d'art du Brésil, ça. Et une œuvre d'art populaire...

– Qu'est-ce que tu marmonnes, mon nègre d'amour ?

Avec un grand sourire, Zumbi plaqua un accord sur son *cavaquinho* et répondit :

– Je marche, pour votre carnaval. Mais il faut laisser la marche carnavalesque de côté.

– Pourquoi ça ? demanda Elis.

– Y'a pas assez de rythme. C'est plat comme le dos d'une main. Écoute et tu vas comprendre...

Alors le peintre se mit à chanter des onomatopées, tout en s'accompagnant sur son instrument :

– La marche, ça fait ça : *Tan ! Tan-tan ! Tan ! Tan-tan !* Y'a pas de folie, là-dedans... Tandis que le samba, ça fait : *Bum ! Bum ! Paticumbum ! Prugurumdum !* Ça, c'est du carnaval ! Ça, c'est brésilien ! Elle est là, l'âme du Brésil.

Et, après avoir fait retentir une nouvelle fois son rire d'homme libre, Bartolomeu Zumbi commença à improviser la musique et les paroles d'un samba, qui disaient :

Eu vô bebê
Eu vô me embriagà
Eu vô fazê barulho
Prà puliça me pegà !

Une semaine plus tard, João Domar da Cunha et Amelia quittèrent très tard le *terreiro* de la tante Ciata, où Laranjinha et Joana avaient dansé sans s'interrompre une seule minute, chevauchés sans doute par des esprits qui, eux aussi, voulaient célébrer le carnaval. Dans ce *roda de samba*, Donga et Cartola, bien entendu, furent de la fête. Mais on y vit également le petit Noel Rosa et sa guitare, ou encore le grand Ernesto Nazaré, qui jouait du piano dans les salles de cinéma où les spectateurs, ne venant que pour lui, préféraient tourner le dos à l'écran, tout ensorcelés qu'ils étaient par l'interprétation que le maître donnait de ses polkas tangos.

Dans la lumière dansante des bougies, l'énergie de la *Macumba* combinée à la puissance du samba mirent les acteurs en transe, dégoulinants de sueur, les veines du cou tendues à se rompre, les yeux exorbités, les bouches s'écartelant pour rire et chanter, les bassins se déhanchant dans ce rythme insaisissable et envoûtant contre lequel la raison ne peut rien.

Vers les trois heures du matin, alors que le samba s'éteignait, la vieille tante Ciata, les doigts en sang à force d'avoir gratté sa guitare, jeta dans le feu musical encore quelques *choros*, qui crépitèrent avec tendresse. Cette nuit-là fut une réelle nuit d'amour, de bonheur, de communion avec l'Afrique.

Quand la voûte noire du ciel se mit à pâlir, Amelia et João profitèrent de la voiture du poète Lamartine Babo pour quitter la Cidade Nova et se faire déposer sur les bords du lagon Rodrigo de Freitas, avenue Epitacio Pessoa. Main dans la main, encore humides de la danse, les deux amoureux se promenèrent un instant, sans parler, en contemplant les étoiles qui semblaient ne jamais vouloir s'éteindre. Alors que João proposait à Amelia de la raccompagner chez elle, celle-ci se contenta de faire signe que non avec la tête et, fermement, elle le tira par le bras. En trois enjambées, ils quittèrent le macadam pour marcher sur le sable, encore frais de la nuit. L'esprit bercé par les *choros*, dans les respirations de la mer, ils trouvèrent dans les sous-bois une clairière et, là encore sans prononcer une seule parole, Amelia se dévêtit lentement, faisant sauter un à un les petits boutons nacrés de sa robe de cotonnade, ses grands yeux plongés dans ceux de son amant. Dans les rougeoiements bleutés de l'aube, elle se cambra alors, un sourire aux lèvres, heureuse d'avoir trouvé l'homme qui allait la faire femme. Puis, d'un air plus grave elle le déshabilla, l'embrassant du bout des lèvres sur toutes les parties de son corps. Frissonnants, sans se lâcher la main, qu'ils serraient maintenant bien plus fort qu'ils ne l'avaient jamais fait, ils pénétrèrent dans l'eau tiède. Le lagon s'éveillant à la lumière fut leur premier lit d'amour, et le jour naissant leur drap.

João, qui n'avait plus connu de femmes depuis Mme Diva, n'eut aucune crainte, se laissant aimer comme Amelia le désirait, et ce fut elle qui agrippa sa taille avec ses cuisses souples. Quand João la pénétra entièrement, elle poussa un petit cri, immédiatement suivi par des bruits de gorge, des ronronnements de chatte. Ce fut un instant magique, où ils s'appartinrent l'un à l'autre, lentement, bercés par le tendre balancement des vagues.

Lovée contre João, la tête sur sa poitrine, Amelia s'était endormie paisiblement. Allongé sur le dos, João fumait une cigarette et observait le morne du Corcovado dressé au-dessus de lui, vertigineux, protecteur. À cet instant, un rayon de soleil ricocha sur son sommet, lançant un éclair rapide vers tous les horizons. Alors, João comprit. Les premières équipes d'ouvriers étaient en train de prendre place sur le pic de granit. Bientôt, le Corcovado fourmillerait de camions, de bulldozers, de trains, de voitures, les échafaudages monteraient jusqu'au ciel et les hommes graviraient ces échafaudages pour, de leurs mains, faire naître un rêve, faire naître le Christ rédempteur qui bénirait, de ses deux bras ouverts, Rio de Janeiro, le Brésil, le monde entier…

30

Pendant plus de trois ans, jusqu'au mois d'octobre 1929, le chantier du Christ rédempteur fut mené de main de maître par Heitor da Silva Costa. Pour faire face à cette entreprise colossale, l'architecte avait réembauché, avec un réel plaisir, Lara, Maria et Cintia qui, avec Silvana, constituaient à nouveau sa garde rapprochée. Pour plus de commodités, il avait aussi acheté l'appartement situé au-dessus de son étude et c'était là, en compagnie de João, qu'il prenait toutes les grandes décisions et tentait quelquefois de voler un peu de repos. Car, le reste du temps, Heitor da Silva Costa courait dans tous les sens, de son bureau jusqu'au sommet du Corcovado, redescendant pour régler des affaires au palais du Catete, en ressortant en trombe pour tenir informé de l'avancement des travaux le cardinal Dom Sebastiao Leme, dans le palais São Joaquim, avant de filer à la comptabilité, de tenir un point presse, de passer des commandes, de recevoir des devis dont il débattait avec João, de repartir sur le morne où, entre les seaux et les truelles, les coffrages et les poutres, au milieu des grondements du monte-charge, des chants et des cris des maçons, des pétarades des camions et des considérations des foules de badauds admirant leur Christ en construction, il s'isolait avec Heitor Levy pour vérifier que le chantier ne prenait aucun retard. L'architecte exécutif, lui aussi, se laissait entièrement, délicieusement, dévorer par le grand œuvre. Habitué pourtant aux repas fins, aux vins français dégustés dans des verres de cristal, et ayant toujours fait preuve d'un souci constant quant à l'élégance de ses tenues, Heitor

Levy s'était métamorphosé et ne quittait plus le chantier, son nid d'aigle, où il déjeunait de saucisses fumées et de riz blanc arrosés de bière, engoncé dans son bleu de travail crotté et, le soir venu, il se couchait avec l'équipe des ouvriers dans une baraque de planches.

L'ouvrage avançait vite. Après le piédestal, la structure interne s'était élevée, calculée au millimètre près, une croix de béton armé et d'acier qui, déjà, préfigurait la puissance que dégagerait la statue. L'étape à venir serait la pose de la tête. Et c'était pour cette raison que, en ce jour d'octobre, Heitor da Silva Costa tournait comme un fauve en cage dans son bureau. Quand le téléphone sonna, ce fut João qui décrocha et répondit brièvement, pendant que l'architecte tournait vers lui un visage livide. Avec un grand sourire, João raccrocha le combiné et rassura l'architecte :

– Ça y est, monsieur le docteur… La tête est bien arrivée à Niteroi !

Alors, le sang reflua dans les veines d'Heitor da Silva Costa. À la hâte, il attrapa son panama et, après avoir asséné une bourrade vigoureuse dans le dos de João, il descendit les escaliers quatre à quatre, en criant :

– Allez, mon vieux ! Vite ! On va à Niteroi !

João, lui, prit le temps d'écraser sa cigarette et, les mains dans les poches, en fredonnant *Zizinha*, le dernier samba à la mode, il rejoignit l'architecte. Celui-ci, assis dans la voiture, trépignait déjà :

– Alors ? Qu'est-ce que tu attends ?

– On y va, on y va… T'inquiète pas : la tête est bien arrivée ce matin, par le premier bateau. Et elle risque pas de repartir toute seule !

– Allez, démarre ! Je t'en prie, j'ai tellement envie de la voir…

Il était vrai qu'Heitor da Silva Costa et toute l'équipe derrière lui attendaient avec une impatience grandissante cette sculpture de plâtre en grandeur réelle devant servir de modèle, réalisée en France par Paul Landowski. Le sculpteur français avait en effet pris plusieurs semaines de retard et, à chaque jour passé, c'était tout le calendrier des travaux qui risquait de reculer d'autant. Aussi, lorsque le ferry débarqua les deux hommes à Niteroi, à quelques encablures au large de la capitale, l'architecte bouscula les rares voyageurs et courut sur le ponton pour rejoindre Heitor Levy. Celui-ci, ayant mis à la disposition du chantier sa propriété de Niteroi pour réceptionner les caisses contenant la sculpture, était pour l'occasion descendu de son nid d'aigle. Sans même lui donner l'accolade, le souffle court, Heitor da Silva Costa bafouilla, un sourire victorieux sur le visage :

– Alors ? Elle est là ? Vous êtes sûr ?

– Oui, mais…

– Vous avez déjà commencé à la monter ? Curieux comme vous êtes, je suis sû6r que oui…

– Oui, mais…

– Je le savais ! Et alors ? Comment est-elle ? Dites-moi qu'elle est belle, je vous en supplie…

Heitor Levy, le visage grave, trouva alors la force de dire la vérité, juste au moment où João rejoignait des deux hommes. Après s'être essuyé le visage avec un mouchoir, l'architecte exécutif bredouilla :

– Cher docteur, on a bien reçu la tête en gypse de M. Landowski. Il nous l'a envoyée en cinquante morceaux, dans des caisses…

– Bigre ! Et alors ?

– Alors… le docteur Landowski, sans doute dans la précipitation, a oublié de numéroter les caisses. Et nous ne savons même pas par où commencer…

En entendant ces mots, João Domar da Cunha ne put se retenir d'éclater de rire. Quand il raconterait cette histoire à Bartolomeu, sûr que le peintre allait en faire un samba du tonnerre !

Une semaine plus tard, avec un peu de patience et beaucoup de travail, toutes les pièces de ce puzzle géant purent enfin être assemblées entre elles. Pour fêter l'occasion, Heitor da Silva Costa invita un soir tous ses amis à venir manger sur la plage qui s'étendait face à la propriété d'Heitor Levy. Dans le ferry transportant la joyeuse troupe dans l'île de Niteroi, on trouva donc la tante Ciata, Laranjinha et Joana, Zumbi et Elis, João et Amelia, M. et Mme Heitor da Silva

Costa, le cardinal Dom Sebastiao Leme, le superviseur des travaux et le superviseur en second, Pedro Fernandes Vianna da Silva et Antonio Ferreira Antera, le chef des équipes de maçons, Mario Michelotto, sans oublier Afonso Cotrim et ses garçons du Colombo, chargés de préparer et de servir le repas.

À pied, les invités chargés de sacs et tirant une grosse carriole cheminèrent une dizaine de minutes sur le sable, dans une ambiance bon enfant. L'île de Niteroi, à la beauté sauvage, donnait une vision grisante du paradis, avec ses côtes presque vierges d'habitations, bordées de palmiers, ses criques minuscules regorgeant de poissons, de coquillages. De plus, ce soir-là, après une journée de canicule, l'ardeur du soleil se faisait moins violente et l'on commençait à mieux respirer grâce à une brise marine montant peu à peu du large.

Soudain, alors que la tante Ciata allait se remettre à grommeler et à râler sur la longueur de la course, un silence compact se fit. La troupe, qui venait de dépasser une anse, se figea comme un seul homme, bouche ouverte, les bras ballants le long du corps, les yeux écarquillés sur un spectacle étonnant. À cinquante mètres sur la gauche, faisant face à l'océan Atlantique, posée à la mi-pente d'une dune baignée de soleil ocre, la tête du Christ rédempteur venait d'apparaître, comme émergeant d'une mer de sable. Une tête majestueuse, apaisée, d'une pureté et d'une humanité troublantes, semblant prête à parler.

Laranjinha et Joana, sans cesser de regarder le tableau, se serrèrent fort l'un contre l'autre. La tante Ciata, elle, se mit à rire à pleine gorge, tout en remerciant l'ensemble des dieux et des esprits du Brésil et d'Afrique. Et tous ceux qui découvrirent le visage du Christ pour la première fois en eurent des frissons de bonheur. Dans le crépuscule d'or, on entendit alors la voix grave de Bartolomeu Zumbi prononcer ces quelques mots :

– Il faudrait être un putain de poète pour immortaliser tout ça, parole. Avec une petite chanson et une guitare, ça pourrait aider des amoureux à être heureux…

Une fois l'émotion passée, on tendit de grands draps blancs sur des piquets enfoncés dans le sable et la bière put commencer à couler à flots. Pendant ce temps, les garçons du Colombo creusèrent une fosse où ils allumèrent un grand feu. Bientôt, les épées des *churrascos*, chargées de pièces de bœuf, de saucisses, d'agneau, de porc gras et de poulet, grilleraient sur les braises avant de rejoindre dans les assiettes les salades, le riz à la grecque, la *farofa* et les haricots noirs.

Alors que chacun avait pris place et qu'une discussion sur l'avenir du club de football de Fluminense déchaînait les passions, Gilberto, le fils d'Heitor Levy quitta le toit paternel et, en courant dans le sable, apparut sous la lueur vacillante des torches. Essoufflé, l'étudiant en architecture se mit aussitôt à bafouiller :

– Papa… Papa, c'est terrible… À la Radio nationale, ils viennent de dire que… Hier, la bourse de New York… Elle s'est effondrée !

– Et qu'est-ce que tu veux que ça nous fasse ? lança un Zumbi légèrement éméché dans un grand rire.

Le jeune homme avala un grand verre d'eau et, en essuyant la sueur qui poissait à son front, répondit :

– Vous devriez venir écouter la radio. Ils disent que c'est terrible, une véritable catastrophe. Et que ça ne va pas se limiter aux États-Unis. Ils disent que, dans quelques jours, c'est toute l'Amérique du Sud qui va tomber en ruine !

Alors, au milieu des rafales nerveuses d'un vent qui se leva soudain, Gilberto Levy raconta ce qu'il venait d'entendre, et chacune de ses phrases effaça les sarcasmes et cassa les sourires sur les visages. La veille, Wall Street avait littéralement explosé. En une seule journée, des centaines de sociétés et d'usines, largement surcotées par les spéculateurs, avaient fait faillite. Des PDG et des agents boursiers s'étaient même suicidés, par dizaines précisait le journal, en se jetant du haut des gratte-ciel pour éviter le déshonneur. Les petits porteurs, eux aussi, étaient touchés de plein fouet, et nombreux étaient ceux qui avaient perdu en une seule séance plusieurs années d'économies. Selon le journaliste, il était encore trop tôt pour dresser un bilan, même provisoire, mais le Brésil dans son ensemble devait s'attendre à traverser la même crise, terrible et foudroyante.

Quand Gilberto acheva son récit, on n'entendit plus, dans la nuit, que le craquement du bois finissant de se consumer dans la fosse et le vent siffler dans les piquets supportant les draps. Le cardinal Dom Sebastiao Leme et Heitor da Silva Costa échangèrent un regard noir, lourd de sens. Il restait encore, au bas mot, deux ans de travail pour achever la construction du Christ rédempteur. Et si le pays, lui aussi, plongeait dans la crise économique, cela mettrait sans doute un rude coup d'arrêt au chantier. Pendant que les convives se regroupaient autour du jeune homme pour le presser de questions et l'accompagner à l'intérieur de la propriété afin de suivre les informations radiophoniques, le cardinal et l'architecte se retrouvèrent autour du feu. Après avoir offert un cigare à Heitor da Silva Costa, Dom Sebastiao Leme marmonna :

– Évidemment, ce n'est pas ce que l'on pourrait appeler, à proprement parler, une bonne nouvelle. Ça, non…

– Vous voulez dire que…

– Je ne veux rien dire du tout, cher ami. Mais il y a une chose dont je suis certain. C'est que, en mars prochain, il y aura au Brésil de nouvelles élections.

– Et alors ?

Le cardinal souffla un épais nuage de fumée, immédiatement dispersé par le vent. Puis, il répondit :

– Notre Président Washington Luis va sauter, c'est écrit. Notre pays dépend en grande majorité du commerce international. Si nous ne vendons plus notre café, c'est toute notre économie qui va s'écrouler comme un château de carte. Dès demain matin, je prendrai des dispositions pour que nous ne souffrions pas trop de cette catastrophe. Mais je ne peux rien vous promettre.

Le cardinal Dom Sebastiao Leme avait vu juste. Le Jeudi noir de Wall Street déclencha dans l'économie mondiale une dépression sans précédent. Et le Brésil n'échappa pas à la règle. En trois mois, le pays fut à terre. Chaque jour, les journaux titraient sur les faillites en cascade des entreprises, sur les drames humains qui y étaient rattachés. Aux marches des églises, devant les portes du secours populaire, des files de nouveaux indigents, de plusieurs dizaines de mètres, commencèrent à s'allonger. Dès les rideaux baissés, les poubelles des restaurants furent prises d'assaut et l'on se mit à se battre pour un os à ronger, un reste de riz, un relief de poisson.

Alors qu'en août 1929, un sac de café se négociait aux alentours des deux cent mille reis, cinq mois plus tard, le prix avait dégringolé à vingt et un mille reis. Les deux derniers mois de cette année 1929 furent dramatiques. On compta plus de deux millions de chômeurs, cinq cent soixante-dix-neuf usines et fabriques fermèrent dans les seules villes de Rio de Janeiro et de São Paulo.

Et ce qui devait arriver arriva. Sur les cendres presque froides de la vieille république, les États du Minas Gerais, du Rio Grande do Sul et du Paraiba formèrent une Alliance libérale pour jeter à bas, une bonne fois pour toutes, les tenants de la politique café-au-lait. Un nommé Getulio Vargas, flanqué d'un certain João Pessoa, fut choisi pour représenter ce mouvement lors des élections de mars 1930. Sans programme clair, dénonçant la faillite du pays comme étant le seul fait du président Washington Luis, condamnant par avance le truquage des urnes, dénigrant Julio Prestes, dit Julinho, le candidat désigné par le président, fort d'un vocabulaire mêlant à la fois le martial et le populiste, Getulio Vargas manœuvra habilement sa barque et, à nouveau, les Brésiliens se déchirèrent. Le pays se retrouva au bord du gouffre, vacillant, prêt à se lancer dans une révolution que d'aucuns prévoyaient déjà aussi inévitable que sanglante.

Le seul point sur lequel toute la population tomba d'accord pour éclater de rire, ce fut lorsqu'on découvrit que les élections tombaient le 1er mars, soit le premier jour du carnaval… Aussitôt, Sinho, le poil à gratter du samba, écrivit une chanson dont le succès populaire fut irrésistible et dont les paroles brocardaient le candidat désigné par le président de la République sortant :

J'ai entendu dire
Que pour notre bien
Jésus a déjà désigné
Julinho pour être élu !

Et, effectivement, après avoir copieusement truqué le scrutin des urnes, Julio Prestes fut élu.

Alors, le vent de révolte qui soufflait déjà sur le pays se transforma en tempête lorsque João Pessoa, le bras droit de Getulio Vargas, fut assassiné à Recife, le 26 juin 1930, alors qu'il buvait un thé dans une confiserie. L'Alliance libérale se garda bien de révéler que cet assassinat n'était en fait que le fruit d'une jalousie amoureuse. Et, à grand renfort d'articles de presse, elle fit de João Pessoa un martyr. Getulio Vargas tint alors le cadavre nécessaire au déclenchement de sa révolution.

Le 3 octobre 1930, le coup d'État débuta dans les États du Minas Gerais, du Rio Grande do Sul et du Nordeste. Le 12 octobre, Getulio Vargas entama en train un épique tour du Brésil, pour se faire acclamer à Porto Alegre, puis à Ponta Grossa. Partout, les foyers de révolte se multiplièrent. Le 24 octobre, Washington Luis, le président du Brésil, fut déposé, dans sa propre capitale. Cinq jours plus tard, la ville de São Paulo faisait un triomphe à Getulio Vargas qui, dès le lendemain, et toujours en train, arriva à Rio de Janeiro.

Il prit la cité, comme le reste du pays, sans tirer un coup de feu.

Au lendemain de l'arrivée du gaucho dans la capitale, João Domar et Bartolomeu Zumbi se trouvaient à la petite paroisse de Gloria. Là, sous la surveillance bonhomme du père Gonzaga do Carmo, plusieurs dizaines de femmes bénévoles participaient, depuis de nombreuses semaines déjà, à la confection du revêtement du Christ rédempteur. Sans cesser de chantonner, elles découpaient des triangles de pierre savon de trois centimètres de côté et d'une épaisseur de sept millimètres, avant de les coller au pinceau, minutieusement, sur des toiles triangulaires. Il y en aurait bientôt suffisamment pour que les maçons puissent les fixer sur la structure en béton armé de la statue. Ainsi, l'ombre de l'Aleijadinho planerait, lui aussi, sur la ville.

Malgré le Jeudi noir, ses effets désastreux sur l'économie du pays, et malgré la révolution qui grondait maintenant au sein même de Rio, les travaux n'avaient pas trop souffert et n'accusaient presque aucun retard. La statue du Christ rédempteur était terminée, les bras, les mains et la structure externe ayant pris place sans encombre, grâce aux calculs savants d'Heitor da Silva Costa et d'Heitor Levy. De plus, par un audacieux tour de passe-passe comptable, le cardinal Dom Sebastiao Leme avait bloqué les fonds constitués par les dons populaires et les subsides du Vatican et de l'État, prenant même le risque de payer certaines sociétés avant que celles-ci n'aient achevé leurs travaux. Tout pourrait être prêt pour la fin de l'année 1931 et, sur le chantier au sommet du Corcovado, il n'existait plus ni dimanches ni jours fériés.

Ainsi, en ce matin du 31 octobre, alors que le premier soleil de l'été réchauffait les hauts palmiers de l'avenue Beira Mar et que João et Zumbi admiraient l'habileté des petites mains découpant la pierre savon, la porte d'entrée de la paroisse de Gloria claqua violemment sur un Heitor da Silva Costa en sueur, vêtu de son plus beau costume, les yeux hors de la tête. En ahanant bruyamment, il vint s'écrouler sur une chaise et, dans la surprise générale, il lâcha :

– Ça y est, j'ai vu Getulio Vargas. La statue du Christ rédempteur est sauvée...

Pendant qu'une paroissienne lui servait un verre d'orangeade et qu'une autre lui tendait un mouchoir pour s'essuyer, João demanda :

– Comment ça, la statue est sauvée ?

– Sauvée, je te dis... Getulio est arrivé en train hier soir. Et, ce matin, il m'a accordé un entretien. Il veut que la statue soit inaugurée, et en grande pompe encore, en octobre de l'année prochaine.

Dans une grimace de dégoût, Bartolomeu fit remarquer :

– Ce putain de gaucho est même pas encore élu et il pense déjà à fêter l'anniversaire de son élection…

Avec de grands gestes véhéments, l'architecte lui fit signe de se taire et expliqua à voix plus basse :

– Mais parle moins fort, malheureux ! Getulio Vargas n'aura pas besoin d'élections pour prendre le pouvoir. Dans trois jours, il va s'autoproclamer chef du gouvernement provisoire et il va suspendre la constitution.

– Le salaud…

Cette fois-ci, Heitor da Silva Costa se leva, et prit Zumbi aux épaules. Avec une voix glaciale, il lui dit :

– Si tu veux finir en prison, continue comme ça.

– Mais c'est une ordure, ce mec ! Un dictateur !

– C'est possible… Mais écoutez bien ce que je vais vous dire : il est au pouvoir, et il va y rester longtemps.

– Et le peuple de Rio ? intervint João. Il va rester les bras croisés ? Il faut faire quelque chose !

Subitement las, l'architecte se rassit pesamment. Dans la fraîcheur de la paroisse, il haussa les épaules et, d'une voix éteinte, il avoua :

– C'est fini, je vous dis. J'arrive du centre-ville. Il y a des centaines de partisans de Getulio qui ont suivi leur chef, à cheval, sur plus de mille cinq cents kilomètres. À l'heure où je vous parle, ses miliciens ont déjà attaché leurs chevaux au pied de l'obélisque de l'avenue Rio Branco…

Dans le silence, il conclut avec amertume :

– Et Getulio Vargas, en tenue militaire et avec son chapeau de gaucho, leur fait des discours. Il a même mis un foulard rouge sur sa poitrine, pour signifier à tous que la révolution avait vaincu…

Interloqué, car peu au fait des choses politiques, Zumbi demanda :

– Un foulard rouge ? Alors, il est communiste, ou un truc comme ça ?

– Non, mon frère… répondit João, le visage crispé. C'est un arriviste, et de la pire espèce. Et si cet *urubu* dirige le pays en dictateur, je me demande si c'est pas le moment de quitter le Brésil…

431

Getulio Vargas avait, en effet, parfaitement compris l'importance de la statue du Christ rédempteur pour l'ensemble de la population, à Bahia comme à Rio de Janeiro. Construit par des Indiens, des nègres, des blancs, des métis, des catholiques, des juifs, des adeptes de la *Macumba*, recouvert de pierre savon grâce aux mains des bénévoles ménagères, ouvrières, standardistes, secrétaires, femmes de ménage, bourgeoises, ce Christ rédempteur était à eux, il leur appartenait totalement.

Aussi, lorsque le cardinal Dom Sebastiao Leme prévint Getulio Vargas, en juillet 1931, que les travaux étaient sur le point d'être achevés, le dictateur décréta aussitôt huit jours de fêtes pour inaugurer la statue. Tout commencerait le dimanche 4 octobre pour s'achever en apothéose, le lundi 12, par la bénédiction de la statue. À dix-neuf heures quinze, aurait lieu l'illumination du Christ, le clou de ces réjouissances. Là encore, par un goût prononcé pour le spectaculaire, Getulio Vargas parvint à convaincre le cardinal d'une mise en scène grandiose. Ce serait Guiglielmo Marconi, le célèbre scientifique italien qui, depuis son yacht Elettra ancré dans la baie de Naples, procéderait à l'illumination finale. L'inventeur du télégraphe sans fil émettrait, à l'heure dite et en direct, un signal radio en ondes courtes qui, via une station réceptrice installée à Dorchester, en Angleterre, serait ensuite capté par la station brésilienne de Jacarepagua. De là, l'ordre serait donné à la compagnie de radiotélégraphie Brasileira et Marconi d'actionner l'interrupteur des projecteurs. Pour le gouvernement, ce serait une excellente façon de rendre hommage à la science, à l'art et à la technologie qui avaient autorisé la construction de cette statue monumentale. Pour l'église, ce serait un moyen approprié de réunir, par ce geste, le berceau historique du catholicisme triomphant, en Europe, avec le lointain Brésil.

Alors, durant toute une année, l'ensemble des acteurs engagés dans l'édification du Christ rédempteur multiplièrent leurs efforts afin que tout soit prêt en temps et en heure. Heitor da Silva Costa, Heitor Levy, Pedro Fernandes

Vianna da Silva et Antonio Ferreira Antero finirent par habiter sur le chantier à temps plein, faisant une croix momentanée, mais indispensable, sur leur vie de famille et leurs loisirs. João Domar da Cunha, pour sa part, passa plus de temps dans les jupes du cardinal que dans celles de sa douce Amelia. Bartolomeu Zumbi, quant à lui, abandonna, dès l'arrivée de Getulio Vargas à la tête du pays, son métier de tireur de plans, et consacra toute cette année à peindre, à aimer Elis et, lorsqu'il y parvenait, à entraîner João dans des noubas grandioses dont les quartiers de Lapa, Cinelandia et Cidade Nova se souviennent encore.

Durant toute cette agitation, le temps passa à la vitesse de l'éclair. Si le Christ rédempteur était fin prêt, au matin du 4 octobre 1931, si les ors de toutes les églises de la ville étaient lustrés, les marbres lavés à grande eau, les uniformes et les drapeaux bien repassés, ce fut malheureusement le temps qui gâcha la fête. Pendant les sept jours de festivités, le ciel fit rouler de lourds nuages noirs sur la tête des participants et des spectateurs, et la pluie les baptisa copieusement. Mais toutes ces messes, pontificales et solennelles, toutes ces commissions générales, ces assemblées extraordinaires d'associations catholiques, ces cessions d'études théologiques pour femmes et hommes, ces consécrations aux quatre coins de la cité, prononcées pour rendre hommage au Christ, furent suivies par une foule toujours plus chaleureuse et enthousiaste. D'ailleurs, ce fut également le cas pour la messe champêtre que présida, sous une pluie battante, l'archiprêtre de Marianna, rue Guanabara, dans l'antre même du stade Fluminense de football. Sous les yeux de tous les spectateurs présents, le spectacle fut grandiose, émouvant, et l'équipe de l'épiscopat quitta le stade sous les ovations et les cris de *Cristo Rei* !

Au sommet du morne du Corcovado, le lundi 12 octobre 1931, la cérémonie de bénédiction du monument eut bien lieu, malgré les quelques gouttes qui tombèrent. Toutefois, avant de saisir le goupillon et disperser l'eau bénite, il fallut hisser aux pieds du Christ rédempteur le président Getulio

Vargas, le ministre des Armées, celui de l'Aviation, ainsi que ceux de la Marine et de l'Agriculture, tous en costumes militaires, sans compter les cardinaux, le nonce apostolique, les archiprêtres, les simples prêtres et tous les membres de l'épiscopat de la république d'Argentine, et que dire des comtes et comtesses, baronnes et barons et autres têtes couronnées ? Hélas, il n'y avait pas de route. Heitor da Silva Costa n'eut donc d'autre solution que d'entasser ce beau linge, par grappes successives, dans le monte-charge qui jamais n'avait eu à transporter autant de soie, d'or, de diamants, de médailles, de fourrures et de particules…

La messe fut brève. Prononcée par Dom Sebastiao Leme, représentant pour l'occasion sa Sainteté le pape Pie XI, elle s'acheva par quelques mots de l'archiprêtre de Porto Alegre, João Becker :

– Au centre du pays, sur l'autel de la patrie, s'élève ce monument grandiose, qui montre que le Christ sera le Rédempteur de la nation, surtout dans l'époque difficile que nous sommes en train de vivre…

Getulio Vargas grimaça tandis que, dans tout Rio de Janeiro, les cloches se mettaient à sonner à pleine volée et que, au-dessus de la statue, une escadrille d'avions emmenée par Santos-Dumont parachevait le spectacle.

À seize heures, le protocole repassa les plats. Puisque la plate-forme où se dressait le Christ était trop étroite pour accueillir, outre le public, la totalité des six cents membres du clergé brésilien s'étant déplacé à cette occasion, une inauguration officielle du monument fut organisée sur la plage de Botafogo. La pluie, longtemps redoutée, se mit à tomber, dès treize heures, drue, serrée, trempant la foule et la glaçant jusqu'aux os. Pourtant, personne n'abandonna sa place. Le Christ rédempteur, que les Cariocas appelaient déjà affectueusement le Corcovado, était à eux, et à eux seuls. S'ils en attrapaient un rhume ou une grippe, tous ces anonymes sentaient que, peut-être, cette statue leur appartiendrait encore un peu plus.

Lorsque les montres marquèrent dix-neuf heures, un murmure d'impatience fit frissonner la foule. Encore quinze

minutes et l'interrupteur déclenchant le faisceau des projecteurs braqués sur la statue serait actionné. On sortit les drapeaux et on se mit aussi à scruter le sommet du pic avec une
inquiétude grandissante. Les nuages ne seraient-ils pas trop
épais ? Chacun pourrait-il admirer, pour la première fois au
monde, la statue s'illuminer ? Et le signal radio du docteur
Marconi ? Il avait beau être un grand savant, comment des
ondes, surtout courtes, allaient-elles réussir à traverser cette
purée de pois ? Par temps clair, passait encore. Mais là…

Il n'en fallut pas plus pour que, sous la forêt de parapluies,
la foule se mit à débattre de ces sujets, certains avec véhémence, d'autres en étalant leurs titres de docteurs, d'autres
encore préférant prier en silence pour qu'un miracle se pro-
duisît.

João Domar da Cunha, sur la tribune officielle, se mit
alors à sourire. Dans la pénombre de l'avenue Oswaldo
Cruz – car un ordre avait été donné de n'allumer les réverbères sous aucun prétexte, afin que l'impact des illuminations soit le plus marquant possible –, dans les palmiers se
balançant au vent d'orage, il aperçut la silhouette familière
de Febronio. Et il comprit.

Quand la pluie cessa enfin de tomber, il était déjà dans
le taxi.

Quand les montres indiquèrent dix-neuf heures quatorze,
il pénétrait en courant dans l'immeuble Hasenclever, avenue Rio Branco, au siège de la compagnie de radiotélégraphie Brasileira et Marconi.

Trente secondes plus tard, il passait en trombe devant la
secrétaire et ouvrait la porte de la salle des machines.

À dix-neuf heures et seize minutes, João Domar da Cunha
actionna l'interrupteur, sous les yeux stupéfaits du directeur
général de la compagnie.

Alors, comme un hommage rendu aux centaines de milliers de spectateurs, le lourd rideau de nuages se déchira et
la statue du Christ rédempteur s'illumina dans la nuit. Sa
longue silhouette blanche, aux bras ouverts, bénit pour la
première fois le Brésil, le monde entier.

Tout en bas, dans l'anse de Botafogo, on alluma en retour des bougies et des lampes, tout un tapis de lumières, sur terre comme sur mer, dans les barques des pêcheurs, sur les *jangadas*, comme pour fêter Iemanjà, au soir du 31 décembre…

ÉPILOGUE

Deux heures plus tard, alors que tous les officiels dînaient dans les meilleurs restaurants de la ville, João Domar da Cunha, adossé au socle du Christ rédempteur, regardait Rio de Janeiro, regardait sa ville, qui s'étendait à ses pieds.

Maintenant que l'inauguration avait eu lieu, il se sentait vidé. Le Christ rédempteur existait désormais bel et bien, et João avait la sensation de flotter, ne sachant pas de quoi demain serait fait, ne s'en inquiétant pas, jouissant du bonheur simple d'être parvenu à réaliser un rêve. L'odeur caramélisée d'une cigarette de *maconha*, se mêlant à l'odeur forte de la jungle mouillée, le tira de sa torpeur. Vêtu de blanc, assis sur le parapet, Bartolomeu Zumbi, son *cavaquinho* entre ses longues mains élégantes, souriait. Puis il lui dit :

– Alors, mon frère ? C'est quand même une putain de belle statue qu'on a fait là, non ?

– Comme tu dis : une putain de belle statue…

Le grand nègre balança son mégot, puis demanda :

– Le truc, avec les ondes courtes… Ça a foiré, c'est ça ?

– Oui, mon frère. Trop de nuages.

– Et c'est Febronio, l'Indien, qui te l'a dit ?

Stupéfait, João s'exclama :

– Mais comment tu peux le connaître ?

Bartolomeu Zumbi lui adressa un clin d'œil, puis répondit :

– Il me parle, à moi aussi. En fait, je crois qu'il parle à tout le monde. C'est juste les gens qui savent plus l'écouter…

437

Alors il se mit à jouer et à chanter un samba de sa composition, un samba plein de *saudade*, qui parlait de la femme aimée, du pays aimé.

Ce soir, ils iraient à la *roda de samba* de la tante Ciata, avec Elis et Amelia, chanter, danser, boire de la *cachaça* et manger des beignets de crevettes brûlants, au piment et au citron vert.

Désormais, ils savaient que la statue du Christ rédempteur, enfantée par les Indiens, les blancs et les nègres qui avaient fait le Brésil, les protégeait, du haut du morne du Corcovado. Les protégeait, pour l'éternité.

À propos de Corcovado

Aussi incroyable que puisse paraître la construction du Christ rédempteur sur le morne du Corcovado, elle s'est pourtant bien déroulée ainsi, avec son prêtre visionnaire, sa Semaine du Monument, son Chapeau du soleil, l'antenne de radiotéléphonie sur le morne, l'intervention du sculpteur français Paul Landowski, la pierre savon de l'Aleijadinho ou encore l'illumination extravagante de la statue par Guiglielmo Marconi, depuis son yacht de Naples, en Italie.

Heitor da Silva Costa, le cardinal Dom Sebastiao Leme, Pedro Fernandes Vianna da Silva ou Antonio Ferreira Antera sont des personnages historiques, et j'espère que leurs descendants et amis ne m'en voudront pas de les avoir mêlés à cette fiction.

Par un souci de vérité, je tiens à préciser que le véritable auteur du dessin du Christ rédempteur, celui qui a inspiré la réalisation de cette statue, se nommait en réalité Carlos Oswald. Il n'est donc que justice que ce soit à lui que revienne le mot de la fin. Dans son ouvrage intitulé Comment je suis devenu peintre, *il expliquait de quelle façon il avait eu l'idée de ce Christ aux bras ouverts :*
« Ce fut alors que nous décidâmes de donner au Christ une forme de croix, lui faisant ouvrir les bras au maximum, le corps bien vertical, pour fournir l'impression, à grande distance, d'une croix plantée dans le granit. »

Jean-Paul Delfino

GLOSSAIRE

Afoxé : Chansons de Candomblé, interprétées en nago ou en
ioruba.

Balanganda : Parure de colliers.

Bandolim : Petite guitare, à quatre cordes doubles.

Bantou : Dialecte africain.

Banzo : En dialecte africain, tristesse violente pouvant
mener au suicide.

Baseado : Cigarette de *maconha*.

Beija Flor : Littéralement « Embrasse fleur ». Colibri.

Bicheiro : Chef du Jogo do Bicho.

Bloco : Blocs carnavalesques où les danseurs défilent, reliés
entre eux par une corde.

Bonde (ou *Bondinho*) : Désigne le tramway de Rio de
Janeiro. Littéralement, le mot *bonde* signifie *bon*, au
sens de ticket. Les Cariocas ont donné ce nom au
tramway car les tickets de transport, à l'origine, ressemblaient aux bons du trésor.

Cachaça : Alcool de canne à sucre.

Cafezinho : Petit café.

Caipirinha : Cocktail brésilien, à base de *cachaça*, de sucre
blanc, de citrons verts et de glaçons pilés.

Candomblé : Religion des nègres Iorubas à Bahia.

Cangaceiro : Bandit de grands chemins, dans la région
nordestine du Sertao.

Capoeira : À la fois danse acrobatique et sport de combat.
Dans les plantations, au temps de l'esclavage, se battre
était interdit. Les esclaves, pour régler leurs différends,
avaient donc inventé cette forme de danse. Mais, dès que

le contremaître tournait le dos, les coups portaient réellement.

Cavaquinho : Petite guitare à quatre cordes.

Choro : Musique carioca, proche de la polka et du maxixe, interprétée par un ensemble d'instrumentistes.

Churrasco : Pièce de viande que l'on fait rôtir sur de longues épées et que l'on sert ainsi.

Cidade Maravilhosa : Cité merveilleuse, surnom donné à Rio de Janeiro.

Cri d'Ipiranga : Le 7 septembre 1822, Dom Pedro Premier refusa de quitter le Brésil pour retourner à Lisbonne et lança à la cour du Portugal, depuis Ipiranga, ce fameux cri : « L'indépendance ou la mort ! » La légende rapporte qu'il cueillit une fleur jaune au cœur vert et qu'il l'attacha sur sa poitrine, donnant ainsi ses couleurs au drapeau du Brésil.

Cuica : Instrument de musique en forme de long tambour, dont la membrane est traversée par une tige de roseau. Le joueur mouille ses doigts et les fait coulisser sur la tige pour obtenir des sons, très aigus ou très graves.

Dança-de-velhos : Littéralement, Danse des Vieux.

Diario das noticias : Journal des informations.

Farofa : Farine de manioc.

Feijoada : Plat national brésilien, sorte de cassoulet à base de viande séchée et fumée.

Ganza : Type de maracas.

Guarana : Jus extrait du fruit du même nom, aux propriétés excitantes.

Jangada : Embarcation typique du Brésil, formée de plusieurs rondins de bois liés entre eux.

Jogo do Bicho : Loterie clandestine, toujours très en vogue au Brésil, où les joueurs parient sur des figurines représentant des animaux.

Jongo : Variante du samba.

Jornal do Brasil : Quotidien d'informations générales.

Lampiao : L'un des bandits les plus marquants de toute l'histoire du Brésil.

Lanchonete : Magasin de très petites dimensions, où l'on

peut acheter à manger, à boire, mais aussi des cigarettes et des produits d'épicerie.

Lundu : Danse et chant d'origine africaine.

Maconha : Herbe brésilienne.

Macumba : Religion afro-brésilienne, issue du Candomblé, où se mêlent des influences indiennes et chrétiennes.

Malandro : Mauvais garçon, truqueur, gouailleur, musicien, séducteur.

Maxixe : Danse brésilienne apparue entre 1870 et 1880, mélange de polka, de habanera et de rythmes africains.

Modinha : Romance de salon, apparue au Brésil au XVIIIe siècle.

O Cruzeiro : Journal d'informations générales.

O Globo : Idem.

Orixa : Divinité africaine, dans les religions afro-brésiliennes. S'apparente à un ange personnel.

Pandeiro : Petit tambourin.

Pau-brasil : Bois de braise que l'on utilisait pour teindre les tissus en rouge.

Peji-gâ : Personne chargée de cueillir les herbes sacrées, dans la religion Macumba.

Piay : Médecin de l'âme et du corps, dans les tribus indiennes.

Picanha : Tranches de viande fine que l'on fait soi-même griller sur des plaques de fonte brûlantes.

Pivete : Gamin des rues, vivant généralement de rapines.

Quilombo : Village construit dans la jungle par les esclaves africains refusant de se soumettre.

Quimbanda : Religion d'origine bantou.

Quimbandeira : Prêtresse de la Quimbanda.

Reco-reco : Pièce de bois sur laquelle on frotte une tige, pour marquer le rythme avec le son produit.

Samba cançao : Samba chanson, forme douce et plus mélancolique du samba.

Samba de roda : Littéralement « samba de ronde ». Se dit lorsqu'une dizaine de musiciens interprètent des sambas, assis en cercle.

Sarava : Expression pour saluer un être aimé.

Saudade : Sentiment nostalgique où se mêlent la peine, le

regret, la joie, la douleur et le plaisir de l'absence d'une personne ou d'un lieu.

Senzala : Bâtiment où dormaient les esclaves.

Surdo : Gros tambour à la sonorité basse.

Terreiros : Lieux de culte où se pratique la Macumba.

Urubu : Oiseau charognard.

Vatapa : Spécialité culinaire brésilienne à base de poisson.

Xinxim de galinha : Fricassée de poule aux crevettes.

Kâmâ sûtra : plaisirs et positions amoureuses

(texte, en collaboration avec Clara Morgane)
(photographies de Patrice Berchery)
P. Petiot éditeur
2006

Samba triste

roman
Métailié, 2007

L i v r e s   p o u r   l a   j e u n e s s e

Plus fort que les montagnes

(illustrations de Gribouille)
Envol, 2001

Gaïa, le peuple des Horucks

(illustrations de Gribouille)
Envol, 2002

L'Incroyable aventure de Momo-le-Mérou

(illustrations de Xavier Laroche)
Envol, 2003

Mais où est donc passée Princesse Lulu ?

(illustrations de Chantal Hocdé)
Lulin Matin, 2004

COMPOSITION : I.G.S. CHARENTE-PHOTOGRAVURE À L'ISLE-D'ESPAGNAC

GROUPE CPI

Achevé d'imprimer en juin 2007
par **BUSSIÈRE**
à Saint-Amand-Montrond (Cher)
N° d'édition : 87144-2. - N° d'impression : 71136.
Dépôt légal : avril 2006.
Imprimé en France